James A. Sullivan
Schlangen und Stein
Das Erwachen der Medusa

James A. Sullivan

SCHLANGEN UND STEIN

Das Erwachen der Medusa

Roman

PIPER

Wenn Ihnen dieser Roman gefallen hat, schreiben Sie uns unter Nennung des Titels »Schlangen und Stein« an *empfehlungen@piper.de*, und wir empfehlen Ihnen gerne vergleichbare Bücher.

Von James A. Sullivan liegen im Piper Verlag vor:
Die Granden von Pandaros
Die Stadt der Symbionten
Das Erbe der Elfenmagierin (Die Chroniken von Beskadur 1)
Das Orakel in der Fremde (Die Chroniken von Beskadur 2)
Schlangen und Stein. Das Erwachen der Medusa

Im Anhang dieses Buches ab Seite 432 finden Sie ein Figurenverzeichnis, ein Glossar sowie Inhaltswarnungen und Tags (Stichworte zum Inhalt).

Originalausgabe
ISBN 978-3-492-70673-5

Redaktion: Werner Bauer
Satz auf Grundlage eines CSS-Layouts von digital publishing competence (München) mit abavo vlow (Buchloe)
Druck und Bindung: CPI Books GmbH, Leck
Printed in the EU

Für #TeamMedusa

Kapitel 1

Am Rande von Irland

Wir folgten dem steinigen Küstenpfad, der sich die Klippe entlangschlängelte. Unter uns rauschte das Meer, über uns drohten Regenwolken, und die Feinde waren auf unserer Fährte. Wie vor zwei Jahrzehnten waren wir auf der Flucht, und wie damals gab es nur uns – Elena und Sema, eine Gargoyle und ihre Medusa.

Wie unsere Feinde – die selbst ernannten Söhne des Perseus – uns in Dublin aufgespürt hatten, wusste ich nicht, aber seither waren wir in Bewegung. Da Sema lange im Medusenschlaf gelegen hatte, schwankte ihre Konzentration. Auf das Hellwachsein folgte schnell felsenschwere Müdigkeit. Dazu kam, dass Sema per Gedanken mit ihrer Medusenschwester Umae in Kontakt stand und dadurch oft von der Wirklichkeit um sie herum abgelenkt war. Es war an mir, den klaren Blick auf unsere Umgebung zu wahren.

Die ruhigen Jahre in Irland, die Sema fast ausschließlich im Schlaf verbracht hatte, waren vor drei Wochen in einer Nacht in Dublin mit meiner letzten Heimkehr in unser schmales Haus vorbei gewesen. Seit unserer Auseinandersetzung, bei der Sema einige unserer Feinde versteinert hatte, waren wir mehrmals in Bedrängnis geraten, hatten aber auch versucht, unsere Verfolger zu Verfolgten zu machen. Wir hatten sie sogar belauscht und den Magier, den sie dabeihatten, nach einem vergeblichen Versuch Semas, ihn zu versteinern, in die Irre geführt.

In uralten Verstecken im Nordwesten Irlands hatten wir von Sema vergrabenes Gold und Schriften geborgen. Das Gold hatten wir heimlich verkauft, die Schriften ersetzten Bücher, die wir in den 1990ern bei unserer Flucht aus Vancouver verloren hatten – darunter *Das Buch der Gorgonen.*

Den Schatz zu bergen, hatte jedoch einen Preis gehabt: Unsere Feinde hatten unsere Spur wieder aufgenommen. So befanden wir uns nun am Rande von Irland, im Süden auf der Halbinsel Dingle an einer Klippe, und sahen, dass die Söhne des Perseus nicht nur hinter uns waren, sondern auch vor uns auf dem Weg hinab zur Straße lauerten.

Wir suchten Zuflucht auf einer Wiese, an der der Pfad vorbeilief. Bei Tag war dies sicherlich ein wunderschöner Aussichtspunkt, doch nun in der Abenddämmerung, vom Regen getrübt, wurde es zu dem Ort, an dem wir unseren Feinden die Stirn bieten würden. Ob die Söhne des Perseus uns in die Enge getrieben oder wir sie in die Falle gelockt hatten – diese Frage hing allein von Semas Verfassung ab. War sie müde und verwirrt, dann war es das eine, war sie hingegen wach und konzentriert, war es das andere.

Als wäre es eine Antwort auf meine Erwägungen, setzte sich Sema ins nasse Gras und schien darum zu kämpfen, die Augen offen zu halten, als wäre sie ein Mensch, der sich dem Schlaf kaum noch zu entziehen vermochte. Sie schaute sich um, als schwirrten Geister über die Wiese. Dann hob sie den Blick zu den Möwen, die kreischend unter den grauen Wolken umherflogen, als flüchteten sie vor dem Meer.

Die sich anbahnende Konfrontation war wie all jene in den 1880ern in Maryland, als wir zwischen Potomac und Chesapeake Bay den wiederkehrenden Angriffen der Feinde begegnet waren. Unsere Widersacher wussten längst, dass Pistolen und Gewehre nicht genug gegen uns ausrichteten, um uns daran zu hindern, an sie heranzukommen.

Die beiden Gruppen unserer Feinde vereinten sich auf dem Pfad und rührten sich nicht. Ich war zwar nicht gut darin,

Magie zu spüren, hatte aber in den letzten Wochen so oft mit den magischen Dolchen zu tun gehabt, dass ich diese Waffen nun bei der Hälfte unserer elf Widersacher wie beinahe verloschene Fackeln gewahrte. In dieser vom Regen getrübten Abenddämmerung mochten Sema und ich kaum mehr als Schatten für sie sein. Mit dem Grauen Blick, der mir als Gargoyle gegeben war, konnte ich sie hingegen noch so gut ausmachen, dass ich den Magier zwischen ihnen erkannte. Er wirkte jung, und ich fragte mich, ob ein Zauber ihn vor dem Altern bewahrte. Er schaute immer wieder unter seinen Leuten umher, und ich glaubte, daran Unsicherheit abzulesen.

Ich ließ meine Kräfte fließen, und mein Körper verwandelte sich von einem aus Fleisch und Blut in einen aus Stein und Magie. Es war, als bildeten sich kleine Kügelchen unter meiner Haut, die nach innen strebten und alles auffüllten – winzige Steine in meinen Adern und große in meinem Magen, die aufglühten und die Wut der Gorgonen in mir entfachten. Mein Herz hatte eben noch gepocht, nun war es zu einem Felsbrocken erstarrt, schob aber mit Zaubermacht die Magie durch meine versteinerten Adern. Aus Fleisch war Stein, aus Blut war Magie geworden. Die Organe waren umgewidmet: In der einen Gestalt waren sie trotz Magie noch teilweise menschlich, in der anderen waren sie die eines Zauberwesens. Nur die Formen erinnerten an das alte Leben.

Für einen Augenblick überlegte ich, ob ich meinen Körper in der Schwebe halten sollte, irgendwo zwischen Fleisch und Stein. Es hatte mir in der Vergangenheit oft genützt, äußerlich weich und verletzlich zu erscheinen, innerlich aber aus Stein zu sein. Stattdessen vollzog ich die Verwandlung jedoch vollständig, und sogar die Kleidung, die ich am Leib trug, wurde zu Stein.

Ein Schuss ertönte, und ich erschrak, obwohl ich wusste, dass ich die Geschosse nicht zu fürchten hatte – solange unsere Feinde keinen Weg fanden, Kugeln zu fertigen, denen der Zauber ihrer Klingen innewohnte.

Ich stellte mich schützend vor Sema. Die meisten Geschosse prallten einfach von mir ab, einige aber sprengten mir Steinstücke von Schulter, Arm und Hüfte. Der aufflammende Schmerz wurde nur noch von der Peinigung durch den Zauber übertroffen, der in mir loderte und die gerissenen Kerben wieder auffüllte.

Die Männer – die Söhne des Perseus bestanden nur aus Männern – kamen näher. Die mit den Dolchen liefen voran, der Magier und die anderen hielten sich dahinter. Das waren zu viele, um sie allein zu besiegen. Drei, vielleicht vier würde ich abhalten können. Aber sobald mich einer der Dolche berührte, wäre es, als würde dessen Klinge glühen und mich zugleich schneiden und verbrennen. Wenn in der Vergangenheit zwei Gegner auf mich eingestochen hatten, nahm ich es hin und schlug mit meinen Steinfäusten nach den Angreifern. Um die Wunden kümmerte ich mich später.

»Sema! Du musst was tun!«, sagte ich. »Nur du kannst …« Ich brach ab, denn so sehr Sema an diesem Tag verwirrt schien, so sehr überwältigte mich der magische Hauch, der jetzt von ihr ausging. Der Regen hatte ihr Haar schwer gemacht. In dicken Locken fiel es ihr auf die Schultern. Ihre dunkle Haut, die dunkler war als die meine, war von glänzenden Tropfen bedeckt, und ihre Augen waren ganz schwarz geworden. Ihr Haar hob sich, als hätte es der Wind trotz aller Feuchtigkeit erfasst. Es waren ihre Schlangen, die sich zischelnd aufrichteten – diesmal waren sie grün wie das trübe Gras, und sie schauten sich um, als sähen sie die Welt zum ersten Mal.

Über das Schlangenhaupt ging Semas Verwandlung nicht hinaus. Insbesondere die Schwingen, die sie aus ihrem Rücken herauswachsen lassen konnte, hätten uns in diesem Augenblick zur Flucht verhelfen können. Doch ihre entschlossene Miene sagte mir, dass sie eine Konfrontation wollte.

Ich machte ihr Platz, und was ein Angriff unserer Feinde werden sollte, geriet ins Zögern. Der eine ließ dem anderen den Vortritt. Jene, die mit Pistolen bewaffnet waren, gaben weitere Schüsse ab. Semas Schlangen fauchten und richteten sich nach vorn, als wollten sie den Feinden entgegenspringen. Blitzschnell nahm Sema ihre eigene Steingestalt an. Alles wurde grau, sogar ihre Kleidung. Sie blieb jedoch beweglich, und die Schlangen schienen lediglich ihre Farbe gewechselt zu haben. Auch an ihr prallten die meisten Kugeln ab, und die wenigen, die an ihrem Körper nagten, schienen ihr keinen Schmerz zu bereiten.

Als wäre es eine unmittelbare Folge der Verwandlung, erstarrte einer der Männer. Erst schien es, als hätte ihn die Angst gepackt, doch die Schreie seiner Kameraden und ihr Zurückweichen sagten mir, dass Semas Macht wirkte, noch ehe ich es selbst mit dem Blick erfassen konnte. Als ein weiterer beim Weglaufen erstarrte, machten alle kehrt, und ich fragte mich, wie viel man diesen Männern gesagt hatte. Wussten sie, dass es bei der Macht der Medusa nicht darauf ankam, dass diese sie sahen, sondern nur darauf, ob sie von ihr gesehen wurden, wenn sie ihren Zauber wirkte?

Einer nach dem anderen erstarrten die Söhne des Perseus in ihren Fluchtbewegungen. Auch der Magier hielt inne, aber ich sah, dass er zitterte. Falls er so mächtig war, dass er Semas Zauber widerstand, mochte er für uns eine Gefahr werden; falls nicht, wäre es nun bald mit ihm vorbei.

Langsam näherten wir uns dem Magier, und ich fragte mich, ob Sema ihn teilweise versteinert hatte, sodass er nicht fortlaufen konnte. Als wir bei ihm waren, erblickte ich Angst in seinen braunen Augen. Der Regen hatte sein blondes Haar verdunkelt, und im Grau des nahenden Abends wirkte er für meinen Gargoyleblick mit seiner blassen Haut beinahe wie eine Statue aus Kalkstein.

Er atmete stoßhaft ein und zittrig aus. Sobald Sema ihn versteinerte, würden wir unserem Ruf als Monster gerecht und würden ihn und all die anderen von der Klippe ins Meer stoßen. Niemand würde sie finden – zumindest nicht für eine

Weile. Sema jedoch hielt inne und musterte den Magier lediglich. »Dir ist klar, dass ich hier und jetzt dein Leben beenden könnte«, sagte sie.

»Dann tu es«, erwiderte der Magier mit einer tieferen Stimme, als ich im zugetraut hätte. »Wo ich herkomme, gibt es andere, die dich und deine Schwestern finden werden.«

Ich wunderte mich über das Wort *Schwestern*. Er verwendete es wie der Vertraute einer Medusenschwester. Sicherlich meinte er nicht Stheno und Euryale, die wir in unseren Kreisen als *Gorgonenschwestern* bezeichneten. Seine Wortwahl nährte unseren Verdacht, dass die Söhne des Perseus inzwischen fast alles über uns wussten.

Sema fasste die Hände des Magiers, und ich spürte seine Zauberkraft, die wie ein Windhauch von ihm ausging und Sema entgegenwehte, sich in den Schlangen verfing und sie tanzen ließ, als berauschten sie sich an der Macht des Magiers.

»Wie heißt du?«, fragte Sema.

»Bertram ... Setterfield.«

»Bertram. Ich lasse dich laufen. Aber solltest du mir jemals auf diese oder ähnliche Weise wiederbegegnen, werde ich dich versteinern. Halte dich fern von uns!«

Bertram Setterfield schwieg, und als hätte es irgendjemand befohlen, wandte er sich um und lief davon.

»Mach ihn zu Stein«, sagte ich. »Sonst macht er uns nur wieder Ärger.«

»Er ist nicht ihr Anführer«, erwiderte Sema, während wir dem Magier nachschauten, wie er den Weg zum Küstenpfad abkürzte und auf halbem Weg ins Stolpern geriet, aber auf den Beinen blieb. »Er ist nur ein ... Handlanger.« Sema atmete tief durch, und das Seufzen kannte ich nur zu gut. Sie war erschöpft.

»Ich hoffe, er hat nicht gemerkt, dass du geschwächt bist«, sagte ich.

»Hat er nicht«, erwiderte sie und geriet ins Taumeln; und

sie wäre gestürzt, hätte ich sie nicht aufgefangen. Die Schlangen ließen sich fallen und verwandelten sich in Semas Lockenhaar, das begierig den Regen aufnahm.

Sema wollte sich erheben, aber ich legte ihr die Hand auf die Schulter. »Bleib sitzen«, sagte ich. »Ich kümmere mich um alles.« Dann sah ich, dass Setterfield auf dem Pfad nach links gelaufen war, und hoffte, dass er uns nicht unten bei unserem Wagen erwartete.

Allein machte ich mich daran, die Versteinerten zum Rand der Klippe zu zerren und sie in die Tiefe zu stoßen. Die meisten zerbrachen an den Felsen, die anderen versanken in den Wogen des Meeres. Es hätte ohnehin keine Hoffnung für sie gegeben. Nicht einmal Sema konnte eine endgültige Versteinerung rückgängig machen. Nur mit den vereinten Kräften der Schwestern war dies möglich – oder wenn sie alle wieder zu Medusa verschmolzen. Denjenigen, deren Steinkörper dort unten nicht zerbrachen, würde das Leben nur allmählich entschwinden. So oder so: Ich stürzte hier unsere Feinde in den Tod, und ich schämte mich nicht dafür.

Beim letzten Versteinerten ging Sema mir zur Hand, als hätte sie nie Erschöpfung geplagt. Gemeinsam warfen wir die Statue in die Tiefe.

»Vielleicht hätte ich sie nur eine Weile aus dem Spiel nehmen sollen«, sagte Sema. In all den Jahren hatte ich nur zweimal erlebt, dass Sema jemanden zeitweise versteinerte. Es verlangte viel mehr Kraft und Konzentration. Weder über das eine noch über das andere verfügte sie gerade.

»Nur um ihnen dann wieder zu begegnen?«, erwiderte ich. »Nein. Lass uns hoffen, dass dieser Magier uns nicht beim Wagen erwartet. Ach, Fakke! Ich hätte ihn auch lebendig von der Klippe stoßen können.«

»*Das* hättest du tun können?«, entgegnete Sema, und mit ironischer Stimme fügte sie hinzu: »Einfach einen hilflosen Menschen in den Tod stoßen?«

»Inzwischen könnte ich ihnen alles antun«, antwortete ich.

»Und … Setterfield ist gefährlich. Er mag zögerlich wirken, aber er hätte uns heute erledigen können. Wir sind beide nicht auf der Höhe unserer Kräfte.«

»Tut mir leid, dass ich so viel in Gedanken war«, sagte Sema. »Das hindert mich daran, gänzlich zu erwachen.«

»Wir brauchen eine Ruhepause«, erwiderte ich. »Hätten wir diesen Schatz nicht verkauft, hätten sie uns nicht erwischt. Wir hätten stutzig werden müssen, dass dieser Händler nur zu Fuß zu erreichen war.«

»Das spielt keine Rolle mehr«, sagte Sema. »Ich habe eine Zuflucht für uns gefunden.«

»Eine Zuflucht?«, fragte ich verwundert, denn normalerweise suchte ich uns einen sicheren Ort.

»Umae hat es mir zugeflüstert. Sie hat alles in die Wege geleitet. Wir müssen nach Cork. Und dann sagen wir dieser Insel Lebewohl.«

»Das heißt, Umae wird uns helfen.« Mir war klar, dass Sema mit ihrer Medusenschwester im Gedankenaustausch stand, aber dass Umae so schnell für uns eine Flucht organisiert hatte, damit hatte ich nicht gerechnet.

Ich nahm nun auch meinerseits wieder meinen Körper aus Fleisch und Blut an, und auch meine Kleidung verwandelte sich zurück und war ebenso nass wie zuvor. Da mein Zauber in der Versteinerung alle Kerben und Breschen geschlossen hatte, war auch meine Kleidung unversehrt – so, wie sie vor der Verwandlung gewesen war.

Auf dem Weg hinab zum Parkplatz an der Straße erblickte ich unseren roten Nissan. Daneben standen die beiden Wagen, die wir schon bei unserer Ankunft bemerkt hatten. Von Setterfield war nichts zu sehen. Und da unser Wagen in Ordnung zu sein schien, stiegen wir ein. Ich mochte diesen alten Kleinwagen. Er war jedenfalls besser als das kotzgelbe Wrack, das ich vor ein paar Wochen noch gefahren hatte und mit dem wir in den ersten Tagen unserer Flucht alles andere als unauffällig gewesen waren.

»In Killarney wartet ein neuer Wagen auf uns«, sagte Sema, und mir war klar, dass Umae das tat, was ich jahrelang vermieden hatte: Kontaktleute in Anspruch zu nehmen.

Semas Stimme erklang in meinem Kopf. *»Wir haben keine Wahl, El.«* Sie in mir zu hören, hatte ich über die Jahre vermisst. Früher hatte sie sogar durch mich Magie wirken können und mir damit gezeigt, wozu mein Körper fähig ist, falls ich all seinen Zauber je meistern sollte. Ihre Stimme bescherte mir ein Gefühl von Nähe, zugleich aber von Schuld. »Vielleicht war ich zu misstrauisch«, sagte ich.

»Dein Misstrauen hat uns jahrelang Sicherheit beschert.«

Immer noch von der Sorge erfüllt, Setterfield und die anderen könnten den Wagen manipuliert haben, startete ich den Motor. Nachdem wir am Parkplatz durch einen schmalen Tunnel gefahren und der sich windenden Küstenstraße ein Stück gefolgt waren, überlegte ich, was ich anders hätte machen können, und sagte schließlich: »Heute Morgen dachte ich noch, wir könnten auf einer der Inseln untertauchen und ein paar Jahre den hübschen Anblick genießen.«

Sema fasste meine Hand, als sie auf dem Schalthebel lag, und die Wärme trieb einen Schauer über meinen Arm. Ich schaute sie kurz an und sah das liebevolle Lächeln. Sie sagte: »Wenn wir wieder mal einen Ort brauchen, an dem uns niemand erwarten würde, kommen wir einfach zurück.«

Aus dem Buch der Gorgonen – I

Euryale, Stheno und Medusa verließen früh ihre Heimat Soralûn und erkundeten den Weltenozean, der alle Gefilde miteinander verbindet. Sie besuchten Inseln wie Tjorsan und Burlevain, wo die Macht der Welten aus Quellen sprudelte, und bewunderten in Iliyorn die Kraftstränge, die in den Gewölben sichtbar und greifbar waren und die Pforten zu den Welten mit der Macht aus den Quellen nährten.

Durch eine der Pforten gelangten sie in unsere Gefilde. Hier wurden sie als Die drei Schwestern *verehrt – zuerst auf den Inseln, die westlich der Meeresenge liegen, die wir einst die Säulen des Herakles nannten. Später kannte man die Schwestern unter verschiedenen Namen und in unterschiedlichen Gestalten auf der ganzen Welt. Wir kennen sie unter ihren griechischen Namen.*

Keto hatte ihre Töchter ein ums andere Mal daran erinnert, dass sich ihr göttliches Erbe an ihnen in unterschiedlicher Weise manifestiere. Euryale und Stheno würden, sollten sie in unserer Welt sterben, in ihren Heimatgefilden Soralûn wiedergeboren – in den steinernen Wasserbecken, aus denen sich der Fluss Varuleya speist. Dort hatte Keto ihnen einst das Leben geschenkt. Der Tod wäre für Stheno und Euryale nur eine Heimreise und machte sie, wie die meisten Enkel der Gaia, zu Unsterblichen.

Medusa jedoch wurde nicht in den Quellen des Varuleya geboren, sondern auf einem Schiff zwischen den Welten. Sie vor dem Schicksal des Todes zu bewahren, bedurfte eines Zaubers, dem auf dem Weltenozean Grenzen gesetzt waren. Keto vermochte die Seele nicht an ihr eigenes Blut zu knüpfen, und ebenso wenig an die Quellen, die Flüsse und die Seen ihrer Heimat. Bei ihrer Tochter Echidna hatte sie den Zauber unvollendet gelassen, und so wurde Echidna, die viele Tode starb, ein ums andere Mal bei wechselnden Eltern wiedergeboren, als schwebte ihre Seele immer aufs Neue durch die Welten auf der Suche nach der nächsten Geburt.

Von dem Wunsch getrieben, Medusa dieses Los zu ersparen, knüpfte Keto deren Seele an deren eigenes Blut. Da sie nicht wusste, ob der Zauber geglückt war, verschwieg sie ihren Töchtern, was sie sich erhoffte. Sie entschied, ihnen Respekt vor dem Tod beizubringen, und behauptete, Medusa sei als Einzige der Gorgonen sterblich. Stheno und Euryale gebot sie, ihre Schwester zu beschützen.

Die Gorgonen aber wollten nichts von Tod und Wiedergeburt hören. Sie wähnten sich unangreifbar und wurden als erhabene Wesen betrachtet. Für die Gemeinschaften, die sie verehrten, waren sie liebevolle Beschützerinnen, doch den Feinden der Beschützten brachten sie den Tod.
Sthenos Berührung und Euryales Stimme konnten zwar besänftigend, tröstend und sogar berauschend sein, doch binnen eines Augenblicks mochten sie zur Waffe werden: Wesen und Dinge wurden unter der Macht der einen zu Schlangen, unter der anderen zerfielen sie zu Steinmehl. Doch von allen Kräften verbreitete die Medusas den größten Schrecken, denn jene, die ihr unterlagen, wurden zu versteinerten Gestalten, für immer in Posen des Entsetzens gefangen. Die Macht der Gorgonen war dabei so beschaffen, dass zwei der Schwestern stets vereint die Macht der dritten wirken konnten. Und wenn sie alle drei zusammenkamen, galten sie als unbesiegbar.
Das Wirken der Gorgonen blieb den sogenannten Göttern nicht verborgen. Während Athene in ihnen eine Gefahr für ihre eigene Macht sah, erkannte Poseidon sie als seelenverwandte Wesen, als Kreaturen des Meeres. Euryale und Stheno gingen den Olympischen Göttern aus dem Weg; Medusa jedoch begegnete – auf unberührten Inseln des Südens – Poseidon. Sie vertraute ihm; er vertraute ihr. So gestanden sie einander ihre Geheimnisse, ihre Hoffnungen, ihre Sehnsüchte und schließlich ihre Liebe. Auf blühenden Wiesen kamen sie zusammen, zwischen Rinnsalen und klaren Teichen und in verstreuten Hainen, die Schatten spendeten.
Wie so viele, die sich, als die Welt noch jung war, vereinten, begegneten sie einander in verschiedenen Gestalten – mal in menschlichen Körpern, mal in denen von Pferden und ähnlichen Wesen: Poseidon falb mit blauschwarzer Mähne, und Medusa grau mit nachtschwarzen Schwingen. Die Nähe zwischen Medusa und Poseidon sah Athene mit

Argwohn. Die Töchter der Keto wurden ihr zu Rivalinnen. Um sie zu beseitigen und sich deren Macht und Gefolgschaft anzueignen, wandte sie sich an Perseus, Sohn des Zeus und der Danaë, und schürte dessen Ambitionen. Athene wusste, dass Stheno zu stark und Euryale zu aufmerksam war, als dass sie sich bezwingen ließen. Zudem würden beide sofort in Soralûn wiedergeboren. Doch sie hatte erfahren, dass Keto Medusa zwischen den Welten geboren hatte, und vermutete, dass sie Echidnas Schicksal teilte – dass sie in der Fremde wiedergeboren würde, als Kind göttlicher Eltern. Ein Kind, das erst erfassen musste, was es war, und das vielleicht nie von der eigenen Herkunft erfuhr und dessen Macht ihr von Nutzen sein mochte.

So stattete Athene Perseus aus und sandte ihn gegen Medusa. Sie aufzuspüren, war jedoch kein leichtes Unterfangen. Die Gorgonen wechselten oft zwischen ihrer Heimat und unserer Welt. Sie schwebten durch Portale und überflogen den Weltenozean, nur um dann in unseren Gefilden zu erscheinen. Um sie zu finden, folgte Perseus Athenes Rat und machte sich die Sicht der Graien zunutze. Diese vermochten andere Ketoniden mit einem gemeinsamen Blick zu sehen. Gegen ihren Willen konnte Perseus sich ihre Macht nicht nutzbar machen, doch mit List brachte er sie dazu, preiszugeben, wo sich Medusa befand. Da die Graien zwar den Blick auf ihre ketonidischen Schwestern hatten, jedoch nicht mit Gedankenstimmen über die Distanz zu ihnen sprechen konnten, waren die Gorgonen nicht gewarnt.

Auf diese Weise erfuhr Perseus, dass die Gorgonen sich in ihrer Heimat Soralûn aufhielten. Um zu ihnen zu gelangen, musste er zwischen Welten reisen. Durch die Graien wusste er, dass auf einer Insel im Westen die Pforte lag, die die Gorgonen nutzten, um auf den Weltenozean zu gelangen.

Mit seinem Schiff reiste Perseus schneller als die Graien

auf ihren grauen und trägen Wasserdrachen. Weit jenseits der Säulen des Herakles fand Perseus die Inseln der Gorgonen, wo Menschen arglos lebten und ihn nicht entdeckten. Er tötete eine Verkörperung des Wächters Weldamûn, eines von Keto erschaffenen Steinwesens, das in vielen Gestalten lebt, die ihr Wissen und ihre Gedanken miteinander teilen. Doch der Austausch zwischen den Körpern des Weldamûn vollzog sich nicht unmittelbar über Welten hinweg, sondern mit einer Verzögerung.

Im Vertrauen auf das Wissen Athenes und den nagenden Zweifeln unter seiner Besatzung trotzend, fuhr Perseus durch das Portal auf den Weltenozean hinaus, passierte die Inseln, die wie kleine Welten neben der Welt waren, und mied vor allem die Stadt Iliyorn, die tausend Namen hat und die wir in unseren Gefilden heute Troja nennen. Dort gab es zu jener Zeit sowohl Abgesandte als auch Verbündete der Gorgonen.

Durch die sogenannte Schlangenpforte gelangte Perseus nach Soralûn mitten auf den See der Stadt Keromyr, wo die Gorgonen sich von ihrer Reise durch die Menschenwelt erholten. Auch hier tötete er eine Verkörperung Weldamûns. In dieser Welt jedoch wussten die Wächter der anderen Pforten im selben Augenblick, dass Gefahr drohte, und eilten von allen Richtungen auf Keromyr zu. Wären die Gorgonen wach gewesen, hätten sie die Rufe ihres vielgestaltigen Wächters gleich einem Chor vernommen. In der Furcht, die Gorgonen könnten aus ihrem Schlaf geweckt werden, schlich sich Perseus – dank der von Athene gewährten Macht beinahe unsichtbar – in das Haus der Gorgonen ein.

Wie aus dem Nichts erschien er in Medusas Gemach und musterte sie. Für einen Moment nagte ein Zweifel an ihm. Er fragte sich, ob das alles recht sei. Medusa gewahrte seine Gefühle und Gedanken in ihrem Schlaf. Sie riss die Augen auf, und ehe sie Herrin über ihr Schicksal werden konnte, überwand Perseus seine Zweifel und schlug Medusa mit drei ungezügelten Schwerthieben den Kopf ab. Euryale und Stheno schreckten aus ihrem Schlaf auf. Durch die drei Hiebe, mit denen Perseus seine Tat vollzogen hatte, waren die Bande zwischen ihnen und ihrer Schwester gekappt. Sie eilten in Medusas Gemächer und fanden dort deren kopflosen Körper – umgeben von klagenden Vertrauten.

Vom Fenster aus erblickten sie Perseus, wie er auf dem See, um den sich die Stadt legte, mit seinem Schiff durch die Weltenpforte davonsegelte. Im Glauben, dass Medusa nicht wiedergeboren würde, verfielen die beiden Schwestern in Trauer und Hilflosigkeit, die binnen eines Moments in ungezügelte Wut umschlug. Sie schrien ihren Schmerz und ihren Hass in die Welt hinaus, während sie ihre Schwingen ausbreiteten und Perseus nachsetzten. Ihre Stimmen hallten über Keromyr bis zum Portal, und angesichts dieser Klage glaubten die Bewohner der Stadt, dass Medusa verloren sei.

Stheno und Euryale verfolgten Perseus und seine Mannschaft vor Wut rasend durch die Pforte auf den Weltenozean. Auf dem Weg, den sie gekommen waren, konnten Perseus und die Seinen nicht zurück, denn dort nahten die Graien auf ihren grauen Drachen, die ein Dutzend Schiffe voller Verbündeter anführten. Ein weiteres Mal kam Athene Perseus zu Hilfe: Sie lotste ihn und seine Mannen unbemerkt dicht an der Stadt Iliyorn vorbei zu einer anderen Pforte.

In den Winden des Weltenozeans vernahmen Stheno und Euryale Athenes Stimme. Während Stheno vor Wut die Stimme versagte, konnte Euryale nicht schweigen. Ihr vielstimmiges Klagen weckte sogar die im Weltenozean versunkenen Seelen. Irgendwo in den Weiten zwischen den Welten verloren Stheno und Euryale die Spur ihres Feindes. Während Stheno und Euryale in Verzweiflung versanken, wohnten die Vertrauten Medusas daheim einem Wunder bei: Aus dem vergossenen Blute erwuchsen die beiden Söhne Medusas und Poseidons: Chrysaor war von menschlicher Gestalt, Pegasos ein geflügeltes Pferd.

Nachdem Euryale und Stheno zurückgekehrt waren und die Trauer sich angesichts der Neugeborenen in Trost verwandelte, erwuchsen aus dem Blute ihrer Schwester weitere Wesen: neun Kinder, denen der Hauch ihrer Schwester anhaftete. Dem Gesang der Hesperiden entnahmen sie die Botschaft ihrer Mutter: »Ich sagte euch einst, Medusa sei als Einzige sterblich, um euch ihren Tod unerträglich zu machen – auf dass ihr sie beschützt.«

Stheno und Euryale glaubten, darin eine Anklage zu hören, und bekannten sich des Versagens schuldig, doch Keto sprach: »Es gibt keine Schuld, denn Medusa lebt. Die neun Kinder sind ihre Töchter, ihre Schwestern und zugleich ihr gespaltenes Selbst. Eure Stimmen haben mein Herz berührt, aber ich bereue nicht, euch getäuscht zu haben. Denn wer eure Stimmen vernahm, muss annehmen, dass ihr eure Schwester für immer habt verloren. Möget ihr es mir im Angesicht dieser Kinder verzeihen.«

Stheno und Euryale betrachteten die Neugeborenen mit Erleichterung. Sie stellten ihrer Mutter Fragen, und Keto antwortete: »Sie werden als Medusenschwestern leben, bis sie einst wieder zu einem Wesen verschmelzen. Doch ein Teil von ihnen steckt im abgeschlagenen Haupt Medusas. Perseus wird es als Waffe missbrauchen und zu Athene bringen. Und wann immer eine der Medusenschwestern ihr Leben verliert, geht ein Teil ihres Wesens auf die anderen Schwestern über, alles andere dringt ins Haupt der Medusenmutter.«

Die Gemeinschaft der Gorgonen trennte die Schwestern zu deren Schutz. Neun Schwestern, die erst mit der Zeit erkannten, wer und was sie sind – Schwestern, die von Vertrauten umgeben im Verborgenen leben und zwischen denen sich ein magisches Band spannt. Eines Tages werden sie zusammenkommen; eines Tages werden sie verschmelzen. Und nach Jahrtausenden wird so Medusa wiedergeboren.

DAS BUCH DER GORGONEN, niedergeschrieben von Kyot dem Fremden, übersetzt und erweitert von Sema Medusa. S. 14–22.

Von Schwestern und Vertrauten

Im Bauch des Frachters *LITTLE GEORGINA* überkam mich erstmals seit Wochen ein anhaltendes Gefühl der Erleichterung. Die Besatzung hatte Sema und mir hier die Zuflucht gewährt, die Umae uns aus der Ferne versprochen hatte. Der Kapitän schien davon auszugehen, dass wir zum organisierten Verbrechen gehörten und Feinden entgehen wollten. Was genau man ihm gesagt hatte, wusste ich nicht, war mir aber sicher, dass er und seine Männer nichts von der Wahrheit ahnten. Hätten sie es getan, hätten sie ihre Furcht und ihre Faszination nicht verbergen können. Sie sahen zwei Schwarze Frauen, eine in ihren Zwanzigern, eine in ihren Vierzigern, dem Akzent zufolge US-Amerikanerinnen, mit langem Lockenhaar. Sie sahen nicht eine Gargoyle, die sich in ihrer fleischlichen Gestalt zeigte, und sie sahen gewiss nicht eine Medusa, die selbst in ihrer Erschöpfung dazu fähig wäre, sie das Fürchten zu lehren.

Mit der schwindenden Anspannung verwandelte ich mich in meine Steingestalt – in den Körper, in dem ich Kräfte sammelte. Meine Kleidung nahm ich diesmal von der Verwandlung aus, denn ich mochte es, Stoffe auf meiner steinernen Haut zu spüren. Aber ich genoss auch die Kälte, die hier wie ein dünner Schleier über meine Hände und meine Stirn glitt. Dabei lauschte ich sowohl auf die Geräusche, die uns im Bauch des Frachters umgaben, als auch auf Sema.

Meine Medusa hatte seit Stunden nicht mehr mit mir gesprochen – weder mit ihrer Stimme noch mit ihren Gedanken. Letzteres, so sagte sie, falle ihr noch schwer, wenngleich sie es seit Dublin ab und zu getan hatte und sich zudem über weite Distanz mit Umae austauschen konnte.

Das Auf und Ab des Frachters, das mir ein Schwindelgefühl bescherte, erinnerte mich daran, dass ich ungern auf Schiffen fuhr. Es führte mir die Erzählungen meiner Mutter vor Augen, die sie ihrerseits von ihrer Großmutter gehört hatte. Von der qualvollen Überfahrt über den Atlantik. Doch diese Fahrt mit Sema auf der *LITTLE GEORGINA* war eine andere als die meiner Vorfahren. Sie führte fort von Verfolgung, Versklavung und Tod. Sie fühlte sich wie damals an, als Sema und ich Mitte der 1920er mit dem Schiff von New York nach Hamburg gefahren waren. Wir hatten fast ein Jahr in Europa verbracht und waren mit vielen neuen Eindrücken nach Amerika zurückgekehrt. Auch diesmal würde wieder etwas Neues beginnen – mit der Hilfe der Medusenschwester Umae.

Wie schon in Dingle beschlich mich der alte Zweifel, ob es richtig war, Kontaktleute in Anspruch zu nehmen. Denn wurde die Kontaktperson enttarnt, mochte man unsere Fährte aufnehmen. Der Zweifel an meinem Netzwerk an anonymen Verbündeten hatte mich vor zwanzig Jahren vorsichtig sein lassen und nach Irland geführt. Ich wusste aber nicht, ob unsere Feinde damals wirklich über unsere Verbindungen an uns herangekommen waren. Früher oder später hätte ich sie ohnehin in Anspruch nehmen müssen, um meine Papiere zu erneuern. Da ich anders als Sema mein Aussehen nur in engen Grenzen verändern konnte, musste ich nach einigen Jahrzehnten eine neue Identität annehmen, während Sema in größeren Zeiträumen denken konnte. Meistens jedoch hatten wir gemeinsam neue Ausweise erhalten, die wir, einmal erstellt, auf gewöhnlichem Wege verlängern konnten. Es waren keine Fälschungen. Unsere Kontakte sorgten dafür, dass unsere Daten in den verschiedenen Datenbanken erschienen, als wären sie schon immer dort verzeichnet gewesen.

Auf dem Papier war ich inzwischen eine Frau Anfang vierzig, aber mein Körper war der einer Mittzwanzigerin – der Körper, den ich gehabt hatte, als ich zur Gargoyle wurde; sogar der Körper, den ich gehabt hatte, ehe mich all die Dolchstiche der Perseussöhne getroffen hatten. Der Zauber, der mich zur Gargoyle gemacht hatte, war meine letzte Chance gewesen zu überleben.

Hier in unserem Versteck in Semas besorgte Miene zu blicken, das weckte alte Ängste in mir. Sema hatte mir Umaes Einschätzung mitgeteilt, dass die Zeit des Erwachens nahe sei. Aber was bedeutete es, wenn die Medusenschwestern sich zu einem Wesen vereinten? Würde ich Sema dann noch erkennen oder würde sie in der vereinten Medusa verschwinden? Diese und andere Fragen nagten wieder einmal an mir, während ich Semas Miene im Auge behielt. Ich glaubte, Sorge darin zu lesen. Irgendetwas hatte sie mit ihrem Medusenblick erfasst, und ich wartete, dass sie endlich den Blick aus dem scheinbaren Nichts ins Hier und Jetzt zurückholte und mir erzählte, was sie bedrückte.

Medusenblicke – Zwischen Sema und Umae

Aus den Tiefen des Schlafes zurückgekehrt, bin ich mit Elena wieder einmal auf der Flucht. Unsere Feinde haben schon oft geglaubt, uns alles genommen zu haben – schon am Anfang. Perseus raubte unseren Kopf und unsere Macht, Athene und die Ihren raubten unsere Geschichten. Aus Zauber wurde Fluch, aus Taten wurden Missetaten – und aus Beschützerinnen wurden Monster.

Doch wir sind Kinder der Keto und des Phorkys, Enkelinnen der Gaia und des Pontos. Unter anderen Bedingungen wären wir in dieser Welt als Göttinnen in Erinnerung geblieben. Doch unsere Feinde prägen bis heute unser Bild.

In mich selbst versunken und zugleich Elenas Blicke spürend, rufe ich in Gedanken nach der einzigen Medusenschwester, die wach genug scheint, um mich zu bemerken: Umae. Vermeidet sie es, mich zu erhören, weil Elena und ich den Söhnen des Perseus zu nahekamen? Die Antworten, die ich nun auf ihre Anrufung erhalte, werden nicht mit der sanften Stimme meiner Schwester vorgetragen, sondern durch Gefühle, Sinnesregungen und Ahnungen an mich herangetragen. Ich weiß, dass sich Umae mit ihren Vertrauten irgendwo in den Pyrenäen befindet. Einige von ihnen sind Menschen, andere sind von ihr erschaffene Gargoyles, und sie alle warten auf den Tag der Vereinigung.

Umaes Innerstes erbebt, und wie im Traum bin ich bei ihr und spüre ihre Angst, als wäre diese meine eigene. Im Grunde ist es meine eigene – die Angst der Medusa. Es weckt alte Erinnerung an Beldyrae im Tempel der Athene; an das, was sie dort erlitt, und an die Ängste, die sie auf ihrer Flucht durchlebte, ehe die Perseiden ihr den Kopf abschlugen. Diese Erinnerungen und die damit verbundenen Gefühle reichen zurück bis zu meinem ursprünglichen Leben.

Eine doppelte Angst breitet sich in mir aus. Die eine ist Umaes Todesangst, die andere ist meine Angst, die Schwester zu verlieren. Umae war stets eine Träumerin und suchte nur selten den Weg in die Wachwelt. Meist liegt sie im Halbschlaf und spricht zu ihren Vertrauten – zu den einen mit ihrer Flüsterstimme, zu den anderen mit ihrer Gedankenstimme. Zuletzt erhob sie sich in den 1990ern aus dem Schlaf, und ihren Vertrauten gelang das, woran wir so oft scheiterten: Sie entrissen den Perseussöhnen das Medusenhaupt, den Kopf unseres ursprünglichen Selbst.

Die Zeit der Vereinigung könnte nahe sein, doch viele

unserer Schwestern liegen in so tiefem Schlaf, dass Umae nicht an sie herankommt; und meine Fähigkeiten, Kontakt mit den anderen aufzunehmen, lässt zu wünschen übrig, solange ich nicht ganz in der Wachwelt angekommen bin. Aber bald schon werde ich bei Kräften sein, und gemeinsam wird es uns gelingen, unsere Schwestern wachzurütteln und die Zeit der Vereinigung heraufzubeschwören.

Es bröckelt vor Umaes Wimpern. Zuletzt erlebte ich das Mitte des 19. Jahrhunderts. Es geschah oft, wenn ich lange in einer Steingestalt im Schlafe lag. Den Steinkörper wählen wir meist nur dann, wenn wir keine Vertrauten um uns herum haben und als Statue erscheinen wollen. Aber ich traue dem Steinschlaf nicht mehr. Er schottet mich zu sehr von meiner unmittelbaren Umgebung ab und zwingt mir immer das Gefühl auf, Opfer der eigenen Magie zu sein. Für Umae aber ist der Steinschlaf wie ein Schutzwall vor der Wachwelt.

Ich atme schwer, weil Umae schwer atmet. Wir ziehen magische Kraft aus der Luft – ich hier bei Elena, sie dort in ihrem Haus. Es ist finster um sie herum, und der Zauber, der Umaes Augen in der Dunkelheit sehen lässt, sitzt noch in ihr fest. Ein weiteres Bröckeln, und sie kann sich aufrichten. Steinchen fallen von ihr ab. Die Rückverwandlung in einen Körper aus Fleisch und Blut (und bei ihren Kleidern von Stein in Stoff) geschieht so schleppend, dass ich ungeduldig werde. Ich will, dass Umae sich schnell erhebt; ich will, dass das Schwindelgefühl, das sie erfasst, rasch vergeht, denn ich spüre, dass Gefahr sie umgibt.

Schmerzensschreie lassen Umae zusammenzucken – und damit auch mich. Ich höre Elenas Stimme. »Was ist los?«, fragt sie. Doch ich antworte nicht, denn ich bin nicht hier bei ihr, sondern dort bei Umae, wo sich alles zu einem Sturm aus Wut und Schmerz vermischt. Ich sehe tote Menschen und habe Namen im Kopf: Christophe, Jeannette und Achilles. Zwei Menschen aus Fleisch und Blut und ein Gargoyle.

Achilles! Er und die beiden anderen Gargoyles sind von

einer anderen Art als Elena. Sie waren ruhelose Geister, die Umae an Statuen band und zum Leben erweckte. Elena ist ein Mensch gewesen, den ich zur Gargoyle machte. Es sind zwei Wege, die zu beseeltem Stein führen.

Drei Gargoyles unter den Vertrauten verleihen einer Medusenschwester Macht, belasten aber auch. Denn wir können durch unsere Gargoyles die Welt gewahren, und oft drängen sich uns ihre Eindrücke auf. So gewahre ich nun durch Umae, dass Hector und Christabel entkommen sind. Sie haben John Reberg, einen der menschlichen Vertrauten, bei sich.

Reberg – den Namen kenne ich. Kaum denke ich über Familienbande nach, hallt Umaes Stimme in meinem Kopf. Sie ruft Christabel und Hector zu, John in Sicherheit zu bringen. Er ist ihr Stratege, ihre Verbindung zur Außenwelt und mit seinen Kontakten ihre einzige Hoffnung auf Flucht.

Umae sagt ihnen, dass sie in das Haus in der Eifel gehen sollen, wo ich und Elena zur Ruhe kommen wollen. *»Wir alle werden uns in dem Haus treffen«*, sagt Umae ihren Vertrauten mit ihrer leisen und lieblichen Gedankenstimme, aber zu mir sagt sie: *»Du musst dich ihrer annehmen!«*

»Flieh mit ihnen!«, erwidere ich. *»Und mach das wahr, was du ihnen gesagt hast. Wir alle treffen uns in dem Haus!«*

»Die meisten sind bereits tot, und Achilles liegt im Sterben«, erwidert Umae. *»Ich kann ihn nicht zurücklassen.«* Qualen drängen sich an Umae heran, als stächen ihre Feinde ihr mit magischen Dolchen in den Leib.

»Er opfert sich, damit du entkommen kannst«, sage ich. *»Sie fügen ihm Schmerz zu, um dich zu locken. Das weißt du!«*

»Und sie werden dafür sterben!«

»Tu es nicht! Ohne dich schaffen wir es nicht.«

Umae lacht. *»Mein Wissen wird in euch weiterleben.«* Sie atmet schwer und läuft voran.

»Tu es nicht!«, wiederhole ich. *»Es würde uns um Jahre zu*

rückwerfen. Die Vereinigung – sie mag nur Monate entfernt sein und würde nun wieder in die Ferne rücken.«

»Wir haben alle Zeit der Welt!« Damit verstummt Umae, doch ich spüre, was sie spürt: erst Zuversicht, dann aufschäumende Wut. Ich sehe, was sie aus dem Schutz des finsteren Ganges heraus sieht: einen Steinkörper, der sich am Boden windet und sich vor den Stichen fremder Gestalten zu schützen versucht. Es ist Achilles, den Umae einst aus einer Statue des griechischen Helden schuf.

Er bäumt sich auf, und Umae hat die Hoffnung, dass es noch nicht zu spät ist. Auch ich fasse Mut. Als wäre der Steinkörper nicht nur ein Abbild des Heroen aus der Ilias, sondern auch sein Geist eine Reinkarnation desselben, schlägt Achilles um sich, trifft seine vermummten Widersacher und treibt sie gegen Möbel und Wände.

Vom Krachen und von Schmerzensstöhnen der Feinde umgeben, tobt die Verzweiflung in Achilles. Er weiß, dass er Hector und Christabel nie wiedersehen wird, obwohl er noch so viele gemeinsame Jahre vor sich glaubte. Alle Bande, die sich über zwei Jahrhunderte knüpften, sind im Begriff, abzureißen. Erinnerungsfetzen aus Liebe und Lust, Trost und Geborgenheit, Leiden und Mitleiden, aus Versöhnung und Heilung schwirren durch seinen Geist. All das wird er verlieren, ohne dass es auch nur einen Augenblick des Abschieds gibt. Nur die Hoffnung, dass sein Opfer seine Geliebten und seine Medusa retten wird, versöhnt ihn mit diesem Ende – doch dann sticht sein Gargoyleblick in den dunklen Gang hinein, und er erkennt Umae. Sie sieht sich durch seine Augen; ich sehe ihn durch ihre Augen ... wie sie ihn sieht, und alles dreht sich wieder und wieder im Kreis.

»Nein!«, ruft Achilles. Er ist nur kurz gefangen von Umaes Anblick, doch dieser Moment reicht den Söhnen des Perseus: Sie stürzen sich von allen Seiten auf ihn und stechen mit ihren magischen Dolchen ein ums andere Mal auf ihn ein. Seine Augen sehen nichts mehr, seine Ohren hören nichts mehr. Seine Welt besteht nur noch aus Qualen. Der körperliche Schmerz und die Gewissheit, alles verloren zu haben, peitschen seine Schreie an. Sie gipfeln in Todesschreien, als Umae den Raum betritt.

Ein Gewitter aus Gefühlen durchzieht sie und mich, als Achilles von Wunden übersät verstummt und jeder Zugang zu seinen Sinnen sich verschließt. Die Söhne des Perseus fahren herum und richten zitternd ihre Dolche auf Umae, doch sie ist in Gedanken noch nicht bei ihnen, sondern bei Achilles. Sie hat ihn verloren, ihren Beschützer, den Helden ihrer Gemeinschaft. Und nun kennt sie nur noch Wut und Vergeltung.

Die Zuflucht aus dem Traume

Ich fürchtete um Sema, und als sie endlich die Augen aufschlug, fragte ich sie: »Geht's dir gut?« Ihre gedankliche Abwesenheit hatte mir in Irland schon Sorgen bereitet, nun fürchtete ich, sie versinke immer tiefer darin und könnte vergessen, dass sie sich mit mir an ihrer Seite hier im Bauch des Frachters *LITTLE GEORGINA* befand und dass sie sich darüber im Schlaf verlieren würde.

Sema blinzelte, und der Ausdruck ihres Gesichtes schwankte zwischen Furcht und Schmerz.

»Du machst mir Angst«, sagte ich. Mit ihrem suchenden Blick und ihren zitternden Schultern wirkte sie hilflos.

»Umae – ist in Gefahr«, sagte sie und schaute nach oben, als lauerte dort etwas. Ich fürchtete schon, dass die Crew sich gegen uns wenden würde. »Es ist ... es ist, als würde ein Sturm aufziehen – ein Sturm der Eindrücke.«

»Du fürchtest um Umaes Leben?«, fragte ich. »Aber sie lebt doch abseits von allem.«

Sema wich meinem Blick aus und sagte: »Ich fürchte, dass es bereits zu spät ist und mich die Gewissheit und alles, was damit verbunden ist, wie eine gigantische Welle fortreißt. Du musst stark sein, falls ich es nicht bin.«

»Ich bin stark«, sagte ich, aber allein die Vorstellung, dass Umae tot sein könnte, vertrieb die Hoffnung, auf dem Weg in Sicherheit zu sein.

»Sie glaubt, sie werde sterben«, sagte Sema und erzählte mir von dem Befehl, den Umae ihren beiden Vertrauten, Christabel und Hector, gegeben hatte. »Sie werden in das Haus kommen – mit ihrem Strategen, John Reberg.«

»Ist er mit Alfred Reberg verwandt?«, fragte ich und dachte an den Vertrauten Umaes, von dem mir Sema vor Jahren erzählt hatte, dass er einen Großteil des Netzwerks aus Kontaktleuten aufgebaut hatte.

»Er ist sein Enkel«, sagte Sema.

»Und um welches Haus geht es?«

»Haus Agelstern – ein Haus in der Eifel. In Deutschland. Wenn sie überlebt, wird sie dort sein.«

»Und wenn nicht?«

»Dann werden ihre Vertrauten dort sein – falls sie entkommen können.«

»Und falls auch das nicht geschieht?«

Sema atmete tief ein und weit wieder aus. »Dann werden wir in eine Falle laufen. Das fürchtest du, nicht wahr?«

Mit einer Stimme, die für meinen eigenen Geschmack zu düster klang, sagte ich: »Nach allem, was wir durchgemacht und verloren haben, vertraue ich niemandem mehr außer dir.«

Sema nickte, und ein winziges Lächeln quälte sich auf ihre Lippen. »Ich habe überlebt, weil ich, wenn ich in Schwierigkeiten war, Leuten vertraut habe. Hätte ich damals deinen Eltern nicht vertraut, wäre ich nicht hier. Und du wärst nicht bei mir.«

Ich biss mir auf die Lippen, denn die Ermordung meiner Eltern hatte ich immer noch nicht überwunden.

»Vielleicht habe ich alles schlimmer gemacht«, sagte Sema.

»Vielleicht hatten deine Eltern und du ein Recht darauf, ein Leben ohne Gorgonen zu führen.«

Ich schüttelte den Kopf. »Ich glaube, von allen, denen du auf der Flucht damals dein Vertrauen hättest entgegenbringen können, hättest du niemand Besseres finden können als meine Eltern.«

»Und dich.«

»Wie nur konnten sie Umae aufspüren?«, fragte ich.

»Vermutlich genau so, wie sie uns aufgespürt haben.«

»Du glaubst also auch, es gibt einen Verräter unter den Kontaktleuten?«

Sema schüttelte den Kopf. »Warum sind wir dann hier und nicht bereits tot? Hätten uns Umaes Kontaktleute verraten, hätten Setterfield und die Söhne des Perseus uns hier an Bord aufgelauert.«

»Du glaubst also auch, dass der Magier seine Lektion nicht gelernt hat«, erwiderte ich.

»Wenn uns die Erfahrung eines lehrt, dann, dass Magier die Dinge meist erst dann erkennen, wenn es zu spät ist.«

»Bleiben wir also bei dem Plan?«

Sema nickte. »Wenn Umae entkommen sollte, dann wird das meine erste Begegnung mit einer meiner Schwestern seit unserer Geburt. Zwei von uns an einem Ort! Wer wollte uns da in die Knie zwingen?«

»Und wenn nicht? Was, wenn sie es nicht schafft?«

»Dann müssen wir uns ihrer Vertrauten annehmen.«

»Das gefällt mir nicht. Es endet immer in dem Gedanken, dass wir in eine Falle laufen. Die Welt ist nicht mehr so einfach wie früher. Wir hinterlassen mehr Spuren denn je.«

»Wir haben keine Zeit, uns neue Vertraute zu suchen. Und diese sind etwas Besonderes. Sie haben unser ursprüngliches Haupt zurückgeholt.«

Ich erstarrte vor Verwunderung. Das Haupt der Medusa – das tatsächliche Haupt, das Perseus abschlug und Athene brachte. Die Perseussöhne hatten es lange behütet und viel ihrer Macht daraus bezogen. Sie wollten die Medusenschwestern töten, damit sich deren gesamte Kraft im Medusenhaupt ansammelte. Ihnen den von Magie durchdrungenen Kopf nach all den Jahrhunderten zu entreißen, klang wie eine Heldentat.

»Die an unserer Seite zu haben, die das Haupt zurückholten, das wäre was«, sagte ich, doch die Sorge vermochte diese Aussicht nicht abzuschütteln. »Aber was, wenn sie, vielleicht ohne es zu wissen, …«

Sema fasste meine Hand. Ihre war warm. »So oder so: Wir werden in dieses Haus gehen. Falls es eine Falle sein sollte, sind Umae und ihre Vertrauten tot. Und dann werden die, die dort auf uns lauern, Schlangen sehen und zu Stein erstarren – Schlangen und Stein wird ihr letzter Gedanke sein.« Sema lächelte. »Falls es eine Falle ist.«

Kapitel 2

Das Haus in der Eifel

Die Ankunft in Ostende erlebte ich wie im Halbschlaf. Auf der *LITTLE GEORGINA* herrschte inzwischen wieder Ruhe, die umschlug in einen hastigen Abschied von der Crew. Unter grauen Wolken fuhren wir mit einer kostenlosen Fähre von der einen Seite des Hafens zur anderen. Die alten, schmalen Häuser, die hier ab und zu von breiteren, neueren Bauten bedrängt wurden, erinnerten mich an unser kleines Haus in Dublin. Sie wirkten wie verzauberte Gebäude, die nur zeitweise zwischen den anderen hervortraten, um Wesen wie uns eine Zuflucht zu bieten. Doch wie im Traum gingen wir an ihnen vorüber, spazierten über die vom Regen leer gespülte Strandpromenade und ließen unseren Blick immer wieder hinaus aufs Meer ziehen.

Sema war überrascht, an der Stelle, an der wir bei unserem letzten Besuch das majestätische Casinogebäude mit seinen Bögen und Türmen bewundert hatten, ein weit weniger beeindruckendes Bauwerk zu finden. Die Stadt war wie ein Wesen, das sich vor unseren Augen verwandelte, um möglichst wenig von dem preiszugeben, was wir vor hundert Jahren hier gefunden hatten. Selbst das kleine Hotel, in das wir eincheckten, war halb hinter einem verhüllten Baugerüst verborgen. Dort war ein Umschlag mit einem Autoschlüssel für uns hinterlegt – zusammen mit einer Nachricht, dass der Hausschlüssel unserer Zuflucht hinter einem losen Stein neben der Tür zur Familiengruft versteckt war. Ob ich, nachdem wir unser Gepäck aufs Zimmer gebracht hatten, tatsächlich mit Sema das griechische Restaurant in der Nähe besucht hatte, wusste ich am Abend nicht mehr zu sagen. Der Tag war wie eine Mischung aus Träumen, die ich auf See gehabt hatte, und dem, was wir tatsächlich getan hatten.

Ein Restaurantbesuch war nicht abwegig. Wenngleich weder ich noch Sema Nahrung zu uns nehmen mussten, taten wir es vor allem des Geschmacks wegen oft. Ich hatte mich über die Jahre, die ich in Dublin als Gargoyle unerkannt unter Menschen gelebt hatte, an die *magische Verdauung* gewöhnt. Der Zauber, der in mir wirkte, sorgte dafür, dass mein Körper weitgehend die gleichen Funktionen wie einst hatte, diese aber auf einem komplett anderen Fundament beruhten. Das galt auch für Sema, wenngleich ihre Magie anders beschaffen und anfälliger war für übermäßigen Verzehr von Speisen. Ihr war nun unwohl. »Wie immer«, sagte sie.

»Das letzte Mal, als du wach warst, hast du erst mal nichts gegessen«, sagte ich.

»Weißt du noch, damals, als wir nach Köln kamen?«

Ich lachte. »Du hast dich tagelang übergeben.«

»Tut mir selbst nach fast hundert Jahren noch leid«, erwiderte Sema grinsend. Sie war damals besorgt gewesen, doch ich hatte sie beruhigt. Diesmal aber war ich diejenige, die sich Sorgen machte. Ich fürchtete noch immer, dass Bertram Setterfield und die Söhne des Perseus wie schon in Irland erneut unsere Spur aufnahmen.

Voller Zweifel legte ich mich am Abend im Hotelzimmer ins Doppelbett, und nur in den Armen Semas gelang es mir, die Sorgen für eine Weile abzustreifen. Sema erinnerte mich flüsternd an die gemeinsamen Abenteuer – wie wir Ende des vorletzten Jahrhunderts den Perseussöhnen eine Niederlage nach der anderen beigebracht hatten. Meinen ersten Menschen hatte ich nach meiner Verwandlung getötet, und das Ausbleiben von Reue hatte ich als Zeichen genommen, dass ich nicht nur äußerlich ein anderes Wesen geworden war.

»Tut es dir inzwischen leid?«, fragte Sema. Diese Frage stellte sie mir alle paar Jahrzehnte. Die Entscheidung zwischen sterben und zu einer Gargoyle gemacht zu werden, war mir damals leichtgefallen. Sema hatte mich mit der Verwandlung geheilt. Die tödlichen Wunden wurden zu Rissen und Kerben in meinem Körper aus Stein, die sich allmählich auffüllten. Obwohl es meine Rettung war, hatte Sema damals Skrupel gehabt, mich zu verwandeln. »Du wirst nie wieder die Gleiche sein«, hatte sie damals gesagt.

»Ich bin jetzt mehr, als ich mir je erhofft hätte«, antwortete ich auf ihre Frage. Schon vor Jahren hatte ich Sema erklärt, dass ich sie vorher nicht so geliebt hatte, wie ich sie seit der Verwandlung liebte. »Die Wiedergeburt ist das Beste, das mir je passiert ist.«

»Wiedergeburt«, flüsterte Sema. »Vielleicht ist diese Sicht auf die Wandlung treffender als meine.«

»Du akzeptierst also endlich, dass ich nichts bereue?«

Sema strich mir eine Lockensträhne aus dem Gesicht. »Du bist noch jung. Das Leid, die Zeit zu überdauern, wird eines Tages auch an dir nagen. Es war bisher bei allen so.«

»Auch nach anderthalb Jahrhunderten scheine ich deiner niemals müde zu werden, und vielleicht schützt mich das vor dem Leid, *die Zeit zu überdauern.*«

Semas Lächeln wirkte nun gequält. Sie drückte mich an sich, und in mein Ohr flüsterte sie: »So viel Zeit wie in den letzten Tagen hatten wir lange nicht mehr. Es tut mir leid, wenn ich ein bisschen abwesend wirke.«

»Das letzte Mal hast du Monate gebraucht, ehe du auch nur das Haus verlassen hast. Glaub mir: Es ist in Ordnung.«

In Semas Armen schlief ich ein – ihrem ruhigen Atmen lauschend.

Am nächsten Tag legte der Regen eine Pause ein, und wir bewegten uns durch eine belebte Stadt, deren Bewohner und Gäste uns als Schwarze Frauen wahrnahmen, nicht aber als

Gargoyle und Gorgone. Als wir im Parkhaus ankamen, den blauen Ford fanden, der für uns dort abgestellt war, und weder die Söhne des Perseus auf uns lauerten noch irgendwer sonst, war ich erleichtert, aber längst nicht beruhigt. Was, wenn unsere Widersacher uns folgten und wir sie direkt zu Umae und ihren Vertrauten führten?

Erst einmal verließen wir das Parkhaus mit dem Wagen und fuhren in die Außenbezirke. In einem Wohngebiet hielten wir vor einem Einkaufszentrum, und ich kaufte dort Oliven, weil sich Sema nach dem Geschmack sehnte.

Als ich wiederkehrte, fragte sie mich: »Wie lange brauchen wir zu dem Haus?«

Ich hatte das Gebiet in der Eifel auf meiner Karten-App markiert und ließ mir den Weg anzeigen. »Drei bis vier Stunden«, antwortete ich.

Sema schaute auf mein Phone. »Das hat dir das Ding wieder mal verraten.« Ich hatte das Gerät zwar auch in Irland benutzt, aber Sema war so abwesend gewesen, dass sie es offenbar nicht bemerkt hatte.

»Dieses Ding ist auf der Flucht vielleicht der wichtigste Gegenstand, den wir dabeihaben«, sagte ich.

»Hättest du es nicht mit Magie verglichen, ich hätte dir nicht geglaubt«, erwiderte sie mit einem Lächeln.

Während sie grüne Oliven aß, zeigte ich Sema, wozu das Phone nützlich war. Wir lasen Nachrichten, hörten einen Song der Band Seas of Hypnos, die in der Nacht unserer Flucht aus Dublin dort ein Konzert gegeben hatten. Später hatten wir ihren Tourbus auf dem Weg nach Galway gesehen.

Als ich Sema zeigte, dass die Welt Medusa nicht vergessen hatte, sondern inzwischen sogar auf unterschiedliche Weise verehrte, machte sie große Augen. »Du meinst, sie könnten unsere Verbündeten werden?«

Ich grinste sie an. »Wenn sie wüssten, dass Wesen wie wir existieren, würden sie sich uns anschließen. Ganz sicher.«

Ich hatte oft, wenn ich mich einsam gefühlt hatte, unter dem Hashtag #TeamMedusa viel Bewunderung für die Gorgonen gefunden.

Sema lachte beim Anblick einer Zeichnung, auf der jede der Schlangen auf dem Haupt der Medusa ihre eigene Wintermütze trug. Anhand von Fotos erklärte ich ihr dann, was Cosplay ist, während sie die Medusenkostüme mit glänzenden Augen bewunderte. Es gab sogar Videos, in denen Leute ein Zeichen darboten: Sie machten eine Faust, legten die freie Hand dahinter, hoben deren Finger und ließen sie zappeln – das Haupt der Medusa und ihre Schlangen. »Und die Faust als Symbol der Gorgonenwut«, sagte ich.

In einer App öffnete ich ein geschlossenes Forum und zeigte ihr die Dinge, die ich dort gefunden hatte – vor allem Zeichnungen von Medusa, die nicht oder noch nicht für die Augen der Allgemeinheit bestimmt waren. Besonders beeindruckt war sie von einer Konzeptzeichnung eines Kamins, der das Haupt der Medusa darstellte und für eine TV-Serie gedacht war. Das Feuer brannte im Mund der Gorgone. Wir bewunderten die Zeichnung, und als ich scherzhaft erwähnte, dass die Fähigkeit, Feuer zu speien, Sema unbesiegbar machen würde, sagte sie: »Meiner Schwester Gora sagt man nach, dass sie und ihre Schlangen Feuer speien konnten. Aber ich weiß nicht, ob das wirklich stimmt.«

Sema dankte mir, dass ich ihr #TeamMedusa vorgestellt hatte, dann aber verging ihr Lächeln, und mit sorgenvoller Miene fragte sie: »Was, wenn Umae verloren ist?«

»Müsstest du es dann nicht längst gespürt haben?«, erwiderte ich, während vereinzelt Regentropfen auf die Windschutzscheibe trafen.

»Manchmal dauert es«, antwortete Sema, und es klang so, als hätte sie schon oft eine ihrer Medusenschwestern verloren. Dabei waren es *nur* drei gewesen – drei von neun. Ich war damals weder dabei noch am Leben gewesen.

Die erste Medusenschwester, die starb, war Beldyrae, deren Schicksal Ovid inspirierte. Die zweite war Myaramae, die die ersten Medusenblicke niederschrieb. Die letzte war Dorae gewesen, die sich im 10. Jahrhundert mit ihren Vertrauten darangemacht hatte, das Wissen um die Gorgonen und deren Magie zu verbreiten. Doch das bedrohte sowohl das Herrschafts- als auch das Glaubenssystem. Ein Bündnis aus Feinden – alte wie neue – ging gegen sie vor. Doch ehe sie sie töten konnten, nahm sie sich selbst das Leben.

Der Gedanke, dass nun Umae tot sein könnte, schürte meine Ängste wieder, und diesmal schwieg Sema dazu. Sie hielt mir die Plastikschale mit den Oliven hin, und ich nahm eine und genoss den würzigen Geschmack mit geschlossenen Augen. Sogar den Kern schluckte ich hinunter. Auch er würde sich auflösen und zu Magie werden.

Nachdem wir über einige Umwege und nach zahlreichen Pausen die Grenze nach Deutschland hinter uns gelassen hatten, suchten wir den Weg zum Kloster Steinfeld, merkten unterwegs aber, dass Umaes Beschreibung über die Stadt Gemünd führte und wir den Weg in Schleiden hätten abkürzen können. Dennoch nahmen wir den zusätzlichen Umweg in Kauf, um exakt nach Umaes Beschreibung den Weg in Richtung der Abtei Marienwald zu nehmen. In deren Nähe folgten wir einem der Wege, der tief in den hügeligen Wald führte.

»Wenn es aussieht, als würde es nicht weitergehen, sollen wir ihm dennoch folgen«, sagte Sema.

»Sofern sich nichts verändert hat«, erwiderte ich. »Umae dürfte selbst nie hier gewesen sein, oder?«

»Doch, sie war hier«, antwortete Sema. »In den 1920ern lebte sie in dem Haus. Ihr Gehilfe – das war Alfred Reberg: – hat sie dann später aus Deutschland fortgebracht.«

»Das heißt, sie war hier, während wir damals in Köln waren?«, fragte ich.

»Ja«, antwortete Sema. »Und ich habe nichts davon geahnt. So nahe, und doch nahmen wir keine Notiz voneinander.«

»Das spricht für die Arbeit ihrer Vertrauten.«

»Und für deine Arbeit«, sagte Sema.

Ich konnte immer noch nicht gut mit Semas Komplimenten umgehen, also kam ich auf das Haus Agelstern zurück. »Was, wenn die Beschreibung nicht mehr stimmt?«

»Alfred hat immer dafür gesorgt, dass Zufluchten gepflegt wurden«, erwiderte Sema. »Und ich bin mir sicher, dass sein Enkel es ebenfalls gelernt hat.« Ich hatte viel Gutes und Bewundernswertes über Alfred Reberg gehört, doch über John Reberg wusste ich nichts.

Als sich der Waldweg im spärlichen Licht des Abends spaltete, stoppte ich den Wagen. Das Scheinwerferlicht reichte auf den schmaleren Pfad weit hinaus, auf dem breiteren erfasste es kleine Sträucher und Gräser – und Fahrrillen, die bewiesen, dass hier ab und zu jemand entlanggekommen war.

»Der breite Weg«, sagte Sema. »Den hat vor Kurzem jemand genommen.« Kaum war ich einige Meter gefahren, sagte sie: »Mach die Scheinwerfer aus.«

Ich folgte der Bitte. Zuerst war es finster, doch dann erwachte mein Grauer Blick, der mich die Dinge bei Nacht so sehen ließ, als wäre es Dämmerung. Eine nahezu komplett überwucherte Mauer, etwa hüfthoch, strebte zur Linken parallel zum Weg voran. Die Pflanzen knickten sich unter den Wagen und streiften links und rechts an der Karosserie entlang.

Zunächst ging es ein Stück geradeaus, dann wand sich der Weg steil bergan und führte anschließend an einem Abgrund entlang. Zur Linken wölbten sich die Baumkronen über uns, zur Rechten fiel mein Grauer Blick auf einen lang gezogenen See, an den sich der Wald ringsum anschmiegte.

Als der Weg wieder vom Abgrund wegführte, erblickte ich einen Schatten in der Ferne. An den Giebeln erkannte ich ihn als ein Gebäude – ein stilles, allem Anschein nach verlassenes Haus, das zwischen den wogenden Bäumen ruhte. »Halte hier«, sagte Sema. »Den Rest gehen wir zu Fuß.«

Kaum hatten wir den Wagen verlassen, führte Sema mich zur Seite in den Wald, und im Schutz der Baumstämme näherten wir uns dem Haus. Nichts schien sich dort zu rühren. Es wirkte wie ein altes Herrenhaus – schlicht verziert, in die Breite gezogen und mit einer doppelflügeligen Eingangstür.

Die hohen Fenster verliehen dem Haus etwas Lebendiges – als hätte es über eine Ewigkeit hinweg in den Wald hinabgeschaut und als wartete es nur darauf, sich Eindringlinge einzuverleiben.

Am Rand der Lichtung, von wo aus sich ein klarer Blick zur Front des Hauses bot, schaute ich mich zu allen Seiten um. Die Fenster des Gebäudes waren unbeschädigt und zum Teil mit Fensterläden verschlossen. Neben dem Haus stand ein silberner Minivan – ein neuer Hyundai mit einem Frankfurter Kennzeichen. Anhand der Kopfstützen zählte ich acht Sitze.

»Was glaubst du?«, fragte ich Sema und hoffte, sie würde Umae spüren können, doch sie schüttelte nur den Kopf. »Ich weiß nicht. Da könnte alles auf uns warten.«

»Bleib du hier«, sagte ich. Sema versuchte nicht einmal, etwas zu entgegnen. Die Grenze zwischen Beschützerin und Beschützter wurde wieder einmal neu gezogen.

Langsam näherte ich mich dem Haus und schaute einige Male zu Sema zurück, die selbst für meine Augen beinahe wie ein Fels zwischen Bäumen wirkte.

Vor dem Gebäude versuchte ich, leise die Tür zu öffnen, aber sie war verschlossen. Ich schaute noch einmal zurück in den Wald, doch Sema war verschwunden. Das beunruhigte mich zwar, doch war ich mir sicher, dass sie mich im Auge behielt und da sein würde, falls sich hier eine Gefahr zeigte. Ich musste den Schlüssel holen, von dem sie gesprochen hatte, und dafür musste ich die Familiengruft finden.

Leise ging ich ums Haus herum. Der Garten war eine wild gewachsene Wiese. An der Seite lag ein kleiner Friedhof. Wer immer hier früher gewohnt hatte, hatte den Tod weit genug verbannt, um abseits davon im Garten das Leben zu genießen. Einige Grabsteine ragten aus dem Boden. Die Gruft, die ich suchte, erhob sich vor dem Waldrand.

Auf dem Weg dorthin sah ich die Hintertür des Hauses und die Fensterreihen, die in den nachtstillen Garten herausschauten. Es war ein guter Ort, sich vor der Welt zu verstecken. Dennoch mochte ein Haus so weit draußen auffallen. Irgendwer hatte die Solarpaneele auf dem Dach installiert. Jene, die mit der Pflege dieses Hauses betraut waren, mochten sich fragen, für wen all das gedacht war.

Ich ging zum Friedhof hinüber und erblickte einige Statuen, die über Gräbern wachten. Natürlich dachte ich daran, dass es keine echten Statuen sein mochten, sondern versteinerte Menschen. Ich stellte mir vor, wie Umae hier in den 1920ern umhergestreift war und ihre Macht gegen Eindringlinge gewendet hatte.

Den verwitterten Grabsteinen zufolge war hier seit Jahrzehnten niemand mehr beerdigt worden. Der Nachname der meisten, die hier lagen, war *Agelstern.* Ich fragte mich, ob Ambrosius Agelstern, der berühmte Showmagier, den ich sowohl in den 1970ern als auch in den 1990ern auf der Bühne gesehen hatte, zu dieser Familie zählte. Der ungewöhnliche Vorname passte zu den Namen, die ich hier auf den Grabsteinen las. Gregorius Agelstern, Isabella Agelstern und Jeremias Agelstern waren nur einige, die hier seit dem 18. Jahrhundert in Stein gemeißelt waren.

Am Rand der Lichtung fand ich die Gruft, näherte mich ihr und entdeckte eine Plakette. Hier lagen die Geschwister Wilehalm, Gachmuret, Sigune und Orgeluse. Dazu deren Mutter Maria. Über der Plakette war (wie angekündigt) ein Ziegelstein lose, und nachdem ich ihn herausgenommen und in den

Hohlraum hineingetastet hatte, zog ich dort einen Bund mit zwei doppelt gezackten Schlüsseln heraus.

Nachdem ich den Stein wieder eingesetzt hatte, blickte ich von dieser Seite über den Familienfriedhof und schaute zum Haus. Ich fragte mich, wer mit dem Minivan gekommen war: Umae und ihre Vertrauten oder aber unsere Feinde?

Langsam bewegte ich mich über den Friedhof zurück. Die Gräber sammelten sich um eine Eiche und einen kleinen Felsen. Die verstreut stehenden Statuen hatten unter dem Wetter gelitten und wirkten nicht wie im Moment gefangen, sondern voller Schwermut und Trauer.

Nur bei einer Statue, die ich wegen der Stellung von Beinen und Armen für das Bildnis eines Mannes hielt, war der Kopf zur Seite gewandt. Fast schien es, als wollte er sich von einer Gefahr abwenden. Das sprach dafür, dass ihn der Medusenblick getroffen hatte.

Ich überlegte, ob ich in meiner Steingestalt zwischen den Statuen bis zum Morgen warten sollte, da bewegte sich irgendetwas zwischen den Grabsteinen – vermutlich ein Tier. Dann raschelte es bei einer der Statuen. Ich schaute auf und ließ den Blick auf der Steingestalt ruhen. Der Mann war mir zugewandt und starrte mich aus leeren Augen an. Verwundert blickte ich zwischen dieser Statue und der einer Frau hin und her, deren Kopf in Trauer gesenkt schien.

Als ich zur anderen Statue zurückblickte, erschrak ich: Sie hatte die gleiche Haltung, den gleichen Blick, und doch schien sie mir auf halbem Wege entgegengekommen zu sein. Da wusste ich es: Dies waren weder aus Stein geschlagene Statuen noch die Opfer Umaes, sondern Gargoyles wie ich. Ich hatte mich vor meinesgleichen erschrocken – wie damals, als ich nach meiner ersten Verwandlung in den Spiegel geschaut hatte, und später, als ich zum ersten Mal anderen Gargoyles begegnet war. So sehr war ich daran gewöhnt, die einzige Anwesende meiner Art zu sein, dass ich die naheliegende Möglichkeit nicht in Betracht gezogen hatte.

Ich stieß gegen etwas und stolperte rückwärts darüber. Es war ein Grabstein. Rasch mühte ich mich auf die Knie. Vor Schwindel sah ich nur Schatten vor mir.

Irgendetwas huschte neben mir durchs Gras. Ein Windhauch wehte, und noch ehe ich mich umgewandt hatte, spürte ich etwas auf der Schulter. Eine warme Berührung. Ich wandte mich um, und mit meinem Grauen Blick erkannte ich die Gestalt, die ich eben noch für eine Statue gehalten hatte und die nun eine Frau in grauer Kleidung war – grau, wie auch mein Körper sein konnte, wenn ich mich in meine Steingestalt verwandelte. Die verschwommenen Gesichtszüge schienen sich zu schärfen. Tatsächlich: eine Frau in einem trüben Kleid, das sich vor meinen Augen weitete.

Sie war eine Gargoyle, deren Verwandlungskünste viel weiter gefasst waren als die meinen. Ich vermochte zwar auch, meine Kleidung in Stein zu verwandeln, doch ich konnte sie in der Versteinerung kaum variieren und verzichtete oft darauf, sie in meine Verwandlung einzubeziehen. Meinen Steinkörper konnte ich nur in sehr engen Grenzen verändern. Und meine menschliche Gestalt vermochte ich, anders als andere Gargoyles, so gut wie gar nicht zu verändern.

Die Fremde löste die Hand von mir und starrte mich an. Ein Blick über meine Schulter offenbarte mir die andere Gestalt, die schwankend näher kam.

Ich wollte etwas sagen und mich als eine von ihnen zu erkennen geben, doch ich fühlte mich wie in einem Traum, den ich in aller Klarheit wahrnehmen konnte, in dem ich aber nicht so zu handeln vermochte, wie ich es gerne getan hätte.

Waren es Umaes Vertraute – Christabel und Hector? Und wenn ja, warum offenbarten die beiden sich einfach so? Wussten sie, dass ich eine von ihnen war?

»Du bist die Verräterin!«, sagte die Frau auf Englisch und holte mit ihren hellgrauen Fäusten aus.

Gerade noch rechtzeitig wich ich zur Seite aus und lief davon. Hastig sprang ich über die niedrige Mauer am Rande des

Friedhofes, blieb mit einem Fuß hängen und riss einen Stein heraus, der mit mir zu Boden fiel. Ich hätte mich erklären können, aber ich wollte fort, um mich zu sammeln.

Nach einem Satz über eine Steinbank und einem weiteren über einen schräg stehenden Grabstein lief ich geradewegs zur Hintertür des Hauses und schloss hastig auf. Ohne zu wissen, ob im Haus jemand auf mich lauerte, sprang ich hinein und schloss mit zitternden Händen die Tür hinter mir ab. Ich schob sogar den Riegel vor, den ich fand, befürchtete jedoch, dass die beiden, die sich draußen mit schweren Schritten näherten, mit steinernen Fäusten die Tür in Stücke schlagen würden.

Doch nichts geschah.

Ich bedauerte, mich nicht zu erkennen gegeben zu haben. Aber ich war so sehr daran gewöhnt, mein Geheimnis für mich zu behalten, dass ich auch nun nicht mit dieser Tradition brach. In der Regel vertraute ich Fremden nicht – auch wenn sie Gargoyles waren. Denn es gab seit alters her nicht nur jene, die von Medusenschwestern geschaffen wurden, sondern auch solche, die auf das Werk von Magiekundigen zurückgingen und deren Zielen dienten. Es hieß, dass die Söhne des Perseus dieses Wissen einst dem Medusenhaupt entlockt hatten und es sich durch abtrünnige Magiekundige verbreitet hatte. Ihr Zauber beruhte zwar auf gleichen Grundlagen, doch er musste mit komplizierten und langwierigen Ritualen einen Umweg nehmen, um zum gleichen Ergebnis zu gelangen.

Mein magisches Gespür reichte zwar nicht so weit, um zu erkennen, welche Macht in den beiden Gargoyles dort draußen wirkte, aber es reichte, um das Aufleuchten von Magie zu gewahren, das nun wie ein Lichtblitz meinen Grauen Blick ausfüllte. Ich wandte mich um und fragte mich, ob die beiden, die eben noch draußen gewesen waren, sich bereits im Haus befanden – auf anderen Wegen hereingekommen.

Von der Hintertür blickte ich durch den breiten Flur zur

Vordertür. Da sich dort nichts tat, beschloss ich, das Haus auf diesem Wege wieder zu verlassen und bei Sema Zuflucht zu suchen, um mit ihr gemeinsam zurückzukehren. Vielleicht ging der magische Hauch von Umae aus, und sie litt ebenso an Ängsten wie wir.

In der Dunkelheit schlich ich durch den Flur und konnte mit meinem Grauen Blick schemenhaft die Holzwände und die Gemälde erkennen. Kaum war ich durch die offen stehende Doppeltür getreten, die den Flur mit der Eingangshalle verband, packte mich jemand und stieß mich zu Boden.

Knisternde Funken bildeten sich in der Luft und blendeten mich. Zauberei! Ich fürchtete, der Angreifer, dessen Gesicht ich im Funkenregen nicht erkennen konnte, könnte Bertram Setterfield sein, weil es in den letzten Wochen in Irland immer der Magier gewesen war, der uns im Namen der Söhne des Perseus zugesetzt hatte.

Ich wartete nicht, bis die Gestalt ihre Magie entfesselte, sondern verwandelte meine Faust zu Stein und schlug zu.

Keuchend fiel die Gestalt zu Boden, und die Funken vergingen. An der Hintertür ertönte ein Klicken, dann ein Krachen, und etwas fiel klirrend zu Boden – der Riegel, den ich vorgeschoben hatte. Von den Funken noch geblendet, sah ich nur zwei Schatten, die sich sprunghaft näherten. Einer kam mit einem hohen Schrei auf mich zu, verfehlte mich aber. Beim Versuch, der anderen Gestalt zu entgehen, traf mich ein Hieb am Bein und brachte mich aus dem Gleichgewicht. Ehe meine Haut zu Stein wurde, traf mich ein Schlag im Bauch und raubte mir meine Kraft.

Die beiden Gargoyles standen über mir. Die andere Gestalt war ein Mann, der sich schwer atmend vom Boden erhob und einen Lichtschalter betätigte. Im warmen Schein runder Lampen standen sie um mich herum und starrten mich an, als fragten sie sich, was für ein Wesen hier zu ihren Füßen lag.

Die Frau beugte sich zu mir herab, strich sich das hellbraune Haar aus dem blassen Gesicht und kam mir ganz nahe. Die Gargoyle hatte ihre Gestalt aus Fleisch und Blut angenommen. Ihre dunklen Augen schimmerten, und ein vages Lächeln lag auf ihren Lippen, als sie mich an den Schultern packte. Das graue Kleid aus Stein, das mit ihrem Gargoylekörper verbunden gewesen war, hatte sich nun in ein grünes Sommerkleid verwandelt.

Zweifelsohne hätte ich mich aufbäumen und losreißen können, doch ich verharrte, denn meinem Gegenüber haftete trotz allem etwas Sanftes an, das mich gefangen nahm. Sie legte ihre warmen Hände an meine Wangen und flüsterte erneut auf Englisch: »Sie ist tatsächlich wie wir.« Schließlich half sie mir auf.

Ich sah mich von den beiden Gargoyles und dem Magier umzingelt. »Ja, und ich bin keine Verräterin«, sagte ich ebenfalls auf Englisch. »Und doch kenne ich euer Geheimnis.« In Wahrheit kannte ich es nicht.

»Du weißt nichts über uns«, entgegnete der Magier, ein Schwarzer Mann mit vergleichsweise heller Haut und dunkelbraunen Locken. Ich schätzte ihn auf Mitte dreißig. Sein Englisch war grundsätzlich amerikanisch, aber er hatte eine undefinierbare europäische Färbung in seinem Akzent. Er trug Jeans und ein Sweatshirt und war in Socken unterwegs.

»Du bist John Reberg«, erwiderte ich. »Du erledigst Umaes Geschäfte. Du bist der Enkel von Alfred Reberg.« Ich blickte die Frau an. »Du bist Christabel – von Umae zur Gargoyle gemacht.« Ich schaute zur Seite zum Verbliebenen der drei Vertrauten Umaes – einem bärtigen Mann mit welligem, braunem Haar. Auch er hatte seine Menschengestalt wieder angenommen, und trug dunkelgraue Kleidung, als hätte sie in der Versteinerung ihre Farbe verloren.

»Du bist Hector«, sagte ich. »Umae hat dir und Christabel gesagt, ihr sollt John in Sicherheit bringen. Ihr sollt hier auf sie und auf uns warten.«

Tiefe Falten legten sich auf Hectors blassbraune Stirn. In

seinen Augen, die sich von blau in grün verwandelten, las ich Entsetzen. »Das kannst du nur wissen, wenn …«, sagte er.

»Wenn sie zu mir gehört«, erwiderte eine vertraute Stimme hinter mir, Christabel und Hector.

Ich sah noch, dass John mit großen Augen an mir und den anderen vorbeiblickte, dann wandte ich mich um.

Sema stand im Rahmen der Hintertür und trat ein. Ohne den Blick von uns abzuwenden, schob sie die beschädigte Tür hinter sich zu. Für einen Moment verharrte sie in ihrer Menschengestalt, dann aber verwandelte sie sich. Ihre Locken zitterten und raschelten, während sie sich in Dutzende dünne Schlangen verwandelten, die allmählich wuchsen. Da sie ihre Jacke nicht trug, sondern nur eines ihrer Hemden, wusste ich, was sie tun würde. Und tatsächlich geschah es: Aus ihrem Rücken wuchsen lederartige Schwingen, die mit grauen Schuppen besetzt waren.

Hector starrte Sema mit offenem Mund an, während John staunend den Kopf schüttelte. Christabel stieß sogar ein Seufzen aus.

Langsam kam Sema näher und musterte die drei Gefährten ihrer Medusenschwester. Sie blieb vor uns stehen, und ebenso wie sie ihren Blick von Hector zu Christabel wandern ließ, wechselte sie von Englisch zu Deutsch. »Umae hat euch geschaffen«, sagte sie, und die Schlangen auf ihrem Kopf zischelten, als wollten sie die Worte untermauern. Der Wechsel zu Deutsch war wie eine Erinnerung an die Tradition der Gorgonen, die jeweilige Landessprache zu sprechen.

»Ihr beiden wart ruhelose Geister, die Umae an neue Körper band.« Semas Deutsch war amerikanisch angehaucht. Sie lächelte John an und strich ihm sogar über eine Wange. »Und du bist Alfreds Enkel – und ein Magier«, sagte sie.

»Du musst uns helfen«, erwiderte John nun auf Deutsch, das mir beinahe akzentfrei erschien. »Umae ist in Gefahr.«

»Wir sind nur hier, weil sie uns befahl, fortzugehen«, sagte

Hector. Auf Deutsch klang seine Stimme wie ausgetauscht – wärmer, ruhiger.

»Wäre es nach uns gegangen, wären wir geblieben«, fügte Christabel hinzu. Ihre Stimme klang in der Landessprache genauso vorwurfsvoll wie auf Englisch. »Sie sagte uns, du könntest mit ihr sprechen – könntest sehen, was sie sieht.«

Semas Augen glänzten. »Ja. Doch unsere Bande sind durchschnitten. Ich kam her, um euch zu sagen, dass ich das Beste hoffe. Doch euch zu sehen, euren Zauber zu spüren, das hat etwas in mir geweckt, das ich nicht wahrhaben wollte.«

Die Worte und der erschütterte Gesichtsausdruck meiner Medusa sagte mir, was ich wissen musste, noch ehe sie es aussprach. »Durch Umaes Augen sah ich die Söhne des Perseus. Sie stießen eurem Gefährten Achilles ihre magischen Dolche in den steinernen Körper. Ich vernahm seine Todesschreie, und dann spürte ich durch Umae nur noch Wut und die Sucht nach Vergeltung. Doch nun habe ich in mir etwas Neues gefunden: einen Schlag, der sie trifft, ein Niedergeworfensein und ein Bröckeln. Dann ein Loslassen in unbändiger Gorgonenwut.« Sema zögerte, es auszusprechen, sagte aber schließlich: »Umae ist tot.«

Christabel stieß einen Schrei aus, geriet ins Taumeln und wäre zu Boden gefallen, hätte ich sie nicht aufgefangen. Hector stand da, als wäre er wieder zur Statue erstarrt. Und Johns Lippen bebten. »Das *kann* nicht sein«, sagte er leise.

»Aber es ist so«, entgegnete Sema. »Doch sie ist nicht verloren. Sie lebt in mir und meinen Schwestern weiter.«

»Das sagst du so«, erwiderte Christabel mit verzweifelter Stimme. »Wen soll das trösten?«

Ich war überrascht. Wussten sie denn nicht, wie die Medusenschwestern verbunden waren und was geschehen würde, wenn eine von ihnen starb?

»Umae hat euch über manches im Unklaren gelassen«,

sagte Sema. »Das ist ihre Art. Ihr habt ihre wahre Gestalt nie gesehen, nicht wahr?«

Christabel staunte und schüttelte dann den Kopf. »Nur ihr Schlangenhaupt, nicht die Schwingen«, sagte sie hauchend. »War das deine wahre Gestalt?«

Sema lächelte. »Das Einzige, das fehlte, war die lange Zunge. Wenn die Schlangen unsere Feinde nicht schrecken, dann verblüffen sie vielleicht meine Schwingen. Wenn auch das nicht beeindruckt, zeige ich meine Zunge und lasse sie wachsen. Das hat noch jeden unserer Feinde erschüttert.«

Ein winziges Lächeln wuchs in Christabels Miene.

»Warum hat sie uns im Unklaren gelassen?«, fragte Hector.

»Sie verdrängte den Tod«, antwortete Sema. »So, wie Stheno, Euryale und ich – mein früheres Ich: – es einst taten. Aber mit dem Tod endet es nicht. Wenn eine von uns stirbt, geht alles, was sie ausmachte, auf die anderen über – und ein Teil dringt in unser ursprüngliches Haupt. Sie lebt tatsächlich in uns weiter.«

»Das wussten wir nicht«, sagte Hector.

»Ja«, sagte Christabel. »Und doch: Sie ist fort. So, wie wir sie kannten, ist sie fort.«

»Ihr wusstet, dass sie so, wie ihr sie kanntet, nicht bleiben würde, wenn sie sich mit mir und den anderen vereint. Wir sind *ein* Wesen, und ihr seht nur einen Teil von uns.« Als Sema mich anschaute, sagte sie mir in Gedanken: *»Das gilt auch dir. Ich weiß, dass du immer noch Angst hast, was sein wird, wenn der Tag der Vereinigung kommt.«*

Ich nickte und musste mir selbst eingestehen, dass Sema und Umae für meinen Geschmack zu schnell auf dem Weg zur Vereinigung der Medusenschwestern vorangeschritten waren. Semas Flüstern erklang in meinem Kopf: *»Vielleicht waren wir tatsächlich zu schnell und haben mit unseren Plänen zu wenig Rücksicht auf euch genommen.«*

Sie schaute John, der unsere Flucht in die Wege geleitet

hatte, an und sagte: »Ihr rettetet mir und Elena in Irland das Leben. Und nun es ist an mir, euch dafür zu danken. Wenn ihr wollt, nehme ich mich eurer an.«

Christabel und Hector tauschten Blicke und schienen John zu ignorieren. »Dürfen wir darüber beraten?«

»Natürlich«, antwortete Sema. Ich spürte ihre Magie, wie einen Schleier, den sie langsam über sich zog. Sie wechselte ihre Gestalt ebenso langsam wie zuvor.

Umaes Vertraute bestaunten die Verwandlung nun aus der Nähe, und ihre Reaktionen unterschieden sich kaum von denen, die sie eben gezeigt hatten. Nur zögerlich zogen sie sich von Sema zurück. Christabel ging voran und führte die anderen beiden den Seitengang des Hauses entlang. Schließlich verschwanden sie in einem der Zimmer.

Ich starrte noch auf die Tür, als diese längst geschlossen war. »Sie sind erschüttert«, sagte ich. »All meine Ängste sind bei ihnen Wirklichkeit geworden.«

»Dann habe ich mich also nicht geirrt: Es plagt dich immer noch, dass ich nicht dieselbe sein könnte, wenn ich wieder eins werde mit den anderen.«

»Sind meine Gedanken nicht voll von diesen Ängsten?« Dass Sema in meine Gedanken schauen konnte, hatte mir von Anfang an ein Gefühl der Sicherheit gegeben. Sie hatte mich ihrerseits an Gedanken und Gefühlen teilhaben lassen, die mir das Leben als Gargoyle überhaupt erst ermöglichten. All die Ängste und Verwirrungen hatte sie aufgelöst.

»Seit ich erwacht bin, habe ich nur selten in deine Gedanken geschaut«, sagte sie.

»Warum nicht? Du weißt, dass ich nichts vor dir zu verbergen habe.«

»Meine Kräfte, fürchte ich, sind in dieser Hinsicht noch nicht so weit, wie sie sein sollten.«

»Das heißt, die ganzen Wochen hatte ich eine Menge Geheimnisse vor dir.«

»Hast du dir je überlegt, dass es genau so sein sollte? Vielleicht sollte ich nicht in deinen Kopf schauen.«

»Das haben wir doch schon längst geklärt.«

»Und dennoch ist es nötig, die Dinge immer wieder aufs Neue auszuhandeln.«

»Auch jetzt habe ich keine Geheimnisse vor dir. Ich ließ sie alle in meinem Leben als Mensch zurück.«

»Nun gut«, sagte Sema und strich mir über meine Hand.

Ich schaute wieder auf den Seitengang. »Wenn sie sich auf dein Angebot einlassen, haben wir also neue Vertraute.«

Sema nickte. »Etwas, das wir lange nicht hatten. Und John hat Zugang zu Kontaktleuten.«

»Das habe ich auch, und ich weiß, warum ich sie nicht ins Spiel brachte. Er nutzte seine Kontakte, und nun ist Umae tot.«

»Sie ist nicht tot.«

»Du weißt, was ich meine.«

»Dass du misstrauisch bist.«

»Irgendwie sind die Söhne des Perseus auf Umaes Spur gekommen. Und wenn es nicht die Kontaktleute waren und nicht ihre Vertrauten – wie haben sie es dann gemacht?«

»Sie sind in Irland auch auf unsere Spur gekommen«, sagte Sema. »Vergiss das nicht.«

»Vielleicht hängt das zusammen. Wir müssen vorsichtig sein.«

»Nein«, entgegnete Sema. »Im Augenblick schwächt uns die Vorsicht. Wir müssen neue Vertraute um uns sammeln. Wir müssen uns einen Schutz aufbauen, an dem unsere Feinde sich die Zähne ausbeißen.«

»Es tut mir leid, dass ich so vorsichtig war«, sagte ich und fragte mich, ob ich jahrelang auf einem Irrweg gewesen war, der uns isoliert und angreifbar gemacht hatte.

Sema strich mir über die Wange. Ein Kribbeln sprang von ihren Fingern auf mich über und jagte mir einen Schauer über den Rücken. »Deine Vorsicht hatte ihre Zeit, und sie hat uns gerettet und uns zwei Jahrzehnte lang behütet«, sagte Sema »Aber jetzt beginnt etwas Neues. Es ist wie damals, als wir uns gemeinsam Vertraute suchten.«

Ich schüttelte den Kopf. »Damals wählten wir sie uns aus. Heute sind wir gezwungen, sie anzunehmen. Das ist ein Unterschied.«

Sema lächelte. »Wir schenkten auch früher Leuten mehr Vertrauen, als sie verdienten. Und bei den meisten bereuten wir es nicht. Das sind nun Umaes Vertraute. Ich werde versuchen, ihren Schmerz zu lindern.«

»Bist du böse, wenn ich trotzdem vorsichtig bin? Ganz gleich, was sie für Umae und uns getan haben?«

»Nein. Auch wenn ich verwundert bin. Elena – die erst handelt und dann fragt – hat sich offenbar verändert.«

»Mit der Verantwortung kam die Vorsicht.«

»Dann wird es dir helfen, die Verantwortung zu teilen.«

Ich schwieg. Die Vorstellung, dass die anderen das für Sema werden könnten, was ich all die Jahre für sie gewesen war, erweckte ein Gefühl in mir, das ich längst überwunden geglaubt hatte: Eifersucht.

Aus dem Buch der Gorgonen – II

Beldyrae war die Erste, die den Versuch wagte, das Medusenhaupt zurückzuholen, das den Söhnen des Perseus zur Quelle ihrer Macht wurde. Sie reiste durch die Welt – stets wachsam auf der Suche nach Perseus und seinen Mannen. Seine Spur führte nach Kreta in den Tempel der Athene in Gortyn. Eines Nachts schlich sie sich auf das Anwesen und suchte heimlich nach dem Haupt ihres ursprünglichen Ichs.

Ihre Macht war im Tempel der Athene begrenzt, und doch bot sie alles auf, worüber sie verfügte, um nicht entdeckt zu werden. Als sie das Gorgonenhaupt fand und es berühr-

te, erwachte Athenes Aufmerksamkeit. Sie erblickte Beldyrae und rief Perseus und die Seinen herbei.
Beldyrae versuchte, ihre Feinde zu versteinern, doch Athenes Macht schwächte sie innerhalb der Tempelmauern so sehr, dass Perseus und seine Söhne – damals noch seine tatsächlichen Söhne – sie überwältigten.
Perseus sprach zu ihr: »Ich werde dir das antun, was Poseidon an dir hätte tun sollen.« An die Nachsicht gewöhnt, die ihm bislang stets gewährt wurde, vergewaltigte er Beldyrae in den Hallen seiner Herrin. Und nur weil es nach der Tat einen Augenblick des Ausharrens gab, vermochte Beldyrae, sich Perseus und seinen Söhnen zu entziehen. Sie floh aus dem Tempel, und kaum hatte sie die Schwelle des Anwesens überschritten, schwand die Macht der Athene über sie dahin, und ihr eigener Zauber brach aus ihr hervor. Sie verwandelte sich in ihre schlangenhäuptige Gorgonengestalt und versteinerte jene, die ihr zu nahe kamen. Dann eilte sie davon – geschwächt, geschlagen und gebrochen.
Die Söhne des Perseus und ihre Verbündeten verfolgten Beldyrae und stellten sie in den Wäldern. Mit letzter Kraft betrachtete sie ihre Feinde mit versteinerndem Blick – doch ihre Macht erfasste nur drei von ihnen. Als Perseus dazukam, war sie erschöpft und starrte ihm regungslos in die Augen, während er mit dem Schwert ausholte und wie einst in Keromyr mit drei Schlägen das Gorgonenhaupt vom Rumpfe trennte.
Mit dem Körper und dem Haupt Beldyraes kehrte Perseus in den Tempel der Athene in Gortyn zurück. Die Priesterinnen hatten zu Athene gebetet. Die Göttin erschien und hatte nur Augen für Beldyraes Überreste. Hatte sie zuerst vermutet, dass es sich bei der Gorgone um Stheno oder Euryale handelte, die den Tod in Kauf nahmen und in Soralûn wiedergeboren würden, erkannte sie nun, dass die

Tote ein Abbild Medusas war. Sie durchschaute das Geheimnis der Medusenschwestern, schwieg jedoch darüber.
»Ich habe ihr Eindringen in deinen Tempel vergolten, Herrin«, sagte Perseus.
»So ist mein Haus in dieser Nacht zum Tempel der Vergeltung geworden«, sprach Athene und schickte Perseus und die Seinen fort. In Gedanken und Gefühlen versinkend, zog sie sich schließlich zurück.
Bald schon verbreitete sich die Erzählung, dass eine der Priesterinnen mit ihrem Liebhaber den Tempel befleckt habe und die Göttin zur Strafe ihr schönes Antlitz zu dem einer Bestie machte, das so hässlich sei, dass die Menschen bei ihrem Anblick zu Stein erstarrten. Aus der Priesterin wurde mit der Zeit Medusa, aus dem Liebhaber wurde Poseidon, und so verschmolz Beldyraes Schicksal mit dem der Medusenmutter. Die Erzählung änderte oft ihre Gestalt und kleidete sich in unterschiedliche Gewänder, noch ehe Ovid sie aufgriff und unsterblich machte. Götter und Monster blieben klar in gut und böse geschieden, und was hätte verurteilt werden müssen, wurde gutgeheißen.
In Athene jedoch wurde in jener Nacht ein Zweifel gesät. Sie hatte erst Medusa in Beldyrae erkannt, dann sich selbst in Medusa.

DAS BUCH DER GORGONEN, S. 37–40.

Die Vertrauten der Umae

Während Christabel, Hector und John sich berieten, holte ich den Wagen. Als ich mich mit dem Gepäck wieder dem Haus näherte, sah ich Christabels Gesicht am Fenster und glaubte, ein Lächeln zu erkennen. Dann aber schlossen sich die Vorhänge wieder, und nur der Schatten verriet, dass sie sich hin- und herbewegte.

Sema hatte nicht im Erdgeschoss gewartet, sondern sich im Obergeschoss ein Zimmer mit Blick in den Garten genommen. Die Tür war mit einem schweren Schloss versehen. Es erinnerte mich an den Raum, in dem Sema in unserem Haus in Dublin geschlafen hatte.

Als ich hineinkam, begutachtete Sema gerade die Kleidung in dem Schrank, der sich eine ganze Wand entlangzog. »Sie sind gut vorbereitet«, sagte sie, während ich die Tasche auf dem Doppelbett abstellte, in der sich die wenigen Sachen befanden, die Sema geblieben waren.

»Glaubst du nicht, es ist voreilig, dieses Zimmer zu beziehen, wenn wir nicht wissen, ob die drei sich uns anschließen?«, fragte ich.

»Bei John weiß ich es nicht«, sagte Sema. »Aber Christabel und Hector werden mich sicherlich nicht meinem Schicksal überlassen.«

»Du unterschätzt, dass sie durch dich an Umaes Ende erinnert werden. Und dass sie in dir weiterlebt, könnte ihnen so erscheinen, als würdest du einen Teil ihrer Leiche mit dir herumtragen. Vielleicht sind sie nicht auf den Schmerz vorbereitet und brauchen Zeit und Distanz.«

»Und vielleicht brauche ich Zeit und Nähe mit dir«, sagte Sema. »Du hast viel entbehren müssen. Mich daliegen zu sehen und sonst niemanden zu haben – das hat sicherlich wehgetan. Oder hast du Leute an dich herangelassen?«

Ich schüttelte den Kopf. »Aus Sorge habe ich mich von allen ferngehalten. Ich habe online Leute gefunden – aber das ist eine andere Art von Nähe.« Ich erklärte Sema noch einmal genauer, was ich mit *online* meinte.

»Ich wünschte, wir hätten Zeit nur für uns«, sagte Sema.

»Mach es wie früher«, erwiderte ich. Früher hatte sie sich nach ihrem Erwachen für jede einzelne Person ihrer Gemeinschaft Zeit genommen, um sie wieder kennenzulernen. »Und fang mit ihnen an. Sie brauchen deinen Trost.«

»Du glaubst also doch, dass sie bleiben werden.«

»Ich würde mich an jede noch so kleine Hoffnung klammern, in dir einen Hauch Umaes zu entdecken. Ich könnte nicht gehen und wissen, dass du weiterhin in Gefahr bist.«

Sema streichelte mich am Hals und schaute mir in die Augen. Ihre Augen waren in diesem Moment rotbraun wie Almandine. »Darf ich dich küssen?«, fragte sie leise.

Ich hauchte ein »Ja«, und als ich ihre warmen Lippen spürte, bekam ich Herzklopfen. Es war, als würde ein Zauber auf mich überspringen.

»Dass du dich in andere hineinversetzen kannst, war immer deine Stärke«, flüsterte Sema. »Das ist ein guter Grundstein für die Gemeinschaft einer Medusenschwester. Ich möchte, dass du ihnen von meiner Vergangenheit erzählst und ihnen mehr preisgibst, als Umae ihnen preisgab.«

»Vielleicht hat sie ihnen manches aus guten Gründen vorenthalten.«

»Es schmerzt mich, das zu sagen, aber ich fühle mich durch Umae schuldig, ihnen nicht mehr offenbart zu haben. Durch dich möchte ich das wiedergutmachen.«

»Aus deinem Mund wäre es glaubwürdiger«, sagte ich.

»Ich werde tun, was ich kann«, erwiderte sie. »Aber das Wissen, das sollen sie von dir erhalten. Sie sollen nicht an dir vorbei auf mich blicken, sondern dich als das sehen, was du für mich bist: das Herz unserer Gemeinschaft. Das warst du, seit ich dir deine Bürde auferlegte.«

»Du meinst meine Gabe«, sagte ich und lächelte. »Das Gargoyle-Leben ist eine Gabe, keine Bürde.«

Mit glänzenden Augen sagte Sema: »Solche Worte habe ich oft gehört. Mich tröstet, dass es jedes Mal lange dauerte, bis sich der dahinterstehende Blick änderte.«

»Weißt du, was mich daran hindert, es als Bürde zu sehen?«, fragte ich.

Sema schüttelte den Kopf.

»Dass ich jedes Mal, wenn du aufwachst, etwas Neues entdecke.« Ich sprach von unseren Erlebnissen im letzten Jahrhundert. Sema strahlte, aber ich merkte daran, dass sie immer wieder erstarrte, dass sie müde war. Das Heraufbeschwören unseres Kinobesuchs im Winter 1974, als wir *THE EXORCIST* gesehen und den Schrecken und die Abscheu im Publikum miterlebt hatten, schien sie ebenso zu schwächen wie das freudige Schwelgen in Erinnerung an die Wochen Ende 1983, in denen wir wieder und wieder Shannons *Let the Music Play* gehört und dazu getanzt hatten, ehe wir Heavy Metal für uns wiederentdeckt und über die Fusion verschiedener Musikgenres fantasiert hatten. Alte Glücksmomente fügten sich hier und jetzt bei Sema allmählich zu einem Mosaik der Erschöpfung zusammen.

Nachdem ich ihr ins Bett geholfen und sie zugedeckt hatte, sagte sie, ich solle mir keine Sorgen machen. Sie werde mich warnen, sollte sich jemand dem Haus nähern.

Im Nachbarzimmer schaute ich, ob ich dort unterkommen konnte, und fand noch die Tücher über den Möbeln vor, die darauf hindeuteten, dass es niemand für sich beansprucht hatte. Ich stellte lediglich die Tasche aufs Bett und ging dann hinab ins Erdgeschoss.

Das Haus Agelstern kam mir mit all den Gemälden und den getäfelten Wänden wie ein Adelssitz vor. Von den Lampen und Lichtschaltern abgesehen, wirkten die Flure, als hätten sie sich über ein Jahrhundert nicht verändert. In der Küche und im Wohnzimmer fügte sich neue Technik in alte Möbel. Es störte mich nicht bei der Vorstellung, dass Umae hier in den 1920ern durchs Haus gewandert war. Ich war noch nie an einem Ort gewesen, an dem ich mir sicher sein konnte, dass eine andere Medusenschwester als Sema sich dort bewegt hatte.

Im Flur sah ich Porträts einiger Personen, deren Grabsteine ich draußen bemerkt hatte.

»Ihr habt euch schon eingerichtet«, sagte eine Stimme neben mir. Christabel stand in der Tür, und ihre Worte klangen erneut wie ein Vorwurf.

»Sema ist müde«, antwortete ich. »Sie hat sich oben hingelegt.«

»In Umaes Zimmer?«

»Wo sonst?«, entgegnete ich und starrte in Christabels dunkle Augen.

»Ihr habt nicht gewartet, ob wir eure Vertrauten sein wollen?«

»Sie glaubt, eure Entscheidung zu kennen.«

»Vielleicht verdirbt sie es dadurch.«

»Oder sie prüft euch«, erwiderte ich.

Christabel stutzte.

Ich glaubte nicht daran, dass Sema hier irgendwen prüfte, sagte aber: »Wenn das Wissen, dass sie da oben in dem Zimmer schläft, in dem Umae schlafen sollte, euch dazu bringt, abzulehnen, dann seid ihr keine Vertrauten, mit denen sie durch schwierige Zeiten gehen kann. Sema gegen Umae auszuspielen, heißt, zu vergessen, dass sie Medusa sind. Umae und Sema und die anderen Schwestern – sie sind eins.« Ich verbarg meine Ängste, Sema zu verlieren, hinter einer regungslosen Miene.

Christabel wich meinem Blick aus und schaute auf das Gemälde, das ich eben betrachtet hatte. Es zeigte Alfons Agelstern, einen Mann um die vierzig, mit einer kurzen Nase, kräftigen Wangen und traurigen Augen.

Ich hatte das Gefühl, mich zu weit vorgewagt zu haben, und wollte das Thema wechseln. »Kanntest du ihn? Wenn Umae damals hier war, dann warst du sicherlich auch hier.«

»Alfons war einer der größten Magier – und keiner weiß es. Er überließ das Haus seinem Bruder Andreas, der hier mit seiner Familie einzog.«

»Waren sie mit Ambrosius Agelstern verwandt?«

»Ja, Alfons war sein Onkel – und sein Lehrmeister.« Sie

schaute mich wieder an und sagte: »Du hast recht. Was für Vertraute wären wir, wenn uns Kleinigkeiten vom Pfad abbringen würden? Die Wahrheit ist: Wir sind unentschlossen und würden dir gerne einige Fragen stellen.«

»Mir, und nicht Sema?«

»Wir wollen wissen, was Sema dir gesagt hat, um zu ermessen, was Umae uns sagte.«

Ich konnte mir kaum vorstellen, Semas Vertraute zu sein und nichts davon zu wissen, dass das Wesen einer getöteten Medusa auf ihre Geschwister und auf das Medusenhaupt überging. »Natürlich dürft ihr mich fragen«, sagte ich.

Ich folgte Christabel in das Zimmer, in dem John und Hector warteten. Es war eine altmodische Bibliothek mit hohen Bücherregalen, in der es nach Leder roch. Hector machte eine besorgte Miene, Johns Augen waren gerötet, als hätte er gerade geweint.

»Was wollt ihr wissen?«, fragte ich.

»Wie lange bist du schon die Vertraute von Sema?«, erwiderte Hector.

»Seit 166 Jahren.« Da mich alle drei schweigend anschauten, erzählte ich ihnen von meiner Urgroßmutter, die noch in Freiheit gelebt hatte, aber verschleppt und versklavt worden war. Ich erzählte von meinem Großvater, der der *Besitzer* meiner Großmutter gewesen war, und bemühte mich, die Abscheu zu verbergen, die ich für diesen Menschen nach all den Jahren empfand – obwohl ich ihn nie kennengelernt hatte. Dann berichtete ich ihnen von meinen Eltern, die der Versklavung entflohen waren und in der Angst gelebt hatten, entlarvt und zurück in den Süden verschleppt zu werden. Ich erzählte, dass sie Sema gefunden und sich ihrer angenommen hatten und zu ihren Vertrauten geworden waren.

Während ich von der Ermordung meiner Eltern durch die Söhne des Perseus sprach, bemühte ich mich, nicht zu viel Gefühle zu zeigen, und als meine Stimme für einen Augenblick ins Wanken geriet, konnte ich nicht sagen, ob Christabel, Hector und John es bemerkt hatten. Ich verschwieg, dass ich aus meinem Versteck heraus gesehen hatte, wie unsere Feinde meinen Eltern die magischen Dolche in den Leib gestoßen hatten. Aber ich erzählte, dass Sema erschienen war und ihre Gorgonengestalt angenommen und die Mörder meiner Eltern getötet hatte. »Sie versteinerte sie bis zum Hals und ließ sie erleben, wie ihr Körper langsam zerbröckelte. Ein gewaltiger Zauber, der ihr alle Kraft raubte.«

Ich erzählte von den Jahren als Semas Vertraute, von meiner tödlichen Verletzung und wie Sema mich gerettet hatte, indem sie mich zu einer Gargoyle machte.

Hector und Christabel schauten einander immer wieder mit ernsten Mienen an. Hector sagte schließlich: »Dann warst du ein Mensch, als sie dich zur Gargoyle machte – kein Geist, der an eine Statue gebunden wurde?«

»So ist es«, antwortete ich. »Ihr kommt von der Seite der Geister, ich von der Seite der Menschen.«

»Das, was du uns erzählt hast – ist das Wissen, das sich aus deiner Erinnerung schöpft, oder hat Sema es dir vermittelt?«, fragte Christabel.

»Es ist meine Erinnerung«, antwortete ich.

»Wir können uns nicht erinnern, was vorher war. Es ist aber in uns verborgen. Das Geistsein wie das Menschsein davor. Ich weiß nur, dass ich früher Christabel hieß. Umae fand das in mir. Aber mehr habe ich nie erfahren.«

»Wie lange seid ihr bei Umae gewesen?«, fragte ich nun meinerseits.

Christabel antwortete: »Ich seit 1757. Da war sie voller Tatendrang. Nachdem sie aber 1816 Hector und Achilles geschaffen hatte, legte sie sich immer wieder lange zur Ruhe.«

»Im Schlaf sprach sie entweder in Gedanken zu uns, oder sie flüsterte im Schlaf«, sagte Hector. »Sie lebte in einer Welt zwischen Traum und Wirklichkeit. Manchmal erschien sie uns sogar in unseren Träumen, so nahe war sie uns.«

»Und so nahe kann auch Sema euch sein«, erklärte ich. »Sofern ihr bereit seid, euch uns anzuschließen.«

»Hector und ich sind bereit dazu«, sagte Christabel.

Hector nickte. »Wenngleich Sema nie das für uns sein kann, was Umae für uns war, können Christabel und ich das für Sema sein, was wir für Umae waren.«

Ich blickte zu John hinüber. »Und du?«

Er schaute beinahe ängstlich zu Christabel und Hector, deren verachtende Blicke verrieten, dass es offenbar einen Streit gegeben hatte. »Ich bin mir nicht sicher, inwiefern ich noch Vertrauen genieße.«

»Wir brauchen jemanden wie dich«, entgegnete ich.

»Einen Magier, dessen mühsam erlernte Kräfte sich noch nicht bewährt haben? Der nicht verhindern konnte, dass seine Herrin zum Opfer wurde?«

Ich schüttelte den Kopf. »Wir brauchen dich nicht als Magier. Wir brauchen deine Kontakte – deine Fähigkeit, Dinge in dieser Welt geschehen zu lassen. Du kannst Semas Auge sein – und ihr Stratege. Meine Kontakte sind inzwischen alt, und ich vertraue ihnen nicht mehr.«

»Das ist es ja«, erwiderte John. »Ich vertraue meinen auch nicht.«

»Aber sie haben Sema und mir in Irland den Hals gerettet und uns sicher hierhergebracht.«

»Es gibt keine Kontakte, denen wir noch trauen können«, sagte Christabel. »Kaum hatte John Dinge in Bewegung gesetzt, haben sie uns aufgespürt.«

»Aber wie konnten sie Sema *und* Umae aufspüren?«, fragte ich. »Wir haben unterschiedliche Kontaktleute, und meine habe ich seit Jahren nicht beansprucht.«

»Du weißt nicht, ob wir unterschiedliche Kontaktleute haben«, entgegnete John. »Hinter ihnen können am Ende doch dieselben Personen stecken. Sie werden ganze Schichten an Netzwerken haben, die sie schützen.«

»Angenommen, sie haben gemeinsame Kontakte aufgespürt und überwacht«, sagte Hector. »Und kaum haben sie euch entdeckt, war klar, dass ihr Hilfe benötigen würdet. Was sie nicht wussten: dass Sema mit Umae Verbindung aufnahm und wir unsere Kontaktleute aktivierten. Vielleicht haben sie mehr erreicht als erwartet.«

Ich schaute John fragend an.

Er wich meinem Blick aus und sagte: »Wären unsere Kontaktleute aufgeflogen, wären wir jetzt und hier erledigt. Alles, was ich hier und in Köln gepflegt habe, beruht auf Kontaktleuten. Warum sollten unsere Feinde warten? Warum hätten sie euch die Überfahrt gestatten sollen?«

»Um uns hier in die Falle zu locken«, sagte Christabel.

»Und wo sind sie? Sie könnten jetzt zuschlagen, und wir wären dem genauso wenig gewachsen wie zuvor.«

Hector schüttelte den Kopf. »Nun sind wir vorbereitet. Wären wir das bei dem Angriff daheim gewesen, wäre alles anders ausgegangen.«

»Nach alldem unterschätzt du sie?«, fragte John.

»Nein. Aber das ist es ja. Es spricht dafür, dass sie nichts von uns wissen.« Hector blickte mich an. »Sie hätten euch auf der Überfahrt ausschalten können. Sie hätten verhindern können, dass wir uns hier treffen. Wir sind jetzt stärker als vor wenigen Stunden noch.«

John zeigte eine erleichterte Miene, Christabel eine unzufriedene. »Dennoch sollten wir die Kontakte nicht mehr nutzen«, sagte sie.

»Dann dürften wir nicht hier sein«, erwiderte John und wich Christabels Blick sofort aus. »Und wir dürften nicht nach Köln gehen«, fügte er hinzu. »Aber ich sage euch: Dort hat Umae unsere Sicherheit gesehen.«

Christabel ballte die Fäuste, doch ehe sie etwas sagen oder tun konnte, fragte ich: »Warum Köln?«

»Wegen der Gargoyles dort«, antwortete John. »Schon mein Großvater hat Kontakt zu ihnen gepflegt. Ohne ihn hätten die Gargoyles sich nicht in Köln halten können. Und ich habe seine Arbeit aus der Ferne fortgesetzt. Sie vertrauen mir einigermaßen – soweit Gargoyles einem Magier vertrauen können. Der Erbe meines Großvaters zu sein, zählt was – und dass Ambrosius Agelstern mich das Zaubern lehrte.«

»Du wurdest von Ambrosius Agelstern unterwiesen?«, fragte ich. »Dann ist er ein echter Magier und nicht nur ein Entertainer?«

»Ja.« John schaute sich in der Bibliothek um. »Sein Onkel hat ihm dieses Haus irgendwann vermacht. In den 1920ern hat Umae hier eine Weile verbracht – mit der Familie Agelstern. Nun, dem Rest, der noch übrig war. Ambrosius war damals noch ein Kind. Er hat später sein Geburtsjahr nach hinten verschoben, um sein wahres Alter zu verschleiern.«

»Was wurde aus ihm?«, fragte ich. »Es heißt, er wäre verschwunden.«

John nickte. »Bis 2005 war er in Köln. Nach seinem Verschwinden sollten andere seinen Platz einnehmen, aber es gab immer wieder Schwierigkeiten. Inzwischen sind die Gargoyles wieder uns Magiekundigen gegenüber misstrauisch. Ich habe ihnen einige Male geholfen. Umaes Plan war, die Gargoyles von Köln für uns zu gewinnen.«

»Umae reiste damals nach Köln – als Gargoyle getarnt«, sagte Christabel und strich sich über die Hände, als hätte ihr das Ballen der Fäuste Schmerzen bereitet. »Sie hat dort Bande geknüpft«, fügte sie hinzu.

Hector nickte. »Umae hat sich damals Arabel genannt und sich mit Erasmus von Köln getroffen, einem der Obersten der Gargoyles dort.«

»Das heißt, Sema und Umae waren vielleicht tatsächlich zur gleichen Zeit in Köln«, sagte ich.

»Meinst du, Umae und Sema haben sich damals getroffen?«, fragte John.

Ich schüttelte den Kopf. »Nein. Ich war dabei. Wir waren 1925 für ein paar Wochen in Köln und haben da weder Gargoyles noch Umae getroffen.«

»Dann haben sie sich um ein Jahr verpasst«, erwiderte Hector.

»Ich wusste nicht, dass es damals in Köln eine Gemeinschaft aus Gargoyles gab«, sagte ich.

»Sie waren da, aber verborgen, ungeschützt und verstreut«, sagte John. »Viele kamen im Zweiten Weltkrieg um – zersprengt, begraben oder Schlimmeres.«

»Wisst ihr, was Umae genau mit den Gargoyles zu tun hatte?«, fragte ich.

John tauschte vorsichtige Blicke mit Christabel und Hector. Sie antworteten mit einem Kopfschütteln, er aber sagte: »Es muss irgendeine Vereinbarung zwischen Erasmus und Umae gegeben haben, an die sich die Gargoyles von Köln immer noch gebunden fühlen. Umae wollte darauf zurückgreifen, aber ich weiß nicht, was es war.«

»Hast du diesen Erasmus je getroffen?«, fragte ich.

»Nein. Ich habe mit ihm telefoniert und ihn gefragt, warum sie mich auf Distanz halten, und er sagte, dass er in einem Dilemma stecke. Er habe meinem Großvater versprochen, dass die Gargoyles von Köln immer ein offenes Ohr für seine Anliegen haben werden. Und sie fühlen sich auch bei mir an das Versprechen gebunden. Zugleich habe er sich geschworen, nie wieder Magiekundige an die Gemeinschaft heranzulassen.«

Ich nickte. »Das heißt, indem er dich auf Distanz hält, hält er den Schwur, und indem er dich anhört, hält er das Versprechen. Von Arabel war dabei nicht die Rede?«

»Nein. Er hat mir gegenüber nicht durchblicken lassen, dass er mich für einen Verbündeten Arabels hält. Auch hat er ihren Namen nie erwähnt. Mein Großvater war noch jung, als er Umae half, nach Köln zu kommen. Und sie haben es so erscheinen lassen, als hätte Umae als Arabel lediglich gegen Bezahlung die Dienste meines Großvaters in Anspruch genommen. Ich wünschte, die Tagebücher meines Großvaters würden mehr preisgeben – auch was die Gespräche zwischen

Umae und Erasmus angeht. Er erwähnt darin, dass sie eine Spur legen wollten, für den Fall, dass alles scheitert. Dabei geht er aber überhaupt nicht ins Detail. Leider sind die meisten Einträge so. Worum es Umae damals genau ging, das dürfte mit ihr verloren gegangen sein.«

»Vielleicht nicht«, erwiderte ich. »Sema hat eine Menge von ihr erfahren. Und was Umae wusste, das werden auch die anderen Medusenschwestern irgendwann wissen.«

»Umae sagte, ihre Aufgabe wäre es, die anderen wachzurütteln.«

»Sie glaubte, die Zeit der Vereinigung sei nahe«, fügte Hector hinzu.

»Mit dem Medusenhaupt in ihrem Besitz musste es so erscheinen«, sagte ich. »*Ihr* habt es erbeutet, nicht wahr?«

Christabel und Hector nickten. »Wir beide – und Achilles. Besonders er«, sagte Hector und schluckte. Seine Stimme klang so bedrückt, dass das, was eine Heldengeschichte hätte sein sollen, wie eine Tragödie klang. »Wir suchten an so vielen Orten! Aber erst in Istanbul, als wir dort einen Sitz der Perseussöhne ausspionierten, erfuhren wir, dass das Haupt sich in Rom befand. Wir wurden entdeckt und mussten durch die Zisternen fliehen. Es war knapp an jenem Abend. In Rom dann machte Achilles seinem Namen alle Ehre. Wir brachen dort ins Hauptquartier der Perseussöhne ein und holten den Kopf der Medusenmutter. Wir wollten ihn Umae bringen, doch sie befahl uns aus der Ferne, uns aufzuteilen, um unsere Verfolger abzuschütteln, und das Haupt zu verstecken. Auf unsere Hochgefühle folgte eine Trennung. Ich hatte Angst, dass wir uns nie wiedersehen würden. Und dann kam die Heimkehr, und endlich konnten wir unseren Triumph auskosten.« Er grinste Christabel an, und sie quälte sich zu einem Lächeln. Der Verlust Achilles' überstrahlte hier die Erinnerung an die Heldentat.

Zögernd fragte ich: »Wo ist das Medusenhaupt?«

Christabel antwortete: »Selbst, wenn ich es wüsste, würde ich es dir nicht sagen, sondern nur Sema.«

»Das heißt, du weißt es nicht?«

»Nur Umae weiß es«, sagte Hector. »Sie traf sich mit Achilles und brachte es dann an irgendeinen Ort.«

Ich schaute Christabel, Hector und John abwechselnd an. »Das Medusenhaupt ist also tatsächlich verschollen?«

»Ja«, sagte Christabel und blickte zum Fenster. »Ich wünschte, Umae hätte uns anvertraut, wo es versteckt ist.«

»Sie wollte euch sicherlich schützen«, sagte ich. »Etwas zu wissen, heißt, angreifbar zu sein. Sie wusste, dass, wenn sie stirbt, die Medusenschwestern neben ihrem Wesen auch ihr Wissen in sich entdecken würden. Und so werden sie irgendwann auch erfahren, wo das Medusenhaupt ist.«

»Das heißt, die Zeit der Vereinigung ist nun wieder ein Stück in die Ferne gerückt«, sagte Hector.

Ich nickte.

»Was werden wir jetzt tun?«, fragte Christabel.

Ich wandte mich an John. »Wenn deine Kontaktleute nicht enttarnt wurden, könnten wir den geplanten Weg weitergehen.«

»Und falls sie doch enttarnt wurden?«

»Dann werden wir kämpfen müssen. Und dann ist die Aussicht, eine Gemeinschaft aus Gargoyles auf unserer Seite zu haben, eine, die mir gefällt.«

»Das kann Jahre dauern, bis sie uns vertrauen«, sagte John. »Und auch wir werden Zeit benötigen, bis wir bereit sind, ihnen zu vertrauen. Das sind keine von Medusen geschaffenen Gargoyles, sondern von Magiern erzeugte. In vielen Fällen waren sie lange von ihnen unterjocht.«

»Ganz gleich, was geschieht: Semas Geheimnis muss gewahrt bleiben«, sagte Hector. »So lange wie möglich.«

Christabel nickte und warf mir einen kurzen Blick zu. »Aber sie hat recht. Eine ganze Gemeinschaft aus Gargoyles! Das wäre ein mächtiger Schutz – einer, den wir nie hatten.«

»Ihr wollt euch Sema also anschließen?«, fragte ich.

»Ja«, sagte Hector, und Christabel sagte: »Natürlich.«

Zögerlich brachte John seine Antwort hervor: »Wenn ihr mich wollt, dann bleibe ich bei euch.«

»Ganz gleich, wie die Perseussöhne auf eure Spur kamen – wir brauchen dich«, sagte ich. »Sonst können wir in diesen Zeiten nicht überleben – nicht als Gemeinschaft. Die Söhne des Perseus sind eine Sache – wenn aber die Öffentlichkeit oder aber Geheimdienste von uns erfahren, würde das Begehrlichkeiten wecken. Du kannst uns dabei helfen, diesen Blicken zu entgehen.«

»Wenn ich euch tatsächlich dabei helfen kann, dann tue ich es«, sagte John.

Ich schaute in die Runde. »Willkommen in Semas Gemeinschaft!«

Am Morgen stand ich früh auf, weil ich immer wieder aus Träumen von Leidenschaft, die ins Scheitern mündeten, erwachte und merkte, dass mein Körper genug Kraft aus der Welt um mich herum aufgenommen hatte.

In der Küche traf ich auf John. Er machte aus den Vorräten, die er auf dem Weg gekauft hatte, ein Käse-Schinken-Sandwich, aus dem Salatblätter herausragten, und kochte sich grünen Tee, von dem er mir eine Tasse anbot. Ich nahm an, weil mir der würzige Duft gefiel.

»Christabel mag ihn noch mehr als ich«, sagte er, als er mir den Teebecher reichte. »Eine der wenigen Gemeinsamkeiten, die wir noch zu haben scheinen.«

»Ihr hattet Streit gestern Abend«, sagte ich. »Und das hat dir ganz schön zugesetzt, oder?«

John nickte. »Sie messen mich an meinem Großvater.«

»Nach allem, was ich von Sema weiß, muss es schwer sein, in Alfred Rebergs Schatten zu stehen.«

»Ich konnte in zwei Jahren nicht das sein, was mein Großvater über Jahrzehnte war«, sagte John und erklärte, dass

Alfred Reberg sich Mitte der Neunziger, nachdem das Medusenhaupt geborgen war, zur Ruhe gesetzt und ihn ausgebildet hatte. »Als Umae sich wieder rührte, übernahm ich die Geschäfte. Erst vor einem halben Jahr besuchte ich sie zum ersten Mal in den Pyrenäen – weil sie es so wollte. Und jetzt ist sie tot.«

»Aber das ist nicht deine Schuld«, sagte ich. »Komm! Lass uns ins Wohnzimmer gehen, dann erzähle ich dir was von meinen Schuldgefühlen.« Nur zögerlich bewegte John sich mit mir durch den Flur in das geräumige Wohnzimmer. Ich öffnete eines der hohen Fenster, die einen Blick in den Garten boten, und ließ die Morgenluft herein. Draußen standen die Pflanzen im Dunst, und es duftete nach Regen.

John setzte sich in einen der schweren Sessel, und ich nahm am Rand der langen Couch Platz. Wir stellten unsere Tassen auf den runden Beistelltisch, der uns trennte. John aß einen Bissen seines Sandwichs, dann stutzte er und fragte mich zögerlich nach meinen Schuldgefühlen.

Ich erzählte ihm von unserer Gemeinschaft, die bis in die 1990er-Jahre gewachsen war. »Das Jahrzehnt, das für Umae ein Triumph war, war für uns eins des Niedergangs.« Ich berichtete, wie die Söhne des Perseus uns in Vancouver aufgespürt hatten. »Unsere Vertrauten regelten alles«, sagte ich. »Zu Statuen erstarrt fuhren Sema und ich per Frachtschiff nach Europa. Doch dort erwartete uns niemand. Die Perseussöhne hatten unsere Gemeinschaft zerschlagen, Sema und mich aber nicht gefunden. Also übernahm ich die Verantwortung und suchte in Irland eine Zuflucht.«

John lächelte. »Es gehört ganz schön Chuzpe dazu, sich als Zauberwesen in Dublin zu verstecken.«

Grinsend erwiderte ich: »Das war keine Chuzpe, sondern pure Verzweiflung. Ich habe mich gefragt, an welchem Ort uns garantiert niemand suchen würde. Und da Sema mir von dem magischen Untergrund in Dublin erzählte und wie er enttarnt und aufgelöst worden war, hielt ich das für so einen Ort.«

»Der magische Untergrund – aufgelöst? Die Regierung soll da haufenweise Magiekundige reingeschickt haben. Viele glaubten, es würde dazu führen, dass die Öffentlichkeit von Magie und Zauberwesen erfährt. Selbst heute würde dort kaum jemand Zuflucht suchen.«

»Im Grunde genommen habe ich auf verbrannter Erde etwas Neues entstehen lassen«, sagte ich. Während ich von meiner Zeit in Dublin erzählte, lauschte John mir, und er trank aus seiner Tasse, wenn ich es tat, rührte das Sandwich aber nicht mehr an, solange ich sprach.

»Ich war die Letzte an Semas Seite«, sagte ich. »Und ich weiß nicht mal, wie es für manche unserer Vertrauten geendet hat. Ich weiß nicht, wer lebt und wer tot ist. Wollte ich es herausfinden, würde ich uns und sie nur wieder in Gefahr bringen. Jeder Kontakt, den wir in Anspruch nehmen, birgt Schuldgefühle – auch wenn alles gut geht. Und Christabel und Hector sollten das eigentlich wissen. Sie sind lange genug bei diesem Spiel dabei.«

»Sie haben die meiste Zeit im Steinschlaf gelegen. Mir scheint, du hast weit mehr Erfahrungen gesammelt als sie.«

Ich bezweifelte das, wollte aber nicht darauf eingehen. »Womit haben sie dir zugesetzt?«, fragte ich und fürchtete, mich zu weit vorgewagt zu haben, da sagte John: »Christabel meinte, ich habe kein Recht darauf, zu trauern, und Hector – der hat bisher im Streit immer vermittelt – schwieg nun einfach. Ich verstehe sie. Umaes Tod, und auch der von Achilles und den anderen, hat sie erschüttert. Ich meine: Es hat mich erschüttert, und ich war nur seit Kurzem bei ihnen. Und deswegen bin ich bereit, alles zu ertragen, wenn es dazu beiträgt, dass sie ihre Trauer durchstehen.«

»Eine ungewöhnliche Haltung«, sagte ich. Nach allem, was ich erlebt hatte, konnte ich sie aber nachvollziehen.

»Das war schon die Haltung meines Großvaters.«

»Ob er das damals schon so sah, als er mit Umae hier war?«, fragte ich und schaute mich im Zimmer um. »Er *war* doch damals schon hier, oder?«

»Ja, als ganz junger Mann. Er übernahm das Geschäft von Andreas Agelstern, der Umae hergeholt hatte. Er war dessen Neffe.«

»Ich wusste nicht, dass ihr mit den Agelsterns verwandt seid«, sagte ich.

John nickte. »Ambrosius Agelstern ist Andreas Agelsterns Sohn – der Cousin meines Großvaters«, sagte er. Er schaute sich im Raum um, als lauerten hier noch die Geister des letzten Jahrhunderts. »Hier lernte mein Großvater Umae kennen. Seine erste Aufgabe war, ihre Reise nach Köln zu organisieren. Leider geht sein Tagebuch kaum ins Detail.«

»Aber hier zu sein, wo dein Großvater vor hundert Jahren war – das sollte dir Mut machen«, sagte ich.

»Das sollte es, aber ich habe die halbe Nacht voller Angst wach gelegen, dass wir hier angegriffen werden.« Er schaute nach draußen.

»Keine Sorge«, sagte ich. »Sema wacht über uns. Falls sich irgendjemand nähert, wird sie uns warnen.«

»Ich dachte, Umae wäre auch dazu fähig gewesen«, entgegnete John.

»Sie war wahrscheinlich zu tief in den Schlaf hinabgesunken.«

»Obwohl sie mit Sema kommuniziert hat?«

Ich nickte. »Die Erfahrung mit Perseus in ihrem ursprünglichen Leben hat den Schlaf gespalten: In den Tiefen des Schlafes vermögen die Schwestern kaum zu spüren, ob ihnen eine Gefahr droht, aber im kurzfristigen Schlaf kann niemand mehr unbemerkt an sie herankommen.«

John sagte, er könne sich nicht daran erinnern, dass sein Großvater ihm dieses Wissen vermittelt hatte, und er zweifelte daran, ob er dessen Erbe würdig war.

Um ihn von seinen Zweifeln abzulenken, und aus Neugier,

fragte ich John nach seinen Eltern. Mich interessierte besonders seine Mutter, die eine Schwarze Amerikanerin war. Er erzählte mir, dass seine Eltern sich in den 1970ern in London kennengelernt hatten. Seine Mutter arbeitete an einer Geschichte, die Orson Welles als Magier entlarvt hätte. »Also nicht nur als Showzauberer, sondern als echten Magier«, sagte er. »Mein Großvater brachte sie davon ab und stellte dafür eine Verbindung zu Ambrosius Agelstern her.«

»Christabel sagte mir, dass Ambrosius tatsächlich ein echter Magier gewesen ist.«

»Ja, und das galt auch für Orson Welles. Ambrosius war mit ihm befreundet und wollte dessen Geheimnis schützen. Deswegen wandte er sich an meinen Großvater. Es endete damit, dass meine Mutter meinen Vater bei einer Show von Ambrosius kennenlernte.«

»Und sie vergaß dann einfach, dass sie die Geschichte über Welles und die Zauberei schreiben wollte?«

»Na ja. Sie war ganz froh, dem Haifischbecken des amerikanischen Journalismus zu entkommen. War damals nicht leicht für sie.«

Ich hatte die 1970er in den USA miterlebt und wusste, dass es für eine Schwarze Frau im Journalismus alles andere als leicht gewesen war.

»Sie machte aus der Geschichte eine Roman-Reihe«, sagte John. *»Geständnisse eines Magiers.«*

Ich machte große Augen, denn den Titel kannte ich. »Deine Mutter ist Cosima Dixon?«

Johns Wangen wurden rot. Selbst seine braune Haut konnte das nicht verdecken. »Das ist ihr Mädchenname«, sagte er und nickte.

Ich musste lachen. »Chuzpe scheint in deiner Familie auch kein Fremdwort zu sein. Es gehört ganz schön viel dazu, die Wahrheit als Fiktion zu verkaufen – besonders, wenn eine Verbindung zu dem großen Ambrosius Agelstern besteht.«

»Wir müssen die Wahrheit als Fiktion verkaufen, denn die

Welt ist nicht bereit, Magie zu akzeptieren«, sagte John. »Und diejenigen, die davon wissen, wollen nicht, dass es Allgemeinwissen wird. Die Magische Gemeinschaft tut alles dafür, die Geheimnisse zu wahren.« Er erzählte, dass der Bund der Magiekundigen Leute wie Ambrosius Agelstern, Linda Maldenberg oder Nelda Plunkett gewähren ließen, es aber ganze Gruppen gab, die nichts anderes taten, als magische Vorkommnisse zu untersuchen und als natürliche Phänomene zu erklären. Er erzählte mir auch, dass die Abteilungen in den Geheimdiensten, die sich mit Magie und übernatürlichen Phänomenen beschäftigten, inzwischen im 21. Jahrhundert angekommen seien. »Unsere Kontaktleute müssen ihnen immer mehrere Schritte voraus sein«, sagte er. »Wegen der Verflechtungen zwischen den Diensten und der Magischen Gemeinschaft sind wir uns inzwischen einig geworden, dass das Geheimnis gewahrt bleiben muss«, sagte John. »Manche von uns arbeiten sogar mit Geheimdiensten zusammen.«

»Du auch?«

Er lachte. »Nein. Die wissen nichts von mir. Zumindest hoffe ich das. Aber natürlich profitieren wir alle davon, dass die Magie ein Geheimnis bleibt.« Er erzählte von einigen Ereignissen, bei denen die Dienste angeblich eingegriffen hatten – von einer magischen Erscheinung in York bis hin zu den magischen Wesen, die in Siena erschienen waren. Ich erinnerte mich daran, dass das Erscheinen von Spinnenwesen in Siena als Streich erklärt worden war. Und auch bei einigen der anderen Beispiele entsann ich mich der Ausreden, die man für die Öffentlichkeit gefunden hatte.

»Danke, dass du das mit mir geteilt hast«, sagte ich schließlich. »Ich war zu lange von diesen Dingen entfernt. Es ist, als hätte ich selbst lange im Schlaf gelegen.«

»Du hast also nicht geschlafen?«

»Die Angst, jemand könnte uns aufspüren, während Sema im Tiefschlaf schlummert, hielt mich davon ab.«

»Ich hätte mir gar nicht vorstellen können, als Einziger bei

Umae zu sein«, sagte er und erzählte von Christophe und Jeannette, den anderen beiden Menschen unter den Vertrauten Umaes. In der Trauer um Umae und Achilles standen sie immer ein wenig im Schatten. John erklärte, dass die beiden für alles, was in der Nähe organisiert werden musste, verantwortlich gewesen waren. Sie hatten den Schein eines inzwischen mittelalten Paares aufrechterhalten, das abgelegen lebte und ab und zu in die Stadt fuhr, um Vorräte zu kaufen. Er wich meinem Blick aus und sagte: »Nun bin ich der einzige Mensch in dieser neuen Gemeinschaft. Wenn wir in Sicherheit sind, wird Sema sich vielleicht in den Tiefschlaf begeben, und du, Christabel und Hector könntet eurerseits in den Steinschlaf sinken. Dann wäre ich allein.«

»Aber ich würde dich doch nicht allein wachen lassen«, sagte ich. Tatsächlich vertraute ich ihm längst nicht genug, um so viel Verantwortung in seine Hände zu legen, und fühlte mich nun wegen meiner scheinbar vertrauensvollen Worte schuldig.

Hector und Christabel kamen nach einer Weile zu uns. John stand auf, als hätten sie uns bei etwas ertappt. Er sagte, er wolle einen neuen Tee machen, und fragte Christabel, ob sie auch eine Tasse wolle. Das »Ja« kam zwar ohne Lächeln, aber auch ohne Vorwurf. John fragte mich, ob ich auch noch etwas wolle, aber ich hatte noch etwas, und ich störte mich nicht daran, lauwarmen Tee zu trinken.

Während John fort war, scherzte ich mit Christabel und Hector über das Trinken und das Essen und über unsere Gargoylekörper.

Als John mit dem Tee zurückkehrte, dankte Christabel ihm, und sogar ein Lächeln kam über ihre Lippen. »Bevor ich mich in Gefahr begebe, stopfe ich mich voll und lasse die Magie schauen, wie sie was daraus macht«, sagte sie mir.

Hector lachte. »Als wir herfuhren, haben dir die Klöße, die du in München gegessen hast, schwer im Magen gelegen.«

»Wie Kanonenkugeln«, erwiderte Christabel grinsend. »Aber das Wagnis gehe ich gerne ein.«

»Ihr seid über München gekommen?«, fragte ich.

»Ein Flugzeug zu nehmen, war uns eigentlich zu riskant«, sagte Hector. Er schaute zu John, und es war unklar, ob in diesem Blick ein Vorwurf lag. »Aber wir hatten keine Wahl, und die Papiere waren in Ordnung«, sagte er.

John nickte. »Wir hatten Sorge, dass die Daten in den Systemen nicht vermerkt sind. Es geht bei dem Spiel mit Kontaktleuten seit jeher um die Frage, ob gefälschte Papiere und die Manipulation von Verzeichnissen und inzwischen auch Datenbanken ihren Preis wert sind. Auf unserer Seite ist das Spiel immer noch dasselbe. Auf der anderen Seite, wo die Fälschungen und Manipulationen gemacht werden, hat sich hingegen beinahe alles verändert.

»Weißt du, wie sie die Daten manipulieren?«, fragte ich. Denn das war etwas, das ich nie herausgefunden hatte.

»Ich habe keine Ahnung. Ist wahrscheinlich auch besser für die Leute, die es machen. Ich weiß nur, *dass* es passiert. Und wenn Dinge erst mal im System sind, sinkt die Bedrohung erheblich. Wir leben in Zeiten, in denen die Menschen Datenbanken mehr vertrauen als Papieren.«

Hector berichtete, dass sie, seitdem sie München mit einem für sie bereitgestellten Wagen verlassen hatten, darauf geachtet hatten, dass ihnen niemand folgte. Sie hatten in Frankfurt sogar den Wagen gewechselt. »Mit der Frage, ob wir den Kontaktleuten vertrauen können, steht und fällt alles«, sagte er.

»Es wird dabei nie Klarheit geben«, erwiderte ich. »Die besten Zeiten sind die, in denen wir sie nicht benötigen. Und in diesen Zeiten befinden wir uns jetzt nicht.«

»Vielleicht bald«, sagte Sema. Wir alle wandten uns zur breiten Tür, die in den Flur führte. Dort stand sie – in ihren Schlafsachen: einem weiten Hemd und einer seidigen Hose. Ihre Locken glänzten, als hätte sie sie vor einigen Stunden gewaschen und gepflegt. »Wenn wir in Köln sind und sich alles beruhigt hat«, sagte sie. »Vielleicht finden wir dann Sicherheit.« Sie setzte sich neben mich auf die Couch. Hector reichte ihr eine Wolldecke, als fürchtete er, sie könnte frieren. John machte ihr einen Tee, während wir uns über unseren Weg hierher unterhielten.

Als John mit dem Tee zurückkehrte und ihn Sema reichte, fragte er: »Du hast dich also dazu entschieden, nach Köln zu gehen?«

Sema nickte, trank einen Schluck und schloss genussvoll die Augen. Dann lobte sie John für den Geschmack und sagte: »Ich möchte hier nicht abseits von allem darauf warten, dass unsere Feinde uns finden. Ich möchte mitten im Leben stehen – in einer Stadt, wo zwar viele Augen sind, aber auch viele, die von diesen Augen gesehen werden können.« Sie schaute zur Decke. »Ich mag das Haus, aber ich möchte mit den Gargoyles von Köln Kontakt aufnehmen und das weiterführen, was Umae vor hundert Jahren begonnen hat.«

»Von welchen Zeiträumen sprechen wir?«, fragte Hector. »Wann reisen wir ab?«

Sema wandte sich an John. »Wann ist das Haus in Köln bereit?«

»Es ist bereit«, antwortete er.

»Dann reisen wir sofort ab.«

Ich war erstaunt. Sema war nach dem Erwachen nicht dafür bekannt, sich schnell zu bewegen, wenn sie die Wahl hatte. Die Flucht aus Irland schien sie verändert zu haben.

Sema lächelte John an. »Bist auch du dazu bereit, ist die Frage?«

»Nein«, antwortete er. »Ich bin nicht bereit, aber nach allem, was in den letzten Tagen passiert ist, spielt das keine Rolle. Ich bin hier und werde alles tun, dass wir sicher sind.«

Medusenblicke – Eine neue Gemeinschaft

Auf der Fahrt nach Köln liege ich im Schlaf. Ich weiß noch, dass ich hinter Elena und Christabel auf der Rückbank zusammensank, weil mich plötzliche Erschöpfung überkam. Ich ruhe hier und höre die Stimmen meiner Vertrauten, aber auch einige ihrer Gedanken finden vernebelt den Weg zu mir.

Ich kann zu Elena sprechen, aber bei Christabel und Hector ist noch etwas verschoben, und meine Stimme dringt bislang nicht an sie heran. Was ich von ihren Gedanken aufschnappe, ist kaum mehr als das, was sie sagen. In die Tiefen wage ich mich noch nicht hinab; dazu fehlt mir die Kraft. Also weiß ich nicht, ob ich ihnen vertrauen darf.

John ist für meine Stimme noch unempfänglich. Ich werde mich an meine alten Fähigkeiten herantasten – bis alles wieder ist, was es sein sollte.

»Hector fährt so langsam, dass es auffällt«, höre ich Christabel sagen, und in ihren Gedanken steht weniger der Vorwurf im Vordergrund als die Sorge, dass wir im Umfeld des Militärflughafens, den wir passieren, auf aufmerksame Augen stoßen. Für einen Moment sehe ich die Straße wie einen grauen Fluss uns entgegenströmen und sehe Erinnerungen an damals, als Umae nach Köln abfuhr und Christabel und Hector in der Eifel bleiben mussten. Christabel glaubt, es sei als Strafe dafür gewesen, dass sie und Hector sich in anderen Städten danebenbenommen hatten. Sie denkt an Wien, aber ich sehe nicht, was genau sie vor Augen hat, sondern habe nur das Gefühl, dass sich Personen vor ihr bewegen.

Sie erzählt Elena davon, und Elena fragt, während sie über das Lenkrad auf die Straße schaut: »Ihr wart in Wien?«

»Nur kurz«, antwortet Christabel. »Hector und ich haben da in unserer Überheblichkeit allerlei Bekanntschaften gemacht, und ein Magier hat mir nachgestellt. Er glaubte, ich wäre selbst eine Magierin, und als ich ihn zurückwies, holte er seine Freunde, deshalb mussten wir einfach fort.«

»Und ist er immer noch da draußen?«, fragt Elena. »Manche Magier können sehr alt werden.«

»Der nicht. Hermann hat Wien niemals verlassen«, antwortet Christabel, und ich spüre Wut, die längst gekühlt ist und nur in Erinnerung kurz aufflammt und dann der Genugtuung weicht.

»Du hast ihn also aus der Ferne irgendwie im Auge behalten?«, fragt Elena.

»Nein, ich habe ihn getötet«, sagt Christabel und lauert darauf, dass Elena etwas sagt. Doch Elena schweigt, und ich spüre ihre Gedanken an jene, die sie getötet hat, und dass sie nicht stolz darauf ist, es ihr aber ebenso nicht leidtut. Mit einem Hauch von Wehmut erinnert sich Elena an ihre Menschenjahre, als das Mitgefühl mit unseren *Opfern* sie noch quälte. Da kannte sie manchmal Schadenfreude, wenn ich jemanden versteinerte und die Statue zerschlug, aber selbst tötete sie damals niemanden. Erst nach ihrer Verwandlung zur Gargoyle überschritt sie diese Grenze.

Nun wartet sie, dass Christabel sie aufs Töten anspricht, aber Christabel denkt ihrerseits an Menschen, die sie getötet hat. Erst mit Achilles und Hector waren Gefühle aus ihr hervorgebrochen, und auch das Mitleid erwachte mit den Jahren. Doch das zeigt sie nicht. Da lauert eine unerwartete Gemeinsamkeit zwischen Christabel und Elena. Sie beide streifen mit ihren Gedanken die Wut, die sie erfasste, wenn sie es mit den Söhnen des Perseus zu tun hatten. Mit einem Mal öffnen sich Pforten zu Vorstellungen meiner Vergangenheit. Die Wut ist meine Wut, die Gorgonenwut, in der alles zusammenfließt, was dem entwuchs, das uns angetan und genommen wurde.

Gorgonenwut. Dieses Wort ist Christabel bekannt. Umae brachte es ihr und den anderen nahe. Es ist ein Wort, das unsere Medusenschwester Dorae einst prägte und uns zuflüsterte. Sie beschwor die Wut unserer Gorgonenschwestern Stheno und Euryale ebenso wie unsere eigene Wut, die aus der verborgenen Erfahrung der Gequälten und Getöteten erwächst. Diese Wut ist auch in Christabel und Elena lebendig.

Sie umgehen das Thema, indem sie über mich und Umae reden. Elena wundert sich erneut, dass Christabel kaum etwas über das Zusammenspiel meiner Schwestern und mir weiß, und fragt schließlich: »Habt ihr das nicht alles in den Schriften gelesen?«

»Welche Schriften?«, fragt Christabel

»*Das Buch der Gorgonen.*«

»Nie davon gehört.«

»Ihr habt nicht von dem Buch gehört, das Dorae geplant hatte und das erst nach ihrem Tod von Kyot vollendet wurde?«

»Ich habe keine Ahnung, wer Kyot ist. Aber Dorae – das ist die Medusenschwester, die sich das Leben genommen hat.«

»Sie hatte eine blühende Gemeinschaft um sich«, sagt Elena. »Viele davon Gelehrte. Um die Wahrheit zu verbreiten, schrieben sie im 10. Jahrhundert in vielen Schriften nieder, was Dorae ihnen einflüsterte. Das, was sie wusste, und das, was sie im Austausch mit anderen erfuhr. All das, was Kyot später im *Buch der Gorgonen* niederschrieb. Sema meint, sie hatte Kontakt zu allen Gorgonen und hatte bereits Pläne geschmiedet, an das Medusenhaupt zu kommen. Doch die Söhne des Perseus erfuhren von ihr und scharten Verbündete um sich. Als die Lage aussichtslos war, nahm sich Dorae das Leben. Sie stürzte sich erst in einen Dolch unserer Feinde und dann von ihrem Turm in die Tiefe.«

»Das hat Umae erwähnt«, sagt Christabel. »Bis dahin wusste ich nicht, dass ihre Gedankenstimme so tiefe Gefühle ausdrücken konnte wie Trauer.«

Christabels Schmerz springt auf mich über, und ich stehe kurz davor, aus dem Halbschlaf aufzutauchen, mich aufzusetzen und ihr meine Hand auf die Schulter zu legen, aber ich verweile und versuche, mit Gedanken zu ihr und Elena gleichermaßen durchzudringen.

Ich schicke einen sanften Hauch, der wie eine Berührung in Gedanken ist, wie ein Tagtraumbild. Und ich merke, dass Elena kurz zu mir zurückschaut. Christabel ist plötzlich lauernd, als hätte sie ein tatsächliches Geräusch vernommen.

Ich sage: *»Umae war Dorae besonders verbunden. Sie hat von ihr viel gelernt, und wir durften ihr im Geiste lauschen, als sie Lieder von Myaramae sang. Ihr Tod hat Umae tief verwundet.«*

»Deine Stimme«, sagt Christabel. »Deine Gedankenstimme ist der ihren ähnlich. Warum ist Dorae nicht geflohen? Warum hat sie nicht bis zum Letzten gekämpft?«

»Sie war nicht fürs Kämpfen geschaffen«, antworte ich. *»Die Söhne des Perseus wollten sie zum Monster machen. Sie wollten, dass sie ihr Gorgonengesicht zeigt, um dann als Helden über der Leiche des Monsters aus alten Zeiten zu stehen. Das wollte sie ihnen nehmen. Statt eines Monsters fanden sie eine tote Frau am Fuße des Turms.«*

Sie spricht es nicht aus, aber sie denkt: *»Dennoch – was für ein Verlust!«*

»Nichts ist je verloren«, sage ich und spüre, wie Christabel erschrickt. Ich spreche mit sanfter Gedankenstimme weiter: *»Aber es dauerte lange, bis wir Doraes Fähigkeiten und ihr Wissen in uns entdeckten und zu gebrauchen lernten. Umae setzte Doraes Streben wie keine andere fort. Sie vermochte durch das Medusenhaupt die Welt zu sehen und erfuhr so, wo es sich befand.«*

Christabels Gedanken geraten ins Zittern. Gefühle brechen hervor und umhüllen alles. *»Und du wirst Umaes Erbe finden und weiterführen?«*, denkt sie.

»Ich oder eine andere von uns. Und du und Hector werdet dabei helfen. Durch euch kann ich Dinge spüren, die Umae spürte, als sie auf diese Weise zu dir sprach.«

Christabel beruhigt sich. Die Schleier heben sich, und ich glaube, wieder den Fluss der Straße vor ihr zu erkennen. Da Elena fährt, kann Christabel sich umschauen, den Blick über das flache Land schweifen lassen. Ein Gefühl aus Scham macht sich in ihr breit und mündet in eine Frage, die sie unvermittelt stellt: »Habt ihr das *Buch der Gorgonen* dabei?«

»Ja«, sagt Elena. »Sollen wir es gemeinsam lesen? Ich würde es gerne noch einmal durchgehen.«

»Lass uns das tun«, sagt Christabel, und alles, was sie belastet, fällt für einen Moment von ihr ab.

In Gedanken verlasse ich Christabel und Elena, schwebe nach vorne zum anderen Wagen und finde Halt in Hectors Gedanken. Er ist John dankbar, dass er ihn den Wagen fahren lässt. Es fühlt sich für ihn immer noch befremdlich an, hinter dem Steuer zu sitzen, aber er hat sich auf dem Weg wieder daran gewöhnt. Er lernte das Autofahren in den 1930ern in Frankreich und fuhr Umae in die Pyrenäen. Es ähnelt dieser Fahrt, nur dass ich in einem anderen Wagen bin und die Söhne ihnen damals nicht im Nacken saßen, sondern übereifrige Ermittler.

Hector äußert diesen Vergleich, und ich kann Johns Gedanken ganz leise vernehmen. Sie reden über Ermittler von heute. John betont den Kontrast, dass es früher vor allem Einzelpersonen waren, inzwischen aber ganze Behörden sich mit dem sogenannten *Übernatürlichen* beschäftigen. »Ihr habt in den Jahren der Abschottung nicht mitbekommen, wie sich ein ganzes System entwickelt hat, das sich magische Geheimnisse einverleiben möchte.« Das ist das Einzige, das ich bisher von John in aller Klarheit aufschnappe.

Ich spüre Schuldgefühle, und es sind Hectors … nein! Es sind Johns. Diese Gefühle locken mich zu ihm, doch ich komme nicht ganz an ihn heran. Es ist, als hätte er mit seiner Magie eine Barriere um sich errichtet. Aber ich höre, was Hector hört. Ich höre John sagen: »Wegen gestern: Ich muss nicht in eurer Nähe sein, um euch zu helfen. Ich kann auch woanders wohnen und alles für euch erledigen. Ich möchte nicht, dass ihr mich ansehen müsst und daran denken müsst, dass ...« Er spricht es nicht aus.

Hector will sagen, dass er und Christabel in ihrer Trauer zu weit gegangen sind. Dann will er sagen, dass es leicht ist, die Schuld bei John zu suchen. Nun will er etwas von ihrer Hilflosigkeit erzählen und ihre Aussagen von gestern als Zeichen der Schwäche darstellen. Aber aus Hectors Mund kommen die Worte: »Es tut mir leid, was wir gesagt haben.«

»Und Christabel?«, fragt John.

Ich weiß, dass sie Gewissensbisse hat, es sie jedoch ungeheure Überwindung kostet, einen Fehler einzugestehen. Aber Hector weiß es und spricht es aus. Ich erkenne ihn als einen Vermittler. Früher vermittelte er zwischen Achilles und Christabel. Ohne Achilles gibt es keine Mitte mehr zwischen ihnen. Hector hat sich nicht bewegt, und doch steht er am Rande und fragt sich nun, ob er zwischen Christabel und John stehen könnte, und verdrängt den Gedanken, der ihm wie ein Verrat erscheint.

Achilles zu verlieren, schmerzt umso mehr, da sie einen Streit hatten, ehe das Chaos losbrach. Achilles sagte, Hector solle seine und Christabels Eskapaden nicht glorifizieren, denn sie brachten die Gemeinschaft in Gefahr. Hector erwiderte, er habe manchmal den Eindruck, dass seine und Achilles' Rollen vertauscht seien – sie sich die falschen Namen für ihre Persönlichkeiten gewählt hatten. Aber das stimmt nicht. Es hätte Hector eine Warnung sein sollen, wenn der, der ihm am nächsten stand, eine Gefahr sah.

Die Gedanken an Achilles lassen mich Schuldgefühle erahnen, die nicht ans Licht kommen, und ich kann und will sie nicht zutage fördern. Stattdessen erkenne ich, was Hector mit Eskapaden meint. Seine eigenen bezeichnet er gerne im Scherz als *rührselige Liebesgeschichten,* während Christabels in seinen Augen *waschechte Liebesabenteuer* waren. Sie waren damals Fremde, die sich Fremde suchten.

Hector erzählt John von ihren Liebeseskapaden und fügt hinzu: »Ich glaube, das macht unsere Vorwürfe gegen dich unredlich. Wir sind früher weit größere Wagnisse eingegangen als du. Wenn wir entdeckt worden wären, dann deshalb, weil wir unvorsichtig waren. Wenn wir über deine Kontaktleute entdeckt wurden, dann *trotz* deiner Vorsicht.«

»Ich wollte euch keinen Vorwurf machen«, sagt John, und ich kann bei ihm nicht unterscheiden zwischen echter Schuld und der Schuld, die er schuldlos auf sich nimmt.

»Achilles hat uns Vorwürfe gemacht«, gibt Hector zu. »Ich wünschte, er wäre hier, um uns leidenschaftlich in unsere Schranken zu weisen.« Hector fragt sich, ob John diese Rolle übernehmen kann. Nein, keine Einzelperson kann Achilles ersetzen, aber vielleicht kann John der sein, der sie auf Grenzen hinweist – damit Hector es nicht sein muss. Er will nicht der Vermittler und der Mahner zugleich sein. Er sieht die Gemeinschaft nicht nur als eine Ansammlung von Individuen, sondern auch als ein Geflecht aus Rollen, die nun neu ausgehandelt werden.

Das ist sie also – meine Gemeinschaft. Wie Hector lasse ich meine Gedanken treiben und frage mich, welche Rollen meine Vertrauten einnehmen werden. Johns und Elenas sind die, die festgelegt sind. Sie werden Stratege und Strategin sein. John wird mein Auge sein, und zugleich mein Kontakt zur Welt. Elena wird das sein, was sie immer für mich war: diejenige, die mir am nächsten steht. Was Hector und Christabel sein werden, das muss sich noch zeigen. Sie sind noch zu sehr erschüttert, als dass sie ihre Rolle selbst erkennen könnten. Sie werden mich beschützen, sie werden mich trösten, wenn ich Trost brauche. Aber damit sie das und vieles mehr sein können, muss ich sie ihrerseits trösten.

Vielleicht erkennen sie so die Ähnlichkeiten zwischen

Umae und mir und akzeptieren die Unterschiede, wie Elena mein schwankendes Wesen akzeptiert. Denn wir Schwestern verändern uns oft. Sehnsüchte, Gewohnheiten, Lüste – all das und mehr verschiebt sich, wenn wir lange geruht haben, und es mag sich verschieben, wenn eine von uns den Tod findet.

In Köln wartet nun die Zukunft meiner Gemeinschaft, und obwohl ich dem, was kommt, mit Sorge und Vorsicht entgegenblicken sollte, überwiegt die Hoffnung, dass hier etwas Besonderes beginnt. Die Hoffnung hatte ich oft, und selten endete es für meine Vertrauten in Erfüllung. Das ist eine Frage, die Elena mir nie gestellt hat: warum ich allein war, als ihre Eltern mich fanden. Wahrscheinlich kennt sie die Antwort längst.

Kapitel 3

Eine Gemeinschaft in Köln

Nach fast hundert Jahren gemeinsam mit Sema wieder nach Köln zurückzukehren, das hätte mir ein Gefühl der Verbundenheit bescheren sollen, doch in der Begleitung von neuen Vertrauten einzutreffen, weckte Befremden in mir. Ich wusste nicht, inwiefern ich mich auf sie verlassen konnte, und ich war mir sicher, dass Sema mein Misstrauen bemerkte.

Auch Köln selbst gab mir keinen Grund zum Vertrauen. Die alte Stadt am Rhein hatte mich und auch Sema beim letzten Mal getäuscht. Denn Umae war zur gleichen Zeit in der Region gewesen, und auch eine Gemeinschaft der Gargoyles hatte es bereits damals hier gegeben. Sema und ich hatten, als wir von Brüssel nach Köln geflogen waren und auf dem Flughafen *Butzweilerhof* landeten, nicht ahnen können, dass eine der Medusenschwestern uns so nahe gewesen war.

Sema blickte vom Rücksitz aus zwischen Christabel und mir durch die Windschutzscheibe auf das, was vor uns lag. Wir kamen mit anderem Blick als damals an diesen Ort der Geheimnisse. Wir waren am Boden und fuhren durch einen Wald in die Stadt hinein. An einem Parkplatz hielten wir sogar an, um Hector und John unsere Vorhut sein zu lassen. Wir sprachen über die 1920er in Köln, vor allem über den beinahe vergessenen Flughafen, der von Briten betrieben wurde. Sema und ich waren 1925 hier gewesen, Umae war erst 1926, als die Briten fort waren, aus der Eifel nach Köln gekommen.

Christabel erzählte, dass sie die Stadt gerne gesehen hätte, statt sich im Haus Agelstern nur in ihrer Fantasie ausmalen zu können, was Umae hier erlebt hatte.

Nach einer Weile erhielt ich auf meinem Phone eine Nachricht von John, der uns mitteilte, dass in unserem neuen Haus alles in Ordnung sei und wir kommen konnten. Ich war unruhig, weil wir im Begriff waren, uns festzulegen und an einem Ort innezuhalten. Zwar neigten die Medusenschwestern dazu, Zufluchten zu finden und sich dort niederzulassen, aber ich fürchtete, dass wir, wenn wir zur Ruhe kamen, von unseren Feinden heimgesucht würden. Und die Heimsuchung hatte mehrmals im Tod geendet – schon damals, als Perseus sich in Medusas Kammer schlich.

Im Stadtteil Lindenthal fanden wir in einer von Grün geprägten Gegend in einer Seitenstraße die unscheinbare Einfahrt zu einem Grundstück. Vom Gittertor aus erblickte ich nur ein hellgraues Haus, das für ein solches Grundstück zu gewöhnlich schien.

Das Haus wirkte wie ein Mehrfamilienhaus – zwei Stockwerke und ein dunkles Dach, das tief herunterreichte. Auf dem Weg war zunächst nur die Garage zur Linken zu sehen, auf die die oberen Etagen aufbauten. Der rechte Teil des Hauses war von Bäumen und Sträuchern verdeckt und offenbarte sich erst, während ich den Wagen hinter Johns Minivan parkte.

Sema musterte das Haus still. Hector öffnete uns die Tür, und während wir eintraten, konnte ich meine Überraschung nicht verbergen. Das Haus, das von vorne unscheinbar und klein wirkte, bot im Inneren viel Platz. Es war geradezu verschwenderisch angelegt – mit vielen offenen Räumen. Ein Durchgang führte zur Linken zu einem Anbau, der eine Bibliothek war, die das Erdgeschoss und den ersten Stock einnahm. Statt eines zweiten Stockwerks gab es hier eine Dachterrasse, von der aus wir in den dichten Garten spähen konnten, der mit Bäumen und hohen Hecken vor Blicken schützte.

Wir schauten uns alles an und teilten dann die Zimmer auf, und ich kam mir beinahe wie ein Kind vor, so befreiend war es, an diesem neuen Ort anzukommen. John sollte im Erdgeschoss einziehen, Christabel und Hector in den ersten Stock, und Sema und ich unter dem Dach.

Nach einer Weile trafen wir uns in der Bibliothek und setzten uns an den schweren Tisch, der sich in der Mitte des Saales erstreckte. Wir schmiedeten die ersten Pläne. Die Ängste und Trauer schienen für den Augenblick vergessen zu sein – bis ich John fragte, wie wir Kontakt zu den Gargoyles aufnehmen sollten.

»Ich kenne Leute, denen ich Bescheid gebe, dass ich Neulinge dabeihabe. Die erste Frage lautet: Werde ich ihnen drei oder aber vier Neulinge ankündigen?«

»Ich werde mich vorerst im Hintergrund halten«, sagte Sema. »Meine Kräfte reichen noch nicht so weit, wie ich es gerne hätte. Teile meiner Macht schlummern noch, und ich muss sie wachrütteln. Eine Tarnung als Gargoyle möchte ich erst dann wagen, wenn ich mir meiner Sache sicher bin. Stattdessen werde ich mir lieber als Mensch diese Stadt ansehen – so, wie sie heute ist.«

»Vielleicht sollten wir uns erst mal bedeckt halten«, sagte ich. Christabel und Hector schauten mich an, als hätte ich eine Königin beleidigt.

»Ein paar Spaziergänge da draußen werden sicherlich nicht schaden«, sagte Sema. Während Hector und Christabel erklärten, sie begleiten zu wollen, trug ich Bedenken vor.

»Ich glaube, Elena hat recht«, sagte John und wich dabei Semas Blick aus.

»John! Schäm dich nicht für deine Meinung«, sagte Sema lächelnd. »Ich bin manchmal leichtfertig, aber ich kenne auch gerne das Terrain, auf dem ich mich bewege – insbesondere, wenn es zum Schlachtfeld werden könnte. In den wenigen Wochen habe ich zwar viel über diese Zeit gelernt, aber ich will mehr erfahren.« Das sagte sie, aber ihr

Körper widersprach. Ihre Augenlider wurden schwer, sie erstarrte immer wieder kurz, und ihre Kräfte schienen einfach dahinzuschwinden, so sehr ließ sie die Schultern hängen.

Als Sema sich zurückziehen wollte, bemerkte ich die besorgten Mienen der anderen. Sema versicherte, dass sie allein aufs Zimmer fand, und so ließen wir sie gehen. Und weil ich das anschließende Schweigen nicht aushielt, sagte ich, was ich mir selbst sagte: »Es dauert, bis sie bei Kräften ist.« Ich erzählte, wie Sema das Erwachen zusetzte, und Hector erwiderte: »Jetzt ist mir klar, warum Umae früher so gemächlich agierte, nachdem sie aus dem Schlaf erwacht war. Sie brauchte Monate, bis sie uns mitteilte, was sie wollte.«

»Es sei denn, sie erwachte in Wut«, sagte Christabel. »Dann war sie von Tatendrang erfüllt.«

Sema verzichtete zunächst auf ihren Spaziergang, und ich würde lügen, behauptete ich, dass es mir nicht recht war. Sie verbrachte so viel Zeit mit uns, wie es ihr Körper gestattete, und überließ uns dann uns selbst, um sich auszuruhen.

Wir nutzten die Gelegenheit für Gespräche und wagten uns abwechselnd ins Freie, damit wir vorbereitet waren, wenn wir Sema durch die Stadt begleiteten. Wichtig war, dass entweder John oder ich dabei waren – eine Person, die sich in diesem neuen Jahrtausend auskannte.

Wie ich Christabel versprochen hatte, gab ich ihr und Hector in diesen Tagen das *Buch der Gorgonen,* und ab und zu lasen wir sogar gemeinsam darin. Mein Misstrauen wurde weniger durch unsere Gespräche gedämpft, sondern eher in der Nacht von Sema, wenn ich mich an ihren warmen Körper schmiegen durfte und sie mir Dinge ins Ohr flüsterte, die sie im Halbschlaf wahrgenommen hatte.

»Deswegen bist du so erschöpft«, sagte ich leise und hatte noch ihren Geschmack auf den Lippen. »Weil du deinen Medusenblick schweifen lässt.«

»Hast du das nicht längst erraten, als ich im Wagen in Gedanken zu euch sprach?«, flüsterte sie.

»Ich habe nicht erwartet, dass du dich dem dermaßen hingibst«, sagte ich. »Bist du denn vorangekommen?«

»Mit jedem Tag erwacht meine Macht ein wenig mehr. Mit dir bin ich vertraut. Du hörst meine Gedankenstimme, und ich kann deine lesen. Durch all deine Sinne zu schauen – das fällt mir noch schwer.«

»Früher hast du aus der Ferne meine Gedanken lesen können, und jetzt gelingt es dir nicht?«

»Die Entfernung von Gedanken ist eine andere als die von Körpern. Außerdem hast du dich verändert, oder ich habe mich verändert. Irgendetwas ist jedenfalls anders.«

»Was ist mit Hector und Christabel?«, fragte ich. »Auf der Fahrt konnte Christabel dich hören.«

»Ja. Hector hört mich noch nicht, aber auch seine Gedanken kann ich einigermaßen lesen.«

»Kannst du in die Tiefe tauchen und herausfinden, ob wir ihnen trauen können?«

»Da sind verborgene Dinge, aber was an die Oberfläche kommt, spricht dafür, dass sie das glauben, was sie sagen. Ich spüre keinen Hauch von Verrat, sondern Verlust und Schmerz. Stück um Stück erfasse ich, wie sehr sie Achilles geliebt haben. Darin schwingt eine Scham mit – dass ihnen sein Verlust mehr zusetzt als der von Umae. Sie haben diesen Schmerz geteilt, ebenso wie die Sorge, Schuld auf sich geladen zu haben. Das spüre ich auch bei John. Er belastet sich gerne mit den Problemen anderer.«

»Ein guter Wesenszug für einen Strategen«, sagte ich.

»Ich höre seine Gedanken nur gedämpft – als würde ihn seine Magie ohne sein Zutun vor meinen Blicken schützen.«

»Das ist wiederum gut für einen Magier.«

»Und ich frage mich, wie er mit Umae kommuniziert hat.«

»Danach habe ich ihn gefragt«, sagte ich. »Umae hatte ebenfalls Probleme, an ihn heranzukommen. Aber sie hat im

Schlaf geflüstert – in ihrer Steingestalt. Und wenn das nicht ging, haben Hector und Christabel vermittelt.«

»Kommen die beiden damit zurecht, dass ich in sie hineinschauen kann? Sie haben es zugelassen, aber geht es ihnen wirklich gut damit?«

Ich lächelte sie an. »Sie können es nicht erwarten, bis du ihnen Eindrücke sendest.«

Sema lachte leise. »Ich würde ihnen so gerne etwas bieten, aber mir gelingt es nicht einmal bei dir. Und welches Recht habe ich, in all eure Gedanken und Gefühle hineinzublicken, wenn ich nur nehme und nehme und nicht weiß, wann ich auch etwas geben kann?«

»Sie verstehen das«, sagte ich. »Wir alle verstehen das. Nimm dir die Zeit, die du brauchst.«

Sema schaute zur Decke. »Und dann ist da noch etwas«, sagte sie. »Irgendwo da draußen. Es ist wie ein Leuchtfeuer in der Ferne.«

»Ist es etwas Fremdes?«, fragte ich.

Sie lächelte mich an. »Nein, es erscheint mir so vertraut, dass ich mich frage, ob ich damals hier etwas hinterlassen habe, an das ich mich nicht mehr erinnere – oder ob Umae es getan hat.«

Zwei Tage nach dem nächtlichen Geflüster und all den Zärtlichkeiten, die nie ausuferten, sondern in einer wohligen Schwebe blieben, sagte Sema, sie fühle sich stark genug, einen Spaziergang zu machen. John äußerte immer noch Bedenken, diesmal den Blick in Semas Augen haltend. Es sei etwas ganz anderes, wenn wir Gargoyles uns in der Stadt bewegten, aber Sema den Blicken der Öffentlichkeit auszusetzen, das hielt er für zu gefährlich.

Nachdem Sema erklärt hatte, sie habe sich mit mir bereits in Ostende unbemerkt bewegt, sagte John: »Ich gebe mich geschlagen.« Da seine Miene auf mich nach wie vor besorgt wirkte, sagte ich ihm, dass auch ich weiterhin Bedenken habe, aber Sema recht gab. Es fühlte sich wie ein kleiner Verrat an, aber ich wollte ihm nichts vormachen. Während Sema, Christabel und Hector nach oben gingen, sagte ich ihm: »Es ist nur deine Angst um Sema. Glaub mir: Es wird uns helfen, wenn sie ein Gespür für die Stadt bekommt. Willst du mitgehen?«

Er schüttelte den Kopf. »Es wäre besser, du gehst.«

Ich nickte und strich ihm über die Schulter. »Du wirst das lernen – die Sorge um eine erwachte Medusa auszuhalten. Ich helfe dir dabei.« Die Gefühle, die sich in mir für ihn regten, kamen mir fremd vor. Ich hatte seit Jahrzehnten keine Zuneigung mehr zu einem Mann verspürt. Es passte aber zu Köln, denn ich und Sema hatten hier in den 1920ern in wenigen Wochen viele Liebschaften gepflegt und – wie Sema damals sagte – Dutzenden von Menschen das Herz gebrochen.

Damals war ich Semas einzige Vertraute gewesen, die anderen hatten wir uns erst nach und nach dazugeholt. Es hatte mir Zeit gegeben, mich an sie zu gewöhnen. Hier und nun aber gab es weder eine Wahl, noch gab es Zeit, Christabel, Hector und John einzeln kennenzulernen. Ich war beeindruckt von Christabel und Hector, und es schmerzte, sie unter dem Verlust von Achilles leiden zu sehen. Dass sie Umae verloren hatten, nahm ich leichter – vielleicht weil Sema bei uns war und sie mir Hoffnung und Halt gab.

Bei John war ich mir aber nicht sicher, was genau ich an ihm fand. Sah ich in ihm die Zweifel, die mich früher gefangen genommen hatten? Sah ich die Sorgen gespiegelt, die mich am Anfang in Irland geplagt hatten? Ich wusste es nicht, aber es ging mir nahe, wie bereitwillig er sich zur Zielscheibe gemacht hatte, nur um Hector und Christabel die Trauer zu erleichtern.

Ich ließ John nur ungern im Haus zurück, um mit den anderen durch die Stadt zu gehen. Seine Sorge begleitete mich. Während Hector und Christabel den Weg vorgaben, schwieg ich die meiste Zeit. Mein Misstrauen wurde nicht müde, und ich musste mir eingestehen, dass es nicht nur mein Wissen von dieser Zeit war, das mich an Semas Seite bleiben ließ, sondern auch die Eifersucht. Ich wollte nicht, dass Sema mit Christabel und Hector allein war, und ich schämte mich dafür, dass ich einfach kein Vertrauen fassen konnte. Immer wenn Sema mich anblickte, fürchtete ich, sie habe mich längst durchschaut.

Unsere neuen Vertrauten hatten mir keinen Grund zur Eifersucht gegeben; keinen Grund, sich an den Rand gedrängt zu fühlen. Im Gegenteil: Ich war es, die die Aufmerksamkeit auf sich zog, indem ich von diesen Zeiten erzählte und unsere alten Erlebnisse hier vor neuer Kulisse mit Worten zum Leben erweckte. Ich fragte mich, ob ich Christabel und Hector nicht damit wehtat. Sie hatten Umae verloren. Sie hatten vielleicht nie solche Erlebnisse gehabt. Doch dann erzählte Christabel von ihren Liebeseskapaden in Wien, und mir wurde klar, warum sie damals das Leben genossen hatten – weil ihnen sonst kaum Raum dazu blieb.

Während Hector und Christabel nach einer Weile vorausgingen, sagte Sema in meinen Gedanken: *»Du wirst niemals an den Rand gedrängt sein. Das weißt du. Könnte ich dir doch nur die Bewunderung und weit tiefgreifendere Gefühle von ihnen zuspielen, dann würdest du verstehen.«*

Ebenso in Gedanken antwortete ich ihr: *»Willst du damit andeuten, dass Christabel oder Hector auf mich stehen?«*

»Das wundert dich? Unsere Gemeinschaften waren doch immer von vielfältigen Liebschaften durchdrungen – so kompliziert wie meine Schwestern und ich. Unser wechselhaftes Liebesempfinden prägt das der Gemeinschaft. Und zu sehen, wie ihr über die Zeit all die vernebelten Landschaften eurer Gefühle erkundet und am Ende zur Klarheit gelangt – das berührt und bestärkt mich. Zu fühlen, was Christabel und Hector für dich empfinden, hilft mir, meine eigenen Gefühle zu erkunden.«

»Das ist gut«, erwiderte ich. *»Aber dieses Wissen steht mir nicht zu. Du solltest das nicht mit mir teilen.«*

»Ich muss es mit dir teilen. Dein Misstrauen ist gefährlich. Und ihr seid alle noch nicht gut darin, einander euer Inneres offenzulegen.«

Im Zentrum von Köln nahm ich Sema an die Hand und führte sie wie schon in den 1920ern durch das Hahnentor, eine alte Torburg am Rudolfplatz. Damals hatte ich im Scherz gesagt, sie würde binnen kürzester Zeit die Königin dieser Stadt sein. Aber wir hatten nie vorgehabt, zu bleiben.

»Es hat sich fast alles geändert«, sagte Sema. »Die Torburg war früher von Efeu bewachsen, und ich glaube, mich an einen Baum zu erinnern. Es ist kahler geworden.« An Stellen wie diesen war die Stadt leicht wiederzuerkennen, ein Großteil aber hatte sich so sehr verändert, dass wir die Orientierung verloren. Viele der alten Gebäude, mit denen wir etwas verbanden, existierten einfach nicht mehr, die meisten waren im Zweiten Weltkrieg zerstört worden.

Der Neumarkt entsetzte Sema ebenso wie mich. Alles wirkte enger als zuvor, der Platz selbst erschien wie eine vom Verkehr umströmte Insel. Auch in den 1920ern war hier bereits die Straßenbahn ebenso gefahren wie die Autos, doch das Ausmaß ähnelte dem Vergleich eines Rinnsals mit einem reißenden Fluss. Wir mieden den Platz und gelangten auf die Schildergasse – die wichtigste Geschäftsstraße von Köln. Mit Genugtuung stellten wir fest, dass die Straße, auf der Sema und ich vor einem Jahrhundert beinahe von einem Wagen angefahren wurden, inzwischen eine Fußgängerzone war. Uns auf der ganzen Breite zwischen den Gebäuden bewegen zu können, hatte trotz all der Menschen, die hier in die eine oder andere Richtung strömten, etwas Befreiendes.

Hector und Christabel blieben immer öfter zurück, um in die Schaufenster zu schauen und sogar manche Läden zu betreten. Sie wollten zumindest ein wenig des Bargeldes nutzen, das John uns gegeben hatte.

Sema hingegen hatte Skrupel, Gebäude zu betreten, also blieb sie lieber mit mir in der Fußgängerzone und lauschte der Straßenmusik. Besonders eine rothaarige Harfenspielerin hatte es ihr angetan. Wir verharrten so lange dort, dass Hector und Christabel, nachdem sie zu uns aufgeschlossen hatten, ungeduldig wurden und erklärten, dass sie sich ein Stück weiter in einem großen Kaufhaus umschauen wollten. Ich sagte, dass wir uns dort am Eingang treffen würden.

Die Harfenspielerin sang auf Englisch, und die Melodie erinnerte mich an die Jahre in Irland. Noch ehe sie geendet hatte, legte Sema ihr einen Fünfzigeuroschein in die ovale Schale und nahm sich eine der Postkarten, die dort als Werbung auslagen. Die Musikerin blinzelte ihr zu, ohne Gesang und Harfenspiel zu unterbrechen. Als sie endete, hatten wir uns schon entfernt.

»Fünfzig Euro. Das war mehr als großzügig«, sagte ich. »Warum hast du nicht gewartet?«

»Weil mich ihr Dank verlegen gemacht hätte. Sie gibt weit mehr, als sich in der Schale ansammelt. Sie hat mir mehr gegeben, als ich ihr gab.«

»Dann hättest du ihr danken können«, entgegnete ich. »Und vielleicht hätte sich ein Gespräch entwickelt.«

Sema nickte und musterte die Postkarte, auf dessen Vorderseite die Sängerin mit ihrer Harfe abgebildet war. Ich erklärte Sema gerade, worum es sich bei dem QR-Code auf der Rückseite der Postkarte handelte, als mir drei Männer auffielen, die uns entgegenkamen und uns anstarrten. Als sie an uns vorbei waren, pfiffen sie uns nach, wandten sich um und folgten uns. Auf Deutsch machten sie uns wenig verlockende Angebote, die sie dann auf holprigem Englisch wiederholten. Offenbar hielten sie es für wahrscheinlich, dass wir sie lediglich nicht richtig verstanden hatten.

In der Nähe des Kaufhauses, in das Hector und Christabel hineingegangen waren, blieben wir stehen. Früher war hier das Kaufhaus Tietz gewesen, in dem Sema und ich damals eingekauft hatten. Bei allem hier fragte ich mich, was vom Krieg zerstört worden war und was die Nazis davor durch

Enteignung oder Zerstörung ruiniert hatten. Auf Semas Wunsch hin suchte ich auf meinem Phone nach Informationen und sagte schließlich: »Erst von den Nazis enteignet, dann im Krieg zerstört. Die Familie musste fliehen.«

»Wir waren damals in zu guten Zeiten in dieser Stadt«, sagte Sema. »In mir regt sich ein Bedauern, das ich nicht erklären kann. Ein Drang, hierher zurückzukehren, den ich nie zuvor verspürt habe.«

»Umae«, sagte ich.

Sema nickte, und in Gedanken sagte sie: *»Sie fühlte sich schuldig, die Gargoyles hier zurückgelassen zu haben. Obwohl sie durch Alfred Reberg viel für sie getan hat.«*

Während allerlei Leute vorübergingen, die unser Gespräch nicht weiter beachteten, näherten sich unvermittelt die drei Männer, die uns eben angesprochen hatten, und fragten uns, woher wir kamen. Auf Deutsch teilte Sema den drei Männern mit knappen, aber bestimmen Worten mit, dass wir nicht im Geringsten an ihnen interessiert seien.

Es zeigte sich, dass diese Welt uns nicht einmal als eine Gargoyle und eine Medusa erkennen musste, um uns feindlich zu begegnen. Denn es kam, wie es so oft gekommen war, wenn wir allein in Großstädten unterwegs gewesen waren: Nach der Abfuhr waren wir für die drei Kerle mit einem Mal Sexarbeiterinnen, plötzlich wurden aus sexuellen Orientierungen Schimpfworte, und natürlich kamen rassistische Sprüche hinzu. All das verwunderte mich nicht, aber der schlagartige Wechsel von jämmerlicher Anmache zu Feindseligkeit führte mich auch dieses Mal zu der Frage, wie diese Leute diesen Übergang vor sich selbst rechtfertigten. Vermutlich merkten sie vor lauter verletzter Männlichkeit den Wechsel nicht einmal.

Sema ließ den Blick zwischen den Männern umherwandern, und ich fürchtete, dass sie die drei hier – mitten auf der gut besuchten Schildergasse – zu Stein erstarren ließ und dass rings um uns herum dann die Phones gezückt würden und die Konfrontation sich im Netz verbreitete.

»Was ist?«, sagte einer der drei. Sein dunkles Haar und sein Bart schienen seine enorme Blässe verbergen zu wollen. »Habt ihr es euch anders überlegt?«

»Ich wollte mir nur mal angucken, mit wem wir es hier zu tun haben«, sagte Sema und musterte den Kerl noch einmal von oben bis unten.

Ich spürte Semas Magie bereits wie ein Knistern in der Luft. »Verzieht euch!«, sagte ich. »Wäre besser für euch!«

Kaum hatte ich die Worte gesprochen, spürte ich Semas Finger. Sie fasste meine Hand, was die drei Männer sofort kommentierten. Dass der blasse Kerl uns als »Schwarze Lesben« bezeichnete, quittierte ich mit den Worten: »Gute Auffassungsgabe! Und jetzt haut ab!« Selbst wenn ich unsere Sexualität hätte erklären wollen, sie hätten es weder verstanden, noch hätte es sie dazu bewegt, zu verschwinden.

Selbstverständlich blieben die drei Nervensägen, denn natürlich ließen sie sich von zwei Schwarzen Frauen nichts sagen. Nur sagten sie nicht *Schwarze Frauen,* sondern warfen uns das N-Wort an den Kopf, um es dann in weiteren Durchgängen mit anderen Schimpfworten in allerlei Zuschreibungen zu kombinieren.

Der Bärtige wollte nach meiner Schulter greifen, da packte ich sein Handgelenk, ließ das Innere meines Körpers ein Stück weit in die Verwandlung treiben, sodass mein Griff felsenfest war. Ich drehte ihm den Arm um und stieß ihn zu seinen beiden Freunden, die ihn auffingen.

»Ihr wärt nicht die Ersten, die ich fertig mache«, sagte ich und dachte an die Nacht, in der unsere Flucht in Dublin begonnen hatte. Da hatte mich einer der Söhne des Perseus in einer Gasse überfallen. Und nur die Tatsache, dass ich da noch nicht gewusst hatte, dass er zu unseren Feinden zählte, hatte ihm das Leben gerettet. »Ihr habt euch mit den Falschen angelegt«, sagte ich.

Zwei der drei Männer lachten, der dritte, dem ich den Arm umgedreht hatte, starrte mich mit beinahe ängstlicher Miene an. Doch der Spott und die Drohungen, die uns von den anderen beiden entgegengeschleudert wurden, schienen ihm wieder Mut zu machen. Inzwischen waren einige Leute in der Fußgängerzone stehengeblieben und beobachteten unsere Auseinandersetzung. Zu meinem Missvergnügen sah ich auch einige gezückte Phones. Ich war mir sicher, dass meine Verwandlungen unbemerkt geblieben waren, aber wenn diese Videos zu große Kreise zogen, mochte es zum Problem werden.

»Du lässt dich doch nicht von so einer fertig machen«, sagte einer der beiden Kumpane des Bärtigen. Das reichte aus, um sich wieder vor uns aufzubauen.

Ich hatte diese Situation zu oft erlebt, um etwas anderes zu verspüren als Müdigkeit. Aber ich stellte mir vor, dass wir nicht die Ersten waren und nicht die Letzten sein würden, die diesen Typen über den Weg liefen.

»Was machst du?«, fragte mich Sema in Gedanken. *»Sie hier zu töten, würde für Aufsehen sorgen.«*

»Ich werde sie nicht töten«, antwortete ich ihr in Gedanken. *»Selbst ihnen in den Hintern zu treten, würde zu viel Aufmerksamkeit erwecken.«*

»Keine Sorge, das erledige ich«, entgegnete Sema. Doch ehe sie etwas tun konnte, erschienen Christabel und Hector.

Christabel trug eine Tüte des Kaufhauses und machte ein Gesicht, als würde sie dem Bärtigen gleich entgegenspringen, um ihm die Zunge aus dem Mund zu reißen. Und Hector starrte ihn einfach nur regungslos an.

Ich hörte Semas Stimme in meinem Kopf: *»Ich spüre bei diesen drei nur Leere. So leere Leben, dass es beinahe bedauerlich ist.«*

»Das sind die Schlimmsten«, antwortete ich in Gedanken. *»Das sind die, die uns am meisten Leid zufügen.«*

»Ich sollte ihnen Träume mitgeben – Gorgonenträume!«

Christabel lächelte. Offenbar hatte sie Sema vernommen. Hector hingegen wirkte verwirrt, und erst, als Christabel ihm etwas ins Ohr flüsterte, grinste er.

»Gorgonenträume«, sagte ich in Gedanken.

Die drei Männer – nun in der Unterzahl – waren mit einem Mal still und musterten Christabel und vor allem Hector. Sema nutzte das Schweigen und sagte: »Es wäre jetzt ein guter Zeitpunkt, um zu gehen.«

Das war kein Spruch, der auf diese Leute hätte wirken sollen. Aber irgendetwas an Sema verlieh den Worten Gewicht. Vielleicht die versöhnliche Miene, vielleicht waren es die beschwichtigenden Handgesten – oder aber ein Zauber, der ihnen selbst für mich kaum merklich entgegenwehte – unsichtbar für all die Augen, die uns umgaben.

»Okay«, sagte der Bärtige. Seine beiden Kumpane stutzten, zogen sich aber mit ihm zurück.

»Ach, Sema!«, sagte ich in Gedanken. *»Die haben echt Schlimmeres verdient, als einfach so vom Haken zu kommen.«* Tatsächlich aber war ich froh, dass wir eine Lösung gefunden hatten, die keine weitere Aufmerksamkeit auf sich zog. Die Leute, die eben noch auf eine handfeste Schlägerei gewartet hatten, gingen nun ihrer Wege. Einige sprachen uns ihre Unterstützung zu, wenngleich sie, als wir die Beschimpfungen hatten hinnehmen müssen, geschwiegen hatten.

»Die hätten was auf ihr verfakktes Maul verdient«, sagte ich, als wir weitergingen.

»Du wirst allmählich grausam«, antwortete Sema und zeigte mir ein ironisches Lächeln.

»Ich finde, diese Typen haben ein bisschen Grausamkeit verdient«, sagte Christabel.

Hector nickte. »Die werden nichts aus dieser Sache lernen.«

»Vielleicht doch«, entgegnete Sema, während sie mit uns in eine Seitengasse einbog.

»Du hast ihnen was mitgegeben, oder?«, fragte ich.

»Sie werden erstaunliche Träume haben«, sagte Sema leise, nachdem eine Gruppe von Teenagern uns passiert hatte und uns niemand mehr entgegenkam. »Von Schlangen und Stein«, fügte sie hinzu. »Sie werden auf unterschiedliche Weise von dieser Begegnung träumen und eine ganze Weile mit eingeschaltetem Licht schlafen.«

»Wer ist jetzt grausam?«, fragte ich. Früher hatte ich Semas Fähigkeit, in Menschen, die dafür empfänglich waren, Albträume zu pflanzen, mit Furcht betrachtet. Selbst die Tatsache, dass die Träume nach einigen Tagen verblassten, hatte mich nicht beruhigt. Ich fürchtete, deren Inhalt könnte uns verraten.

»Hast du Setterfield auch einen mitgegeben?«, fragte ich.

»Dazu hatte ich keine Kraft. Er ist viel mächtiger als diese Burschen, die wie ein offenes Buch sind.«

»Weißt du, was mich fertig macht?«, sagte ich, nachdem wir eine Reisegruppe, die vor allem aus Rentnern bestand und Französisch sprach, passiert hatten.

»Sag's mir!«, erwiderte Sema schließlich.

»Dass es keine Feinde braucht, um verfolgt zu werden. Wir müssen nur existieren, wie wir sind.«

»Ich könnte mir eine andere Gestalt geben«, sagte Sema.

»Das weiß ich, aber ich weiß auch, warum du es nicht tust.« Sie hatte mir schon früh gesagt, dass diese Gestalt dem menschlichen Aussehen der ursprünglichen Medusa am nächsten sei und sie mit allem leben werde, was dieser Körper mit sich brachte. An das genaue Aussehen ihrer ersten Gestalt erinnerte sie sich nicht, und der Körper, in dem sie herangewachsen war, hatte sich so oft verwandelt, dass sie nicht zum ursprünglichen Aussehen zurückfand. Aber die Ähnlichkeiten bestanden – Dinge, die sich nicht veränderten, wenn sie es so wollte.

Nachdem Christabel Sema und mir die Notizbücher und das Schreibzeug gezeigt hatte, das sie gekauft hatte, gingen wir auf die Hohe Straße, in der Gedränge herrschte. Nach einer Weile starrte Sema mit gehobenem Blick voraus. Sie staunte über den Dom, der auf der rechten Seite weit über die Dächer hinausragte, als hätte sie das Bauwerk noch nie gesehen. »Jetzt fühlt es sich wie früher an«, sagte sie.

Auf der Fußgängerplattform, die John im Vorfeld als *Domplatte* bezeichnet hatte und uns einen offenen Weg in die Nähe der Kathedrale bot, wollte Sema nur schauen, sich aber nicht annähern. Sie drängte darauf, heimzukehren, ehe die Müdigkeit sie überkam.

Seit sie den Dom gesehen hatte, wirkte Sema abwesend. Als Christabel, Hector und ich über die Magie und die Körper von Medusenschwestern und Gargoyles sprachen, lauschte sie erst nur. Doch die Nachfragen von Hector und Christabel schienen die Müdigkeit wieder zu vertreiben. »Ich bin neugierig auf eure Fähigkeiten«, sagte sie.

Ein weiteres Mal bedauerte ich, dass ich meine Gestalt nur in derart engen Grenzen wandeln konnte, dass es lediglich so aussah, als würde ich eine besondere Mimik anwenden, meinen Körper aufrichten oder kleinmachen. Ich konnte meine Haar- und meine Augenfarben ändern, machte aber selten Gebrauch davon. Das Einzige, das ich gut konnte, war, die Beschaffenheit meines Haares zu verändern, aber ich wählte meistens die langen Locken, die Sema vor meinem Tod gepflegt hatte – an einem Tag, der von Geduld und Fürsorge geprägt gewesen war.

Zu hören, dass Christabel und Hector in der Lage waren, ihr Aussehen so sehr zu verändern, dass wir sie nicht erkennen würden, weckte zwar keinen spürbaren Neid in mir, aber ich fragte mich, wie es Umae gelungen war, ihnen diese Kräfte zu entdecken. Sema versprach, Christabel und Hector dabei zu helfen, ihre Fähigkeiten zu verfeinern, und zu mir sagte sie in Gedanken: *»Es ist für Gargoyles, die Menschen gewesen sind, schwieriger, Magie zu erlernen, als für jene, die diesen Ballast nicht mit sich herumtragen.«*

»Hast du mich in dieser Hinsicht je aufgegeben?«, fragte ich,

während Christabel und Hector über den Rückweg ins Haus verhandelten.

»Aber nein«, antwortete Sema mir. *»Niemals werde ich aufhören, an dich zu glauben. Jedes Mal, wenn ich durch deinen Körper einen Zauber wirke, spürst du, was möglich ist. Früher oder später wirst du es lernen.«*

Ich glaubte an das, was möglich war, fürchtete aber, Sema früher oder später zu enttäuschen.

Aus dem Buch der Gorgonen – III

Nach seiner Tat im Tempel von Gortyn betrachtete Athene ihren Schützling Perseus mit anderen Augen. Mit großer Sorgfalt und der Geduld einer Unsterblichen beobachtete sie sein Tun: wie er seinen Großvater Akrisios aus Versehen mit einem Diskus tötete, die Krone von Argos ablehnte und gegen die von Tiryns eintauschte, wie er Mykene und andere Städte gründete. Trotz aller Triumphe ließ ihn nie die Frage los, wer die Frau gewesen war, die in Gortyn das Medusenhaupt entwenden wollte. Athene schwieg und vereitelte sogar, dass er die Wahrheit erfuhr.

Je länger Athene Perseus beobachtete, umso deutlicher erkannte sie, dass all seine Taten auf sie zurückfielen. Sie stellte nach und nach alles infrage, was Perseus je getan hatte, und folgte so der Spur zurück zu dem Moment, da sie ihn aussandte, Medusa zu töten. Sie hatte eine Rivalin aus dem Spiel der Götter nehmen wollen, doch in Wirklichkeit hatte sie durch Medusa sich selbst Leid angetan.

Sie erinnerte sich an die Vorwürfe Poseidons, der Medusa geliebt und Perseus' Tat verurteilt hatte. Dennoch hatte er sich nicht von Athene abgewandt. Er hatte ihr gesagt: »Wenn der Tag kommt, an dem du diese Tat bereust, dann geh nicht zu Zeus und all jenen, die ihm nach dem Munde reden. Sie werden dir nur sagen, dass das, was du getan hast, richtig war. Und während du in Ruhe schwelgst, wächst deine Schuld, bis sie zu einer Last wird, die dich in die Tiefe zieht. Je früher du die Verantwortung übernimmst, umso eher kannst du dich von dieser Last befreien.«

Damals hatte Athene über Poseidons Worte gespottet, nun aber wandte sie sich an ihn und fragte, wodurch er diese Einsicht gewonnen habe. Er antwortete: »Die letzten Worte entspringen einem Rat, den Keto an die Gorgonen richtete und den Medusa mir weitergab.«

»Du sahst, wohin die Strömung führen musste«, sagte Athene. »Also bist du auf diesen Moment vorbereitet.«

Poseidon sprach: »Ich sah ihn so klar vor mir wie dich nun. Und ich bin bereit, der Vermittler zwischen dir und den Gorgonen zu sein.«

Athene war einverstanden, und so sandte Poseidon Boten aus und machte sich schließlich auf den Weg zu den Inseln im Süden, wo er und Medusa sich zum ersten Mal begegnet waren. Hier erwarteten ihn Stheno und Euryale voller Misstrauen. Sie zweifelten an seiner Liebe zu Medusa, weil er nach ihrem Tod nichts unternommen hatte, und ebenso zweifelten sie an Athenes Botschaft.

»Was muss sie tun, um es so weit zu bereinigen, dass ihr einander in die Augen blicken könnt?«, fragte Poseidon.

»Wir fordern das Haupt unserer Schwester«, sagte Stheno.

»Athene ist bereit, es zurückzugeben«, erklärte Poseidon.

»Ebenso wie die Überreste derjenigen, die es zu holen suchte. Athene weiß, dass es eine von mehreren Schwestern aus dem Blute Medusas ist.«

»Zudem wollen wir Perseus' Kopf«, sagte Euryale. »Athene muss ihren Schützling aufgeben.«

»Sie würde ihn aufgeben, aber sie wird Zeus dafür Rechenschaft ablegen müssen. Er braucht jeden seiner Heroen. Eine fremde Macht steigt langsam aus den Tiefen des Weltenozeans auf. Die Inseln und Pforten dort sind in Gefahr.

All die Kraftstränge, die die Welten verbinden und durchdringen, könnten für diese Wesen aus der Tiefe zum Einfallstor werden. Sogar wir Unsterbliche wären in Gefahr.«
Stheno und Euryale wussten davon. Keto hatte ihnen eine Zeit schwieriger Entscheidungen vorhergesagt. Nachdem die beiden Gorgonen, vom Rat ihrer Mutter erfüllt, die Dinge erwogen hatten, sagte Stheno: »Athene möge uns den Kopf des Mörders mit ihren eigenen Händen ausliefern und seine Männer aus ihren Tempeln und aus ihrer Gunst verbannen.«
Euryale sprach: »Zudem soll Pegasos die Wahrheit über seine Eltern erfahren, und es soll ihm freistehen, wo er fortan leben möchte. Wenn all das erfüllt wird, dann werden wir und die anderen Ketoniden euch gegen die aufsteigende Finsternis beistehen. So ist der Wille unserer Mutter.«
Poseidon überbrachte Athene die Bedingungen und stürzte sie in Erwägungen. Diese Bedingungen zu akzeptieren, das hieße, viel Macht aus der Hand geben. Doch die Unterstützung der Ketoniden im Kampf gegen die aufsteigenden Schatten aus der Tiefe zu erhalten – das war etwas, das weit mehr Macht in sich trug. Sie wandte sich an Poseidon und sprach: »Damals, als du mir sagtest, ich solle Medusa nicht als Rivalin, sondern als Gleichgesinnte und als Verbündete sehen, da hast du an dieses Bündnis heute gedacht.«
»Es war meine Hoffnung«, erwiderte Poseidon. »Und möglicherweise ist es nicht zu spät, ein wenig von dem, was hätte sein können, zu retten.«
Athene trat vor Zeus und erwartete, dass er sie tadelte, doch er hatte keine Augen für sie, die Gorgonen oder Perseus. Er sah nur das Angebot, das ihm Keto über ihre Töchter unterbreitete, und zu Athene sprach er: »Ich würde weit mehr für ein Bündnis mit den Ketoniden opfern – so sehr bedrohen uns die Schrecken aus der Tiefe. Dennoch lege ich die Entscheidung in deine Hände.«

Nachdem Athene in unsere Welt zurückgekehrt war, ließ sie Perseus nach Gortyn kommen, klagte ihn an und verbannte ihn und die Seinen aus ihrem Tempel und nahm ihnen den Schutz. Perseus offenbarte sein wahres Gesicht, indem er Athene verfluchte. Er wollte bei seinem Vater Gehör finden, doch Zeus ließ ihn nicht an sich heran.

Perseus kehrte nach Tiryns zurück, und eines Nachts erschien Athene in seinen Gemächern. Sie hielt die Aigis, aus der das Medusenhaupt herausragte, über den Schlafenden und sprach seinen Namen. Er öffnete die Augen, konnte sich jedoch nicht rühren. Die Göttin, die ihn beschützt hatte, bedrohte ihn nun und sprach: »Ich verurteile dich nicht dafür, dass du damals meinen Willen ausgeführt hast. Mit dieser Schuld hätte ich leben können, aber die Lust, mit der du sie nach einem Moment des Zweifelns getötet hast, sowie all das, was du später unter meinem Schutz, aber nicht in meinem Namen getan hast, das zwingt mich, dies tu tun.« Sie offenbarte ihm alles und löste seine Lippen noch einmal aus der Versteinerung. Er hatte nur Spott für sie übrig, und so waren seine letzten Worte Schimpfworte, sein letztes Geräusch war ein Röcheln, als gurgelte er Kies.

Wortlos versteinerte Athene Perseus, und mit drei Schlägen ihres Schwertes trennte sie der entstandenen Statue den Kopf ab. Nachdem seine Söhne ihn am Morgen fanden, verbreitete sich die Kunde, dass die Gorgonen sich an Perseus gerächt hatten.

Auf den Inseln, wo Medusa und Poseidon einst zusammengekommen waren, traf Athene erstmals auf Stheno und Euryale, und sie fürchtete sich vor dem Zorn der Gorgonen. Und als sie Medusas Kopf, den sie aus der Aigis gelöst hatte, vor sie hielt, überkam Stheno und Euryale die Wut. Sie rissen das Haupt aus den Händen Athenes und wollten auf sie losgehen, da erblickten sie ihre verzweifelten Augen und ihre bebenden Lippen. Sie erkannten den Schmerz ihrer Schwester in der Miene Athenes.

»Wie kann das sein, dass du ihr leidendes Gesicht hast?«, fragte Euryale leise.

»Möglicherweise habe ich das Haupt zu lange mitgeführt, habe eurer Schwester zu oft in die toten Augen geschaut.«

»Und das sollen wir dir glauben!«, entgegnete Stheno.

Athene reichte ihnen die Überreste von Beldyrae und schließlich das Haupt des Perseus. Und sie sagte: »Pegasos weiß nun um seine Herkunft. Er ist bei Poseidon – von Unsicherheit erfüllt.«

»All das haben wir gefordert«, sagte Euryale.

»Aber ohne Reue ist es wertlos«, fügte Stheno hinzu.

Athene näherte sich ihnen und sagte: »Ein Teil eurer Macht ist mir vertraut geworden.« Sie hielt ihnen die Hände hin, und als Stheno und Euryale ihr Zögern überwunden hatten und die Hände der Athene gefasst hatten, öffnete sich ihnen der Geist der Göttin. Sie sahen, was sie erlebt hatte, sahen ihre Geheimnisse, ihre Schuld und auch ihre Reue.

Nachdem Athene die Hände von den Gorgonen gelöst hatte, sagte Euryale: »Poseidon hat recht: Wir hätten Vertraute sein können. Wie Schwestern. Aber was du getan hast, können wir dir nicht vergeben.«

»Nur Medusa kann das«, sprach Athene. »Ich habe das Geheimnis des Hauptes und der Schwestern enträtselt, und ich verspreche euch, dass aus meinem Mund niemand außer Poseidon etwas davon erfahren wird. Wenn Medusa zurückkehrt, werde ich sie um Vergebung bitten.«

»Sollte sie dir vergeben, dann – und nur dann – werden auch wir dir vergeben«, sagte Stheno.

Euryale und Stheno brachten Beldyraes Überreste zu deren Vertrauten und bestatteten sie zwischen Felsen. Das Haupt ihrer Schwester ließen sie ebenfalls dort. Die Vertrauten, von Trauer erfüllt, sollten darüber wachen.

Der Kopf des Perseus verließ unsere Welt. Auf dem Weg über den Weltenozean nach Soralûn warfen Stheno und

Euryale das versteinerte Haupt ins Wasser und schauten dabei zu, wie es in der Tiefe verschwand.

DAS BUCH DER GORGONEN, S. 49–55.

Metamorphosen

Nach all den Jahren wieder Teil einer Gemeinschaft zu sein, das beschwor in mir Erinnerungen an die Vertrauten herauf, mit denen Sema und ich viele Jahre erlebt hatten. Ich dachte an Glenda, ohne deren Geschick wir die 1950er nicht überlebt hätten; und an Ron, der uns in den 1960ern ermutigte, uns aktivistisch zu betätigen. Die Abenteuer, die wir erlebten, erzählte Sema unseren neuen Gefährten neben solchen, die sie in der Antike in Argos, Karthago oder Rom erlebt hatte. Ron war aufmerksam und listenreich gewesen – *sneaky,* wie Sema zu sagen pflegte. Als er uns in den 1970ern verließ, weil das FBI auf ihn aufmerksam geworden war, war es Nicole gewesen, die mehr Verantwortung übernahm. Ohne sie hätten wir uns damals verkrochen wie so oft, aber sie erinnerte uns daran, dass die wachsende Komplexität der Gesellschaft uns außerhalb unseres Verstecks Spielräume bot.

So wurden die 1970er eine Zeit des Sammelns von Eindrücken. Besonders viel Zeit verbrachten wir in Konzertsälen und Clubs, in Kino-Sälen und Autokinos. Das waren schöne Erinnerungen – auch, dass Ron in den 80ern zu uns zurückkehrte, wir das Leben genossen, ehe wir Anfang der 90er zur Ruhe kamen. Jede schöne Erinnerung mündete jedoch in unserer Flucht und in der Ungewissheit, was aus unseren früheren Vertrauten geworden war.

Oft fragte ich mich, ob ich es wagen könnte, nach ihnen Ausschau zu halten, aber ich hatte es nicht getan, weil ich

Sema schützen wollte, und jetzt würde ich es auch nicht tun. Die Zeit war vorüber, und ich hoffte, dass unsere früheren Vertrauten ein neues Leben begonnen hatten und ebenso wie ich in wunderbaren Erinnerungen schwelgen konnten.

Jede dieser Erinnerungen ließ mich mit der Frage auf meine drei neuen Gefährten blicken, was uns das Zusammenleben nun bringen würde. Eine Gemeinschaft bedeutete für Sema und mich Sicherheit – einen Schutz, den wir lange nicht mehr hatten genießen dürfen. Seit jeher hatten sich Gemeinschaften um die Medusenschwestern gebildet, und die letzten Jahre in Irland waren eine Ausnahme gewesen. Selbst die Jahrhunderte, die Sema geschlafen hatte, ehe sie auf meine Eltern getroffen war, waren eine Ausnahme.

Sema und ihre Schwestern waren nicht für das Alleinsein geschaffen. Deswegen sah ich es als meine Aufgabe, diese neue Gemeinschaft zu festigen, zu pflegen und zu schützen. Wann immer es mir gelang, die Eifersucht zu unterdrücken, die manchmal in mir aufstieg, fühlte ich mich wohl in dieser Rolle. Wenn Gemeinsamkeiten in den Blick rückten, war es beinahe wie früher. Und selbst bei den Unterschieden gab es vieles, das uns näherbrachte, weil es die Faszination aneinander und die Bewunderung füreinander nährte.

Jeden Tag entdeckte ich etwas Neues an ihnen – an einem Morgen ein diebisches Lächeln auf Johns Gesicht, das ich reizend fand. Er saß in der Bibliothek vor aufgeschlagenen Büchern, als ich mit Christabel und Hector hereinkam. Er machte Notizen in eines der dicken Notizbücher, die er für uns alle gekauft hatte, während wir über Semas Müdigkeit sprachen und ich ihnen versicherte, dass ihre Schwäche nur von kurzer Dauer sein werde.

Als Schritte hinter uns ertönten, fühlte ich mich ertappt und wandte mich um, nur um John entgegenzublicken, der einige Schritte näher kam und dann stehen blieb und uns anstarrte. Wie Christabel und Hector, so wandte ich meinen Blick langsam von dem John ab, der den Raum betreten hatte, und schaute dem John entgegen, der hier bei uns war und Notizen machte. Das diebische Lächeln hätte mir bereits die Wahrheit offenbaren sollen.

»Sema«, sagte ich.

»Dass ihr es nicht sofort bemerkt habt«, sagte sie mit ihrer Stimme in Johns Gestalt. Sie blickte auf ihre Notizen, die eindeutig in ihrer schwungvollen Handschrift verfasst waren. Wenn sie sich kaum rührte, wirkte sie exakt wie John, nun aber fiel auf, dass sie ihn mit ihren zu knappen und zu präzisen Gesten, die in all den Jahrhunderten ihres Lebens immer weiter verfeinert wurden und zur Gewohnheit geworden waren, noch nicht treffend imitierte.

»Wäre die Stimme nicht ...«, sagte John. Weiter kam er vor Staunen nicht. Mir waren einst auch die Worte ausgegangen, als Sema mich zum ersten Mal verkörpert hatte. Ehe wir Vertraute gehabt hatten, waren wir oft umgezogen und hatten manchmal zur Tarnung als *eine* Person gelebt. Mal hatte ich das Haus verlassen, mal sie. Sie hatte meine Bewegungen und sogar meine Stimme so treffend nachgeahmt, dass es niemandem aufgefallen war. Und da sie meine Gedanken lesen und mir ebenso ihre Gedanken schicken konnte, war uns immer klar gewesen, was die andere getan hatte.

Wenngleich ich mich nie daran gewöhnt hatte, mich selbst verkörpert und nicht nur gespiegelt zu sehen, beunruhigte mich der Zauber selbst nicht. Ich hatte nicht das Gefühl, zu verschwinden, nur weil sie auf einmal wie ich aussah. Die Befremdung bestand lediglich in dem Augenblick, da ich scheinbar mit mir selbst konfrontiert war.

Sema verwandelte sich nun wieder in ihre Gestalt zurück, trug aber nach wie vor Jeans und ein Sweatshirt – offenbar aus Johns Kleiderschrank entliehen. Und das Lächeln hatte sich zwar ein wenig verschoben, war dabei aber seinem diebischen Charakter treu geblieben.

»Umae hat das nie gemacht«, sagte Christabel.

»Ich weiß nicht mal, ob sie das konnte«, fügte Hector hinzu.

»Sie konnte es«, sagte Sema lächelnd und fragte Hector und Christabel dann, ob sie ihrerseits in der Lage seien, ihr Aussehen anzunehmen. Sie zögerten zwar, den Versuch zu wagen, dann aber gerieten ihre Gesichter ins Zittern. Ihnen wuchs Lockenhaar, und ihre Haut verdunkelte sich.

Vor unseren Augen vermochten Christabel und Hector eine Ähnlichkeit zu Sema herzustellen, aber sie erreichten ihr Aussehen nicht, sondern wirkten eher wie Verwandte – wie Medusenschwestern, die, gerade erwacht, sich ihrer Macht unsicher waren. Besonders Hectors Verwandlung faszinierte mich, weil der Weg seiner Verwandlung mir viel weiter erschien als der Christabels. Konnte er sich seinen Körper dauerhaft frei wählen, oder kehrte er immer wieder zur Gestalt der griechischen Statue des Heroen von Troja zurück, wie Sema zu ihrer Gestalt zurückkehrte?

Ich fragte ihn danach, und mit einem betörenden Lächeln auf den Lippen antwortete er: »Jede meiner Verwandlungen ist von Dauer – bis ich sie ändere.« Er schaute kurz Christabel an. »Wir gleiten nicht einfach zurück zu unserer ursprünglichen Gestalt, sondern müssen dafür Kraft aufwenden. Wir haben oft viel Zeit in anderen Körpern verbracht. Aber ich vergesse meinen ursprünglichen Körper nicht, und mich in ihn zurückzuverwandeln, ist wie eine Heimkehr – gerade in schwierigen Zeiten.«

Christabel sagte: »Und doch sind unsere Fähigkeiten begrenzt. Ein genaues Abbild braucht Jahre.«

»Schaut euch gegenseitig an«, forderte Sema.

Christabel und Hector tauschten Blicke und staunten. »Umae!«, sagte Hector.

»So sah sie aus?«, fragte John, und mir wurde klar, dass John Umae nur in ihrer Steingestalt gesehen hatte, nie in ihrem Körper aus Fleisch und Blut.

»Ja«, sagte Sema. »Genau so sah sie aus.«

»Aber du hast sie nie gesehen«, sagte Christabel.

»Aber ich habe ihre Erinnerungen gesehen – wie sie in den Spiegel sieht und sich fragt, wie wir anderen aussehen.«

»Ich wollte mich in dich verwandeln, und heraus kommt Umae«, sagte Hector kopfschüttelnd. Christabel nickte mit enttäuschter Miene. »So sind wir dir keine Hilfe.«

»Doch«, erwiderte ich. »Wer könnte sagen, ob ihr oder ich oder Sema selbst die Medusenschwester unserer Gemeinschaft ist? Die wenigsten haben unser wahres Gesicht aus der Nähe gesehen.« Bertram Setterfield hatte es in Irland in einer regnerischen Dämmerung gesehen, aber selbst wenn er sich ihr Gesicht eingeprägt hatte, durfte er sich nicht sicher sein, dass Sema ihre Gestalt beibehielt. Ich war immer noch der Meinung, dass wir ihn von der Klippe hätten stoßen sollen.

»Und du?«, fragte Christabel. »Wie sehen deine Verwandlungen aus?«

Statt zu antworten, bemühte ich mich um eine Verwandlung, und als die Hitze mir zu Kopf stieg und mein Gesicht pulsierte, stellte ich mir vor, wie Sema zu sein, doch es entglitt mir wie üblich. Ich schaute in enttäuschte Mienen, nur Sema starrte mich liebevoll an, und sie musste mir weder mit gesprochenen noch mit gedachten Worten sagen, dass meine mangelnden Verwandlungskünste ihre Wertschätzung für mich nicht schmälerten.

»Alles, was ich kann, ist das«, sagte ich und verwandelte mein Haar. Die Locken wurden länger und länger, bis ich glattes Haar hatte. Dann ließ ich die Wellen dichter und dichter werden, bis mein Haar stand. Sodann verwandelte ich es zurück in den welligen Zustand, den es am Tage meines Todes gehabt hatte – gewaschen und gepflegt von Sema. Es fühlte sich in seiner Frische nach all den Jahren immer noch so an, als hätte ich vor Kurzem ein Bad genommen.

»Seid ihr enttäuscht?«, fragte ich und hatte das Gefühl, meinen Platz in dieser Gemeinschaft nicht verdient zu haben.

Ich konnte längst nicht mehr das für Sema tun, was John für sie tat, und meine Fähigkeiten als Gargoyle würden niemals an die jener heranreichen, die den Söhnen des Perseus das Medusenhaupt und damit deren wichtigste Machtquelle entrissen hatten.

»Nein«, antwortete Christabel. »Ich wollte dich nicht herausfordern. Tut mir leid.«

Ich nickte, erinnerte mich aber auch daran, ihnen gegenüber erwähnt zu haben, dass meine Verwandlungskünste nicht besonders weit reichten.

»Du kannst viele Dinge, die wir nicht können«, sagte Hector. »Das gilt für alle von uns. Aber zusammengenommen ergänzen wir uns.«

Nur zu gerne hätte ich das geglaubt, aber zu glauben, heißt, nicht zu entscheiden. Ich kann nicht entscheiden, was ich glaube, sondern nur feststellen, dass ich es tue oder eben nicht. Und in jenem Augenblick glaubte ich, dass Hector mich lediglich trösten und vielleicht sogar meinen Neid schmälern wollte. Wieder spürte ich die Eifersucht und nun auch Verlustängste in mir aufsteigen.

Die Zeit des Ausharrens lag hinter uns, und mir schien, als wäre dies die Zeit der Verwandlungen, und ich wäre nicht im Ansatz darauf vorbereitet. Noch mochte Sema mir liebevoll entgegenblicken, aber ich fürchtete, dass mich bald schon der erste Blick der Enttäuschung treffen würde. Welche Gefühle würde das heraufbeschwören? Was würde das für die Gemeinschaft bedeuten? Und durfte ich mir selbst vertrauen, wenn die Eifersucht jetzt bereits in mir aufflammte?

All das würde Sema bemerken, falls sie in meine Gedanken blickte. Vor ihr würde ich meine Gefühle nicht verbergen, aber ich wollte sie vor Christabel und Hector verbergen. Also kamen statt der Wahrheit folgende Worte aus meinem Mund: »Wenn ihr meine Schwächen ausgleicht und ich eure, dann werden wir unbesiegbar sein.« Die Lüge bestand darin, dass ich nichts sah, was ich ihnen hätte geben können, sondern nur Dinge, die ich hätte nehmen können.

Ich lächelte, aber es war ein falsches Lächeln – eines, für das ich mich schämte.

Medusenblicke – Der Zeit entwachsen

Es ist geschehen. Ich sehe die ersten Anzeichen des Bereuens bei Elena. Sie schämt sich für ihre Eifersucht, ihren Neid und ihre Verlustängste und hat das Gefühl, nicht genug zu sein und ihre Position an meiner Seite nur aus Mitleid erhalten zu haben. So hatte es bei den anderen auch angefangen, und mit der Zeit hatten sie erkannt, dass meine sogenannte Gabe ihnen zum Fluch wurde. Aber ich möchte es bei Elena nicht so weit kommen lassen, und das heißt, dass ich sie trösten und stärken muss. Ich dachte immer, sie würde die Wahrheit spüren, und ich müsse sie deswegen nicht aussprechen. Aber sie muss ausgesprochen werden.

Also gewähre ich ihr und damit auch mir heute Nacht mehr Nähe als in den letzten Wochen, und Freuden an ihrem Gesicht abzulesen, gibt mir ein wohliges Gefühl, aber es erfüllt und entfacht mich nicht so wie früher. Als es vorüber ist und wir – sie beglückt und ich zufrieden – daliegen, weiß ich, dass Nähe allein nicht reicht. Ich sage: »Du weißt, dass deine Eifersucht und deine Ängste mich nie zur Enttäuschung führen werden.«

»Du hast es also in mir erkannt«, flüstert sie.

»Selbst wenn ich es nicht hätte sehen wollen, dein Inneres ist so oft erfüllt davon, dass es alles überstrahlt.«

»Ich an deiner Stelle wäre enttäuscht«, sagt sie.

Ich küsse ihr die Tränen fort und sage dann: »Hättest du das Wechselspiel aufblühender und verwelkender Gemeinschaften erlebt, dann wärest du nicht enttäuscht. Dann würdest du die Zeichen des Niedergangs erkennen.«

»Und meine Eifersucht – ist sie ein Zeichen des Niedergangs?«

»Nur wenn du aufhörst, *eines* zu tun?«

»Was immer es ist, ich werde es weiterhin tun«, sagt sie und fasst meine Hände.

Ich sage ihr leise, fast nur ein Hauchen vor ihrem Gesicht: »Hör niemals auf, mir zu vertrauen. Ich verspreche dir: Nichts, was du tust, wird mich dazu führen, dich von meiner Seite zu verbannen. Ich habe dir das nie gesagt, aber all meine Vertrauten – selbst die aus den frühen Tagen – waren mir nie so verbunden, wie du es bist.«

Ihr stockt der Atem.

»Das sagst du nicht nur so?«

»Vertrau mir, El!«, erwidere ich.

Sie atmet durch, holt tief Luft, atmet aber nicht mehr aus, sondern verharrt, ihren Blick direkt in meine Augen gerichtet. »Warum?«, fragt sie. »Weil ich mein Dasein noch nicht bereue?«

»Nein – weil ich mich in dir mehr als in anderen erkenne. Damals, als ich mich oft in dich verwandelt habe, da dachte ich, ich müsste etwas Fremdes erleben, aber ich fand mich selbst in dir.«

Sie schüttelt ganz langsam den Kopf. »Ich weiß nicht, wie du dazu kommst.«

»Ich habe dir vielleicht mehr von mir gegeben, als ich dachte. Jedes Mal, wenn ich in deine Gedanken schaue, spüre ich diese Verbundenheit, und wenn ich durch dich Magie wirke, ist es, als wäre ich du. Deine Eifersucht erweckt die Eifersucht, die ich früher verspürte; dein Neid meinen alten Neid; deine Ängste meine Ängste. Alles, was in dir ist, war auch in mir. Und ich habe fast alles überwunden.«

»Fast alles?«, fragt sie.

»Die Ängste, dich und nun auch die anderen zu verlieren, werde ich niemals loswerden. Das ist der Preis, den ich dafür bezahle, eine Gemeinschaft um mich zu haben.« Mit einem

Lächeln sage ich: »Der Preis für diese kleine Insel des Glücks in diesem Meer, in dem sonst alles versinkt.«

Elena küsst mich, und obwohl die Gefühle sich nicht einfach auflösen, sondern noch immer in ihr schlummern, nimmt sie meinen Trost an und tröstet mich zugleich. Auch meine Ängste sind nicht fort, aber für eine Weile plagen sie mich nicht mehr.

Ich genieße diese Wochen in Köln und merke, dass Elena und John allmählich ihre Ängste überwinden – zumindest für den Moment. Elena lässt mich mit Hector und Christabel spazieren gehen, ohne dass ihre Eifersucht aufflammt, und John hat sich an die abendlichen Ausflüge in die Stadt gewöhnt und rät nicht länger davon ab. Er begleitet uns sogar, wenn Elena zu Hause bleibt.

Tagsüber wagen wir uns selten hinaus. John ist meist der Einzige von uns, der vor die Tür geht. Wir vertreiben uns die Zeit mit Gesprächen, und ich habe das Lesen wiederentdeckt. Aber wie schon in den 70ern und den 80ern liebe ich es vor allem, Filme zu schauen. Es ist, als hätte John, als er dieses Haus für Umae umbauen ließ, gewusst, dass seine Medusa Filme zu schätzen wissen würde. Denn an den Bibliotheksraum schmiegt sich am Rand des Gebäudes ein Kinoraum an, der hinauf in den ersten Stock reicht und in dem wir Filme schauen.

Das gefällt mir so gut, dass es mich kaum noch hinaus in die Welt zieht. Das mache ich oft – mich einer Sache ganz verschreiben, bis ich sie ausgekostet habe und mich dann für eine Weile etwas anderem widme. An den Blicken, die John und Elena tauschen, merke ich: Es ist ihnen recht, dass ich statt Köln nun Filmwelten erkunde. Bei Elena finde ich die Bestätigung in den Gedanken, bei John habe ich das Gefühl, seinen Gedanken zu lauschen, wie man Stimmen im Nachbarraum lauscht. Und die Stimme klingt erleichtert.

Wir schauen unterschiedliche Filme, insbesondere analytische Krimis und Horrorfilme. Meine Lieblinge sind immer noch die starbesetzten Agatha-Christie-Verfilmungen – insbesondere *DAS BÖSE UNTER DER SONNE* – und die frühen Horrorfilme von John Carpenter, vor allem *THE THING*. Neu entdecke ich die Filme von Jordan Peele, vor allem *US*.

Nach jedem Film sprechen wir über das, was wir gesehen haben. Diesmal reden wir nach einigen Slasher-Filmen darüber, wovor Menschen sich fürchten und in welcher Weise diese Furcht Filme und Bücher prägen. Das interessiert mich, denn ich war oft das Monster, vor dem sich Menschen fürchten.

John sagt, dass der Horror konservativ und deswegen in vielen Fällen problematisch sei, und ich schaue Elena an, weil ich weiß, was sie darüber denkt. In Anlehnung an früher sagt sie: »Konservative Menschen fürchten sich im Horror vor dem Progressiven, und Progressive vor dem Konservativen. Wenn der Horror also konservativ ist, dann deshalb, weil es um die Ängste von progressiven Menschen geht. Und wenn du jung bist und mit all den Regeln deiner Eltern konfrontiert bist, dann ist das genau das, was dich in Angst versetzt.«

Wir sprechen nun über unsere eigenen Ängste. Meine Vertrauten sind sich einig, dass sie sich bei Horrorfilmen eher vor dem Konservativen fürchten, während ich schweige.

Dann jedoch kommt die Frage, die ich erwarte. »Wovor fürchtest du dich?« John schaut mich unsicher an. Könnte er doch nur das, was ich inzwischen in ihm gewahre, selbstbewusst nach außen tragen!

»Vor beidem«, sage ich. »Ich fürchte, dass diese Welt schon immer an Dingen festgehalten hat, die sie hätte loslassen sollen. Allerdings fürchte ich auch, wenn auch weit weniger, dass wir zu oft Dinge fallenlassen und erst viel später merken, dass sie hätten bewahrt werden sollen. Und diese zweifache Furcht und der Zweifel, der daraus erwächst, hält meinen Blick wachsam.«

Irgendetwas ist da draußen. Etwas, das auf uns aufmerksam geworden zu sein scheint. Ich frage mich, ob es eine meiner Schwestern ist. Vielleicht hat Umaes Tod eine von ihnen aufgeweckt. Es ist etwas Vertrautes, das wie ein Gewächs langsam Bande knüpft und doch noch nicht ganz greifbar ist.

Ich höre mit einem Mal gedämpfte Musik. Ein kurzes Stück, vielleicht zehn Sekunden, die sich wiederholen. Streicher, ein Klavier, das gegen die Streicher spielt und herabsteigt, und eine Stimme, die mir bekannt vorkommt. Ich kenne dieses Lied, diesen kurzen Auszug.

Abrupt verklingt die Musik. »Hallo«, sagt eine Männerstimme. »Ja … ja. Das können wir so machen. Nein, er weiß, dass das nicht geht. Wir bleiben dabei. Wirklich? Ja. Eine gute Idee. Tu das! Nur, um sicherzugehen.«

Stille. Und dann ist da wieder die Musik. Es ist ein Klingelton. So, wie Johns und Elenas Phones welche haben.

Beim Abendbrot, das John uns auftischt, frage ich, ob jemand das Lied kennt, das ich gehört habe. Ich summe es und bin wenig überrascht, dass Elena es erkennt. »Das ist *She Is My Lady* von Donny Hathaway«, sagt sie. »Eine wunderbare Stelle, die einen eigenen Song verdient hätte.« Ich schaue in ihre Gedanken und finde dort die Erinnerung an die frühen 1970er. Wenn ich etwas vergesse, entdecke ich bei ihr oft die verloren geglaubten Erfahrungen. Es aus ihrem Munde zu hören, ist jedoch etwas anderes, etwas Schöneres, als es in ihren Gedanken zu finden und es dann einfach zu wissen.

John sucht auf seinem Phone den Song, und schon dringt er wie auf magische Weise aus den Lautsprechern, die im Essbereich und im Wohnzimmer verteilt sind. Und als die Stelle kommt, die ich gehört habe und die beim Klingelton schneller und höher war, sind wir uns einig, dass das die beste Stelle des Songs ist.

Ich genieße diesen Augenblick gemeinsamen Erlebens und schweige über das, was ich erfahren habe. Eines weiß ich: Der Mann, dessen Stimme ich vernahm, zählt nicht zu den

Söhnen des Perseus. Sie würden sich nicht einen Donny-Hathaway-Song zum Klingelton wählen.

Nachdem John wieder einmal Fotos für Ausweise von uns gemacht hat, ist es unvermittelt geschehen: Ich habe Zugang zu seinen Gedanken. Die Stunden, die ich auf Elenas Anregung mit ihm allein in der Bibliothek verbracht habe und in denen wir neben den Gesprächen über die Gargoyles von Köln einander immer wieder unser Innerstes offenlegen, haben dazu geführt, dass ich den Resonanzen seiner Gedanken in seinen Worten nachspüren kann. Dabei hat er die Barriere, die er, ohne es zu wollen, aufgebaut hat, fallengelassen. Er gesteht, dass er Umae liebte und begehrte – allein schon wegen ihrer Gedankenstimme und was sie in ihm entfesselte.

Ich frage ihn, ob er für mich das Gleiche empfindet wie für Umae. Er ist sich über seine Gefühle im Unklaren und möchte am liebsten die Verantwortung an mich abtreten. »Kannst du das möglicherweise in mir erkennen?«, fragt er schließlich mit leiser Stimme, und er schämt sich im Stillen.

Vorsichtig fasse ich seine warmen Hände, immer den Blickkontakt haltend, auf dass ich meine Finger beim geringsten Anzeichen von Ablehnung zurückziehen kann. »Ich kann deine nackten Gedanken sehen, ehe du sie in Worte kleidest«, sage ich. »So, wie du es wolltest. Deine Gefühle aber sind tief und verworren und umnebelt, und an der Stelle, um die es geht, tobt ein Sturm der Verwirrung, den ich längst nicht zu durchdringen vermag. Dafür brauchen wir Zeit. Eines Tages wirst du meine Gedankenstimme in dir hören, und ich schicke dir Gefühle und Träume.«

»Träume? So, wie du sie diesen Typen auf der Schildergasse geschickt hast?«, fragt John.

»Nein, das waren Albträume. Das ist leicht. Dabei zwinge ich anderen Träume auf. Aber euch eine Traumgabe zu machen, die so behutsam zu euch kommt, dass ihr sie annehmt, das ist was ganz anderes. Irgendwann bin ich so weit. Und wer weiß – vielleicht vermag ich eines Tages sogar, durch dich Magie zu wirken.«

»Geht das denn? Ich meine: Elena sagte, dass du das bei ihr könntest. Aber bei einem Magier?«

Ich küsse seinen Handrücken, und er schaut mich unschuldig an. Das ist kein begehrender Blick. Bin ich eine Lehrmeisterin, bin ich wie eine Schwester, wie eine Mutter? Manchmal kann ich nicht unterscheiden, ob solche Fragen meinem Geist entspringen oder dem meines Gegenübers.

»Ich habe schon einmal durch einen Magier gezaubert – vor mehr als 2500 Jahren«, sage ich. »Da machte ich mir die magischen Augen eines Sehers zu eigen, nicht um in die mögliche Zukunft zu blicken, sondern in die Vergangenheit.«

»Dann sollst du immer Einblick in mich haben«, sagt er lächelnd. »Ich möchte dazugehören – so wie die anderen.«

»Du gehörst dazu – mehr, als du ahnst.« Ich schaue durchs Fenster auf die verregnete Terrasse und sage dann: »Wenn du da draußen in der Stadt bist, werde ich bei dir sein. Du wirst es nicht merken, aber sei dir sicher, dass ich alles, was du erlebst, miterlebe.«

Noch am gleichen Nachmittag ist er unterwegs, und die magischen Bande, die uns verknüpfen, wirken über die Distanz hinweg. Selbst wenn ich nicht so tief in seine Gedanken und Gefühle vordringen kann, wie ich es bei Elena, Christabel und Hector vermag: Ich begleite ihn und kann alles wahrzunehmen, was er wahrnimmt.

Ich bin bei ihm, als er, nachdem der Regen aufgehört hat, mit dem Bus und dann mit einer Bahn zum Hauptbahnhof fährt und vor dem Dom auf die Nachricht wartet, die ihm angekündigt wurde. Er hat die Nummer mit seinem Phone angerufen, und er weiß, dass alles am Dom beginnen wird.

Sein Phone vibriert in der Jackentasche und kitzelt seine Finger. Er holt es heraus und liest die Nachricht seiner Kontaktperson, die sich als *Schäng Räno* ausgibt. Das ist, so finde ich in Johns Gedanken, eine Kölsche Variante des Namens *Jean Reno,* dem eines französischen Schauspielers.

Die Nachrichten weisen ihm den Weg. Er soll sich über die Domplatte zur Hohe Straße bewegen und geht damit den Weg zurück, den ich bei unserem ersten längeren Spaziergang mit Elena, Christabel und Hector genommen habe. Und schon erwachen Zweifel in mir.

John schaut zum Dom zurück, und ich glaube, in allen Figuren Gargoyles zu erkennen, die uns beobachten. Auch unter den Menschen um John herum mögen ihn einige von ihnen in ihrer Gestalt aus Fleisch und Blut im Auge behalten.

Jeder Blick, der John trifft, ist mir verdächtig. Im Menschengedränge der Hohe Straße, auf dem Weg Richtung Schildergasse, schaut John auf, und hinter jedem Fenster mögen sie lauern und ihn – den Magier – mit zweifelnden, vielleicht sogar argwöhnischen Blicken mustern.

Kurz vor der Schildergasse meldet sich Johns Phone erneut, und ich frage mich, was wäre, wenn die Anweisung darin bestünde, an dem Kaufhaus zu warten, vor dem ich kostenlose Albträume an toxische Männer verteilte. Es würde bedeuten, dass sie mehr von uns wissen, als wir denken.

Aber meine Sorge stellt sich als unbegründet heraus. Die Kontaktperson hat ihm einen Standort geschickt – ein Bistro in der Nähe des Neumarktes. Ein Tisch sei reserviert, heißt es als Erklärung. Er folgt der Route durch Seitenstraßen und findet das Bistro an einem kleinen Platz. An diesem sich aufhellenden Tag sind die Tische vor dem Bistro voll besetzt. Als er der Bedienung seinen Namen genannt hat, führt ihn die groß gewachsene Frau ins Innere, wo nur noch ein Tisch für zwei frei ist.

Er setzt sich und bestellt einen Milchkaffee, und während er wartet, richtet er in Gedanken Worte an mich. Er stellt sich vor, er spreche die Worte, und für mich klingen sie, als würden sie tatsächlich über seine Lippen kommen: *»Sieht so aus, als wollten sie wieder mal klären, ob ich es wirklich bin. Ist* *schon ein paar Jahre her. Sie schicken mich auf eine Schnitzel jagd und beobachten mich an irgendeiner Stelle. Vielleicht ist die Bedienung eingeweiht – oder irgendwelche der Gäste gehö ren zu ihnen.«*

Unauffällig schaut er sich um, und tatsächlich sitzen einige wie er allein an einem Tisch. Könnte der blonde Mann, der aufs Phone starrt, für die Gargoyles arbeiten oder sogar selbst einer sein? Oder die Frau, die vielleicht nur scheinbar in einem Buch liest und ab und zu an ihrer Tasse nippt? Oder der Mann mit den großen Kopfhörern, der am Eingang verträumt durchs Fenster nach draußen blickt und kurz die Gäste mustert, wenn sie kommen oder gehen?

Kaum hat John sein Phone auf den Tisch gelegt, da kommt eine Nachricht. *»Du bist tatsächlich John«,* schreibt ihm seine Kontaktperson.

»Ihr habt mich also wie üblich im Auge behalten«, schreibt John zurück.

Er schaut sich um, während er auf die Nachricht wartet. Vielleicht schreibt ihm der Mann mit dem Phone. *»Mehr Augen, als du glauben würdest, haben dich gesehen. Und manche unserer Augen sehen mehr als Äußerlichkeiten. Was führt dich also zurück nach Kölle?«*

John schreibt, dass er sich in Köln niederlassen wolle und eine Zuflucht für einige Gargoyles suche.

»Wozu benötigst du uns?«, erwidert die Kontaktperson.

»Sie sind auf der Suche nach einer Gemeinschaft.«

»Aber die Gemeinschaft ist nicht auf der Suche nach ihnen. Solange ihr uns nicht in die Quere kommt, werden wir gut miteinander auskommen.«

John schreibt: *»Ihr lehnt also ab.«*

»Dein Großvater hat viel für uns getan, und wir versprachen ihm, uns immer seine Anliegen anzuhören, und dieses Versprechen gilt auch für dich. Aber ein Anliegen anzuhören, heißt nicht, es auch erfüllen zu müssen. Wer sagt uns, dass deine Gargoyles nicht unter einem Bann stehen? Alles schon durchge-

macht. Wir wurden mehr als einmal von Magiern verraten, denen wir weit mehr Vertrauen schenkten als dir. Nenn mir also einen Grund, dir zu vertrauen!«

»Ich werde dir einen Namen nennen.«

»Dein Großvater. Ja, wir schätzten ihn, aber das wird uns das Misstrauen gegen deinesgleichen nicht nehmen. Oder meinst du Ambrosius Agelstern? Dein Meister setzte nie auf Vertrauen, sondern auf Gegenleistungen.«

»Und Arabel – wie steht ihr heute zu ihr?«

John starrt auf das Display, aber statt einer Antwort steht mit einem Mal jemand an seinem Tisch – der Mann mit den Kopfhörern, der gerade sein Phone in die Tasche steckt – ein junger Mann, *mixed race* wie John selbst. Ich sehe ihn und durchschaue die Maskerade. Der Hauch eines Gargoyles strömt John entgegen. Er merkt es nicht und denkt, die Ähnlichkeit sei Zufall. Aber ich sehe einen Gargoyle, der sein Äußeres angepasst hat. Es steckt nicht viel Kraft in dieser Verwandlung – nur einige wenige Veränderungen.

»Ich hätte gedacht, der Typ mit dem offensichtlichen Phone wäre es«, sagt John lächelnd.

Der Mann lacht leise, doch kaum hat er John gegenüber Platz genommen, fragt er mit ernster Miene: »Wo ist Arabel?«

»Noch nicht hier«, antwortet John, und ich merke, wie in ihm die Gedanken umherschwirren, während er nach außen hin die Ruhe selbst zu sein scheint.

»Sie wird also kommen«, erwidert der Mann.

»Das hängt davon ab, wie ihr mit den Ihren umgeht. Arabel bittet euch durch mich, ihre Vertrauten aufzunehmen.«

Die Bedienung bringt meinem Gegenüber die Cola, die er offenbar noch am anderen Tisch bestellt hat, und nachdem er ihr gedankt und einen Schluck getrunken hat, sagt er: »Der Name Arabel ist nicht vergessen – und die Älteren von uns erinnern sich an das, was hätte sein können.«

»Sie erinnert sich ebenfalls. Ich bin auch dieses Mal hier,

um euch Hilfe anzubieten – als Geste, die die Vergangenheit unterstreichen soll.« Ich liebe Johns Worte. Er spielt die Rolle von Arabels Boten und ist damit zugleich mein Bote.

»Das heißt, du und dein Großvater, ihr habt die ganzen Jahre in ihrem Namen gehandelt?«, fragt Johns Gegenüber.

»So ist es«, sagt er und will nicht näher darauf eingehen, weil er nicht weiß, was Umae und die Gargoyles damals besprochen haben. Um Fragen zu entgehen, sagt er: »Auch mein neues Hilfsangebot geht auf sie zurück. Kann ich also etwas für euch tun?«

»Es gibt tatsächlich etwas«, erwidert der Mann nickend. »Einer unserer wichtigsten Kontaktleute ist vor fünf Jahren nach einem Schlaganfall gestorben, und wir haben niemanden, der ihn ersetzen kann.«

»Was war sein Gebiet?«, fragt John.

»Identitäten.«

John nickt und denkt daran, dass sein Großvater früher oft Papiere für die Gargoyles beschafft hat. »Ist immer noch ein Spezialgebiet von mir.«

»Du würdest das also tun?«, fragt der Kontaktmann.

»Eure wichtigste Person ersetzen«, erwidert John, und ich habe Angst, dass er sich zu weit vorwagt, denn es ist ein sensibles Thema.

Mir sind die Erwägungen von Gargoyles nur allzu vertraut. Sie betreffen alle, die durch die Jahrhunderte gehen. Diejenigen unter uns, die ihren Körper verändern und damit verschiedene Altersstufen darstellen können, müssen von gefälschten Identitäten weit weniger Gebrauch machen als andere. Sie können wie ich, Christabel oder Hector unsere Ausweise auf regulärem Wege verlängern. Und alles, was wir tun müssen, ist, unseren Körper scheinbar altern zu lassen. Doch ab einem gewissen Alter ist das schwer zu begründen. Es bleibt irgendwann nur der scheinbare Tod und das Untertauchen. Denjenigen, die wie Elena ihren Körper nur in engen Grenzen verändern können, steht nur ein viel kleineres

Zeitfenster zur Verfügung, in dem sie mit gefälschten Papieren leben können, ehe es auffällt.

Die Miene des Mannes verzieht sich. »Glaub mir, es ist nur um des Friedens willen. Ohne Papiere wären wir gezwungen, die Identitäten anderer anzunehmen und ihre Leichen verschwinden zu lassen.«

Diese mörderische Vorstellung trifft John wie ein Schlag. »Ich kann euch Ausweise beschaffen und allerlei Informationen in die Datenbanken bringen«, sagt er.

»Es soll dein Schaden nicht sein«, erwidert sein Gegenüber. »Niemand kennt Köln besser als wir. Wenn ihr irgendetwas benötigt oder wir dir helfen können, wie wir einst deinem Großvater im Gegenzug geholfen haben, dann sag es.«

John grinst. »Mein Großvater sagte, ihr hättet ihm dabei geholfen, seltene Zauberbücher ... sagen wir ... zurückzuholen.«

Der Fremde lacht, und ich lache ebenfalls, sodass hier bei mir Hector aufschaut, ehe ich wieder ganz bei John bin. »In solchen Dingen reicht uns niemand das Wasser.«

»Aber ich brauche keine Zauberbücher – ich bin hier, um Arabels Vorhut an eure Gemeinschaft heranzuführen. Vielleicht könntet ihr euch dazu durchringen, die Gargoyles zu empfangen. Nur empfangen – wo immer ihr wollt. Alles Weitere wird sich sicherlich daraus entwickeln.«

»Das ist nichts, das ich alleine entscheiden kann«, sagt der Mann. »Und eines ist klar: Selbst wenn wir sie an uns heranlassen, wirst du nicht in unsere Mitte kommen. Du magst wie jetzt einem von uns gegenübersitzen, aber du wirst niemals Teil unserer Gemeinschaft sein.«

John nickt und versucht, den Schmerz zu verbergen, den diese Worte in ihm auslösen. Es ist, als hätte Christabel diese Worte gesagt. Der Schmerz ist echt, aber John versteht, warum sie seinesgleichen in den Räumen, die sie sich geschaffen haben, nicht vertrauen können. Es beruht auf Schmerz, der weit tiefer schneidet als der der einfachen Zurückweisung. Die Gargoyles von Köln standen schon mehrmals vor dem Aus. »Ich verstehe das«, sagt er. »Und ich werde auf eure Antwort warten. Bis dahin: Welchen Namen soll ich Arabel zurückmelden? Mit wem habe ich hier gesprochen?«

Der Mann grinst schief. »Ich könnte dir jetzt irgendeinen Namen nennen, denn dies ist nicht meine wahre Gestalt.« Da erklingt der kurze Auszug von *She Is My Lady* als Klingelton, und es ist, als würde ein Vorhang zur Seite gerissen: Das ist der Gargoyle, durch dessen Ohren ich die Umgebung gewahrte. »Nenn mich Gene«, sagt er, und John und ich wissen, dass das ein erfundener Name ist. Ich höre die Worte sowohl durch Johns Sinne als auch verzerrt durch die des Gargoyles. Ich bin nun mit beiden dort.

John starrt *Gene* an. »Nun gut. Spielen wir das Spiel und offenbaren später, wer hier wer ist.«

Gene steht auf und sagt: »Ich wusste, dass euch Magiern nicht zu trauen ist. Dennoch: Auf eine gute Zusammenarbeit.«

Mit diesen Worten geht er, und ich bleibe bei John, der zufrieden mit sich ist, aber auch eine Menge Fragen hat. Er spricht in Gedanken zu mir: *»Das kann kein Zufall sein. Der Clip aus* She Is My Lady, *nur viel schneller gespielt. Du wusstest von ihm. Deswegen hast du danach gefragt. Und nun weißt du sicher, welchen Verdacht ich hegen muss. Ich wollte es ihm gegenüber nicht sagen.«* Ich weiß, was er vermutet, und weil ich Gewissheit haben möchte, versuche ich Gene zu erfassen. Also bin ich hier bei Hector im Wohnzimmer, dort bei John im Bistro und mit einem Mal auch draußen auf der Straße – ein Dreieck der Gleichzeitigkeiten.

Erst umgeben vom Geräusch der Menschen, wird es ruhiger, und ich vernehme Männerstimmen – eine zweifelnde, warnende und eine beruhigende, bestimmende.

»Du hättest dich ihm nicht nähern dürfen«, sagt der Zweifler.

»Mein lieber Orlando«, sagt der andere. »Ich weiß deine

Vorsicht zu schätzen. Aber Reberg ist der Vorbote von Arabel. Wir haben lange nicht mehr zu träumen gewagt. Und vielleicht sind die Zwanziger auch diesmal eine Zeit der Träume – nur, dass sie nicht in den 30ern zerstört werden.«

»Ach, Eras! Einmal so optimistisch sein wie du!«, erwidert der Zweifler.

Eras! Johns Vermutung bewahrheitet sich. Eras – das ist Erasmus von Köln, wie damals in den 1920ern einer der Obersten der Gargoyles.

Während John auf einem komplizierten Heimweg ist, der Verfolger abschütteln soll, suche ich erneut nach Erasmus und finde etwas. Ich höre zwar nichts, aber ein Wesen strahlt geradezu vor Sehnsucht. Ob Erasmus nach mir – oder besser Arabel – Ausschau hält? Knüpft sich gerade eine eigene Macht an das, was ich spüre? Die Macht von Magiern, auf deren Zauber die Gargoyles von Köln beruhen und von deren Joch sie sich längst befreit haben?

Es hat eine Ähnlichkeit zu dem, was ich bei Erasmus gespürt habe, aber die Unterschiede sind bezeichnend. Da ist eine Wut, die gefesselt ist und sich Bahn brechen und unaufhaltsam sein will, wie eine gigantische Welle, die über das Land hereinbricht und alles überflutet und mitreißt.

Da lauert etwas Widersprüchliches. Ich spüre den Hang, die Wut voller Verachtung von der Kette zu lassen. Und dann spüre ich Zweifel und Mitleid – oder sind es Selbstzweifel und Selbstmitleid? Ich weiß es nicht.

Zum ersten Mal, seit wir hier sind, habe ich Angst. Was lauert hier auf uns, und was hat es mit den Gargoyles von Köln zu tun?

Gargoyles

Am 22. September, einem Samstag, dankte Sema mir dafür, dass ich ihr geraten hatte, sich auf John zu konzentrieren. Er hatte seine Selbstzweifel vor ihr verbergen können, aber ich hatte ihn durchschaut. Sie gemeinsam in der Bibliothek zu sehen, hatte mich beruhigt. Unsere Gemeinschaft brauchte John als selbstbewussten Strategen, und die Nähe zu Sema hatte sein Innenleben für ihren Blick geöffnet – ein wichtiger Schritt im Leben von Vertrauten.

Nachdem John am Abend aus der Stadt zurückgekehrt war und mit uns das Pörkölt mit Klößen gegessen hatte, das Hector und ich zubereitet hatten, rief er uns nach einer Pause am großen Tisch in der Bibliothek zusammen.

Sema war bereits da, als ich mit Hector und Christabel dazukam. Die Blicke, die Sema mit John tauschte, sagten mir, dass die beiden bereit waren, das Geheimnis zu teilen, mit dem John heimgekehrt war.

»Haben die Gargoyles sich gemeldet?«, fragte ich.

John nickte. »Ich habe eben eine Antwort auf mein Angebot bekommen: Ich werde ihnen Papiere beschaffen, und im Gegenzug werden sie euch empfangen.«

»Einfach so?«, fragte ich. »Ich dachte, sie würden Magiekundigen nicht trauen.«

»Das tun sie auch nicht ganz. Aber als ich Arabel erwähnte, änderte das alles. Plötzlich kommt meine Kontaktperson und setzt sich mir gegenüber. Alles nur, weil ich den Namen nannte.« John erwähnte den Klingelton, der ihn zu einem Verdacht geführt hatte.

Alle Augen ruhten nun auf Sema. »Es war Erasmus von Köln«, sagte sie und erklärte, wie sie eine vage Verbindung zu ihm gefunden und sich Johns Verdacht bestätigt habe.

»Er hat sich höchstselbst mit dir getroffen?«, fragte Hector. »Alles nur wegen Arabel?«

»Sie muss damals ganz schön Eindruck auf ihn gemacht haben«, sagte Christabel grinsend.

»Und das will mir nicht so richtig gefallen«, entgegnete John. »Erasmus weiß natürlich, was er und Umae damals ausgemacht haben. Aber wir wissen es nicht. Und das wird dazu führen, dass wir Fehler machen. Ich war froh, dass er nicht gefragt hat. Und ich habe meinen Verdacht, dass er Erasmus ist, für mich behalten.«

Hector schüttelte den Kopf, den Blick ins Leere gerichtet. »Ich wünschte, Umae hätte uns damals mehr über ihre Pläne erzählt. Sie erwähnte nur, dass sie eine Vereinbarung getroffen habe.«

»Vielleicht müssen wir gar nicht alles wissen«, sagte ich. »Für den Moment reicht es, wenn wir das Spiel weiterführen. Unsere Unwissenheit beruht einfach darauf, dass uns nicht alles gesagt wurde.«

»Im Grunde also die Wahrheit«, erwiderte Hector.

»Die besten Lügen umgeben sich mit der Wahrheit.«

»John hat das so eingefädelt, wie ich es mir erhofft habe«, sagte Sema und zog wiederum alle Blicke auf sich. »Als Arabel schicke ich euch als Vorboten, die prüfen sollen, ob die Vereinbarung von damals noch gilt. Ich werde also noch eine Weile verborgen bleiben und mich bis ins Letzte in meinen Verwandlungskünsten üben. Wenn wir das richtig ausspielen, könnten wir uns hier im Schutze einer Gemeinschaft verstecken, in der uns niemand erkennt und in der uns niemand vermutet.«

»Wie nehmen wir wieder Kontakt auf?«, fragte ich. Ich hatte zwar Angst, weil ich nicht wusste, was uns erwartete, aber die Aussicht, in einer Gemeinschaft aus Gargoyles Zuflucht zu finden, entfachte meinen Tatendrang.

»Sie werden mir eine Nachricht schicken«, antwortete John. »Und dann werdet ihr zu einem Treffpunkt geführt.«

»Oder in eine Falle«, erwiderte ich.

»Du witterst überall eine Falle«, sagte Christabel, und ich

konnte das nicht zurückweisen. Ich hatte immer Bertram Setterfields Gesicht vor Augen, und ich wusste, dass er irgendwo da draußen nach uns suchte – ganz gleich, womit Sema ihm gedroht hatte. Hätten die Perseussöhne je aus ihren Fehlern gelernt, hätten sie sich von uns ferngehalten.

»Auch hier gilt«, sagte Sema. »Wir müssen Wagnisse eingehen, um eine Zuflucht zu finden.«

»Ich hoffe, wir müssen dafür keinen zu hohen Preis zahlen«, entgegnete ich, lächelte dann John an, legte meine Hand auf seine und sagte: »Das war gute Arbeit. Danke.« Er wich meinem Blick aus, und dann wich er Hectors und dann Christabels aus. Von allen gelobt zu werden – ich wusste, dass es ebenso beflügelnd und erfüllend sein konnte wie verwirrend und mit Zweifeln behaftet.

Am Montag, zwei Tage nach unserem Gespräch in der Bibliothek, erklärte John uns beim Frühstück, dass wir uns am Mittwochabend am Rhein mit jemandem treffen sollten, am Fischbrunnen bei der Kirche Groß St. Martin.

Ein Treffen unter freiem Himmel gefiel Christabel und Hector nicht, mir aber war es lieber, uns in der Öffentlichkeit zu treffen, als in die Höhle des Löwen zu laufen. Meine Furcht vor Fallen brach wieder einmal auf wie eine nicht verheilte Wunde.

Als der Dienstag kam, war er für mich ein Tag der inneren Rastlosigkeit. Sema bemühte sich, uns zu beruhigen, und redete uns gut zu. Da fiel mir auf, dass sie mit Christabel und Hector in beinahe mütterlichem Ton sprach, und wieder einmal hatte ich den Eindruck, dass sie auf der Basis dessen, was Umae für sie gewesen war, etwas ganz anderes in Sema sahen als ich. Für mich schwankte sie in diesem Gargoyle-Leben zwischen Freundin und Geliebter.

Als ich am Mittwochmorgen die Augen aufmachte und mich in den Armen Semas befand, fragte ich sie: »Was bist du für Christabel und Hector?«

»Du hast also gemerkt, dass ich dir gegenüber zurückhaltender bin«, sagte sie. »Dass ich dir zwar viel gebe, aber dabei nicht das Gleiche verspüre wie früher.« Tatsächlich hatte ich das Gefühl gehabt, dass Sema es zwar nicht an Zärtlichkeit mangeln ließ, aber möglicherweise an Leidenschaft.

»Ist es wieder eine Phase, in der du anders fühlst?«, fragte ich. Immerhin war es nicht ungewöhnlich, dass sich Semas Bedürfnisse nach dem Erwachen wandelten. Es gab Zeiten, da hätten wir nicht in einem Bett liegen können – sogar Zeiten, in denen Sema keine Berührungen mochte.

»Es mag sein, dass es das ist«, sagte sie. »Aber möglicherweise hat es mit Umae zu tun. Vielleicht drängt sich mir ein Teil von ihr auf. Sie verspürte kein Verlangen – nicht so wie du und ich.«

»Und Christabel und Hector – was ist mit ihnen?«

Sema seufzte. »Sie scheinen mich so zu sehen, wie sie Umae sahen – als mächtige Vertraute, nicht als Mutter, aber ebenso wenig als Geliebte. Bei dir ist das anders: Mit deiner Verwandlung zur Gargoyle war ich etwas anderes für dich, weil du eine neue Verbundenheit verspürt hast. Vorher hast du mich anders gesehen. Vielleicht als Mutter, obwohl ich dich nie als mein Kind sah.«

»Du warst für mich nie eine Mutter«, sagte ich. Offenbar hatte Sema meinen früheren Blick auf sie ebenso fehlgedeutet wie ich Christabels und Hectors. »Selbst als ich ein Mensch war, warst du das nie für mich«, sagte ich.

»Aber manchmal hatten wir Schwesterngefühle.«

»Ja. Aber die starben mit meinem Menschsein. Schon vor der Verwandlung sah ich dich längst nicht mehr als Schwester. Ich nannte es nur so, weil ich nicht wusste, wie ich es sonst nennen sollte.«

»Unsere Gemeinschaften waren immer kompliziert«, sagte Sema. »Menschen und Gargoyles, die einen kurzlebig, die anderen langlebig. Gargoyles, deren Körper menschlich waren, und jene, deren Geist an eine Statue geknüpft wurde. Das Geheimnis unserer Gemeinschaft ist, dass meinesgleichen für euch alles sein kann – dass jede einzelne Beziehung mit jedem Erwachen aufs Neue ausgehandelt werden muss, weil wir uns verändert haben, oder aber ihr euch verändert habt.«

»Was bist du für John?«, fragte ich.

Sema lächelte. »Er liebte und begehrte Umae, aber ist sich unsicher, was mich angeht. Ich könnte seine Liebe jedoch ebenso wenig erwidern, wie Umae es konnte.«

»Du könntest es, wenn du wolltest«, erwiderte ich.

»Vielleicht, aber das wäre ein Fehler. Denn manche Menschen genießen es, im Begehren zu verharren, und jede Erfüllung würde alles zerstören.«

»Ich hätte das nie vermutet.«

»Ebenso wenig, wie er vermutet, dass sich in dir Gefühle für ihn regen.«

»Was?«, fragte ich.

»Dafür musst du dich nicht schämen. Nimm es wie Christabel und Hector. Sie haben ein Auge auf dich geworfen. Sie lieben sich gerade.« Sema senkte den Kopf. »Sie sind da unten beinahe verschmolzen – wie zwei Schlangen, die sich umeinanderwinden. Und bei aller Leidenschaft vermissen sie Achilles, und sie fragen sich, ob du seinen Platz einnehmen kannst. Nun schämen sie sich dafür, das gedacht zu haben, und ahnen nicht, dass sie es beide denken und es ihnen guttun würde, darüber zu sprechen.«

Ich legte meine Hand auf Semas Lippen. »Hör auf! Bitte! Es steht mir nicht zu, das zu erfahren. Nicht so.« Das sagte ich, aber in meinem Kopf malte ich mir aus, wie Christabel und Hector sich, stetig ihre Gestalt wandelnd, voller Leidenschaft bewegten.

»Ich höre auf, aber kannst du aufhören, daran zu denken?«

Ich schwieg und küsste sie, und wir vertrieben die Bilder in meinem Kopf, indem wir eigene Bilder machten.

Bei Sonnenuntergang saß ich mit Christabel und Hector im Außenbereich eines Cafés bei Groß St. Martin. Wir tranken grünen Tee und behielten den Brunnen im Auge. Es war noch nicht 21 Uhr, aber es mochte dennoch sein, dass wer auch immer uns hier treffen würde, bereits da war. Ich schaute mal zur Kirchenmauer, über die vom Anwesen grünes Gewächs herüberrankte und Bäume herausragten, und an ihr entlang in die Seitenstraße, in der sich Restaurants reihten; und mal spähte ich über den Fischmarkt hinweg zum Rhein, der dort irgendwo im Dunkeln lag. Es waren nur noch wenige Leute unterwegs. Die Abende waren für die Menschen zu kühl, um sie angenehm ohne Jacke im Freien zu verbringen, sodass die Leute sich mit dem Sonnenuntergang lieber *in* den Lokalen als außerhalb davon aufhielten.

Ich hielt nach Gargoyles Ausschau. Vor allem die Kirche selbst, die weit über die spitzen Dächer der bunten Nachbarhäuser hinausragte und in warmes Licht getaucht war, zog meine Blicke auf sich. Auf einem Vorsprung auf halber Höhe entdeckte ich einen dämonenhaften Wasserspeier mit angelegten Flügeln, und ich fragte mich, ob irgendjemand bemerken würde, wenn diese Gestalt einmal nicht dort oben stand, weil sie erwachte und sich entfernte.

Auch zu den Brunnenfiguren auf dem Platz, den sogenannten *Fischweibern,* schaute ich hinüber. Ich vermutete, dass dort Marktfrauen abgebildet waren, aber genau vermochte ich es nicht zu erkennen. Die Figuren waren eigentlich zu klein, um Gargoyles zu sein, aber ich wusste von Sema, dass manche Magiekundige auch kleine Gargoyles geschaffen hatten. Aber an einer so prominenten Stelle wäre es aufgefallen, wenn plötzlich die Figuren fehlten.

Kurz vor neun bezahlten wir, begaben uns hinüber zum Brunnen und unterhielten uns über Semas aktuellen Lieblingsfilm: *DAS BÖSE UNTER DER SONNE.* Hector war der Meinung, dass das Mordopfer, wie bei Agatha Christie üblich, lediglich von der epischen Gerechtigkeit eingeholt wurde, während Christabel der Meinung war, es sei typisch, dass eine Frau, die weiß, was sie will, am Ende das Mordopfer sei. Sie vermutete, dass Sema es deswegen als ihren Lieblingsfilm betrachtete, weil sie sich mit der Figur Arlena Marshall identifizierte.

Als nach fünf Minuten immer noch niemand erschienen war, fragte Hector mich nach meiner Meinung zu dem Film. Ich verschwieg, dass ich ihn mit Sema schon in den 80ern einige Male geschaut hatte. Die ganze Atmosphäre bescherte mir trotz der Mordgeschichte ein gutes Gefühl. Ich sagte: »Als ich sah, wie Arlena mit Linda umgeht, da wusste ich, dass ich mich niemals mit ihr identifizieren kann. Es ist eine Sache, zu tun, was man will, und das System auszunutzen, aber es ist was ganz anderes, Mädchen, Frauen und andere, die das System auf ähnliche Weise behandelt, das Leben zur Hölle zu machen.«

Christabel nickte, während Hector zur Seite schaute. Der Mann, den er ins Auge gefasst hatte, der eine grüne, halb transparente Regenjacke trug, beachtete uns nicht und ging an uns vorüber.

Mein Phone vibrierte. Ich fand eine Nachricht von John: *Geht zum Rhein. Ich habe ihnen eine Beschreibung von euch gegeben.* Leise las ich die Nachricht vor.

»Sie haben uns sicherlich schon gesehen und schicken uns herum, ehe sie sich an uns herantrauen«, sagte Hector.

»Ihr habt das schon öfter durchgemacht, nicht wahr?«, fragte ich.

Christabel antwortete: »Als wir mit Achilles unterwegs waren, um das Medusenhaupt zu holen.« Ihre Augen wurden glasig, und ich bereute, die Frage gestellt zu haben. Ich wollte sie nicht an den Verlust ihres Geliebten erinnern. »Aber John sagte, dass sie das auch mit ihm gemacht hatten.«

Da die Straßen am Rhein hier unterirdisch verliefen, hatten wir freien Zugang zum nahen Ufer. Dort schauten wir auf den Fluss hinaus, der im Dunkeln zwischen den beiden erleuchteten Seiten und unter deren Lichtschimmer vor sich hinfloss. Hier erwartete ich, dass wir nun über Stunden von einem Ort zum nächsten geschickt wurden, und tatsächlich schrieb uns John nach einer Weile, dass wir uns nach Süden begeben sollten – zum Rheinauhafen. Ich wusste zuerst nicht, worum es sich dabei handelte, aber als wir einige angelegte Schiffe passiert hatten und unter der Deutzer Brücke, die sich wie eine Lichterkette über den Rhein spannte, hindurchgegangen waren, kamen wir in die Nähe des Schokoladenmuseums. In dessen türkis erleuchteter Glaskuppel fand eine Feier mit Musik aus den 1990ern statt.

Als wir die kleine Brücke zum Museum überquert hatten, erblickte ich eines der drei Gebäude, die wir mit Sema vom anderen Rheinufer aus bewundert hatten. Sie ragten auf und ragten vor – jedes wie ein dickes, auf den Kopf gestelltes *L*. Ich hatte gesagt: »So stelle ich mir eine Raumschiff-Werft aus der Ferne vor«, und den Eindruck hatte ich noch immer. Dabei ahmten die Häuser nur alte Hafenkräne nach und beherbergten vor allem Wohnungen und Büros.

Dass dieser umgewidmete Hafen unser Ziel war, gefiel mir nicht, weil wir dort zwischen Wohngebäuden der Wohlhabenden und gut überwachten Geschäftshäusern auffallen würden. Kaum näherten wir uns den Häusern, schickte uns John über eine nahe gelegene Treppe in die Tiefgarage, die sich unter der Hafenanlage entlangzog. Zwischen rot markierten Säulen, die diesen Bereich als den Museumsbereich anzeigten, ragten die meisten Wagen ein Stück hervor. Dennoch reichte der Platz für zwei Spuren. Es war erstaunlich ruhig für ein so großes Parkhaus – selbst zu dieser Stunde. Die Decke erschien mir niedrig, und die Schutztore aus Stahl wirkten zwar wuchtig, aber ich konnte kaum glauben, dass sie diesen Ort bei Hochwasser tatsächlich schützen würden.

»Sicherlich alles kameraüberwacht«, flüsterte mir Hector zu.

Wir hatten den Museumsbereich der Garage noch nicht

verlassen und näherten uns gerade dem mit blauen Säulen markierten Zollhafen, da schrieb uns John, dass wir durch das nächste Treppenhaus nach oben gehen sollten, und von dort zwischen den Gebäuden und unter den Kranhäusern hindurch bis zu einem Platz, von dem aus wir in die Stadt zurücksollten.

Ich war erleichtert, dass unser Treffpunkt nicht im Rheinauhafen lag. Es war ein Ort, der nur meine Zweifel geschürt hätte. Offenbar behielt man uns auf unserem Weg im Auge, um festzustellen, ob uns jemand verfolgte.

Wir sollten nun der Dreikönigsstraße folgen, auf der sich zur Rechten ein kleiner Park öffnete, ehe sie zwischen Häuserreihen verschwand. In einer der Seitenstraßen sollten wir dann eine Tür in einer Mauer öffnen, hinter der zwei Bäume und einige Sträucher emporragten. Auch wenn ich es für möglich hielt, dass man uns wieder durch ein Gebäude hindurchlotste, war ich darauf vorbereitet, am Ziel angekommen zu sein. Zwischen zwei Linden hindurch näherten wir uns der Haustür und klingelten.

Die Tür öffnete mit einem Summen, was mir ungewöhnlich für ein Einfamilienhaus erschien. Hinter der Tür wartete ein kahler Gang auf uns, der sich in hellem Licht erstreckte. Die Tür am Ende stand offen, die Türen links und rechts waren verschlossen, und natürlich rechnete ich damit, dass vor uns die Falle lag und in den anderen Räumen unsere Feinde lauerten. Ich konnte nicht anders.

Langsam und gefasst darauf, von allen Seiten angegriffen zu werden, ging ich voran, und Christabel war dicht hinter mir. Ich musste wieder daran denken, dass sie, Hector und Achilles das Medusenhaupt in Rom aus dem Hauptquartier unserer Feinde befreit hatten. Sie im Rücken zu haben, gab mir ein Gefühl der Stärke.

Der Raum, in den wir kamen, war ein Büro mit hellen Möbeln und kühlem Licht – kein Ort, an dem ich gerne gearbeitet hätte. Neben dem Schreibtisch stand ein blasser Mann mit blondem Haar, das er sich zurückgekämmt hatte. Er wirkte wie Ende dreißig und trug Hemd und Krawatte. Die Ärmel hatte er hochgekrempelt. Mit einem schelmischen Lächeln auf seinen schmalen Lippen sagte er: »Ihr seid also Christiane Welbridge, Helena Dalbrünn und Lorencio Hector.«

»Offenbar hat dich jemand gut informiert«, sagte ich.

»In unseren Kreisen sind Namen wie Kleidung: Wir wechseln sie, wenn sie uns nicht mehr passen. Mein Name ist Orlando Beckermann. Natürlich auch nur ein erfundener Name.« Er stutzte und schaute Hector an. »Wurdest du schon gefragt, ob du mit dem Fußballspieler verwandt bist?«

Hector machte ein verständnisloses Gesicht.

Orlando winkte ab. »Ihr seid neu hier. Wird euch nichts sagen. Aber sei darauf vorbereitet, dass dich Leute danach fragen. Gute Gelegenheit, sich hier beliebt zu machen: etwas über den Effzeh zu wissen.« Da ich wie schon in Dublin inzwischen auch hier Lokalzeitungen las, wusste ich, was Orlando mit *Effzeh* meinte: den Fußballverein 1. FC Köln, über den die halbe Stadt ständig zu sprechen schien – insbesondere, wenn er gerade spielte.

»Wir werden es beherzigen«, sagte Hector, und ich war mir nicht sicher, ob auch er wusste, was hier gemeint war.

Orlando wies auf die Sitzecke. Christabel und Hector nahmen gemeinsam auf der Couch Platz, Orlando und ich setzten uns einander gegenüber in bequeme Sessel.

Er musterte mich; ich musterte ihn und war mir nicht sicher, ob er ein Gargoyle war. Nach all den Jahren war ich nicht besser darin geworden, meinesgleichen zu erkennen, wenn ich sie nicht gerade berührte. Und in dieser Lage war es mir wichtiger, mich nicht für seinen Blick erkennbar zu machen. Ich verschleierte die Macht der Medusa, die in mir wirkte. Es war wie flach zu atmen, um keine zu große Regung von sich preiszugeben. Sema hatte mich vor mehr als hundert Jahren gelehrt, ihre Spuren in mir zu überdecken, sodass nicht offenbar wurde, dass der menschliche Körper mein ursprünglicher war.

»Ihr wollt also unserer Gemeinschaft beitreten«, sagte Orlando.

»Kommt darauf an, ob wir alle das sind, was wir glauben«, erwiderte ich.

Orlando lächelte. »Klingt fast so, als wäre *ich* hier der Bittsteller. Seien wir offen: John sagt, dass ihr zu uns gehört. Und ich glaube ihm. Natürlich seid ihr misstrauisch. Wäret ihr es nicht, würde ich annehmen, dass ihr verzweifelt seid.« Seine Augen wurden schwarz, seine Haut körnig und hellgrau. Mit einem Knirschen verwandelte er sich vor uns mitsamt seiner Kleidung in eine Gestalt aus Sandstein. Mit knarziger Stimme sagte er: »Diesen Körper habe ich Außenstehenden seit einer Ewigkeit nicht mehr gezeigt. Wir sind eine geschlossene Gesellschaft, und es war selten an mir, Neulinge aufzunehmen.«

Ich schaute zur Seite, zu Christabel und Hector. Sie hatten sich bereits verwandelt, und ich fühlte mich deswegen ertappt, weil ich nun die Einzige im Raum war, die noch ihren Körper aus Fleisch und Blut behielt. Ich verwandelte mich langsam, als hätte ich alle Zeit der Welt, und achtete mehr noch als zuvor darauf, Semas Magie zu verbergen, die mich für aufmerksame Zaubersinne als eine Versteinerte und damit als die Vertraute einer Medusa zu erkennen gab. Deswegen verzichtete ich auch darauf, meine Kleidung von der Verwandlung auszunehmen, denn ich hätte es bewusst anstoßen müssen.

Orlandos Blicke während meiner Verwandlung machten mir Angst. Er wirkte neugierig und fasziniert, als würde ich mich vor seinen Augen entblößen. Falls er Semas Macht an mir entdeckt hatte, mochte uns dieser Blick gefährlich werden. Ich fürchtete weniger Feindseligkeit als die Begehrlichkeiten, die entstehen mochten, falls unsere Kölner Geschwister erfuhren, dass eine Medusa sich ihnen anschließen wollte.

»Tatsächlich«, sagte Orlando. »Ist euch klar, wie selten es in diesen Zeiten ist, neuen Gargoyles zu begegnen?«

»Die anfängliche Ablehnung, auf die John stieß, ließ uns anderes vermuten«, sagte ich. »Wir wissen einfach nicht, wie die Dinge liegen.« Zu sprechen gab mir Halt, und ich glaubte nun, meine Tarnung unter Kontrolle zu haben. Sie war wie ein seidiger Mantel, den ich überwarf, um meinen Körper zu verhüllen. »Wir haben zu lange abseits von allem gelebt«, fügte ich hinzu.

»Und warum seid ihr nicht an jenem Ort geblieben?«, fragte er und schaute Hector an.

»Orte ändern sich, und ohne Gemeinschaft lässt es sich mancherorts nicht gut leben. Arabel erklärte, dass es eine Verbindung zwischen uns und euch gibt.«

Orlando nickte. »Deswegen seid ihr hier bei mir.«

»Du hast sonst nichts mit anderen Gargoyles zu tun?«, fragte ich.

»Oh, doch. Aber nicht hier. Hier bin ich nur einer unter vielen, die ihr Brot verdienen. Und wenn es morgen alles vorbei sein sollte, weil jemand einen Verdacht hegt, wechsle ich meine Gestalt und tauche unter anderer Identität hier irgendwo in der Stadt wieder auf.«

Ich fragte mich, ob er nur angab oder tatsächlich solche Kontrolle über seine Erscheinung hatte, dass er einfach eine neue Identität annehmen konnte – vielleicht sogar ohne gefälschte Papiere. John hatte mir erzählt, dass Erasmus diese Möglichkeit angedeutet hatte.

»Das heißt, du kannst es dir erlauben, Wagnisse einzugehen«, sagte Hector. Orlando schaute zu ihm und Christabel hinüber und nickte.

»Wenn du so selten Neulinge empfängst, warum hat man dich *nun* ausgewählt?«, fragte ich.

»Weil unsere Oberen, nachdem Gene bei seinem Bericht den Namen *Arabel* fallenließ, ins Träumen gerieten.« Ich verzog keine Miene, um nicht mein Wissen zu offenbaren, dass

Gene und Erasmus dieselbe Person waren und damit einer der Oberen mit John am Tisch gesessen hatte. »Sie sind der Meinung, dass ich der Richtige bin, euch an die Gemeinschaft heranzuführen. Falls ihr das wollt.«

»Natürlich wollen wir das«, entgegnete Christabel.

Ich nickte. »In diesen Zeiten können kleine Gemeinschaften nicht mehr so leicht unbemerkt bleiben. In großen können wir Gargoyles füreinander einstehen, einander schützen. Arabel sah das schon Anfang des letzten Jahrhunderts auf uns zukommen.«

»Und doch erscheint ihr erst jetzt hier.«

»An manchen von uns nagt die Zeit nicht so sehr wie an anderen«, sagte Hector. »In den Dreißigern wollte Arabel sicherlich nicht herkommen. Und nach dem Krieg fühlten wir uns anderswo sicherer. Jetzt aber, mit dem neuen Jahrtausend, ist es Zeit, unsere Pläne von damals zu verwirklichen.«

»Sofern wir das noch wollen«, erwiderte Orlando.

»Natürlich«, sagte ich. »Deswegen sind wir her: um genau das herauszufinden.«

»Ihr seid eine ungewöhnliche Gemeinschaft«, sagte Orlando lächelnd. »Ich weiß nicht, wie Alfred Reberg es in jungen Jahren geschafft hat, unser Vertrauen zu gewinnen. Ich wünschte, ich wäre dabei gewesen. Aber er hat viel für uns getan, und mit John verbinden wir neue Hoffnungen.« Er grinste. »Auch wenn wir nicht gut darin sind, einem Magier gegenüber solche Hoffnung auszudrücken. Wir sind im Grunde dort, wo wir vor hundert Jahren waren – bevor die Nazis alles verdorben haben. Als dann die Bomben fielen, waren die meisten Gargoyles schon weitergezogen. Eras war einer der wenigen, die hierblieben und überlebten.«

»Erasmus von Köln«, sagte ich mit bewundernder Stimme, und für einen Augenblick schwankte meine Konzentration, und ich fürchtete, dass Orlando einen Hauch von Semas Macht bemerkte.

Orlando lachte. »Mit der gleichen Verblüffung, mit der du

seinen Namen nennst, sprach er den Namen eurer Herrin aus. Da ihr das seid, was John ankündigte, ihr über Wissen verfügt, das nur Arabel und ihre Vertrauten haben können, werden wir euch in unsere Gemeinschaft aufnehmen. Ihr steht ab sofort unter unserem Schutz und könnt euch an uns wenden, wenn ihr Hilfe benötigt.«

»Damit haben wir so früh nicht gerechnet«, erwiderte ich. »Im Gegenzug zu diesem Empfang soll ich euch von John mitteilen, dass den Diensten, die er für euch leisten soll, nichts im Wege steht. Alles ist bereit.«

»Dann habe ich eine Nachricht für euch – von Eras. Sie lautet: Wenn ihr die gleiche Geduld zeigt, durch die ihr euch in der Vergangenheit ausgezeichnet habt, dann werdet ihr euren Platz mitten in unserer Gemeinschaft finden. Bis dahin gehört ihr dazu, wie alle Neulinge. Nicht mehr, nicht weniger.«

Ich wusste nicht, was das bedeutete, aber hier nicht in eine Falle gelaufen zu sein, beruhigte mich für den Moment. »Was müssen wir tun?«, fragte ich.

»Ihr könnt erst einmal John etwas tun lassen, dann sehen wir weiter. Für alle in unserer Gemeinschaft gibt es hier einen Platz. Diese Stadt gehört uns. Manche sitzen in Büros wie diesem und prägen das Bild der Stadt als Architekten mit. Andere sind Taxifahrer, arbeiten auf der Messe oder in Restaurants. Und manche von uns bleiben starr im Schlaf versunken – stets unter unserem Schutz.«

»Und was bist du?«

»Hier? Ein Immobilienmakler. Bringt einiges mit sich, das wir als Gemeinschaft gut gebrauchen können.«

»Dann wisst ihr auch, welche Gefahren hier und anderswo lauern«, sagte ich.

»Natürlich. Wir wissen von den Sondereinheiten, die Magie wie auch Zauberwesen untersuchen. Einige von uns sind sogar in ihren Abteilungen aktiv und halten uns auf dem

Laufenden. Wir spielen alle, die uns gefährlich werden können, gegeneinander aus, um selbst Ruhe zu haben.«

»Müssen wir hier Magierbünde fürchten?«, fragte ich und dachte an Bertram Setterfield und die Söhne des Perseus. Zugleich nannte ich damit die größte Furcht, die Gargoyles haben konnten: dass Magiekundige sie unter ihren Willen zwangen.

»Wann immer sich so ein Bund hier zeigt, gehen wir gegen ihn vor. Manchmal sogar mit der Hilfe anderer Magiekundiger.«

»Habt ihr solche Verbündeten?«

»Mit Ambrosius Agelstern ging der letzte Große. Auch ihn ließen wir nicht an uns heran, aber wir machten ... gute Geschäfte miteinander. Manche von uns hoffen, dass John als der Enkel von Alfred Reberg und der Schüler von Ambrosius Agelstern das Beste in sich vereint und tatsächlich der Vorbote ist für Arabel.«

»Dann wisst ihr um ihre Macht«, sagte ich und starrte Orlando erwartungsvoll an.

»Es heißt, ihre Verwandlungskunst habe selbst Eras zum Staunen gebracht. Und er ist der Mächtigste unter uns.«

»Er ist also tatsächlich euer Anführer?«, fragte Christabel.

»Nun, er ist der Oberste unseres Rates, weil wir ihn immer wieder dazu wählten, aber der Rat trifft die Entscheidungen. Das heißt: Ja, er ist unser Anführer, aber er ist nicht unser König. Nach allem, was wir erlebten, wollten wir die Macht nicht in die Hände eines Einzelnen geben. Die Zeit des reinen Überlebens ist vorbei, und Eras hat die Verantwortung geteilt. Aber natürlich zählt sein Wort mehr als das jedes anderen. Wegen seiner Erfahrung.«

»Das heißt, er wird nicht fürchten, dass Arabel ihm irgendwas streitig macht?«

»Nein, aber andere könnten das befürchten.«

»Wir versichern euch, dass Arabel solche Ambitionen

nicht kennt. Sie sucht die Geborgenheit der Gemeinschaft, nicht die Macht *über* die Gemeinschaft.«

Die Gemeinsamkeit zwischen der Gemeinschaft der Gargoyles und der einer Medusenschwester lag zwar darin, dass wir uns stark nach außen hin abschotteten, aber der Unterschied war, dass bei uns alles auf unsere Medusa ausgerichtet war. Es war keine Gemeinschaft unter Gleichen, bei dem ein Rat die Medusa überstimmen konnte und einige vielleicht mehr Einfluss hatten als andere.

»Wenn es ihr um ein Miteinander statt um Macht geht«, sagte Orlando, »dann wird sich das bewahrheiten, was Eras sich erhofft.«

»Und was ist das?«, fragte ich.

»Dass das, was vor fast hundert Jahren nicht werden konnte, nun endlich wird.«

Gestalten

Wieder zurück in unserem Haus berichteten wir Sema, und sie war zufrieden mit uns. Auch John lobte unser Auftreten. »Vielleicht haben wir wirklich das Schlimmste überstanden«, sagte er. »Umae war überzeugt davon, in der Mitte der Gargoyles hier Schutz zu finden. Und jetzt stellt euch vor, all diese Gargoyles begleiteten uns zum Ort der Vereinigung.«

Der Gedanke barg einen Triumph, aber bis dahin war es ein weiter Weg. Solange Umaes Erinnerung an das Versteck des Medusenhauptes verschüttet war und die anderen Schwestern im Schlaf lagen, würde nichts geschehen. Ich nickte dennoch, denn ich hatte gelernt, in langen Zeiträumen zu denken.

Hector machte eine unzufriedene Miene.

»Welche Bedenken plagen dich?«, fragte Sema. Ich war mir sicher, dass sie es längst wusste und diese Frage ihn lediglich dazu ermuntern sollte, sie mit uns zu teilen.

»Was, wenn die Söhne des Perseus nun, da wir ihnen entkommen sind, Ausschau nach Gemeinschaften von Gargoyles halten, weil sie ahnen, dass wir bei ihnen Schutz suchen?«

»Wüssten die Söhne des Perseus von den Gargoyles hier, würden sie die Gemeinschaft sofort zerschlagen«, sagte Sema. »Sie haben schlechte Erfahrungen mit Medusen inmitten einer Gemeinschaft aus Gargoyles gemacht.«

»Mit Myaramae?«, fragte Christabel. Sie hatte sich die Erzählung im *Buch der Gorgonen* offensichtlich gemerkt.

Sema nickte. »Myaramae hätte die Perseussöhne damals beinahe besiegt. Seither versuchen sie, jede Gargoyle-Gemeinschaft auszurotten, sobald sie eine entdecken.«

»Sie würden sie also nicht gewähren lassen, obwohl sie dadurch eine Medusenschwester anlocken könnten?«, fragte Christabel.

»Sie müssten Informanten innerhalb der Gemeinschaft haben, die nur darauf warten, dass eine Medusa sich zu erkennen gibt«, sagte Sema. »Das haben sie, nachdem sie Myaramae und ihre Gargoyles ermordet hatten, einige Male versucht, und es ist jedes Mal grandios gescheitert. Ich will nicht ausschließen, dass irgendwelche Besserwisser noch ein weiteres Mal gegen die Wand laufen wollen, aber das letzte Mal, dass ich davon gehört habe, sind sie sofort gegen die Gargoyles vorgegangen. Das war in den 1970ern, als es die Gargoyles von Prag traf. Sie wurden in einer Nacht beinahe komplett zerschlagen. Nur wenige konnten fliehen. Und da war keine der Schwestern in der Nähe.«

»Die Gargoyles hier standen oft vor dem Ende«, sagte John. »Auch deswegen waren sie damals, als mein Großvater für Umae Kontakt aufnahm, so vorsichtig.«

»Was genau hat er damals für sie gemacht?«

»Er hat – ohne preiszugeben, dass er Umaes Vertrauter ist – unsere Kontaktleute benutzt, um den Gargoyles damals hier eine Zuflucht aufzubauen, als nur Erasmus und die schlafenden Gargoyles hier waren. Nach dem Krieg hat er viele Gargoyles an die wachsende Gemeinschaft hier herangeführt. So, wie ich nun euch heranführe.«

»Was ich noch nicht erwähnt habe«, sagte ich zu John. »Sie scheinen viel Hoffnung in dich zu setzen.«

»Ja. Sie haben allerdings eine merkwürdige Art, das zu zeigen«, entgegnete John grinsend.

»Sie schätzen deinen Großvater sehr, und ebenso Ambrosius Agelstern. Des einen Enkel, des anderen Schüler und nun auch noch der Vorbote Arabels.«

»Da kann ich deren Erwartungen nur enttäuschen«, sagte John und wich meinem Blick aus. »Wenn sie wüssten, wie es mit meinen magischen Fähigkeiten wirklich aussieht! Meinen Funkenschlag werde ich sicherlich nicht nutzen müssen, und im Dunklen sehen können sie wahrscheinlich besser als ich mit meinem kleinen Zauber. Und Metall in Stein verwandeln und Stein in Steinmehl? Ich weiß nicht, ob das vertrauensfördernd ist.«

»*Das* kannst du?«, fragte ich.

»Ich kann damit Schlösser und Kabel kaputtmachen. Zu mehr reicht es nicht. Ich bin echt kein guter Magier.«

Christabel grinste. »Dann verstecke doch John, den Magier, hinter deinen anderen Rollen. Fällt sicherlich niemandem auf.«

In den folgenden Tagen nahm ich mir während Semas Ruhephasen die Zeit, mit Christabel und Hector im *Buch der Gorgonen* zu lesen und ihnen Fragen zu beantworten. Ich erklärte vieles, verwies sie bei manchen Fragen aber an Sema. Sie verbrachte die Nachmittage zurückgezogen im Arbeitszimmer über der Bibliothek und die meisten Abende im Filmraum.

An einem Abend überraschte sie uns, als sie verkündete, das Haus verlassen zu wollen. Noch ehe ich oder John ihr sagen konnten, dass die Gargoyles sehr wahrscheinlich von unserem Haus wussten und womöglich beobachteten, wer hier ein und aus ging, nahm sie vor unseren Augen Johns Gestalt an. Inzwischen war sie verblüffend nahe an seine Haltung, seine Bewegungen und seine Mimik herangekommen. Sogar seine Stimme vermochte sie annähernd zu imitieren.

»Na gut«, sagte John. »Ich gebe mich geschlagen.«

Während John zu Hause blieb, spazierten wir anderen in einem Bogen über den Stadtteil Ehrenfeld ins Zentrum und hießen den Regen willkommen, der in der Dunkelheit unser Komplize wurde, indem er viele Menschen vertrieb und uns beinahe freie Bürgersteige und Fußgängerzonen bescherte. Die Schildergasse war diesmal wie leer gefegt. Die Leute suchten Schutz in den Geschäften, die noch geöffnet hatten.

Am Dom herrschte ebenfalls weitgehend Leere, und trotz des Regens wirkte das Bauwerk auf mich wie eine Bresche am Nachthimmel. Wir liebten dieses nasse Wetter, hatten aber in der Vergangenheit einige Male Aufmerksamkeit erregt, weil wir dem Regen gegenüber nicht die geringste Reaktion gezeigt hatten. Inzwischen warfen sich Christabel und Hector die Kapuzen ihrer Regenjacken über, während Sema und ich den Kopf ein- und die Schultern zusammenzogen.

In Johns Gestalt wirkte das Verhalten bei Sema ungewöhnlich. Sie hatte viele seiner Bewegungen übernommen, aber abseits des Erprobten sah ich Semas Gesten durch Johns Gestalt ausgeführt. Sie starrte den Dom hinauf. »Er sieht besser aus als vor hundert Jahren«, sagte sie mit Johns Stimme und einem Lächeln, das als seines begann und in ihrem endete. Beides fand ich reizend.

Wir ließen Sema wieder einmal Zeit, den Dom zu bestaunen. Ich fragte mich, wie so oft, was in ihren Gedanken vorging, und war überrascht, als sie mir Eindrücke von sich zuspielte: dass sie diesem Bauwerk in unterschiedlichen Zeiten bei der Vollendung zugesehen hatte; dass sie damals gedacht hatte, der Dom sei der perfekte Ort für Gargoyles; und dass sie sich nun fragte, ob die Kölner Gargoyles die Nähe ihres dunklen Gesellen suchten oder ihn aus Vorsicht mieden.

Während wir zum Rhein hinuntergingen, hallten die Eindrücke Semas in mir nach. Ihr Zeitgefühl überwältigte mich. Aus ihren Worten hatte ich oft vernommen, dass die Zeit sie nicht abstumpfte, sondern ihre Sinne und ihre Einsichten schärfte. Aber es zu spüren, war etwas ganz anderes, und ich fragte mich, warum sie dieses Gefühl nicht schon viel früher mit mir geteilt hatte.

Unvermittelt hörte ich Semas Stimme in meinem Kopf. *»Weil ich Angst hatte, es könnte meine Befürchtung wahr machen – dass die Zeit irgendwann doch an dir nagt.«*

Sie hatte damals einiges mit mir geteilt, und es hatte mich umgeworfen und mich in Angst versinken lassen. Und jetzt traute sie mir plötzlich zu, damit zurechtzukommen?

»Ich glaube, du bist längst bereit dafür.«

Wir gingen am Rhein entlang, und auch hier war wegen des feuchten Wetters kaum jemand unterwegs. Mein Grauer Blick war durch den Regen getrübt, aber mir war klar, dass wir uns dem Rheinauhafen näherten. Ich befürchtete, dass Sema, wenn wir erst einmal dort angekommen waren, den Weg, den ich mit Christabel und Hector gegangen war, nachvollziehen wollte. Doch dazu kam es nicht.

Ehe wir den Hafen erreichen konnten, kam uns im Regen eine Gestalt entgegen. Sie war groß, hatte breite Schultern und trug eine Regenjacke – oder sogar einen Wintermantel. Die Kapuze nahm mir ebenso den Blick ins Gesicht der Gestalt wie der Schal, den sie vor dem Mund trug.

Wäre es nur irgendeine Person gewesen, die an uns vorbeiging und mit wenigen Schritten aus unserem Leben verschwunden wäre, dann wäre unsere Zeit in Köln anders verlaufen. Aber diese Gestalt ging nicht mit ihren festen Schritten an uns vorüber, sondern sprang auf Sema und mich zu. Schweigend schlug sie mit den Fäusten nach uns.

Die Gestalt trug Handschuhe, die mir viel zu eng schienen.

Ich fing den Schlag, der mir galt, mit dem Arm auf und hatte das Gefühl, ein Stück Stahl hätte mich getroffen. Diese harten Fäuste – es hätten meine sein können.

Ich fiel zu Boden, und sofort war Sema bei mir und half mir auf, während Christabel und Hector auf die Gestalt losgingen, ohne ihr Äußeres zu wandeln. Mit jedem Schlag und jedem Tritt stöhnten sie auf. Ins Rauschen des Regens mischte sich das Bröckeln von Stein. Ich sah, wie Hector der Gestalt ins Gesicht schlug, und es war, als würde er auf eine Mauer eindreschen.

Mit schmerzverzerrter Miene hielt Hector sich die Faust und wich zurück.

Sema sprach in Gedanken meinen Verdacht aus und machte ihn zur Gewissheit: *»Ein Gargoyle!«*

Christabels und Hectors Zögern verriet mir, dass sie Sema vernommen hatten. Die fremde Gestalt schaute Sema an, als hätte auch sie die Stimme vernommen. Sie holte erneut zum Schlag aus. Sema entging der Faust des Wesens und drängte mich mit ihr fort. Christabel und Hector stemmten sich gegen die Gestalt, die nur noch Augen für Sema zu haben schien.

Wir kamen nur einige Schritte weit, da flogen Christabel und Hector links und rechts zur Seite. Hector prallte gegen den Stamm eines Baumes am Weg, Christabel stürzte zu Boden, und der fremde Gargoyle kam mit strammen Schritten auf mich und Sema zu.

Ich spürte ein Lodern in der Luft. Etwas blitzte in meinen Sinnen auf. Sema hatte gezaubert. Und für einen Moment rührte sich die Gestalt nicht. Genug Zeit für Christabel und Hector, zu uns zu kommen.

»Wer ist das?«, fragte Hector.

»Die schlimmste Sorte: ein Wesen, das mir ein Rätsel ist«, antwortete Sema mit Johns Stimme. »Diese unbändige Wut!«, fügte sie staunend hinzu, dann erschrak sie. »Wir müssen weg! Sofort! Ich habe es nur kurz gelähmt.«

»Ist es wirklich ein Gargoyle?«, fragte ich, während wir vom Rhein fort zurück in die Stadt eilten.

»Ja«, antwortete Sema mit ihrer eigenen Stimme.

»Sind wir noch sicher?«, fragte Hector. »War es, weil wir uns dem Hafen genähert haben? Hat er dort gelauert?«

»Vielleicht«, antwortete Sema. »Aber wir müssen mit Schlimmerem rechnen.«

»Womit?«, fragte ich.

Sema zögerte zu antworten, aber Christabel sprach es aus: »Dass deine Befürchtung wahr wird und wir hier in eine Falle gelaufen sind.«

Auf verschlungenen Wegen kehrten wir mit dem Morgen in unser Haus zurück, und wie einen Mantel legte Sema Johns Gestalt ab und stand in seiner Kleidung vor ihm und uns. Und ich musste gestehen, dass ihr die Jeans und der schwarze Pulli gut standen. Doch ihre Erzählung, mit der sie John auf den neuesten Stand brachte, schürte die Ängste in mir, die mich auf dem gesamten Heimweg allerlei Szenarien hatte durchspielen lassen.

»War es wirklich ein Gargoyle?«, fragte John.

Ich war mir nicht sicher, aber Sema sagte: »Dieses Wesen ähnelte euch, aber es war wie unter einem Bann. Ich spürte eine Macht, die sich unerbittlich einen Weg sucht. Unter dem Mantel, den das Wesen trug, loderte Magie.«

»Du meinst, ein Zauber hat es getarnt?«, fragte ich.

»Dieses Wesen war davon wie umwoben – um es vor magischen Sinnen zu schützen oder aber, um es zu benebeln und unter Kontrolle zu halten. Da waren keine richtigen Gedanken, sondern nur Zielstrebigkeit und Zerstörungswut.«

»Vielleicht möchte jemand nicht, dass wir Erasmus zu nahe kommen«, sagte Hector. »Und dieses Wesen sollte uns aus dem Weg schaffen.«

Christabel seufzte. »Rivalitäten! So früh schon!«

Sema blickte mich an. »Dieses Wesen hat am Anfang dich erfasst.«

»Aber warum mich?«

»Vielleicht wurde es auf dich angesetzt.«

»Aber es ging dann doch auf dich los«, erwiderte ich.

»Nachdem ich gezaubert hatte. Es war, als hätte es mich erkannt und dich komplett vergessen.«

Christabel schüttelte den Kopf. »Ich wünschte, Achilles wäre dabei gewesen. Wir hätten dieses Ding in Stücke gehauen.« Sie schaute mich mit einem Ausdruck an, der in mir Schuldgefühle weckte. Hatte sie erwartet, dass ich den von ihnen so hoch gelobten und so sehr vermissten Achilles im Kampf ersetzte? Ich wusste viel zu wenig über ihn und projizierte immer wieder Eigenschaften auf ihn, die aus seinem Namen erwuchsen.

»Er hätte genau das Gleiche getan wie wir«, sagte Hector. »Uns zurückzuziehen, war richtig.«

Christabel schüttelte den Kopf. »Wir sind also einigen Gargoyles ein Dorn im Auge.«

Hector machte eine zweifelnde Miene, und ich sagte: »Wenn die Gargoyles uns erledigen wollten, hätten sie es anders eingefädelt. Sie hätten uns an einen Ort gelockt, unsere Fluchtmöglichkeiten blockiert und uns einfach erledigt. Das war nicht die Gemeinschaft um Erasmus.«

Sema blickte ins Leere.

Ich fragte mich, was das Wesen in jenem Moment gesehen hatte, als es nur noch Augen für Sema gehabt hatte. »Was, wenn es ihm nicht um Sema ging?«, sagte ich.

»Wie?«, fragte Christabel, und Sema war mit ihren Blicken wieder im Hier und Jetzt.

»Was, wenn dieses Wesen genau das wollte, was es vor Augen hatte?« Ich blickte John an.

»Mich?«, fragte er und grinste, als hätte ich einen Witz gemacht.

Christabel nickte. »Gar nicht schlecht. Orlando erwähnte, dass sie mit dir eine Hoffnung verbinden.«

»Wovon reden wir also?«, fragte Hector.

Sema erhob sich von der Couch. »Vielleicht von einem Machtkampf innerhalb der Gemeinschaft der Gargoyles. Möglicherweise haben wir soeben die erste Intrige in unserer neuen Gemeinschaft erlebt: einen Mordanschlag.«

John schaute staunend zwischen uns umher. »Einen Mordanschlag auf *mich?*«

Christabel und Hector grinsten, ich aber sagte: »Offenbar fürchtet man, dass du und wir alle Erasmus zu sehr helfen könnten. Wir sind jetzt womöglich Teil eines Machtspiels.«

»Das hat uns noch gefehlt«, entgegnete John.

»Da ist noch etwas«, sagte Sema. »Ihr wisst, dass ich Zugang zu Erasmus hatte. Aber ich spürte abseits von ihm, irgendwo da draußen, noch etwas anderes – etwas Wütendes. Und ich glaube, dieses Etwas hat uns heute angegriffen.«

»Weißt du inzwischen, warum du überhaupt Verbindung zu Erasmus hast?«, fragte ich, während Christabel, Hector und John ihren Blick nicht von Sema abwandten.

»Ich weiß es nicht.«

»Aber du vermutest etwas«, sagte ich.

»Es muss mit Umae zu tun haben. Vielleicht hat sie diese Verbindung geknüpft, als sie damals mit Erasmus und anderen zusammentraf. Vielleicht konnte sie in ihnen lesen, um sich ihrer sicher zu sein. Diese Verbindung könnte die Zeit überdauert haben, und ich habe sie aufgegriffen.«

»Dieses Wesen war damals also auch da?«, fragte John.

»Ich weiß nur eins: Es gibt eine magische Verbindung zwischen mir und mindestens zwei Gargoyles in dieser Stadt. Da ich mich nicht daran erinnere, hier je magische Bande geknüpft zu haben, glaube ich, dass es auf Umae zurückgeht.«

»Was also machen wir jetzt?«, fragte Hector und erhielt mit einem Nicken Unterstützung durch Christabel.

Ich musterte alle und lauschte, ob Sema in Gedanken zu

mir sprach, aber sie starrte wieder ins Leere. Nachdem sie mich eine ganze Weile lang schweigend angesehen hatte, sagte ich: »Wir müssen der Gemeinschaft von diesem Vorfall berichten.«

Sema nickte. »Wie würde Erasmus wohl darauf reagieren, wenn er erführe, dass wir, die Neulinge, von jemandem aus seinen eigenen Reihen attackiert wurden?«

»Mit Scham?«, erwiderte Christabel.

»Oder Zorn – auf unseren Angreifer«, sagte Hector.

»Finden wir es heraus«, sagte ich.

Alle Blicke richteten sich auf John. »Ich werde Orlando berichten, was geschehen ist«, sagte er.

»Und wenn Orlando dahintersteckt?«, erwiderte Christabel. Einige von Orlandos Formulierungen hatten auch bei mir Zweifel geweckt.

»Dann werden wir das erfahren«, sagte Sema. »Und wir werden das Spiel mitspielen – was immer das dann bedeutet.«

Medusenblicke – Zwischen Gargoyles

Vom Angriff des fremden Gargoyles noch erschüttert, suche ich nach ihm im Gefüge, das sich durch diese Stadt spannt. Die Verwandlung in John hat mich Kraft gekostet, aber nun hier allein auf der Couch im Arbeitszimmer, schaue ich durch das Fenster in den bewölkten Nachthimmel, schließe dann die Augen und lasse meine Sinne auf Reisen gehen – vorbei an John, der in der Bibliothek sitzt, vorbei an Elena, Hector und Christabel, die im Wohnzimmer Musik hören.

Es zieht mich aus dem Haus. Erst bewegen sich meine Gedanken nur auf den Wegen, auf denen ich diese Stadt erkundet habe – nur eine Vorstellung und keine echte Wahrnehmung. Aber es öffnet mich für das magische Gefüge, an das wir alle geknüpft sind – die Ausläufer der Kraftstränge, die

die Welten selbst heute noch verbinden, auch wenn die Pforten zum Weltenozean geschlossen sind.

Der halbe Zauber, der mich das Gefüge spüren lässt, beruht auf kaum mehr als Vorstellungen, doch meine Fantasie mündet heute wieder und wieder ins Leere. Also rufe ich mir meine Erinnerungen an unseren Angreifer vor Augen, diese Gestalt – wie im Winter vermummt und voller Wut, die sich nun entfesselt. Es stimmt: Erst hatte dieses Wesen nur Augen für Elena, aber kaum hatte ich gezaubert, existierte nur noch ich für ihn. Ich weiß nicht, wo dieses Wesen sich befindet, ich spüre nur die Wut, die vorhin noch entfesselt war, nun aber wieder gedämpft und gezügelt ist. Sie ist von Misstrauen genährt – die Wut eines Gargoyles. Die Wut auf Magiekundige, die sie so oft unter ihren Bann gezwungen haben. Der Zweifel und das Mitleid, das ich beim letzten Mal spürte, kann ich nicht erkennen. Entweder ist es verschwunden oder aber von all der Wut überstrahlt.

Ist dieser Gargoyle selbst unter einem Bann oder bändigt er seine Wut, damit andere sie nicht entlarven? Ich weiß es nicht. Aber diese Wut schoss mir entgegen, als ich in Johns Körper steckte. Mein Zauber, der dieses Wesen erstarren ließ, muss wie der Zauber eines Magiers erscheinen, nicht wie die Macht einer Medusenschwester.

Ich nähere mich diesem vermummten und gefesselten Zorn, doch durch diesen Mantel aus Hass ist für mich kein Durchkommen. Noch nicht. Aber ich spüre einen Hauch von Umae und komme wieder zu der Vermutung, dass sie damals eine magische Verbindung zu Erasmus und anderen aufbaute, ohne dass sie es merkten. Und was immer diesem wütenden Wesen geschehen ist, der Hass bestimmt sein Tun. Es ist ein Gargoyle. Ob abtrünnig oder in Erasmus' Nähe: Wir haben einen Feind in dieser Stadt, und wir sollten John nicht mehr aus dem Hause lassen.

Ich finde Erasmus und bin bei ihm, kann aber noch immer nicht durch all seine Sinne gewahren, aber ich höre, was er hört, und ich spüre seine Wut. Es ist nicht die Vernichtungswut jenes Wesens, das uns angriff, sondern eine aus Empörung geborene Wut. Johns Nachricht ist bei ihm angekommen. Sie wissen jetzt von dem Angreifer, aber sind ahnungslos, wer sich dahinter verbirgt.

»Reberg schrieb mir, dass es ein Gargoyle war«, sagt Orlando, den ich an seiner knarzigen Stimme erkenne.

»Du meinst, einer von uns hat …?«, erwidert Erasmus.

»Das wissen wir nicht.«

»Scheiße! Haben ihn unsere Späher nicht gesehen?«

»Sie mussten Abstand halten, um nicht bemerkt zu werden. Ob jemand anderes es beobachtet hat, ist noch nicht klar.«

»Finde es heraus! Ich will das wissen!«

»Wenn es jemand gesehen hat, werden wir es bald wissen. Aber unsere Späher haben John und die anderen gesehen, wie sie geflohen sind. Wir wissen jetzt, wo sie wohnen.«

Erasmus atmet laut durch. »Da gibt es die Gelegenheit, dass Arabel zurückkommt, und ihre Vorhut wird angegriffen.«

»Was tun wir? Sollen wir das vor den Rat bringen?«

»Natürlich werden wir das vor den Rat bringen! Wenn es einer von uns war, möchte ich ihn in die Finger kriegen. Und wenn da draußen plötzlich andere sind, dann möchte ich sie dafür bezahlen lassen.«

Ein Seufzen ertönt. »Was, *wenn* es jemand von uns war?«

»Gerade jetzt, da Reberg uns Papiere besorgt«, sagt Erasmus. »Wäre ein Angriff, wenn wir das haben, was wir wollen, nicht klüger gewesen?«

»Wenn es jemand ist, der keine Papiere benötigt. Du unterschätzt die Ambitionen von einigen.«

Erasmus lacht. »Wäre ich misstrauisch, würde ich annehmen, du steckst dahinter. Aber ich kann nicht glauben, dass es einer von uns ist.«

»Was sage ich Reberg?«, fragt Orlando.

»Sag ihm, dass ich unsere drei neuen Geschwister kennenlernen möchte. Sie sollen zu uns kommen.«

»Das ist zu früh, Eras. Du überstürzt die Dinge, so wie du dich an Rebergs Tisch gesetzt hast. Wir machen uns angreifbar, wenn du sie so schnell an uns heranlässt. Trotz allem traue ich Reberg nicht. Was, wenn der Angriff gestellt war, nur um dir genau diese Reaktion zu entlocken?«

»Dann werden wir sie in Stücke reißen und ihre Überreste im Rhein versenken.« Erasmus sagt es, und seine aus Erfahrung erwachsene Abneigung gegenüber Magiekundigen – der gar nicht unähnlich, die unserem Angreifer innewohnt, flammt in ihm auf und eröffnet mir seine Gefühlswelt ganz. Die Abneigung und die Wut weichen einem überwältigenden Gefühl von Scham. Er schämt sich, dass in seiner Stadt Arabels Gargoyles von seinesgleichen angegriffen wurden.

Seine Gefühle schwanken zwischen der Scham, der Wut auf den Angreifer und dem Zweifel an John und uns allen. Dieses Karussell der Gefühle – es sagt mir, dass er in Gedanken alle Möglichkeiten durchspielt. Er ist ein Stratege, ein gefährlicher Gegner und ein starker Verbündeter.

»Glaubst du, der Rat wird dem zustimmen?«

»Hat er eine andere Wahl?«

»Du musst vorsichtig sein. Dein Ansehen ist ungebrochen, aber manche könnten dein Drängen als Zeichen sehen, dass du mehr Macht beanspruchst, als dir zusteht.«

»Wenn sie das angesichts dieser Sache so sehen wollen, dann sollen sie es tun.«

Ich verlasse Erasmus mit vielen Fragen. Seine Macht ist begrenzt, und vielleicht wollen einige der Oberen um ihn herum Arabel nicht an seiner Seite haben. Und ich verstehe es. Eine weitere Person mit viel Erfahrung – das muss einigen von ihnen ein Dorn im Auge sein.

Eines steht fest: Wenn ich als Arabel zu ihnen gehe, werde ich mein wahres Wesen verbergen müssen, denn Elena hat recht: Meine Gemeinschaft beruht auf der Loyalität gegenüber Medusa – aber nicht nur die Loyalität meiner Vertrauten zu mir, sondern unserer aller Loyalität gegenüber der ursprünglichen Medusa. Es mag sein, dass die Gargoyles von Köln das nicht verstehen und sogar zurückweisen würden. Also muss ich es verschweigen und Erasmus hintergehen – alles zu meinem Schutze und vielleicht doch zu ihrem Vorteil.

Ras

Mitten in der Nacht kam John zu Sema und mir ins Zimmer und erwischte uns in einem intimen Moment gegenseitiger Großzügigkeit, wie Sema es manchmal zu sagen pflegte. Es war eine Formulierung, die sie von ihrer getöteten und in ihr und den anderen wiedergeborenen Schwester Myaramae übernommen hatte. Ich fühlte mich ertappt, obwohl allen im Haus klar war, dass Sema und ich Geliebte waren.

John entschuldigte sich und wollte die Tür wieder schließen, doch Sema sagte: »Bleib und sag, was vorgefallen ist.« Sie winkte ihn zu sich.

Während Sema aus dem Bett stieg und sich anzog, sagte John stockend: »Du ... hast recht gehabt. Sie haben entschieden.« Mit jedem Wort festigte sich seine Stimme.

Sema kannte nicht die geringste Scham, ich jedoch hatte das Gefühl, vor Unsicherheit zu zerbröckeln. Früher hätte ich mir ein Beispiel an Sema genommen, und bei Christabel und Hector kannte ich keine Scheu, aber bei John war es anders. Seine Unsicherheit machte es zu etwas anderem, und als er mich nun anblickte, stieg mir die Hitze zu Kopf. Er sagte: »Sie wollen dich, Christabel und Hector in ihrer Mitte empfangen. Erasmus möchte euch kennenlernen.«

»Ich könnte in deiner Gestalt gehen«, sagte Sema zu mir. »Ich bin bereit.«

»O nein«, erwiderte ich. »Ich werde mit Christabel und Hector gehen. Wir werden das Spiel wie geplant weiterspielen. Das heißt, du musst Geduld haben und dich von ihnen fernhalten.«

Natürlich war das kein Befehl, und natürlich hätte ich nachgegeben, wenn Sema darauf beharrt hätte, aber sie nickte, während sie neben dem Bett stand und sich ihre sandfarbene Bluse zuknöpfte.

»Ich werde ihnen sagen, dass Arabel nur erscheinen kann, wenn hier keine Gefahr lauert. Dann hast du noch Zeit, deine Gargoylegestalt zu perfektionieren.«

»Was soll *ich* tun?«, fragte John leise. Sema hatte ihn gebeten, das Haus nicht zu verlassen, was ihm seit Tagen schon sichtlich zusetzte.

Sema ging zu ihm und fasste ihn an den Schultern. »Kümmere dich um die Papiere. Mach einfach das weiter, was du von hier aus machen kannst. Den Rest überlässt du uns. Ich möchte nicht, dass du zur Zielscheibe wirst. Also bleibst du bei mir hier im Haus.«

John nickte.

Sema wandte sich zu mir um. »Du wirst in ihren Augen die Anführerin dieser kleinen Gruppe sein – solange Arabel nicht da ist. Fordere Aufklärung und biete an, ihnen dabei zu helfen. Und unterschätze dabei weder Erasmus – noch die Komplexität von Gemeinschaften.«

Ich war so gespannt darauf, Erasmus kennenzulernen, dass ich John immer wieder fragte, ob er inzwischen Zeit und Ort des Treffens kenne, und die Geduld, mit der er meinen Nachfragen begegnete, beeindruckte mich. Meine eigene Ungeduld hatte ich über Jahre mit mir selbst ausgemacht. In unserem schmalen Haus in Dublin war ich in Bedenken versunken umhergelaufen, und niemand hatte es mitbekommen

– sicherlich nicht einmal Sema, die in tiefem Schlaf geschlummert hatte. Nun aber war ich nicht mehr allein für alles verantwortlich. Die Ruhe, die ich früher verspürt hatte, als ich Teil einer größeren Gemeinschaft gewesen war, war mir in der Einsamkeit abhandengekommen.

Nach drei Tagen erhielt John am späten Nachmittag die Nachricht, dass wir uns um 22 Uhr in einem Haus auf dem Maarweg treffen würden. Wir sollten darauf achten, dass uns niemand folgt, und wir sollten klingeln. Für den Fall, dass nicht geöffnet werde, sollten wir davon ausgehen, dass irgendetwas nicht stimmte und wir uns entfernen sollten.

Nun hatte ich meine Antwort, und sofort kam das, was so oft kam, wenn ich mich in eine unbekannte Lage begeben sollte: Ich fürchtete eine Falle. Die Sorge erwuchs aus Fragen, die mich schlagartig trafen. Warum lotsten sie uns nicht wie beim Treffen mit Orlando? Mussten wir nach dem, was Sema uns über Erasmus' und Orlandos Gespräch mitgeteilt hatte, nicht damit rechnen, in die Mangel genommen zu werden, falls sie zu der Überzeugung gelangten, wir hätten den Angriff auf uns nur gestellt? Die Sorgen und Fragen waren mir lästig, aber ich glaube, ich habe deswegen überlebt, weil sie mich plagten und mein Verhalten lenkten.

Sema und John wirkten beide gefasst, während wir uns bereit machten. Hector und Christabel kleideten sich herbstlich. Sie wirkten unentschlossen. In letzter Minute tauschten sie noch einige Stücke aus. Christabel wollte mit einem Mal den Rollkragenpullover, Hector das dicke Sweatshirt. Kaum hatten sie sich festgelegt, verbargen sie ihre Kleidung unter grauen Regenmänteln.

Grau war natürlich unsere Farbe. Es war die Farbe, die im Herbst nicht weiter auffiel. Und selbst, wenn wir andere Farben trugen, wählten wir sie uns meistens trüb. Ich mochte es simpel und bequem, aber weil ich das Gefühl hatte, dass von unserem Auftreten viel abhing, ließ ich mich von Sema dazu überreden, eine von ihren Blusen anzuziehen. Ich war nicht überzeugt, dass mir eine lila Bluse mit engem Kragen stehen würde, aber Christabel meinte, sie würde mir Haltung verleihen, und ich verstand natürlich die spielerische Spitze, die in diesem Lob verborgen war. Ich vertraute auf Semas Einschätzung. Das nahm mir die Last von den Schultern, und vielleicht wusste sie etwas über Erasmus, das ich nicht wusste. Das für mich ungewöhnliche Hemd verbarg ich unter einer einfachen Herbstjacke.

John gab uns Ausweise mit ganz anderen Decknamen als denen, die wir Orlando genannt hatten und die in unseren aktuellen Papieren verzeichnet waren. »Es ist gut, wenn die Verbündeten uns unter einem anderen Namen kennen als die Behörden«, sagte John. »Nur, falls ihr irgendwo kontrolliert werden solltet.« Ich hielt das für unnötig und wäre lieber ganz ohne Papiere aus dem Haus gegangen – und dann notfalls geflohen, hätte die Polizei sich für uns interessiert. Aber es schadete nicht, die Ausweise mitzunehmen.

Als wir gingen, spürte ich eine Wärme, die von Sema kam, eine Vertrautheit – als hätte sie unsere gemeinsame Erfahrung in ein einziges wohliges Gefühl gehüllt.

Unterwegs zum Maarweg waren Christabel und Hector schweigsam, und auch ich machte nicht viele Worte. Ich wollte mich an sie anpassen und glaubte, dass sie weit mehr Erfahrung mit solchen Situationen hatten. Als ich eine Andeutung in diese Richtung machte, sagte Christabel mit überraschter Miene: »Du irrst dich. Es ist eine Sache, irgendwo einzubrechen. Hier gehen wir mit offenem Visier in eine Zusammenkunft. Und darin sind wir beide nicht geübt. Das war eher Achilles' Sache.«

»Wir wollten uns eigentlich eher ein Beispiel an dir nehmen«, sagte Hector lächelnd.

»Hätte ich geschwiegen, hätten wir uns gegenseitig ein Beispiel sein können«, erwiderte ich, und mir wurde klar, dass ich unterschätzt hatte, wie viel Zeit Christabel und Hector abseits von allem verbracht hatten.

Wie geplant folgten wir dem Maarweg. War er am Anfang von Wohnhäusern geprägt, wandelte sich das Gesicht dieser sich lang dahinziehenden Straße immer mehr zu dem eines Gewerbegebiets. Dank der Karten-App wussten wir, wo genau sich das gesuchte Haus befand. Ich schloss jedoch nicht aus, dass man uns doch noch wie vor unserem Treffen mit Orlando von einem Ort zum anderen lotsen würde.

Je näher wir unserem Ziel kamen, umso langsamer gingen wir. Ehe meine Angst vor dem, was uns erwarten würde, sich ausbreiten konnte, vernahm ich Semas Stimme in meinem Kopf. *»Du bist auf alles vorbereitet. Erasmus wird erkennen, dass du eine Vertraute Arabels bist, die auch seine Vertraute werden könnte.«*

Nicht nur war ich froh über den Zuspruch; dass Sema ihn mit ihrer Gedankenstimme über die weite Entfernung sandte, machte mir zusätzlich Mut. Bald schon mochte sie all ihre Kräfte gesammelt haben und uns wie früher Gedanken, Gefühle und Traumbilder schicken, die uns ihr ganz nahe brachten.

Ich erzählte Hector und Christabel von den Gedankenworten, die Sema mir geschickt hatte, und auch sie sprachen die Hoffnung aus, bald ganze Gedankenwelten von Sema zu empfangen.

Wir hatten noch fünfzehn Minuten, um ans Ziel zu gelangen, und wollten keineswegs zu früh dort sein, waren es dann aber doch und gingen erst einmal an dem Haus vorbei. Es war ein alter Ziegelbau – wahrscheinlich aus den 1950ern, mit neuen Fenstern und einer neuen Tür ausgestattet.

Benachbart lag ein Lagerbetrieb, dessen Außenmauer aus den gleichen Ziegeln gebaut war. Wir gingen am Gittertor des Unternehmens vorüber. Über einen Hof blickten wir auf ein breitgezogenes Gebäude, vor dem ein Lastwagen und drei Lieferwagen parkten. Wir gingen einmal um das Anwesen herum. Es war weitgehend ummauert, schien aber einige Wohnhäuser auszusparen. An einer Stelle gab es sogar eine schmale Tür in der Mauer, über die an dieser Stelle Bäume aus einem Garten herüberragten.

Falls das Haus, in dem man uns erwartete, zu dem Betrieb und dem Anwesen gehörte, mochte es sein, dass man uns mehr Vertrauen schenkte, als wir verdient hatten. Und das nährte wieder einmal meine Sorge. Denn ich konnte nicht glauben, dass man sich uns gegenüber trotz aller Scham, die wegen des Angriffs am Rhein bestehen mochte, eine solche Blöße gab.

Um Punkt 22 Uhr waren wir wieder vor dem Haus, zu dem Orlando uns geschickt hatte, und ich drückte auf den altmodischen Klingelknopf aus Metall. Es gab eine Sprechanlage, aber statt einer Stimme antwortete die Tür mit einem Klicken.

Uns erwartete ein kurzer Flur, eine Treppe zur Rechten, die nach oben führte, ansonsten gab es einen offenen Bereich mit Fenstern, die zur Seite auf das Betriebsgelände schauten. Im hinteren Teil des Hauses brannte schwaches Licht, und dort war eine Gestalt, ein blonder Mann in einem grauschwarzen Arbeitsoverall: Orlando, der ein ganz anderes Bild als zuvor bot. Arbeitete er tatsächlich sowohl als Immobilienmakler als auch als Lagerarbeiter?

»Willkommen«, sagte er, und ich war mir nicht sicher, wie ich seine Stimme einordnen sollte. Sie konnte sowohl höflich verstanden werden als auch bedrohlich.

Ich grüßte ihn. »Ein neuer Ort also«, sagte ich dann und schaute mich um.

»Das ist nicht auf meinem Mist gewachsen«, entgegnete Orlando. Durch eine Tür führte er uns in ein verstaubtes Wohnzimmer, das in der Dunkelheit durch meinen Grauen Blick wie ein Zimmer mit von Asche belegten Möbeln wirkte. Über einen kurzen Gang führte Orlando uns zu einer Tür, die direkt auf das Anwesen des Lagerbetriebs führte. Hinter Containern und der Mauer waren wir von den Blicken von der Straße aus sicher.

»Ist das eines eurer Unternehmen?«, fragte ich Orlando.

»Eines von vielen«, sagte er. »Ein Job bietet einem Einzelnen den Anschein von Normalität. Und ein Unternehmen bietet das Gleiche einer Gemeinschaft – sofern die Belegschaft unsere Natur teilt.«

»Und wenn es auffliegt?«, fragte Christabel.

»Dann wechseln wir zu einem anderen Betrieb«, antwortete Orlando. »Deswegen brauchen wir John. Und deswegen verstehe ich nicht, wie jemand aus unseren Reihen euch attackieren konnte.«

»Du glaubst, es war einer von euren Leuten?«, fragte Hector.

»Nein, ich kann und will das nicht glauben, aber der Rat glaubt es.«

Wir betraten das große Gebäude durch eine einfache Tür und gelangten direkt in die erste Lagerhalle. Auf Holzpaletten stapelten sich in Folie verpackte Güter, von denen viele noch einmal in Kartons gehüllt waren. Die meisten der schweren Regale am Rand waren leer. Es schien hier der Eingangsbereich zu sein, von wo aus die Güter in das eigentliche Lager gebracht wurden.

»Ich muss mich zurückziehen«, hörte ich Sema in meinem Kopf sagen. Sie war mir und uns gefolgt, hatte vielleicht sogar alles wahrgenommen, was ich erlebt hatte. Ich wünschte mir zwar, dass sie bei mir blieb, mich vielleicht sogar bei dem Zauber unterstützte, der mein Innerstes verbarg, aber offenbar fürchtete sie, es könnte auffallen, dass ich ihre Gedanken aufschnappte.

Orlando öffnete die Tür zum Lastenaufzug, und ich fragte mich, ob er bemerkt hatte, dass ich für einen Moment unaufmerksam gewesen war. Falls es so war, ließ er es sich nicht anmerken. Während wir langsam in die Tiefe fuhren, sagte er: »Unternehmen – vor allem Handwerksbetriebe – sind auch gut, um Geheimnisse zu bewahren. Wir haben schon

Unternehmen gegründet, nur um ein Gebäude und dessen Geheimnisse zu schützen.«

»Das hier scheint ein wenig älter zu sein«, sagte ich.

»Wir haben es übernommen und ein bisschen unseren Bedürfnissen angepasst.«

Wir kamen auf einen breiten Gang, der zu Lagerräumen abführte. An einem Durchgang standen zwei Gargoyles. Sie entsprachen mit ihren bulligen Körpern, den Hörnern und den Schwingen den Geschichten, die man sich von uns erzählte. Ich selbst vermochte es nicht, eine solche Gestalt anzunehmen, und Christabel und Hector hatten mir erzählt, dass sie ihre Körperfülle durchaus verändern konnten, aber nicht fähig seien, sich Schwingen wachsen zu lassen. Ich vermutete, die beiden Wachen waren einst Wasserspeier an irgendeiner Kirche oder sogar auf einem Friedhof gewesen, die durch Magie zum Leben erweckt wurden.

Möglicherweise waren es die breiten Schultern und die Fülle der beiden Wachen, die mich an das Wesen denken ließen, das uns am Rheinufer angegriffen hatte.

Ich fand kaum etwas Individuelles an den beiden Wachen. Sie musterten uns regungslos aus ihren scheinbar leeren Augenhöhlen und ließen uns schweigend passieren.

Die Lagerhalle, in die wir kamen, schien zu einer Festhalle umgewandelt worden zu sein – oder war es ein Thronsaal? Die Wände waren getäfelt, der Boden mit großen, dunklen Steinplatten versehen, und an der Decke spannten sich Tücher zwischen den Stahlbalken. Herabhängende Leuchter hüllten den Raum in einen warmen Schein. Links und rechts gab es eine Galerie, von der aus man uns beobachtete und wo ich je zwei Doppeltüren sah. Ich schaute mich gerne nach Fluchtwegen um, also fiel mir auf, dass man über Leitern, die an einigen der Pfeiler befestigt waren, ebenso nach oben gelangte wie über die engen Wendeltreppen am Anfang und am Ende des Saals.

Aber wie fliehen, bei all den Leuten, die hier versammelt

waren? Es waren sicherlich mehr als hundert Personen. Von Leuten, an denen nichts an ihr Gargoylewesen erinnerte, bis hin zu Gestalten mit Hörnern und Schwingen schien es hier alles zu geben. Die meisten waren in Körpern aus Fleisch und Blut hier, aber ich sah genug Steinkörper, die daran erinnerten, was unsere eigentliche Gestalt war. Bei vielen musste ich genau hinschauen, weil sie ihre Kleidung nicht mitverwandelt hatten.

Bei all den Sinnen, die auf uns gerichtet waren, bemühte ich mich, den Zauber, der in mir schlummerte, verschleiert zu halten. Ein Fehler, und es mochte offenbar werden, dass ich anders war als alle hier.

In der Mitte des Saales wartete jemand auf uns – ein Schwarzer Mann mit kurzem Haar und kurzem Bart, schlank und groß gewachsen. Er trug Jeans und ein einfaches T-Shirt. Auf der Straße hätte ich ihm vielleicht zugenickt, wenn ich ihm an einem Ort begegnet wäre, an dem wir unter Weißen waren. Aber hier inmitten dieser Vielfalt wäre er ohne die Reaktion der anderen nicht aufgefallen. Sie bedachten ihn mit bewundernden Blicken, machten ihm Platz und schauten zwischen ihm und uns hin und her.

»Willkommen in Köln«, sagte der Mann mit ruhiger Stimme. »Ich bin Erasmus. Aber nennt mich Eras oder Ras.«

Als ich uns kurz mit unseren Decknamen vorstellte, bemerkte ich die durchdringenden Blicke, mit denen er uns musterte, und hatte keinen Zweifel daran, dass er über magische Fähigkeiten verfügte. Ich hielt mein Innerstes zusammen und hoffte, dass er mein Geheimnis nicht durchschaute.

Natürlich wussten hier alle, dass Christiane Welbridge, Helena Dalbrünn und Lorencio Hector nicht unsere echten Namen waren, und allen musste klar sein, dass wir eine Menge Geheimnisse mit uns herumtrugen. Meine Hoffnung war, dass sie mein größtes Geheimnis vor lauter kleineren Geheimnissen nicht erkennen würden.

»Wir gehören zu Arabels Vertrauten«, erklärte ich und

war mir sicher, dass Erasmus … dass Ras das alles wusste, aber mir schien, als wäre diese Zusammenkunft dazu da, um genau dieses Wissen in der Gemeinschaft zu verbreiten. Und Ras griff es tatsächlich auf. Er schritt hier in der Mitte umher und sprach zu seinen Leuten, die sich um uns herum versammelt hatten. Er erklärte, wer wir waren, dass Arabel in den 1920ern in Köln gewesen war und sich mit ihrem Gefolge niederlassen wollte, und dass wir nun in Erinnerung an damals darum gebeten hatten, in die Gemeinschaft aufgenommen zu werden. »Wir gewähren ihnen diese Gunst«, sagte er. »Weil wir immer unsere Versprechen halten.«

Ras wandte sich an uns. »Und nun wurden unsere neuen Vertrauten von jemandem aus unseren Reihen angegriffen.« Da er davon ausging, dass es einer von ihnen gewesen sein musste, fragte ich mich, ob er inzwischen irgendwelche Hinweise erhalten hatte, von denen wir nichts wussten. Er erzählte nun, was wir berichtet hatten, und schien keinen Zweifel daran zu haben, dass es sich so zugetragen hatte.

Orlando wirkte unzufrieden – ob deswegen, weil er unsere Geschichte nicht glaubte oder aber ihn der Angriff verärgerte, wusste ich nicht einzuschätzen.

»Ich weiß, dass unsere Gemeinschaft schwierig ist und wir viel miteinander auszuhalten haben. Aber Neulinge zu attackieren, die für unser Überleben als Gemeinschaft wichtig sind, geht zu weit. John Reberg wurde angegriffen – der Mann, der vielen von euch in diesen Tagen eine neue Identität beschert hat.« Er blieb stehen und schaute mit in die Runde. »Ich will wissen, wer das war!«

»Ich bezweifle, dass er einer von uns war, Ras«, sagte Orlando und erhielt Zustimmung.

Ras nickte. »Die Alternative wäre schlimmer: Es würde bedeuten, dass neue Gargoyles in der Stadt sind, von denen wir nichts wissen.«

»Es gibt neue Gargoyles«, sagte jemand aus der Menge,

den ich nicht ausmachen konnte, und etliche Blicke hielten uns nun gefangen.

»Manche von euch glauben also, wir hätten uns den Angriff nur ausgedacht?«, fragte ich.

Orlando schien verwundert, Ras sagte: »Nein. Die Tat wurde mit Grauem Blick beobachtet.«

»Ihr habt uns also beschattet«, sagte Hector, dabei wusste er genauso gut wie ich, dass sie es getan hatten. Sema hatte uns jedes Wort berichtet, das sie zwischen Erasmus und Orlando belauscht hatte. Neu war, dass jemand offenbar auch den Angriff selbst beobachtet hatte.

Ras grinste. »Ich weiß, wann ihr das Haus verlassen habt und wann ihr heimgekehrt seid. Und ich weiß, dass ihr angegriffen wurdet.«

»Und weißt du auch, wohin unser Angreifer gegangen ist, nachdem wir uns zurückziehen mussten?«, fragte ich.

»Seine Spur verlor sich in der Nähe der Oper«, sagte Ras. Die Scham und die Wut, die ihm ins Gesicht geschrieben stand, sagten mir, warum er uns hier empfing. »Wenn es also keiner von uns war, dann treibt sich hier jemand herum, der uns fertigmachen will und viel zu viel über uns weiß.«

»Wir sollten John Reberg Schutz gewähren«, sagte Orlando.

»Wir beschützen ihn selbst«, erwiderte ich. So wenig wie sie Magiekundigen vertrauten, so wenig würde ich Johns Sicherheit ihnen anvertrauen. »Dort, wo er jetzt ist, kann er das tun, was er am besten kann.«

»Und ihr fürchtet nicht, dass man ihn aufsucht, während wir hier reden?«

»Er ist ein Magier«, sagte ich, als wäre ich mir seiner Macht sicher.

»Das wurde bestätigt. Deswegen konntet ihr euch zurückziehen.«

»Nun, da die Überraschung verflogen ist, weiß er, womit er es zu tun hat, und ist vorbereitet.«

Ras sagte: »Wir nehmen das, was er gerade für uns tut und bereits für uns getan hat, als Beweis, dass er anders ist als die meisten Magiekundigen, mit denen wir zu tun hatten. Dass er Alfred Rebergs Erbe ist und Ambrosius Agelsterns Schüler war, nährt unser Vertrauen in ihn.«

»Das heißt, du erlaubst, dass wir uns verteidigen – ganz gleich, wer es auf uns abgesehen hat?«, fragte ich.

»Natürlich. Und ich werde alles daransetzen, die Hinterleute der Attacke aufzuspüren. Denn solange das nicht aufgeklärt ist, brauchen wir nicht darauf zu hoffen, dass Arabel zu uns kommt.« Er erzählte von den Zwanzigern und von den Hoffnungen, die er und Arabel gehegt hatten, dass die 1930er ein blühendes Jahrzehnt würden. »Wie oft wird uns die Möglichkeit gegeben, dort weiterzumachen, wo wir vor hundert Jahren aufhörten?«, sagte er. »Mit Arabel wären wir für den Tag des Sichtbarwerdens gerüstet.«

Die Formulierung *Tag des Sichtbarwerdens* hatte ich lange nicht mehr gehört. Sema hatte die Zeit, da das Geheimnis von Magie und Zauberwesen nicht mehr verschleiert wurde, vor Jahrzehnten zuletzt so bezeichnet. Es war etwas, das nach der Zeit der Vereinigung im Raum stand. Und selten einmal fragten wir uns, was wäre, wenn der Schleier fiele, ehe die Medusenschwestern sich vereint hatten. Denn die Antwort war klar: Wir würden weiterhin im Verborgenen bleiben müssen – vielleicht sogar mehr noch als zuvor.

»Arabel fürchtete damals, dass es hier eine große Auseinandersetzung zwischen Menschen und Zauberwesen geben könne«, sagte Ras. »Sie erzählte es mir, als wäre es das Epos *Willehalm* von Wolfram von Eschenbach. Sie sagte, ich solle das nie vergessen. Zwei Heere aus unterschiedlichen Lebenswelten treffen aufeinander. So wie Christen und Nicht-Christen in Alischanz aufeinandertrafen, würden wir und die Menschen hier in Köln aufeinandertreffen. Und wie bei *Willehalm* ist das Ende nicht geschrieben. Eine Versöhnung ist noch möglich. Vielleicht ließe sich die Konfrontation sogar ganz vermeiden, wenn wir früh genug agierten.« Dass Umae in den 1920ern auf das Versepos von Wolfram von Eschenbach verwiesen hatte, fand ich befremdlich. Hatte Umae etwa damals schon gewusst, dass Sema Wolfram von Eschenbach gekannt hatte, dass sie es gewesen war, die ihm die Schriften von Kyot dem Fremden zugänglich gemacht hatte?

In jenem Moment wünschte ich, Sema wäre mit ihrer Gedankenstimme in mir gewesen und ich hätte sie fragen können, ob es früher schon einen Austausch über Wolfram von Eschenbach gegeben hatte. Da erinnerte ich mich an die Namen, die ich auf dem Friedhof hinter Haus Agelstern gelesen hatte: Willehalm, Gachmuret, Sigune und Orgeluse. Das konnte kein Zufall sein. Es hatte wahrscheinlich lange vor meiner Zeit einen Austausch zwischen den Medusenschwestern gegeben, in dem Sema ihre Verbindung zu Wolfram offengelegt hatte. Im Grunde reichte es, wenn die anderen im *Buch der Gorgonen* den Namen Kyot als Verfasser gefunden und so die Verbindung nachvollzogen hatten. War es ein Zufall, dass Umae damals ausgerechnet Wolframs Werk erwähnt hatte? Ich jedenfalls glaubte nicht daran.

Da ich so gut wie nichts über den Austausch zwischen Umae und Ras damals wusste, sagte ich: »Ob es zu einem Kampf kommt oder nicht, Arabel möchte diese Gemeinschaft stärken – sodass wir auf alles, was die Zukunft bringt, vorbereitet sind. Sie möchte, dass wir die schwierige Geschichte hinter uns lassen und in eine gemeinsame Zukunft voranschreiten.«

Das Erstaunen und das Wohlwollen in den Gesichtern der Versammelten berührte mich. Und die Vorstellung, dass wir tatsächlich Teil einer solchen Gemeinschaft sein konnten und die Pläne von Ras und Umae wahr würden, ließ mir die Hitze zu Kopf steigen. Was für Mienen würden sie machen, wenn Sema einst ihr wahres Wesen offenbarte?

Erasmus stellte mich einigen Leuten vor – von Thorben, einem geflügelten Gargoyle vom Kölner Dom, der zwei Köpfe größer war als ich, über Val, einer hellgrauen Statue vom Melaten-Friedhof, die ihre Worte mit geschmeidigen Handgesten begleitete, bis hin zu Angelika, einer belebten Skulptur aus dem Schnütgen-Museum, die mir bis zur Hüfte ging, und deren kräftige Stimme mich überraschte und ein weiteres Mal daran erinnerte, nicht zu viele Annahmen über die Personen zu machen, denen ich begegnete.

So unterschiedlich wie faszinierend waren meine Geschwister, dass ich für einen Augenblick abgelenkt war und mich bemühen musste, mein wahres Wesen weiterhin verborgen zu halten. Jede Begegnung barg die Gefahr, dass der magische Schleier fiel. Bei all den Hoffnungen, die ich nun vernahm, fürchtete ich, wir könnten den Erwartungen, die man an uns knüpfte, nicht gerecht werden.

Christabel und Hector mischten sich unter die Leute und strahlten geradezu Selbstbewusstsein aus. Es schien, als hätten sie sich nach einer solchen Gemeinschaft gesehnt. Das weckte die Furcht in mir, dass sie sich hier ein wenig zu wohl fühlen könnten, etwas zu viel von sich preisgaben und damit die Wahrheit ans Licht käme. Gerade Orlando, der bei ihnen stand und sie in ein heiteres Gespräch verwickelte, traute ich zu, zwischen den Zeilen zu lesen. Indes bemühte ich mich, die Fragen, die von allen Seiten auf mich einprasselten, mit Ruhe und Weitblick zu beantworten.

Nach einer Weile nahm Ras mich zur Seite. Er genoss so viel Respekt, dass die anderen Abstand hielten, sodass wir uns allein in einer Ecke des Saals zurückziehen und in Ruhe sprechen konnten. Als ich meine Jacke auszog, musterte er meine Bluse, und sagte: »Hätte ich je gezweifelt, ob Arabel euch schickt, durch diese Bluse hättest du mich überzeugt.«

»Was?«, erwiderte ich.

»Arabel trug damals eine Bluse in einer ähnlichen Farbe. Das war kein Zufall, oder?«

Ich lächelte, dachte an Sema und sagte: »Es ist eine weitere

Erinnerung an damals. Arabel hat mir zu dieser Farbe geraten, sollte ich mit dir zusammentreffen.«

»Wo ist Arabel?«, fragte er und wies auf einen Sessel.

»In Sicherheit«, antwortete ich, während ich Platz nahm.

»Ich will nicht zu neugierig sein«, sagte Ras und setzte sich seinerseits. »Aber wenn du es bist, dann sag es mir. Ich mag solche Überraschungen nicht.«

»Wir alle tragen natürlich unsere Überraschungen mit uns herum, aber ich versichere dir: Ich bin nicht Arabel. Aber manchmal gleichen wir uns jenen an, die wir verehren.«

»Fandest du das Willehalm-Beispiel passend?«

Das war eine brandheiße Frage. Ich überlegte, ob Umae den Vergleich damals wirklich gezogen hatte. Dass sie sich mit dem Namen *Arabel* nach einer Figur aus dem Versepos benannt hatte, sprach dafür. Außerdem wäre es ein noch größerer Zufall gewesen, wenn Ras dieses Beispiel erfunden hätte. Ich fragte mich, ob dieses Beispiel und der Name, den sie sich gewählt hatte, in diesem Augenblick nicht genau das tat, was Umae beabsichtigt hatte. Vielleicht sollte das alles nicht Ras und den Gargoyles etwas sagen, sondern Sema und den anderen Schwestern, falls Umae ihr Werk nicht vollenden konnte.

Um mich nicht in Widersprüche zu verstricken, sagte ich: »Mir war gar nicht klar, dass sie das damals gesagt hat. Wäre ich misstrauisch, dann würde ich nun befürchten, dass du mich prüfen willst.«

Ras lachte. »Das hätte ich vielleicht besser getan.«

»Sie hat den Vergleich also tatsächlich gezogen?«

»Ja. Verwundert dich das?«

»Es klingt schon nach ihr – wenngleich sie uns gegenüber weniger von einem Kampf gesprochen hat als von Gemeinschaft und davon, dass die Zukunft noch nicht geschrieben ist.«

Ras und ich sprachen über unsere Erfahrungen, und ich verschwieg das meiste, und das wenige, das ich nannte, war zwar die Wahrheit, offenbarte aber nie unser Geheimnis. Ras erzählte mir, wie die Gemeinschaft in Köln – auch mit der Hilfe von Johns Großvater – über die Jahrzehnte gewachsen war und unseresgleichen Schutz bot.

Nach einer Weile kamen wir wieder auf das Wesen zu sprechen, das uns am Rhein angegriffen hatte, und erneut wirkte Ras ratlos. Das machte mir Angst. »Was, wenn jemand einen radikalen Bruch mit der Vergangenheit will?«, fragte ich. »Einen Bruch mit dir?«

»Es wäre nicht das erste Mal«, antwortete Ras und blickte an mir vorbei durch den Saal. »Vielleicht haben einige das Gefühl, dass meine Anwesenheit dem Neuen schadet. Würde mein Wort nicht immer viel zu viel zählen? Und wie schütze ich die Gemeinschaft davor, dass einige immer wieder zu mir kommen, wenn sie den neuen Köpfen nicht zutrauen, ein Problem zu lösen?«

»Das klingt, als wolltest du gar nicht das zu Ende bringen, was dir und Arabel vorschwebte.« Was Umae und Ras damals genau geplant hatten, wusste ich nicht. Ras' Worte bei der Begrüßung waren im Grunde alles, was mir bekannt war.

»Ich habe immer gehofft, dass sie zurückkommt, ich mit ihr ein letztes Mal diese Gemeinschaft präge und dann in den Hintergrund trete. Ein paar Jahrzehnte lang in Stein erstarrt, um zu sehen, was dann sein wird.«

Ein Krachen vom Eingang her brachte im Saal alle mit einem Mal zum Verstummen. Es gab eine Erschütterung, dann hallten Schreie herein. Irgendetwas bewegte sich an der Doppeltür.

Ras sprang auf; ich erhob mich langsam. Weil das letzte Drittel des Raums ein wenig erhöht lag, konnte ich sie sehen – die Gestalt im Mantel, das Wesen, das uns am Rhein angegriffen hatte. Es schlug mit steinernen Fäusten um sich. Und hinter ihr drangen weitere Fremde herein – Menschen, mit Dolchen und Speeren bewaffnet. Es waren die Waffen, die

die Söhne des Perseus seit jeher gegen uns ins Feld führten. Alte Waffen für alte Feinde.

Ras versteinerte neben mir mitsamt seiner Kleidung, die mit einem Mal in seinem zunehmenden Körper zu versinken schien. Einen ganzen Kopf wuchs er über mich hinaus, und dunkle Schwingen drangen aus seinem Rücken und entfalteten sich. Er flog mit heftigen Flügelschlägen auf die Galerie hinauf, wo unseresgleichen vor Schreck erstarrt waren oder in Panik schrien. Dort setzte er auf und schaute umher wie ein Feldherr, der über das Schlachtfeld blickte.

Ich hielt nach Christabel und Hector Ausschau und fürchtete, dass sie in Orlandos Umgebung in Gefahr waren, denn ich hatte den Verdacht, dass dies ein von Orlando angeführter Umsturz war. Doch kaum erblickte ich ihn, wusste ich, dass ich mich geirrt hatte: Orlando krümmte sich gerade vor Schmerz und schrie, während sein Gegenüber die Speerspitze aus seinem Körper riss. Er verwandelte sich in seine Steingestalt, aber ein glühendes Loch klaffte in ihm. Ich kannte diese Wunden, die sich nur unter Schmerz und dem Schwinden der Kräfte schlossen. Binnen eines Augenblicks mochte der Schwindel von dir Besitz ergreifen und die Starre bringen – und die Ungewissheit, ob du jemals wieder aus dieser Starre erwachen wirst.

Mit einem Mal setzte Ras bei Orlando auf dem Boden auf. Einem Gegner schlug er die Waffe aus der Hand, einen anderen traf eine seiner Schwingen, ehe er Orlando packte und sich mit ihm in die Luft schwang.

Christabel und Hector – beide mitsamt ihrer Kleidung in ihre Steingestalten verwandelt – hatten gerade mit vereinten Kräften einem der Angreifer einen magischen Speer entrissen. Während Hector die Waffe gegen unsere Feinde richtete, hob Christabel einen magischen Dolch auf und kämpfte an seiner Seite.

Ich verwandelte mich und eilte ihnen entgegen, um ihnen beizustehen. Diesmal wollte ich versuchen, die Lücke, die

Achilles' Tod gerissen hatte, so gut ich konnte zu schließen. Falls wir zu den Pfeilern mit den Leitern gelangten, mochten wir wie die anderen dort oben durch die Türen in die benachbarten Lager fliehen und vielleicht von dort aus entkommen.

Gerade in dem Augenblick, da die Eindringlinge vor uns zurückwichen und das Wesen, das uns am Rhein attackiert hatte, nach vorne drängte, erreichte ich Christabel und Hector. Die Kreatur schlug nach links und rechts unsere Verbündeten zur Seite, bis sich niemand mehr heranwagte und alle nur noch den Schlägen auswichen, um den gewaltigen Fäusten zu entgehen.

Diesmal stand uns Semas Macht nicht zur Verfügung – und das Wesen wirkte unaufhaltsam auf mich. Im warmen Licht des Saals wirkte es sogar noch größer als am Rhein, und obwohl es hier nicht regnete, trug es diesen dicken Wintermantel, Kapuze und Schal. Seine Augen waren so leer wie die der Wachen am Eingang. Selbst die anderen Angreifer wichen vor ihm zur Seite.

Das Wesen kam geradewegs auf mich zu. Christabel und Hector stellten sich ihm in den Weg und drohten mit Dolch und Speer, doch die Kreatur schlug Christabel zur Seite, sodass sie andere Gargoyles umwarf, die an einer der Leitern warteten, um nach oben zu klettern.

Hector stach mit dem erbeuteten Speer nach dem Wesen, verfehlte die Brust, streifte aber die Schulter und riss den Mantel auf. Ich vermochte nicht zu sehen, was darunter war – ob die magische Waffe eine Wunde schlug. Das Wesen schien unbeeindruckt zu sein, holte mit der Faust aus und schlug Hector zu Boden. Ein menschlicher Angreifer sprang dem Wesen zur Seite und stach Hector mit einem Dolch ins Bein.

Während Hector aufschrie, war ich zur Stelle und riss dem Feind den Dolch aus der Hand, sandte ihn mit einem Tritt zu Boden und stellte mich schützend vor meinen Gefährten.

Das fremde Wesen holte erneut mit den Fäusten aus. Ohne zu zögern, stach ich in einer geraden Bewegung zu und traf mein Gegenüber im Bauch. Es verharrte und geriet ins Zittern, schlug dann aber mit einem Mal nach mir. Seine Faust brannte wie Feuer in meiner Brust, und ich wusste nicht, wohin es mich verschlagen hatte.

Christabels Schreie hallten an mich heran, und ich sah verschwommen, wie Hector die Speerspitze zwischen sich und das Wesen brachte und dieses wiederum in der Bewegung erstarrte. Statt erneut zuzustechen, nutzte Hector die Zeit, auf die unsicheren Beine zu kommen. Christabel war bei ihm und zerrte ihn fort, während sich zwischen mir und ihnen Feinde sammelten.

»Das ist sie«, sagte eine Stimme, die ich aus Irland kannte. Verschwommen sah ich das Gesicht von Bertram Setterfield vor mir – dem Mann, den Sema und ich in Irland von der Klippe in den Tod hätten stoßen sollen. Die Söhne des Perseus hatten mich besiegt, und der Magier hatte sich von Semas Drohung nicht einschüchtern lassen.

Kapitel 4

Gefangenschaft

Ich erwachte und merkte, dass ich mich in einem Wagen befand. Meine Handgelenke waren gefesselt; ich spürte den magischen Fluss, der sie umkreiste. Mein Brustkorb schmerzte noch immer, und die Kraft strömte durch eine Wunde aus mir hinaus. Meine Sinne schwanden dahin, und ich fürchtete, nicht wieder zu erwachen.

Als meine Augen sich dann aber doch wieder öffneten, stellte ich fest, dass ich mich in einem Raum mit rauen Betonwänden befand. Ich saß auf einem schmalen Sessel – vor mir ein Tisch, der mir zu hoch erschien, über mir eine Lampe, die viel zu warmes Licht für einen so kahlen und kalten Ort verströmte. Ich starrte über den Tisch hinweg zur Tür und erwartete, dass sie jeden Augenblick geöffnet würde.

Die Fesseln an meinen Handgelenken waren aus Metall, und das Glühen um meine Füße sagte mir, dass auch sie gebunden waren. Das letzte Mal hatte ich solche Magie zu Beginn des 20. Jahrhunderts erlebt. Da hatten die Perseussöhne in New York viel aufgeboten, um Sema aufzuspüren. Sie hatten jedoch mich gefangen genommen. Als ihnen klar wurde, dass ich nur ihre Vertraute war, konnte ihnen niemand mehr helfen. Sema erschien, stürzte erst alle in Verwirrung, dann in die Verzweiflung, und geendet hatte es wie so oft mit erstarrten Menschen.

Diesmal jedoch hatten wir versagt. Mit dem Erscheinen der Perseussöhne war klar, dass sie uns auf irgendeine Weise verfolgen konnten. Zudem hatten sie etwas getan, das ich ihnen nie zugetraut hätte. Sie hatten einen Gargoyle in ihren Bann gezogen und gegen uns ins Feld geführt. Diese Art von Zauber war ihnen eigentlich inzwischen fremd. Hatten sie am Anfang sogar dem Medusenhaupt das Geheimnis der Erschaffung von Gargoyles entlockt, war ihnen dieses Wissen im Streit abhandengekommen, denn Abtrünnige hatten es außerhalb ihres Bundes zur Blüte gebracht.

Der von ihnen geschaffenen Gargoyles nahm sich die Medusenschwester Myaramae an und führte sie als Feldherrin an. Zwar unterlag Myaramae schließlich im Kampf, aber sie und ihre Vertrauten verkauften ihr Leben so teuer, dass die Söhne des Perseus uns Gargoyles fortan töteten, wo sie uns fanden. Und wenn sie uns am Leben ließen, dann nur, um uns zu foltern und Informationen aus uns herauszupressen.

Ich fragte mich, ob Sema in Sicherheit war, und versuchte, mir zu erklären, wie es Setterfield, der in Irland noch von unserer Gnade abhängig gewesen war, gelungen war, hier den Sieg davonzutragen. Ich erwartete ihn, aber statt seiner kamen zwei Männer zu mir herein, deren von Schadenfreude geprägten Mienen mich sofort dazu brachten, meine Steingestalt anzunehmen. Es fiel mir wegen der Schmerzen schwer, aber da ich nun nichts mehr zu verbergen hatte, konnte ich meine Kraft nur darauf konzentrieren.

Die beiden Männer, zwei breitschultrige Weiße in engen schwarzen Shirts, setzten mir mit Worten zu, insbesondere mit rassistischen Sprüchen. Daran hatte ich mich in solchen Auseinandersetzungen gewöhnt. Dann aber brachten sie magische Gegenstände zum Einsatz. Der eine schlug mir mit einem Stock auf Hände, Arme und Schulter, und jede Berührung brannte auf meiner steinernen Haut. Der andere bohrte mir einen Dolch in die Schulter, und es kostete mich viel Kraft, dessen zerstörerischem Zauber zu widerstehen. Offenbar war der Dolch nicht mit voller Macht ausgestattet – ein

Folterwerkzeug, das mir Schmerzen bereitete, mich aber ebenso wenig wie der Stock zu brechen vermochte.

»Eine ganz Zähe haben wir hier«, sagte der eine.

»In diesem Augenblick ist deine Herrin wahrscheinlich schon tot«, fügte der andere hinzu.

»Wäre es so«, erwiderte ich, »hättet ihr mich längst getötet. Also redet hier keinen ...« Ich konnte den Satz nicht zu Ende sprechen. Der zweite Peiniger schnitt mir mit seinem Dolch das Wort ab. In meiner Menschengestalt hätte er nun durch den Kragen meiner Bluse in meine Haut geschnitten, und mein Hals wäre zu einer Quelle für mein Gargoyleblut geworden. So aber schnitt er nur in die versteinerte Bluse, die durch die Verwandlung Teil meines Steinkörpers war – einerseits wie eine zusätzliche Schutzschicht, andererseits eine schmerzempfindliche Haut, die mein Zauber zu heilen suchte. Die Wunden schlossen sich von innen nach außen, sodass die versteinerte Kleidung zuletzt heilte. So hatte ich mich früher, nachdem meine Körperwunden sich geschlossen hatten, oft zurückverwandelt. Meine Kleidung war dann zwar durchlöchert, aber so verschwendete ich meinen natürlichen Heilzauber nicht auf Textilien. Hier jedoch wagte ich es nicht, mich zurückzuverwandeln. In meiner weichen Gestalt war ich viel verletzlicher als in meinem Steinkörper.

Kaum ließ der Mann mit dem Dolch von mir ab, schlug der andere mit dem Stock auf meine Beine ein, und als ich mich nach vorne beugte, deckte er meinen Rücken mit Hieben ein. Ich war Schmerzen gewohnt, konnte aber die Schreie nicht unterdrücken.

»Schluss damit!«, befahl eine Männerstimme. »Raus mit euch!«

Bertram Setterfield stand im Zimmer. Seine wütende Stimme passte nicht zu ihm. Während die Schmerzen in mir nachklangen, setzte Bertram sich zu mir an den Tisch. »Tut mir leid«, sagte er. »Manchen muss man nicht nur sagen, was sie tun sollen, sondern auch, was sie *nicht* tun sollen.«

Ich kämpfte um Worte und sagte aber: »Weil du die Folter beendet hast, soll ich dir vertrauen, oder was?«

»Nein. Für Vertrauen ist kein Platz zwischen uns. Wir wollen nur wissen, wo deine Medusa ist.«

Ich lachte unter Schmerzen, aber Setterfields Miene rührte sich nicht. »Ihr habt die Falschen verfolgt«, sagte ich. »Sonst wüsstet ihr das jetzt. Dass ihr es nicht wisst, hat mir wohl das Leben gerettet.«

»Vielleicht geht es tatsächlich um dein Leben. Ich meine: Die Gargoyles von Köln werden euch die Schuld an dem Überfall geben. Ihr habt uns zu ihnen geführt.«

»Wie denn?«

Setterfield grinste nur.

»Das heißt, ich habe Hoffnung zu überleben«, sagte ich. »Wäre es anders, würdest du es mir sagen.«

»Nun, die Erfahrung lehrt uns, nie davon auszugehen, euch besiegt zu haben. Und die Gedankenstimmen zwischen den Medusen und ihrem Gefolge sind uns bekannt.«

Leise und langsam erwiderte ich: »Ich wusste, dass wir dich in Irland hätten töten sollen.«

»Ich wollte euch nie töten«, erwiderte er.

»Was haben sie dir versprochen? Zugang zum Medusenhaupt – falls sie es je wiederfinden?« Der Verlust musste unsere Feinde hart getroffen haben. Sema meinte, das Medusenhaupt könne als Machtquelle das Herz einer ganzen Gemeinschaft aus Magiekundigen sein. Sie hatte von Zaubertoren zwischen Orten, von Manufakturen von magischen Gegenständen und vielen anderen Stätten großer Magie gesprochen, die sich durch das Haupt der Medusa speisen ließen. Ein Missbrauch von Medusas Macht, den Umae durch Christabel, Hector und Achilles beendet hatte.

»Du weißt, wo es ist, nicht wahr?«, fragte Setterfield.

»Falls es so ist, solltet ihr vorsichtig sein, wen ihr tötet«, entgegnete ich und dachte an Umae.

»Es wäre gut, wenn du redest, bevor *er* kommt«, sagte Setterfield, und ich hatte keine Ahnung, von wem er sprach. Ich kannte die aktuelle Hierarchie unserer Feinde nicht.

»Wer ist *er?*«, fragte ich.

»Anton Wängeler«, sagte er.

Den Namen kannte ich. Er gehörte einem Magier, der selbst unter unseresgleichen dafür bekannt war, es auf Artefakte abgesehen zu haben. Dass er zu unseren Feinden gehörte, war mir neu.

»Ich habe dir etwas gegeben«, sagte Setterfield. »Wie wär's, wenn du mir etwas dafür gibst?«

»Nun gut«, sagte ich. »Weder ich noch meine Herrin wissen, wo sich das Medusenhaupt befindet. Ihr habt diejenige getötet, die es wusste.«

Setterfield machte eine unzufriedene Miene. »Das ist bedauerlich«, sagte er und blickte ins Leere. »Für dich.«

»Mit Schmerzen werdet ihr mich nicht brechen«, sagte ich, aber ich wusste, dass ich nicht allmächtig war und früher oder später aufgeben würde. Ich würde vielleicht nichts sagen, aber Magiekundige mochten dennoch in mir die Gedanken entdecken, die sie suchten.

»Es gibt Schlimmeres als Schmerzen«, erwiderte Setterfield. »Es gibt Dinge, die dich töten können, ohne dass dein Körper auch nur den Hauch von Schmerzen verspürt.«

Ich glaubte ihm.

Als Gargoyle war ich eine Vorzeige-Gefangene. Wann immer mich Setterfield allein ließ, sank ich in einen Halbschlaf. Ich musste nichts essen und nichts trinken; ich musste nicht aufs Klo. Nicht einmal atmen musste ich, und doch tat ich es, damit mein Körper die Luft in Magie verwandelte. Es gab unzählige Wege, mich am Leben zu halten – flexibel in meinem menschenähnlichen Körper, in dem die Magie mit meinem Blut durch die Adern floss; oder beinahe starr in meinem Gargoylekörper, wenn die reine Magie durch meine zähen Steinadern strömte. Meist wählte ich meine Gargoylegestalt, weil ich über deren Steinhaut am besten Kraft aus der Welt ziehen konnte.

Dass Anton Wängeler, den ich nie ernst genommen hatte, einer der Anführer der Söhne des Perseus sein sollte, machte mir Sorgen. Da er als Sammler von magischen Artefakten galt, fürchtete ich, dass er uns mit einem solchen Gegenstand aufgespürt hatte. Es mochte zudem erklären, wie sie einen Gargoyle unter ihren Bann gezogen hatten. Aber es erklärte nicht, warum Setterfield und die anderen mir, Christabel und Hector zu dem Treffen gefolgt waren, statt Sema und John im Haus aufzuspüren.

Ich war entschlossen, ihnen so viel preiszugeben, wie ich es mir erlauben konnte, um gleichzeitig von ihnen Informationen zu erhalten – direkt oder indirekt.

Früher hatte ich mich darauf verlassen können, dass Sema für mich da sein würde. Wir hatten scheinbar ausweglose Situation gemeinsam durchstanden, und wenn ich mich einmal in einer schlimmen Lage befunden hatte, war sie erschienen und hatte mich gerettet – ebenso wie ich sie gerettet hatte, wenn sie die Kräfte verließen, sie im Schlaf lag oder im Aufwachen begriffen war.

Aber das waren andere Zeiten gewesen. Ich fürchtete, dass meine Kerkermeister darauf spekulierten, dass Sema mich nicht im Stich lassen würde. Da Setterfield von der Gedankenverbindung zwischen den Medusenschwestern und ihren Vertrauten wusste, mochten sie mich nur deswegen gefangen halten, um Sema anzulocken.

Ich musste langfristig denken. Es mochte sein, dass ich Jahrzehnte eine Gefangene sein würde. Vielleicht würde ich Qualen leiden, womöglich würden sie mich mit Magie täuschen und mir eine heile Welt vorgaukeln, bis ich preisgab, was sie wissen wollten. Sema hatte mich zwar auf die Möglichkeit hingewiesen, aber ich war nicht darauf vorbereitet.

Schritte auf dem Gang brachten mich dazu, mich in meinen Menschenkörper zurückzuverwandeln. Er war wie meine Kleidung wieder unversehrt. Ich vollzog nun eine halbe Verwandlung. Meine Haut war weich, aber darunter war ich belebter Fels. Wer immer da kam, sollte mein Menschengesicht sehen. Es kostete zwar Konzentration, zwischen Stein und Fleisch zu verweilen, aber ich wollte mein Gargoylegesicht verbergen und möglichst wenig von mir preisgeben.

Bertram Setterfield öffnete die Tür, und er war nicht allein. Ein blasser Mann mit dunkelblondem Haar war bei ihm und stellte sich mit seiner ruhigen Stimme als Anton Wängeler vor. Ich schätzte ihn auf Mitte vierzig, aber bei Magiekundigen war nicht immer klar, wie alt sie wirklich waren. Manche von ihnen alterten nicht mehr oder aber langsamer.

»Du bist also Anton Wängeler«, sagte ich.

Er setzte sich. »Und du bist Elena, die Vertraute von Sema.«

Woher kannte er Semas Namen?

»Du fragst dich, wer es mir verraten hat«, sagte Wängeler.

»Und du wirst mir eine Lüge auftischen, um mir Angst zu machen«, sagte ich. »Ich habe dieses Spiel zu oft gespielt, also lassen wir das. Wir beide wissen, dass ihr Sema nicht habt. Wäre es so, dann würden wir nicht hier sitzen.«

»Vielleicht doch. Gargoyles – insbesondere solche, die von Medusen erschaffen wurden, brauchen einen Platz, wenn die Zeit der Gorgonen endgültig vorüber ist.«

»Selbst wenn so wäre – und es ist nicht so –, wäre mein Platz sicherlich nicht bei euch«, entgegnete ich.

»Wenn all die Macht ins Haupt der Medusa gedrungen ist, wird dessen Magie alle, durch die der Zauber der Medusen fließt, gefügig machen.«

»Ist es das?«, erwiderte ich und fügte mit übertriebener Stimme hinzu: »Die Herrschaft über die Gargoyles!« Trotz meiner scheinbaren Selbstsicherheit hatte mich die Bemerkung getroffen, denn Sema hatte nie erwähnt, dass das Medusenhaupt als Machtinstrument über mich und meinesgleichen genutzt werden konnte. »Aber dazu müsstet ihr das Medusenhaupt erst einmal haben«, sagte ich.

»Du weißt, wo es ist, nicht wahr?«, fragte Wängeler.

Ich schüttelte den Kopf und sagte: »Umae wusste es. Aber ihr musstet ja unbedingt euer übliches Spiel spielen.«

»Bedauerlicherweise stand es nicht in unserer Macht, sie am Leben zu lassen.« Durch sein Lächeln machte Wängeler sein angebliches Bedauern zunichte. »Es hieß: Sie oder wir!«

»Du warst dabei?«

»Wäre ich es nicht gewesen, wäre ich wahrscheinlich bei euch gewesen, und es hätte deine Medusa getroffen.«

Am liebsten wäre ich ihm entgegengesprungen, hätte meine Finger in seinem Gesicht vergraben und ihm dieses Grinsen herausgerissen. Aber ich starrte ihn nur an und stellte mir vor, wie sein Gesicht nach einem solchen Angriff ausgesehen hätte.

»Ich spüre deine Feindseligkeit«, sagte er. »Sie ist in dir erwacht wie ein Zauber.«

Ich bezweifelte, dass er die Gorgonenwut, die wie glühende Steine in meinem Magen lag, tatsächlich spürte. Mit einem Blick zu Setterfield sagte ich: »Andere hätten es wahrscheinlich an meinem Gesicht abgelesen.«

Wängeler strich mit seinen kleinen Händen über den Tisch. Ein Kribbeln erfasste mich durch die Luft, als würden seine Finger Funken versprühen und mich treffen. »Du wirst uns die Wahrheit sagen!«

»Ich weiß nicht, wo das Medusenhaupt ist«, antwortete ich. »Das ist die Wahrheit.«

»Aber du weißt, wo Sema ist.«

»Sie ist wahrscheinlich längst über alle Berge – weil ihr der falschen Spur gefolgt seid.«

Unter anderen Umständen hätte ich über Wängelers weit aufgerissene Augen gelacht, aber eine Macht wehte mir aus diesen hellbraunen Augen wie Wüstenwind entgegen, und mit einem Mal setzte sich etwas in mir fest, wie ein kleines

Steinchen, das er mit der einen Hand am Platz hielt, während er sich mit der anderen einen Weg durch meine magischen Adern in meinen Kopf ertastete.

Die Konzentration, die meine Verwandlung in der Schwebe hielt, war dahin. Mein Körper verwandelte sich ebenso zu Stein wie meine Kleidung.

»Dass du dich so schnell auf deinen Gargoylekörper zurückziehst, spricht Bände«, sagte Wängeler. Mit einem langsam erwachenden Schmerz auf der einen Seite und dem bisher noch schmerzlosen, aber bestimmten Drängen andererseits forderte er mich heraus, und ich stemmte mich dagegen, als hätte mein Körper eine dritte Gestalt, in die ich mich nicht verwandeln wollte: die eines Opfers.

»Ihr habt euch mit Umaes Leuten getroffen«, sagte Wängeler. »Und ihr habt versucht, hier Kontakte zu knüpfen, und euch irgendwo in der Stadt niedergelassen.«

Der Schmerz, der mich festhielt, sprang mit einem Mal direkt in meinen Schädel. Wängeler hatte mich getäuscht, indem er vorgab, mit einem Teil seiner Macht in meinen Kopf zu wollen. Das war nur eine Ablenkung, die den tatsächlichen Angriff verschleiern sollte. Der Versuch, ihn mit einem Schwall meiner inneren Kräfte aus meinem Kopf zu verbannen, schlug fehl. Ich wurde wie von Schlägen und Tritten überwältigt und hörte mich schreien. Mein Blick schwankte zwischen zwei Gesichtern: der verunsicherten Miene Setterfields und Wängelers genussvoller Fratze.

Mit einem Schlag war der Schmerz fort. Ich rang nach Luft, und doch spürte ich, wie immer noch etwas versuchte, nach mir zu greifen. Hatte ich eben noch angenommen, diese subtilere Macht sei nur eine Ablenkung, hielt ich sie nun für die eigentliche Gefahr. Er fügte mir mit der einen Hand Schmerzen zu, und mit der anderen versuchte er, nach meinen Gedanken zu greifen. Mein Inneres pulsierte, als schwankte die Gestalt meines Herzens zwischen Fleisch und Stein.

»Erstaunlich, dass dein Körper noch immer die Verhaltensweisen eines Menschen zeigt«, sagte Wängeler. »Das ist gut für uns.«

Ich hörte auf, zu atmen, und bemühte mich, das Pulsieren in mir zum Stillstand zu bringen.

»Interessant, wie die Kräfte anders fließen, wenn du den Schein des Menschseins ablegst. Und noch interessanter, wie du, sobald ich etwas sage, eine Gegenposition beziehst.«

Wieder traf mich der Schmerz direkt in meinem Kopf. Zitternd und mit knirschenden Lippen und Zähnen aus Stein hielt ich den Blick auf Wängelers Hände gerichtet. Die eine Hand wirkte entspannt, die andere verkrampft. Die erste war die lauernde, die zweite die, die mir Schmerzen zufügte.

Mit meinen geballten Fäusten holte ich aus, um die Hände des Magiers zu zertrümmern, doch ein weiterer Schmerz traf mich wie mit tausend Nadeln, die mir ins Gesicht flogen und meine Kräfte schwinden ließen. Die andere Macht, die drängend in mir voranzukommen suchte, hatte freie Bahn.

»Du hörst mich«, flüsterte eine vertraute Stimme in meinem Kopf, die meine Schreie übertönte. Sema. Sie wiederholte die Worte, doch ich wagte es nicht, zu antworten, so verkrampft war ich – und so misstrauisch. Semas Stimme? Konnte das sein? Oder hatte Wängeler das, was er in mir gefunden hatte, sofort gegen mich gewendet?

»Glaubst du wirklich, ich würde mich dir hier hilflos gegenübersetzen?«, sagte Wängeler. »Wo ist Sema?«

Er wusste nichts von der Stimme. Oder spielte er ein Spiel? Aber hätte er Semas Stimme in mir gefunden, was hätte ihn daran gehindert, sich all das andere zu nehmen, was ich hinter meinen Augen verbarg?

»Ich höre dich«, sagte ich in Gedanken und achtete auf Wängelers Reaktion. Er lächelte nur, während in mir die Gewissheit wuchs, dass Hector und Christabel in Sicherheit waren. Christabel war unverletzt, Hector hatte es schwer getroffen. Der fremde Gargoyle hatte ihn fast zertrümmert.

»Er wird es überstehen«, sagte die Stimme in mir, und mich

überkamen Gefühle, bei denen ich mir nicht sicher war, ob sie in mir erwuchsen oder mir über Sema gesandt wurden. Eine vertraute Wärme breitete sich in mir aus, und ich konnte einfach nicht glauben, dass mein Gegenüber so mächtig sein sollte, das alles in mir gefunden zu haben. Dennoch nagte die Angst an mir. Eine falsche Einschätzung – und alles mochte verloren sein. Ich konnte die Tränen nicht zurückhalten und schämte mich für so eine menschliche Reaktion.

»Du überraschst mich«, sagte Wängeler. »Ich hätte dich für stärker gehalten.«

»Ich bin hier«, hauchte die vertraute Stimme in mir. Und in meiner Verzweiflung konnte ich nicht anders, als zu glauben, dass es Sema war. Hätte Wängeler gewusst, was in mir vorgeht, er hätte gemerkt, dass ich bei dem Versuch, nicht an unser Haus zu denken, daran dachte, wie wir die Auffahrt hochfuhren.

»Könnte er deine Gedanken lesen, wären wir jetzt entdeckt«, sagte Sema.

»Es tut mir leid«, dachte ich, den Blick auf Wängeler gerichtet.

»Es ist schwierig, Gedanken an etwas zu vermeiden«, sagte Sema mit fester Stimme in meinem Kopf. *»Der Entschluss, es zu tun, birgt einen Teil des zu Schützenden.«*

»In dir schlummert etwas, das dir Macht verleihen könnte«, sagte Wängeler. »Wenn dir nur jemand dabei helfen würde, diese Macht zu zähmen.«

Mein Blick fiel wieder auf seine Hände. Ich hatte alles falsch verstanden. Ich hatte es hier nicht mit einem Meister der Magie zu tun, sondern mit einem Magier, der anderen Schmerz zufügte und sie zu brechen suchte, ohne jeden Hauch von Raffinesse. Während er mir Schmerz zugefügt hatte, war Sema bemüht gewesen, aus der Ferne an mich heranzukommen. Und ich hatte sie daran gehindert, weil ich ihre Macht für die unseres Feindes gehalten hatte.

»Ich könnte dir helfen«, sagte Wängeler. »Ich habe viele unterwiesen, Magie zu nutzen.«

»Und alles, was ich dafür tun muss, ist, Sema zu verraten?«, erwiderte ich.

»Du wirst es ohnehin tun. Wir werden dir keine Wahl lassen.«

»Hätten deine Leute keinen Mist gebaut, wüsstest du es nun auch ohne mich«, sagte ich und schaute Setterfield an.

Wängeler schlug mit der Faust auf den Tisch, und magische Funken schienen in die Luft zu springen. »Bisher waren die Schmerzen nur in deinem Kopf«, sagte er. »Glaub nicht, dass ich davor zurückschrecken würde, dir einen unserer Dolche in die Brust zu stoßen.«

Ich starrte ihn an und sprach in Gedanken zu Sema: *»Ist er nicht entzückend?«*

»Ein Prachtexemplar«, antwortete sie und fragte dann: *»Weißt du, wo du bist?«* Ich wusste es nicht, sagte ihr aber, wer mir hier gegenübersaß.

»Ein Artefaktmagier«, sagte sie. *»Genau das, was sie brau chen – hätten sie unser Haupt in ihren Händen.«*

Wängeler holte unter dem Tisch einen Dolch hervor. Der Griff war wie eine Schlange, der Knauf ein Medusenhaupt und die gedrehte Klinge schien sich mir auf dem Tisch entgegenzuwinden. Ich habe nie verstanden, warum unsere Feinde unsere Zeichen auf ihren Waffen und Schilden, auf ihren Rüstungen und Bannern trugen.

»Du weißt, was das mit dir machen kann?«, fragte Wängeler.

»Mich daran hindern, dir etwas zu sagen«, antwortete ich. »Vielleicht sollte ich einfach Umaes Beispiel folgen.«

»Nur wirst du nicht in deinesgleichen wiedergeboren«, sagte er, und ich bemerkte Setterfields unzufriedene Miene.

»Von wem weiß er das?«, fragte Sema, als stünde sie neben mir und betrachtete mit mir gemeinsam die beiden Magier. *»Sie müssen jemanden gebrochen haben. Vertraute.«*

»Du hast recht«, sagte ich laut und meinte damit sowohl Wängeler als auch Sema. »Aber was soll's? Ich habe lange genug gelebt, um den Tod nicht zu fürchten.«

Wängeler blinzelte kaum merklich – als versuchte er, vergeblich zu verbergen, dass er den Tod sehr wohl fürchtete. Er fasste den Griff des Dolches fester.

»Sie werden mich wahrscheinlich brechen«, sagte ich in Gedanken. *»Wenn das passiert, solltet ihr fort sein.«*

»Nicht ohne dich.«

»Ich kann euch nicht helfen. Es geht einfach nicht.«

»Nein, meine Stimme ist bei dir. Du kannst mich aus der Ferne hören. Und wo meine Stimme erklingt, kann sie etwas bewirken.« Das Wort *»Zauberei«* huschte durch meine Gedanken und machte mir Hoffnung.

»Wie lange wirst du dieser Klinge wohl widerstehen?«, fragte Wängeler. »Wie lange, bis du uns sagst, was du weißt?«

Ich lächelte und erwartete, dass Wängeler zustechen würde, doch er rührte sich nicht. Also rührte ich mich und versuchte, ihm den Dolch zu entreißen. Doch wieder traf mich ein Schmerz – erst in meinem Kopf, dann glühte meine Hand. Er hatte sie mit dem Dolch auf dem Tisch aufgespießt und entriss die Klinge unter meinen Schreien. Steine bröckelten aus dem Loch in meiner Handfläche heraus. Magie floss wie Wasser aus der Wunde heraus – unsichtbar für die Augen. Aber Wängeler schaute grinsend auf meine Hand.

»Was hattest du vor? Wolltest du mich töten?«

»Sie werden mich fertigmachen, Sema«, sagte ich in Gedanken.

»Sie können es sich nicht leisten, dich zu töten. Mit dir würden sie die Fährte zu mir verlieren. Wie auch immer sie uns aufgespürt haben, es hat sie zu dir geführt. Vielleicht haben sie meinen Zauber in dir entdeckt.«

»Aber wie?«

»Vielleicht wiederholt sich das, was unseren ursprünglichen Peiniger zu uns führte.«

»Du meinst die Magie der Graien?«

»Die Graien sind mit Stheno, Euryale und all den anderen nie in diese Welt zurückgekehrt.« Sema hatte natürlich recht. Jene, die zurückkehrten, hatten wie Odysseus und Aeneas nach der Schlacht um Iliyorn Wege genommen, die den Unsterblichen nicht offenstanden.

»Aber es könnte ihre Macht sein«, sagte ich, denn die Graien waren in der Lage gewesen, die Gedanken der Ketoniden zu lesen und wahrzunehmen, was sie wahrnahmen.

»Wenn es das ist, dann ist alles in Gefahr«, sagte Sema.

Wängeler starrte immer noch auf meine Hand. »Die Wunde schließt sich. Du bist mächtiger als die anderen.«

»Selbst, wenn ich das hier überlebe, sollte ich mich von dir fernhalten«, sagte ich in Gedanken.

»Nein«, entgegnete Sema.

»Stell dir vor, ich würde meine Macht an die des Dolches knüpfen«, sagte Wängeler. »Kannst du dir vorstellen, welche Schmerzen das wären?«

Ich konnte es mir nicht vorstellen und hatte Angst vor den Schmerzen. Ohne die Hand- und Fußfesseln hätte ich mein Schicksal in einem Angriff auf die beiden Magier gesucht, so aber verharrte ich und sagte in Gedanken zu Sema: *»Ich muss die Gemeinschaft verlassen.«*

»Nein«, entgegnete sie. *»Wenn sie dich aufspüren können, dann möchte ich das alte Spiel spielen: meine Vertrauten und ich an einem Ort, und meine Widersacher müssen ins Haus der Gorgonen kommen!«*

Ich musste an Umae denken, aber auch daran, dass sie unvorbereitet gewesen war. *»Nichts ist gefährlicher als eine Gorgone, die vorbereitet ist«,* dachte ich und wiederholte damit einen Satz, den Sema früher oft ausgesprochen hatte.

»So ist es«, flüsterte sie in meinem Kopf, und mein seufzendes Ausatmen fühlte sich nicht an wie das meine, sondern

wie das ihre. Darin schwebte ein Zauber, der nur darauf wartete, entfesselt zu werden. *»Sie werden durch dich von mir getroffen.«*

Wann immer Sema Magie durch mich wirkte, wurde mir vor Augen geführt, dass ich nicht einmal ansatzweise meine Mächte ergründet hatte. Einerseits war es gut, zu wissen, welche Magie aus mir in die Welt hinausfließen konnte, andererseits war es, als beobachtete ich eine Zwillingsschwester, die eine größere Begabung besaß als ich.

»Ich bin zu allem bereit«, flüsterte ich vor mich hin.

»Du wirst uns also sagen, wo Sema ist?«, fragte Wängeler.

»Ja«, antwortete ich. »Ich werde euch sagen, wo sie ist.«

Setterfield machte ein überraschtes Gesicht, während Wängelers ernste Miene sich nicht veränderte. »Wo ist sie?«

Ich schaute nach oben. »Hier in diesem Gebäude.« Ich schaute von rechts nach links. »Hier in diesem Raum.« Ich starrte Wängeler an und sagte: »Direkt vor dir.«

»Wenn du glaubst ...«, sagte Wängeler, während in mir etwas befreit wurde. Meine Fuß- und Handgelenke schienen vor Magie nur so zu glühen, und mit einem Mal sprangen die Fesseln auf, und sofort sprang ich nach vorne, wich einen Dolchstich Wängelers aus, und mit steinerner Faust versetzte ich ihm einen Schlag, verfehlte sein Gesicht, traf ihn aber zwischen Schulter und Brust. Er hielt den Dolch noch in Händen, während er neben Setterfield gegen die Wand knallte. Ich wollte den Dolch in meiner Hand haben; ich wollte die Waffe, mit der unsere Feinde Medusenschwestern und ihre Vertrauten getötet hatten, gegen sie wenden.

»Lass ihnen den Dolch!«, hallte es in meinem Kopf. *»Ich habe dich befreit, nun nutze die Freiheit, um zu entkommen!«*

Zum ersten Mal sah ich Entsetzen in Wängelers Miene. Während Setterfield ihm aufhalf, stürmte ich an ihnen vorbei, lief in die Tür und hob sie aus den Angeln. Sie krachte gegen die Wand gegenüber.

Ich befand mich auf einem breiten Bürogang, mit links und

rechts geöffneten Türen. Menschen erschienen mit Schusswaffen – und sie zögerten. Hinter ihnen sah ich eine Fensterfront. Dorthin wollte ich. Die Männer, es waren alles Männer, eröffneten das Feuer. Es schmerzte, als würde mein Menschenkörper mit Steinen beworfen, doch es war nicht einmal ansatzweise so schmerzhaft wie der Stich des magischen Dolches oder die Magie, mit der Wängeler mir zugesetzt hatte.

Während die Kugeln mir gegen die Brust trommelten, lief ich weiter und ließ nicht nach, als eine Kugel ein Stück meiner Wange wegsprengte. Einen der Männer schlug ich zur Seite, zwischen zwei weiteren lief ich einfach hindurch. Die anderen sprangen zu beiden Seiten in Sicherheit – einige in die Räume, einige drängten sich gegen die Wand, um bloß nicht mit mir in Berührung zu kommen.

Ich kam in ein verlassenes Großraumbüro, bei dem die Kabel aus dem Boden, den Wänden der Decke ragten. Während Wängeler hinter mir Befehle brüllte, lief ich auf die Fensterfront zu. Ohne zu zögern, sprang ich durch die Scheibe in die Nacht hinaus.

Aus dem Buch der Gorgonen – IV

Als schließlich die Finsternis aus den Tiefen des Weltenozeans emporstieg und von den Lebewesen der Inseln Besitz ergriff, hielten sich Stheno und Euryale an die Vereinbarung und kämpften an der Seite Athenes und Poseidons, bis die Schatten wieder in der Tiefe versanken. Sie lernten, einander zu vertrauen, und retteten einander davor, in Dunkelheit zu ertrinken.

Doch die Finsternis war nicht ganz vertrieben. Einige Schatten verblieben an der Oberfläche des Weltenozeans und erfassten einige wenige Sterbliche, in der Hoffnung, zu den Mächtigen zu gelangen und einst die Unsterblichen zu erreichen. Sie schürten Ambitionen und Hass und fanden in Menelaos einen willigen Diener. Nun, da der Kampf vorüber schien, wollte er seine Frau Helena zurückholen, die ihn verlassen hatte und mit Paris nach Iliyorn gefahren war. Zunächst wollte Agamemnon nichts davon wissen und machte sich für die Heimreise bereit. Doch dann erfasste der Schatten, der Menelaos gefangen hielt, auch Agamemnon, und beide waren nicht stark genug, seiner Macht zu widerstehen.

Als Athene auffiel, dass Menelaos' Eifersucht und Agamemnons Gier gewachsen waren, konfrontierte sie die beiden Könige, und der Schatten, der sie erfasst hatte, sprang auf Athene über. Sie hätte ihn abschütteln können, doch als sie vor Augen hatte, wie sie Zeus' Platz einnehmen und das gesamte Gefüge ihrem Willen unterwerfen konnte, zögerte sie für einen Moment, und der Schatten erfasste sie. Athene brachte den Schatten zu Poseidon und Hera, und auch sie wurden Opfer seiner Verlockungen. Als Athene den Schatten an Zeus herantrug, vermochte dieser der Versuchung zu widerstehen, doch er versank in Erwägungen über die Herkunft der Macht, die Sterbliche wie Unsterbliche zu knechten vermochte.

Auf dem Weltenozean fiel Insel nach Insel der Dunkelheit zum Opfer, bis sich eine Streitmacht hinter Agamemnon und Menelaos sammelte und den Krieg nach Iliyorn brachte. Hier wurden Verbündete zu Feinden, und auch Stheno und Euryale sahen sich aufseiten Iliyorns Athene und Poseidon gegenüber und mieden sie, als der Kampf tobte. Keto hatte ihnen gesagt, dass Iliyorn niemals fallen dürfe, weil in den Gewölben der Stadt die Kraftstränge der Tore zu den Welten der Sterblichen zusammenliefen. Die Dunkelheit würde darüber durch die Pforten dringen und die Herrschaft über jene erhalten, die unter dem Schutz der Unsterblichen standen.

Nachdem Odysseus mit seiner List den Weg in die Stadt

geebnet hatte, verteidigten Stheno und Euryale die Kraftstränge, die wie riesige Schlangen von Fels umgeben waren. Hier trafen sie auf Athene, und ein verzweifelter Kampf entbrannte, bei dem Athenes Worte die Wut der Gorgonen schürte. Als Athene Stheno in einen Spalt gestoßen und das Schwert gegen Euryale erhoben hatte, um ihr den Kopf abzutrennen, da durchschaute sie das Gorgonengesicht und sah die Verletzlichkeit, die auch Perseus einst gesehen hatte.

Von ihrer Schuld davongetrieben, fiel der Schatten von Athene ab. Gemeinsam mit Stheno und Euryale kämpfte Athene nun gegen die Streitmacht der Finsternis. Als Poseidon erschien und die beiden Gorgonen und Athene umgeben von Schlangen und Stein sah, da fiel der Schatten auch von ihm und knüpfte sich an Ares. Die Sterblichen wagten sich bald nicht mehr an sie heran, die Unsterblichen standen vor Toren, die von Poseidon gehalten wurden. Der Drang auf die Gewölbe wurde stärker, und Athene wie Poseidon spürten, wie die Unsterblichen einer nach dem anderen dem Schatten verfielen oder aber die Zuflucht im Tode suchten, der sie in der Heimat wiederauferstehen ließ.

»Wir werden diese Hallen nicht halten können«, sagte Poseidon, als seine Kräfte unter dem vereinten Drängen seiner Verwandten schwanden. »Ich bin müde.«

Athene sprach: »Wenn sie diese Halle einnehmen, ist alles verloren. Über die Kraftstränge werden sie die Tore zu den Welten beherrschen, und Finsternis wird sich über die Welten der Sterblichen legen, denn diese vermögen nicht, ihre Pforten von der anderen Seite zu verschließen. Wir müssen stark sein.«

»Wir waren stark«, erklärte Stheno. »Wir dürfen unsere letzte Kraft nicht an einem sinnlosen Akt verschwenden.«

»Ihr wollt aufgeben«, sagte Athene. »Ihr wollt den Tod und die Wiedergeburt suchen, damit der Schatten sich nicht eurer bemächtigen kann.«

»Ja«, antwortete Euryale. »Aber dafür braucht es nicht unsere letzte Kraft. Die benötigen wir, um ihnen das zu nehmen, was sie zu erringen suchen.«
Stheno sprach: »Unser Gorgonenzauber von eurer Macht genährt mag ausreichen, um alles, was sich durch diese Gewölbe windet, zu Stein erstarren zu lassen.«
»Wenn die Kraftstränge versiegten, würde keine Macht mehr zu den Weltenpforten gelangen«, sagte Poseidon. »Die Tore würden sich schließen. Wir würden zwar in unseren Heimatwelten wiedergeboren, aber wir würden nicht mehr zueinanderfinden. Und die Welten der Sterblichen wären von unserem Schutz abgeschnitten.«
»Aber die Welten der Sterblichen wären sicher vor ihnen«, sagte Euryale. »Wir werden neue Wege hierher finden, die den Schatten verschlossen bleiben. Wir werden neue Pforten erschaffen. Und eines Tages kehren wir wieder und treiben die Finsternis ein für alle Mal in die Tiefe und befreien diesen Ort und entfesseln die Tore.«
»So soll es sein«, sprach Athene, und sowohl Poseidon als auch Stheno wiederholten ihre Worte.
Stheno und Euryale verbanden ihre Kraft und beschworen den Zauber ihrer Schwester Medusa herauf. Gestützt von der Macht Athenes und Poseidons versteinerten sie die Kraftstränge. Wie Schaum füllten sich die Hallen mit Gestein, das sich um sie herum verdichtete.
»Lebt wohl«, sprach Athene, den Gorgonen zugewandt.
»Eines Tages treffen wir hier einander wieder, um den Zauber aufzuheben«, sagte Stheno.
»Möget ihr die Zeit überdauern«, sagte Euryale.
»Möge eure Schwester wieder zu sich finden«, sagte Poseidon.
Als das Tor zu den Hallen barst, fanden die von der Finsternis Besessenen nur eine Felswand vor sich. Stheno und Euryale, Athene und Poseidon zehrten ihre Kraft auf und vertrauten sie dem Gestein an. Sie schliefen ein, träumten

einen gemeinsamen Traum und entschwanden diesem Leben, um in ein neues hineingeboren zu werden.
Iliyorn fiel an jenem Tag, doch der Finsternis war der Zugang zu den Kraftsträngen versperrt. Die Weltenpforten schlossen sich, während sich die Finsternis über den Weltenozean ausbreitete und nur vor jenen Gebieten haltmachte, in denen weder Gottheiten noch Schatten bestehen konnten. Dort gelangten die letzten Sterblichen durch Spalten im Gefüge vom Weltenozean in unsere Gefilde.
Damit endete für uns das Zeitalter der Unsterblichen. Ihre Macht ist bis heute in Lebewesen, Artefakten und als Zauber lebendig. Eines Tages aber werden die Unsterblichen die Schatten in die Tiefe zurückstoßen und den Weltenozean befreien. Die Pforten werden sich wieder öffnen, und was lange getrennt war, wird wieder verbunden sein.

DAS BUCH DER GORGONEN, S. 62–66.

Ruhelos

Seit Stunden irrte ich durch die Stadt, immer in Sorge, dass unsere Feinde mir auf der Spur waren. Wie auch immer sie meine Fährte zuvor aufgenommen hatten – sie mochten es wieder tun und mich so lange unter Druck setzen, bis mir die Kräfte schwanden. Und dann würde ich in einen Schlaf der Erschöpfung sinken.

Es dauerte eine Weile, bis ich wusste, dass ich mich im Stadtteil Mühlheim befand. Modernisierte Gebäude wiesen mir den Weg, und als ich die Arena sah, wusste ich, wo ich war. Statt mich der Deutzer Brücke zu nähern, ging ich in einem Bogen weiter nach Süden und kehrte erst wieder an der Severinsbrücke zum Rhein zurück, um ihn zu überqueren. Auf dem Gehweg kam mir niemand entgegen, aber einige Autos passierten, und bei jedem fürchtete ich, es könnte sich als eines unserer Feinde herausstellen.

In der Altstadt kannte ich mich wegen unserer Spaziergänge und unserem Treffen mit Orlando einigermaßen aus, und so nahm ich Wege, die mir vertraut waren, und hielt meine Augen offen. Bei einer alten Apotheke sah ich, dass es bereits 4:55 Uhr war. Obwohl der Sonnenaufgang noch Stunden entfernt war, erwachte die Stadt allmählich. All jene, die mir begegneten, betrachtete ich mit Misstrauen. Ich tat so, als würde ich sie nicht beachten, lauerte aber auf jeden noch so kleinen Angriff.

»Beruhige dich«, sagte Sema in meinem Kopf, und ihre Stimme zu hören, war eine Rettung. *»Geh zur Luxemburger Straße und folge ihr.«*

»Sie haben wahrscheinlich mein Phone«, erwiderte ich in Gedanken.

»Keine Sorge! John hat sich darum gekümmert. Sie werden nicht das finden, was sie suchen. Du musst dich beruhigen.«

»Und wenn sie mich wieder aufspüren?«

»Offenbar gelingt ihnen das nicht schnell und sicher. Wenn wir uns rasch bewegen, dann können wir ihnen entkommen.«

»Was für eine Fakke«, sagte ich leise. »Es hätte so schön sein können!«

»Ist dir aufgefallen, dass du Fluchwörter fast immer aussprichst, statt sie nur zu denken?«

Ich musste lachen und schaute mich um. Mit jedem Schritt, den ich machte, schien die Stadt mehr zu erwachen. Die Leute hatten mit sich selbst zu tun, und die Geräusche von Wagen und Straßenbahn übertönten mein kleines Lachen. Ich wählte so verschlungene Wege durch die Stadt, dass bald der Morgen dämmerte.

In einem kleinen Park prüfte ich nach einem Hinweis, den Sema mir von John weiterleitete, ob ich irgendetwas in den Taschen hatte oder ob mir etwas anhaftete, mit dem die Söhne des Perseus mich nachverfolgen konnten. Obwohl ich nichts fand, war mir klar, dass sie uns auf andere Weise finden konnten – auf eine magische Weise.

»Wir sind unterwegs«, sagte Sema, während ich an dem Hochhaus an der Universitätsstraße gegen plötzlichen Wind ankämpfte, der mir entgegenschlug und nach ein paar Schritten ebenso schnell wieder verging. An der Luxemburger Straße angekommen, ging ich stadtauswärts und schaute immer wieder zurück. Ich wollte die Feinde nicht direkt zu Sema führen. Ich misstraute weiterhin allen, denen ich begegnete, und in jedem Fahrzeug auf der Straße sah ich eine Gefahr.

Ein Wagen hielt in zweiter Reihe, und sofort war ich hellwach und bereit, mich zu verteidigen. Ich erkannte Johns Minivan erst, als sich die Hintertür auftat und ich Semas Gesicht sah. Ich eilte ihr entgegen und schneller noch als mein Bestreben einzusteigen, war Semas Hand, die mich hineinzog. Kaum saß ich neben ihr und hatte die Tür zugeschlagen, fuhr John los.

Sema lächelte mich an – und sie küsste mich auf die Lippen. »Wir brauchen dich«, sagte sie mit glänzenden Augen. »Ich habe zu viele verloren, die auf dem Weg zurückblieben, damit ich entkommen konnte. Ich möchte das nicht mehr zulassen.«

Nach einem weiteren Kuss, der nach allem, was ich an diesem Abend erlebt hatte, wie eine Zuflucht war, sah ich an Sema vorbei. Da saß Hector, den Kopf zur Seite geneigt, die Augen geschlossen. Er war in seine Steingestalt verwandelt, wirkte dabei aber gröber als sonst.

»Er ist doch nicht etwa ...?«, sagte ich und wagte meine Befürchtung nicht auszusprechen. Es war zwar möglich, Statuen neu mit einem Geist zu versehen, aber Sema hatte immer gesagt, es sei beinahe ausgeschlossen, denselben Geist noch einmal an eine Statue zu binden.

»Nein, er ist nicht verloren«, antwortete Sema und strich

Hector über den Arm. »Dieses Wesen hat ihn so hart getroffen, dass Risse in seinem magischen Gefüge entstanden sind. Ein bisschen Ruhe, ein bisschen Zauber von meiner Hand, und er wird überleben.«

»Ruhe?«, sagte ich. »Werden wir je wieder Ruhe haben?«

»Erst wenn wir ihnen die Möglichkeit genommen haben, uns zu verfolgen.«

»Warum fliehen wir dann?«, fragte Christabel, die auf dem Beifahrersitz saß. »Lass uns den Spieß umdrehen, ehe alles zusammenbricht. Jetzt sind sie verwirrt.«

»Nein«, sagte Sema. »Sie warten nur darauf, dass wir gegen sie vorgehen.« Sie blickte mich an. »Ich wette, nur deswegen haben sie dich verschleppt. Sie haben dein Phone angelassen. John konnte es ohne Probleme orten und löschen, sogar ehe es sich selbst gelöscht hätte.«

»Sie wollten, dass du kommst.«

»Und jetzt werden sie erwarten, dass du zu mir gelaufen kommst.« Sie schaute nach hinten. »Vielleicht sind sie sogar irgendwo dort.«

»Wenn sie da sind, werde ich sie abhängen«, sagte John. Er nahm einen komplizierten Weg durch die Stadt, und auf etlichen Straßen war niemand hinter uns. Erst mit dem Berufsverkehr wagte er sich aus der Stadt hinaus. Wir fuhren in westlicher Richtung und dann schließlich auf die Autobahn gen Süden.

Bereits eine Stunde waren wir unterwegs – und all die scheinbar verdächtigen Wagen hatten sich einer nach dem anderen als harmlos herausgestellt.

Nach einer Weile des Schweigens sagte ich: »Vielleicht hat Christabel recht.«

Christabel drehte den Kopf zur Seite. »Womit?«

»Dass wir nicht fliehen, sondern zum Gegenangriff übergehen sollten.«

»Früher oder später werden wir das«, sagte Sema. »Aber

erst müssen wir uns sammeln und zu Kräften kommen. Und dann bestimmen *wir* den Ort.«

»Was, wenn sie die anderen Gemeinschaften ebenso aufspüren können?«, sagte ich. »Sie haben uns gefunden – dich und Umae. Was, wenn unsere Feinde den anderen bereits auf der Spur sind?«

Sema nickte. »Ich weiß. Ich flüstere bereits zu meinen Schwestern. Aber ich bin nicht gut darin – nicht so wie Umae.« Sie fasste meine Hände. *»Ich verstehe den Impuls«*, flüsterte sie mir in Gedanken zu. *»Du hast ihn selbst von mir vernommen, als ich an Gorgonen dachte, die vorbereitet sind.«*

»Ich dachte, das wären meine Gedanken gewesen«, erwiderte ich.

»Das ist manchmal nicht so leicht zu unterscheiden.« Sie seufzte. »Ich verstehe, dass ihr kämpferisch seid«, sagte sie mit ihrer akustischen Stimme. »Ich bin es auch. Aber ich habe zu oft Gemeinschaften zerbrechen sehen, die sich leichtfertig in die Schlacht gestürzt haben. Nehmen wir an, wir würden zurückfahren und uns ihnen stellen. Was, wenn mich das gleiche Schicksal trifft wie Umae, und dann keine meiner Schwestern da ist, die weiß, was hier gespielt wird? Bevor ich meine Schwestern nicht irgendwie erreicht und mein Wissen weitergegeben habe, werden wir nicht kämpfen.«

»Und wenn sie uns aufspüren und zum Kampf zwingen?«, fragte Christabel und schaute Hector an.

»Dann werden wir uns verteidigen, wie Gorgonen sich verteidigen«, sagte sie, und während ihr Gesicht zu einer eiskalten Miene erstarrte, wurde ihre Hand warm und pulsierte vor Magie.

Kapitel 5

In Bewegung

Während wir an diesem regnerischen Morgen auf der A61 nach Süden fuhren, war ich mit den Gedanken oft bei Ras, Orlando und den Gargoyles von Köln. Unsere Anwesenheit war für sie zur Katastrophe geworden. Während Sema schlief, wollte ich John danach fragen, fürchtete mich aber vor seiner Antwort. »Wohin fahren wir?«, fragte ich stattdessen.

»In Heidelberg habe ich eine gute Zuflucht für uns«, antwortete John. »Ein altes Haus am Berg. Hoffentlich haben wir dort mehr Glück.«

»Diesmal werden wir wohl keine neuen Kontakte knüpfen«, sagte ich.

»Das war vielleicht ein Fehler. Es hätte perfekt sein können: etwas weiterzuführen, das Umae begonnen hat.«

»Was, wenn sie uns auch dort aufspüren können?«, fragte Christabel.

»Das bezweifle ich«, erwiderte John. »Ich weiß nicht, warum ihr alle glaubt, dass es Magie war. Der fremde Gargoyle – das ist für mich ein Hinweis zu einer Verbindung zwischen den Söhnen des Perseus und den Kölner Gargoyles.«

»Ras wusste nichts davon, und ich glaube ihm das«, erwiderte ich.

»Es braucht nur einen Verräter.«

»Aber nicht unter den Gargoyles«, sagte ich. »Wängeler kannte Semas und Umaes Namen. Es ist eine Sache, meinen oder deinen Namen zu kennen – aber die von Medusenschwestern?«

»Sie hat recht«, sagte Christabel und schaute John von der Seite an.

»Ich glaube trotzdem nicht an Magie, sondern eher an Verrat.«

»Jemand von uns?«, fragte Christabel und grinste.

»Nein. Eine der Kontaktpersonen.«

»Aber woher kannten sie die Namen?«, fragte ich.

»Sie haben sie Christophe oder Jeannette abgerungen«, sagte John. »Mit Folter, Gedankenlesen – was auch immer.«

»Sema meinte, sie und Achilles seien tot.«

»Einige Magiekundige können selbst den Toten ein wenig Wissen abringen. Namen und andere Dinge. Vielleicht sind sie über mich auf die Spur gekommen. Sie könnten herausgefunden haben, dass mein Großvater einer von Umaes Vertrauten gewesen ist. Und dann haben sie mich aufgespürt.«

»Dann ist das alles also doch deine Schuld«. sagte Christabel, den Blick voraus auf den Laster gerichtet, hinter dem wir herfuhren.

»Oder deine«, entgegnete John. »Irgendein Fehler, den jemand von uns irgendwann einmal begangen haben muss und der sich nun gerächt hat.«

Christabel holte Luft, und weil ich fürchtete, dass der alte Streit wieder aufflammen würde, sagte ich: »Es muss mehr sein als das. Vielleicht wirklich eine Kombination aus Verschiedenem – wie Kontaktleute, die wir beide teilen, die uns beide verdächtig gemacht haben.« Von dem Verdacht, dass es die Macht der Graien sein könnte, die sich die Söhne des Perseus auf irgendeine Weise nutzbar gemacht hatten, schwieg ich, weil Sema es bisher nicht ins Spiel gebracht hatte.

»Da sie das Haus nicht gefunden haben, fehlt ihnen offenbar der Zugang zu meinen Transaktionen«, sagte John. »Die

Häuser habe ich über Decknamen geregelt. Wüssten sie davon, wären sie bei uns erschienen.«

»Ob dieses Wesen am Rhein gelauert hat, weil wir zuvor dort gewesen sind?«, fragte Christabel. »Dann muss es eines unser Kölner Geschwister gewesen sein.«

»Das erklärt nicht alles«, sagte ich. »Ras wusste, wo wir wohnen. Wängeler hatte keine Ahnung und schien nicht einmal in Betracht zu ziehen, uns einfach nach Hause zu folgen.«

»Ich frage mich, ob wir uns Ras und die anderen zum Feind gemacht haben«, sagte John.

»Ich wäre ganz schön sauer, wenn Gäste kommen und ihretwegen alles im Chaos versinkt«, erwiderte Christabel.

»Wie viele von ihnen durch die Dolche und Speere umgekommen sind!«, sagte ich. »Es würde mich überhaupt nicht wundern, wenn Ras uns dafür die Schuld gibt.«

»Würde er das Wissen um das Haus, in dem wir lebten, mit anderen teilen?«, fragte Christabel.

John antwortete: »Sicherlich nicht mit den Perseussöhnen – nach der Nummer gestern Abend. Zumindest nicht bewusst.«

»Was?«, erwiderte Christabel

»Na ja. Wenn er nach uns suchen sollte, wird er das nicht selbst machen. Er wird Dinge delegieren. Und wenn mein Name erst mal gefallen ist, dann ...«

»Dann könnten wir also direkt in die nächste Falle laufen«, sagte ich. »Was für eine riesengroße Fakke!«

Auf meinen Vorschlag hin machten wir an einer Raststätte eine Pause und tankten den Wagen voll. Ich wollte auf alles vorbereitet sein, und ich wollte, dass John ausgeruht war. Schließlich näherten wir uns auf einem von Johns absichtlichen Umwegen Heidelberg. Wir kamen von Norden, und ich glaubte aus der Ferne das Haus aus roten Ziegeln, das unser Ziel war, an einem der bewaldeten Hügel zu erkennen, ehe wir über eine Brücke den Neckar überquerten und den Weg entlang der beschaulichen Altstadt suchten. Mein Phone lotste uns gerade über einen Kreisverkehr zu einem Tunnel, der unterhalb des Schlosses emporführte, da sagte John: »Wir werden verfolgt.«

Während Sema sich neben mir langsam rührte, schaute ich durch die Heckscheibe auf den Wagen, der hinter uns war. Ein silberner Mercedes, darin vier dunkel gekleidete Männer.

»Bist du sicher?«, fragte Christabel.

»Ja. Die sind seit der Autobahn an uns dran und haben jeden Umweg mitgemacht. Erst mit Abstand, ab und zu einige Wagen zwischen uns, jetzt direkt hinter uns.«

Kaum waren wir aus dem Tunnel hinausgefahren, sah ich, dass der Beifahrer eine Pistole hatte. Nun rechnete ich nicht damit, dass er durch die eigene Windschutzscheibe schoss oder das Fenster öffnete. Wenn es die Söhne des Perseus waren, musste ihnen klar sein, dass die Pistole gegen Sema und uns Gargoyles nichts bewirkte, und ob sie sich über John im Klaren waren, wusste ich nicht. Vielleicht waren es Agenten irgendeines Geheimdienstes, die uns nach allem auf die Spur gekommen waren und noch nicht wussten, womit genau sie es zu tun hatten.

»Ich kann sie spüren«, sagte Sema, den Blick ins Leere gerichtet. »Wängeler ist dabei. Er hat den Dolch, den er dir in die Hand gestochen hat.«

»Woher weißt du das?«, fragte ich.

»Ich habe mit deiner Magie nach dem Dolch gegriffen und etwas in ihn gepflanzt.«

»Du hast *was?*«, erwiderte ich.

»Wängeler ist hier, und das bedeutet, dass er uns auf magischem Wege nachspürt.«

»Dann haben wir keine andere Wahl, als ihn aus dem Weg zu schaffen«, sagte Christabel.

Sema schaute zur Seite. »Wir sind nicht bereit.«

»Wir könnten dort hochfahren, uns verbarrikadieren und

allem trotzen, was sie uns entgegenwerfen«, erwiderte Christabel.

»Wollen wir sie wirklich zum Haus führen?«, fragte John.

»Nein, versuch sie abzuschütteln«, sagte Sema. »Jeder Augenblick, den wir uns vorbereiten können, ist wichtig.«

John bog nach rechts ab und fuhr mitten in die Stadt. Leider war dort ein Lastwagen steckengeblieben, der hier unten nichts zu suchen hatte. Wir mussten halten, und ich schaute noch einmal zurück, und tatsächlich erkannte ich Anton Wängeler, der sich auf dem Rücksitz vorbeugte, um dem Beifahrer etwas zu sagen.

Der Wagen vor uns scherte aus, um den Lastwagen zu überholen. John fuhr ihm nach; unsere Verfolger blieben dicht hinter uns. Ein Wagen kam uns entgegen, und John fand gerade noch nach dem Laster wieder zurück auf die richtige Spur. Von unseren Verfolgern hörten wir nur das Quietschen ihrer Reifen. Ein Krachen blieb aus, doch ein Hupen ertönte, während wir davonfuhren.

Über Seitenstraßen fanden wir auf den Hang zurück, an dem das Haus lag. »Nicht dort hinauf«, sagte Sema. »Vor magischen Blicken sind wir da nicht sicher.«

»Aber wohin sonst?«, fragte John.

»Ich kenne einen Ort, an dem ich uns schützen kann.«

»Wo ist der?«

»Gib mir dein Phone«, sagte Sema, und John reichte es ihr nach hinten. Auf der Karten-App suchte sie nach einem Ort, und es faszinierte mich immer noch, wie sie dieses Gerät bediente, als hätte sie die letzten Jahre nichts anderes getan. Sie markierte einen Punkt im Odenwald und gab das Phone wieder nach vorn. »Dahin!«

»Da ist nichts«, sagte John.

»Weil alle glauben, das sei nur eine Stelle im Wald. Dahin müssen wir.« Sie schaute sich um. »Und sollten sie uns dann immer noch folgen, werden wir sie dort erwarten.«

»Was ist dort?«, fragte ich.

»Erinnerst du dich an die Höhle unter der Kirche am Potomac?«, fragte sie, und ich wusste genau, was sie meinte. Wir hatten uns in den 1880ern mit letzter Kraft dorthin gerettet. Ich hatte sie getragen und dabei geflucht. Wie sollte eine Kirche eine Medusenschwester davor retten, an der tiefen Dolchwunde zu sterben? Und auch ich war übel zugerichtet. Ich dachte, wir würden umkommen. Doch die kleine Höhle in dem Berg unter der Kirche war nicht nur eine Zuflucht, sondern auch eine heilende Quelle der Magie – erst für Sema, dann für mich.

»Es war ein Blutbad«, sagte ich in Erinnerung daran, dass unsere Feinde uns zur Höhle gefolgt waren und sich durch den eingestürzten Eingang vorgearbeitet hatten.

»Falls sie uns folgen, werden wir das wiederholen«, sagte Sema, und ich glaubte ihr – aber nicht ohne Furcht.

»Zu welchem Preis?«, dachte ich.

»Das frage ich mich auch«, erwiderte sie mir mit ihrer Gedankenstimme.

»Wird Hector sich dort erholen können?«, fragte Christabel.

»Ja«, sagte Sema und schaute auf unseren bewusstlosen Vertrauten.

Ich erzählte den anderen die Geschichte von der Höhle unter der Kirche in Maryland und wie wir, nachdem wir geheilt und unsere Feinde tot oder geflohen waren, oben vor der Kirche standen, die goldene Abendsonne in den bunten Fenstern, und wie wir in diesem perfekten Licht zum Potomac hinabgeschaut hatten. »Das war der schönste Anblick meiner frühen Jahre«, sagte ich schließlich. Es war eine der ersten Erfahrungen gewesen, die ich als Gargoyle gemacht hatte.

Medusenblicke – Auf alten Spuren

Ich bin nicht dafür geschaffen, verfolgt zu werden. An einem Ort zu verweilen und von dort aus in Gedanken den Dingen entgegenzuschweben – das ist meine Sache. Mit Perseus änderte sich das. In meinem Heim hätte ich sicher sein sollen, und doch fand er mich dort und enthauptete mich. Mich und die anderen, als wir noch eins waren – als wir gemeinsam Medusa waren.

Nun mit meinen Vertrauten vor den Söhnen des Perseus zu fliehen, das fühlt sich falsch an. Vor Jahrhunderten war ich zuletzt in diesem Gebiet aus Wäldern und Hügeln gewesen. Die Höhle war mir eine Weile lang zum Ruheort geworden. Hätte ich nicht die Nähe zu Burg Wildenberg gesucht und dort als eine Erzählerin aus der Fremde die Werke des Kyot dargeboten, ich wäre vielleicht heute noch dort. Auf der Burg traf ich auf Wolfram von Eschenbach und zeigte ihm, nachdem wir einander vertraut geworden waren, Kyots Werk. Als ich sah, was er aus dessen *Percival* machte, zeigte ich ihm Kyots *Buch der Gorgonen,* das auf die von meiner Schwester Dorae gesammelten Schriften beruhte. Er hielt es für eine Sammlung von Sagen – erfunden in alter Zeit. Meine Hoffnung war, dass Wolfram unsere Geschichte unsterblich machen würde. Doch er starb, ehe etwas daraus erwachsen konnte. Trauer und eine aufkeimende Ruhelosigkeit führten mich damals von dort fort.

Ist es möglich, in mein Versteck von damals zurückzukehren, den Felsen zu öffnen, hineinzugehen und ihn hinter uns zu schließen? Für Elena, Christabel und Hector und mich ist es möglich – für John nicht. Ich wäre bereit, ihn zum Gargoyle zu machen. Zeit und Macht wären dort gleichermaßen vorhanden. Für die Augen unserer Feinde wären wir unsichtbar. Aber würde er das wollen?

Ich muss dem Hang zum Verschwinden und Ausharren entgegenwirken, denn Elena und Christabel haben recht: Wir müssen gegen die Söhne des Perseus vorgehen. Wir müssen ihnen die Möglichkeit nehmen, uns aufzuspüren. Nicht alle von uns liegen an durch Magie geschützten Orten. Ich darf mich nicht länger als nötig abschotten, und dann muss ich stark sein, damit meine Schwestern es nicht sein müssen.

John scheint unsere Verfolger abgehängt zu haben. Auf dem Weg in den Odenwald lausche ich den Vermutungen meiner Vertrauten. Christabel hält es für möglich, dass unsere Feinde uns lediglich auf technischem Weg im Auge behalten – dass das Auto oder sogar Johns Phone überwacht wird. Ich bereue beinahe, den Wald in der Karten-App markiert zu haben, in dem meine alte Zuflucht liegt. Aber ich teile Elenas Vermutung: Wängeler und Setterfield stellen uns auf magischem Wege nach.

Nach einer Weile offenbare ich John meinen Entschluss: Er wird uns nicht begleiten, sondern den Wagen nehmen und nach Frankfurt fahren, um dort in einem seiner Verstecke unterzutauchen. Die Enttäuschung spricht aus seiner Stimme, aber ich erkläre ihm, dass wir keine Ahnung haben, wie lange wir in der Zuflucht verweilen werden.

»Wenn ihr wieder draußen seid, dann hole ich euch«, sagt er und spricht von einem Ladegerät, das sich von der Kraft der Sonne speist und Elenas neues Phone dann aufzuladen vermag. Ich bin ein weiteres Mal fasziniert von den technischen Wundern dieser Zeit.

Der nahende Abschied von John an einem Waldpfad macht mir Angst. Ich habe das Gefühl, ihn zum letzten Mal zu sehen. Was, wenn Christabel recht hat? Nur zögernd und mit mir ringend, ihm die Wahl zu lassen, ein Gargoyle zu werden, verlasse ich den Wagen. Und während meine Hände Hector berühren und seinen steinernen Körper kurz weich werden lassen, damit Christabel und Elena ihn aus dem Wagen ziehen können, überlege ich, wie Johns Körper sich verändern würde, sollte meine Magie ihn erfassen. Wozu wäre er fähig? Würde die Magie ihm verloren gehen oder aber weiter aufblühen?

Der Abschied von John ist kurz, und er macht es uns leicht, indem er von Hoffnung spricht. Schließlich bewege ich mich mit den anderen von dem Weg fort. Elena schaut immer wieder zu John zurück, und ich spüre eine Zuneigung. Sie möchte ihn auch bei uns haben und sorgt sich um ihn.

Schließlich sehen wir John nicht mehr. Nur der Wagen ist zu hören, der so langsam davonfährt, wie die Nacht hereinbricht. Wir sind allein – ich und meine Gargoyles. Ich frage Christabel, ob ich ihr helfen soll, Hector zu tragen, doch sie möchte sich allein seiner annehmen. Nur noch einmal soll ich seinen Körper beweglich machen, damit sie ihn auf dem Rücken tragen kann. Das tue ich und schaue ihr zu, wie sie ihn hebt. Sie ist so kraftvoll wie die Kriegerinnen, die mich in meinen ersten Jahren beschützten.

Mit Grauem Blick schauen Christabel, Elena und ich uns um und rühren uns lange nicht. Meine Vertrauten warten, dass ich mich bewege, und ich nehme sogar Hectors bewusstlose Gedanken wahr, die umhertreiben und einen Halt suchen, den ich ihnen im Augenblick nicht geben kann.

Ich gehe voran und atme die würzige Luft dieser Nacht. Wenngleich sich selbst hier in den Tiefen der Wälder einiges verändert hat, verrät nichts, in welchem Jahrhundert wir leben. Die Geräusche sind die der Natur, die hier immer noch die gleiche Sprache spricht.

Die sichtbaren Pfade, die lichteren Stellen und der Weg zur Burg Wildenberg erkenne ich kaum wieder, aber der Hügel ist noch da, der Fels unberührt. Keine fremde Magie schlummert dort, sondern meine eigene, sorgsam verborgen im Gestein.

Hier werden wir ruhen, zu Kräften kommen und nach Antworten suchen. Wie lange das dauern wird, weiß ich nicht. Aber ich bin auf alles vorbereitet und werde die anderen darauf vorbereiten – vor allem Elena. Ich werde sie daran erinnern, wie sie die Magie dieses Ortes in die Barriere schleusen kann, die sich unter der äußeren Steinschicht um diese Höhle spannt und uns vor magischen Sinnen, aber auch vor magischen Attacken schützen kann. Ganz gleich, wie lange es dauert und wie viel Kraft wir aufwenden müssen, um hier zu bestehen, am Ende werden wir zurückkehren und zu allem bereit sein.

Die magische Höhle

An der Felswand im Hügel spürte ich nicht das geringste Zeichen von Gorgonenmagie. Alles wirkte leblos. Mit einer Berührung Semas aber geriet der Fels ins Wabern, und schlagartig schien alles von Magie durchdrungen zu sein. Als wäre der Hügel ein gewaltiges, von Sema versteinertes Wesen, das sein Maul öffnete, tat sich vor uns ein Spalt auf. In sanften Stufen senkte sich ein Weg in die Tiefe.

Sema schaute mich an. Es war an mir, voranzugehen, und obwohl ich Sema vertraute, zögerte ich, denn die Magie, die mir aus der Tiefe in schwankender Stärke entgegenwehte, verwirrte mich. Christabel trug Hector immer noch auf dem Rücken, und die gequälte Miene war nicht eine bemühte, sondern eine besorgte.

Knirschend schloss sich oben die Öffnung hinter uns und schnitt alles, was draußen lag, von uns ab. War der Fels auf dem ersten Stück grau, hellte er sich mit jedem Schritt weiter auf, bis er wie weiß verputzt wirkte. Schwaches Licht drang aus Kristallen in der Decke, die wie Augen auf uns herabblickten.

Ich führte Christabel in ein rundes Gewölbe, das kahl war, bis Sema zu uns aufschloss und mit ihrem magischen Hauch Durchgänge und Nischen öffnete, Sitze, Tische und sogar Betten aus dem Boden erhob und einen leuchtenden Kristall aus den Wänden zog. Hinter ihr füllte sich der Weg nach oben knirschend mit emporwachsendem Gestein.

Die Magie strahlte mir von den Wänden entgegen und spendete Wärme an diesem kühlen Ort. Auch die feuchte Luft war von magischer Kraft durchdrungen. Ich atmete tief ein, und ein Kribbeln zog durch meinen Körper; dann atmete ich aus, damit die Luft, die ich freiließ, wieder von der Magie erfasst werden konnte. Bei all dieser Macht, die uns umgab, würden wir hier dauerhaft überleben können.

Christabel legte Hector auf eine der Liegen, die zwar hart war, aber wegen der perfekt abgerundeten Kanten und den polierten Flächen für unseresgleichen bequem wirkte. Hector war den ganzen Weg versteinert gewesen, und es bedurfte erneut Semas Hände, die ihn ein weiteres Mal für wenige Augenblicke beweglich machten.

Kaum ruhte unser bewusstloser Gefährte, atmete Christabel durch, dann legte sie sich zu Hector, schloss ihn in die Arme und flüsterte ihm immer wieder etwas ins Ohr. Sie schien Sema und mich gar nicht wahrzunehmen, und ich konnte das verstehen. Sie durfte nach Achilles nun nicht auch noch Hector verlieren.

Sema nahm mich zur Seite und erklärte mir, dass ich mich an der Treppe darin üben solle, die Macht dieses Ortes in die Schutzschicht zu lenken, die diesen Höhlenkern umgab. Sie hatte dort Vertiefungen geschaffen, in die ich meine Handflächen legen sollte und die mit den magischen Adern dieses Ortes verknüpft waren. Offenbar fürchtete sie, dass wir auch hier aufgespürt und belagert werden könnten.

Sema setzte sich nun wortlos in eine Nische und schien in ihren Sinnen zu versinken. So blieb ich einsam zurück – mit meinen Sorgen um John. Wir waren hier umschlossen von Fels und beschirmt durch Magie, aber John war nach wie vor da draußen. Und wer wusste schon, wie viel Zeit wir hier verbringen würden? Es mochte sein, dass wir diesen Fels verlassen würden und John alt oder gar tot war.

Nachdem ich am geschlossenen Eingang meine Hände in die Vertiefungen gelegt hatte, um in einem Wechselspiel aus Kraftanstrengung und Erleichterung Magie aus den Abgründen dieses Ortes in die Barriere zu schleusen, hoffte ich, dass ich diese Fähigkeit nicht einsetzen musste. Mich aber darin zu üben, schenkte mir trotz der körperlichen und geistigen Belastung ein Gefühl der Sicherheit und lenkte mich von der Einsamkeit ab.

Während ich eine Pause machte, kam Christabel zu mir und dankte mir dafür, dass ich so stark gewesen war. Und ich hatte keine Ahnung, was sie meinte. Ich dankte ihr und beruhigte sie, was Hector anging. Mit dem Blick auf Sema gerichtet, sagte ich: »Sie wird ihn heilen.«

»Und wird er dann noch so sein wie zuvor?«

»Natürlich. Wäre es anders, hätte sie dir das gesagt. Sie würde dich nicht unter der Hoffnung leiden lassen, dass er wieder er selbst sein wird, wenn es anders wäre.«

Christabel nickte.

»Er ist hier sicher. Um John müssen wir uns Sorgen machen.« Ich starrte sie an und fürchtete, die Erwähnung unseres Vertrauten, der dort draußen von uns getrennt war, würde sie erzürnen. Ihre Abneigung gegenüber John war bisher immer wieder durchgebrochen.

»Wenn sie seinetwegen auf unsere Spur kamen, dann werden sie ihn kriegen«, sagte Christabel, als ginge es um eine Probe, deren Ausgang darüber entschied, ob John mit einer Bestrafung zu rechnen habe.

»Wäre es denn so schlimm, wenn es durch seine Kontakte geschehen wäre?«, fragte ich.

»Ich finde schon«, antwortete Christabel. »Es ist seine Aufgabe, uns unsichtbar sein zu lassen.«

»Du würdest ihm also Vorwürfe machen?«

»Das habe ich längst getan.«

»Und wenn es meine Schuld wäre?«, fragte ich.

»Dann würde ich dir Vorwürfe machen.«

»Und wenn ich es wäre«, fragte Sema aus der Nische, in der sie saß. Sie hatte die Augen geöffnet.

»Wenn es deinetwegen war, dann hatten wir nie eine Chance«, sagte Christabel und wich Semas Blick aus.

»Du würdest mir also keine Vorwürfe machen, obwohl du wissen musst, dass auch ich Fehler begehe?«

»Du kennst die Antwort doch längst«, sagte Christabel. »Du liest in meinem Kopf, dass ich das einfach nicht kann.«

»Nein, ich lese es nicht. Obwohl ich es hier gefahrlos tun könnte.«

»Gefahrlos?«, fragte ich verwundert.

»Du weißt also etwas«, sagte Christabel.

»Ich vermute etwas.«

»Was?«, fragte ich, und Christabel unterstützte meine Frage mit einem Nicken.

»Es hat vielleicht mit dem Gedankenband zwischen mir und Umae und zwischen mir und«, sie schaute mich an, »dir zu tun. Ich glaube, sie können durch Zauberei oder Artefakte nachvollziehen, wenn ich mit meiner Gedankenstimme spreche. Ich sprach mit Umae, und sie fanden sie. Ich sprach mit dir, während wir auf dem Spaziergang waren, kurz bevor der fremde Gargoyle erschien. Und ich sprach mit dir, als du auf dem Weg zum Treffen mit Erasmus warst. Auch auf dem Weg nach Heidelberg habe ich dir im Wagen einige Male Gedanken zugeflüstert.«

»Aber wie haben sie uns in Irland gefunden?«, fragte ich.

»Umae hat zu mir in Gedanken gesprochen«, antwortete Sema. »Aber ich habe das im Schlaf nicht gehört. So haben sie uns gefunden. Und nach dem Erwachen habe ich mich immer wieder mit Umae ausgetauscht.«

»Das heißt, sie hören mit, wenn du per Gedanken redest.«

»Perfekt scheint es nicht zu gelingen«, sagte Sema.

»Du hast doch auf der Fahrt zu deinen Schwestern gesprochen, oder?«, sagte Christabel.

»Ja«, sagte Sema. »Und ich kann nur hoffen, dass ich unsere Feinde damit nicht auf sie aufmerksam gemacht habe. Es war so, als hätte ich in einen Raum hineingerufen, ohne zu wissen, wo sich meine Schwestern befinden. Umae wusste genau, wo ich bin, und hat mich direkt angesprochen. Ich hoffe, das rettet uns. Ansonsten ist alles verloren.«

»Glaubst du denn, dass Setterfield über diese Macht verfügt?«, fragte ich.

»Wenn es Setterfield ist, wünschte ich, ich hätte auf dich gehört und ihn in Dingle von der Klippe gestoßen. Aber ich weiß es nicht. Es kann ebenso gut Wängeler sein, der irgendein Artefakt hat – vielleicht sogar eins von unseren.«

»Unseren?«, fragte Christabel.

»Es könnte ein altes Gorgonenartefakt sein, mit dem Vertraute Kontakt zu Stheno, Euryale und meinem früheren Ich gehalten haben. Es könnte auch ein Vermächtnis der Graien sein.« Sie erklärte für Christabel noch einmal, dass die Graien teilweise durch die Sinne ihrer Geschwister schauen konnten – die Kinder der Keto. »Eine solche Macht muss den Söhnen des Perseus in die Hände gefallen sein. Am Ende mag es sogar etwas sein, das ich selbst oder meine Schwestern erschaffen haben. Irgendetwas, das Bande an uns knüpft und empfänglich ist für unsere Gedankenstimmen. Sie können offenbar nicht zurückverfolgen, woher die Stimme kommt, aber sie haben gemerkt, wohin die Stimme geht. Deswegen sind sie euch gefolgt und nicht bei John und mir im Haus erschienen.«

Ich biss mir auf die Lippen, und erst als ich meine gewundenen Gedanken geordnet hatte, sagte ich: »Das heißt, dass du nicht mehr mit deinen Schwestern reden darfst.«

»Ja. Ab jetzt muss ich lauschen, statt zu sprechen. Ich werde hier die Macht dieses magischen Geflechts nutzen, um auf den Zauber unserer Feinde zu horchen. Wenn sie unserer Magie nachspüren, werden sie eine Fährte hinterlassen. Unsere Magie ist nicht nur eine der Verwandlung, sondern vor allem eine der Gemeinschaft und des Austauschs.« Sie schaute Christabel an, und diese machte große Augen. So war es mir jahrelang gegangen, wann immer Sema wieder eine andere Seite von sich selbst, ihren Medusenschwestern und ihren Gorgonenschwestern offenbart hatte.

»Habt ein Auge auf Hector« sagte Sema. »Wenn er erwacht, sollte er nicht allein sein.« Ihre Haarsträhnen wurden langsam zu Dutzenden von Schlangen, die leise zischend umherschauten und sich dann zu allen Seiten vom Kopf fortneigten. Türkisfarbene Adern wurden im Gewölbe sichtbar; wo sie sich kreuzten, berührten die Schlangen die Wand und drangen darin ein, als wäre der Stein weich wie Schlamm. Nur zwei der Schlangen wölbten sich links und rechts vor Semas Stirn. Sie schauten sich an und begannen einen ruhigen Tanz. Mit gekreuzten Beinen und geschlossenen Augen saß Sema da.

»Fühlst du das?«, flüsterte Christabel mir zu.

»Ja«, sagte ich, denn ich spürte die pulsierende Magie, die durch die Adern dieses Ortes floss und uns in einem sich windenden Geflecht umgab, noch stärker als zuvor. »Schlangen und Stein«, flüsterte ich.

Wir setzten uns zu Hector ans Felsbett, und ich sah mit an, wie das Leid Christabels Gesichtszüge verhärmte. Sie strich Hector immer wieder über die Stirn, doch er rührte sich nicht. Wäre er ein Mensch gewesen, hätte er ohne Puls und ohne Atem nun als Toter vor uns gelegen. Doch ein Hauch des Lebens haftete seinem steinernen Körper an und stieg als würziger Duft empor.

»Er hat es geschafft«, flüsterte ich.

»Es war so knapp«, sagte Christabel und biss sich auf die Lippen. »Er hätte auf der Stelle tot sein können, zurückgeworfen auf den Geist – den Körper von dieser Bestie in tausend Stücke geschlagen!« Sie schüttelte den Kopf. »Ich musste an Achilles denken. An sein Ende. Geschlagen und niedergeworfen zu werden – und dann zu bröckeln.« Sie starrte mich an. »Du weißt, wie das ist, allein zu sein. Du weißt, wie es ist, all deine Vertrauten zu verlieren.«

»Von den meisten meiner alten Vertrauten weiß ich nicht, ob sie damals ums Leben kamen oder nicht.«

»Es nicht zu wissen – macht es das nicht schlimmer?«

»Ich stelle mir vor, wie sie alt werden – irgendwo weit weg von all unseren Problemen. Dass sie glücklich wurden und daran glauben, dass Sema und ich leben und auf den großen Tag hinarbeiten. Es nicht zu wissen, das lässt Raum für Hoffnung. Nein, es ist nicht schlimmer.«

Christabel schluckte. »Du meinst, du hättest keine Hoffnung gehabt, wenn du es bei allen gewusst hättest.«

»In Einsamkeit, über Sema wachend – es hätte schwer auf mir gelastet. Dessen bin ich mir sicher. Aber mit Vertrauten um mich herum wäre die Hoffnung dem Neuen entsprungen. Das Alte wertschätzend, hätte ich das Neue umarmt.«

»Flirtest du gerade mit mir?«, fragte Christabel grinsend.

»Ähm, nein. Aber ...«

Christabel hob die Hand. »Du meinst, dass mit uns allen etwas Neues entstanden ist.«

»Ich möchte Hector nicht verlieren«, sagte ich. »Keinen von euch möchte ich verlieren – auch wenn wir noch nicht lange zusammen sind.«

Erneut machte Christabel große Augen. »Kennst du das? Du begegnest einer Person, und du hast das Gefühl, sie schon ewig zu kennen? Das alles vielleicht sogar schon mal durchlebt zu haben?«

»Ich habe manchmal das Gefühl, Semas Erinnerungen an frühere Vertraute springen auf mich über. Und dann habe ich das Gefühl eines Déjà-vu. Bei euch ist es vielleicht, dass du einen Teil von Umae in Sema erkennst und dich dein Gefühl nicht täuscht. Du kennst sie – auf eine Weise.«

»Ich meine weniger Sema – als dich«, sagte Christabel.

Ich stutzte, löste es dann aber in ein Lächeln auf. »Flirtest *du* jetzt mit mir?«, fragte ich und erinnerte mich an den Moment, als Sema mir mitgeteilt hatte, dass Christabel und Hector mich begehrt hatten.

»Und wenn es so wäre?«, fragte Christabel.

»Ich würde mich geschmeichelt fühlen.«

Christabel hob die Augenbrauen erneut. »Und ablehnen.«

»Ich würde mich geschmeichelt fühlen«, wiederholte ich, »und vielleicht sogar mitspielen.«

»Wirklich? Hab gesehen, wie du John angeschaut hast. Das war nicht der Blick, den du uns zuwirfst.«

»Wie schaue ich denn John an?«

»Interessiert.«

»Ich gucke meistens interessiert, und dann passiert doch nichts. Das Gargoylesein hat mein Verlangen geändert, weil sich meine Empfindungen veränderten. Aber selbst dabei bin ich mir nicht sicher. War es neu? Oder entfesselte ich etwas, das die ganze Zeit da gewesen ist?«

»Du hast immerhin die Erinnerung an dein Menschsein. Ich kann nur vermuten, was ich war. Also nehme ich es einfach, wie es ist.«

»Und wie ist es?«, fragte ich. »Spielt Geschlecht für dich eine Rolle?«

»Kommt darauf an, was du darunter verstehst. Wenn du das körperlich meinst, dann bedeutet es mir nichts. Ich konnte meinen Körper schon immer wandeln.«

»Ich meine nicht den Körper«, sagte ich und musste daran denken, wie Sema mir, noch ehe sie mich zur Gargoyle gemacht hatte, erklärt hatte, dass Geschlecht etwas Inneres ist, das mit Körper zu tun hat, aber nicht davon bestimmt wird. »Ich meine das, was wir sind, sofern wir es denn einmal entdeckt haben. Vielleicht auch etwas, das wir nie ganz entdecken, sondern nur in Teilen – oder das nur für eine Weile gültig ist.«

»Ich bin mal eine Frau und dann wieder nicht«, sagte Christabel. »Manchmal bin ich gar nichts – oder alles. Nicht festgelegt auf diese uralten Einteilungen.«

»Und wie ist es mit anderen? Ist es dir da wichtig?«

»Bisher nicht. Mir waren andere Dinge wichtig. Ich glaube, dass mein Begehren wächst, je besser ich jemanden kenne. Ich war Hector und Achilles gegenüber gleichgültig, als ich aus langem Schlaf erwachte und sie einfach da waren. Aber je besser ich sie kennenlernte, umso mehr begehrte ich sie. Und schließlich liebte ich sie.«

»Und mich ... glaubst du nun also zu kennen?«

»Vielleicht ziehe ich hier gerade umgekehrte Schlüsse«, sagte Christabel lächelnd.

»Du weißt, dass ich nie das für dich sein würde, was Hector für dich ist und Achilles für dich war.«

»Ja. Aber du kannst etwas anderes für mich sein. In dieser neuen Gemeinschaft.«

»Vielleicht«, sagte ich und schaute auf Hector. »Aber nicht, solange er ruht.«

»Er wird damit einverstanden sein.«

»Aber ich hätte keine Ruhe, solange ich nicht aus seinem Mund höre, wie er dazu steht. Alles, was ich dir bis dahin bieten kann, ist Nähe und Wärme.«

»Das, was Sema dir bietet?«

Was zwischen Sema und mir war, war mittlerweile wieder weit mehr als das. »So ähnlich«, sagte ich, aber weil es nicht der Wahrheit entsprach, fügte ich hinzu: »Nähe und Wärme – ja. Aber noch mehr. Es ist kompliziert. So wie meine Gefühle für John, Hector und dich.«

»Komplizierte Dinge lassen sich oft dadurch klären, dass wir genau sagen, was wir geben und was wir haben wollen.«

»Und wenn ich nichts davon mit Sicherheit zu sagen weiß?«

»Dann warten wir.«

Ich lächelte. »Ich kann warten.«

Christabel schaute auf Hectors regungslosen Körper und sagte: »Wir sind Gargoyles – natürlich können wir warten.«

Medusenblicke – Die Macht unserer Feinde

In meiner alten Höhle von Magie umgeben, schaue ich hinaus aus dem Berg durch die Wälder zu der Ruine, in der ich einst große Feste feierte, in der Erscheinung einer Sängerin und Erzählerin einen Hof beglückte. Von der Ruine erinnern mich heute nur noch die beiden markanten Feuerstellen an einst.

Im magischen Gefüge lausche ich auf die mir verwandte Magie. Ich finde Elena sofort, gleite an ihr, Christabel und Hector vorüber ins Freie. Dort ist es wie der Abstieg in immer neue Tiefen, die meinem Gespür alles abverlangen.

Zauberei umschwirrt ein beobachtendes Wesen. Es ist ein Wesen, das wie ich an einem magischen Ort ruht und in die Welt hinausschaut. Magie, die uns sucht – umgeben von Gedanken und Bildern. Und wäre ich nicht früher auf Reisen gewesen, ich hätte jetzt nicht erkannt, woher dieser Blick rührt, der uns immer wieder erfasst hat und uns bedroht. Ich schwebe durch einen Park und gelange an eine große Straße, die verschwommen an mir vorüberzieht.

An einer Kreuzung erinnern mich Bäume vor Häusern an früher, und mein Blick schärft sich. Ich erkenne einen Buchladen, der wie in der Zeit eingefroren ist. Als ich mit Elena 1925 hier war, haben wir in diesem Laden eine Lyriksammlung gekauft. In den 1970ern, als ich mit Elena und meinen anderen Vertrauten herkam, war diese Straße nach wie vor fest in den Händen von Buchhandlungen. Doch das Gesicht der Stadt ändert sich allmählich; dennoch würde ich die Charing Cross Road in London jederzeit erkennen. Ich schwebe zur National Gallery hinunter und bin verwirrt. Was mich anlockt, scheint überall und nirgends zu sein.

Erst als ich meinen Weg zurückverfolge und entlang des Piccadilly schwebe, entdecke ich ein prächtiges Haus, weiß aber nicht, warum es mir neben den anderen prächtigen Häusern aufgefallen ist. Reichtum ist nicht das Geheimnis dieses hellen Gebäudes mit seinen großen, tief sitzenden Fenstern, nein, ein Zauber schlummert in diesem Haus. Am Wirbeln der Magie erkenne ich ein Zauberportal, das zu einem Ort führt, der abseits von allem liegt. Von dort kommt der Zauber wie ein hauchfeiner Faden – aus einer Stadt neben der Welt, die Zauberwesen Zuflucht und Heim zugleich ist.

Ich kenne das Haus. Vor Jahrhunderten sah ich es aus der Ferne, ehe ich nach Amerika ging. Damals hatte Myra Durand dort das Sagen, und sie fragte mich, ob ich mich bei ihnen niederlassen wollte. Aber ich lehnte ab.

Als ich 1925 mit Elena auf unserer Europareise in London war, haben wir das Haus nicht betreten, aber wir haben uns als Gargoyles getarnt mit Myrlos Durand getroffen, der damals gerade die Verantwortung in der Familie übernommen hatte und eine vielversprechende Zukunft voraussagte. Als wir in den 1970ern hier waren, war Myrlos angeblich bereits tot, und zu der neuen Generation hatten wir keinen Kontakt.

Das Haus Durand in London – von dort kommt der Zauber, der uns nachspürt. Eine Familie aus Magiekundigen, ein Auf und Ab an Ambitionen. Machen sie mit unseren Feinden gemeinsame Sache oder beherbergen sie, ohne es zu wissen, jene in ihrer kleinen Welt, die uns den Söhnen des Perseus ausliefern wollen? Nach allem, was ich erlebt habe, kann ich nicht anders, als an den Spruch meiner Schwester Dorae zu denken: *Misstraue jenen Menschen, die der Magie kundig sind, denn sie träumen von Höherem und opfern dafür alles – auch sich selbst.*

Eine Spur führt nach Westen

Christabel und ich verloren rasch das Gefühl für die Zeit. Wir wachten gemeinsam über Hector, dessen Zustand sich nicht änderte, und wir spendeten uns gegenseitig die Wärme, von der wir gesprochen hatten, ohne zu weit zu gehen. Wir erzählten einander von unseren Erfahrungen und schliefen darüber ein. Die Erzählungen schlichen sich in meine Träume, und wenn ich erwachte, fragte ich mich, ob Christabel über die Macht verfügte, Träume zu senden. Und als sie bekannte, dass auch sie von unseren Erzählungen träumte und diese sich offenbar übereinander geschoben hatten, war mir klar, dass wir im Schlaf dasselbe erlebt hatten.

Am Morgen offenbarte uns Sema nicht nur, dass draußen ein neuer Tag angebrochen war, sondern auch, dass sie uns die Träume geschickt hatte. Sowohl ihr Lächeln als auch das von Christabel fachten meine Gefühle an.

Während ich mich freute, dass Sema uns Träume sendete, fragte Christabel nach Hector, und ich schämte mich, dass ich diesen Ort, Christabels Nähe und Semas Traumgabe genoss, während Hector immer noch im Schlaf lag.

Sema sagte, Hector komme schneller zu Kräften, wenn er weiterhin in der Versteinerung verharre. »Auch ihm schicke ich Träume – mehr noch als euch.«

Das beruhigte Christabel, und als wir später beieinander lagen und sie mich anstarrte und mir über die Wangen strich, hätte ich ehrlich sein und zugeben können, dass ich mehr wollte als Nähe und Wärme. Doch ich fürchtete nach wie vor, dass Hector sich später hintergangen fühlen würde. Ich begnügte mich mit dem, was Christabel mir bot. Sie wandelte ihr Haar für mich. Mal war es schwarz, mal war es blond, mal lang, dann ganz kurz. Am liebsten mochte ich ihr hellbraunes Wellenhaar, in das Edelsteine geflochten waren. Schmuck als Teil der Verwandlung – davon konnte ich nur träumen. Voller Bewunderung tastete ich nach den Steinen, und durch Christabels Erzittern bemerkte ich, dass die Steine Teil ihres Körpers waren – wie die versteinerte Kleidung Teil meines Körpers werden konnte.

Nach einer Weile kam Sema zu uns und sagte, dass inzwischen neun Tage vergangen seien und es an der Zeit sei,

Hector zu wecken. Sie stellte sich vor sein Bett und musterte ihn. Christabel und ich saßen zu beiden Seiten an der Kante und warteten. Ich spürte Semas magischen Hauch wie einen kühlen Wind und erwartete Hectors Erwachen, immer wieder abgelenkt durch Christabels Lächeln und die Tränen, die sie vergoss. Einige tropften auf Hectors Steingesicht, und als wohnten ihnen Zauberkräfte inne, blinzelte er und rührte sich knirschend.

Hectors Augen öffneten sich nur langsam, als lastete eine ungeheure Bürde auf seinen Lidern. Mit erleichterter Miene schaute er Christabel in ihre glänzenden Augen. Er fasste zitternd ihre Hand und sagte mit kratziger Stimme: »Danke, dass … du mich da rausgeholt hast.«

»Es war knapp«, sagte Christabel und schaute mich an. »Und nur, weil ich zuließ, dass sie dich mitnehmen.«

»Ich hätte das Gleiche getan«, erwiderte ich und lächelte dann Hector an. »Wir haben dich vermisst.«

Er bemühte sich, seinerseits zu lächeln, doch ehe er es vollenden konnte, beugte sich Christabel über ihn und küsste ihn auf den Mund. Er staunte, als sie sich von ihm löste, dann stutzte er und schaute sich um. »Ist alles verloren gegangen, während ich schöne Träume träumte?«

»Nein«, antwortete Sema, die immer noch regungslos vor dem Bett stand. Sie erklärte knapp, was geschehen war und wo wir uns hier befanden. »Doch wir werden hier nicht bleiben«, sagte sie dann. »Ich habe die Spur verfolgt und weiß jetzt genau, wo diejenigen sind, die uns nachspüren.«

»Wo?«, fragte Hector, und mit einem Husten bröckelten einige Steinsplitter aus seinem Mund. Binnen eines Augenblicks verwandelte er sich von seiner Steingestalt in die aus Fleisch und Blut. Er war blass, und seine Miene wirkte verzweifelt. »Wir müssen nicht zu den Söhnen des Perseus, oder doch?«

»Nein. Unsere Spur führt nach London – in das Haus der Familie Durand.«

»Durand!«, wiederholte ich und erinnerte mich an unser Treffen mit Myrlos Durand in den 1920ern. Er hatte uns für Gargoyles gehalten und uns sogar angeboten, im Haus Durand zu leben. Die Bewohner – die Durandiden oder Durandi – genossen angeblich den Schutz der Magiekunden. Doch Sema hatte abgelehnt und sich nicht einmal auf einen Besuch dort eingelassen.

Ich wusste nicht, wer heute in der Familie das Sagen hatte. Damals hatte Myrlos an goldene Zeiten geglaubt, da Magie öffentlich ist und seine Familie eine führende Position einnehmen würde. Er hatte von Gesetzen erzählt, die die Zauberwesen und die Magiekundigen gleichermaßen schützen sollten. Aber die goldenen Zeiten waren nie gekommen.

Sema erklärte Christabel und Hector, was wir damals in London besprochen hatten, und offenbarte, dass die Magie, die uns überwachte, vom Haus der Durands ausging. »Es ist schlimmer, als ich dachte«, sagte sie. »Der Zauber, den sie benutzen, ist grob und unstet. Meine Gedankenstimme ist wie ein Anker, aber ich fürchte, der Zauber wäre über kurz oder lang in der Lage, nicht nur jene aufzuspüren, die meine Stimme vernehmen, sondern auch mich selbst.«

»Wir müssen also schnell handeln«, sagte Christabel.

»Das weiß ich nicht«, erwiderte Sema. »Aber jede meiner Schwestern, die in diesen Zeiten erwacht und mit ihrer Gedankenstimme zu den anderen spricht und von ihnen auch nur im Halbschlaf erhört wird, bringt alle anderen, ohne es zu wissen, in Gefahr. Und wenn unsere Feinde den Zauber verfeinern und festigen, sind wir alle mit einem Schlag bedroht. Selbst dieser Ort wäre dann für ihre Blicke nicht mehr verborgen.«

»Hat diese Familie so viel Macht?«, fragte Hector mit müder Stimme.

»Sie haben eine der größten Zufluchten auf der Insel – mit zahlreichen Toren zu ihrer Nebenwelt. Du gehst ins Gebäude hinein, aber innen ist es, als würdest du in einen gigantischen Palast eintreten, der von Piranesi erdacht wurde. Es ist angeblich mehr eine Stadt als ein Gebäude. Die magischen Quellen, die diese Tore ermöglichen, spenden genug Kraft, um den Zauber zu nähren. Dies ist nicht eine Frage der Macht, sondern eine Frage des Könnens. Es wird mir viel Kunstfertigkeit abverlangen, nicht entdeckt zu werden. Aber es wäre nicht das erste Mal, dass ich mich unter Magiekundigen bewege und sie nichts von meinem wahren Wesen ahnen. Am Ende werden wir wissen, ob die Durands oder aber irgendwelche Gäste dahinterstecken.«

»Du willst also tatsächlich dorthin?«, fragte ich.

»Wir haben keine andere Wahl. Wir müssen diese Quelle der Überwachung aufspüren und zum Versiegen bringen. Stellt euch vor, eine meiner Schwestern gewinnt Zugang zu Umaes Erinnerung an den Ort, an dem sich das Medusenhaupt befindet. Stellt euch vor, sie würde das in Gedanken unter uns verbreiten, damit es nicht verloren geht.«

»Du meinst, sie können hören, was du mit deiner Gedankenstimme sagst?«, fragte Hector.

»Deswegen kennen sie unsere Namen und haben gewusst, dass wir nach Köln kommen. Es würde mich nicht wundern, wenn sie inzwischen längst das Haus in der Eifel gefunden hätten.«

»Ich bin bereit«, sagte Christabel. »In Köln wäre ich gerne gegen unsere Feinde vorgegangen. Wenn wir jetzt gegen deren Verbündete vorgehen und ihnen damit die Möglichkeit nehmen, uns nachzuverfolgen, dann bin ich zu allem entschlossen.«

»London war früher gut zu uns«, sagte Hector. »Aber von der Familie Durand habe ich noch nie gehört.«

Ich war nicht so optimistisch. London war ein Ort, an dem sich viele magische Wesen sammelten, und auch unsere Feinde waren dort stark vertreten. Manche glaubten, dort würde sich unser aller Schicksal entscheiden – dort oder in

New York. Aber ich hielt das für eine selbsterfüllende Prophezeiung.

»Erinnerst du dich noch, wie wir in der 70ern London verlassen haben?«, fragte ich Sema.

»Von den Söhnen des Perseus und den Agenten Ihrer Majestät verfolgt«, sagte sie lächelnd.

»Du hast selbst gesagt: London endet für unseresgleichen meist in Intrigen, Verrat und einem riesigen Chaos.«

»Du willst also nicht?«, fragte Sema.

Ich lachte leise. »Ich fürchte, wir müssen.«

»Wie immer«, sagte Hector.

»Nur mit einem Unterschied«, entgegnete ich.

»Und der wäre?«, fragte Christabel.

»Diesmal laufen wir nicht in irgendeine Falle. Diesmal gehen wir – zu allem bereit – in die Höhle des Löwen.«

Kapitel 6

London

Obwohl wir befürchten mussten, dass unsere Feinde ihre Magie verfeinerten und eine der Medusenschwestern erwachte und zu ihren Schwestern sprach, nahm Sema sich Zeit für ihre Vorbereitungen. Sie schuf mehrere Seitenräume, die wie Vergrößerungen der Nische wirkten, in der sie in den letzten Tagen ihre Magie gewirkt hatte. Jeder Raum war für einen Zauber geformt. Nur einer war nicht für sie gedacht, sondern für uns. Ein Bad mit einem Bett – alles aus dem Fels geschält: nicht so glatt, dass wir darauf ausrutschten; nicht so grob, dass unsere Körper aus Fleisch und Blut sich daran kratzten. Es war im Grunde eine Liebesgrotte, in die Christabel und Hector sich zurückzogen.

Christabel wollte, dass ich mitkomme. Und obwohl ich das Gefühl hatte, schon viel mit Hector und Christabel erlebt zu haben, zögerte ich. Zudem fehlte mir John. Ich machte mir nicht nur Sorgen um ihn, sondern hatte auch das Gefühl, mich ihm annähern zu müssen, ehe ich mich Christabel und Hector noch weiter annäherte. Doch dieses Gefühl verschwand, als Christabel und Hector mich erneut fragten, ob ich zu ihnen komme, und ich einfach nicht mehr Nein sagen konnte. Ich wagte mich zu ihnen ins Gewölbe und wurde erst liebevoll und schließlich auch lustvoll empfangen.

Wäre es nur Sex gewesen, hätte es mich nicht so sehr aus der Fassung gebracht. Aber Christabel und Hector wandelten ihre Körper, und sie fragten mich, welche Gestalt ich mochte.

Und nachdem ich darauf keine Antwort hatte und sie die Körper wechselten, bis ich nicht mehr wusste, wer Christabel und wer Hector war, war ich verwirrt und erregt zugleich. Dann kam der Punkt, an dem ich die beiden auseinanderhalten konnte. Christabels Zunge blieb immer die gleiche, selbst wenn sie beinahe Hectors Körper angenommen hatte. Und wie Hector seine Fingerspitzen zu führen wusste, erkannte ich, als er eine Gestalt annahm, die eine feminine Version seiner selbst hätte sein können. Ich genoss jeden Augenblick, aber in mir wuchs das Bedauern, dem nichts entgegnen zu können. Ich vermochte kaum etwas, außer die Beschaffenheit meines Körpers zu verändern. Ich machte meinen Menschenkörper für Hector glatt, und dann meinen Gargoylekörper für Christabel rau.

Das Ende kam leider nicht, wie ich es mir erhofft hatte. Sie nahmen immer neue Gestalten an, und es wurde mir zu viel, um es zu erfassen. Ich wurde unruhig und atmete plötzlich wie ein ängstlicher Mensch. Ich versuchte, mich zu beruhigen, denn ich wollte nicht, dass es aufhört, aber selbst, als sich Christabel und Hector in ihre eigenen Gestalten zurückverwandelten, war es nicht wie zuvor.

»Tut mir leid«, sagte Christabel. »Ich dachte, dir würde das gefallen.« Hector nickte nur.

»Ich glaube, ich bin noch nicht so weit«, sagte ich und lehnte mich gegen die Wand, die mit dem Steinbett verwachsen war.

Hector und Christabel legten sich links und rechts neben mich. »Wir dachten, du hättest …«, sagte Christabel, sprach aber nicht weiter.

»Erfahrung mit anderen Gargoyles?«, fragte ich. »Nein, ihr seid die ersten Gargoyles für mich.«

»Aber Sema hat sich doch sicherlich verwandelt«, sagte Hector.

»Das ist was anderes. Das hat sie erst gemacht, als wir einander in allem vertraut waren.«

»Vielleicht sind wir uns bald auch so vertraut«, sagte Hector.

»Und dann zeigen wir dir die wirklich ungewöhnlichen Dinge – Dinge, von denen Menschen nur fantasieren können.«

Ich grinste. »Erzählt mir mehr!«

Sie erzählten mir mehr, sie zeigten mir mehr, und sie taten es so behutsam, dass meine Unsicherheit schließlich vergessen war.

Mit einem Lächeln ging ich in das Gewölbe, in dem Sema sich gerade aufhielt, um sich auf London vorzubereiten. Mit geschlossenen Augen saß sie in ihrer Gorgonengestalt da. Die Schlangen – diesmal nur neun, die wie dicke Zöpfe wirkten – starrten auf Lichtflächen an den Wänden. Semas Haut glänzte, als schwitzte sie.

Ein Lächeln legte sich auf ihre Lippen. »Ich weiß nicht genau, was ihr da drüben getan habt, aber es hatte mit viel Verwandlung zu tun. Selbst du hast dich verwandelt. Ich glaube, wieder Vertraute zu haben, tut dir ebenso gut wie mir. Hoffen wir, dass uns Zeit miteinander bleibt.«

»Du kommst nicht weiter?«

»O doch. Ich habe alles wieder und wieder überprüft, habe mich in meinen Kräften geübt, aber ich wage es nicht, den nächsten Schritt zu machen.«

»Und der wäre?«

Semas Schlangen reckten sich in die Höhe, als schaute sie durch ihre Augen ins Gewölbe. »Diesen Ort zu verlassen und uns dort hinauszuwagen.«

»Du bist also bereit«, sagte ich.

»Nein. Das ist es ja. Ich bin nicht bereit, und doch muss ich handeln.«

»Dann lass uns für dich bereit sein. Christabel ist entschlossen, und Hector grübelt bereits über alle möglichen

Hindernisse, die uns erwarten könnten. Sobald du uns den Weg hinaus öffnest, sind wir bereit.«

Sie öffnete ihre Augen, und sie waren komplett schwarz, und nur mit Blinzeln verwandelten sie sich in die braunen Augen, die sie seit ihrem Wiedererwachen meistens hatte. »Dein Tatendrang war schon immer ansteckend.«

Wir verließen die Höhle im Morgengrauen des 21. Oktober und mussten einige Stunden durch den Wald gehen, ehe mein Phone Empfang hatte und ich John anrufen konnte. Ich erzählte ihm, dass wir nach London fahren würden, und er erwiderte, dass er überlegt hatte, in Frankreich etwas für uns zu finden, aber noch nichts unternommen habe, außer einen neuen Wagen zu beschaffen. Er schickte mir die Koordinaten von einem Waldweg in der Nähe.

Als ein Kompaktvan von Renault auftauchte, erschrak Hector, und Christabel war bereit für einen Kampf, doch John grinste uns durch die Windschutzscheibe entgegen. Er hielt an, stieg aus und umarmte sofort Hector. Zuletzt hatte er ihn in einem regungslosen Zustand erlebt, und ich war überrascht, als ihm Tränen in den Augen standen. Das schien Christabel zu berühren, und auch sie schloss ihn in die Arme.

Während ich John an mich drückte, flüsterte ich ihm ins Ohr. »Wir haben dich vermisst – und uns Sorgen gemacht.«

»Ich war nicht in Gefahr«, sagte er, aber nachdem er Sema in die Arme geschlossen hatte, drängte er darauf, dass wir sofort einstiegen und losfuhren. Während ich mich neben ihn setzte und die anderen auf der Rückbank Platz nahmen, war ich voller Tatendrang, obwohl ich keine Ahnung hatte, was uns erwarten würde.

John erzählte, dass er in Frankfurt den alten Wagen losgeworden war und eine bisher ungenutzte Identität angenommen hatte, um den neuen zu kaufen.

»Das heißt, John Reberg ist nicht mehr?«, fragte Sema.

»O doch. Aber er macht für eine Weile Urlaub. In der

nächsten Zeit heiße ich John Robert Rimbeck.« Er schlug vor, dass wir über Calais den Weg nach England suchten und unterwegs alles Nötige erledigten. »Wir fahren einfach in Calais auf eine Fähre und lassen uns nach Dover bringen. Von dort fahren wir weiter nach London.«

John prüfte auf seinem Phone den Weg nach Calais und lachte mit einem Mal. »Die App möchte uns über Köln lotsen«, sagte er.

»Fakke! Was für eine Verräterin!«, erwiderte ich grinsend.

Wir entschieden uns, über Trier nach Luxemburg zu fahren, von dort dann nach Belgien und schließlich hinüber nach Frankreich.

Kaum hatten wir Frankfurt im Süden umfahren, bat Sema mich um mein Phone und steckte mit Christabel und Hector die Köpfe zusammen.

Mithilfe der Karten-App suchten sie das Haus Durand und fanden es nach einer Weile. Es war eines der hellen Prachtbauten auf dem Piccadilly. »Das ist es«, sagte Sema. »Das Hotel MacGill!«

»Also mitten in London«, sagte John. »Die scheinen sich keine Sorgen zu machen, entdeckt zu werden.«

Sema erklärte für John, was sie vom Haus Durand wusste, und sagte dann: »Die Durands wollen, wenn der Tag der großen Offenbarungen kommt, mit Macht in das neue Zeitalter starten. Sie sehen ihre Familie als Vermittlerin zwischen den Menschen und den Zauberwesen.«

»Wie kommen wir da rein?«, fragte ich. »Einfach ein Zimmer nehmen?«

»An solchen öffentlichen Orten sind normalerweise Leute, die erkennen können, dass wir magische Wesen sind. Leute, die auch ich erkennen müsste. Also: Ja, vielleicht müssen wir nur ein Zimmer nehmen.« Sema reichte mir mein Phone zurück, und ich prüfte, ob ich für uns Zimmer buchen konnte. Tatsächlich waren noch Zimmer frei, sogar eine Wohnung mit drei Doppelschlafzimmern. »Teuer, aber ich möchte, dass wir zusammen sind«, sagte ich.

»Ich werde nicht mitgehen«, sagte John. »Es sei denn, Magier sind willkommen.«

»Sie würden dir mit Misstrauen begegnen. Außerdem brauchen wir dich draußen – für den Fall, dass wir schnell verschwinden müssen.«

John erzählte etwas vom Emissionszonen und von einer Maut in London und dass er das alles klären müsse, ehe er mit dem Wagen in die Innenstadt fahren könne. Ich fragte mich, ob Sema überhaupt irgendetwas von dem verstand, was er sagte. Sie antwortete: »Kannst du uns da hinbringen und wieder abholen, wenn es gefährlich wird – ja oder nein?«

»Ja«, sagte er. »Aber ich kann euch in dem Hotel nicht helfen.«

Mir gefiel der Gedanke nicht, dass wir schon wieder von John getrennt sein würden und damit unsere Gemeinschaft spalteten.

»Wir werden uns also prüfenden Augen stellen müssen?«, fragte Christabel.

»Ja«, antwortete Sema.

»Werden wir neue Papiere brauchen?«, fragte Hector.

»Ich bin in Frankfurt das Wagnis eingegangen und habe neue Ausweise machen lassen.« Er schaute kurz zu mir herüber und zeigte auf das Handschuhfach.

Ich holte die neuen Ausweise heraus und gab die der anderen nach hinten. Wir lasen einander unsere Namen vor: Kirsten Wellhäuser, Elaine Sulford, Hendrik Bendredson und Arabella Gellenburg. John hatte an alles gedacht. Die Fotos waren einige von denen, die er in Köln von uns gemacht hatte, und er hatte darauf geachtet, dass die Ausweise unterschiedliche Ausstellungsdaten hatten, damit es nicht auffiel, sollten sie miteinander verglichen werden.

»Welche Geschichte erzählen wir den Durands?«, fragte Christabel.

»Die gleiche wie in Köln«, sagte Sema. »Dass wir Gargoyles sind und eine Zuflucht suchen. Falls sie uns durchschauen, bin ich bereit, mit offenen Karten zu spielen. Es braucht nur einen Schock, und wir nutzen den Moment, um zu tun, was auch immer nötig ist.«

»Aber wie erkennen wir die Person, die uns überwacht?«, fragte Hector.

»Es könnte auch ein Artefakt sein«, sagte Christabel.

Sema nickte. »Ich werde die Quelle des Zaubers aufzuspüren. Doch mir fehlt die Kraft, die mir in der Höhle zur Verfügung stand. Dort konnte ich den Zauber wie einen Faden sehen, der in das Haus führte, und ich konnte mich vor allen Sinnen abschirmen. Hier aber steht mir nur meine eigene Kraft zur Verfügung. Es kann sein, dass ich vor lauter Umherblicken nahende Gefahren nicht erkenne.«

»Wir werden dich schützen«, sagte ich.

Sema schob mir ihre warme Hand auf die Schulter. »Ich weiß. Nur deswegen wage ich es. Aber seid euch darüber im Klaren: Es kann damit enden, dass wir unser Ziel erreichen, aber dafür mit unserem Leben bezahlen.«

Wir alle wussten es.

In Belgien machten wir in einigen Städten halt, um uns unter anderem neue Kleidung zu kaufen. Als die Nacht kam, entschieden wir uns dagegen, in ein Hotel zu gehen, sondern blieben in Bewegung, indem ich mich mit John beim Fahren abwechselte.

Westlich von Adinkerke fuhren wir nach Frankreich hinüber und waren um kurz vor 3:30 Uhr in Calais. Nachdem unsere Papiere einer Überprüfung standhielten, fuhren wir nach einer Weile in den Bauch der Fähre. Erst um 4:40 Uhr legten wir ab, und ich hatte jetzt bereits das Gefühl, eine lange Reise hinter mir zu haben. Denn die Überfahrt aus Irland, an die mich das Schwanken auf See erinnerte, schien eine Ewigkeit her zu sein. Wir hielten uns die ganze Zeit in einem Restaurant auf und frühstückten mit John, den die lange Fahrt hungrig gemacht hatte.

Mit dem Morgen sahen wir die weißen Klippen von Dover, und nachdem wir die Kontrollen auch hier überstanden hatten, waren wir bald mit dem Wagen unterwegs nach London. Mir gefiel dabei die Aussicht darauf, dass wir uns wahrscheinlich in die Höhle des Löwen wagten. Die Rachegelüste, von denen Christabel und Hector sprachen, während wir auf einem Parkplatz im Grünen die Luft dieses kühlen, klaren Tages genossen, sprangen auf mich über. Was für eine Zeit wäre es gewesen, mit Umae und den anderen in Haus Agelstern zu leben und auf den Tag der Vereinigung hinzuarbeiten! Dass dieses Schicksal zerschlagen war, schürte meinen Wunsch danach, nun zum Angriff überzugehen.

John nutzte den Weg nach London, um sich an den Linksverkehr zu gewöhnen. Obwohl ich die meiste Erfahrung damit hatte, war es wichtig, dass John den Wagen fuhr. Er würde uns abholen und womöglich Verfolger abschütteln müssen. In diesem Zusammenhang erklärte er uns, er werde für unseren Rückzug einen neuen Wagen beschaffen, einen Linkslenker. »Dann fahren wir nach Wales«, sagte er. »Da habe ich ein gutes Versteck.«

Als wir am Mittag London erreichten, parkten wir nahe King's Cross, und John prüfte, obwohl er es schon einige Male getan hatte, noch einmal anhand der Daten, ob unser Wagen tatsächlich den Umweltstandards für die Innenstadt entsprach. Dann nutzte er sein Phone, um übers Netz die Maut für unseren Wagen zu bezahlen. Damit war unser Nummernschild im System – was immer das am Ende in einer von Kameras übersäten Stadt auch bedeuten mochte. Ich war mir nicht sicher, ob Sema klar war, wie weit die Briten das Überwachen der Öffentlichkeit getrieben hatten. Sie hatte den

Blick ins Leere gerichtet, als spielte sie in Gedanken alles, was geschehen mochte, wieder und wieder durch.

In unseren ersten Jahren hatte sie oft ihre reifenden Pläne mit mir geteilt, und ich konnte beinahe sehen, wie die verschiedenen Möglichkeiten sich vor meinen Augen abspielten. Doch jeder Gedanke, den sie mir in dieser Lage geschickt hätte, wäre für unsere Feinde ein Wink gewesen.

Während der Fahrt in die Innenstadt beschäftigte mich vor allem eine Frage: Würden wir mit List und Geschick vorgehen können, oder würde am Ende die blanke Gewalt herrschen?

Auf beides war ich vorbereitet, weil ich viel mit Sema erlebt hatte. Sie schien nun bei Kräften zu sein und auf eine Erfahrung zurückgreifen zu können, mit der sich vermutlich nur Dorae messen konnte.

Aus dem Buch der Gorgonen – V

Unter den Sterblichen, die in Iliyorn gekämpft hatten, gab es einige, die auf dem Weltenozean von Insel zu Insel fuhren und an Orten, die den Göttern nicht offenstanden, Fugen zwischen den Welten fanden, die sie nach Hause führten. Odysseus kehrte auf diesem Wege heim, und Aeneas fand mit den letzten Iliyorniden eine neue Heimat in unserer Welt. Als die Sterblichen, die von der Finsternis erfüllt waren, den gleichen Weg nahmen, fiel der Schatten von ihnen ab, kaum dass sie die Schwelle zu unserer Welt überquerten.

Die Kunde, die die Zurückgekehrten verbreiteten, mündete in die Sagen, in denen die Geschehnisse von Inseln auf dem Weltenozean in unsere Welt verschoben wurden. Aus Wissen um die Unsterblichen wurde mit der Zeit der Glaube an die Götter.

Die Söhne des Perseus waren zu jener Zeit mehr als eine

Gemeinschaft der Nachkommen eines Mörders. Bei ihnen sammelten sich vor allem Magiekundige und Kämpfer. Sie gedachten Perseus' und wollten sein Erbe weiterführen.
In den Sagen hatte sich Athene mit Perseus versöhnt, und er soll ein erfülltes Leben geführt haben. Erzählungen, in denen Perseus' Taten und sein Wesen beschönigt wurden, verbreiteten sich, sodass selbst sein Tod verklärt wurde. Die Chroniken von Tiryns beschrieben jedoch, dass sein Körper eines Morgens versteinert und ohne Kopf im Bette lag.
Der Wunsch nach Rache keimte nach langer Zeit wieder auf, und die Söhne des Perseus suchten nach den Gorgonen und deren Verbündeten. Statt Stheno und Euryale fanden sie Spuren einer Gorgone, die Medusa zu sein schien.
Lange vermochten sie sich nicht zu erklären, wie Medusa einerseits tot sein und andererseits erscheinen konnte, um ihr eigenes Haupt zu erbeuten. Sie wussten nichts von den Schwestern, die aus Medusas Blut entsprangen. Und weil so viele Sagen im Umlauf waren, bezweifelten sie die Erzählung aus dem Tempel von Gortyn.
In den Sagen wurde von Medusas Kindern erzählt, von Pegasos und Chrysaor, von deren Herkunft zunächst kaum jemand wusste. Pegasos legte ihre Abstammung jedoch selbst offen, als er in wechselnder Gestalt nach Chrysaor suchte, ehe er unsere Welt verließ, um an der Seite der Götter gegen den Schrecken aus der Tiefe zu kämpfen.
Chrysaor selbst blieb verborgen, doch seinen Nachkommen kam einst Herakles auf die Spur. Als er auf seinen Reisen auf der Insel Erytheia den furchtlosen Geryon tötete, war dieser nur ein weiteres Opfer unter vielen. Dann aber wurde er der Lüge bezichtigt, denn Geryon sei gesehen worden. Als Herakles nach Erytheia zurückkehrte, staunte er darüber, dass Geryon offenbar dem Tod entgangen war. Denn er trat ihm ohne Furcht gegenüber. Da Geryon ihm nicht auswich, erschlug Herakles ihn ein zweites Mal. Auf dem

Weg zur Küste jedoch traf er ein drittes Mal auf Geryon und bemerkte, dass er diesmal vor Angst bebte.

Herakles versprach Geryon, ihn zu verschonen, sofern er ihm das Geheimnis seines Überlebens offenbarte.

Geryon erklärte ihm, dass er der Sohn des Chrysaor und der Kallirrhoë sei und nach seinem Ableben in drei Körpern wiedergeboren wurde. Ein Teil seiner selbst sei mit seinen Geschwistern gestorben, aber der weit größere Teil sammele sich in ihm – dem letzten der drei. »Sterbe ich, so ist Geryon für immer gestorben«, sagte er.

Herakles hielt sein Wort und verschonte Geryon. Er machte sich auf die Suche nach dessen Eltern – in der Hoffnung, bei ihnen das Geheimnis der dreifachen Wiedergeburt zu erfahren. Doch er fand Chrysaor und Kallirrhoë nie und gab die Suche schließlich auf, um sich anderen Abenteuern zu widmen. Herakles bezeichnete Geryon in seinen Erzählungen fortan als den Dreigestaltigen, und so entstand der Glaube, er wäre ein Riese gewesen, bei dem drei Körper in einem verwachsen waren.

Der Verweis auf Chrysaor machte Geryon zum Enkel der Medusa. Die Magiekundigen erkannten, was einst im Tempel von Gortyn geschehen war: dass Medusa in mehreren Körpern wiedergeboren war. In wie vielen, das wussten sie nicht, und von der Aussicht auf die Vereinigung der Medusenschwestern ahnten sie nichts.

Sie wollten den Kampf gegen die Gorgonen fortführen und suchten nach ihnen, und sie stießen auf die Spur zu den Vertrauten der Beldyrae. Sie überfielen diese und wähnten sich von den Göttern begünstigt, als sie das Medusenhaupt bei ihnen fanden und an sich nahmen.

Mit dem Gorgonenkopf begründeten sie ihre Macht neu und gewannen insbesondere in Argos und Mykene an Einfluss. Ihre Krieger nutzten das Haupt als Waffe, die sie vor sich hertrugen. Die Zauberkundigen nutzten es als eine Quelle der Magie. Sie schufen Wälle, die sie vor Feinden

schützten, und öffneten Pforten, die Brücken von Ort zu Ort schlugen. Bald übernahmen sie die Herrschaft über Argos, und selbst die Tempel konnten sich ihrer Macht nicht entziehen und versicherten ihnen schließlich die Gunst der Götter.
Nichts schien ihre Macht brechen zu können, und als sich die Kunde verbreitete, dass sich das Medusenhaupt wieder im Besitz der Feinde befand, machte sich eine der Medusenschwestern auf den Weg nach Argos.

DAS BUCH DER GORGONEN, S. 72–76.

Das Haus Durand

Der Abschied von John war zu schnell gegangen. Er hatte uns in einer Seitenstraße abgesetzt, und ich hatte ihn umarmt, ehe ich ausgestiegen war. Seinem verwunderten Gesicht begegnete ich mit einem Lächeln. Ihn fortfahren zu sehen, brachte die Angst zurück, ihn zu verlieren. Zwar war er in einem Hotel in der Nähe sicherer als bei uns, aber ich fürchtete mehr um ihn als um uns.

Mit unseren Rollkoffern und Taschen, in denen sich die Kleidung befand, die wir in Belgien gekauft hatten, bewegten wir uns wie Touristen den Piccadilly entlang. Während wir uns dem Hotel MacGill näherten, fragte ich mich, ob man uns überhaupt in das vornehme Gebäude hineinlassen würde. Doch die Schiebetür öffnete sich uns, und die Angestellten nahmen sich unseres Gepäcks an.

Während Sema nur einen Blick für die beiden Frauen am Empfang hatte, schaute ich mich um. Ein Angestellter an der Treppe musterte uns ebenso wie der am Seitengang.

Die beiden Frauen am Empfang waren höflich, aber als

klar war, dass wir eine der Wohnungen reserviert und bereits dafür bezahlt hatten, wurden sie geradezu freundlich, und auch hier hatte niemand etwas an unseren Pässen auszusetzen.

Wir checkten unter unseren aktuellen Namen ein und legten die neuen Ausweise vor. Während ich Fragen beantwortete, nahm sich Sema das Gästebuch und schrieb etwas hinein. Wir mussten dann eine Weile warten. Während eine der beiden Frauen am Empfang am Computer arbeitete und die andere abseits schon die nächsten Gäste betreute, flüsterte ich Sema zu: »Glaubst du, ihnen würde der Name Arabel etwas sagen?« Immerhin war Semas amerikanischer Pass auf den Namen Arabella Gellenburg ausgestellt und war damit sehr nahe an dem Vornamen, den die Gargoyles von Köln kannten – und wahrscheinlich nun auch die Söhne des Perseus.

»Ich bezweifle es«, flüsterte sie zurück. »Aber ich werde ihre Rolle spielen – bis zum Ende.« Ich war mir nicht sicher, was ihr genau vorschwebte, vermutete aber, dass wir wieder einmal die kleine Lüge unserer Identitäten zwischen allerlei Wahrheiten verstecken würden. »Hier!«, sagte sie und schob das Gästebuch vor mich. Mit einem Lächeln flüsterte sie: »Trag dich ein!«

Ich nahm den Stift, und gerade wollte ich zum Schreiben irgendeiner Floskel ansetzen, da las ich, was Sema geschrieben hatte. Da stand: *Vor langer Zeit wurde ich in dieses Haus eingeladen. Und hätte ich das geahnt, was ich heute weiß, ich hätte die Einladung angenommen. In großer Erwartung und mit einem geneigten Gruß von Monsieur Ouroboros, Arabel ›Madeleine‹ Gellenburg.«* Was der Gruß von Monsieur Ouroboros bedeutete, wusste ich nicht, aber Madeleine war der Name gewesen, den Sema 1925 bei unserem Treffen mit Myrlos Durand verwendet hatte.

Wir erhielten unsere Zimmerkarten, dankten und ließen

uns von den Angestellten zum Aufzug führen. In der Kabine fragte ich Sema leise, wer Monsieur Ouroboros sei.

»Wenn ich je herkomme, sollte ich einen Gruß ausrichten«, antwortete sie. »Erinnerst du dich nicht?«

»Nein«, sagte ich. Es war nicht das erste Mal, dass eine von uns sich glasklar an etwas erinnerte, das bei der anderen verschwommen oder ganz entschwunden war.

Als wir oben auf den Gang hinaustraten, stellte ich den beiden Angestellten einige Fragen zum Haus und zum Tagesablauf. Sie öffneten uns die Tür zu unserer Wohnung und führten uns in ein geräumiges Wohnzimmer, von dem weitere Zimmer abgingen. Eine Treppe führte nach oben. Als die beiden Angestellten sich zurückgezogen hatten, sagte ich: »Ich weiß nicht, ob wir uns hier zu weit vorwagen. Hier könnte alles überwacht sein. Alle möglichen Schreckensszenarien könnten hier wahr werden.«

»Vorausgesetzt, die Durands selbst stecken hinter unserer Überwachung«, sagte Sema leise und setzte sich auf das weiche Sofa.

»Wir sollten das nicht ausschließen. Ich möchte nicht ins offene Messer laufen. Was also ist unser Plan?«

»Der ist nach wie vor einfach«, sagte sie. »Du wirst für uns sprechen, um den Blick von mir abzulenken.« Sie schaute in die Runde und lächelte Hector an. »Wir sind Gargoyles, die nach einem Angriff auf unsere Gemeinschaft aus Köln fliehen mussten. Im Grunde die Wahrheit. Wir setzen einfach die Geschichte fort, die wir begonnen haben.«

»Rotzfrech ist das«, sagte Christabel.

Hector nickte. »Wenn sie nachforschen und Kontakt zu Ras und den anderen aufnehmen, werden die das bestätigen.«

»Aber sie könnten auch bestätigen, dass die Perseussöhne mich haben wollten«, sagte ich.

»Arabel – die wollten sie haben«, erklärte Sema. »Mich. Falls wir müssen, geben wir das preis.«

»Warum hast du Madeleine als Mittelnamen in das Gästebuch geschrieben?«

»Um den Durands eine Nachricht zu hinterlassen«, antwortete Sema und erklärte Hector und Christabel, dass sie bei dem Treffen mit Myrlos Durand damals den Namen Madeleine verwendet hatte. »Er sagte mir, sollte ich jemals bei ihnen einkehren wollen, solle ich einen Gruß von Monsieur Ouroboros ins Gästebuch schreiben.«

»Ist das eine Art Losung?«, fragte Hector.

»Eine, die ihre Entscheidung lenken könnte, uns hineinzulassen«, antwortete Sema.

»Glaubst du denn, sie erinnern sich nach so langer Zeit noch daran?«

»Natürlich. Das Haus ist älter als die Mitglieder der Familie. Wenn sie Gargoyles vor hundert Jahren etwas gesagt haben, muss das immer noch Gültigkeit haben. Ein Haus wie das der Durands muss in Maßstäben von Zauberwesen denken.«

»Im besten Fall erkennen sie den Gruß und vertrauen uns«, sagte ich.

»So ist es. Und? Wirst du unsere Wortführerin sein?«

Ich zögerte, sagte dann aber: »Wenn sie die Bedeutung von Arabel oder Madeleine erkennen, werden sie wissen, dass du unsere Anführerin bist.«

»Was wir dann erst preisgeben.«

»In Ordnung«, sagte ich. »Ich spiele das Spiel, wie du es willst. Aber es ist gefährlich.«

»Alles ist gefährlich. *Wir* sind gefährlich.«

Das Telefon klingelte. »Entschuldigt mich«, sagte Sema und hob ab. »Ja ... Wir sind bereit ... Bis gleich.«

»Wer war das?«, fragte ich.

»Das war der Magier, der unten am Seitengang stand. Während du dich mit dem Gästebuch beschäftigt hast, habe ich ihm mit einem Zwinkern einen Hauch von Gargoyle-Aura gezeigt. Keine Zeit zum Ausruhen! Gleich kommt jemand hoch und prüft uns.«

»Ich bin bereit«, sagte Christabel.

»Ich auch«, setzte Hector nach.

Alle Blicke ruhten nun auf mir. Ich war alles andere als bereit. »Zum Kampf bin ich bereit, zur Heimlichtuerei nicht so ganz.«

Als ich nach einem Klopfen die Tür öffnete, sah ich mich einem Mann in einem grauen Anzug gegenüber, der einen Kopf kleiner war als ich und eine rote Fliege trug, in deren Mitte ein Rubin aufgesteckt schien. Der Mann stellte sich als Wesley vor und reichte mir seine blasse Hand. Sie zu berühren, war so, als würde ich kurz eine durchsichtige Gardine aufziehen, während dahinter ein schwerer Vorhang jede Wahrnehmung blockierte. Indem ich dazu ansetzte, meinen Körper zu verändern, aber die Verwandlung nicht einsetzen ließ, offenbarte ich mich, so hoffte ich, als Gargoyle. Mir fiel eine magische Strömung auf, die durch Wesleys Hand auf mich überging und insbesondere dem Goldring anzuhaften schien, den er trug und der sich auf meiner Handfläche kalt anfühlte.

Ich stellte mich als Elaine vor. Meinen Nachnamen verschwieg ich in der Vermutung, dass wir auf der Schwelle zwischen der Menschengesellschaft und der Gemeinschaft von Zauberwesen und Magiekundigen standen. Wesley hatte sicherlich einen Blick auf unsere Daten geworfen und wusste, was wir angegeben hatten.

Nachdem er auch die anderen begrüßt hatte, schien Wesley das Zimmer mit Blicken zu inspizieren und sagte: »Unser Mann in der Eingangshalle hatte recht. Er hat erkannt, was ihr seid. Die Frage ist nun, was euch herführt.«

»Wir sind Gargoyles, und wir kommen aus Köln«, sagte ich. »Wir wurden dort angegriffen, mussten fliehen und suchen eine Zuflucht, wo wir vor unseren Angreifern sicher sind – und auch vor den Blicken derer, deren Aufmerksamkeit vielleicht durch den Angriff geweckt wurde.«

»Gut, dass ihr so offen seid«, sagte Wesley. »Denn wir wissen von den Vorgängen in Köln. Und hättet ihr die Vorfälle verharmlost, wäre mein Misstrauen geweckt.«

Zwar waren seit unserer Flucht aus Köln bereits zwei Wochen vergangen, aber es wunderte mich, dass sich die Attacke bis hierher herumgesprochen hatte.

»Wisst ihr auch, wie es unseren Geschwistern ergangen ist?«, fragte ich. »Wir sind untergetaucht und mussten leider jeden Kontakt abbrechen.«

»Diejenigen aus Köln, die bei uns Zuflucht fanden, berichten von einem Chaos. Es waren die Söhne des Perseus. Sie haben dort über die Stränge geschlagen und viel Staub aufgewirbelt.«

»Also doch die Söhne des Perseus«, sagte ich scheinbar leichtfertig, aber tatsächlich erwuchs eine Befürchtung in mir. Wenn sie Gargoyles aus Köln aufgenommen hatten, mochten diese erzählt haben, wie das Chaos genau entstanden war.

»Die Söhne des Perseus glauben, Gargoyles auslöschen zu müssen, wo sie ihnen begegnen«, sagte Wesley mit verachtender Miene. »Eine Schande, dass viele von ihnen Magiekundige sind!«

»Das heißt, ihr würdet uns Unterschlupf gewähren?«, fragte Christabel.

»Das kommt darauf an, wie meine Prüfung ausfällt.« Aus seiner Hosentasche holte er einen weißen Stein heraus, der länglich und glatt war. »Zeigt mir bitte eure Steingestalt.«

Einen Moment später waren wir vier graue Gestalten, und Wesley zuckte nicht einmal mit der Wimper. Er musterte uns aufmerksam. »Nun, es gibt keinen Zweifel, dass ihr Gargoyles seid. Damit wäre die erste Frage geklärt. Die zweite Frage lautet: Wie kamt ihr auf uns?«

»Euer Haus ist in unseren Kreisen berühmt«, antwortete

ich. »Schon vor langer Zeit sagte man uns, dass wir herkommen sollen, falls wir je in Bedrängnis geraten.«

»Euch ist klar, dass es für uns eine Gefahr bedeutet, Verfolgte aufzunehmen«, sagte Wesley.

»Auf dieser Gefahr beruht doch die Bedeutung eures Hauses, oder irre ich mich?«

»Mit den Söhnen des Perseus könnten wir uns mächtige Feinde machen.«

»Damit willst du sagen, dass ihr keine Gargoyles aufnehmt. Das heißt, ihr habt unsere Geschwister aus Köln abgelehnt?«

Wesley grinste. »Ich möchte nur, dass euch klar ist, was für ein Wagnis wir eingehen, wenn wir euch aufnehmen. Es konnte bisher noch nicht geklärt werden, wie die Söhne des Perseus die Gargoyles entdeckten.«

Ich machte ein nachdenkliches Gesicht, aber in mir herrschte mit einem Schlag Erleichterung. Unsere Geschwister aus Köln hatten offenbar nicht preisgegeben, wie alles begonnen hatte. Oder gab sich Wesley lediglich ahnungslos?

»Werden wir denn in eurem Haus vor den Söhnen des Perseus sicher sein?«, fragte ich.

»Unser Haus wird der sicherste Ort sein, an dem ihr je gewesen seid. Wir schützen euch sowohl vor dem Zugriff der Behörden als auch vor dem irgendwelcher Magiekundigen.« Letzteres glaubte ich sogar, doch was die Behörden anging, vermutete ich eher, dass es irgendeine Art Vereinbarung gab, die sie schützte. Und ich war noch nicht überzeugt, dass sie nichts mit den Söhnen des Perseus zu tun hatten.

»Dann entspricht das, was wir hörten, also nach wie vor der Wahrheit«, sagte ich. »Selbst in diesen Zeiten.«

»Selbst in diesen Zeiten«, wiederholte Wesley.

»Und der Preis für die Zuflucht hat sich nicht geändert?«, fragte ich.

»Natürlich weiß ich nicht, was man euch erzählt hat, aber

es kostet nichts, bei uns dabei zu sein – außer Respekt und Loyalität.«

Ich nickte. »Für die Zeit, da die Welt von Magie und von uns erfährt. Ihr könnt euch sicher sein, dass wir jenen gegenüber, die uns Schutz gewähren, zur Loyalität verpflichtet sind.« Natürlich verschwieg ich, dass diese Loyalität sofort beendet wäre, sollten wir herausfinden, dass die Durands mit den Söhnen des Perseus gemeinsame Sache machten.

Er schaute Sema an. »Über dich gibt es einen Eintrag in unseren Büchern.«

»Und die hast du so schnell durchgesehen?«, erwiderte Sema.

»Unsere Bücher sind inzwischen eher Datenbanken. Aber da ist Madeleine erwähnt und dass Myrlos Durand dir einen Platz im Haus geboten hat. Und den Gruß-Code Ouroboros habe ich lang nicht mehr gesehen. Der alte Myrlos – möge er in Frieden ruhen – hat offenbar viel von dir gehalten.«

Das war also das Spiel, das Sema vorschwebte. Ich vermisste ihre Gedankenstimme, die zu mir sprach, während wir unter Leuten waren und eigentlich ganz andere Gespräche führten.

»Wenn ihr mir folgen wollt, können wir hinübergehen«, sagte Wesley.

Wir waren bereit, ihm zu folgen, verwandelten uns in unsere Menschengestalten zurück, nahmen unser Gepäck und verließen die Wohnung, die wir uns nicht einmal richtig hatten anschauen können. Wesley führte uns zurück zum Aufzug, doch statt ihn zu nehmen, öffnete er uns mit der Karte die Tür daneben. Dahinter lag ein Gang, der an einem weiteren Aufzug vorbeiführte. Wesley legte die Hand auf eine silberartige Metallfläche, und ein magischer Funke blitzte auf.

Die Tür öffnete sich zu einer Kabine mit getäfelten Wänden. Es gab kein Bedienfeld, sondern wie draußen nur eine Metallfläche. Auf sie legte Wesley die Hand, stutzte für einen

Augenblick, dann schloss sich die Tür, und wir fuhren abwärts.

Unten angekommen, traten wir auf einen Gang hinaus, und zu unserer Rechten war eine schwere Kellertür, zur Linken führte der Gang in einen kahlen Raum. Er war hell erleuchtet, doch es befand sich nichts darin – außer dem Torrahmen, der aus der Wand herausragte. Es schien, als wäre hier ein Durchgang vermauert und dann verputzt und gestrichen worden. Das Licht kam aus der milchigen Decke.

Wesley hob den Blick und lobte die Abschirmung der Magie. »Nach unten spendet es uns Licht, oben ahnt niemand, dass hier Magie fließt.« Er holte sein Phone hervor, tippte und wischte darauf herum.

»Steuerst du das Portal etwa per Phone?«, fragte Hector.

»Aber nein. Ich bitte nur darum, dass man uns öffnet«, antwortete Wesley. Nach einem Moment nahm das Licht über uns einen Hauch von Blau an. »Kein rotes Licht! Alles gut!« Er sagte das so einfach, und ich fragte mich, was für ein Zauber wohl auf uns herabregnen würde, falls rotes Licht erschien.

Ein gleißendes Wabern drang aus der Wand vor uns und füllte fauchend den Torrahmen aus. Der Geruch von Regen wehte uns entgegen, und nach einem Zittern in der Luft war der Durchgang offen. Wir kamen in einen niedrigen Raum, durch den ein mit runden Steinen gepflasterter Weg zwischen Sandflächen hindurchführte. An den Felswänden lief Wasser herab und schien ein Glitzern im Gestein hervorzuheben. Ein magisches Rauschen lag in der Luft, als lauerte hier überall eine Macht, die sich jederzeit gegen uns wenden konnte.

Kaum hatte sich die magische Pforte hinter uns aufgelöst und kahlen Fels hinterlassen, schaute ich zur Wand gegenüber. Aus einem schmalen Spalt drang etwas Flimmerndes, und wie zuvor entstand mit einem Zittern in der Luft ein Portal, durch das wir in einen Raum blickten, der wie die verzauberte Variante der Hotel-Lobby wirkte. Während die groben Mauern und Säulen ebenso wie die Gemälde im Deckengewölbe daran erinnerten, dass das Haus Durand jahrhundertealt war, verwiesen die modernen Möbel, die Lampen und vor allem der große Bildschirm, der in einer lang gezogenen Nische über der Sitzgruppe an der Wand hing, darauf hin, dass das Haus Durand mit der Zeit gegangen war. Die Uhren hingegen, die an manchen Stellen angebracht und mit Städtenamen beschildert waren, wirkten wie ein Relikt aus älteren Tagen. Wir konnten ablesen, wie viel Uhr es draußen unter anderem in London, New York und Hongkong war.

Die Leute hier trugen die Kleidung unterschiedlicher Zeitalter, und es waren nicht nur Menschen, die sich hier zeigten. An der Sitzgruppe bei der Treppe, die in einem Bogen nach oben führte, saßen menschenähnliche Wesen: zwei Gehörnte, eine Katzenhäuptige und zwei Geschuppte. Sie lauschten einer Harpyie, die ihre Vogelflügel eng angelegt hatte und statt des gefiederten Körpers den eines Menschen mit beinahe kahl rasiertem Kopf hatte. Ehe ich hören konnte, worüber sie sprachen, verstummten die Anwesenden und starrten uns an. Die Harpyie begrüßte Wesley und zwinkerte uns zu, die anderen musterten uns mit regungslosen Mienen. Erst als ich grüßte, begegneten sie mir mit einem zurückhaltenden Lächeln.

Am Empfang wartete eine Gruppe auf uns, in blaue Jacken, Hosen und Röcke gekleidet, die an Schuluniformen erinnerten. Der Goldene Drache, der auch auf einem Banner über der Rezeption hing, war das Symbol des Hauses Durand, die Verzierungen an den Ärmeln erinnerten mich an Magierroben. Ob die beiden Frauen und der Mann, die uns empfingen und unsere Namen bereits kannten, Magiekundige waren, wusste ich nicht zu sagen. Wie ihre Kolleginnen draußen in London verfügten die drei über Computer.

Ich hatte mir das ganz anders vorgestellt: dass hier alles zu dem alten Gebäude passte. Hier waren weit und breit keine

Wachen zu sehen. Das bestärkte mich in der Einschätzung, dass in der Schleuse, durch die wir gegangen waren, ein Zauber wirkte, der Torwachen überflüssig machte.

Allerdings fielen mir runde Kristalle auf, die in die Decke eingelassen waren – mal im Zentrum eines Musters, mal in der Ecke des Raumes. Wären sie nicht transparent gewesen, hätte ich in ihrem Inneren Kameras vermutet, doch hatte ich keinen Zweifel daran, dass diese Steine genau diesem Zweck dienten und die Durands uns durch sie beobachten konnten.

Wesley wies zurück auf den Eingang, der sich längst aufgelöst und glatten Fels hinterlassen hatte. »Es gibt einige Orte, durch die ihr hinauskönnt. Meldet euch einfach ab, sagt, wohin ihr wollt, und euch wird jemand hinausführen. Euer Hotelzimmer ist ja noch für weitere Tage gebucht. Ihr könntet es also nutzen, falls ihr draußen noch etwas zu erledigen habt. Auch andere Buchungen könnt ihr von hier aus machen. Überhaupt habt ihr hier exzellenten Mobilempfang.« Er erklärte uns, dass das Haus Durand seit den 1940ern aus den Nebeln, die das Haus hier in der Nebenwelt umgab, Strom gewann, und über Mikroportale Signale zwischen den Welten sandte. »Früher haben wir Magie zwischen den Welten hin- und hergesandt. Inzwischen gehen Magie und Technik Hand in Hand.«

»Heißt das, ihr könnt Magie durch Technik wirken?«, fragte Christabel.

»Indirekt über magische Artefakte oder größere Konstrukte hier. Computer können Artefakte steuern.« Ich malte mir alle möglichen Szenarien aus, in denen das schiefgehen musste. Aber ich konnte mir vorstellen, dass es irgendwann genau der kleine Vorsprung sein mochte, der uns half, uns vor den Sinnen der Öffentlichkeit zu verbergen.

»Wenn ihr wollt, könntet ihr hier eure wahre Gestalt annehmen«, sagte Wesley.

Sema war die Erste, die eine Steingestalt annahm, wir anderen folgten ihrem Beispiel. Die drei Menschen am Empfang blickten uns anerkennend an, aber überrascht waren sie nicht. Sie reichten uns jeweils eine Medaille an einer Kette. Es seien Schlüssel für Bereiche, die uns offenstanden, erklärte Wesley. »Vor allem für eure Gemächer.«

Als alles am Empfang geklärt war und wir darauf bestanden, unser Gepäck diesmal selbst zu tragen, führte uns Wesley die breite Treppe empor, und wir kamen auf eine Galerie, von der aus wir auf einen breiten Gang hinunterblicken konnten. Und hier sahen wir zum ersten Mal Wachen. Sie trugen blaue Uniformen, und in ihren Gürteln steckten die Griffe, die wie die von Degen wirkten, ohne dass eine Klinge aus ihnen herausragte. Eine der Wachen hielt den Griff in der Hand, und unten drang ein blauer Stab wie aus getöntem Glas heraus und senkte sich auf den Boden. Ein anderer hatte aus seinem Griff eine Hellebarde wachsen lassen, die über der Hand einen kleinen, gewölbten Schild hatte. Eine solche Bewaffnung wirkte übertrieben, wenn man bedachte, dass die Leute, die dort unten auf dem breiten Weg gingen, weder Eile noch ein Anzeichen von Konfrontationslust zeigten. Offenbar wollten sie durch die Zurschaustellung ihrer Wehrhaftigkeit ein Gefühl der Sicherheit erzeugen.

Unter den Leuten fiel mir ein Wesen auf, das die anderen um mehrere Köpfe überragte. Daran, dass es nur ein großes Auge hatte, erkannte ich es als einen Zyklopen. In seinem Anzug und der Krawatte sah er aus, als wäre er von einem Geschäftstermin gekommen und in aller Ruhe auf dem Weg zum nächsten. Und ich fragte mich, wie sie einen Zyklopen unbemerkt hergebracht hatten, wagte es aber nicht, Wesley diese Frage zu stellen.

Wie eine Stadt unter der Erde war es hier. Der breite Gang war die Hauptstraße, sämtliche Nebengänge die Seitenstraßen. Fassaden zogen sich bis zur Decke hinauf. Ein Haus grenzte hier ans andere, immer wieder durch die Gänge oder aber Treppen unterbrochen, die mal in die Höhe, mal in die

Tiefe führten. Zugang zu den Gebäuden boten Türen aller Art, von der groben Holztür alter Zeiten bis hin zur gläsernen Schiebetür, die sich den Leuten automatisch öffnete. Alle Gebäude waren von den Bedürfnissen und Vorlieben derer geprägt, die sie bewohnten. Bei einem Steg auf halber Höhe zwischen Boden und Galerie stutzte ich, doch schon im nächsten Moment setzte eine Gestalt mit weißen Flügeln auf, öffnete die hohe Tür und verschwand im Inneren.

»Ist das ein Engel?«, fragte Hector leise.

»Eine Harpyie«, flüsterte Sema. »Wie an der Rezeption – nur mit anderen Flügeln.«

»Weitere Monster, die keine sind«, sagte Christabel.

Wesley erzählte uns, dass das Haus Durand einst kaum mehr als einige Räume gewesen seien. Der Eingang vom Hotel habe einst direkt ins Wohnhaus der Familie geführt. Doch hier habe sich inzwischen viel verändert.

An einem Platz, den die Hauptstraße überquerte, hörte die Galerie auf. Wesley wies schräg über den Platz auf ein rotes Fachwerkhaus mit hohen Fenstern und vielen Giebeln. Das große Dach verschmolz hoch oben mit dem Fels. »Das ist das Heim der Familie Durand. Wenn ihr Glück habt, werdet ihr vielleicht einmal dorthin eingeladen.«

»Da!«, rief Christabel und schaute mitten auf den Platz. Dort saß eine Gruppe Gargoyles um einen Springbrunnen herum. Für einen Moment glaubte ich, die Statuen des Brunnens wären Teil ihrer Gruppe, aber sie rührten sich nicht.

»Gut erkannt«, sagte Wesley. »Das dürften einige der Geflüchteten aus Köln sein.«

Ich schaute, ob ich Ras oder Orlando entdeckte, doch sie waren nicht da, und auch sonst kam mir niemand bekannt vor.

»Wollt ihr zu ihnen hinab?«, fragte Wesley.

»Das hat Zeit«, antwortete ich. Er nickte, und statt uns die Treppe hinab auf den Platz zu führen, öffnete er uns zur Linken eine Tür, die in einen Gebäudekomplex führte. Ich war erleichtert, denn ich war nicht vorbereitet auf ein Treffen mit denen, die wahrscheinlich uns die Schuld an der Attacke in Köln gaben – vielleicht zu Recht.

Das Haus Durand war eigentlich die Stadt Durand und warf die Frage auf, wie wir diejenigen hier finden sollten, die uns draußen in der Welt überwacht hatten. Eines stand fest: Wenn sie es von hier aus machten, nutzten sie die Mikroportale, wie die Durands die Schleusen nannten, durch die sie Magie in die Welt hinausschickten. Auf dem Weg durch den recht edlen Bereich, durch den uns Wesley führte, überlegte ich, wie der Zauber beschaffen sein musste, und ob es tatsächlich sein konnte, dass er ohne das Wissen der Durands vonstatten ging.

Wesley öffnete uns nur die Tür, sagte, dass wir uns durch den Eintrag im Gästebuch für eine solche Wohnung *qualifiziert* hätten, und ließ uns dann allein.

Durch die deckenhohen Fenster im Wohnzimmer hatten wir einen Blick auf eine Terrasse und auf das bunte Laubdach eines Mischwaldes, bei dem die Blau- und Rottöne vorherrschten und der sich durch eine gebogene Höhle zog. Auf der anderen Seite ragten Gebäude aus den Höhlenwänden, die das Spiegelbild dieses Hauses hätten sein können.

»Habt ihr die Kristallkugeln gesehen, die draußen überall eingelassen sind?«, fragte Sema.

»Ja, die sind mir aufgefallen«, antwortete ich.

»Das sind Sichtkristalle, durch die die Durands die öffentlichen Bereiche im Auge behalten. Ich konnte geradezu spüren, wie sie umherschauen. Wahrscheinlich entgeht ihnen kein Bruch ihrer Hausregeln.«

»Und hier? Spürst du ihren Blick auch hier?«, fragte Christabel.

»Mit magischen Mitteln überwacht uns hier niemand«, sagte sie und führte uns in das altmodische Speisezimmer, das von schweren Holzmöbeln dominiert wurde. Natürlich bestand die Möglichkeit, dass die Durands uns mit technischen Mitteln abhörten, aber wir hatten vermutet, dass wir schon vorher entlarvt würden. Es bis hierhin geschafft zu haben, das war ein Erfolg – es sei denn, die Durands spielten lediglich mit uns, um uns in Sicherheit zu wiegen.

»Unser Pech!«, sagte Hector. »Die Kölner sind hier. Wenn die von uns erfahren, dann gibt es sicherlich Ärger.«

»Wir müssen also schnell handeln«, sagte Christabel.

»Nein«, entgegnete Sema. »Wir spielen das Spiel anders. Einige Gargoyles sind hier. Wenn ich das richtig verstanden habe, haben sie bei verschiedenen Häusern der Stadt Zuflucht gesucht.«

»Wie viele dieser Orte gibt es?«, fragte Hector.

»Ich weiß von fünf in London. Es ist die Stadt, die uns magische Wesen anzieht, wenn wir Zuflucht suchen.«

»Glaubst du, dass unsere Geschwister aus Köln wirklich zu uns stehen würden – ohne die Wahrheit zu kennen?«, fragte Christabel.

»Wenn es um alles geht, wäre ich bereit, mein Geheimnis zu offenbaren, um die Gargoyles auf meine Seite zu bringen. Da unten war mindestens ein Dutzend von ihnen. Wer weiß, wie viele noch hier sind.«

»Ich kümmere mich darum«, sagte ich. »Ich werde ihre Nähe suchen.«

»O nein, das wirst du nicht«, entgegnete Christabel. »Bei dir haben sie gesehen, dass du entführt wurdest. Bei mir haben sie gesehen, wie ich Hector rettete. Vielleicht sollten Hector und ich das machen.«

Sema nickte. »Ja. Und wir beide suchen nach dem Zauber, der mich hergelockt hat.«

»Wie machen wir das?«, fragte ich.

Ein winziges Lächeln erwachte in Semas Miene. »Indem wir ausgedehnte Spaziergänge machen.«

Zwei der Schlafzimmer in der oberen Etage unserer Wohnung reichten ebenso wie der Flur dort über den Gang vor der Eingangstür hinweg und boten durch die hohen Fenster einen Blick auf den Platz und das Haus Durand. Auf die Balkone wagten wir uns nicht hinaus. Wir wollten weder von den Kölner Gargoyles noch von den Durands im Haus gegenüber entdeckt werden. Das Licht, das durch die Kristallkuppel drang, hatte eine beinahe orangene Färbung bekommen, die den Platz und das Durand-Haus in einen warmen Schein hüllte und offenbar den Abend markierte.

Christabel und Hector hatten sich den Gargoyles angenähert, und sie alle sprachen sehr gestenreich. Sema sagte, dass es hitzig sei. Da Christabel und Hector aber dort unten blieben und auch die anderen sich nicht zurückzogen, schien zumindest eine Möglichkeit zu bestehen, dass sich die Wogen glätten ließen.

»Komm«, sagte Sema. »Lass uns die Zeit nutzen und uns umschauen.«

Wir verließen die Wohnung und folgten dem Gang auf die andere uns noch unbekannte Seite; auch hier konnten wir durch die Fenster das Geschehen auf dem Platz beobachten. Wir gelangten auf eine Galerie, die jene, auf der wir gekommen waren, auf dieser Seite weiterführte.

Sema blickte ins Gewölbe, wo ein Drache abgebildet war, der unter Rittern wütete. Auch dort entdeckte ich einen Sichtkristall. Als hätte sie meine Gedanken gelesen, sagte Sema: »Keine Sorge, ich kann den Zauber der Kristalle unterdrücken. Ich lasse sie uns sehen, aber was wir sprechen, werden sie nicht hören.«

»Wird sie das nicht misstrauisch machen?«, fragte ich.

»Sie werden annehmen, dass wir zu leise miteinander reden. Dieser Ort – er ist wie ein feines Gewebe, das sich unter der Haut der Welt da draußen spannt und ohne diese nicht existieren könnte. Eine Welt und ihre Nebenwelten sind so eng verbunden, dass es leicht ist, Magie zwischen ihnen zu wirken. Der Zauber, der uns verfolgt, geht wahrscheinlich direkt über die Schleusen der Durands.«

Über eine Treppe, die uns von der Galerie wegführte, kamen wir auf einen Gang, der am Rande dieser Gefilde verlief. Durch Fenster bot sich uns ein Blick in lilafarbenen Nebel, dessen Magie sogar durch die Scheiben hereinstrahlte.

»Das ist so viel Macht«, sagte Sema. »Damit könnte man ganz London mit Energie versorgen. Wenn sich das doch nur hinüberleiten ließe. Einen Zauber oder Daten hinüberzuschicken, ist eine Sache. Aber stell dir vor, wir könnten die ganze Macht da draußen hinüberschleusen!«

»Vielleicht ist es genau das, was uns rettet, wenn es zur Offenbarung der Magie und unseresgleichen kommt. ›Seht! Hier sind wir! Und wir bringen euch was, das die Welt verändern wird.‹«

»Würde mich nicht wundern, wenn die Durands genau daran arbeiten.«

Als wir ein Stück weiter über eine Treppe zur Galerie zurückkehrten, folgten wir einer Brücke in der Nähe auf die andere Seite und gelangten in einen Wald, der vor Magie blühte. Verschiedene Baumarten, von Birken über Linden bis hin zu Olivenbäumen wuchsen hier. Auf kleinen Lichtungen saßen Leute im Schein von Kristallkugeln zusammen, die im Gras lagen.

Auf der anderen Seite blieb Sema stehen, schaute zurück, dann nach vorne auf die Gasse, die in einem Bogen weiterführte. »Da ist etwas. Gerade ist etwas an mir vorbeigeweht.« Wir folgten dem Gang, aber zu unserer Enttäuschung führte er nur wieder zurück zur Nordgalerie, wie der Balustradengang diesseits der Hauptstraße laut eines Wandplans hieß.

Das Licht in den Hallen verlor sein Feuer und nahm allmählich einen Blauton an, selbst für Menschenaugen sicherlich immer noch hell genug, um alles zu erkennen, aber eine klare Markierung, dass die Nacht hereingebrochen war.

Kaum waren wir in unsere Wohnung zurückgekehrt, da

trafen wir auf Hector und Christabel, die im Wohnzimmer standen und aufgeregt wirkten.

»Müssen wir fort?«, fragte ich.

»Das ist die Frage«, erwiderte Hector.

»Habt ihr die Gargoyles nicht überzeugen können?«, fragte Sema.

»Nicht so ganz«, antwortete Christabel. »Sie glauben uns zwar, dass wir keine Verräter sind, aber sie gehen davon aus, dass wir die Söhne des Perseus, ohne es zu wollen, zu ihnen geführt haben. Was ja auch stimmt.«

»Habt ihr mich erwähnt?«

Christabel nickte. »Einige wollen trotz aller Zurückhaltung die berüchtigte Arabel kennenlernen. Sie haben gehört, dass du dich hier Arabella nennst, und haben eins und eins zusammengezählt.«

»Und Ras und Orlando? Sind die hier?«, fragte ich.

»Nein«, antwortete Hector. »Wo sie sind, wollten die anderen uns nicht sagen. So weit reicht das Vertrauen nicht. Aber sie werden Ras ausrichten lassen, dass wir hier sind.«

»Die Frage ist, ob er Köln überhaupt verlassen würde«, sagte ich.

»In Köln herrscht so großes Chaos, dass die meisten geflohen sind«, sagte Christabel. »Die Söhne des Perseus haben eine Jagd auf unseresgleichen eröffnet, und andere mischen da wohl mit, und wieder andere beobachten einfach nur. Es gibt Berichte über die Zerstörung und auch den Raub von Statuen auf dem Melaten-Friedhof. Deswegen sind so viele geflohen: Sie befürchten, dass die Söhne des Perseus sie auch im Steinschlaf erkennen können.«

»Das bezweifle ich«, sagte Sema. »Wahrscheinlich sind die Getöteten einfach nicht mehr in der Lage gewesen, auf ihren Platz zurückzukehren, und liegen irgendwo im Rhein oder zerschlagen in irgendeinem Keller – oder eben in der Nähe ihres Platzes, wo die Perseiden sie gestellt haben.«

»Jedenfalls ist Köln kein guter Ort mehr für Gargoyles und Gorgonen.«

Sema berichtete nun, dass wir auf unserem Spaziergang so gut wie nichts erfahren hatten. Doch der magische Hauch, der uns in dem kleinen Park entgegengeweht war, mache ihr Hoffnung, der Spur näherzukommen. »Je länger sie nichts von mir hören, umso verbissener werden sie nach mir Ausschau halten. Sie werden mehr und mehr auf den Zauber setzen, der uns nachspürt. Damit werden sie eine Fährte hinterlassen. Und so finde ich sie.«

Wir gingen nach einer Weile in unsere Zimmer. Meines war im Obergeschoss, direkt neben dem von Sema, während Christabel und Hector eines der beiden Schlafzimmer im unteren Geschoss wählten, um den Eingang im Auge zu behalten. Ich ließ das Licht ausgeschaltet, schob mir den schmalen Sessel vor das Fenster, das beinahe bis zum Boden reichte, und schaute abwechselnd zu dem Brunnen, wo auch zu dieser Zeit Gargoyles versammelt waren, und zu dem Wohnhaus der Durands, in dem Licht brannte und sich ab und zu Schatten bewegten.

Nach einer Weile ging ich zu Sema hinüber. Sie lag in ihrem Bett und winkte mich zu sich. Als ich neben ihr auf der Seite lag und sie anschaute, sagte ich: »Du zweifelst?«

»Nicht daran, dass wir von hier aus beobachtet werden, sondern daran, wer dahintersteckt. Wenn es die Durands sind, kann es hier sehr schnell sehr hässlich werden. Sind es irgendwelche Gäste des Hauses, die den Schutz dieses Ortes ausnutzen, wird es schwierig, gegen sie vorzugehen.«

»Die Durands scheinen keine Ahnung zu haben«, sagte ich.

»Warum glaubst du das?«

»Hier siehst du so viele magische Wesen, die sich in Sicherheit glauben. Dieser Ort steht für das Gegenteil dessen, wofür die Söhne des Perseus kämpfen. Warum nur sollten sie ausgerechnet ihnen helfen?«

»Es kann viele Gründe dafür geben«, erwiderte Sema. »Vielleicht, weil wir hier gar keine Gäste sind, sondern Teil einer Sammlung, die sie irgendwann gegen Macht eintauschen werden?«

»Deine Befürchtungen sind weit schlimmer als meine«, sagte ich.

»Und das ist nicht gut«, flüsterte Sema und schüttelte den Kopf. »Wenn ich die Pessimistin von uns beiden bin, folgt oft das Chaos.«

In den ersten Tagen im Hause Durand blieben wir bei unserem Vorgehen: Während Sema und ich unsere Umgebung erkundeten, pflegten Christabel und Hector den Kontakt zu den Gargoyles aus Köln. An den Abenden hätte ich gerne mit John kommuniziert, fürchtete aber, dass die Durands mithören und mitlesen würden, trotz aller Sicherheitsmaßen, für die John gesorgt hatte. Unsere Kommunikation lief immer übers Netz, über Umwege, und sie war verschlüsselt. Aber ich musste daran denken, was Wesley über die Verbindung von Magie und Technik gesagt hatte.

Nachts lag ich oft wach, mal vor Sorge um John, mal aus Sehnsucht nach ihm. Wäre er in der Höhle im Odenwald dabei gewesen, wäre ich ihm sicherlich so nahegekommen wie Christabel und Hector, und wäre er nun hier, hätte ich mich ihm anvertraut. Ich hätte ihm einfach offen gesagt, was ich fühle. Das dachte ich, aber ich wusste auch, dass solche Vorsätze schnell verschwanden, sobald die Situation tatsächlich da war.

Neun Tage erkundeten wir schon die Umgebung, und Sema spürte dem Zauber nach, der auf der Suche nach uns war. Und manchmal bemerkte sie etwas, ohne sagen zu können, woher es kam. »Sie suchen uns immer noch«, sagte sie am Nachmittag des 31. Oktober, an dem auch hier Halloween gefeiert wurde. Zwar hatte dieser Tag keine nennenswerte Bedeutung für die Magiekundigen, aber dennoch waren Straßen, Gänge und Häuser mit Kürbissen – echten und künstlichen ebenso wie abgebildeten – verziert, und Horror-Dekoration machte sich überall breit. An diesem Tag zeigten viele, die sich verwandeln konnten, ihre eigentliche oder aber ihre auffälligste Gestalt. Wir sahen eine Harpyie, deren Körper komplett der eines Vogels war, nur der Kopf samt Haar war der eines Menschen. Wir folgten einem Gestaltenwandler mit dem Blick, der alle paar Schritte seine Erscheinung änderte. Und besonders beeindruckend fand ich die kleinen Wesen, von denen einige Schmetterlingsflügel hatten und andere die von Insekten. Selbst Sema staunte und flüsterte mir zu: »Das sind Leimoniaden. Die habe ich zuletzt als Kind gesehen. Damals waren manche von ihnen so klein, manche waren groß, manche vermochten sogar ihre Gestalt zu wandeln.« Sema lächelte liebevoll. »Sie haben meine Verkleidungen damals durchschaut, wenngleich nicht mein wahres Wesen. Weil ich am felsigen Hang des Tales wohnte, haben sie mich *Bergnymphe* genannt.«

Während Sema mir von ihrer Kindheit erzählte, kamen wir am Schwimmbad vorbei, das an den Bereich der Meermenschen angeschlossen war. Dort schauten wir im Untergeschoss durch eines der Fenster ins Wasser hinaus, wo aus der Tiefe Pflanzen emporragten, zwischen denen Wassernymphen mit langem, schleierartigem Haar umherschwammen.

»Was, wenn es von da kommt?«, fragte ich nach einer Weile.

»Meinst du das Becken oder meine Vergangenheit?«, erwiderte sie.

Ich meinte das Becken, sagte aber: »Was, wenn ich beides meine? Was, wenn es irgendetwas in deiner Vergangenheit ist, das dich offenbart?«

Sema lächelte. »Dann werde ich, statt Spaziergänge mit dir zu machen, nach Antworten tauchen müssen – entweder in diesem Becken oder in meiner Vergangenheit.«

Auf dem Rückweg in unsere Wohnung trafen wir an der

Südwesttreppe des Platzes auf Wesley, der die schwere Robe eines Magiers trug, die über und über mit eckigen Schriftzeichen bestickt war, die ich nicht zuordnen konnte.

»Ich soll euch Grüße von der Familie Durand ausrichten«, sagt er. »Myrtis Durand möchte euch kennenlernen und lädt euch heute Abend zu sich zum Essen ein.«

»Wir kommen gerne«, sagte Sema.

Als Wesley fort war und wir unseren Weg fortsetzten, flüsterte sie mir zu: »Wenn sie wissen, wer wir sind und was wir wollen, werden wir jetzt wohl in Schwierigkeiten geraten.«

Wir verbrachten den Rest des Nachmittags damit, uns Kleidung zu kaufen, und waren wieder einmal erleichtert, dass hier Geld von draußen akzeptiert wurde und die gleiche Kreditkarte belastet wurde, die ich im Hotel verwendet hatte. Ganz diesem Tage angemessen, suchten wir uns Kleidung, die unsere Gargoylegestalt unterstrich. Sema und ich wählten graue Kleider mit mehreren Schichten, hohem und geschlossenem Kragen, die uns eine Haltung abverlangten, die uns wie Skulpturen erscheinen ließ, wenn wir unsere Steingestalt angenommen hatten und stillhielten. Christabel und Hector zogen lange Jacketts und Hosen vor. Sema und ich wählten als Farben eher Hellgrau, während Christabel und Hector eher dem Dunkelgrauen zuneigten.

Als der Abend kam und draußen die Blautöne sich immer mehr ins Licht mischten, verließen wir unsere Wohnung, und als wir die Treppe auf der Südwestseite herabkamen, winkten uns die Gargoyles am Springbrunnen. Sema winkte zurück und sagte uns dann leise: »Glaubt ihr, sie würden zu uns stehen, falls die Durands sich gegen uns wenden sollten?«

»Ich bezweifle es«, sagte Hector. »Da werden wir noch eine Menge Überzeugungsarbeit leisten müssen.«

Am Haus der Durands erwarteten uns einige Angestellte,

die uns mit neugierigen Blicken musterten. In ihrer schwarzroten Kleidung passten sie gut zur Farbe des Fachwerkhauses. Sie führten uns ins Innere, wo jedes Zimmer einen anderen Stil zu haben schien und von unterschiedlichen Farben dominiert wurde. Die Treppenhäuser waren von Naturholz geprägt, der Gang, dem wir folgten, hatte hellgrüne Wände, und die Gemälde waren wie Fenster zu weiten Landschaften.

In einem Salon mit hellen Wänden und warmem Licht trafen wir zum ersten Mal auf andere Gäste. Ich erkannte einen Zyklop, der einen Laden führte, in dem er das Gemüse aus seinem magischen Garten anbot, und zudem fiel mir die Waldnymphe auf, die mit ihrer braunen Haut, ihrem roten Kleid und dem hochgesteckten, grünen Haar dem Baum ähnelte, unter dem ich sie gesehen hatte.

Ich folgte Semas Blick in die Ecke des Raumes und glaubte meinen Augen nicht: Da saß Ras mit einigen Magiekundigen des Hauses Durand zusammen, die an ihrer blau dominierten Kleidung zu erkennen waren. Es war, als würden sie historische Uniformen verschiedener Epochen vorführen. Gemeinsam hatten sie das Wappen, den goldenen Drachen, der bei der einen als Scheibenfibel den blauen Mantel hielt, bei dem anderen als Abzeichen auf der Brust leuchtete.

Ras erhob sich langsam von seinem Sessel, während die Magiekundigen noch sprachen, und mit einem Mal blickten alle in unsere Richtung.

Ras' Gesichtsausdruck ließ sich nicht lesen, aber ich war mir sicher: Myrtis Durand hatte uns nicht zufällig zum gleichen Abendessen eingeladen. So viel Gefahr lauerte in diesem Haus, und doch spielten wir das Spiel mit, als wäre dies eine freudige Veranstaltung.

Ehe irgendetwas zwischen uns und Ras geschehen konnte, öffnete sich eine Seitentür, und eine Frau betrat den Raum: Myrtis. Sie trug ein rotes Abendkleid, das ärmellos und mit Blumenmuster bestickt war. Während ihr Gefolge eintrat, sprach sie einen Gruß in die Runde, dann widmete sie sich den einzelnen Gästen, zuallererst Ras, der ein angestrengtes Lächeln zeigte und Myrtis dankte.

Da sie eine Magierin war, mochte sie weit älter sein als die vierzig, auf die ich sie schätzte. Als sie zu uns kam, fielen mir ihre rosigen Wangen und ihre blauen Augen auf. Ihr braunes Haar war zu einem dicken Zopf geflochten.

»Ihr seid also Madeleine«, sagte sie und schaute mich an. »Oder soll ich Euch lieber Arabella nennen?«

Ras staunte mich an, als wäre nun die Wahrheit offenbart. Dabei mussten ihm seine Leute gesagt haben, dass Arabel unter dem Namen Arabella Gellenburg hier eingetroffen war.

Ich wies auf Sema und antwortete Myrtis: »Nein, ich bin Elaine. Dies ist Arabella, unsere Anführerin.« Ich stellte ebenfalls Christabel und Hector vor, was Myrtis zum Anlass nahm, ihr Gefolge vorzustellen: ihre beiden Geliebten Joseph und Elsbeth, ihre Tante Adelia und ihre Neffen Hendrik und Hamish. Sie erwähnte, dass das nur ein Teil ihrer Familie sei. Einen Magier mit kurzen grauen Haaren und einer faltigen Stirn, der in eine hellblaue Robe mit sandfarbenem Kragen und weiten Ärmeln gehüllt war, stellte sie als *Meister Pellegrin* vor. Mit einem freundlichen Lächeln hielt er seinen menschenhohen Stab zur Seite und verbeugte sich. »Pellegrin wacht über die magischen Flüsse. Vieles, das hier erblüht und gedeiht, verdanken wir ihm.« Mir sagte das, dass wir vorsichtig sein mussten, damit Meister Pellegrin uns nicht entlarvte.

Myrtis wandte sich schließlich wieder an Sema. »Es ist uns eine Ehre, dich bei uns zu haben«, sagte sie. »Als ich klein war, erzählte mir mein Vater von dir. In den Aufzeichnungen hat er erwähnt, dich eingeladen zu haben. Er war der Meinung, dass dir eine große Zukunft bevorsteht.«

»Damals war ich noch voller Tatendrang und Optimismus«, sagte Sema. »Aber dann änderte sich die Welt, und alles versank im Krieg. Inzwischen frage ich mich, ob es gut ist, da draußen in der Welt zu sein. Sie scheint auf Wesen wie uns mit Chaos zu reagieren.«

Ras trat näher, noch immer staunend.

»Eras!«, sagte Sema und lächelte ihn an. »Ich wünschte, nach all der Zeit hätten uns bessere Ereignisse zusammengeführt.« Sie öffnete ihre Arme, und ich war gespannt, wie er reagierte.

Er schloss sie tatsächlich in die Arme und sagte dann: »Du warst also doch in Köln.«

»Ja. Und ich wollte alles richtig machen – behutsam vorgehen. Und dann das?«

»Waren es wirklich die Söhne des Perseus, die euch angriffen?«, fragte Myrtis.

»Kein Zweifel«, antwortete Ras. »Die Waffen sprachen eine deutliche Sprache – und die Tatsache, dass sie uns auslöschen wollten.« Er blickte mich an. »Dich haben sie verschont.«

»Sie wollten aus mir herauspressen, wo sich Arabella befindet. Es sind definitiv die Söhne des Perseus. Ihr Hass auf Gargoyles wird nur noch übertroffen von ihren Hass auf Gorgonen.«

»Gorgonen und Gargoyles«, sagte Myrtis. »Die Verbindung kennen nur wenige. Ich meine, dass die Magie, die Gargoyles erschuf, auf die Gorgonen zurückgeht. Manche sagen, Magiekundige hätten den Zauber selbst entdeckt, andere verweisen auf die Sagen, als Perseus mit dem Haupt der Medusa über die Welt flog und die Blutstropfen nicht nur Schlangen gebaren, sondern dort, wo sie auf Statuen tropften, diese belebten.« Sie lächelte. »Letzteres habe ich nie geglaubt.«

»Manche behaupten, die Söhne des Perseus hätten den Zauber dem Medusenhaupt abgerungen«, sagte ich und verschwieg, dass es so im *Buch der Gorgonen* verzeichnet war und Sema es für die Wahrheit hielt. »Mit der Macht der Medusa schufen sie Wesen zwischen Fleisch und Stein, die sie für ihre Zwecke nutzen konnten. Doch dann sagten sich einige von ihnen los und nahmen das Geheimnis mit sich. Abseits der Perseussöhne blühte das Wissen auf und konnte sich entfalten.«

»Und schaut, wo es endete«, sagte Ras grinsend, doch gleich darauf wurde seine Miene wieder ernst. »Es ist das erste Mal seit einer Ewigkeit, dass ich Köln verlassen musste.« Auf Myrtis' Frage, was genau vorgefallen sei, erzählte er das, was Sema und ich schon erfahren hatten. »Als die Geheimdienste mitmischten, wurde es mir zu heiß«, erklärte er.

»Geheimdienste neigen nicht dazu, Zauberwesen einfach auszulöschen«, sagte Myrtis. »Sie werden die Söhne des Perseus sicherlich nicht gewähren lassen.«

»Aber sie haben sie gewähren lassen. Also musste ich fort. Ich werde aber nach Köln zurückkehren und retten, was dann noch zu retten sein wird.« Er bedankte sich ein weiteres Mal bei Myrtis dafür, dass sie ihn aufgenommen hatte, und aus einem Nebensatz ging hervor, dass er heute erst eingetroffen war. Er habe sich nicht leichtfertig in eine Abhängigkeit begeben wollen.

»Deine Leute waren also die Vorhut«, sagte Myrtis.

»Gewissermaßen«, erwiderte Ras mit einem Lächeln.

»Dann danke ich euch allen, dass ihr mein Haus als Zuflucht gewählt habt.« Myrtis schaute zwischen Sema und Ras hin und her. »Wenn ihr euch eingelebt habt, können wir vielleicht über eine Rückkehr nach Köln reden. Ich könnte euch dabei helfen.«

»Das wäre wunderbar«, sagte Ras.

Sema lächelte nur.

Während Myrtis mit ihrem Gefolge zu den nächsten Gästen weiterzog, nahm uns Ras zur Seite. Er musterte Hector. »Dass du das überlebt hast«, sagte er. »Es sah übel aus.«

»Arabel hat mich gerettet«, antwortete Hector.

»Das freut mich«, sagte Ras. »Aber abseits irgendwelcher Empfänge stellen sich die Dinge ein wenig anders da. Euretwegen haben sie uns angegriffen. Ihr hättet uns sagen müssen, dass ihr verfolgt werdet.«

»Wir haben dir gesagt, dass wir angegriffen wurden«, entgegnete ich.

»Dann ist es wohl mein Fehler gewesen.«

Ich schwieg, denn im Grunde war das die Wahrheit. Aus Scham, in seiner Stadt von einem der unseren angegriffen worden zu sein, hatte er uns zu früh an sich herangelassen.

»Eras«, sagte Sema. »Wir müssen reden. Nicht hier. Komm in unser Haus. Sennen House, Wohnung 315. Direkt gegenüber.«

»Ich weiß, wo ihr wohnt«, sagte Ras.

»Und wirst du kommen?«

»Das werde ich mir noch überlegen.«

»Du bist also wütend auf uns«, sagte ich.

»Nein. Aber manche bei uns sind es.«

»Wo ist Orlando?«, fragte Christabel.

»Auch hier. Und er ist der Meinung, dass ihr uns verraten habt.«

»Aber du weißt, dass es nicht so war«, sagte Sema. »Nicht nach all den Hoffnungen und Plänen, die wir geteilt haben.«

»Natürlich. Aber manche geben mir die Schuld an allem. Und sie haben recht. Orlando wird wahrscheinlich alles übernehmen, und vielleicht ist es besser so.«

»Wer weiß, was sein wird, wenn wir uns ausgesprochen haben?«, sagte Sema, als sich die Tür zum Speisesaal öffnete.

Ras nickte und folgte der Bitte der Durands einzutreten.

Wir ließen die anderen vorgehen, und als ich mir sicher war, dass genug Distanz zwischen uns und Ras war, flüsterte ich Sema zu: »Du willst ihm alles sagen?«

»Unseresgleichen sagt niemals alles«, erwiderte sie.

Das Abendessen war üppig und überraschend. Nach einer Kräutersuppe wurden unsere Essenswünsche erfüllt. Da binnen Minuten das auf dem Tisch stand, was wir bestellt hatten, konnte nur Zauberei im Spiel sein. Ganz gleich, ob es Hectors gemischter Salat, meine Linguine mit Rucola-Pesto, Christabels Kürbis-Chili oder Semas Doraden waren – alles war genau so, wie wir es gewünscht hatten. Myrtis offenbarte zwar, dass Magie im Spiel war, aber wie genau die Gerichte zustande kamen, behielt sie für sich. Sie und andere Mitglieder der Familie erzählten allerdings, dass beinahe alle Zutaten aus eigenem Anbau waren. Nur Fleisch und Fisch stammten von außerhalb – waren aber durch Zauberei so haltbar, dass sie über enorme Speisekammern verfügten.

Adelia, Myrtis' Tante, beantwortete die meisten Fragen. Sie wusste, seit wann welche Gewächshäuser existierten und wie ihr Vater, Myrlos Durand, diese Nebenwelt von einer kleinen Zuflucht zu einer Stadt ausgeweitet hatte. Wenngleich Adelia kaum älter aussah als Myrtis, sprach aus ihren Handgesten doch die Erfahrung einer alten Frau. Auch sie hatte wie Myrtis dichtes, braunes Haar – doch trug sie es anders als Myrtis offen. In der Art, wie sie über Myrlos sprach, kam ihre ganze Bewunderung für ihn und das 19. Jahrhundert zum Ausdruck.

»Eine Zeit vor Computern, Kameraüberwachung und Weltkriegen«, sagte sie, während ich daran dachte, dass die Durands hier das üppige Leben genossen hatten, während meine Familie versklavt gewesen war. Für das Haus Durand war es damals die gute, alte Zeit gewesen.

Adelia sagte: »Weil die Welt da draußen das Andere fürchtet und es zu unterjochen oder zu vernichten droht, haben wir diesen Ort ausgeweitet – bis er das wurde, was er nun ist. Und jetzt kann das ewige Wogen da draußen zwischen guten und schlechten Zeiten weitergehen. Wir werden hier immer sicher sein.«

Nach dem Nachtisch, den wir wiederum frei wählen durften und bei dem wir uns für Eis entschieden, würdigte Myrtis noch einmal alle Gäste. »Und hier haben wir Gargoyles, die aus Köln zu uns kamen«, sagte sie und wies auf uns. »Allen voran Arabella und Erasmus. Ihr seid eine Bereicherung für unsere Gemeinschaft, und wenngleich ihr an eine Rückkehr ins Rheinland denkt, so seid gewiss, dass ihr bei uns ruhen und wachsen könnt, bis es so weit ist.«

Nachdem wir die Gläser zum wiederholten Male gehoben hatten, entwickelte sich ein Gespräch über die Geschehnisse in Köln. Myrtis saß neben mir, gegenüber saßen Ras und Sema Seite an Seite.

Adelia, seiner anderen Nachbarin, erzählte Ras, was in Köln geschehen war, und bald hing der ganze Tisch an seinen Lippen. Er hatte eine ruhige Erzählstimme, die sich wie eine Decke über seinen Schmerz legte. Es war, als durchlebte ich noch einmal, was geschehen war, und ich musste aufpassen, meine Tarnung nicht preiszugeben, so sehr berührte mich seine Erzählung.

Ras verschwieg, warum die Söhne des Perseus gekommen waren, und ließ es so aussehen, als wären sie lediglich daran interessiert, uns Gargoyles auszulöschen.

»Warum wollen sie das?«, fragte Myrtis. »Wenn sie selbst den Zauber entwickelten, Gargoyles zu erschaffen?« Sie wandte sich an mich. »Du sagtest, einige Perseussöhne hätten sich mit dem Wissen abgesetzt.«

»So heißt es. Der Hass auf die Abtrünnigen sei zum Hass auf deren Geschöpfe geworden. Vielleicht war es nie vorgesehen, dass sie Wesen wie uns schaffen. Es mag sein, dass jene, die an dem Wissen forschten, abtrünnig wurden, um frei vom Joch der Perseussöhne zu sein.«

»Heute scheinen sie vergessen zu haben, dass wir ihretwegen existieren«, sagte Ras. »Sie sehen in uns nur noch die Macht der Medusa.«

»Aber in eurer Steingestalt wirkt ihr eher wie die Opfer der Medusa«, entgegnete Adelia Durand.

»Einige von uns glauben, dass die Ersten von uns von Medusa selbst geschaffen wurden«, sagte Ras. »Nicht weil sie ihre Opfer waren, sondern ihre Vertrauten.«

»Und glaubst du auch an die Medusensage, wonach Medusas toter Körper sieben Schwestern gebar?«, fragte Myrtis.

»Ich kenne es nur mit neun«, antwortete Ras. »Neun identische Schwestern.« Er schaute Sema an. »Als wir uns das letzte Mal sahen, hast du mir von der Rückkehr der Medusen erzählt.«

Innerlich fluchte ich. Musste er ausgerechnet nun davon sprechen, während Sema hier am Tisch saß? Aber eigentlich hätte ich mich fragen sollen, warum Umae damals davon geredet hatte.

Sema nickte. »Es heißt, die neun Schwestern werden irgendwann zusammenkommen, um wieder eins zu werden.«

»Mein Vater glaubte daran«, sagte Myrtis. »Er sah die Medusen nicht als Monster, sondern als Göttinnen. Das heißt, die neun waren für ihn die Kinder der Göttin Medusa. Er glaubte, dass die Gargoyles ihr Volk seien.«

Für mich erschien Myrlos durch diese Worte seiner Tochter in einem anderen Licht. Vielleicht wäre dies ein guter Zufluchtsort gewesen, wenn Sema damals seine Gastfreundschaft angenommen hätte. Aber möglicherweise war es eine Täuschung. Ich war nicht bereit, hier irgendjemandem zu vertrauen.

»Würden sich Gargoyles Medusa verpflichtet fühlen, wenn sie zurückkehrte?«, fragte Myrtis.

Ras antwortete: »Sagen wir so: Die Vorstellung, letztendlich der Macht der Gorgonen zu entspringen, ist reizvoller als der Gedanke, dass irgendwelche Magiekundigen uns aus eigener Kraft geschaffen haben. Aber Verpflichtung? Das klingt nach Herrschaft und Zwang. Sagen wir also lieber, ich würde mich ihr geneigt zeigen.«

Nach einem erwartungsvollen Blick von Myrtis sagte Sema: »Ich glaube, dass die Macht der Gorgonen in uns schlummert, aber Magiekundige haben sie sich angeeignet, sie missbraucht, und eigentlich müsste ich das verabscheuen. Aber wir existieren. Selbst wenn wir das Ergebnis von magischer Aneignung sind. Neue Verhältnisse sind entstanden. Und ich möchte nicht grundsätzlich etwas Schlechtes daran finden. Aber ich habe Angst, mit welchem Blick Medusa auf uns schauen wird. Wird sie uns als eine der Ihren ansehen, weil wir ihr Erbe in uns tragen, oder wird sie uns ablehnen, weil in uns ihr Erbe korrumpiert wurde? Das ist nicht entschieden. Und vielleicht entscheidet es sich, weil wir am Ende gehandelt haben, wie wir handelten.«

Es herrschte nachdenkliche Ruhe am Tisch; erst Myrtis als Gastgeberin brach das Schweigen. »Ihr beiden eröffnet Gedankenräume. So etwas können wir hier gebrauchen. Vielleicht haben wir etwas zu bieten, das in Köln unerreichbar geworden ist: Sicherheit, Verbundenheit und eine Vorbereitung auf das Magische Zeitalter.«

Ras tauschte Blicke mit Sema. Nach einem kaum merklichen Nicken von ihrer Seite sagte er in die Runde: »Wir werden uns darüber Gedanken machen und wissen eure Gastfreundschaft zu schätzen.«

Wir verließen das Haus Durand ohne Ras, der noch durch Myrtis in ein Gespräch verstrickt wurde. Am Brunnen auf dem Platz warteten diesmal mehr als dreißig Gargoyles. Ich fragte mich inzwischen, wie viele mit Ras hier eingetroffen waren. Orlando starrte uns regungslos entgegen, als hätte er seine Steingestalt angenommen, um Kraft aus dem lilafarbenen Licht zu ziehen. Da er, wie Ras sagte, der Meinung war, wir hätten sie verraten, vermutete ich, dass er vor Wut erstarrt war.

Diesmal kehrten wir über die Südosttreppe in unser Stockwerk im Sennen House zurück. Auf dem Gang schaute ich durch die Fenster hinab auf den Platz und merkte, dass Orlando und andere uns mit ihrem Blick gefolgt waren.

»Wären wir jetzt in der anderen Welt, würde ich annehmen, dass sie uns eine Bombe im Zimmer hinterlassen haben«, sagte Hector.

Als wir in unserem Zimmer waren, den Riegel vorgeschoben hatten und uns keine böse Überraschung erwartete, sprachen wir über das Abendessen, und Christabel, Hector und ich redeten auf Sema ein. Hector traute Ras nicht mehr, Christabel hielt ihn für vertrauenswürdiger denn je, und ich fragte mich, was die Durands tatsächlich im Schilde führten – für das sogenannte Magische Zeitalter.

»Ihr sprecht nur aus, was mich bewegt«, sagte Sema.

»Aber du kannst Ras nicht gleichzeitig vertrauen und nicht vertrauen«, sagte Christabel.

»Sehr wohl kann ich das. Und es würde mir leichter fallen, schaute ich in eure Köpfe. Vielleicht könnte ich inzwischen bei Ras mehr entdecken als noch in Köln. Aber das traue ich mich noch nicht. Meine Gedanken könnten ins Flüstern geraten und uns entlarven.«

Es klopfte an der Tür, und Sema bat mich, zu öffnen. Es war Ras, und er wirkte verändert. Das Lächeln war verschwunden, als hätte er auf dem Weg vom Wohnhaus der Durands mit Orlando gesprochen und ihm irgendetwas Neues erzählt. »Sind wir in Schwierigkeiten?«, fragte ich.

Er lächelte nur und ließ sich von mir ins Wohnzimmer führen. Sema begrüßte ihn mit den Worten: »Nach dem, was die Durands hören sollten, jetzt die Wahrheit?«

»Ja«, sagte Ras. »Und die Wahrheit ist, dass ich euch vertraut habe und bitter dafür bezahlt habe.«

»Vielleicht hast du dich vom Glanz früherer Zeiten blenden lassen.«

»Wie dem auch sei«, sagte Ras. »Was wollen die Söhne des Perseus von dir? Du musst etwas wissen, das sie interessiert.«

Sema warf mir einen kurzen Blick zu. »Erzähl's ihm«, sagte sie, und ich war mir unsicher, was ich ihm sagen sollte. Die ganze Wahrheit schien mir viel zu riskant. Früher hatte sie mir mit ihrer Gedankenstimme Hinweise gegeben, nun aber schwieg sie. »Die Söhne des Perseus wollen immer nur eins wissen: wo sich die Medusenschwestern befinden.«

»Ihr glaubt also an die Sage.« Er blickte von mir zu Sema, dann zu Christabel und Hector. »Ihr hattet demnach Kontakt zu den Schwestern?«

»Zu einer von ihnen«, sagte ich. »Und es war mehr als Kontakt. Du und die Deinen – ihr wurdet von Magiekundigen geschaffen. Wir aber sind Geschöpfe einer Medusenschwester.«

Ras staunte, und zögerlich fand er Worte: »Deswegen waren sie so verbissen hinter euch her.«

»Und deshalb wüten sie wahrscheinlich jetzt noch in Köln«, sagte ich. »Wir sind Vertraute der Medusa Umae. Das heißt, wir waren es.«

»Umae!«, sprach Ras vor sich hin. »Die einfühlsame Umae. So wurde sie in einem Buch genannt, das Ambrosius Agelstern mir auslieh: *Das Buch der Gorgonen.* Von Kyot dem Fremden.«

»Agelstern hatte ein Exemplar?«, fragte Sema.

»Ja. Er hat es einem Sohn des Perseus abgenommen.«

»Welche Übersetzung ist es?«

»Die von Sema Medusa.«

Sema nickte. »Aus den 1870ern.«

Ich war damals dabei, als sie die Textsammlung ins Englische übersetzte. Erst später erfuhr ich, dass sie selbst bereits das Buch von Kyot dem Fremden bearbeitet, erweitert und über die Jahrhunderte immer wieder in verschiedene Sprachen übersetzt hatte.

»Ich war mir nie sicher, ob es wirklich eine der Medusenschwestern übersetzt hat«, sagte Ras. »Aber der Inhalt hat mir die Augen geöffnet.«

»Dann weißt du es«, sagte ich grinsend. »Und du hast den Durands gegenüber den Unwissenden gespielt.«

»Ihr doch auch«, erwiderte Ras.

»Weil sie nicht wissen dürfen, was du wissen sollst«, sagte

ich und ließ den magischen Schleier, der sich um mein Geheimnis legte, fallen. »Spürst du es?«, fragte ich.

Er schaute zwischen mir und Sema hin und her. »Ich spüre, dass ihr anders seid als die beiden.« Er blickte hinüber zu Christabel und Hector, die mit besorgtem Gesichtsausdruck dem Gespräch lauschten.

»Die beiden«, sagte Sema, »sind wie ihr. Sie wurden von Umae an eine Statue gebunden.«

»Und ihr beiden nicht?« fragte Ras. »Ihr beiden wurdet von ihr versteinert – wie in der Sage. Ihr erinnert euch an ein Leben vor eurem Gargoyledasein?«

Ich nickte. »Mal ist das ein Vorteil, mal ein Nachteil.«

»Was wurde aus Umae?«, fragte Ras.

»Die Söhne des Perseus töteten sie«, sagte Sema mit glänzenden Augen. »Wir mussten vor ihnen fliehen, und ich erinnerte mich dunkel an unser Treffen in Köln. Leider ist vieles verschüttet.«

»Dann wurdest du angegriffen.«

»So viele Dinge können uns erschüttern, und dann verlieren wir etwas. Es liegt unter Schutt begraben. Und es braucht Zeit und Mühe, bis es wieder freigelegt ist.«

»Woran erinnerst du dich?«

»An Köln in den Zwanzigern. An den Flughafen Butzweilerhof. An einige unserer Gespräche. Dass ich dir von Wolframs *Willehalm* erzählt habe. Stimmt das? Denn ich weiß nicht, ob ich mir das nicht alles eingebildet habe.«

»Du erinnerst dich richtig.«

»Sehe ich so aus wie damals?«, fragte sie. »Ich habe mich seither so oft verwandelt, dass ich mich einfach nicht mehr an meine Gestalt von damals erinnere.«

»Du ähnelst dir. Aber das macht nichts. Ich weiß selbst nicht mehr, welche Gestalt ich damals hatte.«

»Deine Gestalt – sie ist nicht nur eine Wahl. Das hast du mir doch gesagt. Du warst damals in der Lage, einen Teil deines früheren Ichs zu sehen. Du hast den Graben, der den Geist vom einstmaligen Körper trennt, überwunden.«

»Wiederkehrende Traumbilder und ein Gefühl der Vertrautheit nähren diese Vermutung«, sagte Ras. »Aber sicher bin ich mir nicht. Ich sehe Verschleppung und Versklavung. Folter – wieder und wieder. Und schließlich kam der Tod. Und dann erwachte ich als Terrakotta-Figur in Cheng Du – im 18. Jahrhundert. Von dort war es ein langer Weg über Nordamerika nach Europa. Und in den USA erinnerte ich mich an mein früheres Leben. Ich vermute, dass ich in der Karibik den Tod fand und den Kontinent damals nie betrat. Also sah ich das, was meine Zukunft gewesen wäre, hätte ich überlebt. Und ich tat meinen Teil, um diese nie erlebte Zukunft zu verändern. Aber ich scheiterte und musste fliehen. Untertauchen. Am Boden und enttäuscht ging ich zurück nach China. Ich wollte zurück zu meinen Terrakotta-Geschwistern.«

»Kanntest du den Magier, der dich erschuf?«

»Nein, auch wenn ich das manchmal behaupte. Da war niemand. Es gab eine Höhle, in der ich eine Art magischen Fluss spürte. Dort standen Terrakotta-Statuen. So ähnlich wie im Grab des Ersten Kaisers. Es gab dort Magier, die den Ort beschützten und Figuren in den Raum stellten, auf dass sie beseelt werden. Und sie versuchten, mich mit Magie gefügig zu machen. Aber es gelang ihnen nicht. Zum Schein wurde ich zu ihrem Werkzeug. Ich sollte einen ihrer Rivalen töten, setzte mich aber ab.«

»Und dahin wolltest du zurück?«

»Ich musste an meine Geschwister denken, die dort unter dem Zwang dieser Magiekundigen standen. Ich wollte das, was mir in Amerika nicht gelungen war, dort erreichen. Ich wollte meinesgleichen befreien. Aber als ich dort ankam, war der Ort eine Ruine. Die Statuen, die ich fand, waren zerstört oder aber ohne den Hauch irgendeines Wesens. Also beschloss ich, weiterzuziehen. Ich umrundete die Welt zweimal und ließ mich dann in Europa nieder.«

»Und wir haben dann mit unserer Ankunft alles verdorben«, sagte Sema.

»So dachten wir. Aber Vertrauten von Medusen möchte ich keinen Vorwurf machen.«

»Wirst du es für dich behalten?«, fragte ich.

»Vorerst ja«, antwortete er.

»Wir müssen uns darauf verlassen können, dass du es für dich behältst.«

»Ich werde schweigen – bis zu dem Tag, an dem ich es mit eurer Erlaubnis offenbaren werde. Was in Köln gescheitert ist, kann immer noch aufgehen. Eine Gemeinschaft aus Gargoyles, die den Magiekundigen trotzt. Vielleicht eine Gemeinschaft, die zu Medusa steht, wenn sie zurückkehrt. Vielleicht sogar an einem Ort wie diesem.«

»Du meinst, dass wir Magiekundige für uns gewinnen und einen ihrer Orte zu unserem machen?«

»Möglicherweise.«

Sema schüttelte den Kopf. »Dann vertraust du den Magiekundigen mehr als ich. Und das so plötzlich.«

»Ihr hattet in Köln einen Magier bei euch. Ich habe keinen Zweifel, dass der Enkel Alfred Rebergs und Schüler Ambrosius Agelsterns mit der richtigen Macht ausgestattet einen solchen Ort schaffen kann. Man sagt, Ambrosius habe Zugang zu einer Nebenwelt gehabt.«

»Ich teile dein Vertrauen in Johns Fähigkeiten«, sagte Sema. »Aber er hat noch einen weiten Weg vor sich.«

»Und dieser Ort ist vielleicht genau das, was er braucht, um seine Fähigkeiten zu entwickeln.«

Sema hielt Ras die Hand hin. »Gib mir Zeit, mir das zu überlegen. Im Augenblick ist mir danach, zu verweilen, zu erwägen und später erst zu entscheiden, welchen Weg wir einschlagen sollen.«

»Wir haben Zeit. Ich werde die Unseren darauf vorbereiten, ohne ihnen euer Geheimnis zu offenbaren.«

»Daran werden wir dich messen – und an der Antwort auf eine Frage.«

»Welche Frage?«

»Warum bist du wirklich hier bei den Durands?«

»Woher weißt du, dass ich aus einem anderen Grund hier bin als aus dem, eine Zuflucht zu suchen?«

»Nennen wir es eine Ahnung«, entgegnete Sema.

»Ich konnte die Söhne des Perseus belauschen«, sagte er und schaute mich an. »Sie redeten von dir, und sie sprachen von den Durands und London und dass sie euch schon aufspüren werden. Mir war der Name Durand bekannt, also begleitete ich jene, die fliehen wollten, um der Sache hier auf den Grund zu gehen.«

»Und du bist dir sicher, dass sie auch meinten, die Durands stecken dahinter? Nicht nur jemand, der sich hier befindet.«

»Ganz sicher«, entgegnete er.

Medusenblicke – Auf der Suche

Der neue Tag bringt Tatendrang, und ich schaue mich voller Neugier im Gefüge der Magie um – so verworren und vielfältig wie das Geflecht der Beziehungen, die hier herrschen. Wo nur soll ich in all dem die Macht finden, die mir nachspürt, ohne mich hier bemerkbar zu machen? Stünde mir hier doch nur die Macht aus meiner Höhlenzuflucht zur Verfügung, dann hätte ich diese Rätsel längst gelöst.

Auch hier fließt große Macht, aber es würde auffallen, würde ich mich ihrer bedienen. Ich darf nicht zu aufdringlich sein. Die Spuren, die ich hier überall finde, tragen den Hauch des Magiers, den ich im Wohnhaus der Durands getroffen habe: Meister Pellegrin. Seine magischen Fäden spannen sich hier wie Stolperdrähte.

Die Tage vergehen, und ich gewinne diesem Ort kaum etwas ab. Also gehe ich ein Wagnis ein. Ich schaue durch die Sinne meiner Vertrauten und achte genau darauf, nur zu empfangen und nicht auch nur den geringsten Gedanken an sie zu schicken. So bin ich bei Hector und Christabel und bei Elena. An John dort draußen komme ich nicht heran. Die Barrieren, die die Durands hier errichtet haben, lassen es nicht zu, aber ich bin so nahe an Eras herangerückt wie nie zuvor. Die Begegnung mit ihm hat etwas gelöst.

Inzwischen fühle ich mich sicher genug, um Elena, Christabel, Hector und Eras nachzuspüren. Also lausche ich nun nicht mehr nur auf den Zauber dieser kleinen Welt, ich lausche auch Gedanken, Gefühlen und Sinnen meiner Vertrauten, und so bin ich auf vielen Pfaden in dieser Stadt der Durands unterwegs und erlebe alles in Gleichzeitigkeiten.

Hector ist besonders vorsichtig, sobald er ohne Christabel mit den Kölner Gargoyles unterwegs ist. Er achtet darauf, dass jedes Wort und jede Geste im Einklang mit dem ist, was er mit Christabel und uns abgesprochen hat. Bei Kerzenlicht sitzt er mit Orlando in einem dunklen Café auf dem westlichen Hauptweg und wärmt seine Gargoylehände auf magischen Steinen, die auf einem Teller vor ihm liegen. Die Kristalle geben ihm allmählich ein Gefühl der Sättigung, und er genießt das Kribbeln in den Fingerspitzen.

Hector hört aus Orlandos Worten heraus, dass er nichts von Umae zu wissen scheint, sondern nur von Arabel. Als Orlando über Medusa spricht und die Medusenschwestern erwähnt, hört Hector genau hin. »Ras glaubt, dass wir zu Medusa gehören.«

Hector stutzt und sagt: »Und? Glaubst du das auch?«

»Ich glaube, dass wir auf ihre Macht zurückgehen, aber ich fürchte, dass sie uns unter ihren Bann ziehen wird, wenn die Medusenschwestern wieder zusammenkommen. Am Ende könnte es sein, dass wir uns gegen sie genauso behaupten müssen wie gegen die Magier, die uns schufen.«

Als Hector mir am Abend berichtet, ist er überrascht, dass ich alles mitverfolgt habe. »Ich wage jetzt mehr«, sage ich ihm.

»Hätte ich das gewusst, dann hätte es mir Sicherheit gegeben – zu wissen, dass du bei mir bist. Denn Orlandos Worte machen mir Sorgen.«

Als Orlando mit Christabel in einer Bar im Nordteil Wein trinkt, sprechen sie viel über das Misstrauen gegenüber Magiekundigen. »All das hier ist vielleicht nur eine scheinbare Zuflucht. Stell dir vor, die magischen Wesen würden hier das Sagen haben und nicht die Magiekundigen.«

»Glaubst du nicht, die Durands wissen von unserem Misstrauen und sind auf alles vorbereitet?«, fragt Christabel.

»So, wie wir uns in Köln in Sicherheit wähnten«, erwidert er. »Und dann kamt ihr.« Er nimmt es uns also immer noch übel. »Ras meint, dieser Fehltritt würde nicht das aufwiegen, was Alfred Reberg in Arabels Namen für uns getan hat.«

»Und du siehst das anders?«

»Ja. Ich glaube, es wiegt es auf, und wir beginnen bei null. Ihr habt nichts mehr gut bei uns.«

»Und ich dachte, ihr würdet es uns für immer nachtragen«, erwidert Christabel. »Ich hätte das nicht so leicht mit vergangenen Taten verrechnet.«

Ich bin bei Eras und kann durch seine Auge schauen. Orlando ist bei ihm und bittet darum, dass Eras offen und ehrlich mit ihm ist. »Ich behalte es für mich«, sagt er.

»Das habe ich Arabel auch versprochen«, antwortet Ras. »Wie sollte ich dir vertrauen, das Geheimnis zu wahren, wenn ich es selbst nicht tue?«

Eine so besorgte Miene habe ich bei Orlando noch nie gesehen. Bei Hector ist er ein Freund, bei Christabel ein Verbündeter, und bei Eras ist er der Berater.

»Das Vertrauen schwindet, Ras«, sagt er.

»Und das Misstrauen gegen die Durands? Schwindet das auch?«

Orlando lächelt ihn an. »Nein. Aber das, was du über John Reberg gesagt hast, hat viele zum Nachdenken angeregt. Wie sähe dieser Ort wohl aus, wenn jemand wie er die Magie lenken würde?«

»Wir vertrauen ihm also jetzt?«, erwidert Eras und stellt sich vor, John würde den Platz von Meister Pellegrin einnehmen.

»Wenn wir die Wahl haben, zwischen den Durands und dem Erben Alfred Rebergs, dann würde ich Letzteren wählen. Und damit bin ich nicht allein. Wenn wir schon unseren Schwur brechen müssen, dann doch am liebsten zu unseren Bedingungen.«

Ich schaue in Elena hinein und bin verwundert, dort immer öfter Sehnsucht nach John zu finden. Sie vermisst ihn, nicht nur als Vertrauten an unserer Seite. Wenn wir abends mit Ras zusammensitzen und er seine Wertschätzung für John Ausdruck verleiht, spüre ich, wie es Elena einen Stich versetzt. John ist nicht hier, und wäre er hier, würde sie ihn beschützen – vor den Durands und vielleicht auch vor den Begehrlichkeiten von Ras und den Gargoyles von Köln. Sie würde seine Beschützerin, seine Fürsprecherin und seine Geliebte sein. Solche Träume finde ich in ihr – Träume, die sie mit dem Erwachen vergisst, deren Spuren aber als Gefühle zurückbleiben.

Ich mache mir Sorgen um John, und er macht sich sicherlich Sorgen um uns. Wochen sind inzwischen vergangen, und es ist höchste Zeit, dass er erfährt, was wir tun.

Unter all den Präsenzen in diesem Haus ruht etwas. Wie das Wesen, das ich in Köln spürte, ist es ummantelt, aber in ihm lodert keine Wut, sondern ein Fluss aus Träumen. Es ist anders als die ruhenden Wesen in diesem Haus – nicht einfach ins magische Gefüge der Durands gebettet, sondern wie eingesponnen und nur mit einem einzigen Faden an das Gefüge geknüpft. Ob ich diesen einen Faden finden kann? Verbirgt sich dahinter die Macht, die ich suche? Oder ist es ein Geheimnis, das nichts mit uns zu tun hat?

Kapitel 7

Der Außenseiter

Ich war die Einzige der Gemeinschaft, die das Haus Durand verließ, um sich mit John zu treffen. Über das Hotel begab ich mich in die Lobby und fand mich auf dem Piccadilly wieder. Einen offenen Himmel über mir zu haben, mit Wolken und einer Sonne, das hatte ich vermisst. Ich hatte das Gefühl, seit Monaten nicht mehr hier gewesen zu sein, dabei waren es nicht viel mehr als drei Wochen gewesen.

Die Welt hier draußen ging ihren Gang. Die Leute hatten kaum einen Blick für mich übrig, so beschäftigt wirkten sie. Ich beschloss, den ganzen Weg zu Fuß zu gehen. Die Weihnachtsdekoration hatte Einzug gehalten, und die Menschen wirkten, als liefe ihnen in diesem Jahr die Zeit davon, so eilig hatten sie es.

Auf eine Nachricht an John erhielt ich sofort die Antwort, dass er auf mich warte. Auf Umwegen begab ich mich in sein Hotel, das groß, aber gewöhnlich war. In seinem engen Zimmer empfing mich John, und kaum hatte er die Tür geschlossen, umarmte ich ihn.

»Ist was passiert?«, fragte er, als ich von ihm abließ.

»Ras und die Gargoyles von Köln sind bei den Durands«, sagte ich und bemerkte auf dem Nachttisch *Das Buch der Gorgonen* und Semas *Medusenblicke.* Beide Bücher hatten wir John anvertraut, weil sie uns bei den Durands hätten verraten können. Auf dem Bett lag ein dicker Lederband – das alte Tagebuch von Alfred Reberg. Damit verbrachte John also seine Zeit: mit dem Gedankenspielraum, den die sprunghaften und detailarmen Einträge seines Großvaters ließen, die Vergangenheit heraufzubeschwören.

Dann berichtete ich John, was wir bislang in der Nebenwelt getan hatten, und erzählte ihm von Myrtis und der Durand-Familie. »Es kann sein, dass es schnell gehen muss, wenn Sema weiß, wer hinter unserer Überwachung steckt und wo sich diese Person befindet.«

»Ich habe in den letzten Wochen alles für verschiedene Fluchtmöglichkeiten zurechtgelegt.« Er erzählte von Wohnungen und Häusern in London und darüber hinaus. Auch verschiedene Wagen sollten uns zur Verfügung stehen, wenn wir sie benötigten. »Ich habe dafür die Kontakte benutzt«, sagte John.

»Natürlich.«

»Du bist nicht sauer?«

Ich schüttelte den Kopf. »So, wie die Dinge liegen, sind uns die Perseussöhne nicht über die Kontakte auf die Spur gekommen. Und je länger ich bei den Durands bin, umso mehr habe ich das Gefühl, dass unsere Kontakte vielleicht sogar in einem Haus wie dem der Durands sitzen, ohne dass irgendwer das weiß.«

»Ich wünschte, ich könnte das Haus von innen sehen. Diese Stadt neben der Welt.«

»Glaub mir. Hier draußen zu sein, einmal ich selbst sein zu können und nicht fürchten zu müssen, dass mich irgendwelche magischen Sinne entlarven – das kommt mir wie eine riesige Erholungspause vor.« Ich lächelte ihn an. »Aber vielleicht brauchen wir dich. Ras scheint immer noch viel von dir zu halten, und ich glaube, auch Orlando ließe sich beschwichtigen, wenn du da wärst.«

»Und Christabel und Hector?«

»Sie sagen es nicht, aber sie vermissen dich auch. Ich glaube, seit wir in der Höhle waren, sind die Dinge anders.«

»Ist da was zwischen euch geschehen?«, fragte John.

Ich zögerte nicht und erzählte ihm, was sich zwischen uns abgespielt hatte – erst zwischen Christabel und mir, und dann zwischen Hector, Christabel und mir. »Ich … hätte dich gerne dabeigehabt«, erklärte ich schließlich.

»Das sagst du so.«

»Wir Gargoyles sagen oft Dinge einfach so. Weißt du, warum?«

»Warum?«

»Weil wir die Konsequenzen oft einfach an uns abprallen lassen. Ich habe mir in der Höhle Sorgen um dich gemacht, und bei den Durands habe ich mir auch Sorgen um dich gemacht. Am liebsten würde ich dich einfach mit zurücknehmen.«

»Ich wäre nur im Weg.«

»In den letzten Tagen habe ich mir manchmal gewünscht, du wärest im Weg. Du bist viel zu selten im Weg.« Ich fasste seine Hände. »Sei mir im Weg. Bring mich zum Stehenbleiben, zum Verharren.«

»Das ist nicht meine Art«, sagte er.

»Was ist deine Art?«, fragte ich.

»Auf den richtigen Moment zu warten.« Er schaute aufs Bett und dann zum Tisch. »Das hier ist nicht der richtige Moment. Wenn wir es geschafft haben. Dann. Wenn es ohne Angst ist. Dann.«

»Was wäre dann? Ein leidenschaftliches Abenteuer?«, fragte ich.

»Es würde ruhig und entspannt beginnen und dann leidenschaftlich werden. Mehr Zauber als Abenteuer.«

»Du weißt, was Ras in dir sieht?«, fragte ich ihn und strich ihm über die Wange.

»Wahrscheinlich viel zu viel«, antwortete John und strich sanft mit seinen Fingern über meine Hand, bis ich sie langsam zurückzog.

»Vielleicht nicht«, sagte ich. »Auch die Größten unter den Magiekundigen standen einmal am Anfang. All die großen

Erzählungen fußen auf gewöhnlichen Personen. Sieh dir Hector und Christabel an. Wie würde man sich die Befreiung des Medusenhauptes wohl erzählen?«

»Es klingt schon episch, wenn man es sich vorstellt«, sagte er.

»Was würden sie aus unserer Flucht machen? Was daraus, dass wir hier zusammen in diesem Zimmer sind?«

»Aus uns würden sie hier ein Liebespaar machen. Ein Moment der Leidenschaft vor dem Sturm.«

»Vermutlich. Wir würden erst zurückhaltend sein, und alles würde auf diese Nacht hinauslaufen, in der wir uns endlich finden.«

»Aber was ist wirklich zwischen uns?«, fragte er.

»Ist es Freundschaft – vielleicht sogar Liebe?«, erwiderte ich und fürchtete, mich zu weit vorgewagt zu haben.

»Ich fürchte, es ist viel mehr«, sagte er.

»O nein, John!«, sagte ich mit Verwunderung und Sorge gleichermaßen, mit meiner Frage etwas ausgelöst zu haben, das außer Kontrolle geriet.

»Nein, nein«, sagte er. »So meine ich das nicht. Wir neigen dazu, romantische und körperlich erfüllte Liebe zu überhöhen und andere Arten zur Seite zu drängen. Bei Umae und jetzt bei Sema ist das, was uns sonst voneinander trennt, nicht mehr so wichtig. Vielleicht hat es damit zu tun, dass durch die Gedankenverbindung die Geheimnisse schwinden und das auf mich abfärbt.«

»Es ist wie eine Schwelle, die überschritten ist«, sagte ich. »Dann kommt das Vertrauen, und die Angst vor Zurückweisung und Enttäuschung schwindet. Auch die Angst davor, den richtigen Moment zu verpassen.«

»Ich wünschte, ich könnte euch allen von hier draußen eine Hilfe sein, wenn ihr in Schwierigkeiten geratet.«

»Glaub mir: Du hilfst uns. Du bist nur Außenseiter auf Zeit. Zu wissen, dass uns auch dieses Mal ein Fluchtweg offenstehen wird, ist beruhigend. Vielleicht tun wir, was nötig ist, und ehe irgendwer merkt, was wir getan haben, fahren wir mit dir in einem Wagen fort.«

»Unterschätze die Durands nicht! Mein Meister warnte mich vor dem, was er *Hausmagier* nannte. Die Magiekundigen der großen Zufluchten.«

»Keine Sorge, ich traue ihnen nicht. Und je länger wir da sind, umso größer ist die Gefahr, dass wir auffliegen. Dass die Gargoyles von Köln hier in London sind, könnte unsere Feinde anlocken. Dinge sprechen sich rum.«

»Klug von Ras, sie auf verschiedene Häuser zu verteilen.«

»Ja. Aber was, wenn unsere Feinde wissen, was wir tun, und nur darauf warten, dass wir losschlagen, und Sema sich offenbart?«

»Glaubst du nicht, sie hätten längst was unternommen, wenn es so wäre?«

»Mit dem Gedanken endet es immer. Warum leben wir noch, wenn sie uns verfolgen können? Warum hat man uns nicht verraten? Und vielleicht ist die Antwort darauf, weil sie diesmal nicht voreilig handeln wollen. Hätten sie Christabel, Hector und mich an jenem Abend in Köln nach Hause verfolgt, hätten sie Sema gehabt.«

»Nein. Sema hätte sie gehabt.«

»Das kann sein. Aber schnell zu handeln, hat sich für unsere Feinde nicht gelohnt. Vielleicht gehen sie diesmal behutsamer vor, beobachten mich, und ich bringe dich hier in Gefahr.«

»Aber warum bist du dann gekommen?«, fragte er.

»Weil ich es musste, und weil ich es wollte. Und weil Sema möchte, dass ich hier bin.«

»Für sie würdest du alles tun, oder? Würdest du mir auch Worte sagen, die mir wie Zuneigung erscheinen? Würdest du so tun, als wärest du an mir ... interessiert?«

»Ja. Aber das hat sie nicht von mir verlangt.« Ich strich ihm über den Hals. »Du hast Umae geliebt – ich meine, richtig geliebt und begehrt, nicht wahr?«

»Ja. Und ich dachte, bei Sema wäre es genauso, aber sie ist anders. Ich fühle mich eher wie … Ich weiß nicht, wie ich das nennen soll. Nicht wie ihr Sohn, aber auch nicht wie ihr Bruder.«

»Deswegen haben wir das Wort *Vertraute*. Das ist so weit gefasst, um diese verschiedenen Zuneigungen zu fassen, und zugleich eindringlich genug, um Nähe auszudrücken.«

»Das bietet viel Raum, der sich erkunden lässt«, sagte John und wich kurz meinem Blick aus. »Belastet es dich, sie zu begehren?«

»Die Nähe und die Wärme und all das andere haben mich gerettet, als ich einsam war. Ich lernte dadurch erst, mich als Gargoyle zu akzeptieren. Hattest du jemanden, bei dem du so sein konntest, wie du bist?«

»Bei Achilles. Er gab mir das Gefühl, obwohl zwischen uns nie wirklich etwas entstehen konnte. Es war mehr ein Spielen mit der Gewissheit, dass es mehr sein könnte. Ich begehrte ihn, ganz gleich in welcher Gestalt er mir erschien. Das war neu für mich. Aber dabei blieb es.« John bekam glasige Augen.

»Du hast ihn geliebt.«

John schluckte und setzte sich auf die Bettkante neben sein Phone, das er dort abgelegt hatte.

Ich setzte mich neben ihn. »Und du hast dich nicht getraut, es zu sagen – wegen Christabel und Hector.«

Er nickte. »Was bedeuten meine Gefühle, wenn ich sehe, wie es sie erschüttert hat?«

»Du darfst das nicht vergleichen«, sagte ich. »Es muss Platz für die Gefühle aller da sein.«

»Ich muss es aber vergleichen. Wegen Christabel. Sie misst Dinge gerne aneinander.«

Ich strich ihm mit der Hand über den Rücken. »Auch sie würde deinen Schmerz verstehen, wenn sie davon wüsste.«

»Ich will das nicht.«

»Sie wissen, was Achilles von dir hielt«, sagte ich. »Sie würden es nur zu gut verstehen.«

»Wenn Christabel mich anschauen kann, ohne mir Vorwürfe zu machen, dann sage ich es ihr und Hector vielleicht.«

In Johns Ohr flüsterte ich: »Sag es ihnen dann, wenn du dich damit wohlfühlst. Verschieben wir all das auf später.«

»Und falls wir versagen und sterben? Dann werden sie es nie erfahren.«

»Das ist das Geringste, das du bedauern solltest.« Ich schaute ihn an, und ich hoffte, dass er mit auch nur einem Wort Begehren ausdrückte.

Er fasste meine Hand und sagte: »So hat mich noch niemand angeblickt. Und ich bin nicht gut darin, das zu lesen.«

»Du willst, dass ich es ausspreche.«

»Ich weiß, die meisten Menschen wollen, dass ihr Innerstes erkannt wird. Und du glaubst nicht, wie oft ich entweder zu lange wartete, oder aber einfach nicht erkannte, was ich hätte erkennen sollen.«

»Hast du dir je die Frage gestellt, was passiert, wenn beide nicht gut darin sind, das zu erkennen?«

»Nein«, sagte er. »Noch nie.«

»Sema meinte, dass du gerne im Begehren verharrst und jede Erfüllung alles zerstören würde.«

Er starrte mir in die Augen, als hätte ich ihn bei einem Verbrechen ertappt. »Das Erste stimmt, aber das Zweite rede ich mir nur ein. Wann immer du willst, endet das Verharren, und Taten folgen. Jetzt oder später – ganz so, wie du es willst.«

Lächelnd stand ich auf und zog ihn auf die Beine. »Verharre noch ein wenig in Begehren und Sehnsucht«, sagte ich, und als er aufstand, berührte er mich noch einmal an der Wange, und ein Kribbeln drang in meine Haut. »Deine Fingerspitzen!«, sagte ich leise und schaute seine Hände an, als er die Finger von mir löste, und weil ich nichts sah, fasste ich sie. Zwischen Hitze und Kälte schwankend, strömte Magie aus seinen Händen – wie bei Sema, nur nicht so gleichmäßig.

Behutsam küsste ich seine Hände, woraufhin die Magie auf meinen Lippen kribbelte. Ich verwandelte mich in meine Steingestalt und wiederholte den Kuss. Hitze stieg mir in die Stirn, und meine Wangen schienen zu glühen.

Ich weiß nicht mehr, ob es von mir ausging oder aber von ihm, aber wir küssten uns. Seinen Lippen haftete zwar kein Zauber an, aber sie waren weich, und als ich seine Zunge spürte, löste ich mich von ihm, verwandelte mich in meine Menschengestalt zurück und sagte: »Ich kann kaum erwarten, dass das alles vorbei ist und wir in aller Ruhe erkunden können, was das gerade war.«

»Du hast das tatsächlich gespürt – und mehr noch in deinem Gargoylekörper?«

»Und wenn ich jetzt nicht gehe, dann endet das hier in einer Forschungsexpedition«, sagte ich und schloss ihn noch einmal in die Arme.

»Ich werde bereit sein, euch zu holen. Ruft mich, egal wann, und ich werde kommen.«

Mit einem Lächeln verließ ich das Zimmer und hatte zwar das Gefühl, dass mir etwas entgangen war, aber der Gedanke daran, dass alles, was hätte sein können, später auf uns warten würde, ließ mich mit einem wohligen Gefühl den Rückweg antreten.

Schmunzelnd wanderte ich in meiner Menschengestalt durch die Straßen Londons, kehrte lächelnd mit Wesley durch das Hotel MacGill in die Nebenwelt zurück, und mit einem Grinsen stand ich kurz darauf in unserem Wohnzimmer vor Sema.

»Ihr habt es getan«, sagte sie.

»Nein«, erwiderte ich. »Und das ist wundervoll.«

Aus dem Buch der Gorgonen – VI

Nachdem sich die Pforten zum Weltenozean geschlossen hatten, waren die Medusenschwestern und ihre Vertrauten von Stheno und Euryale abgeschnitten und damit ihrer mächtigsten Vertrauten beraubt. Einige der Medusenschwestern erwachten und übernahmen mehr Verantwortung als zuvor. Sie wollten das Medusenhaupt erneut in den Besitz ihrer Gemeinschaft bringen, auf dass einst das Ritual der Vereinigung vollzogen werde.

Eine der Medusenschwestern hieß Myaramae. Sie war in ihrer Zeit eine berühmte Dichterin, deren Geheimnis niemand außer ihren Vertrauten kannte. Sie meisterte den Zauber der Versteinerung und schuf als Erste nach der Medusenmutter Lebende Statuen und machte sie zu ihren Vertrauten.

Den Söhnen des Perseus gelang es zu dieser Zeit, die Magie, die sie mithilfe des Medusenhauptes wirkten, mehr und mehr zu verfeinern. Nachdem sie die ersten Lebenden Statuen gefangen genommen und deren Geheimnis ergründet hatten, gelang ihnen etwas Unerwartetes: Sie vermochten Geister an Statuen zu binden und schufen sich so eine steinerne Dienerschaft, die sie gegen die Medusenschwestern ins Feld führen wollten. Da die Macht über die geschaffenen Statuen jedoch nicht auf magischem Zwang, sondern auf Täuschung beruhte, entbrannte innerhalb der Perseussöhne ein Streit darüber, ob eine solche Dienerschaft auf Dauer zu beherrschen sei. Und als die Steinwesen rebellierten und sich in alle Winde davonmachten, sahen sich diejenigen Vorwürfen ausgesetzt, die des Zaubers der Lebenden Statuen fähig waren. Diese sagten sich schließlich von den Söhnen des Perseus los und lernten abseits des Magierbundes, ihre Macht ohne das Medusenhaupt zu wirken.

Die Söhne des Perseus entdeckten die Lebenden Statuen, die entschwunden waren, erst wieder, als sie Myaramaes Spur nach Korinth verfolgten und dort auf eine Gemeinschaft von ihnen stießen. Sie ließen sie in der Hoffnung gewähren, dass Myaramae bei ihnen Zuflucht suchte. Dann würden sie gegen sie alle vorgehen und sie mit einem Schlag vernichten.

Myaramae fand die Gemeinschaft der Steinwesen und gab sich als eine von ihnen aus. Sie vermutete, dass eine ihrer Schwestern die Schöpferin ihrer neuen Verbündeten gewesen war. Als es ihr gelang, in die Gedankenwelten der Lebenden Statuen zu schauen, erkannte sie die Wahrheit, und Mitleid überkam sie.

Die Steinwesen waren nur zu dem Zweck geschaffen worden, gegen die Medusenschwestern vorzugehen. Myaramae war so ergriffen vom Anblick dieser Kreaturen, dass sie sich ihnen offenbarte und ihren rebellischen Geist gegen ihre Schöpfer wendete. Sie wurde zu ihrer Anführerin und bereitete den Söhnen des Perseus viele Niederlagen. Ihre Zahlen schwanden, bis sie die Burg der Perseiden in Argos stürmten.

Nur wenige Schritte trennten Myaramae noch von dem Haupt ihres früheren Ichs, als die Magier der Perseiden sie mit ihrer Magie niederwarfen und die Krieger mit magischen Dolchen und Speeren über sie herfielen. Sie töteten sie und jedes Steinwesen, das sie stellen konnten. Fleisch und Stein vermischten sich, bis das eine nicht mehr von dem anderen zu unterscheiden war.

Fortan fürchteten die Söhne des Perseus die Lebenden Statuen. Sie eröffneten die Jagd auf sie, und wo immer sie die Steinwesen aufspürten, löschten sie diese aus, auf dass sich den Medusenschwestern nicht die Gelegenheit bot, sie um sich zu sammeln. Myaramae hatte den Söhnen des Perseus eine Wunde geschlagen, die sie bis heute daran erinnert, einmal beinahe alles verloren zu haben.

Myaramaes Wesen aber verteilte sich mit ihrem Tod auf ihre Schwestern und auf das Medusenhaupt. Dem Haupt vermochten die Söhne des Perseus die Feinheiten der Gorgonenmagie nicht zu entlocken, doch die verbliebenen Schwestern entdeckten Myaramaes Wissen in sich, und über die Jahrhunderte lernten sie, es so zu nutzen, wie Myaramae es genutzt hatte.

DAS BUCH DER GORGONEN, S. 89–91.

Das Geheimnis

Die folgenden Tage fühlte ich mich schwach, als hätte mich der Aufenthalt draußen in London viel Kraft gekostet. Also verbrachte ich die Zeit in unserer Wohnung mit Schlafen, Grübeln und Fantasieren. Hätte ich Monate gehabt, ich hätte wie ein Stein schlafen können, und wie früher wäre ich mir vielleicht nicht nur meines Träumens bewusst geworden, sondern hätte sie auch formen können. Seit den 1950ern hatte ich nicht mehr so lange im Schlaf gelegen, dass ich in diese Tiefen hätte hinabsteigen können. Von den 60ern bis in die 80er hatte ich mit Sema das Wachsein genossen, in den 90ern hätte ich Gelegenheit gehabt, hatte sie aber nicht genutzt, und dann war ich allein für Sema verantwortlich gewesen, und mich so sehr in den Schlaf zu begeben, wäre eine Gefahr gewesen.

Meine Vertrauten kamen immer mal wieder an mein Bett, um mir Gesellschaft zu leisten. Manchmal kam Hector und setzte sich an die Bettkante, hielt meine Hand und redete mit mir. Ein anderes Mal kam Christabel, stieg zu mir ins Bett und schlief an meiner Seite. Sema war meist da, wenn ich aufwachte, und lag mir zugewandt, als wollte sie in Gedanken zu mir sprechen. Wir schwiegen uns an, und trotzdem genoss ich ihre Nähe und all die Erinnerungen, die dabei emporschwebten.

Am 25. November fühlte ich mich zum ersten Mal ausgeruht, merkte aber, als Sema nach einem der Spaziergänge zu mir kam, dass etwas nicht stimmte. Sie gestand, dass sie frustriert sei, nur den Hauch des Zaubers in der Luft zu spüren, der nach uns Ausschau hielt, ihn aber nicht fassen zu können. Da ermunterte ich sie, mehr zu wagen als bisher. »Wir dürfen uns hier nicht einleben«, sagte ich. »Jedes Mal, wenn wir bei den Durands sind, fürchte ich, dass Myrtis uns durchschaut hat.«

»Hat sie nicht«, entgegnete Sema. »Ich habe sie mit Ras im Bad getroffen, und ich glaube, sie macht sich Sorgen, dass die vielen Gargoyles eine Bedrohung sein könnten. Sie sagt es nicht, aber ich merke, dass sie sehr um die Gunst von Ras bemüht ist. Dass ich mich in vielen Standpunkten scheinbar von Ras distanziere, scheint sie mir zu glauben. Sie scheint anzunehmen, es leichter mit ihm zu haben, wenn ich nicht dabei bin.«

»Aber warum suchst du Distanz zu ihm?«, fragte ich.

»Wenn wir hier gegen diejenigen vorgehen, die uns ans Messer liefern, dann möchte ich, dass wir Ärger haben, aber nicht Ras und die anderen.«

»Wir könnten ihn einweihen und gemeinsam Ärger haben«, sagte ich.

»Ja, aber ich bin mir nicht sicher, ob er unsere Lage verstehen würde, ohne dass wir alles offenbaren.«

Ich hingegen war mir durchaus sicher: Ras würde verstehen, dass sich hinter Arabel niemand anderes als Sema verbarg, die er als Übersetzerin des *Buches der Gorgonen* kannte. Er wäre vielleicht überwältigt, aber ich glaubte, dass er an unserer Seite stehen würde.

Sema aber sagte: »Ich möchte ihn nicht aufklären, wenn ich es nicht muss. Aber ich werde deinen anderen Rat befolgen und mehr wagen.« Sie setzte sich zu mir ins Bett und schloss die Augen. Ich setzte mich auf und schaute ihr ins Gesicht, als könnte ich daran ablesen, was sie gewahrte. Ich spürte aber nur den Hauch ihres Zaubers und hatte den Eindruck, mit Sema in diesem Augenblick zu Stein geworden zu sein.

Sie rührte sich nicht; ich rührte mich nicht, sondern starrte sie an und bemühte mich, all meine Ängste zu zerdenken. Was steckte hinter allem? Ein Artefakt oder eine Person? Von Magiekundigen korrumpierte Gorgonenmagie? Hatte irgendwer das, was sie einst beim Erschaffen von Gargoyles getan hatten, auf den magischen Austausch der Ketoniden ausgeweitet? Aber wie hätten sie das ohne das Medusenhaupt erreichen sollen? Den Zauber, mit dem Magiekundige Gargoyles schaffen konnten, hatten sie sich nur aneignen können, weil sie die Macht über das Medusenhaupt gehabt hatten. War es ihnen etwa gelungen, diesen Teil von Medusas Macht ohne das Medusenhaupt zu rekonstruieren? Oder war es wie damals, als Perseus den Weg nach Soralûn suchte, die Macht der Graien, die dem Feind den Weg wies? Eine verwandte Macht, die aufgegriffen wurde?

Mit einem Mal schlug Sema die Augen auf und starrte mich an. »Was hast du da gerade gedacht?«

»Die Macht der Graien?«, erwiderte ich.

»Nein«, entgegnete Sema.

»Ein Artefaktmagier? Immerhin ist Anton Wängeler einer.«

Sema schüttelte den Kopf. »Nein – Medusas Macht ohne Medusenhaupt. Dass es unsere Macht ist, die mir und den anderen nachspürt.«

»So habe ich das gar nicht gemeint. Ich dachte daran, wie sie sich euren Zauber angeeignet haben, um Gargoyles zu erschaffen. Und dass sie, um sich diesen Zauber anzueignen, das Medusenhaupt gebraucht haben.«

»Wie würden sie das ohne Medusenhaupt machen?«, fragte Sema und erhob sich. Sie schien durch mich hindurchzustarren. Das Entsetzen in ihrer Miene verängstigte mich so sehr, dass ich meinerseits erstarrte.

Erst nach einer Weile, in der Sema unsichtbare Dinge im Raum zu erfassen schien, sagte ich: »Du machst mir Angst, Sema.«

Sie blinzelte viele Male und schaute mich an, als wäre ich wie aus dem Nichts vor ihr erschienen. »Du hast es entdeckt«, sagte sie und schaute zur hohen Decke, den Balken entlang, der von links nach rechts lief. »Durch dich habe ich es entdeckt.« Sie schüttelte den Kopf. »Ich habe es nicht gesehen, weil es undenkbar war. Selbst du hast es nicht so gemeint, wie ich es verstanden habe. Aber deine Fragen haben es offengelegt: Es ist nicht die Macht der Söhne des Perseus. Nicht die Macht von Magiekundigen. Nicht eine Macht, die an Artefakte geknüpft wurde.«

»Du meinst, sie haben das Medusenhaupt, und Umae hat das nicht gemerkt?«, sagte ich.

Sema schüttelte den Kopf. »Nein. Ich spüre jetzt, was es ist. Die Macht der Medusa ohne Medusenhaupt«, sagte sie, während ihr Tränen über die Wangen liefen. »Es ist meine Macht – unsere Macht.«

Ich stutzte, überlegte und sagte voller Verwirrung: »Aber wie geht das? Wie wollen sie etwas enträtseln, wenn sie weder Zugang zum Medusenhaupt haben noch zu ...« Ich sprach den Satz nicht zu Ende, sondern starrte schweigend in Semas weinende Augen.

»Es ist eine von uns. In diesem Haus ist eine meiner Schwestern. Und sie hat den Söhnen des Perseus den Weg zu uns und zu Umae gewiesen.«

Obwohl ich es aus ihrem Mund gehört hatte, konnte ich es nicht glauben. Ich schüttelte den Kopf, und wie in einer Zeitschleife sagte ich immer wieder: »Das kann nicht sein!«

Erst als Sema meine Hände fasste, war der Kreislauf durchbrochen, und ich sagte zögernd: »Du kennst die Frage, was aus dem Bewusstsein der einzelnen Medusenschwestern wird, wenn ihr alle dereinst zusammenkommt? Ob ihr verschwinden werdet oder Teil von etwas Größerem werdet – die Summe aller Schwestern?«

»Du meinst, eine von uns erträgt es nicht? Eine von uns möchte bleiben, wie sie ist? Und als Umae und ich die Vereinigung vorantreiben wollten, ist sie gegen uns vorgegangen?«

»Ja«, sagte ich und hatte das Gefühl, an einem Abgrund zu stehen.

»Aber warum mit den Söhnen des Perseus gemeinsame Sache machen?«, fragte Sema. »Warum nicht einfach der Vereinigung fernbleiben, wenn es so weit ist? Sie hätte sich einfach unseren Sinnen versperren können.«

»Die Perseussöhne bekommen das Haupt, deine Schwester darf ihr Leben leben – mit einem Teil der Macht aller Getöteten.« Ich sagte es, aber ich glaubte es nicht.

Sema schüttelte den Kopf. »Wie nur den Schmerz, den wir gemeinsam fühlten, einfach so wegwischen? Wie die Wut vergessen und die Sehnsucht nach Stheno und Euryale und die Neugier auf Chrysaor und Pegasos? All das ist in uns allen lebendig. Das sind Gefühle, die alles überstrahlen. Wofür aufgeben, wenn wir durch die Vereinigung irgendwann in der Lage sein könnten, einen Weg nach Soralûn zu finden, einen Weg nach Hause? Mit jeder von uns, die stirbt, verändern wir uns. So oder so – die Veränderung kommt. Wenn eine von uns sie selbst bleiben will, muss sie sich nur verstecken und sich unserer Gedankenstimme entziehen. Finden wir aber den Tod, würde sie Stück um Stück verändert. Und nur in der Vereinigung läge die Antwort auf die Frage, ob wir als Medusa alle vereint oder etwas anderes sind.«

»Du hast recht«, sagte ich. »Das können nicht ihre Motive sein.«

»Vielleicht ist es nur die Verblendung einer Einzelnen von uns, und sie kennt die Zusammenhänge nicht oder glaubt den falschen Leuten.«

»Den Durands?«

»Möglicherweise«, sagte Sema. »Vielleicht sind es aber auch Vertraute, die das Beste wollen, aber nicht ahnen, was sie anrichten. Vertraute, die nicht in alles eingeweiht sind und alles, was sie von ihrer Medusa erfahren, weiterleiten.«

»Das würde erklären, warum ihre Verfolgung sprunghaft und nicht perfekt ist«, sagte ich.

Sema setzte sich wieder zu mir, fasste meine Hand und fragte: »Könntest du das? Gegen meinen Willen etwas zu meinem vermeintlichen Wohl tun?«

»Ich würde fast alles für dich tun«, sagte ich. »Aber ich glaube, das könnte ich nicht. Ich würde darauf hoffen, dass ich dich in Medusa erkenne – dass du einfach *mehr* sein wirst, weil sich alles, was du und die anderen getrennt voneinander erlebt haben, wie ein langes Leben ineinanderfügt.«

Sema zog mich an sich heran und schaute mir von einem Auge ins andere.

Ich nickte, und sie schloss mich fest in die Arme.

»Das schaffe ich nicht«, flüsterte sie. »Ich kann nicht gegen eine meiner Schwestern vorgehen.«

»Nicht gegen sie vorgehen, sondern ihr die Augen öffnen. Darum geht es, und das kannst du.«

»Wenn sie Umaes Tod zu verantworten hat, dann weiß sie, was sie getan hat. Ich mag mir nicht vorstellen, wie eine von uns, die das aushält, sein muss. Verdorben – mit der Zeit entwurzelt und zur Verräterin geworden.«

Besänftigend strich ich Sema übers Kinn und dann über ihre Lippen. »Sei nicht voreilig, meine Gorgone. Vielleicht bestehen Zwänge, die wir nicht durchschauen.«

»Niemals würde ich mich Zwängen beugen, die den Tod meiner Schwestern zur Folge haben. Ich würde lieber selbst sterben.«

»Und wenn sie ein Leben bedrohten, das dir viel bedeutet? Könntest du dann den Tod einer Schwester akzeptieren? Schließlich kommt am Ende alles wieder zusammen.«

»Dass du so kalt denken kannst!«, flüsterte Sema.

»Es tut mir leid«, sagte ich und konnte die Tränen nicht zurückhalten. »Ich weiß nicht, woher das kommt.«

»Deine Kälte – sie kommt von mir. Ich habe dir das alles beigebracht – damit du tust, was zu meinem Schutz getan werden muss.« Sie schaute zur Tür, berührte sanft meine Wangen und sagte: »Wir werden herausfinden, wie das alles sein kann. Und nichts wird uns daran hindern, unseren Feinden die Macht zu nehmen, die uns ans Messer liefert. Nicht einmal die Macht einer Schwester.« Sie küsste mich, und die Kälte schwand aus meinem Körper.

Eskapaden

Christabel und Hector nahmen die Nachricht, dass eine Medusenschwester zum Tod Umaes beigetragen hatte, mit Wut und Hilflosigkeit zugleich auf. Schließlich blieb nur die Verzweiflung, und sie zogen sich in ihr Zimmer zurück. Ich überlegte, ob ich zu ihnen gehen sollte, um sie zu trösten, doch als ich unten vor ihrer Tür stand, hörte ich ein Schluchzen und konnte nicht entscheiden, ob es von Christabel oder Hector kam. Mich verließ der Mut, zu ihnen zu gehen, denn ich fürchtete, ihre Verzweiflung nur noch zu verschlimmern. Ich ging zu Sema zurück und bat sie, mit unseren beiden Vertrauten zu sprechen. »Sie brauchen dich«, sagte ich. »Du musst ihnen Trost spenden.«

Sema folgte meinem Rat, obwohl sie abwesend und zögerlich wirkte. Als sie mit Christabel und Hector ins Wohnzimmer kam, hatte sich sowohl die Wut der beiden als auch ihre Verzweiflung gelegt, und Christabel fragte, nachdem sie mit Hector auf der Couch Platz genommen hatten: »Was werden wir also tun?«

Daraufhin setzte Sema sich in den Sessel neben mir und antwortete: »Du und Hector – ihr werdet Ras und die Kölner

Gargoyles bei Laune halten, während Elena und ich die Spur zu meiner Schwester zurückverfolgen. Sobald ich weiß, wo sie ist, sagen wir John Bescheid und konfrontieren meine Schwester.«

»Weißt du, um wen es sich handelt?«, fragte Hector.

»Nein«, sagte sie. »Aber es sind außer mir nur noch Lyara, Kari, Gora und Berildu übrig. Und ich kann nicht sagen, wer von ihnen es ist.«

Unsere Hoffnung war, dass Sema etwas auffallen würde, sobald sie die Spur wieder aufgenommen hatte. Nachdem Christabel und Hector sich wieder zu Ras und den anderen begeben hatten, machten Sema und ich uns erneut auf die Suche nach dem Zauber, der uns aufzuspüren vermochte. Unterwegs misstraute ich jedem Gesicht, und ich konnte mir vorstellen, dass es Christabel und Hector bei den Kölner Gargoyles ebenso erging.

Die Wege am Rande des Gebäudes nutzten viele für Spaziergänge. Weil wir nicht verharrten, sondern Sema im Vorbeigehen mit ihren Sinnen nach ihrer Schwester Ausschau hielt, fielen wir für das gewöhnliche Auge nicht weiter auf. Einem magischen Auge mochte Semas Zauber jedoch durchaus auffallen. Sie sagte zwar, dass sie behutsam vorging, aber an dem ein oder anderen Abend gestand sie, dass sie sich vielleicht zu weit vorgewagt hatte. »Wie am Anfang, als wir das Hotel betraten, müssen wir bereit sein, sofort aufzubrechen«, sagte sie.

»Dazu bin ich in jedem Augenblick bereit«, erwiderte ich.

Obwohl wir bei unseren Spaziergängen in den nächsten Tagen allerlei Wege durch das riesige Nordgebäude erkundeten, verließ mich das Gefühl, jederzeit zur Flucht bereit zu sein, nur dann, wenn ich an John dachte. Ich wäre am liebsten noch einmal hinaus in die Welt gegangen, um mich mit ihm zu treffen.

Die Türen, die Sema im Vorbeigehen begutachtete, wirkten auf mich allesamt verdächtig. Die eine war mit zahlreichen

Schlössern verriegelt, die nächste eine zurückgesetzte Tür, mit geschnitzten Blütenmustern; und in wieder einer anderen leuchteten Bahnen blau auf und schienen ein magisches Gefüge anzudeuten. Aus manchen der Räume kamen Magiekundige, die offenbar dort eine Aufgabe hatten. Ob sich aber hinter einer der Türen die gesuchte Medusenschwester befand, vermochte ich nicht zu sagen, und Sema gab mit ihrem nachdenklichen Schweigen nichts preis.

Immer wenn wir heimkehrten, musste ich erneut an John denken und war versucht, nach draußen zu gehen. Nach den Gesprächen, die ich geführt hatte, war mir inzwischen klar, dass es gerade in der Anfangsphase nicht ungewöhnlich war, Kontakte nach außen zu pflegen, um Dinge zu ordnen. Myrtis hatte es *Loslösungsprozess* genannt und sagte, früher oder später werde die Außenwelt ihren Reiz verlieren. Ich bezweifelte das und glaubte, dass die Sicherheit und vielleicht sogar irgendwann die Geborgenheit den Reiz dieses Ortes ausmachte, sie die Weite der Außenwelt aber nicht vergessen machen konnte.

Nach einem unserer ausgedehnten Spaziergänge, bei dem ich das Gefühl hatte, dass wir nur alte Wege gingen, war Sema schweigsam und setzte sich im Wohnzimmer in einen der beiden Sessel am Fenster. Sie schaute hinaus in den Zauberwald, der sich hinter dem Sennen House erstreckte und nun ganz im blauen Schein der Nacht lag. Ich setzte mich zu ihr und wartete. Früher hätten wir in Gedanken zueinander gesprochen, aber seit wir vorsichtig sein mussten, war das Schweigen wie eine Geduldsprobe. Irgendetwas hatte sie bemerkt – irgendetwas, das wieder einmal alles änderte.

»Ich weiß, wo meine Schwester ist«, sagte Sema.

»Im Nordgebäude?«, fragte ich.

Sema nickte. »Im zweiten Stock am Rande.«

»Da sind wir nur einmal gewesen.«

»Erinnerst du dich an die alte Tür, die so weit zurückgesetzt lag, dass sie halb im Schatten stand?«

Ich nickte. »Du sagtest, dass du solche alten Türen magst.«

»Durch diese Tür müssen wir.«

»Das weißt du durch einen einzigen Blick?«, fragte ich.

»Ich habe die Tür heute vom ersten Stock aus erkundet«, erwiderte Sema. Wir hatten den breiten Gang am Rande des Stockes so oft für unsere Spaziergänge gewählt, dass er inzwischen Teil unserer gewohnten Route war. »Ich spürte meine Schwester durch die Wände«, sagte sie.

»Ist sie direkt hinter der Tür?«, fragte ich.

»Das weiß ich nicht. Alles ist abgeschirmt, nur an der Tür gibt es eine Lücke, wie eine Ader, die aus dem Bereich herauskommt und sich an das magische Geflecht dieser kleinen Welt knüpft.«

»Eine Schwachstelle?«

Sema schüttelte den Kopf. »Ich vermute, durch diese magische Ader kann meine Schwester sich an den Zauber der Durands knüpfen.«

»Darüber könnte sie uns aber auch entdeckt haben.«

»Ich habe aufgepasst«, sagte Sema.

»Wenn selbst das Lauschen dich verraten könnte, wie willst du dir dann sicher sein?«

»Sagen wir: Ich habe leise gelauscht und sie vernommen. Wie ein Flüstern in der Nähe.«

»Mit wem hat sie geflüstert?«, fragte ich.

»Ich weiß es nicht«, antwortete Sema.

»Wie kommen wir da hinein?«

»Es gibt kein Schloss an der Tür und auch keine Platte. Sie ist nicht wichtig. Selbst wenn wir die Tür einschlagen würden, würden wir nicht weiterkommen. Eine magische Wand blockiert den Weg. Ist sie beseitigt, kann man die Tür einfach aufschieben.«

»Kannst du diese Wand durchbrechen?«, fragte ich.

Sema nickte. »Aber wenn ich es tue, werden Myrtis und die anderen Magiekundigen es merken. Ich kann meinen Zauber dann nicht mehr verbergen. Ihre Sinne lauschen überall darauf, ob hier jemand die Regeln bricht. Die Magie, von der meine Schwester umgeben ist, ist die der Durands.« Sie schaute die Decke entlang zur Tür. »Hier schwirrt so viel Magie umher, dass ich glaube, meine Schwester wurde verführt.«

»Von den Durands?«

»Von wem sonst?«

»Die Durands und die Söhne des Perseus? Das passt immer noch nicht zusammen«, sagte ich.

»Ich will das auch nicht glauben. Aber vielleicht geht es den Durands um unser altes Haupt.«

Ich nickte langsam. »Mit dem Medusenhaupt stünde ihnen eine weitere Machtquelle zur Verfügung«, sagte ich. »Wer weiß, was ihnen dann alles möglich wäre?«

»Wenn wir alle tot wären, wäre das Haupt von so viel Macht erfüllt, dass sie diese kleine Welt ausweiten könnten. Falls sie dessen Macht meisterten, wären sie sogar in der Lage, Tore zu knüpfen, die von Dublin, Köln oder Rom bis hierher führen.«

»Wir machen das also? Wir brechen zu deiner Schwester durch – und dann?«

»Dann werde ich sie zur Rede stellen und sie überzeugen.«

»Und wenn du sie nicht überzeugen kannst, dann ... Was dann? Ich weiß, dass du darüber nachgedacht hast.«

Sema schaute mich mit großen Augen an. »Du glaubst, ich könnte meine Schwester töten?«

»Ich weiß, dass du es könntest, um die anderen zu schützen. Es wäre so, als würdest du einen Teil deiner selbst opfern. Das könntest du.«

Sie wich meinem Blick aus. »Vielleicht kennst du mich besser, als ich mich selbst kenne.« Sie atmete durch, schaute mir wieder in die Augen und sagte: »Wenn ich sie nicht mit Worten oder Gedanken überzeugen kann, dann muss ich sie aus diesem Spiel nehmen.«

»Indem du sie tötest?«

»Nicht, wenn ich es vermeiden kann. Ich könnte unsere Macht gegen sie wenden und so ihren Zauber zügeln, wenn ich in ihrer Nähe bin. Es mag sein, dass ich uns hier für eine Weile abschotte. Und erst wenn alles scheitert, denke ich über den Tod nach.«

»Was sagen wir John?«, fragte ich.

»Du gehst nach draußen und sagst ihm, dass er euch am Neunten, um 22 Uhr, mit dem Wagen abholen soll.«

»Moment!«, entgegnete ich. »Du wirst doch nicht etwa alleine gehen?«

»Natürlich. Ich würde dich und die anderen nicht in Gefahr bringen.«

»Sema. Angenommen, du kommst zu deiner Schwester durch und kannst ihr Versteck zu eurer Festung machen. Was glaubst du, würde mit uns geschehen? Sie würden uns da draußen jagen, nur um dich dazu zu bringen, aufzugeben. Das haben sie beim letzten Mal auch versucht.«

»Ich werde genau das tun, was du in Dublin getan hast. Ich werde jeden Kontakt nach draußen abbrechen. Ihr taucht unter und wartet ab. Du wirst meine Stimme hören. Ich werde mich dieses Hauses bedienen, um zu dir durchzudringen.«

Ich schüttelte den Kopf. »Nein. Nimm uns mit dort hinein. Lass mich John mitteilen, wann er sich bereithalten soll. Und vielleicht schaffen wir es, gemeinsam zu fliehen. Mit deiner Schwester – als Verbündete oder aber als Gefangene.«

»Wie sollte uns das gelingen?«

»Das finden wir heraus. Du sagst, du kommst dort hinein und kannst die anderen aussperren.«

»Ich vermute, dass ich es kann. Ich möchte nicht am Ende durch eine Fehleinschätzung dein Leben ruiniert haben – und das von Christabel und Hector.«

»Glaubst du, Christabel und Hector würden sich noch einmal wegschicken lassen? Und glaubst du, ich will die Erfahrung machen, die sie mit Umae gemacht haben? Ich werde bei dir bleiben. Ich war so oft bereit, gemeinsam mit dir unterzugehen. Seit Köln weiß ich, dass ich ein Ende akzeptieren kann. Tu uns das also nicht an!«

»Sprichst du auch für Christabel und Hector?«

»Machen wir es von ihnen abhängig. Sollten sie gehen wollen, gehe ich mit.« Ich konnte mir nach allem nicht vorstellen, dass sie sich wegschicken lassen würden, und als Sema mich anlächelte, wusste ich, dass sie es ebenso sah. Dennoch warteten wir gemeinsam auf Christabel und Hector.

Nur wenige Minuten später kehrten sie zurück, und kaum hatten sie erfahren, was Sema vorhatte, sagte Christabel: »Niemals werde ich von deiner Seite weichen. Wenn hier der Tod auf uns lauert, dann bin ich bereit. Der Tod hat keinen Schrecken für diejenigen, die Geister waren. Schick uns nicht weg!«

»Ja«, sagte Hector. »Wir wollen das nicht noch mal durchmachen. Wir würden kämpfen, bis wir zerbröckeln. Lass uns bei dir bleiben!«

Sema wandte sich lächelnd an mich. »Du hattest recht.«

»Wir begleiten dich also?«, fragte ich.

Sema nickte. »Sag John Bescheid, wann er sich bereithalten soll. Wenn er an dem darauffolgenden Morgen nichts von uns gehört hat, soll er untertauchen.«

Mit dem Entschluss, zu Semas Schwester durchzudringen, änderte sich mein Blick auf das Haus Durand. Obwohl nach wie vor die Möglichkeit bestand, dass wir entlarvt wurden, sah ich nicht länger überall Gefahren, sondern Gelegenheiten. Gewohnheiten der Leute, insbesondere der Wachen, festigten Semas Plan, und durch die Spaziergänge und Semas Gespür zeichneten sich mögliche Fluchtwege ab. Für uns kam eigentlich nur das Portal infrage, das in das Hotel MacGill führte, alle anderen hätten uns an Orte geführt, die wir nicht kannten.

»Werden wir die Pforte öffnen können?«, fragte Hector.

»Wenn nicht, werden wir die Magiekundigen dazu zwingen, sie uns zu öffnen«, antwortete Sema.

Kurz darauf verließ ich erst die Nebenwelt und dann das Hotel. Ich ging im Green Park spazieren und schickte John die Nachricht, dass es am 9. Dezember um 22:00 Uhr so weit sei. Er stellte keine Fragen, sondern schrieb mir nur: *»Ich werde da sein.«*

Der Tag unseres Vorhabens verging nur schleppend, und ich wurde unruhig, während Christabel und Hector sich nichts anmerken ließen. Sie hatten Erfahrung in diesen Dingen. Als sie den Söhnen des Perseus das Medusenhaupt genommen hatten, waren sie mit weit weniger Informationen in das Hauptquartier in Rom eingedrungen und waren doch erfolgreich gewesen.

Während ich im Wohnzimmer durchs Fenster in den Wald hinausschaute und darüber nachgrübelte, wie wir den Abend überstehen sollten, kam Sema zu mir, setzte sich neben mich und fragte: »Immer noch so tief in Gedanken versunken?«

Ich fasste ihre Hand. Sie war eiskalt – offenbar bereit, Zauber zu wirken.

»Ich glaube, nach heute Nacht wird nichts mehr so sein können wie früher«, entgegnete ich.

»Zwischen uns kann es so sein, wie es sein sollte. Selbst wenn es bedeuten würde, uns dort, wo meine Schwester ist, zu verbarrikadieren und hinter magischen Mauern leben zu müssen.«

»Und ständig zu fürchten, dass sie durch die Barriere durchbrechen?«

»Sie müssten durch magischen Fels dringen, der von ihrer eigenen Kraft gespeist und durch meine verschlungenen Zauber geformt wird.«

»Was, wenn sie die magische Ader kappen, die den Bereich mit dem Haus verbindet?«

»Dann nehmen sie sich selbst den Zugang zu uns. Der Ort

wird ebenso gespeist wie die Höhle, in der wir waren. Rohe Magie, direkt aus der Quelle. Sie müssten Dinge tun, die das ganze Gefüge bedroht. Und glaubst du, die Durands würden alles aufs Spiel setzen, nur um an mich und meine Schwester heranzukommen? Ich würde ihnen über die Verbindung ins Haus geradeheraus erklären, was ich tue und warum ich es tue.«

Nachdem Christabel und Hector zurückgekehrt waren und uns erklärt hatten, dass es keine besonderen Abweichungen zu dem gab, was sie zuvor beobachtet hatten, machten wir uns bereit. Wir hatten alles, was uns am Herzen lag und uns hätte verraten können, bei John gelassen. So konnten wir ohne Gepäck unser Zimmer verlassen, als wollten wir einen unserer üblichen Spaziergänge machen. Da Christabel und Hector uns ab und zu begleitet hatten, gingen wir davon aus, es würde niemandem merkwürdig erscheinen, dass wir uns zu viert auf den Weg machten.

Unterwegs auf der Nordstraße fragte ich mich, wie Christabel und Hector reagieren würden, wenn sie die Medusenschwester sahen. Ich versuchte, mir vorzustellen, was ich an ihrer Stelle tun würde, würde ich der Gehilfin unserer Feinde gegenüberstehen, derentwegen meine Medusa gestorben war. Ein Blick zu Sema, und ich wusste, dass ich das nicht ohne Weiteres zur Seite wischen würde. Ich rechnete mit einer Konfrontation und damit, dass ich vermitteln musste.

Während wir im zweiten Stock des Nordgebäudes den Weg zum Rand des Hauses einschlugen, musterte ich die wenigen Leute, denen wir begegneten, mit scheinbar flüchtigen Blicken. Sie waren in Gespräche vertieft, und jene, die alleine waren, schienen in Gedanken versunken zu sein. Ein Satyr kam uns gar mit Kopfhörern entgegen und bewegte die Lippen zur Hip-Hop-Musik, deren Bässe wir im Vorbeigehen hören konnten. Er grüßte uns mit einem Nicken.

Als wir an der alten Tür angelangt waren, in die Blütenmuster geschnitzt waren, blieb Sema in der Nähe wie zufällig stehen und fragte uns, ob wir gehört hätten, dass Myrtis für die Kinder der Stadt einen Gestaltenwandler als Santa Claus gewonnen hatte, der sein Handwerk hervorragend verstand. Es war tatsächlich eines der Themen, das gerade diese kleine Welt beschäftigte. Also unterhielten wir uns darüber, während Sema ihre Magie wirkte. Ich spürte nichts davon, war mir aber sicher, dass sie sich an den Plan hielt und ihr Zauber nun an der Barriere nagte, die ich ebenfalls nicht spüren konnte.

Einige Leute passierten uns, darunter eine Magierin aus dem Hause Durand. Wir taten so, als würden wir sie nicht beachten, und da niemand uns anwies, hier nicht zu verweilen, spielten wir unser Spiel weiter.

Wie abgesprochen, wechselte Sema nach einer Weile das Thema. Sie fragte nach dem Film *DAS BÖSE UNTER DER SONNE.* Damit sagte sie uns, dass sie vorankam. Während Christabel, Hector und ich im Grunde gestenreich wiederholten, was wir in Köln bereits gesagt hatten, schien Sema uns lediglich zuzuhören, wirkte aber einen Zauber, den ich nun erstmals als Luftbewegung in Richtung der Tür spürte. Während wir redeten, achteten wir auf unser Blickfeld. Ich schaute zur Linken, Christabel zur Rechten, und Hector schaute mal dorthin, mal hierhin, je nachdem, wer von uns gerade sprach.

Nach einer Weile fragte ich Sema: »Was meinst du dazu? Ist Arlena missverstanden?« Das war der Code für: *»Wie sieht's aus? Kommst du voran?«*

»Nein, ich sehe das wie du«, antwortete Sema. »Wie sie Linda behandelt, sagt eigentlich alles. Ich wünschte, sie hätten sich mehr Zeit genommen, das auszuarbeiten.« Letzteres bedeutete, dass sie die Barriere hinter der Tür nicht gebrochen hatte und wir noch ein wenig Geduld aufbringen sollten.

Da gerade niemand in der Nähe war, schien alles den richtigen Weg zu gehen. Sema lächelte uns an, während ihr Zauber nun für mich deutlich spürbar war wie warmer Wind.

Mit einem Mal stutzte Sema und sagte: »Da kommt jemand.«

Wir setzten unsere Unterhaltung fort und hofften, dass es keine Wachen waren, die sich näherten. Kurz darauf hörte ich die Schritte einer Person aus der Biegung des Ganges vor mir. Von dort waren wir gekommen.

Sema ließ nun jede Tarnung fallen. Ihre Magie strahlte, und mit wenigen Schritten war sie bei der altmodischen Tür und legte ihre Hand darauf. »Gleich ist es so weit.«

Ich redete mir ein, dass es keine Rolle spielte, wer da kam. Doch als Sema erschrocken zur Seite schaute und ihre Magie sich wie ein Luftwirbel verlor, erblickte ich Ras, der mit überraschter Miene in der Gangbiegung erschien und sich nun näherte.

»Das ist es also!«, sagte er. »Deswegen eure Eskapaden. Hört sofort auf! Sonst fliegen wir hier alle noch raus!«

»Vertrau uns, Ras!«, sagte ich. »Geh, und wir werden später alles erklären.« Während Sema wieder die Hand auf die Tür legte, setzte ich nach: »Geh einfach!«

»Entweder ihr sagt mir, was hier gespielt wird, oder ich sage den Durands, dass ihr hier einbrechen wollt. Ich werde ganz sicher nicht noch einmal für etwas geradestehen, das ihr ausgelöst habt.«

»Sei keine Petze und geh!«, entgegnete ich.

Ras rührte sich nicht.

Es dauerte zu lange. Semas Hände zitterten, und sie verzog das Gesicht zu einer angestrengten Miene.

Schritte hallten uns von beiden Seiten des Ganges entgegen. Und wie zuvor konnten wir wegen der Biegung des Ganges nicht sehen, wer da kam, doch ich vernahm Dutzende von eiligen Schritten.

»Was ist nun?«, fragte Ras.

Sema stieß die Tür auf, brachte Ras damit zum Staunen und sagt ihm: »Wenn du mit uns hineingehst, wird dein Leben nicht mehr sein wie vorher. Noch kannst du dich herausreden. Aber wenn du mit uns da drin bist, dann musst du auf alles gefasst sein.«

»Halt!«, riefen einige Leute versetzt. Von beiden Seiten näherten sich Wachen. Sie hielten ihre Griffe in Händen, und einige verwandelten sie bereits in Schilde, andere in Stoßspeere.

Sema ging durch die Tür auf den engen Gang, der sich dahinter erstreckte, und Christabel und Hector folgten ihr. Ich sah einen Magier der Durands, der eine Uniform trug und einen schweren Stab führte, den er beim Gehen immer wieder laut auf den Boden aufsetzen ließ.

»Jetzt oder nie!«, sagte ich zu Ras, und obwohl er eben noch selbstbewusst gewirkt hatte, zögerte er nun mit suchendem Blick.

Nach einem weiteren Ruf der Wachen und während sich ein Knistern in der Luft bildete, folgte Ras mir durch die Tür. Kaum waren wir im Innern, wehte uns Semas Magie entgegen. Ras wandte sich ruckartig um, als die Tür zuschlug. Er tastete danach, aber seine Finger kamen nicht in deren Nähe, denn eine Wand bildete sich davor wie eine türkisfarbene Kristallschicht, die das Loch, das Sema in die rötliche Barriere geschnitten hatte, ausfüllte. Zur anderen Seite endete der Gang an einer Doppeltür.

Sema atmete durch. »Ich hoffe, du bereust das nicht«, sagte sie zu Ras.

Ein gedämpftes Pochen drang an unsere Ohren. Es waren die Wachen, die auf der anderen Seite den Versuch wagten, zu uns durchzubrechen.

»Was, wenn sie die Tür zerstören?«, fragte Ras.

»Dann wird die Barriere sie aufhalten«, antwortete Sema. »Es hat viel Kraft gekostet, aber die Barriere steht.« Sie schaute zur Decke. »Dieser ganze Bereich ist abgeschirmt. Es gab nur eine Lücke.« Sie deutete über die Tür, wo ein silbernes Siegel in die Wand eingelassen war. »Ich habe die magische Öffnung geschlossen, durch die sie den Zauber heimlich gesprochen hat. Und ich habe die Magie der Durands in diese Barriere gelenkt. Ihre eigenen Quellen nähren diese Wand. Ich kann hier ihr Gefüge nutzen, aber sie werden merken, wenn ich es tue.«

»Wir wären hier also auf Dauer sicher«, sagte ich.

»O verdammt!«, sagte Ras. »Die werden meine Leute verhaften und einsperren – oder Schlimmeres.«

»Das tut mir leid«, sagte Sema. »Du hattest die Wahl.«

Ich erwartete, dass Ras die Fassung verlor, denn es mochte tatsächlich sein, dass die Kölner Gargoyles wieder einmal etwas ausbaden mussten, für das wir verantwortlich waren. Doch er blieb ruhig und sagte: »Du bist nicht Arabel, nicht wahr? Das ist es doch.«

»Seit wann weißt du es?«, erwiderte Sema und schaute den Gang entlang.

»Seit eben. Seit ich diese Macht gespürt habe. Du bist eine Magierin, die ihre Gestalt wandeln kann. Bist du John Reberg?«

»Nein«, antwortete Sema und schien mit ihrem Blick in der Luft nach etwas zu suchen. Ihr Sinne tasteten sich offenbar vor, während wir hier ausharrten.

»Die Medusenschwester Umae, die Christabel und Hector geschaffen hat, war in den 1920ern bei dir – in Gargoylegestalt. Sie wollte ein Bündnis mit dir knüpfen und sich dir dann irgendwann offenbaren.«

Ras' Gesichtszüge erstarrten. »Arabel ist Umae? Eine Medusa wollte mit uns Bande knüpfen?«

»Ja, doch leider kam es nie dazu.«

»Sie haben sie getötet«, sagte Ras leise.

»Ja und nein. Sie lebt weiter – im Medusenhaupt, in ihren Schwestern – und damit auch in mir.«

Ras hielt inne, schüttelte dann den Kopf und sagte: »Das glaube ich dir nicht.«

Semas Antwort war eine Verwandlung. Das Weiße in ihren Augen wurde von Schwarz verdrängt, und ihre Locken wuchsen zu Schlangen heran, die sich zischend aufrichteten und Ras neugierig anblickten, dann aber Semas Blick den Gang entlang folgten.

Ras stand da, als hätte sein Körper die Versteinerung vorweggenommen. Die Angst war wie in seine Miene gemeißelt, doch er hatte noch seinen menschlichen Körper. Hatte er eben vor Erstaunen geweitete Augen gehabt, waren sie nun so weit aufgerissen, dass sie die Schwelle zum Angstvollen überschritten hatten. »Unmöglich«, hauchte er und schüttelte kaum merklich den Kopf.

Sema erwiderte: »Wir haben keine Zeit, darauf zu warten, bis du es für möglich hältst. Ich will nur wissen, ob du mir vertraust.«

Mit schwankender Stimme sagte Ras: »Ich habe keine Ahnung, was hier gespielt wird, aber du hast gerade einen neuen Verbündeten gewonnen.«

Medusenblicke – Von Gleichzeitigkeiten im Hause Durand

Wie einen Duft, der mir vom Gang entgegenweht, nehme ich wahr, dass wir in der Nähe meiner Schwester sind. Nachdem Eras sich uns angeschlossen hat, habe ich meine Menschengestalt wieder angenommen und führe meine Vertrauten den Gang entlang. Ich berühre die hellgraue Steinwand, die so glatt ist wie die des Höhleneingangs, den ich uns im Odenwald schuf. Die Magie kribbelt an meinen Fingerspitzen.

Die alte Doppeltür aus Holz ist unverschlossen und lässt sich an zwei dunklen Bronzeringen aufziehen. Ein von Schatten durchfluteter Raum öffnet sich uns. Während ich voranschreite, spüre ich das Zögern von Elena und Eras, doch Christabel und Hector drängen sie schließlich hinter mir her in den Saal. Sie wollen wissen, wer für den Tod Umaes verantwortlich ist.

Der Boden fügt sich hier aus großen Steinplatten zusammen, und die Wände und die Decke sind mit Holz verkleidet. Durch die schmalen Fenster, die sich zur Linken reihen, fällt Dämmerlicht herein. Zur Rechten gibt es einen Kamin, und in den Wänden erblicke ich einige Ventilationsöffnungen, durch die Waldluft hereinweht. Da ist sie! Mitten in diesem kahlen Raum ruht sie in ihrer Steingestalt auf einem hohen Felsenbett, das wie ein Altar wirkt.

Dort bleibe ich stehen, um zum ersten Mal eine andere Medusenschwester mit eigenen Augen zu betrachten. Die Züge der Steingestalt meiner Schwester sind so grob, dass ich annehme, sie ruhe schon lange in tiefem Schlaf, und der Fluss der Zeit habe den Steinkörper geglättet.

Ich setze mich auf einen der drei Stühle, die um das Steinbett herum stehen und die von einem Tisch am anderen Ende des Saals zu kommen scheinen. Dort erblicke ich eine weitere Tür, die wie das Spiegelbild der Doppeltür wirkt, durch die wir gekommen sind. Mit leisen Worten schicke ich Christabel und Hector zu dieser Tür. Nur von dort können die Durands uns noch überraschen. Ich schicke die beiden auch, um sie von meiner Schwester zu entfernen, denn ihre Vergeltungsgefühle drohen sie zu überwältigen. Sollten sie die Kontrolle über sich verlieren, könnten sie damit alles verderben.

Langsam nähere ich mich mit meinen Händen dem Steinkörper meiner Schwester, und kaum spüre ich ein pulsierendes Kribbeln, verharre ich mit den Fingerspitzen dicht über dem Arm meiner Schwester. Das ist meine Magie, die sich hier vor mir ausbreitet, und doch ist sie anders ausgeprägt. Ich fühle schlafende Gorgonenwut. Sie weiß, wie es ist, unseren Feinden die Stirn zu bieten, ihnen mit brennendem Zorn entgegenzutreten. Und als ich es wage, ihren Arm zu berühren, schwebe ich mit ihr in Erinnerungen an eine Zeit, da sie die Söhne des Perseus jagte – bis zu dem Tag, da sie erkannte, dass der Hass ihren Feinden immer mehr Zulauf bescherte. Diese Erlebnisse sind mir nicht fremd; ich habe sie einst per Gedankenstimme vernommen. Deshalb weiß ich, wer hier vor mir liegt.

»Es gibt keinen Zweifel«, sage ich zu meinen Vertrauten. »Es ist Gora.« Meine kämpferische Schwester, bei der ich mir nie sicher gewesen bin, ob das Feuer, das sie umgab, metaphorisch zu verstehen war. Doch nun sehe ich es beinahe vor mir: wie sie Flammen schleudert, wie ihre Schlangen Feuer spucken. Es ist wahr.

»Ausgerechnet Gora«, sage ich leise, dann aber spüre ich eine Präsenz, die wie ein heftiger Windstoß durch den Raum weht. Ich ziehe meine Hand zurück und wende mich der anderen Tür zu. Mit einem Ruck öffnet sie sich, und Myrtis Durand tritt mit starrer Miene aus dem Gang in den Saal.

Hector und Christabel weichen zwar zurück, verwandeln sich aber in ihre Steingestalten; und ich spüre ihre Kampfeslust.

»Haltet ein!«, rufe ich Hector und Christabel in Gedanken zu, und ich spüre, wie meine Stimme und die Gefühle, die ich verspüre, sie besänftigen. Nach Wochen können sie mich wieder hören, denn es gibt nun keinen Grund mehr dazu, mich zu verstecken. Ich spüre eine Macht jenseits der Doppeltür. *»Es gibt dort eine Zauberpforte, die ich im Gefüge übersehen habe«,* sage ich nun allen meinen Vertrauten.

Auch Elena berührt meine Gedankenstimme. Sie gibt den Halt, auf den sie lange verzichten musste. *»Myrtis steckt also dahinter«,* sagt Elena in Gedanken.

»Finden wir es heraus«, flüstere ich in Gedanken.

»Ich verlange eine Erklärung«, spricht Myrtis mit klarer Stimme durch den halben Saal.

»Ist es nicht selbsterklärend?«, entgegne ich, während Christabel und Hector bis zu mir zurückweichen, und sich links und rechts vor mir aufbauen.

»Dass ihr die Regeln unseres Hauses missachtet, soll

selbsterklärend sein?«, sagt Myrtis. »Glaubt ihr, ich hätte euren Angriff auf unser magisches Geflecht nicht bemerkt?«

»Ein Angriff?«, fragt Eras und schaut mich fragend an.

»Es war kein Angriff«, sage ich. »Und wäre es einer gewesen, wärest du nicht allein hergekommen.«

»Ihr glaubt also, mir in meinem eigenen Haus überlegen zu sein.«

»Im Haus Durand – dieser Welt als Ganzes – würde ich deine Macht weder anzweifeln noch herausfordern. Und erst recht nicht im Wohnhaus deiner Familie.« Ich schaue mich im Saal um und erfasse dieses Gespinst, das uns umgibt, mit meinen magischen Sinnen. »Aber dieser Ort gehört nicht dir allein«, sage ich. »Ihr habt den Fels geschaffen.« Ich weise auf Gora. »Aber sie hat ihn geformt. Und ihr habt ihn mit Holz verkleidet. Es fällt nicht leicht, darüber zu entscheiden, wer hier die Oberhand hat.«

Mit einem Mal weht uns von Myrtis ein Schwall von Magie entgegen, und Lichtadern leuchten im Parkett wie an den Holzverkleidungen auf.

Myrtis' Zauber vermengt sich mit meinem eigenen. So fällt es ihr zwar leicht, an mich heranzukommen, aber mir fällt es ebenso leicht, ihren Zauber ins Leere zu lenken. Mit einem Lächeln sage ich: »An deiner Macht habe ich nie gezweifelt. Und wie sie sich mit Goras Zauber mischt, sagt mir, dass sie sich freiwillig hier zur Ruhe gelegt und mit euch gemeinsam die Bahnen der Magie durch diesen Raum gezogen hat.«

Myrtis stutzt. »Du kennst ihren Namen«, sagt sie hauchend, während um uns herum die Magie pulsiert, als wäre sie jeden Moment bereit, auf uns loszugehen. Was jetzt erwächst, ist jenseits von dem, was ich an uns vorbeilenken kann. Wenn Myrtis uns angreift, geht es um Leben und Tod. Also müssen meine Worte sie und damit ihren Zauber beschwichtigen.

»Nur ihretwegen sind wir hier«, sage ich. »Ich musste sie

mit eigenen Augen sehen, ihre Macht aus der Nähe spüren, um sicherzugehen, dass sie keine Schuld trifft.«

»Schuld?«, fragt Myrtis mit verächtlicher Miene.

Ich stelle ihr meine Macht entgegen, als würde ich meine Schwingen ausbreiten, und zeige ihr meine ganze Stärke, ohne mich zurückzuhalten und auch auf die Gefahr hin, mich als das zu offenbaren, was ich bin.

Myrtis zuckt zusammen, und nur zitternd und mit angestrengter Miene nimmt sie wieder Haltung an.

»Was ist los?«, fragt Eras.

Myrtis hält inne, blinzelt und sagt: »Was los ist? Eure Anführerin legt es auf ein Kräftemessen an.« Sie staunt mit einem Mal. Vom Pulsieren der Magie umgeben, das sich in den aufleuchtenden Adern in den Wänden manifestiert, schaut Myrtis zwischen uns hin und her. »Ihr anderen seid Gargoyles«, sagt sie und nimmt dann mich mit ihrem Blick gefangen. »Aber du bist weder Gargoyle noch Magierin. Oder bist du beides?«

»Ich bin ein Wesen, das die Magie dieses Hauses zwar bewundert, aber keine Angst vor dem Tod hat – nicht nach allem, was hinter mir liegt.«

»Wer bist du? Und was willst du?«

»Was ich will, ist Zuflucht«, antworte ich. »Was ich von *dir* will? Dass du schweigst über das, was ich dir offenbare.«

Myrtis schüttelt den Kopf. »Du kannst mir ebenso wenig vertrauen wie ich dir. Nachdem ihr das Geheimnis meines Hauses kennt, kann ich euch nicht gehen lassen.«

»Du hast also vor, uns zu beseitigen«, sagt Christabel und ballt ebenso wie Hector ihre Steinhände zu Fäusten.

»Wenn ich muss«, erwidert Myrtis. »Bleibt ihr aber hier bei uns und schweigt über das Geheimnis, dann könnte das geschehen, was ihr offenbar wollt: Gargoyles als Verbündete einer Medusa.« Sie wendet sich an mich. »Aber wer bist du? Woher weißt du, dass das Gora ist?«

»Du ahnst es doch schon«, sagt Sema. »Ich bin Goras

Schwester. Mein Name ist Sema.« Langsam verwandele ich mich wie zuvor für Eras. Meine Schlangen richten sich auf, neigen sich zuerst Eras zu, erkennen dann Myrtis und mustern sie.

Myrtis schnappt nach Luft, setzt immer wieder zum Reden an, bringt aber kein Wort hervor.

»Du hast Gora nie in ihrer Gorgonengestalt gesehen, nicht wahr?«, sage ich.

»Meine Familie bietet ihr seit Jahrhunderten Unterschlupf«, erklärt Myrtis. »Wir wissen von den neun Schwestern, von diesem Umweg, den die Wiedergeburt bei euch genommen hat. Wir sind insgeheim stolz darauf, sie hier zu haben. Und wir haben darüber geschwiegen. Niemand außer unserem engsten Familienkreis weiß, dass sie hier ist. Niemand hat mit ihr gesprochen, seit sie sich im Jahr 1767 zur Ruhe legte. Ich selbst habe sie nur gesehen – wie sie dort ruht.«

»Ist mein Geheimnis also bei dir sicher?«, frage ich, obwohl ich weiß, dass die Söhne des Perseus uns durch Goras Macht aufgespürt haben.

»Es ist so sicher, wie Gora es all die Jahre war. Jene, die ihr Geheimnis gewahrt haben, werden auch das deine wahren. Dies kann die Zuflucht sein, die ihr benötigt, um am Ende zusammenzukommen.«

»Ich möchte weiter als Gargoyle leben. Und ich möchte meine Schwester sprechen.«

»Du willst sie wecken?«

»Um mit mir zu sprechen, muss sie nicht ganz erwachen, sondern nur ein wenig aus der Tiefe emporsteigen.«

»Aber hättest du das nicht über die Distanz tun können? Oder war sie für dich nicht erreichbar?«

»Sie ist der Grund, dass die Söhne des Perseus Umae und mich aufgespürt haben«, offenbare ich. Während ich erzähle, was geschehen ist und welcher Verdacht an mir nagt, wächst in Myrtis' Miene die Überraschung. Schließlich weise ich zur

Tür, durch die wir gekommen sind: »Ihre Macht ist dort durch ein Loch in der Barriere gedrungen«, sage ich.

»Das sollte nicht sein«, erwidert Myrtis. »Hier sollte alles abgeschirmt sein.«

»Es ist wie ein Nadelöhr«, sage ich. »Der magische Faden geht hindurch und knüpft sich an euren Zauber. Und ich weiß nicht, warum sie das gemacht hat.«

»Ich möchte dieses Nadelöhr sehen«, sagt Myrtis.

»Ich habe es durch die neue Barriere versiegelt. Die Frage ist: Warum sollte da ein Loch sein, wenn Gora doch über das ganze Geflecht, das sie umgibt, mit dem Zauber eures Hauses in Kontakt treten kann? Das kann sie doch, oder?«

»Ja«, sagt Myrtis. »Aber das heißt doch …« Sie bricht ab und blickt ins Leere, und ich ahne, dass sie es nun verstanden hat. Ich nicke, derweil meine Schlangen sich nicht rühren.

Elena spricht aus, was ich denke: »Irgendjemand in dieser kleinen Welt musste durch die Barriere dringen. Diese Person vermochte nicht, durch Goras Gefüge hindurchzukommen. Sie hat sich an Gora geknüpft, um ihre Macht zu missbrauchen.«

Ich nicke erneut. »Wäre das ein Gast gewesen, hättet ihr das gemerkt. Also war es ein Mitglied deines Hauses – eine Person, die sich unauffällig an die Macht dieser Welt knüpfen kann, Goras Macht durch eine Öffnung aus diesem Bereich hinausleiten kann und die Magie in die andere Welt hinausschleusen kann.«

Myrtis schüttelt den Kopf. »Ihr glaubt, ich war's?«

»Nein«, erwidere ich und weise auf die Tür, durch die Myrtis gekommen ist und hinter der ich einen magischen Strom spüre, der entlang eines Weges führt und verschluckt wird. Ich vermute, dass das Portal dort ins Wohnhaus ihrer Familie führt. »Du hättest das durch deinen Geheimgang geschleust. Aber die Person, die es getan hat, konnte den Weg für den Zauber nicht wählen.«

»Weil es mir aufgefallen wäre«, sagt Myrtis, und ihr Blick

richtet sich auf die Fenster, als läge die Antwort dort draußen im grauen Nebel.

Ich sage: »Es muss eine Person sein, die eure Magie so gut kennt wie du und dazu fähig ist, den Zauber anderer zu durchschauen und für sich zu nutzen. Eine Person, die sich hier frei bewegen kann und auch durch den Geheimgang hierhergelangte. Sie setzte sich hier auf einen der Stühle und blickte durch Gora hinaus in die Welt. Und was sie dort fand, das leitete sie an die Söhne des Perseus weiter.«

»Meister Pellegrin?«, sagt Elena. Der mächtigste Magier des Hauses verfügt über die Macht und den Einblick, dass auch ich ihn verdächtige.

Doch Myrtis schüttelt den Kopf. »Er weiß nichts von Gora«, sagt sie und beißt sich auf die Lippen, ehe sie weiterspricht: »Es muss Adelia sein, meine Tante. Sie ist die Einzige, die infrage kommt. Aber sie würde niemals ...« Die Magierin stutzt, schaut sich um, als wäre eine andere Person im Saal, wendet sich dann ruckartig um und schaut zurück zu ihrer Tür. »Es ist etwas vorgefallen«, sagt sie. »Ich muss hinaus«, fügt sie hinzu, steht aber wie versteinert da. »Da herrscht das Chaos!«

»O nein«, sagt Eras leise, und ich habe den gleichen Gedanken. Wüten die anderen Gargoyles dort draußen, weil Eras verschwunden ist und sogar gesucht wird?

Myrtis schüttelt den Kopf. »Es sind die Söhne des Perseus!«

Ich trete zwischen Christabel und Hector hindurch an Myrtis heran und verwandle mich zurück in meine menschliche Gestalt, noch ehe ich die Hand der Magierin gefasst habe. »Myrtis!«, sage ich.

Die Magierin blinzelt und schaut mich an, als sähe sie einen Geist. »Ich muss dort hinaus!«, sagt sie.

Ich wende mich an meine Vertrauten. »Ihr begleitet sie.«

»Und du?«, fragt sie.

»Ich werde Gora aufwecken«, antworte ich, und in Gedanken flüstere ich zu Elena: *»Und du stehst Myrtis zur Seite. Schütze sie, wie du mich schützen würdest.«*

Ich bin bei Christabel, als sie Blicke mit Elena tauscht, die bei Myrtis im Haus bleiben wird. Kaum haben die Wachen die Tür aufgerissen, stürmen Christabel, Hector und Ras auf den Platz hinaus. Die Wachen schießen mit Pistolen schräg nach rechts oben auf die Südgalerie beim Sennen House, und da sind sie: die Söhne des Perseus! Die meisten von ihnen tragen Schusswaffen, aber einige sind mit magischen Speeren und Dolchen bewaffnet.

Magische Wesen, von Baumnymphen am Boden bis zu Harpyien in der Luft, fliehen in die andere Richtung, aber die Gargoyles von Köln suchen die Nähe der Feinde. Mit einem Teil von ihnen stürmt Orlando über die Südwesttreppe auf die Galerie, während die anderen sich von Ras auf der Hauptstraße mitreißen lassen. Von wütendem Geschrei umgeben folgt Christabel an Hectors Seite Ras in den Kampf.

Die Kugeln reißen Steinsplitter aus Christabels Körper, und auch ihre Gefährten stöhnen auf, während Fragmente aus ihnen herausgesprengt werden, doch der Schmerz nährt nur ihre Wut. Christabels Schreie vermischen sich mit denen ihrer Gefährten, als würden sie als Chor nach Rache rufen. In Christabel brennt all die Verzweiflung, die sie in Köln und in den Pyrenäen durchlebt hat.

Mit steinernen Fäusten schlägt sie die heranstürmenden Perseussöhne nach links und rechts zur Seite, während über ihren Köpfen Kugeln hin- und herschwirren. Die Feinde auf dem südlichen Galeriegang sind so sehr damit beschäftigt, die Wachen gegenüber zu beschießen und zugleich die von Orlando geführten Gargoyles aufzuhalten, dass die Feinde hier unten auf sich selbst gestellt sind.

»Nicht so weit vor!«, ruft Hector, doch die Gorgonenwut kocht in Christabel und kann nicht durch Worte gekühlt werden. Sie will wie ein Pflug durch die Feinde dringen.

Zwei Perseussöhne schlägt sie zur Seite, einen dritten packt sie mit der einen Hand am Hals, mit der anderen an der Hüfte, stemmt ihn in die Höhe und schmettert ihn zu Boden. Während sie sich umschaut, weichen die Feinde vor ihr zurück.

Ein Schrei lässt sie herumfahren. Ein Feind zieht seine Speerspitze aus Ras' Bauch. Aus einer Wunde dringt ein Glimmen, und Ras gerät ins Zittern. Ehe der Angreifer erneut zustoßen kann, ist Christabel bei ihm, reißt ihm die Waffe aus den Händen und richtet sie gegen ihn. Für einen Moment scheint um sie herum alles stillzustehen: Der Angreifer erstarrt ebenso wie die vier Perseussöhne, die ihm zur Seite gesprungen sind.

Ras brüllt vor Schmerz, während sich seine klaffende Bauchwunde mit Steinchen füllt. Hector ist da, und kaum zieht er Ras in die Mitte der Gargoyles, greift Christabel an und straft den Mann, der Ras verletzt hat. Beim ersten Stich weichen die Feinde zurück, beim zweiten und dritten lassen sie ihren Gefährten den Vortritt, und erst, als der Angreifer sich nicht mehr rührt, öffnen die Feinde einem der ihren einen Weg zu Christabel – einer breiten, dick verhüllten Gestalt.

Es ist der Gargoyle, der Elena und Sema am Rheinufer angegriffen und Hector bei der Versammlung verletzt hat. Nach einem Ruf von Orlando wird er von den Wachen auf der Galerie beschossen, aber die Kugeln beeindrucken ihn nicht. Wie zuvor ist dieses Wesen in einen Wintermantel gehüllt, mit Kapuze und Schal, und es bewegt sich still voran.

Aus Christabels Gorgonenwut wird Angst, und als sie zurückweicht, fassen die Feinde wieder Mut. Sie halten sich von dem Gargoyle fern, um nicht in die Schussbahn zu geraten, stürmen aber an den Rändern vor.

Christabel zieht sich zu Hector zurück, und gemeinsam schleifen sie Ras dem Platz entgegen, wo sich Dutzende von Wachen und fünf Magiekundige der Durands sammeln. Die Garde trägt ihre Metallgriffe bei sich. In den Händen der einen erwachsen daraus silbrige Stäbe, und ein Schild aus einer blauen, glasartigen Substanz entfaltet sich; bei den anderen bildet sich um den Griff ein Geflecht, in dessen Lücken sich blaue Fäden spannen – ein Fäustling, in dem Magie flimmert. Die mit Schilden gerüsteten Wachen schaffen einen Wall, aus dessen Deckung heraus die mit den Fäustlingen bewaffneten ihre glühenden Lichtbolzen abfeuern.

Während sie auf den feindlichen Gargoyle zeigt, ruft Christabel: »Bezwingen wir ihn, wird der Widerstand brechen!« Sie sagt es als Gefährtin der Durands, aber der Offizier leitet aus ihren Worten einen Befehl ab, als wäre sie die Feldherrin dieses Kampfes.

Die Magiekundigen strecken ihre Hände aus oder zeigen mit ihren Stäben voraus, und Strahlen und Blitze schießen dem Wesen entgegen, sodass es in Dampf und Rauch verschwindet. Für einen Moment hegt Christabel die Hoffnung, dass die Magie der Durands ihren Widersacher bezwungen hat. Doch kaum verstummt der Beschuss, tritt das Wesen hervor und nähert sich unbeeindruckt.

»Diesmal erledigen wir diese Bestie!«, ruft Christabel, und Hector stimmt ihr zu. Ras richtet sich auf. Die Magie seines Körpers hat seine Wunde geschlossen, und als wäre seine Heilung über das Ziel hinausgeschossen, wächst Ras zu einer dämonenartigen Steingestalt mit Schwingen heran, die über Christabel hinausragt.

Mit schweren und gleichmäßigen Schritten naht der Gargoyle der Perseussöhne, und so sehr die Wachen auf ihn feuern und die Magiekundigen ihre Hände und Stäbe gegen ihn erheben, er bewegt sich weiter wie eine Geröllawine.

Obwohl sie weiß, was dieses Wesen Hector in Köln angetan hat, ist Christabel an Ras' Seite, um diese personifizierte Naturgewalt aufzuhalten.

Ich streiche Gora mit den Fingerspitzen über den Arm, und sogleich sehe ich mich, wie ich sie sehe, und spüre die Wärme ihrer erwachenden Magie. Doch da sind fremde Präsenzen – die Reste von Zaubern, in die sie eingeflochten war.

»Gora«, sage ich in Gedanken, und vernehme das Echo meiner eigenen Stimme. *»Ich bin hier – hier bei den Durands, in deiner Zuflucht.«*

Aus den Tiefen des Schlafes vernehme ich ein Flüstern. *»Sema«,* haucht Goras Stimme in meinem Kopf. Unser letzter Austausch liegt Jahrhunderte zurück. Damals waren wir beide zur gleichen Zeit wach gewesen. Sie war aktiv, ich hingegen erholte mich gerade von meiner letzten Auseinandersetzung mit Magiekundigen, die mich unterjochen wollten, aber stattdessen als eine Ansammlung von Statuen geendet hatten.

Da sie immer nur wieder meinen Namen sagt, erzähle ich ihr nach einer Weile, was geschehen ist und was uns hergeführt hat. Ich pausiere immer wieder, um auf ihre Reaktion zu lauschen, aber sie flüstert immer nur wieder meinen Namen.

Längst bin ich bei unserer Ankunft hier im Hause Durand angelangt, als Gora seufzend *»Umae«* sagt. Meine Worte sinken langsamer zu ihr hinab, als die ihren zu mir emporsteigen. Ich komme nicht voran und fühle mich von Gefahren umgeben. Dort draußen lodert die Magie. Die Durands bringen ihr Gefüge zum Schwingen.

Ein Kampf ist entbrannt. Ich spüre Christabels Wut, die meiner Wut so ähnlich ist.

»Gora!«, sage ich in Gedanken, während ich Eras' Schmerz spüre, als hätte mich die Speerspitze getroffen, die ihm die Wunde reißt. *»Du musst aufwachen«,* denke ich zur gleichen Zeit, als Christabels Wut in Angst umschlägt.

Gora schweigt.

»Antworte!«, rufe ich ihr in Gedanken zu. *»Sonst endet es für mich, und sie werden sich wieder und wieder deiner Macht bedienen – bis du keinen Nutzen mehr für sie hast.«* Meine

Worte schweben zu Gora hinab, während Christabel sich mit Eras wieder in einen Kampf stürzt.

Ich muss an Gora herankommen, sie wachrütteln, damit wir diesem Ort entfliehen können. Ich möchte nicht gezwungen sein, uns hier abzuschotten und auf ewig belagert zu sein. Ich möchte entkommen, und wenn ich nicht entkommen kann, dann möchte ich mich an Goras Seite den Feinden stellen. Zwei Medusenschwestern an einem Ort zum Kampf bereit – wer wollte uns bezwingen oder auch nur aufhalten? Also lasse ich meine Gedanken wieder und wieder zu Gora hinabsinken. *»Gora, du musst aufwachen! Du musst! Es bleibt nicht viel Zeit!«*

Ich bin bei Elena. Sie ist im Heim der Durands und hört durch die geschlossenen Fenster die Schüsse und die Schreie. Während die Wachen sich an den Türen postiert haben, steht Myrtis mitten im Raum auf einem bunten Mosaik und starrt scheinbar durch Elena hindurch in die Leere, tatsächlich aber umweht ihre Magie Elena wie ein kühler Windhauch.

Myrtis berichtet, was sie sieht: Ihre Tante Adelia hat die Söhne des Perseus durch das Tor im Südwesten hereingelassen, das aus dem Stadtteil Clapham herführt. »Adelia umgeht den Kampf und ist auf dem Weg ins Nordgebäude.«

Myrtis wendet sich an die Offizierin ihrer Wache, Captain Lydgate, eine große Frau mit breiten Schultern, deren Wangen stets gerötet sind. Die Hälfte ihrer Leute solle die Tür bewachen, die zu dem Portal führt, durch das sie Goras Bereich verlassen haben. Ich habe die Barriere hinter ihnen geschlossen, und auch wenn der Rückweg eine Abkürzung wäre, glaubt Elena, es würde mich von der Aufgabe ablenken, Gora zu wecken.

Von Lydgate und acht Wachen begleitet, führt Myrtis Elena im Nachbarraum über eine Treppe nach oben, dann folgen sie einem Gang, der sie ins Nordgebäude führt. Hier ist es still, und Myrtis sagt: »Die meisten haben sich verkrochen und warten, bis wir die Dinge bereinigt haben.«

»Seid ihr schon mal angegriffen worden?«, fragt Elena, während Myrtis sie auf einen Flur führt, der direkt auf den breiten Gang am Rande des Gebäudes mündet.

»Vor meiner Zeit einige Male«, antwortet sie, und mit schwankender Stimme fügt sie hinzu: »Aber nie wurden wir von jemanden aus unserer Familie verraten.«

Auf dem Gang am Rande des Nordgebäudes steht eine Gruppe von Myrtis' Leuten vor dem Zugang, den ich uns vorhin geöffnet habe. Es ist dieselbe Gruppe, die uns nachgerufen hat. Ein Rammbock und die zertrümmerte Tür liegen am Boden. Zwei Magier berühren mit ihren Stäben die türkisfarbene Barriere und schauen Myrtis mit erleichterten Mienen entgegen, als sie Elena aber sehen, stutzen sie und lassen sich von Myrtis knapp über die Lage aufklären.

Meister Pellegrin, dem wir seit unserem ersten Empfang bei Myrtis misstraut haben, weil er uns hätte entlarven können, ist inzwischen dazugekommen und tritt nun näher. Noch tiefere Falten als ohnehin schon liegen auf der Stirn des alten Magiers. Er gesteht mit überraschter Miene, er habe vermutet, die Gargoyles hätten einen Angriff gestartet. Myrtis erklärt ihm, dass Ras und die Gargoyles gerade dabei seien, das Haus zu verteidigen. Dann weist Myrtis den gebogenen Gang entlang. »Da kommen sie!«, sagt sie, noch ehe dort irgendjemand zu sehen ist.

Captain Lydgate gibt ihren Leuten Befehle: Diejenigen, die es noch nicht getan haben, ziehen ihre Metallgriffe aus den Gürteln. Die einen lassen daraus Schilde entstehen, die anderen machen sie zu Fäustlingen.

Myrtis und die beiden Magier positionieren sich mit Elena in der Mitte, während in der Biegung des Ganges die Söhne des Perseus erscheinen. Elenas Blick sucht Adelia, doch sie findet sie nicht, weil sie nur Augen für Bertram Setterfield und Anton Wängeler hat. An Letzterem glimmt noch der magische Hauch, den Sema seinem Dolch angeheftet hat und den Elena nun in aller Klarheit erkennt.

Schüsse ertönen, und Elena duckt sich, während die Kugeln knallend von den magischen Schilden der Wachen abprallen. Unter den Söhnen des Perseus erblickt sie auch einige, die Speere und Dolche mit sich führen – zweifellos die magischen Waffen, mit denen sie uns gerne zusetzen.

»Vorsicht, Leute!«, ruft Myrtis gegen die Schüsse an. »Meine Tante trägt ihr Kampfgewand.« Es ist eine schwere Robe, auf der Muster glitzern – wahrscheinlich Metallfäden, wie ich sie ab und zu bei den Durands gesehen habe. Keine der Roben, die ich bisher hier erblickte, ist jedoch von so vielen Mustern bedeckt gewesen.

Bei all den Befehlen, die Myrtis gibt, wirkt sie wie eine junge Frau. Es gibt keinen Zweifel, dass sie wie auch Adelia durch Magie jung bleibt oder aber langsamer altert. In oft vollzogenen Gesten offenbart sich ihr Alter, doch bei etwas Seltenem wie einem Kampf gegen ein Familienmitglied wirkt das Oberhaupt des Hauses Durand wie eine junge Anführerin.

Captain Lydgate weist ihre Leute an, sich bereit zu machen, während Meister Pellegrin sich das graue Haar zurückstreicht, leise flucht und dann sagt: »Durandiden, die mit den Perseussöhnen gemeinsame Sache machen!« Er richtet sich auf, stampft mit dem klobigen Fuß seines Stabes auf dem Boden auf.

»Feuer!«, ruft Myrtis.

Das blaue Licht der Magie in den Fugen der Fäustlinge schwillt an, und Schuss auf Schuss gleißender Lichtpfeile entfesseln sich. Die Perseussöhne tragen keine Schilde bei sich. Auf der linken Seite gehen drei von ihnen zu Boden, und Schreie hallen uns entgegen. In der Mitte aber prallen die magischen Geschosse an einer unsichtbaren Barriere ab, die Anton Wängeler umgibt und die auch Adelia umfasst. Auf seiner Brust blitzt etwas, ein Anhänger an einer Kette.

»Verdammt! Er ist mächtig!«, ruft Myrtis gegen den Lärm an.

»Das ist Wängeler! Der nutzt gerne Artefakte«, erwidert Elena.

Myrtis beugt sich zu Meister Pellegrin hinüber. Der nickt, schiebt die Spitze seines Stabes zwischen den Schilden hindurch, und im nächsten Moment schießt ein blauer Strahl den Gang entlang, macht zitternd Wängelers Barriere als glitzernden Vorhang sichtbar, durchsticht ihn und lässt das Medaillon auf Wängelers Brust funkensprühend zerbersten.

Wängeler muss von Setterfield gestützt werden und ruft mit erboster Stimme: »Angriff!«

Während die Söhne des Perseus gegen sie anlaufen, verwandeln sich auf Elenas Seite die Fäustlinge, die die Hälfte der Wachen tragen, in Piken, die den Feinden entgegenwachsen. In den abgestumpften Spitzen glüht der blaue Schein der durandischen Magie.

Elena sieht noch, wie ein Perseussohn, der vor den anderen läuft, nach dem Stoß einer der Piken erschlafft und zu Boden sinkt, da donnert es neben ihr. Myrtis' Arm ist von blendendem Licht umgeben, das sich losreißt und die Feinde, die zwischen ihnen und Adelia stehen, zur Seite schlägt. Der Weg zu Adelia und Anton Wängeler ist frei, und Elena will vorandrängen, um sowohl Setterfield als auch Wängeler für das, was sie in Köln und darüber hinaus getan haben, zur Rechenschaft ziehen, doch die Schilde sind ihr im Weg. Myrtis tippt der Wache vor ihr auf die Schulter, und diese lässt ihren Schild zusammenfalten, weicht zurück und öffnet Elena damit die Bahn.

Sie läuft voran und bemerkt, dass die Dolch- und Speerträger sich noch immer hinter Wängeler und Setterfield sammeln. Die Kugeln, die sie treffen, sprengen Splitter von ihrer Schulter und ihrer Hüfte und lassen mit dem Schmerz, den sie entzünden, ihre Wut aufflammen. Sie will Wängeler zertrümmern für das, was er Umae angetan hat. Doch von einer der durandischen Lanzen getroffen, taumelt ihr einer der Perseussöhne in den Weg.

Elena spürt den Hauch von Myrtis' Magie, der schwungvoll zu ihr schwebt und sie zu umhüllen sucht, doch dann trifft sie etwas Gewaltiges und schleudert sie gegen die Schilde ihrer eigenen Verbündeten. Der Aufprall auf dem Boden schmerzt, als würde ihr Körper in tausend Steinchen zertrümmert. Adelias Zauber – er hat sie getroffen und hält ihre Brust gefangen.

Um Elena herum werden die Schreie lauter. Verbündete und Feinde huschen an ihr vorbei. Als sie etwas packt, erwartet sie, noch einmal vom Zauber getroffen zu werden, doch stattdessen wird sie über den Boden geschleift. Sie hört das Auffächern eines Schildes und sieht Myrtis über sich. »Es war einen Versuch wert«, sagt sie. Und während sich ein Lächeln auf ihr Gesicht legt, reißt sie etwas Schweres zur Seite. Dem schmerzverzerrten Aufstöhnen der Magierin folgen die Schreie der Wachen um sie herum.

Kaum hat Elena sich aufgerichtet, stellt sie sich schützend über Myrtis, die am Boden kauert. Der unsichtbare Schlag, der Elena trifft, holt sie beinahe von den Beinen, aber sie bleibt standhaft, als wäre ihr Gargoylekörper mit dem Steinboden verwachsen.

Elena hilft Myrtis auf die Beine. Die Magierin streckt zitternd ihre Hand an ihr vorbei, und ein Licht schneidet durch die Luft. Erschrocken folgt Elena dem Zauber mit dem Blick. Setterfield steht vor Adelia und hält den Strahl mit seiner Hand auf. Ein zweiter, von Meister Pellegrin abgeschossener Strahl lässt Setterfield mit Adelia zurückweichen.

Auf Elenas Seite liegen zwei Tote mit Kopfwunden am Boden, und der Anblick scheint Myrtis zu lähmen. Da die Anführerin der Durandiden nicht stark ist, muss Elena für sie stark sein. Sie ist bereit, sich noch einmal vorzuwagen, da fasst Myrtis ihren Arm. »Warte!«, ruft sie, löst sich von ihr und macht eine ausladende Geste. Mit einem Mal spannt sich ein orangefarbener Schild durch den Gang und blockiert Adelia und den Perseussöhnen den Weg.

»Das wird sie nicht lange aufhalten« sagt Myrtis, »doch ich möchte nicht kämpfen, wenn ich nicht muss.«

»Aber Herrin!« sagt Lydgate. »Die Feinde sind hier. Wir können nicht ausweichen.«

»O doch«, sagt die Herrin des Hauses und schaut auf den Eingang zu Goras Bereich, in dem nach wie vor die türkisfarbenen Barrierefragmente den Weg blockieren. »Ob sie uns hineinlässt?«, fragt Myrtis.

Adelia vollzieht jenseits der transparenten Wand große Gesten – unterstützt von Setterfield, und schon splittert die Wand an den Rändern. Mit ihrer hasserfüllten und angestrengten Miene hat sie kaum noch Ähnlichkeit mit der zeitlos erscheinenden Frau, die wir bei den Empfängen der Durands kennengelernt haben.

Noch ehe Elena einen Gedanken an mich richten kann, öffnet sich die Wand, die ich in Goras Barriere eingefügt habe. Die Wachen gehen vor und stellen sich auf dem Gang links und rechts an die Wand. Nachdem Elena mit Myrtis hinter Meister Pellegrin und Captain Lydgate die Öffnung passiert hat, füllt sich die Bresche wieder mit der türkisfarbenen Wand, während auf der anderen Seite die magische Barriere, die Myrtis geschaffen hat, unter trommelnden Treffern von Kugeln und Magie in sich zusammenfällt.

Adelia baut sich mit Setterfield und Wängeler direkt vor Elena auf. »Ihr könnt nicht gewinnen«, sagt sie. »Ich habe diese Barriere schon einmal durchstochen.«

»Warum, Adelia? Warum hast du das getan?«

»Weil dieses Haus mir gehören sollte«, entgegnet sie und schlägt mit der Faust gegen die Barriere. »Weil ich nicht länger von deinem Wohlwollen abhängig sein möchte!« Mit jedem Schlag zieht sich ein Flimmern durch die Luft, und die Barriere erzittert. »Weil ich dich schon gehasst habe, als dein

Vater dir all das versprach! Und weil das, was er versprach, Wirklichkeit geworden ist!«

Myrtis nickt. »Hättest du doch nur etwas gesagt!«, erwidert sie.

»Um in Ungnade zu fallen, wie so viele andere?« Nach einem weiteren Schlag hält Adelia schwer atmend inne und starrt Myrtis mit hassverzerrter Miene an.

»Ich gebe dir eine Chance, Adelia«, sagt Myrtis. »Weil ich mehr auf dich und dein Wohl hätte achten sollen. Wenn du dich jetzt von ihnen lossagst, können wir das noch klären.« Was immer Myrtis damit meinte, Elena wird nicht darüber hinwegsehen, dass sie den Feinden geholfen hat und dadurch Umae und andere ihre Leben verloren haben.

»Du erteilst mir keine Befehle mehr«, sagt Adelias. »Wo sind deine Cousins und Cousinen, wo meine Geschwister? Sie haben sich verkrochen und vielleicht schon davongemacht und erscheinen erst wieder, wenn klar ist, vor wem von uns beiden sie buckeln sollen. Am Ende werden alle abwarten, woher der Wind weht. Auch die Wachen.«

Unter den Durandi auf dem Gang wird Unmut laut, und Meister Pellegrin zeigt mit seinem Stab auf Adelia. »Es gibt kein Haus Durand ohne die Loyalität seiner Bewohner«, sagt er.

»Wir werden sehen«, entgegnet Adelia und führt ihre Hände gegen die magische Wand. Sie trägt mehrere Ringe, und am Handgelenk, das wegen der zurückgerutschten Ärmel zum Vorschein kommt, fällt Elena ein goldener Armreif auf, in den unregelmäßig Edelsteine eingelassen sind. Elenas Blick wandert zu den Händen und Armen der anderen. Wängeler trägt Ringe, Setterfield keine – aber sie beide tragen ähnliche Armreife, in die ebenfalls unterschiedliche Steine eingesetzt sind.

Elena weiß nicht, was die Armreife bewirken, aber ich durchschaue ihre Macht. *»Du musst dagegenhalten«,* sage ich in Elenas Kopf. *»Die Armreife – in ihnen ist unsere Macht le* *bendig. Sie wenden unsere Zauberei gegen die Barriere. Ich spüre unsere Magie, vom Zauber der Durands entfesselt, von dem der Perseiden in ein Artefakt gegossen.«*

»*Na und?*«, entgegnet Elena. »*Wenn sie durchbrechen, lässt du von Gora ab und versteinerst sie alle. Am besten kommst du sofort und lässt sie alle erstarren.«*

Nach einem langen Schweigen, bei dem ich in Gedanken zugleich bei Gora als auch bei Eras bin, sage ich: »*Das ist es ja: Sie glauben, mit diesen Armreifen meiner Macht widerstehen zu können.«*

»*Und können sie es?«*

»*Ich will es nicht in einer Konfrontation herausfinden, sondern möchte Gora wecken und dieses Haus verlassen. Was ich dazu brauche, ist Zeit.«*

Elena schaut Adelia in die Augen. »Du hast Zugang zu Gora gehabt«, sagt sie. »Du hast deine Magie an die ihre geknüpft und dabei entdeckt, dass du ihren Gedanken lauschen kannst. Und das Wissen, zu dem du Zugang hattest, hast du den Perseiden verkauft.«

»Ja«, entgegnete Adelia, ohne ihre Hände von der Barriere zu lösen. Doch der Hass überdeckt alles in ihrer Miene: den Trotz, die Verachtung, selbst die Anstrengung. »Wir richten eure eigene Magie gegen euch. Und ihr könnt nichts dagegen tun.«

»Wenn ihr glaubt, dass ihr mit diesen Armreifen gegen uns ankommt, dann irrt ihr euch«, erwidert Elena. »Wir wissen, in was wir uns hier hineinbegeben haben.« Adelia, Wängeler und Setterfield tauschen nun Blicke. Genau, wie Elena es will. Sie bekommt Herzklopfen. Wieder einmal eine dieser alten menschlichen Gewohnheiten, die bei Aufregung in ihr ausbrechen. Nach außen hin aber lässt sie sich nichts anmerken. An dieser versteinerten Miene werden sie nichts ablesen können, dessen ist sie sich sicher.

»Umae dachte auch, sie wüsste, worauf sie sich einlässt«,

sagt Wängeler mit seiner ruhigen Stimme, die dennoch gehässig klingt.

»Diese Armreife mögen euch vor einer Gorgone geschützt haben«, entgegnet Elena lächelnd. »Aber ihr solltet euch dringend fragen, ob sie euch auch vor zwei Gorgonen schützen.«

Wängelers schmale Lippen weiten sich zu einem überheblichen Grinsen. »Wir könnten es abkürzen. Ihr öffnet uns den Weg, und wir fechten es aus.«

Elena hebt die Hand zu einer scheinbar beschwichtigenden Geste. »Geduld! Wir halten euch hin, bis Gora wach ist und die Durands mit den Gargoyles eure Leute erledigt haben.«

Adelia birst mit ihrer zügellosen Stimme in das Spiel scheinbarer Gelassenheit, das Elena und Wängeler spielen: »Du und die Gorgonen – ihr könnt vielleicht länger dort ausharren! Aber die anderen nicht.«

»Du hast recht«, erwidert Elena und wendet sich an Myrtis. »Du und deine Leute solltet den Gargoyles zu Hilfe kommen. So endet es schneller.«

»Ihr habt es gehört. Wir brechen auf«, ruft Myrtis und wendet sich mit bedauernder Miene an Adelia. »Bis später, Tante!«, sagt sie und begibt sich mit ihren Leuten von dem Gang in den Saal. Elena fragt sich noch, was die Wachen wohl denken mögen, wenn sie im Saal mich bei Gora erblicken. Einen Moment später weiß ich es, während Elena dort vor der Barriere zurückbleibt.

»Nun bist du allein«, sagt Wängeler, und plötzlich wirkt seine Miene ernst.

»Nur scheinbar allein«, erwidert sie und legt ihre Hände auf die Barriere, genau dort, wo Adelia ihre aufgelegt hat. Deren Zauber ist wie ein gedämpftes Kratzen, und auch Setterfields und Wängelers Magie glaubt Elena zu spüren.

Während sie, wie sie es in der Höhle in Deutschland geübt hat, die Magie aus dem Boden zieht und in die Barriere schleust, bemüht sie sich, weiterhin eine selbstbewusste Miene zu zeigen, aber sie merkt, dass ihre Feinde die Magie schneller von der Barriere abschöpfen, als sie sie nachfüllen kann. Bald kann sie die Anstrengung nicht mehr aus ihren Gesichtszügen fernhalten – ebenso wie Wängeler seine Verbissenheit, Adelia ihren Hass und Setterfield … seine Unsicherheit.

Ich bin wie zerrissen, weil ich mit meinen Sinnen nicht verweilen kann und das Spiel der Gleichzeitigkeiten mir viel abverlangt. Ich muss Gora wachrütteln, doch sie rührt sich nur entsetzlich langsam. Elena, die Auge in Auge mit unseren Feinden ist, lenkt die Kraft in die richtigen Bahnen, doch ihre Zuversicht gerät ins Schwanken, und nur durch meine Worte und bestärkende Gefühle, die ich ihr sende, hält sie stand.

Alle Eindrücke werden überdeckt durch die Wut und die Verzweiflung meiner Vertrauten auf dem Hauptgang. Das Jonglieren der Gleichzeitigkeiten führt mich mit einem Mal zu Hector. Der fremde Gargoyle schlägt mit schweren Fäusten nach allem, was sich bewegt. Seine Vernichtungswut verwandelt Körper aus Fleisch und Blut in aufgebrochene und verrenkte Leichen, und die Körper aus Stein und Magie werden zu groben Trümmern zerschlagen. Der Geruch von Blut mischt sich in die staubige Luft – die Überreste von Menschen und die von Gargoyles sind im Tode vereint.

Obwohl die Söhne des Perseus an Boden verlieren und sich zurückziehen, um sich zu sammeln, wütet das Wesen davon ungerührt weiter, Hector hält jedoch an der Seite von Christabel und Ras dagegen. Die dämonenhafte Gestalt, die Ras angenommen hat, verfügt über so viel Kraft, dass er unseren Feind zurückdrängen und zu Boden stoßen kann.

Hector ist mit Christabel zur Stelle und drischt gemeinsam mit ihr auf das Wesen ein. Es erhebt sich jedoch wieder, und Hector fürchtet, dass es ihn dieses Mal totschlägt – oder schlimmer noch Christabel.

Er erbeutet zwei magische Waffen der Perseiden: Den

Dolch wirft er Christabel zu, er selbst behält den Speer. Unter einem Schlag des fremden Gargoyles taucht er hinweg, doch Christabel schreit auf, ihr Dolch fällt zu Boden, und ihre verbogene Hand richtet sich knackend wieder.

Die Kreatur holt aus, um Christabel mit den Fäusten zu traktieren, da wirft Hector den magischen Speer. Das Wesen aber stößt die Waffe zur Seite.

Hector hat Christabel einen Augenblick verschafft, doch statt wie sonst zu ihm zu kommen und sich neu aufzustellen, hebt sie den Dolch auf. Hector will dazwischengehen, doch die Kreatur kommt sowohl ihm als auch Christabel zuvor: Aus einer Drehung heraus schlägt sie nach ihnen. Hector reißt Christabel mit sich zu Boden. Der Arm ihres Angreifers zischt über sie hinweg.

Ras schreit auf. Ein Stück seiner Schulter bröckelt unter dem Hieb des Wesens, und einer seiner Flügel bricht. Eben hatte er noch über dem Boden geschwebt, jetzt liegt er da und stößt ein raues Stöhnen aus.

Hector erinnert sich an die Auseinandersetzungen mit den Feinden, als Christabel wie Achilles in Gefahr geschwebt hatten und er mal der einen, mal dem anderen zu Hilfe gekommen war. So war es nun auch.

Mit dem Körper bricht auch Ras' Verwandlung. Der verbliebene Flügel schrumpft, die Dämonengestalt verwandelt sich in einen steinernen Menschenkörper, dem oberhalb der Hüfte ein Stück fehlt, als hätte ein riesiges Raubtier ein Stück herausgebissen.

Hector versetzt der Kreatur, die durch den Hieb aus dem Gleichgewicht gekommen ist, einen Tritt und treibt sie damit gegen den Brunnen in der Mitte des Platzes. Er winkt Orlando und zwei weitere Gargoyles zu sich, und während sie herbeieilen und sich schützend zwischen dem Wesen und Ras aufbauen, hilft Hector Christabel auf die Beine. Ein Blick zu Ras und ein Blick untereinander, und Hector weiß, dass

Christabel verstanden hat. Gemeinsam schleifen sie Ras in Richtung des Wohnhauses der Durands davon.

Ein tiefer Schmerzensschrei gellt über den Platz an Hector heran und lässt ihn wie auch Christabel herumfahren. Der fremde Gargoyle geht taumelnd zu Boden, während Orlando mit einem von den Perseussöhnen erbeuteten Speer nachsetzt.

Mit schmerzverzerrter Miene sagt Ras stockend: »Ich schaff's nicht.« Er stößt ein Seufzen aus, das für Hectors Ohren wie ein letztes Ausatmen klingt. »Tut mir einen Gefallen und bringt dieses Monster um«, spricht er mit erstickter Stimme.

»Nein«, spreche ich in Gedanken zu Hector – und zu Christabel und Eras. *»Bringt ihn zu mir.«*

»Das werden wir«, antwortet mir Hector in Gedanken, und auch Christabel verspricht es mir.

Doch die Feinde versperren ihnen den Weg zum Wohnhaus der Durands. Das Wesen brüllt auf, und wieder blickt Hector zurück. Er hat den Angriff nicht gesehen, sondern sieht nur dessen Auswirkung: Orlando fliegt zur Seite und reißt vier ... fünf der Seinen zu Boden.

Die Kreatur beachtet Orlando und die anderen jedoch nicht, sondern nutzt deren Benommenheit und nähert sich dem Haus.

Hector hat Angst. Der Schmerz und das Gefühl, zu sterben – all das, was er in Köln verspürt hat, nagt wieder an ihm. Er klopft an die Tür, während Christabel Ras stützt. Das Wesen kommt näher. Wenn die Wachen der Durands doch nur die Tür öffnen würden! Die Angst um sich selbst weicht der um Christabel, als er ihre verzweifelte Miene sieht. Sie schüttelt den Kopf, als Ras' Körper erschlafft und sich dann versteift.

Ich weiß nicht, ob Eras noch lebt. Die Angst, die ich sowohl bei Hector als auch bei Christabel spüre, übertüncht alles. Aus Angst ums eigene Leben wird Angst umeinander. Hector will nicht, dass Christabel das durchmachen muss, was er in Köln durchmachte, und Christabel möchte Hector nie wieder so hilflos sehen. Kaum sind diese Ängste durch mich hindurchgezogen, bin ich mit meinen Sinnen wieder bei mir selbst im Saal an Goras Bett. *»Umae?«*, höre ich sie sagen.

»Sie ist tot, Gora. Und wenn du nicht erwachst, werden wir das auch sein. Sie werden mich töten und dich in deinem Schlaf wieder und wieder dazu nutzen, um unsere Schwestern aufzuspüren. Du musst erwachen.«

Langsam antwortet Gora mit zitternder Gedankenstimme: *»Ist es meine Schuld? Ich erinnere mich nicht. Es könnte sein, dass im Traume …«*

»Nein«, entgegne ich und erkläre ihr noch einmal, dass Adelia sich an ihren Zauber geknüpft hat und Einblick in sie und ihre Fähigkeiten erhalten habe. *»Mit der Macht dieses Hauses im Rücken hat sie durch dich gezaubert, wie wir es durch manche unserer Gargoyles vermögen.«* Ich zeige Gora Adelias Spuren, die sie hier oben hinterlassen hat. Ein Lichtschimmer, aus dem magische Bande dringen und wie im Wind flattern, aber nicht bis zu Gora hinabreichen. *»Damit hat sie sich an dich geknüpft.«* Ich zeige ihr, was Elena sieht, und mache sie auf die Armreife von Adelia, Anton Wängeler und Bertram Setterfield aufmerksam.

»Wie vermochte Adelia mir dieses Wissen zu entlocken – und wie gelang es ihr, meine Sinne zu nutzen?«, fragt Gora.

»Mit viel Zeit und Geduld«, antworte ich.

»Ich möchte versunken bleiben, vielleicht weiter sinken. Ertrinken in den Tiefen, um in euch wieder aufzutauchen. Ich möchte, dass sich meine Schuld auflöst.«

»Du trägst keine Schuld.«

»Ich habe Magiern vertraut. Dabei hätte ich wissen müssen, dass selbst, wenn sie gute Absichten haben, alles durch ihre Gier nach Macht verdorben wird.«

Ich erkläre ihr, dass Myrtis gerade um das Haus Durand kämpft, und ich erzähle ihr von John und dass er auf uns wartet. *»Du musst nur erwachen. Dann verlassen wir dieses Haus der Magie. Meine Vertrauten werden deine Vertrauten sein.«*

»Ich wollte immer eine meiner Schwestern kennenlernen, ehe wir verschmelzen. Aber nicht so. Ich kann dir nicht ohne Scham in die Augen schauen.«

»Es wäre, als würdest du in den Spiegel schauen.«

»Sich selbst in die Augen zu schauen, ist das Schlimmste.«

»Du wirst Trost in diesem Anblick finden. Und gemeinsam wenden wir uns gegen die Söhne des Perseus. Wann sind schon zwei von uns auf sie getroffen? Du musst die werden, die du warst. Die feurige Gora, die die Perseussöhne das Fürchten lehrte.«

Ich zeige ihr die Angst, die mir von Hector und Christabel entgegenstrahlt und wie sich ihnen, als die Verzweiflung am größten ist, die Tür der Durands öffnet und Myrtis sie hereinwinkt. Die Wachen schließen die Tür, kaum dass meine beiden Vertrauten Eras hereingetragen haben.

»Dieses Wesen dort vor der Tür – es kommt mir bekannt vor«, sagt Gora, und ich wundere mich.

»Ist es einer von deinen alten Gefährten?«, frage ich. *»Hat Adelia sich seiner bemächtigt?«*

»Nein. Er sieht nur so aus wie einer, den ich einmal erschaffen habe. Aber er ist längst Vergangenheit. Eine verlorene Seele. Es ist, als hätten sie meinen Zauber genommen und ihn genutzt, um einen Gargoyle zu schaffen. Er ist gefährlich. Er könnte selbst uns in Stücke hauen.«

»Hat dieses Wesen Umae getötet?«, frage ich.

»Ich weiß es nicht. Aber vielleicht … Warte!« Gora beobachtet die Kreatur, die Christabel, Hector und Eras nachsetzt, durch meine Sinne, und schließlich sagt sie: *»So viel fehlgeleiteter Hass. Er wird alles zerstören.«*

Ich versuche, zu erkennen, was Gora erkennt, und blicke zu Christabel und Hector gleichermaßen. Meine Sinne schwanken mal zwischen ihnen hin und her, und mal vermischen sich ihre Gedanken und Gefühle, als wären sie ein Wesen. So sehe ich durch Christabels Augen, wie die Haustür der Durands zersplittert und die Bestie in die Eingangshalle hereindrängt. Ras ist wieder erwacht, aber so sehr geschwächt, dass er keinen Schritt ohne Hilfe tun kann. Hector hilft ihm beim Erklimmen der Treppe. Christabel wirft den erbeuteten Speer nach dem Wesen, und diesmal schlägt die Kreatur die Waffe nicht zur Seite.

Die Spitze dringt schräg in die Schulter des Wesens und lässt es erst aufbrüllen, dann schlägt es den Schaft entzwei, greift nach dem splittrigen Ende und reißt sich grollend die Spitze aus dem Körper. Aus dem Loch im dicken Mantel dringt ein feuriges Leuchten, die Wunde selbst vermag Christabel nicht zu sehen.

Die Kreatur stapft die breite Treppe herauf, während Christabel Hector und Ras folgt.

Im ersten Stock wartet Myrtis, die ihre Leute bereit macht. Sie winkt Christabel, Hector und Ras hinter die Reihe der Wachen, während sich die Magiekundigen um Meister Pellegrin sammeln und auf die Tür starren.

Kaum erscheint das Wesen im Türrahmen, schießen die Wachen Lichtbolzen aus ihren Fäustlingen, und die Magiekundigen schleudern ihre Zauber. Als hätte jemand Feuerwerk im Raum gezündet, knallt und sprüht es, doch das Wesen läuft an und springt mitten zwischen die Wachen. Mit einem Schlag gehen fünf Durandi zu Boden.

Captain Lydgate wendet sich an Myrtis: »Bringt euch in Sicherheit! Geht!«

Hector hilft Ras in den Gang zum Portal. Christabel greift Myrtis Arm. »Komm! Sonst endet es hier. Dieses Ding kann nur Sema erledigen.«

»Wie will sie es erledigen?«, fragt Myrtis, während die Kreatur sich ihr und Christabel zuwendet.

»Sie hat es schon einmal aufgehalten«, antwortet Christabel. »Komm!«

Myrtis lässt sich von Christabel wegziehen, doch ihr Blick geht zurück und bringt auch Christabel dazu, zu dem Wesen zurückzuschauen, das mit gewaltigem Schwung Captain Lydgate zur Seite schlägt. Die Offizierin verschwindet aus dem Blickfeld, doch das Knacken weckt das Bild eines gebrochenen Körpers.

Meister Pellegrin stellt sich vor den Gang, die Wachen sammeln sich links und rechts von ihm. Die einen feuern aus ihren Fäustlingen, während sich die anderen vor ihnen in der Hocke positionieren und die Griffe zu Schilden machen.

Die Kreatur schlägt erneut zu, aber eine unsichtbare Wand, zweifellos von Meister Pellegrin erschaffen, lässt deren steinerne Fäuste abprallen. Doch ein Zittern liegt in der Luft, und Pellegrin gerät ins Taumeln, als wäre die Wand direkt mit ihm verbunden.

Hinter dem nächsten Durchgang schließt Christabel die Tür, doch Myrtis starrt in Richtung des Kampfes, als sähe sie alles noch in völliger Klarheit vor sich. Ohne zurückzublicken, eilt Hector mit Ras durch das Zauberportal und findet sich vor der feuerroten Barriere, in der Hector türkisfarbene Strukturen auffallen.

Christabel und Myrtis kommen nach, und nun stehen sie dort für einen Augenblick in trügerischer Stille und warten darauf, dass sich ihnen die Barriere öffnet.

Ein Krachen lässt Christabel und Hector zusammenzucken. Ras ist zu erschöpft, um in Panik zu geraten, während Myrtis kopfschüttelnd auf die Tür zurückstarrt und offensichtlich bereits sieht, was Christabel und Hector bereits ahnen: Das Wesen ist da. Meister Pellegrin konnte es nicht aufhalten.

Und wieder bewegen sich meine Sinne in den Gleichzeitigkeiten der Geschehnisse. Während Gora durch mich hindurch zu Hector und Christabel blickt, wenden sich meine Sinne auch Elena zu. Kaum hat sie einen Weg gefunden, mehr Kraft in die Barriere zu schleusen und damit das Vorankommen unserer Feinde zu bremsen, da versucht Wängeler, Elena mit Worten von ihrer Aufgabe abzulenken. Doch dazu braucht es mehr als Worte. Nach dem Verhör in Köln sollte Wängeler das wissen. So gelingt es ihm nicht, den Strom zu stören, den Elena lenkt. Im Gegenteil: *Ihre* Worte scheinen Wängeler, Setterfield und Adelia mehr aus dem Konzept zu bringen als umgekehrt.

»Was haben sie dir dafür gegeben?«, fragt sie Adelia.

Nach einem kurzen Zögern antwortet Myrtis' Tante: »Geld. Macht. Und ein Bündnis.«

»Habt ihr nicht genug Geld, nicht genug Macht? Und was bedeutet ein Bündnis mit jenen, die ihr verachtet – und die euch verachten?«

Wängeler grinst nur.

»Glaubst du im Ernst, diese Kerle würden sich an ein Bündnis mit dir halten?«, fragt Elena. »Sie werden dich fallen lassen, sobald sie haben, was sie wollen.«

Adelias Lippen formen ein winziges Lächeln. Hat sie vor, die Söhne des Perseus ihrerseits fallen zu lassen? Geht es darum, wer wen zuerst betrügt?

»Wir werden deine Herrin töten und Gora schön in ihrem Schlaf belassen«, erwidert Adelia.

»Ihr hattet nie eine Chance«, fügt Wängeler hinzu. Von der Seite treten Gehilfen in schwarzen Lederjacken heran und stellen einen Kasten auf den Boden, der wie ein uralter Gitarren-Verstärker aussieht. Aus dem Gerät ziehen die beiden Männer zwei Kabel, an deren Ende runde Pads angebracht sind. Sie haften der Barriere an, kaum dass sie damit in Berührung kommen.

Wängeler grinst erneut, während er die Hände von der Barriere löst und an dem Gerät den großen Regler von der einen Seite zu anderen schiebt. Hinter dem hauchdünnen Gewebe leuchtet eine Ansammlung von lichtdurchfluteten Kristallen auf. Während Setterfield und Adelia weiterhin versuchen, mit ihrer Magie ein Loch in die Barriere zu brennen, saugt dieses Gerät Kraft aus ihr auf. Sie wollen sie schwächen und zugleich durchstoßen.

Elena schleust so viel Kraft wie möglich in die Barriere, aber dieses Gerät nimmt so viel in sich auf, dass sie es wie eine Strömung im Wasser spüren kann.

»Es funktioniert«, sagt Setterfield. »Es knüpft sich an ihren Zauber.«

Wängeler nickt. »Sieht so aus, als wäre die Zeit der Gorgonen bald vorbei.«

»Sie werden durchkommen«, sagt Elena in Gedanken und hofft, dass ich ihr zuhöre. *»Sie haben hier …«*

»… ein Gerät, mit dem sie der Barriere die Kraft rauben«, höre ich Elena in Gedanken sagen. Und das, während Gora sich aus der Tiefe des Schlafes löst und allmählich der Wachwelt entgegensteigt. Inzwischen sind Christabel und Hector auf dem Weg zu mir, damit ich Eras heile. *»Gora! Du musst allein aufwachen«,* denke ich.

Langsam erwidert Gora: *»Geh, und hilf deinen Vertrauten! Du hast an mir alles getan.«*

Mit Zweifeln löse ich mich von Goras Steinkörper und gehe hinüber zum Gang, wo Elena den Hinterleuten unserer Widersacher gegenübersteht. Wängeler selbst zu sehen, ist etwas anderes, als ihn durch Elenas Augen zu betrachten. Hier schwingt noch so vieles mit, das ich über die Barriere fühle. Es stimmt: Die Armreife schützen sie vor meinem versteinernden Zauberblick.

»Du bist also Sema«, sagt Wängeler.

Ich antworte ihm nicht, sondern unterstütze Elena. In der magischen Strömung, die in das Gerät unserer Feinde führt, erkenne ich unsere Magie. Adelia hatte viel Zeit, Goras Zauber zu ergründen, und hat damit wieder einmal bewiesen, warum wir recht damit haben, Magiekundigen gegenüber misstrauisch zu sein.

Mit erhobenen Händen schichte ich Goras Barriere um.

Hier auf dieser Seite verdickt sie sich, zu den Seiten, wo es ohnehin keinen Zugang gibt, mache ich sie ebenso dünn wie auf der anderen Seite, wo Christabel und Hector jeden Moment erscheinen können.

Ich blinzle, schaue Adelia verächtlich an, übergehe Wängeler mit leerem Blick, lächle Setterfield zu und erkenne Angst in seinen Augen. Elena hatte recht: Ich hätte ihn in Irland erledigen sollen. Ich spüre, wie ein Gefühl der Unzulänglichkeit sich in Elena ausbreitet. Sie glaubt, ich wäre von ihr enttäuscht.

»Du machst das gut«, sage ich ihr in Gedanken. *»Schleuse weiter Kraft in die Barriere – dann hält sie vielleicht lange ge nug.«*

Ich mustere Wängeler von oben bis unten und sage: »Ich hätte mehr erwartet als ein von Leere beherrschtes Wesen.« Schließlich wende ich mich ab und gehe in scheinbarer Ruhe den Gang entlang, während meine Gedanken zu Gora vorauseilen. Nachdem ich die Doppeltür hinter mir geschlossen habe, renne ich in die Mitte des Saales und lege meine Hand an Goras Körper. In Gedanken sage ich: *»Die Zeit schwindet dahin, und zu beiden Seiten lauern Gefahren. Du musst jetzt aufwachen. Jetzt!«*

Ein Gedankenblitz lässt mich zucken und die Hand von Gora lösen. Ich schaue zur Tür, durch die vorhin Myrtis hereingekommen ist.

Am Ende des Ganges jenseits der Barriere herrscht ein Augenblick angstvoller Stille, dann aber springen die Flügel des Tores aus den Angeln und krachen auf den Boden. Sofort öffne ich die Barriere, und Hector und Eras stürzen auf den Gang, und Christabel zerrt Myrtis, die in Trägheit versunken scheint, mit sich voran.

Die Kreatur springt ihnen hinterher, während ich die Barriere aufragen lasse.

Zu spät ... nein, nicht zu spät! Die Barriere hat sich weit genug zusammengeschoben, sodass der breitschultrige Gargoyle nicht hindurchpasst. Zwar streckt er den Arm durch den Spalt und greift nach Myrtis, doch Christabel zerrt sie von der Barriere fort. Sie fallen beide zu Boden und starren auf das Wesen, das sich in den sich schließenden Spalt zwingen will.

Noch ist Goras Magie, von mir geführt, stärker als dieses Wesen. Der Spalt schließt sich um den Arm und drängt ihn langsam zurück.

Das Wesen wirft sich mit aller Wucht gegen die Barriere und schreit auf, als bereite ihr jeder Kontakt damit Schmerzen. Und wie zuvor scheint ein Leuchten unter der Kleidung aufzuflammen. Es ist Feuer, das von der Kleidung Besitz ergreift und sie verbrennt. So kommt eine unförmige Gestalt wie eine erst grob behauene Skulptur zum Vorschein. Kein Gesicht, keine Ohren, keine Geschlechtsteile. So wie Gora in ihrer schlafenden Gestalt. Nun, da sie enthüllt ist, wirkt sie nur noch mächtiger – wie eine blanke Naturgewalt, der nichts gewachsen ist.

Hector stützt Eras weiterhin und führt ihn durch die Tür am Ende des Ganges zu mir herein. Vom Anblick des Wesens gebannt, folgen Myrtis und Christabel nur zögerlich.

Kaum ist Eras, von Hector gestützt, bei mir, lege ich ihm die Hände in die klaffende Lücke über seiner Hüfte. »Es könnte sehr wehtun, Eras«, sage ich, und kaum lasse ich meine Macht fließen, trifft es ihn wie ein Schlag. Er hat nicht einmal Zeit, seinen Schmerz herauszuschreien, sondern sinkt zurück und wäre mit dem Kopf auf dem Boden aufgeschlagen, hätte Hector ihn nicht aufgefangen.

»Ist er – tot?«, fragt Hector, und ich spüre die Angst um einen Vertrauten – die Angst, die ihn damals plagte, als er mit Christabel und John gezwungen war, Achilles, Umae und die anderen zurückzulassen.

»Nein«, antworte ich. »Sein Körper ist nur so weise, sein Bewusstsein vor all den Schmerzen zu bewahren. Er ruht!«

Ich setze meine eigene Kraft ein, um Eras zu heilen. Es

schwächt mich, aber es lässt die Barriere unberührt. Ich schaue in Eras' Gesicht, und ich fühle seinen Zauber, so grob gefügt von den Händen Magiekundiger, dass ich fürchte, das Gefüge, das mein Zauber webt, werde vom Körper abgelehnt. Das Gegenteil ist jedoch der Fall: Als hätte sein Körper die ganze Zeit auf mich gewartet, knüpft er sich an meinen Zauber, und die Bresche schließt sich.

Die Gedanken von Eras öffnen sich mir, und ich dränge sie zurück, weil es mir nicht zusteht, hineinzuschauen. *»Hörst du mich«,* sage ich in Gedanken, weil ich wissen will, ob die Verbindung auf Gegenseitigkeit beruht.

»Ich höre dich«, antwortet er mir, und ich spüre die Verbundenheit meines neuen Vertrauten.

»Was tust du?«, fragt er. *»Das ist mehr als Heilung.«*

»Ja, ein wenig mehr. Ich hoffe, du weißt es zu schätzen.«

Langsam öffnet er die Augen und schaut mich an. »Was hast du mit mir gemacht?«, fragt er.

»Dir etwas gegeben, das bei dir einen größeren Unterschied macht als bei mir.« Ich lächle. »Nennen wir es: eine Investition. Und nun halt still!«

Wir sind alle hier – nur Elena fehlt noch. Sobald auch sie da ist, bin ich von meinen Gargoyles umgeben, wenn Gora erwacht, stehe ich an der Seite meiner Schwester, und mit Myrtis ist die Herrin dieses Hauses meine Verbündete.

Während meine Heilkräfte durch Eras' Körper strömen, schicke ich meine Sinne zu Elena. Ich will bei ihr sein, wenn die Barriere bricht; ich will sie zu mir geleiten, und wenn sie hier ist, werde ich eins mit meinen Vertrauten, meiner Schwester und meiner Verbündeten. Und unsere Feinde werden wir das Fürchten lehren, wenn sie mir die Stirn bieten.

Kaum keimt der Kampfgeist in mir auf, da höre ich Elenas Gedankenstimme. *»Es ist so weit, Sema!«,* sagt sie, und ich spüre das Erzittern der Barriere und sehe durch ihre Augen, dass Wachen auf der anderen Seite sich zum Kampf bereitmachen und Wängeler und Setterfield die Hände von der Barriere zurückziehen.

»Elena! Komm zu uns, ehe die Barriere fällt«, sage ich. Sie zögert nicht, sondern löst ihre Hände von der Zauberwand, wendet sich um und läuft den Gang entlang.

Als sie durch die Tür kommt, erfasst mich die Verwirrung, denn ich sehe sie durch meine Augen und mich durch ihre Augen, und mit einem Schwindelgefühl mischen sich all die Sinne meiner Vertrauten durcheinander. Alles dreht sich, und mit einem Schlag herrscht Klarheit.

Nun sind wir vereint, und ich sehe alles vor mir. Durch Elenas Augen sehe ich Eras, dessen Körper unsicher wirkt und dessen Kleidung an der Hüfte zerrissen ist. Eras ist erwacht und schlägt in diesem Moment die Augen auf. Hector steht bei ihm und ist von Erleichterung erfüllt, während Christabel an Myrtis' Seite auf Goras Steinkörper starrt – fasziniert davon, mit zwei Medusenschwestern in einem Raum zu sein. Kein Hauch mehr von Schuldzuweisungen, nachdem die Wahrheit offenbart ist.

»Es ist nur eine Frage von Augenblicken, bis sie durchbrechen«, sagt Elena. »Wir brauchen Gora.«

Sie hat recht, aber ich schüttle den Kopf. Ich bin darin gescheitert, Gora wachzurütteln. »Nicht genug Zeit. Wir müssen es ohne sie schaffen.« Ich schaue mich um und sehe den magischen Schild auf beiden Seiten wie mit eigenen Augen vor mir. »Wenn die Barriere fällt, kommen Wängeler, Adelia und die anderen von dort, und von da hinten kommt das Wesen.«

»Dann öffne zur einen Seite und verstärke mit den Resten die andere«, erwidert Elena und schaut auf die Tür, hinter der am Ende des Ganges dem fremden Gargoyle der Weg verstellt ist. »Diese Kreatur werden wir mit vereinten Kräften erledigen.«

Ihr Rat beflügelt mich ebenso wie die Entschlossenheit, die sie erfasst hat. Und weil die anderen einverstanden sind, hebe ich meine Hände und verteile die Macht mit einer schwungvollen Bewegung von der einen Seite des Saales zur anderen um. Schritte stampfen den Gang entlang.

Von der Angst meiner Vertrauten mitgerissen, fürchte ich, dass mir dieses herannahende Wesen alles nimmt – meine Vertrauten und meine Schwester und schließlich mein Leben. Doch nichts kommt der Furcht nahe, die mir von Elena entgegenstrahlt. Sie fürchtet um mich wie um nichts und niemanden zuvor. Selbst Hectors und Eras' Angst, noch einmal dem Tode nahezukommen, reicht nicht an Elenas Furcht heran.

In Trümmern fliegt die Tür auseinander, und ohne zu zögern kommt die Kreatur auf uns zugelaufen. Durch den Kontakt mit der Barriere ist sie ihrer Kleidung beraubt. Dieses Wesen hat keine Augen, geht aber dennoch direkt auf mich los. Es hat keinen Mund, aber als Hector ihm den Dolch, den er von unseren Feinden erbeutet hat, in den Weg hält und es sich an der magischen Klinge schneidet, brüllt es; für einen Moment legt sich ein Schein auf den Körper, und ein glühendes Geflecht wird sichtbar, als wäre der grobe Körper ein Käfig für einen kleineren.

Myrtis versetzt dem Wesen mit ihrer Magie einen Schlag von unsichtbarer Hand, der dessen Bewegung kaum ändert. Ich muss zur Seite springen, um den beiden Fäusten der Kreatur zu entkommen, die eine der Steinplatten auf dem Boden zertrümmern.

Ich hebe meine Hände, doch das Wesen will bereits wieder auf mich losgehen. Elena, von der Angst um mich beflügelt, springt ihm entgegen und prallt wie ein Stein gegen eine Wand. Dann weicht sie einem Hieb aus. Schon ist Christabel bei mir, und als auch Hector und Eras dazukommen, gelingt es ihnen, das Wesen zu Boden zu reißen. Meine Vertrauten vereint im Kampf zu sehen, das erfüllt mich mit Tatendrang.

»Zur Seite!«, rufe ich ihnen in Gedanken zu, und sie befolgen meine Worte und lassen das Wesen frei. Es richtet sich

auf und holt mit den Fäusten aus. Elena will erneut dazwischengehen, aber mein Zauber ist schneller: Wie schon in Köln erstarrt das Wesen mitten in der Bewegung. Diesmal aber fällt es vor mir zu Boden.

Mit dem Aufprall erzittert es, und für einen Augenblick spüre ich den Schmerz, der sich in ihm hinter all der Wut verbirgt. Das Wesen liegt auf der Seite und ist wehrlos.

Da holt Hector mit dem Dolch aus, und auch Christabel hält einen in der Hand und ist bereit, das Wesen zu attackieren.

»*Wartet!*«, rufe ich in Gedanken.

Hector hält inne, und Christabel tut es ihm gleich, sagt aber: »Wenn wir es jetzt nicht töten, könnten wir es bereuen.«

»Sie hat recht«, sagt Myrtis auf Christabels Worte. »Dieses Ding hat meine Leute abgeschlachtet.«

»Sema? Warum sollen wir es nicht töten?«, fragt Elena. Ich verstehe sie. Wir haben schon Feinde getötet, die uns weit weniger zugesetzt haben als dieses Wesen. Aber durch meine Schwester wird mir etwas offenbar, das mein Mitleid erklärt. »Wegen Gora«, sage ich. »Weil Goras Zauber, den unsere Feinde aufgriffen, dieses Wesen zu dem gemacht hat, was es nun ist. Es steht unter einem Bann und kann gerettet werden. Wir haben hier kein Monster vor uns, sondern eine Kreatur der Gorgonenmagie, einen Gargoyle – ein Wesen wie euch.«

Ein Krachen ertönt hinter uns und lässt mich und Myrtis zusammenzucken. Die Magierin spricht aus, was ich spüre: »Sie haben die Kuppel aufgelöst.« Sie schaut in Richtung Tür, durch die Elena eben gekommen ist und gegen die im gleichen Moment die ersten Schläge erfolgen.

Die Tür fliegt auf; unsere Feinde sind da. Anton Wängeler und Bertram Setterfield halten sich mittig, lassen aber ihre Leute vor. Jene mit Schusswaffen eröffnen das Feuer.

Augenblicklich nehme ich meine Steingestalt an, während

Myrtis neben mir die Hände hebt und ein Knistern in der Luft ertönt. Ich stelle mich schützend vor sie, um sie vor den Kugeln zu schützen. Christabel kommt an meine Seite.

Die Gleichzeitigen sind entfesselt!

Ich bin hier bei Christabel, aber auch bei Eras, der sich am Steinbett abstützt und tief Luft holt, um die Magie dieses Ortes einzusaugen und seine Steingestalt zu festigen. Er ist längst nicht bei Kräften, aber dennoch zum Kampf bereit.

Hector ist hinter uns und holt, von Rachegedanken erfüllt, erneut mit dem Dolch aus, um dem regungslosen Wesen einen Stich zu versetzen, aber Elena packt ihn am Handgelenk, ehe ich ihm einen Gedanken schicken kann. »Nein!«, ruft sie. »Du hast Sema gehört!«

Doch Hector schüttelt den Kopf. Er ist hin- und hergerissen, aber er ist auch rechtzeitig bei mir, um den Speer zur Seite zu schlagen, den einer der Perseussöhne mir entgegengeschleudert hat.

Ich reiße die Arme hoch, und mit einem Schwall meiner Macht, die durch den Raum dringt, verwandle ich mich. Mein Haar wird zu gierigen Schlangen. Meine Augen sehen die Magie dieses Ortes wie hauchdünne Schleier, die in der Luft wirbeln und mich durchdringen. Auch in dieser Gestalt kann ich aus Stein sein – und bin es, um den Kugeln zu trotzen. Denn mein Körper aus Fleisch und Blut ist verletzlicher, wenngleich ich auch in ihm mehr ertragen kann, als diese Kugeln mir zufügen.

Ich werfe unseren Feinden meine Macht entgegen und gerate darüber ins Taumeln, während unter dem kämpferischen Zischen meiner Schlangen die Angreifer vor mir in der Bewegung erstarren und ergrauen. Mit der überbordenden Macht dieses Ortes habe ich sie versteinert – alle, bis auf Wängeler, Setterfield und Adelia Durand.

Nach meiner Macht kommt die Schwäche, und schwer atmend hocke ich mich zu dem ruhenden Wesen, das wir für eine Bestie hielten, und sauge die umherschwirrende Magie mit der Luft ein. Ich lege dem Wesen die Hände auf den Rücken, und was ich dort finde, treibt mir vor Mitleid die Tränen in die Augen. Vor lauter Schmerz, den ich in diesem Wesen verpuppt sehe, schüttele ich den Kopf.

»Was ist?«, fragt Elena und schaut zwischen mir und unseren Feinden hin und her. Durch ihre Augen sehe ich Wängeler, Setterfield und Adelia Durand, wie sie unsicher unter ihren versteinerten Leuten stehen und Blicke tauschen. Setterfield schaut sogar auf den Gang zurück. Ich werde die drei dafür bezahlen lassen, was sie diesem Wesen, dessen Qualen hier unter meinen Händen lodern, angetan haben!

»Es tut mir so leid«, flüstere ich dem Wesen zu.

»Sie ist nicht sie selbst«, höre ich Hector sagen, und auch er schaut zu unseren Feinden hinüber.

»Ich traue diesem … Ding nicht«, fügt Christabel hinzu. Durch ihre Augen starre ich auf meine Hände, die den Körper des Wesens abtasten. Ich verstehe ihre Vorbehalte, aber sie spüren weder den Schmerz noch die Wut, die danach trachtet, sich gegen die eigentlichen Feinde zu richten.

»Vertraut mir!«, sage ich in Gedanken. *»Holt euch Wängeler und Setterfield!«*

»Ich pass auf sie auf«, sagt Ras mit müder Stimme. In der erschöpften Leere in ihm strahlt das Vertrauen. Da schlummern noch Kräfte in den verborgenen Winkeln.

Während ich mit meinen Händen dem Schmerz des fremden Wesens nachspüre und zugleich Gora anrufe, sie möge endlich aus dem Schlaf emporsteigen, schaue ich durch die Augen meiner Schlangen, was in diesem Saal geschieht. Siebenundzwanzig sind es diesmal, die zugleich umherblicken und denen nichts entgeht. Unsere Feinde rühren sich und kommen langsam zwischen ihren zu Stein erstarrten Leuten näher – Wängeler in der Mitte, Setterfield zu seiner Rechten, Adelia Durand zu seiner Linken.

Hector reicht Ras den magischen Dolch. »Nur zur Sicherheit«, sagt er, und mich rührt die Sorge, die er sowohl für mich hegt, aber auch für Ras, den er heute mehrmals aus der Gefahr gerettet hat.

Hector hebt den Speer auf, den er eben zur Seite gestoßen hat. Er und Christabel nehmen Elena und Myrtis in die Mitte. Wie früher, als Umae noch aktiv gewesen und mit Achilles zwischen ihnen in den Kampf gegen die Perseussöhne gezogen war. Die Erinnerung lodert für einen kurzen, gewaltvollen, aber auch siegreichen Augenblick empor.

»Gebt auf!« Wängeler tritt mit Setterfield und Adelia Durand zwischen den Versteinerten hervor.

»Adelia!«, ruft Myrtis. »Allerletzte Chance! Wir können das noch im Guten klären.« Myrtis' Worte sind von den Zweifeln meiner Vertrauten flankiert. Und doch muss ich an Athene denken. Selbst mit den Feinden von einst lässt sich verhandeln.

»Lass es uns hier klären, aber nicht im Guten!« erwidert Adelia. »Lass uns klären, wem das Haus gehört, wem Gora gehört und wie es mit Sema und den Gar...« Ein Strahl schießt von Myrtis zu Adelia und schneidet ihr das Wort ab. Im selben Moment läuft Elena geradewegs auf Wängeler zu, und sie ist fast bei ihm, als sie gegen etwas Unsichtbares stößt. Für sie fühlt es sich an wie ein zähes Tuch, für meine Schlangenaugen wirkt es wie eine Wand aus dunkelrot getöntem Glas.

Elenas Schmerzen strahlen mir entgegen. Ein Brennen erfasst ihren Körper, und das gleiche Brennen bricht bei Hector und Christabel aus. Wie drei Säulen, ragen die Schmerzen meiner Vertrauten auf, und Schreie erfüllen die Luft.

Etwas Glühendes trifft Elena im Bauch. Noch ehe sie Wängelers Dolch sieht, erblicke ich ihn. Die strahlende Markierung, die ich dieser Waffe über Elena angeheftet habe, glimmt noch immer. Setterfield gerät zwar aus dem Gleichgewicht, vermag aber mit seinem Dolch Hector einen Stich in die Seite zu versetzen – und dann streift er Christabel und schneidet ihr in den Unterarm. Die Wunden brennen wie

Feuer, und jeder Versuch, gegen die Feinde anzurennen, endet in der Barriere, die sie dicht umgibt.

Indes feuern Myrtis und Adelia Zauber um Zauber in bunten Strahlen und Funken aufeinander und weichen einander immer wieder aus.

»Ich sagte doch«, erklärt Wängeler mit überheblicher Stimme und blickt auf meine niedergeworfenen Vertrauten hinunter. »Ihr hattet nie eine Chance. Wir haben von Adelia all das Wissen erhalten, das wir brauchen, um eure Macht zu brechen, euch einzufangen und kleinzuhalten. Ihr kommt nicht an uns heran.«

Das glaube ich ihm. Schon bin ich bereit, meine Hand von dem Wesen vor mir zu lösen und meinen Vertrauten zu Hilfe zu kommen, da bemerke ich, dass Myrtis inzwischen mit Adelia ringt. Sie halten einander an den Handgelenken, während etliche Zauber sich lösen, zur Decke fliegen und dort verwirbeln.

»Elena!«, rufe ich in Gedanken. *»Hilf Myrtis!«* Christabel und Hector schicke ich die Worte: *»Haltet Wängeler und Setterfield auf! Gewinnt Zeit!«*

Elena weicht mit Christabel und Hector zurück, dann erhebt sie sich, um zu Adelia zu laufen. Und tatsächlich kann sie die Magierin packen und damit Myrtis entlasten. Sie hält nun beide Arme Adelias in ihren Fäusten und ist bereit, sie zu zerquetschen, doch der Zauber der Magierin kämpft dagegen an.

»Hilf den anderen!«, ruft Elena Myrtis zu und hat nun nur noch Augen für Adelia. Sie bemüht sich, gegen die wachsende Kraft anzukämpfen, die aus Adelias Zauberarm strömt. Als sie zu mächtig wird und ihre Handgelenke Elena zu entgleiten drohen, versetzt sie der Magierin einen Tritt in den Magen, der sie zu Boden zwingt und jeden Zauber bricht. Unverzüglich schlägt Elena mit ihren Steinfäusten nach ihr.

Die Magierin hält den Arm schützend vor sich, doch Elenas Faust trifft den Armreif – und ein rötlicher Edelstein springt aus der Fassung.

Adelia schreit auf.

Zur gleichen Zeit hat Myrtis Setterfield und Wängeler zurückgeworfen, und ich spüre bei Christabel und Hector Erleichterung. Sie können innehalten und Kräfte sammeln, sind in jedem Augenblick bereit, vorzustoßen, falls Myrtis Unterstützung braucht. Die Herrin des Hauses Durand hält ihre Hände erhoben und so die beiden Perseussöhne mit einem in der Luft flimmernden Zauber zurück.

Es reißt mich zu Elena zurück, denn sie wird von etwas gegen die Brust gestoßen und durch die Luft zurückgeworfen. Als sie wieder auf die Beine kommt, sieht sie, dass Adelia sich den Armreif abreißt und eine blutende Wunde freilegt. Elenas Schlag hat das Artefakt zerstört.

Während ihre flimmernde Barriere uns von Wängeler und Setterfield trennt, geht Myrtis wieder auf Adelia los und stellt sich zwischen sie und Elena. Über ihren herumwirbelnden Händen bildet sich eine Kugel aus Lichtfäden, doch dann trifft sie ein breiter, roter Strahl von Adelia mitten in die Brust, und sie wird zurückgeworfen. Elena fängt sie ab und schaut in ihre blinzelnden Augen.

Noch ehe Christabels Schrei ertönt, gewahre ich durch sie den Schmerz, der ihren Körper aufzubrechen scheint. Meine Sinne sind zu langsam. Sie kommen dem gleichzeitigen Geschehen nicht hinterher. Myrtis' Barriere ist zerbrochen, und Setterfield und Wängeler sind zu Christabel und Hector vorgestoßen.

In Christabels Rücken klafft eine lang gezogene Wunde. Hector – gerade selbst einem Stich Setterfields ausgewichen – tritt gegen die Schutzschicht, die Wängeler umgibt und bringt ihn aus dem Gleichgewicht. Er packt Christabel, wuchtet sie auf seinen Rücken, kommt zu mir zurückgelaufen und legt unsere Vertraute neben mir ab. In Gedanken fleht er mich an, ihr den Vorrang vor dem Wesen unter meinen Händen zu geben, dann wendet er sich ab, um Myrtis und Elena beizustehen.

Christabel zittert vor Schmerzen. Ich löse eine meiner Hände von dem regungslosen Wesen vor mir und lege sie auf Christabels Rücken. Sie lächelt und doch weint sie. Aussprechen möchte sie es nicht, aber sie denkt: *»Lass mich nicht sterben!«* Ich antworte ihr nicht, denn es mag sein, dass wir heute alle sterben.

Während meine Kräfte sowohl in Christabel wie auch in das Wesen hineinfließen, schaue ich zwischen Hector und Elena hindurch unseren Feinden entgegen.

Als Myrtis und Adelia ihre Zaubersprüche wieder aufeinanderhetzen, halte ich Adelia mit dem Blick gefangen. Da der Armreif, der sie eben noch vor mir geschützt hat, zertrümmert am Boden liegt, ist sie vor meinem Zauber nicht geschützt. Es ist nicht leicht, gleichzeitig zu heilen und zu versteinern, aber ich versuche es.

Adelia macht eine kreisende Bewegung mit der rechten Hand, doch meine Macht hat sie bereits gefasst. Ihr Zauber aber knistert bereits vor Myrtis in der Luft. Vielleicht ist es zu spät. Nach einer zweiten Runde ihrer Zaubergeste verharrt Adelia in der Bewegung, als hielte ich ihr Handgelenk fest. Da sie mit der rechten Hand die Geste nicht vollziehen kann, versucht sie es mit der linken, und ich bin weder schnell noch geschickt genug, sie erneut zu fassen.

Es knistert mittlerweile überall, doch meine Vertrauten fassen Mut. Elena und Hector sind Seite an Seite. Ein Strahl, von Myrtis ausgesandt, überholt sie, erfasst Setterfield und stößt ihn zwischen die Versteinerten zurück.

Hector und Elena erreichen Wängeler, doch die Schutzschicht, die ihn umgibt, macht es ein weiteres Mal unmöglich, an ihn heranzukommen. Als Elena aber nach seinem Arm greift, gelingt es ihr, den Reif zu fassen. Dessen Oberfläche scheint ebenso wie Wängelers Dolch vom Schutz ausgenommen zu sein.

Wie bei Adelia versucht Elena, den Reif zu zerquetschen, da versetzt ihr Wängeler mit der freien Hand einen Schlag. Seine Hand selbst berührt sie nicht. Die Schicht, die seinen Körper schützt, trifft Elena wie eine Steinfaust, als hätte Wängeler eine unsichtbare Felsschicht um sich herum erschaffen.

Elena geht zu Boden, während Wängeler sich gegen Hector wendet.

Derweil ich meine Kraft für den nächsten Zauber bündele, ohne meine heilenden Hände von Christabel und dem Wesen zu nehmen, sage ich zu Eras: »Bring Elena den Dolch!« Er zögert keinen Moment, sondern mit dem Dolch, den Hector ihm anvertraut hat, fest in Händen, läuft er zu Elena.

Mit überraschter Miene nimmt sie den Dolch entgegen und will sich sogleich auf Wängeler stürzen, da wird ihr Hector von Wängelers Zauber entgegengestoßen. Den Dolch vermag sie gerade noch zur Seite zu drehen, bevor er Hector in den Rücken dringen kann.

Während Setterfield wieder näher kommt und Wängeler seine Hände zum nächsten Zauber formiert, stürmt Elena voran und sticht mit dem Dolch zu. Ich koste noch von Elenas Gorgonenwut und Mordlust, und ich merke, dass sie auf Wängelers Herz zielt, da schneidet die Klinge in die unsichtbare Schutzschicht, wird dadurch abgelenkt und streift lediglich Wängelers Arm.

Der Magier schreit auf, krümmt sich und hält seine Hand schützend über die Wunde. Elena zögert einen Moment, weil sie Dolche hasst und auch kein Fan von Blut ist, aber die Gorgonenwut überkommt sie.

Da sehe ich etwas, das Elena entgeht. *»Vorsicht!«,* rufe ich in Gedanken, denn Setterfield holt mit einem Speer aus.

Elenas Wut lässt sie den Angriff auf Wängeler nicht abbrechen, und gerade als sie unserem Feind den Dolch in den Körper treiben will, trifft sie Setterfields Speerspitze in die Brust.

Den Zauber, den ich Adelia entgegenschleudern wollte, lenke ich um, damit ich Elena zu Hilfe kommen kann. Meine Schlangen wenden sich von der Magierin ab und meiner Vertrauten zu. Ehe ich einen neuen Zauber wirken kann, trifft mich etwas, und es ist niemand da, der mich warnt. Ich bin von Licht umschlossen und von einem lähmenden Duft eingehüllt.

Adelia schreit auf, diesmal triumphierend. Ihr Zauber hält mich umfangen, lässt die Kraft aus mir hinausströmen. Ich ziehe meine Hände von Christabel und dem regungslosen Wesen zurück, denn sie heilen nicht länger.

Die Kraft fließt aus mir hinaus. Ich bin gescheitert. Ich war nicht in der Lage, die Gleichzeitigkeiten zu beherrschen. Ich spüre nun, wie alles in meine Richtung kommt. Blicke, Rufe, Bewegungen. Elena ist bei mir, und Christabel – selbst verwundet – zieht gemeinsam mit Eras Hector zu mir herüber. Ihm klafft eine Wunde in der Seite, und ich habe es – vom Zauber getroffen – nicht einmal bemerkt.

Myrtis sitzt kopfschüttelnd und schwer atmend bei uns. Meine Vertrauten kämpfen gegen ihre Schmerzen an, Elena, Christabel und Hector zudem gegen die Wunden, während Eras in sich nach Kräften sucht.

»Beenden wir's«, höre ich Wängeler sagen.

Von meinen Vertrauten und Verbündeten umgeben, schaue ich in die Richtung des Magiers. Setterfield ist bei ihm und reicht ihm einen Speer, sodass sie nun beide wieder bewaffnet sind. Adelia ist an ihrer Seite und scheint mit den Händen bereits den nächsten Zauber zu flechten.

Ein Ruck geht durch unsere Mitte. Das Wesen, das ich verschont habe, richtet sich auf, schaut sich um, und schlägt mich. Es ist, als hätte es mir den Kiefer vom Kopf getrennt. Ras und Hector versuchen, das Wesen von einem weiteren Schlag abzuhalten, doch es schüttelt sie ab und holt aus.

Selbst an dieser Kreatur habe ich versagt. Ich wollte allen zugleich beistehen, und vermag nun niemandem mehr beizustehen. *»Du hast mir beigestanden«*, sagt eine Stimme in meinem Kopf.

Da erwachen feuerrote Adern in den Wänden und ziehen sich durch die Fugen zwischen den Steinplatten. Das bringt die Kreatur ins Stocken – und schließlich hält sie inne. Unsere Feinde schauen sich um, als lauerte irgendwo eine neue Gefahr. Ich aber blicke am Boden sitzend zu dem Steinbett, von wo alle Lichtadern ausgehen.

Nach einem weiteren Knall fliegen Steine und Staub durch die Luft.

»Nein!«, ruft Elena, und tatsächlich schien es mir auch, als wäre Goras Körper einfach explodiert. Doch ich spüre die vertraute Wärme, noch ehe ich eine Gestalt im Staub ausmachen kann. Zwei glühende Punkte erscheinen, von magischen Flüssen umhüllt. Schlangen lösen sich aus dem Staub, dann ein Gesicht und ein Körper, der in ein graues, vielschichtiges Kleid gehüllt ist.

Elena schaut mich an, als müsste sie sich vergewissern, dass ich noch am Boden sitze und mich nicht dort auf dem Steinbett erhoben habe. Doch wie unterschiedlich müssen wir aussehen. Hier die geschlagene Medusenschwester, deren Schlangen ihre Köpfe hängen lassen und mit müdem Blick die Umgebung betrachten, und dort die erhabene Medusenschwester, die gleich einer Königin diesen Raum beherrscht.

Gora ist erwacht. *»Du bist nicht gescheitert«*, sagt sie mir in Gedanken. *»Du hast mich wachgerüttelt.«*

Ein Strahl schießt zwischen unseren Köpfen hindurch auf Gora zu, doch sie hebt die Hand, vor der eine breite Flamme tanzt, und fängt damit den Strahl nicht nur auf, sondern stemmt sich dagegen, und als er sich auflöst, verfolgen Flammen den Weg, den der Strahl gekommen ist, zurück zu Adelia. Der ganze Raum scheint in Flammen aufzugehen. Der Steinstaub, der in der Luft schwebt, verwandelt sich in einen Funkenregen.

»Lass uns gemeinsam kämpfen«, sagt Gora in meinem Kopf, und ich spüre, wie Kraft in mir aufsteigt.

Der Schmerz in meiner Brust und in meinem Kiefer wächst zwar, aber ich richte mich nach Goras Worten dennoch auf und schaue erst zu ihr und dann zu unseren Feinden. Setterfield und Wängeler weichen langsam zurück.

Mir fehlt noch die Kraft, Adelia meine Antwort auf ihren Zauber zu schicken, der mich in die Knie gezwungen hat. Aber ich habe sie erfasst, und sobald ich genug Kraft gesammelt habe, werde ich ihr meine Macht entgegenschleudern.

Durch den Funkenregen strahlt Adelia etwas entgegen, und mit einem Mal ist sie zu Stein erstarrt. Ich habe den Zauber begonnen, Gora hat ihn zu Ende geführt.

Ich schaue zu meiner Schwester. Sie verwandelt sich von der feurigen Gorgonengestalt in die eines Menschen. Sie zu sehen, heißt, mich selbst wiederzuentdecken, und so verwandle auch ich mich zurück.

Goras Haut ist dunkler als meine nun und heller als Umaes zuletzt, aber vor Jahrhunderten hätte sie wie meine Zwillingsschwester ausgesehen, und man hätte uns nur an unserem Haar auseinanderhalten können – ich mit meinen langen Locken und sie mit ihrem Afro.

Der von Goras Magie umhüllte Gargoyle, dessen Geheimnis mir offenbar geworden ist, rührt sich, und alle schrecken auf. Elena hebt unwillkürlich den Dolch, doch der Gargoyle stößt sie zur Seite, ehe ich etwas sagen kann. Er stellt sich Gora in den Weg, doch meine Schwester hebt beide Hände, und auch bei ihr hält das Wesen inne. Gora schießt einen Zauber, der den Gargoyle wie ein Windstoß erfasst. Die Kreatur fällt rückwärts zu Boden, und eine Staubwolke schießt in die Höhe, als wäre das Wesen von Puder bedeckt, das sich nun endlich löst und in der Luft verteilt.

Ich vernehme Schritte und sehe schemenhaft, wie Setterfield davonläuft.

»Sie fliehen!«, ruft Eras.

»Für den Moment«, entgegnet Elena. »Sie können uns nicht entkommen lassen. Die *werden* wiederkommen.«

Elena hat recht, doch ich richte meine Augen auf meine Schwester. »Gora!«, sage ich voller Bewunderung.

Gora kommt zu mir und schaut mir ins Gesicht, dann bewegen wir uns gleichzeitig und schließen einander in die Arme. Ihre Magie strömt zu mir; meine Magie strömt zu ihr. Ein Kreislauf entsteht, in dem ich sie spüre und sie mich spürt und wir einander durch die andere spüren. Es fügt sich zusammen, und ich glaube einen Hauch dessen gefunden haben, was uns bei der Vereinigung mit den anderen erwartet. Allein habe ich die Gleichzeitigkeiten, die mich umgeben, nicht beherrschen können, aber ich muss mich dem nicht länger allein stellen.

»Es tut mir leid«, flüstert Gora und schaut auf den gestürzten Gargoyle. »Ich habe es gewusst«, sagt sie.

»Ich habe es erst eben gemerkt«, erwidere ich.

Die Kreatur ist von einer dicken Schicht aus Stein umschlossen gewesen. Und als sich nun der Steinstaub legt, vermögen alle zu sehen, was ich mit meinen Zaubersinnen bereits erkannt habe: Von seiner Hülle befreit, offenbart sich unserem Blick ein Gargoyle in Steingestalt – die Statue eines Mannes.

Christabel und Hector eilen mit entsetzter Miene zu der Gestalt.

»Achilles!«, sagt Christabel seufzend.

Hector schüttelt schweigend und mit leidender Miene den Kopf. Die Gedanken und Gefühle der beiden Vertrauten strahlen zu mir herüber. Die Erleichterung, dass Achilles am Leben ist, kann nicht durchbrechen, weil Mitleid für den Geliebten alles versperrt.

Mit einem Mal bewegt sich Achilles. Er schaut Christabel und Hector abwechselnd an. Mit verständnisloser Miene richtet er sich auf. Seine beiden Geliebten helfen ihm dabei. Sie hoffen, dass der Bann gebrochen ist, aber ich spüre die

Wahrheit. Und ich habe keine Kraft mehr, etwas zu tun. Ich spüre, dass auch Gora sich verausgabt hat. So müssen wir dabei zusehen, wie Achilles sich ruckartig abwendet und sich mit langen Schritten entfernt.

»Achilles!«, ruft Christabel.

Achilles bleibt stehen, dreht sich um und schaut Christabel mit ausdrucksloser Miene an.

»Du gehörst zu uns«, sagt sie und tritt mit Hector näher zu ihm hin.

Nichts regt sich in Achilles' Gesichtszügen, während er seinen leeren Blick Hector zuwendet, dann wieder zurück zu Christabel schaut, deren zitternde Finger Achilles' Wange streifen. Die steinerne Haut ist so rau wie die eines unrasierten Mannes, nicht so glatt, wie sie sie in Erinnerung hat.

Blitzschnell greift Achilles Christabels Handgelenk und verharrt. Christabel verwandelt sich in ihre Gestalt aus Fleisch und Blut zurück. Sie macht sich verletzlich, und zum ersten Mal rührt sich Achilles' Miene. Ein Stutzen – ob aus Verständnislosigkeit oder Ärger, kann ich nicht entscheiden, aber die Wut, die ich in ihm spürte, ist verschwunden.

»Bleib bei uns!«, sagt Hector leise.

Christabel nickt.

Achilles schaut zur Seite, dann lässt er Christabels Handgelenk los und stößt sie mit beiden Händen von sich fort, wendet sich ab und läuft davon.

Hector eilt zu Christabel, und aus der Hocke hilft er ihr, sich aufzusetzen. Mit Tränen in den Augen und pochendem Herzen schaut sie Achilles nach. »Was haben sie bloß aus ihm gemacht?«, fragt sie leise.

»Sie haben ihn beinahe getötet«, antwortet Gora.

»Wir müssen ihn retten«, sagt Hector und kämpft mit sich, Achilles nicht hinterherzulaufen.

»Nicht hier, und nicht jetzt«, entgegnet Elena. »Wir müssen weg. Sonst sind wir verloren.«

Hector schüttelt den Kopf, Christabel aber fasst seine Hand

und sagt: »Sie hat recht.« Dabei kann sie die Tränen nicht zurückhalten. Und auch Hector weint. Ich würde ihnen zu gerne versprechen, Achilles zu retten, aber ich habe keine Ahnung, wie ich das tun soll. Es steht nicht in meiner Macht – noch nicht.

Ich helfe meinen Vertrauten, ihre Wunden zu heilen, indem ich die Macht dieses Ortes auf sie verteile. Ich kann im Augenblick keinen einzigen Zauber wirken, aber ich kann wie mit angeschwollenen Händen Kraft von diesem Ort zu meinen Vertrauten schleusen. Während ihre Körper heilen, blicke ich hinüber zu Myrtis und Gora, die vor Adelia stehen.

Myrtis weint und erzählt von dem Vertrauen, das sie stets in ihre Tante gesetzt hat. Gora erzählt ihr von damals, als sie Vertrauen in das Haus Durand gefasst hat. »Ich zweifelte, aber deine Vorfahren haben mich überzeugt. Und nun muss sich beweisen, ob dieses Vertrauen Bestand hat. Dein Haus ist noch nicht verloren. Deine Widersacherin ist bezwungen, unsere Feinde müssen sich erst wieder sammeln. Dies ist die Zeit, in der du das Blatt wenden kannst.«

Myrtis nickt. »Aber ihr könnt nicht bleiben. Solange ihr hier seid, werden sie gegen uns vorgehen.«

»Wir werden gehen«, sage ich. »Aber du wirst unsere Unterstützung haben.« Ich wende mich an Eras. »Das stimmt doch, oder?«

Eras schaut Myrtis an. »Meine Leute und ich werden dir helfen – sofern wir das noch können. Ich weiß, wie es sich anfühlt, so überfallen zu werden. Ich möchte, dass sie dafür bezahlen, was sie dir und den Deinen hier antun und was sie mir und den Meinen in Köln angetan haben.«

»Du hast gute Verbündete gewonnen«, sagt mir Gora in Gedanken. *»Deine Vertrauten, die Gargoyles von Köln und vielleicht – so alles sich fügt – das Haus meiner Zuflucht.«*

»Möge es fortbestehen«, flüstere ich ihr zu.

Die Flucht aus dem Hause Durand

Der Kampf war vorbei, Gora war erwacht, und beide Medusenschwestern wirkten erschöpft, als uns Myrtis durch das Portal zurück in ihr Haus führte.

Zu unserer Erleichterung waren sowohl Meister Pellegrin als auch Captain Lydgate am Leben. Lydgate hatte sich ein Bein gebrochen, und Pellegrins linke Gesichtshälfte war geschwollen. Sie bewachten die Tür zum Portal und koordinierten gemeinsam mit den Magiekundigen der Durand-Familie die Verteidigung des Hauses.

Myrtis verschwieg das Schicksal Adelias und ließ sich erklären, dass die Söhne des Perseus auf der Weststraße kämpften, aber längst nicht mehr so verbissen wie am Anfang. Myrtis schloss die Augen, aber ich merkte, dass sich diese unter den Lidern bewegten. Das machte Sema auch manchmal, wenn sie ihren Medusenblick schweifen ließ.

»Ich sehe sie durch die Sichtkristalle«, sagte sie. »Sie sammeln sich am Südwesttor. Sie werden sich Verstärkung holen.«

»Kannst du Achilles sehen?«, fragte Hector.

»Er ist bei ihnen. Und die Schicht, die ihn einhüllte, wächst nach. Er wird uns große Schwierigkeiten bereiten.«

»Wie sieht es im Osten aus?«, fragte ich.

»Der Weg ist frei«, antwortete sie und schaute zwischen Gora und Sema hin und her. »Ihr solltet gehen.«

»Dürfen Hector und ich bleiben?«, fragte Christabel.

»Vor dieser Frage habe ich mich gefürchtet«, sagte Sema. »Wenn ihr es unbedingt wollt, dann lasse ich euch hier zurück.«

»Wir können ihn nicht bei ihnen lassen«, sagte Hector.

Ich wollte etwas dagegen sagen, wagte es aber nicht, weil ich vermutlich das Gleiche gedacht hätte wie sie.

»Ihr müsst ihn euren Verbündeten überlassen«, sagte Gora und zog alle Blicke auf sich. »Von allen hier seid ihr am wenigsten dafür geschaffen, gegen ihn vorzugehen. Am Ende würdet ihr euch von ihm in Stücke schlagen lassen. Ihr würdet ihn anflehen und einfach aufgeben.«

»Werden wir ihn je retten können?«, fragte Christabel.

»Sein Wesen schlummert in den Tiefen«, sagte Sema. »Wie diese Schicht seinen Körper umhüllte, so umhüllt der Bann seine Gedanken und Gefühle – vor allem den Schmerz. Es ist nicht leicht, diesen Bann zu brechen. Aber wir werden es versuchen. Denn wir geben unsere Vertrauten niemals auf.«

»Und wenn sie ihn töten?«, fragte Hector.

»Was wäre damit gewonnen?«, entgegnete ich. »Unsere Feinde haben so oder so viel verloren. Sie werden Achilles dazu benutzen, uns eine Falle zu stellen. Und dann müssen wir ihre Falle gegen sie selbst wenden.«

Obwohl Christabel und Hector noch unentschlossen waren, machten wir uns auf den Weg hinaus auf den Platz. Orlando und die Kölner Gargoyles sammelten sich hier, weil auf der Weststraße gerade eine Kampfpause herrschte. Die Perseussöhne hatten sich dort hinter magischen Schilden verbarrikadiert, und beide Seiten hatten sich schon mehrfach erholen müssen. »Es kommen immer neue Leute dazu«, sagte Orlando. »Als hätten sie eine ganze Armee.« Er grinste. »Scheinen aber nicht mit uns gerechnet zu haben.«

»Deswegen werden wir bleiben«, sagte Ras und schaute zu Myrtis, die mit ihren Leuten dazukam. »Wir werden das Haus Durand verteidigen. Wir rufen die, die mit uns geflohen sind, aus den anderen Häusern Londons herbei.«

Myrtis wies nach Osten. »Wesley wartet auf euch. Beeilt euch, denn gleich wird hier das wahre Chaos herrschen. Aus allen Türen und Toren werden die Leute auf unsere Angreifer losgehen. Ihr solltet fort sein, wenn es so weit ist.«

Ich schaute auf mein Phone, das 23:12 Uhr anzeigte. Sofern nichts dazwischengekommen war, wartete John draußen schon über eine Stunde auf uns.

Myrtis dankte Sema dafür, dass sie die Wahrheit aufgedeckt hatte. Es blieb so viel unausgesprochen – insbesondere, dass Sema und Gora Medusenschwestern waren. Orlando ahnte noch nichts, aber einige der Wachen, die meinen Austausch mit Wängeler miterlebt hatten, mochten sich zusammenreimen, worum es ging.

Wesley kam von der wie leer gefegten Oststraße auf den Platz und wirkte trotz der Unruhe in der Stadt entspannt wie eh und je. Er erklärte Myrtis, dass das Südosttor frei sei. »Im Hotel ist alles bereit zur Verteidigung.« Er versicherte, dass sie Magie nur als allerletztes Mittel einsetzen würden. »Auf dem Piccadilly haben wir einige verdächtige Fahrzeuge entdeckt.«

Ich machte mir Sorgen um John, und während Myrtis Befehle erteilte, holte ich mein Phone aus der Tasche. Da ich nun keine Überwachung durch die Durands mehr fürchtete, schrieb ich John eine Nachricht. *»Wir kommen gleich raus.«*

Ein Blitzen aus dem Westgang ließ mich zusammenfahren, und auch die anderen um mich herum hatten gezuckt. Nur Sema und Gora standen ungerührt da und schauten die breite Straße entlang. Mit Geschrei kamen die Perseussöhne heran. Die Garde hatte sich bereits aufgebaut, oben auf den beiden Galerien waren die Fäustlinge bereits in die Tiefe gerichtet.

Es war nur eine Frage von Augenblicken, bis der Kampf um das Haus Durand weitergehen würde.

Myrtis wandte sich an uns und sagte: »Wenn ihr dann jemals nach einer Zuflucht sucht, dann findet ihr hier stets Verbündete.«

Gora erwiderte: »Danke für deinen Beistand! Wir werden dir das nie vergessen. Und wir werden unsere Schuld begleichen.«

»Sie ist beglichen«, entgegnete Myrtis. »Die Schuld meiner Tante kann ich nicht wieder ausgleichen.«

»Verteidige das Haus, und sie wird ausgeglichen sein«, sagte Gora.

Als Myrtis sich abwandte und ihre Garde und die Magiekundigen ihres Hauses um sich sammelte, schloss Sema gerade Ras in ihre Arme. »Steh ihr bei! Das Haus Durand darf nicht fallen.«

»Wir werden diese kleine Welt mit jedem Steinchen unserer Existenz beschützen«, erwiderte Ras.

Sema lächelte. »Uns verbindet nun mehr als zuvor. Ich werde ein Auge auf euch haben. Und wenn es in unserer Macht steht, werden wir euch helfen, wenn ihr uns braucht.«

»Das Gleiche wollte ich vorschlagen«, sagte Ras.

»Was ist vorhin passiert?«, fragte Orlando.

Ras lachte und schaute unter den Kölner Gargoyles umher. »Wenn das hier alles vorbei ist, werde ich euch etwas erzählen, das alles verändern wird.«

Während Ras seine Leute hinter Myrtis und den Wachen auf die Weststraße führte, erhielt ich Antwort von John. *»Bin bereit«,* schrieb er.

Wir machten uns mit Wesley auf den Weg zum Südosttor, durch das wir in diese kleine Welt der Durands gelangt waren, und er fragte uns, welchen Ausgang wir nehmen wollten. »Ich könnte euch durch die Tiefgarage schleusen und euch einen von unseren Wagen geben.«

Sema schaute mich fragend an, und ich schüttelte den Kopf. »Nein. Wir gehen durch die Lobby und dann durch den Hauptausgang. Keine Tiefgaragen oder Hinterhöfe.«

Im Eingangsbereich vor dem Portal hatten einige Wachen Stellung bezogen. Ihre Offiziere waren hinter der Rezeption und überwachten dort auf Monitoren das Geschehen im Westen der Stadt. Wir hielten nicht an, sondern ließen uns von Wesley durch die Pforte führen. Im Schleusenraum, in dem ich nach wie vor eine lauernde Magie zu spüren glaubte, begann ich an Wesley zu zweifeln. Wir waren ihm ausgeliefert, und nach all den Enttäuschungen dieses Tages fiel es mir schwer, Vertrauen zu fassen.

»Du glaubst also, Adelia könnte Gehilfen gehabt haben«,

hörte ich Sema in meinem Kopf sagen, und nun mischte sich auch Goras Gedankenstimme hinzu. *»Für eine weitere Konfrontation fehlt mir die Kraft.«*

»Überlasst das mir«, erwiderte ich und schrieb John: *»Wie schnell kannst du am Vordereingang sein?«* Dann winkte ich Christabel und Hector nach vorne und sagte: »Seid ihr bereit?«

Sie nickten nur, und ich sehnte mich nach Christabels wütender Miene. Ich fand nur Leere in den Gesichtern meiner beiden Vertrauten.

Johns Nachricht erschien auf dem Display meines Phones: *»Um 23:24 könnte ich da sein. Vauxhall Minivan, graumetallic.«* Das war in drei Minuten. Ich schrieb ihm: *»Wir sind dann am Eingang«*, als sich uns der Aufzug öffnete. Statt ins Erdgeschoss zu fahren, sollte Wesley uns in den ersten Stock bringen. Hier harrten wir, die Zeit auf meinem Phone im Auge behaltend, im menschenleeren Treppenhaus aus, bis es 23:23 Uhr war. Wir gingen hinab, und als wir das Foyer betraten, fielen mir die Sicherheitsleute und die Magiekundigen zu beiden Seiten auf. Da wir mit Wesley kamen, verloren sie rasch das Interesse an uns und richteten ihren Blick auf die anderen Anwesenden – nur einige wenige Gäste.

Es waren nur noch Sekunden bis 23:24 Uhr, als wir uns vor dem Ausgang von Wesley verabschiedeten. Ich dankte ihm für seine Hilfe.

»Passt da draußen auf euch auf«, sagte er, und der Ausdruck von Gelassenheit in seiner Miene machte mir Angst.

Ich führte meine Vertrauten an. Christabel und Hector nahmen Sema und Gora zwischen sich, und wir traten hinaus in die Nacht. Einige Wagen parkten hier, zahlreiche fuhren vorüber. Ein langer Minivan fuhr gerade auf den Parkstreifen vor dem Hotel. Wie viele hellgraue Vauxhalls mochte es in dieser Nacht geben?

Die Sicherheitsleute links und rechts des Eingangs hatten den Wagen ins Auge gefasst, ein Hotelangestellter trat an ihn heran und sprach durchs offene Beifahrerfenster mit dem Fahrer. Ich sah John nicht einmal, als ich die Schiebetür öffnete und Sema und Gora an mir vorbeiwinkte. Kaum waren Christabel und Hector ihnen gefolgt, schob ich die Tür wieder zu und bedankte mich bei dem Hotelangestellten. Während er sich für seinen Übereifer entschuldigte, stieg ich neben John in den Wagen und hatte das Gefühl, ihn seit Monaten nicht mehr gesehen zu haben. Er schaute in den Rückspiegel, dann blinzelte er mich kurz an und fuhr schließlich los. Das Hotel MacGill verschwand sofort aus meinem Blick.

Wir waren unterwegs, und ich konnte nur hoffen, dass Ras und Myrtis das Haus Durand verteidigen konnten.

»Drei Wagen, die nur auf diesen Moment gewartet haben«, sagte John. »Die haben euch aufgelauert.«

»Sie sind es«, sagte Sema. »Ich spüre ihre Waffen.«

»Wer ist unsere neue Vertraute?«, fragte John.

»Ist eine lange Geschichte«, erwiderte ich.

»Das passt gut. Es wird eine lange Stadtrundfahrt«, sagte John. Mit einem Grinsen bog er in die nächste Straße ein, und es begann eine Fahrt der Umwege durch das nächtliche London, bei der ich John alles berichtete, was vorgefallen war.

Als ich ihm offenbarte, wer Gora war, blieb er ruhig und schweigsam, als ich ihm aber erzählte, dass es sich bei dem Gargoyle, der uns in Köln angegriffen hatte und auch bei den Durands erschienen war, um Achilles handelte, kamen ihm die Tränen. Er hielt den Blick auf die Straße gerichtet, und erst nach einer Weile sagte er leise: »Und gibt es Hoffnung für ihn?«

Sema beugte sich vor und schob ihm die Hand auf die Schulter. »Wir werden bald schon die Macht haben, ihn zu befreien.«

Kapitel 8

Wales

Nachdem wir in Camberwell in einer Garage unbehelligt in einen neuen, diesmal silber-metallicfarbenen Ford-Minivan gewechselt hatten, verließen wir London und fuhren über die M40 Richtung Birmingham. Ab und zu schaute ich zurück – nicht, um zu prüfen, ob wir unsere Verfolger tatsächlich losgeworden waren, sondern um in die Gesichter meiner Vertrauten zu schauen.

Sema und Gora saßen hinter uns, zwischen ihnen hatte John den Sitz herausgenommen, damit es durch die Lücke einen Weg nach hinten gab. Christabel und Hector saßen dort dicht beieinander und rührten sich nicht, als wären sie in den Steinschlaf gesunken, in dem wir Gargoyles über längere Zeiträume Ruhe suchten, nicht aber kurzfristige Erholung. Aber dann rührten sie sich und küssten sich. Es tat weh, ihre verzweifelten Mienen dabei zu sehen. Ein wenig Trost spendeten mir Sema und Gora, die sich über die Lücke zwischen ihren Sitzen die Hand hielten und Blicke tauschten. Sie waren offensichtlich in einen Gedankendialog versunken.

Auf unserer Fahrt wechselten John und ich uns am Steuer ab, doch als ich den Weg nach Wales suchte und eigentlich John an der Reihe gewesen wäre, war er auf dem Beifahrersitz eingeschlafen. All die Umwege hatten viel Zeit und ihn viel Kraft gekostet, und als der Morgen kam, fuhr ich einfach weiter, denn ich war hellwach und ermüdete nicht so wie er. Über Hereford fuhr ich nach Norden und war mir sicher, dass uns niemand auf den Fersen war. Noch ehe wir den Snowdonia-Nationalpark erreichten, erwachte John und wunderte sich, dass ich ihn nicht wie vereinbart geweckt hatte.

Nach einer Pause übernahm er wieder das Steuer. Über ein in den Weg eingelassenes Viehgitter kamen wir in Snowdonia in ein Hügelland mit zahlreichen lang gezogenen Tälern und wenigen einsam gelegenen Häusern entlang der schmalen Wege. Nur langsam kamen wir in diesem Gebiet voran, aber im Regen dieses frühen Morgens niemandem zu begegnen, sagte mir endgültig, dass wir unsere Verfolger losgeworden waren.

Nachdem wir die einspurigen Straßen hinter uns gelassen hatten und nur noch auf Feldwegen unterwegs waren, gelangten wir zwischen einem Wald und einem Hügel in ein spitzes Tal mit leeren Häusern an den Hängen. Direkt am Weg lag ein kleiner Hof mit modernen Fenstern und einem renovierten Dach. Stromleitungen gab es hier draußen keine, keinen Mobilempfang, keine Verbindung zur Außenwelt. »Das war ein Rückzugsort von Ambrosius Agelstern«, sagte John. »Er meinte, ich solle hierherkommen, falls ich je untertauchen muss. Ich habe ihn damals hier gesucht, als er verschwunden war. Vergeblich.«

In aller Ruhe schloss John die Tür auf und führte uns in einen weiten Raum, der den Großteil des Erdgeschosses einnahm. John betätigte den Lichtschalter, aber es blieb dunkel. Dennoch erkannte ich mit meinem Grauen Blick die mit Tüchern abgedeckten Möbel.

John berührte eine Metallscheibe, die im Eingangsbereich in die hell verputzte Wand eingelassen war. Ich spürte einen Funken Magie, und dann klackte und knirschte es in den Wänden, und als wieder Stille herrschte und John den Lichtschalter erneut betätigte, erstrahlten die Leuchter an der Decke ebenso wie die Tisch- und Stehlampen, die wie die Möbel von Tüchern bedeckt waren und wie Gespenster aussahen.

An den Hauptraum schloss sich zur Rechten eine Küche mit Gasherd sowie eine Vorratskammer und ein Baderaum an. Es gab ein Schlafzimmer im Erdgeschoss, die übrigen vier befanden sich im Obergeschoss, und ein großes Zimmer zog sich unter dem Dach über die ganze Länge.

Erst als wir die Möbel von ihren Abdeckungen befreit und die Tücher und Decken in einer Kammer verstaut hatten, fühlte sich dieses Haus wie eine Zuflucht an. Wir waren entkommen, aber es waren noch so viele Fragen offengeblieben. Hatten Ras und Myrtis das Haus der Durands halten können? Hatten die Söhne des Perseus tatsächlich unsere Spur verloren? Und was war aus Achilles geworden?

Es tat mir weh, Hector und Christabel ins Gesicht zu schauen. Nachdem sie erfahren hatten, dass die Söhne des Perseus sich über Adelia Goras Macht angeeignet und Achilles damit verändert und unter Kontrolle gebracht hatten, fragte Hector Gora und Sema, ob sie Achilles aufzuspüren vermochten. »Meine Sinne finden nicht zu ihm«, sagte Sema, und auch Gora konnte ihn nicht finden.

Christabel und Hector zogen sich auf eines der Zimmer im Obergeschoss zurück, Gora und Sema gingen hinauf in das große Zimmer unter dem Dach. So kehrte ich, nachdem ich mein Zimmer hergerichtet hatte, nach unten zurück und ging John zur Hand, indem ich ihm in seinem Zimmer, das direkt neben der Treppe lag, dabei half, das Bett zu überziehen. Gemeinsam holten wir das Gepäck aus dem Wagen, ebenso die Vorräte, die John gekauft hatte, und auch die Decken und Kissen, die John vor der Kälte des nahenden Winters schützen und uns Gemütlichkeit bescheren sollten.

Auf dem Weg in den Keller, in dem er den Stromgenerator prüfen wollte, sagte John: »Wir werden hier Weihnachten verbringen. Aber ihr feiert das sicherlich nicht.«

»Wenn du es feierst, dann feiern wir gerne mit. Es ist wie mit den Sprachen: Wir passen uns einfach an die Gegebenheiten an. Wir haben schon schöne Weihnachtsfeste mit Leuten gefeiert, denen das wichtig war.«

»Hat dir Sema je gesagt, ob es ihn wirklich gegeben hat?«

»Wen?«

»Jesus?«

»Ich habe sie das vor einer Ewigkeit gefragt, und sie sagte etwas, an das ich glaube: dass es für die Nachwelt keine Rolle spielt, ob es uns wirklich gegeben hat. Was bleibt, das sind die Spuren, die wir hinterlassen haben. Und die mögen wenig mit uns zu tun haben, und sie verfremden vielleicht sogar, was wir tatsächlich getan, gedacht und gewollt haben. Es geht um Wirkungen, um das, was der Glaube den Menschen gibt, und nicht darum, was die Wahrheit ist. Denn die Wahrheit hat tausend Gesichter – so wie die Unsterblichen hier auf der Erde an verschiedenen Orten in verschiedenen Gestalten und unterschiedlichen Namen auftraten. Unterschiedliche Wirkungen aus derselben Quelle. Welche aber stimmt nun?«

»Vermutlich jede einzelne«, sagte John und entriegelte auf dem Kellergang, dessen Decke ungewöhnlich niedrig war, mit einer Wischbewegung seiner Hand das magische Schloss einer schweren Tür. Er führte mich in einen Raum, in dem Rohre und Kabel die Wand entlangliefen und den Blick in eine Nische lenkten. In einem erhöhten Wasserbecken ruhte eine kleine Kristallpyramide und erfüllte die Nische mit einem kalten Schein. Das Pulsieren der Magie spürte ich wie ein Streicheln an der Stirn.

»Wird das reichen, um uns hier länger mit Strom zu versorgen?«, fragte ich.

»Wenn wir den Winter hier verbringen müssen, könnte es knapp werden. Aber in einer Wasserquelle in der Nähe liegen drei weitere Steine. Die dürften über die Jahre eine Menge Kraft gesammelt haben.«

»Kannst du das auch – Strom durch Magie erzeugen?«, fragte ich. »So ähnlich wie die Durands?«

»So was kann ich nicht. Ich kann drei Sachen. Zwei davon hast du in der Nacht in der Eifel gesehen. Ich konnte dich im Dunkeln sehen, und der Funkenzauber hätte dir einen Schlag versetzt – wenn *du* mich nicht niedergeschlagen hättest.«

»Und du kannst Metall in Stein verwandeln«, sagte ich und war mir sicher, dass John das in Köln erwähnt hatte.

»Ja, und ich kann Stein zerbröseln lassen. Aber für beides brauche ich Zeit und bin nicht sehr zuverlässig darin.«

»Und du kannst magische Impulse senden«, sagte ich. »Und du spürst Magie. Und können wir über deine Fingerspitzen reden?«

»In Ordnung. Na gut. Das kann ich. Aber so weit wie die Durands habe ich es nie gebracht.«

»Vielleicht hast du nun Zeit, es so weit zu bringen. Wir könnten gemeinsam versuchen, dazuzulernen.«

John stutzte, und auf dem Weg nach oben erzählte ich ihm von meinen magischen Fähigkeiten, die mein Körper bisher nur dank Sema gewirkt hatte, nie aber durch mich selbst angestoßen wurden.

Nachdem wir die Vorräte in die Schränke und die Speisekammer geräumt hatten und uns darüber Gedanken machten, was wir fürs Abendessen vorbereiten sollten, sagte John: »Dass ich der Einzige bin, der hier essen muss, tut mir wirklich leid. Vielleicht sollte ich mir selbst was machen und euch nicht damit behelligen.«

»Ich bin sicher, Gora wird nach der langen Zeit im Schlaf etwas Schmackhaftes zu schätzen wissen. Und Christabel und Hector mag ein gutes Essen Trost spenden.«

John zeigte mir, dass das, was ich für einen Gasherd gehalten hatte, ein magischer Herd war, der die Kraft des Hauses dazu nutzte, Flammen zu erzeugen. Wir machten zuerst einen grünen Tee, wie wir ihn in der Eifel in Haus Agelstern getrunken hatten, und das brachte Erinnerungen zurück, als wäre unsere erste Begegnung Jahre her. Anschließend bereiteten wir ein Kürbis-Chili vor, weil die Zutaten vorrätig waren und Christabel im Haus der Durands ein sehr schmackhaftes gegessen hatte und ich noch das Schwärmen für das Gericht im Ohr hatte. Beim Kochen erzählte ich John noch einmal in aller Ruhe und ohne die Sorgen der Flucht, was im Hause der Durands geschehen war. Er hörte mir zu, ohne auch nur eine Frage zu stellen, und als ich von Achilles berichtete, kamen ihm wie schon auf der Fahrt die Tränen. Er versuchte nicht, sie zurückzuhalten, wischte sie sich nicht ab, sondern hörte mir einfach zu. Erst ganz am Ende meiner Erzählung sagte er: »So darf es nicht für ihn enden.«

»Ich bin mir sicher, dass Gora und Sema einen Weg finden werden«, sagte ich, verschwieg aber, wie lange das dauern mochte, und fragte mich, ob John dazu in der Lage war, den Zauber zu lernen, der so viele Magiekundige vor dem Altern bewahrte. Ambrosius Agelstern schien es ihm nicht beigebracht zu haben.

Als alles fürs Abendessen vorbereitet war, zögerte ich, nach oben zu gehen. Ich wollte weder Christabel und Hector noch Sema und Gora stören, war aber dann überrascht, als Christabel und Hector von sich aus die Treppe herabkamen. Obwohl sie mit ihrer Steingestalt die Zeichen der Trauer und Verzweiflung überdecken konnten, sagten ihre sorgenvollen Mienen, dass sie nicht weiterwussten. Für Johns Schmerz schienen sie kein Auge zu haben. Ich wollte gerade etwas dazu sagen, da kamen auch Gora und Sema gemeinsam herab.

Gora wirkte verändert. Ihr Afro war mit einigen roten Locken meliert. Sie wirkte ausgeruht und schaute mit aufmerksamen Augen umher.

Wir aßen als Gemeinschaft, und für einen Augenblick wich die Verzweiflung und Niedergeschlagenheit. Goras Genuss der ersten Nahrung seit zweihundertfünfzig Jahren und ihre Erzählungen von alten Zeiten brachten sogar Christabel und Hector zum Lachen. Wie Gora zur See gefahren war und sich einen Namen gemacht hatte – in Frankreich als erfolgreicher Händler, in der Karibik als berüchtigte Piratin. »Die meiste

Zeit widmeten wir dabei der Ausbildung«, sagte sie. »Wir befreiten Sklaven und machten sie zu Seeleuten. So wurden die, die einst versklavt waren, zu den Rettern derer, die nun versklavt waren. Es dauerte eine Weile, bis das alles seinen Gang ging, dann aber wurden wir zu einer kleinen Macht. Aus einigen wenigen Schiffen wurde eine Flotte. Das waren gute Jahre.« Ihr Blick richtete sich ins Leere. »Aber natürlich endete es blutig. Die Söhne des Perseus spürten mich auf und unterstützten unsere Widersacher mit Zauberei.« Sie erzählte, wie sie nach der Zerschlagung ihrer Gemeinschaft nach Europa zurückkehrte und einen Rachefeldzug gegen die Perseussöhne begann. »Aber dann wurde ich müde«, sagte sie. »Und den Rest kennt ihr.«

Wir schwiegen und aßen, während Gora und Sema Blicke und zweifellos auch Gedanken tauschten.

»Was machen wir jetzt?«, fragte Hector, nachdem er seine Schüssel leer gegessen hatte und von sich wegschob. »Wann schlagen wir zurück und befreien Achilles?«

»Das hängt davon ab, wie es bei den Durands ausgegangen ist«, sagte Sema.

»Wie erfahren wir das?«, fragte Christabel.

»Ich könnte rausfahren, bis ich ein Netz habe, und anrufen«, antwortete John. »Es sollte einigermaßen sicher sein.«

»Nein«, sagte Sema.

»Hast du nicht Kontakt zu Ras?«, fragte ich.

»Bei den Durands hatte ich mehr Zugang zu ihm als in Köln, und bei der Heilung verstärkte ich die Bande zu ihm. Aber die Distanz scheint zu groß sein – vielleicht weil meine Magie nicht bis in die kleine Welt der Durands dringt.« Sie schaute in die Runde. »So wichtig es ist, Achilles zu befreien, es sind auf unserer Fahrt Dinge geschehen, die ihr wissen müsst.«

»*Darüber* habt ihr in Gedanken gesprochen«, sagte ich leise.

»Mehr als das«, erklärte Sema und schaute Gora an. Die

sagte: »Als ich im Hause der Durands erwachte, brachte mein Zorn das Gefüge zwischen uns Schwestern zum Erbeben. Kari, Lyara und Berildu rührten sich. Die Zeit des Erwachens ist da.«

»Sie sind also nach all der Zeit erwacht?«, fragte John.

»Noch nicht«, sagte Sema. »Sie treiben langsam der Oberfläche entgegen. Wenn wir sie locken, könnte es schneller gehen. Aber sie vernehmen uns, und Berildu reagiert sogar, wenngleich ihre Gedanken noch verworren sind. Wir wollen zusammen in uns gehen und Umaes Wissen freilegen, um zu erfahren, wo sich das Medusenhaupt befindet. Auf die Zeit des Erwachens soll nun die Zeit der Vereinigung folgen.«

»Aber warum muss es so schnell gehen?«, fragte ich. Ich hatte mich noch nicht einmal daran gewöhnt, Gora in unserer Gemeinschaft zu haben, und daran, dass so vieles an ihr mich an Sema erinnerte. Der Ausblick auf die Vereinigung der Medusenschwestern ließ sofort die Angst emporsteigen, was aus Sema werden würde, wenn sie mit den anderen verschmolz und so Medusa wiedergeboren wurde. Die Angst, sie nicht wiederzuerkennen und so zu verlieren, brannte schlimmer denn je in mir. Es war der Erfolg, den ich fürchtete – mit den anderen an Medusas Seite zu sein und doch Sema verloren zu haben. Wenn wir wenigstens Zeit gehabt hätten, um uns daran zu gewöhnen: einige Jahrzehnte in Zurückgezogenheit, sodass John es noch erlebte. »Warum so schnell?«, fragte ich erneut.

Gora antwortete: »Weil wir nicht sicher sein können, ob Adelia etwas in mir entdeckt hat. Sie hat unseren Feinden Wissen über meine Macht gegeben, aus dem sie Nutzen gezogen haben. Sie könnten an weiteren Zaubersprüchen arbeiten, könnten Wissen, das in mir schlummert, mit der Zeit enträtseln. Vielleicht arbeiten sie schon jahrelang daran, und es trägt jetzt Früchte. Und wenn sie nur Wissen und nicht etwa Fähigkeiten in mir entdeckt haben, könnten sie es sofort gegen uns verwenden.«

»Aber du hast zweihundertfünfzig Jahre geruht«, sagte Christabel. »Welches Wissen abseits deiner Fähigkeiten könnte unseren Feinden heute noch nützen?«

»Gewiss, alle, die ich damals kannte, sind tot. Die letzten meiner Spuren sind bei den Durands zu finden. Aber es geht leider nicht nur um meine eigenen Spuren.«

»Umaes Wissen«, erklärte Sema. »Darum geht es. Es hat sich auf uns und die anderen Schwestern verteilt. Darunter sind Dinge, mit denen alles steht und fällt.«

»Das Medusenhaupt«, sagte Hector nickend.

»Ja«, erwiderte Sema. »Adelia könnte durch Gora an Umaes Wissen gelangt sein. Ein aufgeschnappter Gedanke könnte ausreichen, um die Perseussöhne auf die Fährte des Hauptes zu führen.«

»In Köln wussten sie noch nichts«, sagte ich. »Da wollten sie es aus mir herauspressen. Leider sagte ich ihnen, dass Umae das Wissen um das Haupt mit in den Tod genommen hat. Ich ahnte nichts von Adelias Machenschaften.«

Sema bestätigte meine Worte mit einem Nicken und fuhr dann fort: »Da sie Umae verfolgten und töteten, frage ich mich, ob Adelia die uneingeschränkte Kontrolle hatte. Hätten sie die Zusammenhänge gekannt, hätten sie abgewartet. Dennoch könnten sie eine Spur haben.«

»Sie dürfen das Haupt nicht noch einmal in die Hände bekommen«, sagte Hector. »Es war damals bereits schwer, bei ihnen einzudringen und mit der Beute zu entkommen. Nur mit einer Prise Glück und weil wir einander bedingungslos beistanden, haben wir es geschafft.« In dem Blick, mit dem er Christabel begegnete, lag Verzweiflung.

Christabel nickte langsam. »Wir mussten alles aufbieten und hätten beinahe alles verloren. Mit all den Mitteln von heute könnten sie es uns unmöglich machen, das Haupt noch einmal zurückzuholen.«

»Deswegen also die Zeit des Erwachens und die Hoffnung auf die Zeit der Vereinigung«, sagte ich.

Die Medusenschwestern nickten. »Seid ihr bereit für diesen Weg?«, fragte Sema.

Ich schaute in die Runde meiner Vertrauten. Mit entschlossenen Mienen nickten Christabel und Hector. John lächelte sogar. »Ist es nicht genau das, worauf wir alle hingearbeitet haben?« Sema und vielleicht auch Gora würden meine aus Angst geborenen Zweifel sofort in mir bemerken. Aber sie würden auch erkennen, dass ich dennoch zu ihnen stehen, mit ihnen den Weg gehen und alles in die Waagschale werfen würde, um unser Ziel zu erreichen.

Medusenblicke – Die Zeit des Erwachens

Gora und ich sitzen in unserem Zimmer unter dem Dach. Wir teilen Gefühle und Gedanken, sind aber doch nicht ein Wesen. Wir überlagern uns ein wenig, und mit einem Blick schauen wir von hier oben in das Haus unter uns.

Dort sind Christabel und Hector und flüstern von Achilles und von Hoffnung. Sie teilen sowohl ihre Selbstzweifel als auch ihre Wut auf die Söhne des Perseus. *»Die Aussicht, ihnen zu helfen, wird mir ein Ansporn sein«,* denkt Gora und richtet den Blick in das Schlafzimmer im Erdgeschoss, wo Elena und John sich lieben. Johns magische Fingerspitzen berühren die versteinerten Stellen von Elenas Haut und erzeugen einen Schauer, der Gora zum Aufseufzen bringt. *»Fließende Magie dort, gewahrende Magie hier.«* Gora ist fasziniert davon, wie Elena Körperstellen versteinert, um sie dann wieder weich werden zu lassen. Ich kenne das, aber neu ist mir, wie sehr sie auf die magischen Funken in Johns Fingerspitzen reagiert.

Ich bin mal bei John, mal bei Elena. Ihre Bewegungen werden zu meinen Bewegungen, ihr Flüstern zu meinen Gedanken, ihre Befriedigung zu meinem Genuss. Während Johns Gedanken geradewegs auf Elena gerichtet sind, schwanken

Elenas Gedanken zwischen John und mir hin und her, als würde sie in ihm etwas von mir entdecken.

Plötzlich schrecke ich zurück, öffne die Augen und schaue in Goras Gesicht, die mir gegenüber im Bett sitzt. Sie sagt: »Es erschreckt dich, dass du etwas mit John gemeinsam hast?«

»Und was wäre das?«, frage ich.

»Die Geborgenheit, die er ihr inmitten von Lust bietet. Diese Einfühlsamkeit hätte ich ihm nicht zugetraut.«

»Es liegt nicht nur an ihm«, sage ich, »sondern auch an Elena. Sie ist wie eine Frage, die du einfach liebevoll beantworten willst.« Gora und ich sprechen über Intentionen und Wirkungen. Sie erzählt mir von ihren früheren Vertrauten, und dass sie sich nicht nur aus Müdigkeit, sondern auch aus Einsamkeit bei den Durands niederließ.

Wir denken mit Trauer an unsere vier getöteten Schwestern: Beldyrae, Myaramae, Dorae und Umae. Von Schmerzen erfüllt, die sicherlich von ihren Empfindungen am Ende ihres Lebens herrührten, blicken Gora und ich ins Gefüge, durch das wir in diese Welt gebettet sind. Irgendwo dort sind sie: Kari, Lyara und Berildu. Gora an meiner Seite zu haben, schärft meine Sinne, und auch sie sagt mir, dass sie mit mir die Bande klarer als zuvor sieht.

Wir sprechen in der Gewissheit, dass unsere Stimmen die Schwestern erreichen. Ich spüre, dass die drei in unterschiedlicher Tiefe versunken sind und es eine Frage unserer Worte ist, ob wir sie an die Oberfläche locken können.

Abwechselnd sprechen wir ihre Namen – Kari, Lyara und Berildu. Immer wieder. Kari wiederholt immer nur, was wir sagen. Lyara erkennt uns, denn sie sagt unsere Namen. Berildu ist die Einzige, mit der wir reden können. Wir erzählen ihr und den anderen alles, was geschehen ist, und erklären, dass dies die Zeit des Erwachens sei.

»Du verlangst von uns, die wir uns seit Jahrhunderten nicht

gerührt haben, dass wir mit dem Zeitmaß von Menschen agieren«, sagt Berildu.

»Vielleicht hängt davon unser Überleben ab«, erwidere ich. *»Falls die Perseussöhne irgendwann die Letzte von uns zur Strecke gebracht haben, werden wir nur noch im Medusenhaupt existieren. Wir werden auf ewig gebundene Geister sein und nicht einmal spüren, dass sie unsere Macht einsetzen. Wir wären unsterblich, ohne zu leben.«*

»Das ... will ... niemand von uns«, sagt Berildu mit sanfter Gedankenstimme. *»Wir alle ... wollen die Perseussöhne schei tern sehen.«*

»Wirst du erwachen und uns helfen, die anderen zu wecken?«, fragt Gora.

»Ich werde euch hier unten eine größere Hilfe sein als an der Oberfläche. Hier bin ich ihnen näher als bei euch dort oben. Ich kann das, was ihr sagt, leichter an sie herantragen.«

»Du versuchst, sie zu wecken, während wir in uns nach Umaes Wissen suchen«, sage ich und erkläre ihr, dass Umae wusste, wo sich das Medusenhaupt befindet.

Berildu offenbart mit schwärmerischer Stimme: *»Ich träumte immer schon davon, das Haupt zu holen und es an einem Ort zu verstecken, an den unsere Feinde nicht herankommen. Zufluchten im Fels. Ich hatte mich in einem tiefen Höhlensystem versteckt. Tagelang in Spalten, Tunneln und Flüssen, um dann eine Wand zu öffnen, in der ich mir eine Zuflucht schuf. Meine Verfolger hätten Jahrhunderte nach mir suchen können, ohne je zu merken, wo genau ich den Fels geformt hatte. An einem solchen Ort harre ich im Traum mit dem Medusenhaupt aus. Im erfreulichen Traum kommt ihr zu mir, im Albtraum aber sterbt ihr eine nach der anderen. Doch auch der Albtraum kann Erlösung bieten. Am Ende würde ich euch alle zusammenführen.«*

»Hoffen wir, dass es nicht zum Albtraum kommt«, sage ich. *»Mit eurer Hilfe finden wir das Haupt und bergen es. Am Ende wird Medusa wieder eins sein.«* Ich spreche diese Gedanken in

die Tiefen unseres Gefüges, und Lyara sagt: *»So werden wir es halten«*, während Kari statt ihres eigenen Namens nun unsere Namen spricht: *»Kari, Sema, Berildu, Gora.«*

»Wir sind bereit«, sagt Berildu. *»Bereit, in unseren Tiefen nach Umaes Wissen zu suchen, dann aufzutauchen, das Haupt zu holen und uns zu vereinen.«* Ich vernehme diese Gedanken und fühle mich stark wie selten zuvor.

Eine Spur vor ihrer Zeit

Seit Tagen waren Sema und Gora nicht aus ihrem Zimmer gekommen, aber ab und zu sprachen sie in Gedanken zu uns, wir teilten es beim Essen miteinander. Sie hatten uns erklärt, dass die Schwestern ansprechbar seien. Gora hatte Christabel und Hector offenbart, dass sie einen Hauch von Achilles gespürt habe, aber nicht an ihn herankomme.

Mir hatte Sema gesagt, dass sie Umae in sich gefunden habe, es aber wie die Erinnerung an einen Traum ist, wenn du weißt, dass du eben etwas geträumt hast, aber die Erinnerung fort ist. Sie hoffte nun, den einen Gedanken zu finden, der sie zur Erinnerung durchbrechen ließ.

Wir saßen am Tisch, nachdem wir auf Johns Wunsch hin Pizza gemacht hatten, und aßen die letzten Stücke, während wir über Ras, Orlando und unsere anderen Gargoylegeschwister sprachen, und mutmaßten, wie der Kampf im Durand-Haus ausgegangen sein könnte. Wir waren uns sicher, dass sie und die Durands den Kampf gewonnen hatten.

»Ich wette, Ras wird wieder nach Köln zurückkehren«, sagte Christabel. »Das hat er zumindest gesagt.«

»Und Myrtis wollte ihm dabei helfen«, fügte Hector hinzu.

»Das kann nur im Chaos enden«, erwiderte John. »Es sieht aus, als könnte Ras recht behalten – dass Köln zum Schauplatz eines großen Kampfes wird.«

»Das hat Ras aber von Umae gehört«, sagte Christabel.

»Ich habe das nie verstanden«, sagte ich. »Sema gegenüber hat Umae immer betont, es ginge in Köln darum, Schutz zu suchen und sich unangreifbar zu machen. Das wäre doch etwas, das sie mitteilen würde.«

»Uns gegenüber hat sie auch nur von Zuflucht und Schutz gesprochen«, sagte Hector. »Auch damals in den 1920ern war von einem Kampf in Köln nicht die Rede. Es kann sein, dass Ras da was verwechselt. Sie und die Agelsterns haben viel über mittelalterliche Epen gesprochen. Vielleicht hat er das vermischt.«

»Aber in Köln sagte er, dass Umae diese Auseinandersetzung mit der in Wolframs *Willehalm* verglich. Und sie sagte, er solle das niemals vergessen.«

»Umae und die Agelsterns waren besessen von Wolfram von Eschenbach.«

»Sema auch«, sagte ich und erzählte, dass sie dem Dichter auf Burg Wildenberg, ganz in der Nähe unserer Zuflucht im Odenwald, leibhaftig begegnet war und das Erlebnis später mit einigen der Schwestern geteilt hatte. Meine Vertrauten staunten.

»Das, was Umae Ras gesagt hat, könnte also ein Hinweis gewesen sein?«, fragte Hector.

»Für die Medusenschwestern«, sagte Christabel. »Falls sie stirbt und die anderen ihre Geheimnisse nicht in sich entdecken können.«

»Aber was ist es?«, fragte ich. »Warum von einem Kampf in Köln reden, den sie nicht erwartet, um dann eine Verbindung zu einem Werk herzustellen, von dem die Schwestern wissen.«

»Vielleicht für jene, die erst noch erkennen müssen, dass es sich bei Arabel um Umae handelte.«

»Mein Großvater war damals auch in Haus Agelstern«, sagte John. »Die Reise nach Köln war eine seiner ersten Aufgaben für Umae.«

Christabel lächelte. »Er war gerade mal achtzehn und von Tatendrang erfüllt«, erklärte sie.

»Wartet mal!« John ging in sein Zimmer und kehrte mit einem dicken Buch in einem Ledereinband zurück, in dem die handschriftlichen Notizen seines Großvaters verzeichnet waren. »Keine Sorge, hier ist nichts Verfängliches verzeichnet.« Er blätterte in den mit schwungvoller Schrift gefüllten Seiten. Nach einer Weile fand er, wonach er gesucht hatte. »Das habe ich in London gelesen. Hier steht: ›*Erneut über Wolframs* Willehalm *gesprochen. Wie immer ein beliebtes Thema im Haus. Sie weiß so viel, ebenso wie ihre Schwestern. Ich habe ihr dann gesagt, dass wir in Köln eine Spur legen können, die wir erst aufgreifen, wenn wir unser Ziel erreichen. Eine Spur, deren Bedeutung nur ihre Schwestern verstehen können. Eine Absicherung für den Fall, dass alles scheitert.*‹« John blätterte weiter und sagte dann: »Ich habe das immer so gelesen, dass sie zuerst über *Willehalm* und dann über eine Spur gesprochen haben – dass es also etwas Getrenntes ist. Sie haben nämlich oft über Literatur gesprochen, und plötzlich ging es um etwas ganz anderes. Aber was, wenn das tatsächlich zusammenhängt?« Er seufzte. »Leider macht es dann einen Sprung. Zu Köln steht hier nur: ›*Alles wie geplant. Mit ein wenig Geduld stehen uns blühende Zeiten bevor.*‹ Na ja. Er hatte keine Ahnung, was auf ihn und auf die Welt zukam.«

»Davon wusste ich gar nichts«, sagte Hector, und auch Christabel erklärte, zum ersten Mal zu hören, dass das, was Umae Ras mitgeteilt hatte, eine vor ihrer Zeit platzierte Spur gewesen war. »Eine Spur, in der Vergangenheit gelegt, auf etwas, das in der Zukunft erst noch erreicht werden muss – zugleich aber auch ein Hinweis für den Fall des Scheiterns?«

»Vielleicht das Medusenhaupt«, sagte John. »Das war das große Ziel meines Großvaters.«

Christabel nickte. »Der alte Alfred hat das geplant. *Er* war es, der die Informationen für den Raub beschafft hat. Das war seine letzte große Tat. Danach sagte er: ›Besser als das wird es nicht.‹ Und dann setzte er sich zur Ruhe.«

»Das heißt, es hat in der 1920ern einen Hinweis darauf gegeben, wo sich das Medusenhaupt einst befinden wird?«, fragte Hector.

Christabel und John nickten, und ich sprach meinen Einfall aus: »*Alischanz* beziehungsweise *Aliscans!* Da spielt *Willehalm.* Das ist der Schauplatz einer großen Schlacht.«

»Aber das ist Fiktion«, sagte Hector.

»Und doch verweist der Name auf die elysischen Gefilde.«

Christabels Augenbrauen hoben sich vor Erstaunen. »Du meinst, Umae hat das Haupt in einer anderen Welt versteckt?«

»Nein. Ich meine, dass sie es in der Nekropole Alyscamps versteckt hat. Das ist in Arles. Und Sema sagte einmal, dass *Willehalm* auf den Ereignissen basiert, die dort geschehen sind.«

»Alyscamps!«, sagte John. »Das Lieblingsgemälde meines Großvaters trägt diesen Titel. Es ist ein Bild von Paul Gauguin, das auch *Die drei Grazien am Tempel der Venus* genannt wird.«

Christabel und Hector stutzten, tauschten Blicke, und dann sagte Hector: »Umae bezeichnete Christabel, Achilles und mich manchmal als die drei Grazien im Tempel der Medusa.«

»Ist es das?«, fragte Christabel. »Könnte es sein, dass wir genau das gefunden haben, was wir suchen? Den Ort, wo sie das Medusenhaupt versteckt hat?«

»Das werden uns unsere Gorgonen sagen«, erwiderte ich.

Sema und Gora rührten sich nicht. Sie antworteten nicht auf unsere Gedankenworte. Als ich mich nach zwei Tagen dazu durchgerungen hatte, nach oben zu gehen, wagte ich es zwar nicht, zu klopfen, aber ich öffnete die Tür und folgte der Treppe in die Dachkammer. Da sah ich sie mit meinem Grauen Blick. Die beiden Betten hatten sie zusammengeschoben und saßen sich in ihrer Gorgonengestalt gegenüber. Sie hielten sich die Hände, und ihre Schlangen starrten einander in die Augen. Ein Hauch Magie lag in der Luft, wie ich ihn früher in Semas unmittelbarer Nähe spürte, wenn sie schlief und ich ihr die Hand hielt. Ohne ein Wort ausgesprochen zu haben, kehrte ich nach unten zurück. Ich setzte mich im Wohnbereich in einen der Sessel, schaute zu meinen Vertrauten, die gemeinsam auf der Couch saßen, und sagte: »Du hast recht, John. Sie müssen irgendetwas auf der Spur sein.«

»Was tun wir also?«, fragte Christabel.

»Wir können nur warten und ihnen vertrauen«, sagte John, und das Lächeln, das Christabel ihm zuwarf, hatte ich in den letzten Stunden oft gesehen. Bei den Erzählungen zu Alfred Reberg, die Christabel und Hector mit uns teilten, wenn John Einträge aus dem Tagebuch seines Großvaters vorgelesen hatte, war es mir aufgefallen.

In den nächsten Tagen gingen Christabel und ich oft hinaus ins Tal und machten einen Spaziergang. Ich musste sie dazu ermuntern, aber als wir erst einmal unterwegs waren, dankte sie mir dafür, sie wachgerüttelt zu haben. »So müssen sich die Medusenschwestern fühlen, wenn die Müdigkeit sie überkommt«, sagte sie und gestand mir, als wir mitten im Wald auf einem umgestürzten Baum saßen, dass sie Angst vor einer Auseinandersetzung mit den Perseussöhnen habe.

Eigentlich wollte ich mit ihr über John reden, wischte aber dieses Vorhaben beiseite, denn so kämpferisch, wie ich Christabel bisher erlebt hatte, wunderte ich mich darüber, dass sie bereit war, ihre Angst so offen zu zeigen.

»Erinnerst du dich an das Kapitel im *Buch der Gorgonen,* in dem es um Semas frühe Jahre geht?«

»Du meinst, als sie nach Argos ging, in die Heimat unserer Feinde, und da zur Heldin wurde? Ich hab's geliebt, das zu lesen.«

»Sema sagte mir, dass sie, als sie sich Argos näherte, Zweifel bekam. Sie hatte so kurz vor dem Ziel Angst, dass sie in einem Kampf gegen die Perseussöhne leiden und sterben könnte. Und als sie sie mit viel List und ohne dass sie ihr wahres Wesen erkannten, vertrieben hatte, fürchtete sie, dass sie mit einer Streitmacht wiederkehren würden.«

»Aber sie haben sich doch mit den Spartanern verbündet. Und sie ist da zur Heldin geworden.«

»Ja, doch vor den entscheidenden Taten plagte sie die Angst.«

»Aber das ist lange her«, sagte Christabel. »Inzwischen scheint sie furchtlos zu sein.«

»So scheint es. Aber auch sie hat Ängste. Längst nicht mehr vor Schmerzen oder um ihr Leben, sondern davor, uns zu verlieren.«

»Und du? Wovor hast du Angst?« Sie grinste. »Abgesehen von der Angst, in irgendeine Falle zu laufen.«

Ich lachte und strich Christabel über die Hand. »Meist war es nur die Furcht, Sema zu verlieren. Jetzt habe ich Angst, euch alle zu verlieren.«

»Genau das ist die Angst, die auch mich plagt. Der Tod hält keine Schrecken für mich bereit. Und auch für Hector nicht. Wir alle sind am Ende nur Geister, die für eine Weile an Körper gebunden sind. Und der Tod ist lediglich das Vergessen auf unserer Reise.« Sie drückte meine Hand. »Hast du Angst vor dem Tod?«

»Nicht mehr. Als Wängeler mich hatte, war ich bereit, zu sterben, und auch früher hätte ich es getan, um Sema in Sicherheit zu wissen. Im Grunde war ich tot, als Sema mich zur Gargoyle machte. Ohne mein altes Leben zu vergessen, gewährte sie mir ein neues. Und ich werde es in die Waagschale werfen – für Sema, für Gora und für euch alle.«

Christabel küsste mich mit ihren kalten Lippen, strich mir dann über die Wange und sagte: »Hast du keine Angst, was sein wird, wenn die Vereinigung glückt?«

»Vor nichts habe ich mehr Angst als davor, sie nicht wiederzuerkennen«, antwortete ich, verschwieg aber, dass daraus andere Ängste erwuchsen. Inzwischen fürchtete ich, an Semas Seite im entscheidenden Augenblick zu versagen und alles zu gefährden. Ich verdrängte es mit den Worten: »Aber dann sehe ich dich und Hector und denke mir, dass ich die vereinte Medusa so betrachten könnte, wie ihr Sema und Gora betrachtet.«

»Was, wenn das alles verschwindet? Was, wenn ich das, was ich in Sema und Gora sehe, in Medusa nicht erkennen kann?«

»Das ist eine Angst, die niemand lindern kann. Nicht einmal Sema. Denn selbst sie weiß nicht, was sie sein wird, wenn sie mit den anderen verschmilzt. Aber sollte es das Opfer ihrer selbst benötigen, dann ist sie dazu bereit.«

Wir feierten mit John Weihnachten. Hector und ich schlugen sogar eine Tanne im Wald, und wir alle schmückten sie mit Holzfiguren, die wir schnitzten. Als Geschenke erzählten wir uns Geschichten. John berichtete davon, wie er zu Weihnachten bei Verwandten in Peekskill, im Staat New York, eingeschneit gewesen war und es für eine gute Idee gehalten hatte, heimlich draußen Eisplanet zu spielen. »Meine Eltern schimpften, aber mein Großvater besänftigte sie und erklärte mir leise, dass er meine Eltern nie so erleichtert gesehen habe.«

Christabel und Hector erzählten von einem Weihnachtsfest in Siena, das sie in der Zeit ihrer Eskapaden mit Achilles verbracht hatten, und das durch das Erscheinen einiger Magier endete, die ihnen auf die Schliche gekommen waren. »Achilles weigerte sich, das Essen zu unterbrechen, und aß die Spinattorte in aller Ruhe auf. Die Magier schlugen bereits gegen die Tür, als wir unserer Gastgeberin dankten und durchs Fenster in die Nacht hinaussprangen.«

Ich erzählte von einem Weihnachtsfest in den 1970ern, als wir die Feiertage von Vancouver nach Seattle runtergefahren waren, und Sema sich in einen Weihnachtsmann verwandelte, um Geschenke zu verteilen. »Die Nachrichten berichteten von einem fliegenden Santa, und das lockte viele Leute an, auch die Geheimdienste. Aber natürlich rechnete niemand damit, dass eine Medusa hinter dem Wirbel steckte. Wir liebten das Gerede.«

Zu Neujahr ließen wir Revue passieren, was wir 2018 alles erlebt und was wir verloren hatten. Es war ein trauriger Abend, aber auch einer mit viel Hoffnung auf das, was uns 2019 bringen würde, und mit so viel Geborgenheit und Lust, dass ich am Morgen, als ich in Johns Bett neben Christabel aufwachte, nicht wusste, wann genau ich mit Christabel Hector und John oben allein gelassen hatte, um nach unten zu gehen.

Beim Frühstück sprachen wir über die Nacht, und ich kam mir albern vor, weil ich die wachsende Zuneigung zwischen Hector und John nicht bemerkt hatte. Während wir Tee tranken und John dabei zusahen, wie er Haferflocken mit Kakao aß, erwähnte Hector Johns Fingerspitzen und bezeichnete sie als *Gamechanger.* Christabel wandte sich an mich und fragte, ob das stimme. Und ich nickte und sagte: »Gamechanger, ganz klar.« Auf Johns Wangen mischte sich Rot in das Braun seiner Haut. Christabel brachte seine Verlegenheit zur vollen Blüte, indem sie sagte: »Hast die Fingerspitzen der Lust, und jammerst uns die Ohren voll. ›Ich bin ja sooo ein schlechter Magier.‹ Leute würden töten für solche Fingerspitzen.«

»Hätte ich das doch früher gewusst«, sagte er.

»Du hast das erst jetzt bei uns entdeckt?«, fragte ich.

»Bei wem sonst? Wem sonst kann ich mich als Magier offenbaren? Es tut gut, dass ihr …«

John verstummte, denn auf der Treppe waren Schritte zu hören. Sema und Gora kamen in aller Ruhe zu uns herunter und setzten sich schweigend zu uns an den Tisch. Sie musterten uns wortlos, und ich fürchtete mich vor dem, was sie früher oder später sagen würden.

Als Sema mich anschaute, biss ich mir auf meine bebenden

Lippen. »Verzeiht, dass wir euch so lange warten ließen, aber wir waren zu tief in uns hineingesunken. Aber wir haben eure Entdeckung vernommen.« Sie schaute mich an. »Dein Zweifeln hat einen Weg eröffnet.« Sie blickte zu John. »Und dein Großvater hat gut daran getan, Tagebuch zu führen.«

»Stimmt es denn?«, fragte John. »Es ist die Nekropole in Arles?«

»Ja«, antwortete Gora. »Eure Worte wurden uns in den Tiefen zum Schlüssel zu Umaes Erinnerungen. Sie hatte immer vor, das Haupt – einmal erbeutet – in Alyscamps zu verstecken. Sie hielt den Ort für passend, an dem der Heilige Genesius einst bestattet wurde, nachdem man ihm den Kopf abgeschlagen hatte. Und Alfred Reberg machte sie mit Paul Gauguins Gemälde *Die drei Grazien am Tempel der Venus* bekannt, und in ihrem Kopf wurde es zu *Die drei Schwestern im Tempel der Medusa.* Sie nahm alles als Zeichen, dass das der richtige Ort sei, das Haupt zu verstecken und einst dort zusammenzukommen.«

»Aber hat sie es auch *tatsächlich* dort versteckt?«, fragte ich, denn Goras Formulierung schien dieser Frage auszuweichen.

»Noch vor wenigen Tagen hätte ich es dir nicht sagen können«, antwortete Gora. »Denn dieses Wissen von Umae liegt nicht in mir verborgen. Aber unsere Schwestern sind erwacht. Kari, Lyara und Berildu. Gemeinsam hielten wir in uns nach Umaes Erfahrungen Ausschau. Lyara und Berildu haben Zugang zu Umaes Erinnerung an Alyscamps. Sie war dort und hat das Haupt im Fundament der Kirche St. Honorat im hinteren Teil der Nekropole versteckt. Aufgetan mit Steinzauberei und wieder damit umschlossen und versiegelt. Unbemerkbar für magische Sinne. Nicht einmal wir würden es spüren. Selbst wenn die Perseussöhne von Adelia eine Spur erhalten haben sollten und dieser nach Arles folgen, würden sie das Haupt nicht finden. Sie müssten auf Verdacht alles in Stücke hauen. Und damit würden sie Aufmerksamkeit auf sich lenken.«

»Ich traue ihnen das zu«, sagte John. »Das heißt, wir müssen uns beeilen. Schnell dorthin, das Haupt holen und verschwinden, ehe die Söhne des Perseus eine Chance haben, herausfinden, wo sie suchen müssen.«

»Unsere Schwestern haben sich erhoben und werden nach Alyscamps kommen«, sagte Gora. »Wir werden alles in einer Nacht vollenden.«

»Jahrtausende warten, und sich dann so schnell bewegen?«, entgegnete ich. »Seid ihr euch sicher, dass das der beste Weg ist? Wir könnten mit einer von euch nach Arles fahren und das Haupt holen.«

»Nein«, erwiderte Sema. »Wir werden mit aller Macht vorgehen. Fünf Medusenschwestern im Besitz ihrer Kräfte – dagegen kommen die Perseussöhne nicht an. Ihr und die Vertrauten der anderen in unserer Nähe, und wir nehmen uns das, wonach wir so lange gestrebt haben.«

»Und wenn die Perseussöhne von Adelia wissen, wo das Haupt ist, und nur darauf lauern, dass wir dort auftauchen?«

»Wir gehen dennoch dorthin. Sobald wir das Haupt haben, kommen wir zusammen und verbinden uns. Nur wenige Minuten, und alles ist getan. Wenn etwas schiefgeht, zerstreuen wir uns in alle Winde.«

»Nun gut«, sagte John. »Was will dafür vorbereitet sein?«

Sema lächelte. »Eine Menge, John. Eine ganze Menge.«

Aus dem Buch der Gorgonen – VII

Zu jener Zeit, da im Hause der Göttin Wadjet das Orakel auf Jahre hin verstummte, spürte Sema Medusa den Verlust ihrer Schwestern Beldyrae und Myaramae. Sie verließ Ägypten, machte sich auf die Suche nach dem Medusen-

haupt und hörte bald von den Söhnen des Perseus. Denn diese rühmten sich der Taten ihrer Gemeinschaft.
So erfuhr Sema, dass das Medusenhaupt sich wieder in Argos befand, und begab sich dorthin. Als junge Frau erschien sie in der Stadt, lebte dort ein aufmerksames Leben, und im Alter ging sie in die Fremde, um in neuer Gestalt, mit neuem Namen zurückzukehren. Mit großer Geduld und Sorgfalt schürte sie die Abneigung der Menschen von Argos gegen die Söhne des Perseus. Meist reichte es, die zweifelhaften Machenschaften offenzulegen – seien es Ungerechtigkeiten oder aber Verbrechen, die sie zu verheimlichen suchten. An das Haupt der Medusa kam sie jedoch nicht heran. Sie konnte nicht herausfinden, wo genau die Perseussöhne es aufbewahrten.
Unter dem Namen Telesilla wurde sie in Argos und weit darüber hinaus als Dichterin bekannt und nutzte ihre Stimme auch, um öffentlich die Vergehen der Perseussöhne anzuprangern. Als einer der Perseiden im Streit den Sohn eines Bauern erschlug, gelang es ihr, die Wut der Menschen so sehr zu schüren, dass es einen Sturm auf das Anwesen der Perseussöhne gab, den sie anführte. Die Söhne der Perseus mussten aus der Stadt fliehen.
Sema wähnte sich nun am Ziel und durchsuchte die Häuser und Höfe der Perseiden. Doch weder dort noch in deren Wehrturm fand sie das Haupt der Medusa. Während man sie dafür feierte, der lästigen Gemeinschaft die Maske vom Gesicht gezogen zu haben, fanden die Söhne des Perseus in den Spartanern Verbündete. Im Krieg, in dem die Söhne des Perseus ihre Magie einsetzten, drohte Argos zu fallen. Die meisten Krieger waren tot, als Sema wieder einmal das Wort ergriff und die Menschen der Stadt dazu aufrief, die Waffen in die Hand zu nehmen. Sie selbst führte Speer und Schild und wandte zudem unscheinbare Zauber gegen die Magie der Perseussöhne, sodass Argos bestehen konnte. Dem Untergang ausgewichen, näherten sich die Menschen

von Argos allmählich der Demokratie an. Für Sema war der Kampf gegen die Angreifer leichter als die Zeit danach. Als der Glanz ihres Triumphes allmählich verblasste und sie sich inzwischen sicher war, dass sich das Medusenhaupt längst nicht mehr in Argos befand, ging sie fort als scheinbar alte Frau und sandte kurz darauf Nachricht, dass sie gestorben sei. Ein Grab konnten die Menschen von Argos nicht finden, weil es keines gab. Doch in Erinnerung an sie stellten sie eine Statue auf – eine Statue, die Telesilla zeigte, während Sema die Suche nach dem Medusenhaupt fortsetzte.

Sie spürte den Söhnen des Perseus nach und machte ihnen in immer neuer Gestalt das Leben zum Fluch. Aber erst, als sie eine Weile unter ihrem gewählten Namen – Sema – in Karthago und in Rom Abenteuer erlebt und anschließend im Kampf all ihre Vertrauten verloren hatte, ermüdete sie und setzte sich in den Alpen für eine Weile zur Ruhe, um neue Kraft zu schöpfen für den Tag, da sie oder eine ihrer Schwestern das Medusenhaupt zurückholte und damit die Zeit der Vereinigung begann.

DAS BUCH DER GORGONEN, S. 123–126.

Die Zeit der Zusammenkunft

Die Reise nach Frankreich lag hinter uns, und die Vorbereitungen waren getroffen. Nun warteten wir auf einem alten Vierkanthof in der Nähe der Stadt Aureille auf die Ankunft der drei Medusenschwestern und ihrer Vertrauten. Das Hauptgebäude mit seiner Dachterrasse ragte über die Nebengebäude mit ihren tief eingelassenen Fenstern hinaus. Wir waren etwa vierzig Kilometer von Arles und damit von unserem Ziel entfernt, und während Sema und Gora an diesem Mittag noch immer in ihrem Zimmer waren, und Christabel gemeinsam mit Hector im Wohnzimmer auf der Couch lag, hatten John und ich draußen vor dem Doppeltor des Hofes auf einer Steinbank Platz genommen und schauten die Straße hinunter.

Meine Versuche, John zu beruhigen, waren bisher gescheitert. Er hatte alles vorbereitet und fürchtete nun ständig, dass irgendetwas nicht nach Plan verlaufen könnte. Kari war aus Japan gekommen, Lyara aus Nigeria und Berildu aus den USA. Berildus Vertraute hatten sich gemeldet und bestätigt, dass alle wie geplant in Paris zusammengekommen waren – drei Medusenschwestern an einem Ort, und wenn sie nun endlich in den beiden Wagen eintreffen würden, dann wären hier alle verbliebenen fünf Schwestern versammelt. Hätten wir das Medusenhaupt gehabt, es hätte hier zur Vereinigung kommen können, sobald die anderen da wären.

Allein der Gedanke daran, dass nach all der Zeit Medusa bald wieder als ein Wesen aufleben würde, überwältigte mich und machte mir zugleich Angst davor, was von Sema übrig bleiben würde. Zudem fragte ich mich, wie es für die Vertrauten der drei Medusen sein musste, denn immerhin waren die Gorgonen für sie überraschend aus ihrem Schlaf erwacht. Und welche Verhältnisse auch immer geherrscht hatten, nun war alles verändert.

John hatte bei Kari und Lyara alle Vorbereitungen getroffen, sodass sie und ihre Vertrauten sich um kaum etwas kümmern mussten. Kari hatte nur einen einzigen Vertrauten, Lyara immerhin zwei, aber sie lebten zurückgezogen und hatten keine Kontaktleute. Berildu hingegen hatte drei Vertraute, die gut vernetzt waren. Sie hatten sich in Paris um die Kontaktaufnahme mit den anderen gekümmert.

»Glaubst du, es ist riskant, dass wir alle gemeinsam nach Arles fahren?«, fragte ich nach einer Weile. »Was, wenn nur unsere Feinde dort auf uns lauern?«

»Es lässt dich nicht los, oder?«, erwiderte er.

»Richtig, es ist die übliche Sorge.«

»Wenn zur Abwechslung mal alles gut geht, dann haben wir das Haupt morgen Nacht in Händen und können alles, ehe irgendwer etwas unternehmen kann, einfach beenden. Und wenn irgendwas dazwischenkommt, ziehen wir uns zurück und machen neue Pläne.«

»Ja«, sagte ich.

»Du hast immer noch Angst, dass Semas Wesen sich auflösen wird, wenn es zur Vereinigung kommt?«

Ich nickte und sagte dann: »Ich dachte, wir hätten noch Zeit und würden ein paar Jahre in Snowdonia verbringen. Ab und zu fahren wir raus, um für dich ein paar Vorräte zu holen. Und Sema und ihre Schwestern bereiten sich allmählich vor.«

»Glaubst du denn, du könntest dich je daran gewöhnen? Ich meine, die Frage beschäftigt die Schwestern, seit sie denken können, und sie haben selbst keine endgültige Antwort darauf. Dass sie Umaes Wissen in sich gefunden haben, das macht mir Hoffnung.«

Ich lächelte. »Und das beruhigt dich.«

»Du Schlange!«, sagte er grinsend.

»Das ist bei uns ein Kompliment«, erwiderte ich. »Aber keine Sorge. Es war kein weiterer Versuch, dich zu beruhigen. Du hast es ganz von allein getan.«

Wir schauten über das felsige Land und konnten trotz des trüben Tages den Kirchturm und die Burg von Aureille sehen.

»Sieh mal!«, sagte John und deutete auf die Straße am Fuße des Hügels. Da unten fuhren zwei Wagen. Dass es zwei Minivans statt drei gewöhnlicher Pkw waren, deutete darauf hin, dass John sie besorgt hatte. Er liebte Minivans. Sie folgten der Straße in einem Bogen zu uns herauf.

Wir erhoben uns, und die Spannung, endlich die letzten drei verbliebenen Medusenschwestern zu empfangen, ließ mich erzittern. John öffnete den zweiten Torflügel, und dann warteten wir, bis die Vans herangekommen waren. Durch die Windschutzscheibe des ersten sah ich einen blassen, jungen Mann am Steuer, neben ihm eine ältere Frau, die ihm ähnlich sah.

Ich zeigte auf den Hof. Der Mann nickte und bog ein. Der zweite Minivan, an dessen Steuer ein Schwarze Frau saß, folgte ihm.

John und ich zogen die Torflügel zu, schlossen ab und schoben zwei Riegel vor. Die beiden Wagen parkten neben unserem Hyundai, dem gleichen Modell, mit dem wir aus Köln geflohen waren, diesmal in Blau.

Christabel und Hector kamen aus dem Haus, während die Neuankömmlinge aus ihren Fahrzeugen stiegen. Wir alle trafen uns in der Mitte und begrüßten einander auf Englisch. Offenbar hatten die anderen sich darauf geeinigt, dass das die Sprache sein sollte, in der wir miteinander redeten. So kurz vor dem Ziel brachen wir mit unserer Tradition, die jeweilige Landessprache zu sprechen – vielleicht, weil wir uns zu schnell bewegten.

Neun Personen waren zu uns gestoßen; ich erkannte die Medusenschwestern sofort und konnte sie ihren Vertrauten zuordnen. Kari hatte kurzes Haar und trug einen ebenso schwarzen Mantel wie ihr Vertrauter, den ich auf vierzig schätzte. Das war Yasunari, von dem John mir erzählt hatte, dass er in ihrem Videocall keine Miene verzogen hatte. Jetzt aber strahlte er geradezu.

Die zweite Medusenschwester war Lyara, die aus Nigeria gekommen war. Sie hatte lange Locs, die sich deutlich von ihrer cremefarbenen Bluse abhoben, und war kleiner als Sema und Gora, aber die Ähnlichkeit war verblüffend. Ebenso bei Berildu, die Gora wie aus dem Gesicht geschnitten war, aber viel hellere Haut hatte – und Sommersprossen. Als einzige der Medusen hatte sie rotbraunes Haar, das ihr leicht gewellt auf die Schultern fiel. Sie trug einen grünen Pullover aus feiner Wolle. Die Vertrauten von Berildu und Lyara waren leicht auseinanderzuhalten. Auch hier wusste ich von John die Namen. Ayinde und Oni waren mit Lyara aus Nigeria gekommen. Ayinde schätzte ich auf Mitte fünfzig, und er war ein Gargoyle, was er Christabel und Hector gegenüber demonstrierte. Er verwandelte sich in eine Gestalt aus rotem Sandstein. Oni, die sicherlich nicht älter als fünfundzwanzig war, fiel vor allem durch ihren festen Händedruck und die präzisen Bewegungen einer Tänzerin oder aber einer Kämpferin auf.

Berildus Vertraute waren eine Familie, die polnische Wurzeln hatte und mit Berildu in die USA übergesetzt hatte. Trish, eine Frau mit grauem Haar, mit der John alles besprochen hatte, war Robertas Schwester und Zacks Mutter. Ihre Familie behütete Berildu seit Generationen.

Ayinde und Yasunari dankten John für seine Vorbereitungen. Trish verglich seine Fähigkeiten sogar mit denen seines Großvaters, der ihrer Familie im Zweiten Weltkrieg geholfen hatte, in die USA überzusiedeln.

Kari, Lyara und Berildu zu sehen, weckte den Wunsch in mir, alles über sie zu erfahren. Wie hatten sie die frühen Jahre erlebt? Wann hatten sie geruht; wann waren sie aktiv gewesen? Welchen Gefahren hatten sie getrotzt – und wie war es ihnen gelungen, unentdeckt zu bleiben? Es hätte Jahre gedauert, all das zu ergründen. Ich hätte diese Zeit gerne mit ihnen, Gora und Sema verbracht, um dann erst das zu tun, was wir für morgen Nacht geplant hatten. Ich konnte nur hoffen, dass meine Ängste unbegründet waren und die wiedergeborene Medusa alle Schwestern in sich vereinte und nichts verloren ging – keine Erinnerung, kein Gefühl, kein noch so kleiner Wesenszug.

Die Tür zum Haupthaus öffnete sich mit einem Mal, und Sema kam mit Gora heraus. Sie zogen alle Blicke auf sich und brachten jede noch so kleine Bewegung zum Stehen.

Die Medusenschwestern waren an einem Ort, und ich

glaubte, ihre Macht wie ein Knistern in der Luft zu gewahren. Sie hielten inne und musterten sich. Berildu staunte sogar, und ich fragte mich, wie das Aufeinandertreffen Berildus, Lyaras und Karis in Paris gewesen war. Nur langsam kam Sema mit Gora näher, und an ihrer Miene glaubte ich, ablesen zu können, dass sie bereits in Gedanken mit den Schwestern sprach. Wahrscheinlich hatte sie die ganze Zeit mit ihnen Kontakt gehabt.

Die fünf Frauen kamen zusammen und schlossen sich in die Arme, strichen sich sanft über die Wangen und schauten sich in die Augen. Sema, Lyara und Berildu vergossen sogar Tränen, während Gora und Kari ungläubig grinsten.

Ohne ein Wort gesprochen zu haben, führten Sema und Gora ihre drei Schwestern ins Haus und ließen uns zurück. Weil plötzlich Schweigen herrschte, wies ich auf die Tür. »Kommt! Erholt euch von der Fahrt – und von der plötzlichen Veränderung.«

Trish lachte und folgte mir an Onis Seite. »Es kam wirklich plötzlich«, sagte sie. »Und doch habe ich das Gefühl, diesen Tag schon viele Male erlebt zu haben.«

Dieses Gefühl konnte ich nicht teilen, aber Oni nickte, und ebenso Yasunari. Im Inneren verteilten wir uns im Wohnzimmer auf Couch, Sessel und Stühle. Ich holte Getränke, John schob die Spinattorte, die er vorbereitet hatte, in den Ofen, und als wir alle beisammensaßen, hatte ich zwar noch nicht das Gefühl, dass wir eine Gemeinschaft waren, aber wie sie erzählten und ich meine Erfahrungen in den ihren gespiegelt fand, war ich mir sicher, dass es nicht lange dauern würde, bis ich mich an sie gewöhnt hatte. Wenn die Schwestern zu Medusa verschmolzen, wären wir alle Vertraute. Wo würden wir leben? Welche Aufgaben hätten wir? Wer von uns würde die eigene Medusenschwester noch wiedererkennen?

Ich wagte es nicht, über die Frage zu sprechen, was am Ende sein würde, sondern lauschte den abenteuerlichen Erzählungen, die meine Neugier nur noch anfachten, und erzählte selbst von meinen Erfahrungen. Aber es war John, der alle in seinen Bann zog, als er von unseren Erlebnissen seit unserem Treffen in der Eifel berichtete.

Nach dem Essen, für das John von allen Seiten Lob erhielt, gingen wir den Plan durch. Er war einfach: Wir fuhren mit unseren Wagen nach Arles, drangen über die Nordseite auf das Anwesen der Nekropole ein. Sema und Gora würden mit John, Christabel, Hector und mir vorgehen und das Medusenhaupt holen. Und sollte keine Gefahr drohen, würden die anderen hinzukommen. Drei Leute aber würden bei den Wagen bleiben, damit wir, falls es nötig wurde, schnell verschwinden konnten.

Trish meldete sich mit den Worten »Ich bin zu alt für diesen Scheiß« freiwillig dafür, einen Wagen zu fahren. Auch Oni und Zack meldeten sich. Sie waren bei der Ankunft bereits am Steuer der beiden Wagen gewesen.

»Ich werde euch per Phone grünes Licht geben«, sagte John. »Aber Sema und Gora werden mit den Schwestern ebenfalls Kontakt halten. Bei der geringsten Gefahr bringt ihr eure Gorgonen in Sicherheit. Ich habe euch einige Orte geschickt, an denen ihr untertauchen könnt.«

»Glaubst du denn, die Söhne des Perseus lauern da?«, fragte Trish.

»Nach dem, was hinter uns liegt, müssen wir auf alles gefasst sein«, sagte John und schaute mich an.

Ich nickte. »Fünf Medusenschwestern an einem Ort – das ist eine große Macht, mit der wir nach Arles gehen. Wenn es dort ruhig ist, können wir das, worauf die Schwestern seit Jahrtausenden warten, binnen weniger Minuten erreichen. Sollte jemand uns das Haupt streitig machen wollen, wird Sema damit entschweben, und wir treffen uns hier oder aber woanders, um ungestört zu tun, worauf wir alle hingearbeitet haben.«

»Dann endet es also«, sagte Zack und strich sich mit seinen blassen Händen durch sein schwarzes Haar. »Werden sie … wird Medusa sich noch an uns erinnern?« Damit hatte er das, was mich immer wieder bewegte, ausgesprochen. Und an Robertas, Ayindes und Yasunaris Miene glaubte ich, ablesen zu können, dass auch sie diese Frage bedrückte. Ich lauschte Trish und Oni, die zwar Jahrzehnte trennten, deren Hoffnung jedoch die gleiche war. »Die Lebensphasen der Schwestern enden«, sagte Trish, »und eine vielschichtige Lebensphase beginnt. Was immer sein wird, ich werde mich niemals von ihr abwenden. Wenn sie anders sein sollte, dann möchte ich ihr Wesen kennenlernen.« Sie fragte uns, was wir mit Medusa erleben wollten. Obwohl das eine schwierige Frage war, hatten einige schnell eine Antwort darauf.

»Ich werde mit ihr Achilles zurückholen«, sagte Christabel. »Und die Söhne des Perseus zerschlagen«, fügte Hector hinzu.

Oni nickte. »Die Söhne des Perseus zerschlagen – und einen Weg auf den Weltenozean finden.«

»Ich möchte mit ihr um die Welt reisen und mir von ihr die Wirkungsstätten der Gorgonen zeigen lassen«, erklärte Roberta mit leiser Stimme.

»Und ich möchte mit ihr das Magische Zeitalter erleben«, sagte Zack. »Ich möchte erleben, dass sie der Welt ihr wahres Gesicht zeigt.«

Auch Trish meldete sich zu Wort: »Dass sie zu ihrem alten Wirken zurückfindet, den Schutzbedürftigen Schutz zu gewähren. Das möchte ich erleben.«

Nur zögerlich offenbarte Ayinde seinen Wunsch: »Ich möchte Gargoyles finden und Medusas Schutz zuführen. Die meisten von uns ahnen nicht, woher ihre Lebenskraft stammt. Ich möchte ihnen die Augen öffnen und erleben, wie Medusa ihre Geschöpfe erkennt.«

Die Blicke wanderten zwischen Yasunari und mir hin und her. Ich schämte mich für meine selbstsüchtigen Gedanken.

Yasunari sagte: »Ich hoffe, erleben zu dürfen, wie sie sich

ein Haus neben der Welt erschafft, ein Heim für ihre Gemeinschaft.«

So viele positive Wünsche, von denen ich die meisten bewunderte, manche sogar teilte. Aber was nützte es? Ich mochte die Wahrheit vor der Gemeinschaft der Vertrauten verbergen, aber niemals hätte ich sie vor Sema verbergen können. Also sagte ich: »Ich hoffe, dass wir die uns jeweils vertraute Schwester in Medusa wiederentdecken, so wie sie sich selbst in ihnen entdeckt. Und sollte das alles nicht sein, dann werde ich trauern, loslassen und meiner Wege gehen – in der Gewissheit, an etwas Großem teilgehabt und dafür das Liebste verloren zu haben.«

Kapitel 9

Alyscamps

Es war die Nacht zum 11. Januar 2019, als wir gegen 3:00 Uhr in Arles auf der Nordseite am Canal de Craponne entlanggefahren und die Stelle fanden, die John sich ausgeguckt hatte. Trish saß am Steuer und parkte unseren Hyundai auf einem steinigen, einsamen Parkplatz an einer Mauer. John saß auf dem Beifahrersitz und schaute auf sein Phone, auf dem sich nur wenige Minuten später Oni und Zack meldeten, die sich mit den anderen Wagen in der Nähe befanden und darauf warteten, dass wir sie zu uns riefen.

Da es draußen still blieb, wagten wir uns nach einer Weile aus dem Wagen, und John schickte den anderen die Nachricht, dass wir unterwegs seien. Trish wünschte uns Glück, und ich hoffte, dass wir es nicht benötigen würden.

Am Ende der Mauer bogen wir um die Ecke und standen mit einem Mal vor dem Kanal, der die Nordgrenze von Alyscamps markierte. Mit einigen Schritten Anlauf sprangen wir über das Wasser, gingen zwischen Bäumen und Sträuchern hindurch und kamen an den ersten Sarkophagen vorbei. Sie rochen nach Moos, und mit ihren dachartigen Deckeln und abgerundeten Ecken wirkten sie wie gespenstische Häuser.

Vor uns erhob sich die Kirche St. Honorat mit ihren ungleichen Mauern. Sie war nie fertiggestellt worden. Der steinige Weg führte an dem frühchristlichen Gräberfeld vorüber und traf auf die Allee, wo die schattenhaften Platanen sich vom bedeckten Nachthimmel abhoben. Der Eingang des Anwesens war von hier aus nicht zu sehen, aber ich wusste durch das Material, das John zusammengetragen hatte, dass die Gräberstraße einen leichten Knick machte. Ich war froh, dass die Medusenschwestern geklärt hatten, dass das Haupt in der Kirche vor uns verborgen war und nicht in den letzten Überresten von St. Césaire-le-Vieux in der Nähe des Eingangs. Hier am Ende der Allee war es so still, dass wir vielleicht völlig unbemerkt das tun konnten, wofür wir gekommen waren – das Haupt finden und die Schwestern vereinen.

Ich glaubte, etwas gehört zu haben – irgendwo auf dem kleinen Gräberfeld, das sich schräg vor uns erstreckte. Die Steingräber und die offenen Sarkophage in der Nähe wirkten wie schlafende Gargoyles, die jeden Moment erwachen konnten.

Da sich nichts rührte, führte ich die anderen zum Seiteneingang der Kirche, einer Doppeltür mit einem altmodischen Schloss.

»Deine gerühmten Fingerspitzen, John«, flüsterte Christabel.

Wortlos legte John seine Hand auf das Schloss, und ich war gespannt, seine Magie am Werk zu sehen. So zielsicher seine Fingerspitzen sonst waren, dauerte es nun einige Minuten, bis wir ein Knirschen hörten und sich das Schloss in eine grobe Felsmasse verwandelte, die nach weiteren Minuten zu Steinmehl zerfiel.

Ich schob die Doppeltür auf, und wie Sand rieselten die Überreste von Schloss und Riegel zu Boden. Wie John es auf der Fahrt noch einmal betont hatte, ging weder ein Alarm los, noch schaltete sich ein Licht ein. Mit dem Grauen Blick schaute ich in die Dunkelheit – in einen Durchgang mit kahlen Wänden. Zielstrebig gingen wir durch den Eingangsbereich hindurch und kamen in den Hauptraum. Hinter einem breiten Pfeiler öffnete sich die Kirche nach links. Dort führte in der Mitte eine kurze Treppe hinab in die Krypta, links und rechts davon ging es über einige flache Stufen hinauf in den

Chor. Aus dem Gewölbe, das sich in den Turm hinaufzog, pfiff der Wind herein.

Sema und Gora blickten sich um und näherten sich dem Haupteingang, der zur Rechten lag. Die Doppeltür ließ sich von innen entriegeln, und als Sema sie geöffnet hatte, bot sich uns ein Blick auf einen Hof, der früher einmal das Kirchenschiff gewesen war. Statt Säulen ragten dort die Stämme von Bäumen empor. Die Sarkophage ließen diesen Ort wie einen kleinen Friedhof erscheinen. Am anderen Ende befand sich ein Gittertor, und ich glaubte, die rostige Kette zu erkennen, mit der sie verschlossen war und die uns John bei den Vorbereitungen in einem Video gezeigt hatte.

Sema und Gora traten ins Freie hinaus und schauten sich die Ecke zur Linken der Tür an. Mein Blick fuhr an dem Gebäude empor und fand dort einen Wasserspeier. Ich fragte mich, was ich mich damals in der Eifel hätte fragen sollen: War das tatsächlich nur eine kleine Figur oder gab es hier Gargoyles wie mich? Doch ich spürte keinen magischen Hauch, und Sema sagte mir in Gedanken: *»Keine Sorge. Es gibt hier Spuren von Gargoyles. Aber sie sind längst fort.«* Sofort malte ich mir aus, wie dieser Abend verlaufen würde, gäbe es hier eine Gemeinschaft aus Gargoyles, der Umae das Medusenhaupt anvertraut hätte.

Sema ging in der Ecke in die Hocke und legte ihre Handflächen an die Wand, dann erhob sie sich wieder und trat einen Schritt zurück. »Es ist hier«, sagte sie.

Ich spürte, dass sich vor uns etwas bewegte. Die Luft flimmerte vor der Wand, und mit einem schlurfenden Geräusch löste sich ein kugelartiges Objekt aus dem Gestein. Es sah aus wie ein großer, perfekt gewachsener Muskatkürbis und senkte sich auf den Boden. Sema hob es auf, hielt es zwischen uns, und als wir es berühren durften, fühlte es sich an wie ein Gipsgebilde. Sema fuhr mit dem Daumen darüber, und eine Lücke entstand, die den Blick auf grauen Stoff preisgab. Gora brach links und rechts den Gips weiter auf, und kaum hatte sie ihn abgezogen, schlug Sema das Tuch auf, in das unser Fund eingeschlagen war. Die Macht, die uns wie ein Schwall Wärme entgegenschlug, konnte ich kaum von der unterscheiden, die ich sonst bei der Berührung Semas spürte.

Der Anblick, der als Artefakt im Besitz der Söhne des Perseus so vielen den Tod gebracht hatte, war für uns eine Erscheinung des Leids. Ihr Gesicht ähnelte dem von Sema, hatte nur dunklere Haut, eine höhere Stirn und größere Augen. Die Schlangen erinnerten an verwelkte Blumen. Die Augen waren eingefroren in einem Ausdruck der Angst. Die Schnittwunde war mit einem abgerundeten Stück Leder bedeckt, das an den Rändern durch schwarze Fäden mit der Haut des Halses vernäht war.

All das Leid der Jahrhunderte schien in dieser Miene gefangen, als hätten sich die Furchen in der Stirn mit jeder getöteten Medusenschwester ein wenig mehr vertieft. Dass unsere Feinde dieses Antlitz gesehen und etwas anderes als Schuld und Mitleid verspürt hatten, bewies mir erneut, dass sie die Monster waren und nicht wir.

»Soll ich die anderen rufen?«, fragte John.

»Das habe ich bereits getan«, erwiderte Gora, ohne den Blick von dem Medusenhaupt abzuwenden. »Sie sind unterwegs.«

Sema trug das Medusenhaupt vor uns her in die Kirche hinein und blieb dort zwischen den beiden mächtigen Pfeilern vor der Treppe zur Krypta stehen. Sie starrte auf die Überreste ihres früheren Ichs in ihren Händen und sagte: »Alles, was wir für die Vereinigung benötigen, war schon immer hierin eingeschlossen. Die Zweifel, ob wir die Kraft haben würden, sind mit einem Blick in diese Augen vertrieben. Es ist ein Blick in den Spiegel.«

Medusenblicke – Die Zeit der Vereinigung

Habe ich eben noch Angst davor gehabt, was aus mir werden würde, sobald ich mit meinen Schwestern verschmelze und mit ihnen wieder Medusa werde, schaue ich jetzt in dieses Gesicht wie in einen Spiegel und ahne, dass meine Sehnsucht nach Stheno und Euryale mein Tun ebenso prägen wird wie die nach Chrysaor und Pegasos.

Dieses Haupt mit all seiner Macht nimmt Dinge vorweg, als wäre es das Orakel unseres Schicksals. Scheiterte ich bei den Durands an den Gleichzeitigkeiten, macht mir das Haupt meines ursprünglichen Ichs Mut, es diesmal besser zu machen. Gora ist sogar davon überzeugt, dass mich das Haus der Durands auf meine Aufgabe vorbereitet hat. Es ist an mir, meine Sinne in den Gleichzeitigkeiten schweifen zu lassen, während die Kräfte durch mich hindurchfließen. Meine Sinne sollen alles gewahren, was meine Schwestern und unsere Vertrauten gewahren. Ich soll warnen, anspornen und reagieren.

Als ich meiner Schwestern am Kanal gewahr werde, kommen sie im nächsten Moment bereits durch die Seitentür. Gora und ich stehen in der Mitte, die Treppe in die Krypta im Rücken. Kari, Lyara und Berildu kommen zu uns und bestaunen das Wunder, das ich in Händen halte. Sie streicheln die Wange, die Stirn und das verwelkte Schlangenhaar, und jetzt erst haben sie fragende Blicke für Gora und mich übrig.

Die Magie meiner Schwestern fließt durch mich hindurch und mündet in den Kopf unseres früheren Ichs. Der Zauber, der sich vollziehen soll, liegt darin verborgen und wartet darauf, entfesselt zu werden. Mit Gedankenworten aus unserer ursprünglichen Heimat bitten wir das Haupt, sich mit uns zu vereinen, und es antwortet mit Strömungen, von der eine in mich mündet, die anderen suchen ihren Weg durch mich hindurch zurück zu meinen Schwestern.

Mit jedem neuen Fluss und Rückfluss der Magie bildet sich

ein Gewebe, das dichter und dichter wird. Es ist der Zauber, der mich bewegungslos macht, meine Sinne aber für mein Inneres, meine Schwestern und meine Vertrauten schärft.

Im Grunde bin ich auf den Zauber vorbereitet, aber ich zögere, mich ihm ganz anzuvertrauen; die Gedanken meiner Vertrauten hindern mich daran. Da ist etwas, das ich befürchtet habe, und gerade vor meinen Sinnen aufblitzt. Neue Präsenzen – die einen harmonieren mit mir, die anderen reiben sich an allem, was mich, meine Schwestern und unsere Vertrauten ausmacht. Und eine dieser Präsenzen stammt von mir selbst. Sie haftet einer Waffe an – dem Dolch Anton Wängelers.

Unsere Feinde – sie sind hier.

Wie bei den Durands erlebe ich alles in Gleichzeitigkeiten, doch hier sind meine Schwestern mit all ihrer Macht um mich herum und helfen mir, alles zu erfassen.

Es zieht mich zu Elena. Sie sieht mich, wie ich mit fragender Miene in die Mitte der Schwestern trete. Es berührt sie, nährt aber auch ihre Angst, mich zu verlieren.

Als Magie wie warmer Wind von uns zu ihr nach außen dringt, weicht sie zu den anderen Vertrauten zurück. Ayinde, Yasunari und Roberta sind hier, und sie staunen, wie Elena eben gestaunt hat.

Türkisfarbene Lichtschleier tanzen in mehreren Schichten durch die Luft und ziehen ein Gefühl der Reibung nach sich, als hätten sie unsichtbare Ausläufer, die uns streifen. Gora und Kari, Lyara und Berildu berühren mich mit ihren Händen, und während Elena einen Wirbel zu sehen glaubt, spüre ich ihn als magische Bewegung. Meine verbissene Miene rührt aber nicht von der Anstrengung her, sondern von meiner Sorge.

»Sie sind hier«, flüstere ich meinen Vertrauten zu.

Elena erschrickt, Ayinde, Roberta und Yasunari schauen

sich um, zugleich prüft John sein Phone und sagt: »Nachricht von Zack: Die Söhne des Perseus sind da.«

»O Fakke!«, entgegnet Elena leise.

»Können wir es abbrechen?«, fragt Roberta.

»Ich weiß es nicht«, erwidert John.

»Schützt uns«, sage ich Elena und John in Gedanken.

Elena und John sind bereit, und nach einem Nicken von Ayinde und Yasunari sowie einem Daumen hoch von Roberta merke ich, dass meine Schwestern meine Gedanken an ihre Vertrauten weitergetragen haben.

Elenas aufflammender Tatendrang macht mir Mut. »John, du gehst zur Seitentür und machst sie wieder dicht«, befiehlt sie und nimmt mir die Bürde des Bestimmens ab. »Kannst du Steinmehl wieder in Stein verwandeln?«

»Ja, aber ...«

»Dann mach das«, sagt Elena und wendet sich an Roberta, Ayinde und Yasunari. »Ihr schaut, ob es andere Eingänge gibt, von denen wir nichts wissen.« Sie eilen in verschiedene Richtungen davon; John macht dabei alles andere als einen selbstsicheren Eindruck.

Elena nimmt ihre Steingestalt an, und nachdem Christabel und Hector sich ihrerseits verwandelt haben, sagt Christabel: »Achilles – ich will wissen, ob er da ist.«

»Wenn er da ist, werden wir ihn holen«, fügt Hector hinzu. Die sehnsuchtsvollen und kämpferischen Gefühle der beiden zu spüren, lässt Unruhe in mir aufsteigen, denn sie zwingen meinen Blick nach draußen. Achilles ist dort irgendwo. Ich spüre den Zorn, den ich bereits in Köln und bei den Durands spürte. Ich sollte an Achilles herankommen, weil er wie Christabel und Hector einer von Umaes Gargoyles ist, aber etwas hält mich zurück.

»Ihn holen?«, erwidert Elena auf Hectors Worte. »Wenn er kommt, müssen wir ihn aufhalten. Wenn wir Sema und den anderen nur genug Zeit verschaffen, wird Medusa ihn am Ende befreien. In *einer* Nacht könnten wir das Medusenhaupt erbeutet, die Vereinigung vollzogen und Achilles befreit haben.«

»Sie sollen die Zeit bekommen«, sagt Hector, und Christabel nickt. Elena bittet sie, hinaus auf den Hof zu gehen und vom Gittertor aus die Gräberstraße zu beobachten. Ihr ist jedoch unwohl dabei, nicht an ihrer Seite zu sein. Sie will nicht, dass sie sich, von Verzweiflung gedrängt, in einen Kampf stürzen, aber sie muss zu John hinüber.

Als sie an der Seitentür ankommt, löst John seine Hände von einem Steinbrocken, der zwischen Tür und Wand gewachsen ist und wie ein grober Riegel wirkt. Die Stufe, die zur Tür emporführt, verformt John vor meinen Augen, indem er sie zerfallen lässt, das Steinmehl gegen die Tür schichtet und es dann wieder festigt. Außer Atem sagt er: »Hab das noch nie für so was eingesetzt.«

Ich klopfe ihm auf die Schulter. »Gut gemacht!«

Roberta, Ayinde und Yasunari kommen zurück und erklären, dass die anderen Eingänge vermauert, verriegelt oder vergittert sind.

Mit einem Mal schlägt etwas gegen die Seitentür, und sie alle weichen vor Schreck zurück. Ayinde verwandelt sich in seine Sandsteingestalt, Yasunari zieht ein Messer, Roberta holt sogar eine Pistole unter ihrer Jacke hervor.

Die Stöße gegen die Tür werden wuchtiger, und ein Blitzen und ein Zischen verrät, dass unsere Feinde Magie gegen die Tür schleudern. Das dicke Holz bebt, aber die Tür hält stand.

»Lasst niemanden durch«, sagt Elena und zieht sich zu mir und meinen Schwestern zurück. Innerlich unruhig, aber am Zauber festhaltend, verharren wir in der gleichen Konstellation und erscheinen durch Elenas Augen unbeeindruckt von der Ankunft unserer Feinde.

Ein Scheppern lässt Elena herumfahren. Durch die Haupttür schaut sie zwischen den Bäumen auf dem Hof zum Gittertor hinüber. Dahinter steht Achilles – wieder von einer Steinhülle umschlossen, die seine wahre Gestalt verbirgt.

Christabel und Hector stehen diesseits des Tores und machen beschwichtigende Gesten. Doch bereits der nächste Schlag ihres alten Vertrauten befördert das Gittertor aus den Angeln. Achilles springt hindurch, und Elena erblickt Wängeler und Setterfield, die hinter ihm lauern. Christabel und Hector weichen zurück, während Elena aus der Kirche auf den Hof stürmt, um ihnen beizustehen.

Die Macht, die in mir aufsteigt, verstärkt alles und beschert mir einen erweiterten Rausch an Eindrücken. Mit einem Mal ist Achilles mein Vertrauter. Da ist noch mehr, das an mir vorbeirauscht, aber ich gewahre ihn, wie ich Christabel, Hector und Elena gewahre, die sich ihm in den Weg stellen. Sein Körper hat gegen seinen wahren Willen rebelliert. Der Schlag, mit dem er Elena meterweit zurückwirft, ist von seinem Körper ausgeführt worden, aber ein Teil von ihm sträubt sich dagegen, nun seine Geliebten zu attackieren. Es ist der Teil, der tief in ihm gefangen ist und der die ganze Zeit danach strebt, sich zu befreien.

So wie er Setterfield belauscht hat, nachdem sie sich zurückgezogen hatten, so lauscht er nun auf das rührende Flehen von Christabel und Hector. Statt ihnen zu erklären, wie die Perseussöhne die Spur nach Arles gefunden haben, schlägt er nach ihnen.

Während sein Körper der aufgezwungenen Wut nachgibt, ruft Achilles in seiner Verzweiflung nach mir, nach Gora – nach Medusa. *»Herrin!«*, höre ich seine Gedankenstimme rufen. *»Befreie mich, und ich werde nicht nur im Inneren gegen die Magier rebellieren, sondern auch mit meinem Körper.«*

Welch eine verlockende Vorstellung, doch noch lebt die Rebellion nur *in* ihm, während sein Äußeres dem Feind zu Befehl ist und meine Vertrauten attackiert.

»Kämpfe dagegen an!«, antworte ich ihm. *»Nicht, um unsere Feinde zu bestrafen, sondern um den Unseren nicht länger zu schaden.«* Und schon verliere ich Achilles in den Gleichzeitig-

keiten, die sich um mich herum und in mir entfalten. Ich bleibe am gleichen Ort, gewahre die Dinge dabei aber aus anderen Sinnen.

Ich bin bei Elena, als sie sich wieder aufrafft. Ein Schrei ertönt. Christabel geht von einem Dolchstoß Wängelers im Hals getroffen zu Boden. Der Magier weicht zwar zurück, weil Hector nach ihm schlägt, doch schon wirft Achilles sich auf Hector, und es ist nur eine Frage von Augenblicken, bis Wängeler erneut auf Christabel losgeht. Von Setterfield ist nichts zu sehen, und die anderen Söhne des Perseus, allesamt mit Dolch und Speer bewaffnet und mit den Armreifen ausgestattet, halten sich im Hintergrund – offenbar, um Achilles nicht in die Quere zu kommen.

Elena läuft zu Christabel, die sich nicht rührt, packt sie unter den Armen und schleift sie Richtung Kirchentür über den Hof. Da schlägt Achilles Hector zur Seite und drängt ihn in die Ecke. Der Weg für Wängeler zu Elena ist frei, während von allen Seiten die Gedanken und Gefühle der Vertrauten an mich herannahen.

Drei seiner Leute bauen sich vor Wängeler auf und drohen mit ihren Speeren. Einer hebt den Arm, zeigt in Elenas Richtung, und ein Flimmern schießt ihr entgegen. Sie bleibt, wo sie ist, nimmt den Schlag entgegen, denn sonst wäre er durchs offene Tor gedrungen und hätte mich und meine Schwestern getroffen. Es schmerzt wie tausend Nadelstiche, doch Elena hält stand, Christabel hingegen liegt immer noch regungslos da. Ihre Schmerzen werden nur noch übertroffen von ihren Verlustängsten. Mit Todesangst hatte sie nicht gerechnet, aber sie ist da.

Durch das Gefüge schicke ich Christabel einen Hauch meiner Macht, um sie wachzurütteln, und mit einem Keuchen schreckt Christabel auf und schnappt nach Luft, als wollte sie mit einem Atemzug die ganze Magie dieses Ortes in sich aufsaugen. Sie stößt einen Schrei aus, der in ein Jammern übergeht. Im Hals klafft ein Loch in ihrem Steinkörper. Stockend sagt sie: »Es schließt sich nicht.«

Sie hat recht, doch ich kann aus der Ferne nichts tun. Ja, ich könnte alles abbrechen und zu ihr eilen, um sie zu retten, aber dann wäre alles verloren.

Ein Krachen hallt von der Seite an mich heran. Während Elena draußen vor dem Tor erschrickt, höre ich John aufschreien. Während Christabel mit schwindenden Kräften in Elenas Armen liegt, ist John an der Seitentür von irgendetwas verletzt worden. Ehe ich sehe, was ihm geschehen ist, bin ich bei Hector, der abseits von Elena und Christabel in einer Ecke liegt und sich nicht mehr rührt. Achilles ist über ihm und schlägt hemmungslos auf ihn ein.

Wie schon bei den Durands drohen mir auch hier und jetzt die Gleichzeitigkeiten zu entgleiten.

Ein Knistern lässt Elena herumfahren und zieht meinen Blick an, denn ich spüre Gefahr. Wängeler steht zwischen den Baumreihen und zeigt mit seinem Dolch auf sie. Ein rotes Glühen erwacht in der Klinge, während sich links und rechts Wängelers Leute aufbauen. Was immer sie Elena entgegenwerfen, sie muss es aushalten, sonst bricht alles zusammen.

Es geschieht zu viel um mich herum. Während ich Christabel Kraft zuspiele, bin ich zugleich bei meinen Schwestern, weil hier etwas aus dem Gleichgewicht gerät. Lyara zittert. Ich kann längst nicht mehr mit eigenen Sinnen wahrnehmen, was um mich herum geschieht, aber ich habe über Umwege Teil an einem Geschehen, das mich erschüttert und vor dem ich meine Schwestern schützen muss, damit sie ihr Werk tun können. Durch Lyara, der sich Ayindes Sinne aufdrängen, höre ich die Schüsse Robertas und Johns Schmerzensschrei; ich spüre den Schmerz Ayindes, als die Speerspitze in seinen Körper dringt, und ich sehe, wie John von einem Zauber erstarrt ist und nach einem Dolchstich zurücktaumelt. Allein

Yasunari, der sein Messer gegen einen erbeuteten Speer eingetauscht hat, hält die Söhne des Perseus hinter der Schwelle der zerborstenen Tür.

Ich höre, wie Gora Lyara ermahnt – und dann Berildu und Kari, die wie ich eben durch Lyara das Geschehen am Seitentor beobachten. Ich höre, wie Gora das übernimmt, was meine Aufgabe gewesen wäre.

»Überall ist Verzweiflung«, spricht Gora mir zu. *»Alles steht vor dem Scheitern! Nutze die Gleichzeitigkeiten! Alles steht und fällt nun mit dir.«*

»Sei stark für uns«, flüstert Kari.

»Schau in den Spiegel«, spricht Lyara.

»Auf dass wir eins werden«, fügt Berildu hinzu.

Ich suche einen Weg, den Vertrauten zu helfen, mehr zu tun, als ihnen Gedanken, Gefühle und Kraft zu schicken. Und gerade, als ich wie in Köln durch Elena einen Zauber wirken will, vernehme ich eine Stimme in mir. *»Wir sind da«,* sagt sie. Es sind Eras' Gedanken. Er ist hier in Alyscamps, draußen im Hof. Ich suche nach ihm, finde darüber jedoch zu Elena.

Todesangst hält Elena gefangen. Wängeler hat immer noch den Dolch auf sie gerichtet, doch er stutzt mit einem Mal und schaut sich um, als würde in den Baumkronen etwas auf ihn lauern. Elena hebt den Blick; auf den Mauern ringsum sieht sie aufrechte Schatten. Einer davon entfaltet Schwingen und offenbart sich als Gargoyle, den Elena nur zu gut kennt. Erasmus – Eras – Ras.

Orlando ist bei ihm und springt von dort oben in den Hof herab. Links und rechts folgen ihm drei, sechs, neun andere.

Wängeler flieht durch den Torbogen, seine Leute weichen bis dorthin zurück. Achilles aber bleibt und wendet sich von Hector ab und Orlando zu. Kaum hat der Schlagabtausch zwischen Orlando und Achilles begonnen, da springt Ras ebenfalls von der Mauer herab und kommt seinem Gefährten zu Hilfe, während die anderen die Söhne des Perseus auf die Gräberstraße hinaustreiben.

»Schließ das Tor!«, ruft Ras Elena zu und deutet ins Innere der Kirche.

Mit einem Schlag ist Elena hellwach und zerrt Christabel, die bewusstlos, vielleicht sogar tot ist, ins Innere der Kirche. Sie schlägt die beiden Türflügel zu und verriegelt sie.

Während ich Christabels Innenleben in all dem Getöse der Gleichzeitigkeiten nicht erfassen kann, bin ich bei Elena und blicke durch ihre Augen. Die türkisfarbenen Lichtschleier haben sich verdichtet und umhüllen mich und meine Schwestern, sodass sie uns nicht mehr auseinanderhalten kann. Außen herum erscheinen einzelne Schleier in anderen Farben – feuerrot, grün, blassrot und lilafarben.

Von der Seite dringt Kampflärm in den Raum herein. Keine Schüsse, sondern wuchtige Gewaltakte, die immer wieder in fremden Schmerzensschreien gipfeln. Während Elena Christabel neben der Tür behutsam bettet, eile ich mit meinen Sinnen zu John hinüber. Noch ehe ich bei ihm bin, ertönt ein Schuss.

John sitzt an der Wand und hält sich die Hand auf eine Bauchwunde. Schwer atmend starrt er Ayinde an, der in seiner Sandsteingestalt in der Mitte steht und die Hände vorgestreckt hält. Vor seinen Handflächen versperrt eine rotbraune Barriere den Perseussöhnen das Durchkommen, so sehr sie auch dagegen schlagen und treten. Die Wand spannt sich über die ganze Breite des Raumes. Drei Söhne des Perseus pressen ihre Hände von der anderen Seite gegen die magische Mauer, doch noch hält sie deren aufblitzenden Zaubern stand.

Yasunari zerrt Roberta zu John hin. Sie rührt sich nicht mehr. John atmet unregelmäßig und stöhnt immer wieder auf, und ich spüre seinen Schmerz wie ein Feuer aufflammen. Er wird zu meinem Schmerz.

Als Elena neben ihm erscheint und sich ihm zuwendet,

deutet er auf die Feinde. Ohne zu zögern, stellt sich Elena Ayinde zur Seite und presst ihre Handflächen gegen die Barriere. Wie bereits bei den Durands lässt sie ihre magischen Kräfte fließen, kann sich hier aber nicht an eine Kraftquelle knüpfen, sondern muss ihre eigene Magie spenden.

»Ich kann sie halten«, sagt Ayinde. »Hilf den anderen aus dem Raum hinaus!« Sofort löst Elena ihre Hände wieder von der Barriere und eilt zu John. Yasunari hat Roberta gerade durch die Tür in den Hauptraum gezogen. Ich helfe John auf, doch er stöhnt vor Schmerz und hält sich den Bauch. Zwischen seinen Fingern quillt Blut hervor. Für seine Verhältnisse wirkt er blass. Während in ihm der Schmerz aufflammt, kann ich Elenas Verzweiflung mitfühlen. John ist kein Gargoyle, dessen Wunden sich mit der Zeit schließen. Sie sieht sich selbst in ihm, wie sie damals dem Tode nahekam.

Elena stützt John und hilft ihm die wenigen Schritte durch den Torbogen in den Hauptraum. Sie folgen Yasunari, der Robertas reglosen Körper in die Seitenkapelle gegenüber schleift. Kaum sind John und Elena aus dem Schatten des breiten Pfeilers getreten, da blendet sie das bunte Licht des Zaubers, in den sich meine Schwestern und ich eingeflochten haben. Am Boden ist das Licht so grell, dass Elena die Schwestern nicht einmal mehr schemenhaft erkennen kann. Nach oben hin verwirbeln die Lichtschleier, und in das Türkis, das eben noch alles dominiert hat, mischen sich nun wie hier unten auch andere Farben und leuchten das Gewölbe aus.

John stockt der Atem, während sie den Raum durchqueren. Am Durchgang in die Seitenkapelle sinkt John an der Wand zu Boden und atmet durch.

»Stirb mir nicht weg«, sagt Elena.

Er nickt nur und zeigt auf Christabel. Elena läuft los, und gemeinsam mit Yasunari ziehen sie Christabel neben John. Sie tasten nach ihrem Hals, und da ist ein Hauch von Gargoylemagie. Sie lebt noch, aber Elena spürt unter ihren Fingern, wie die Kraft langsam dahinschwindet, und ich – hier vom Zauber umflochten – spüre überhaupt nichts mehr von ihr.

Mit einem Mal schreit Ayinde auf. Mit Yasunari läuft Elena zu Lyaras Vertrautem, der nun auch unser Vertrauter ist. Yasunari hebt den Speer wieder auf, den er beim Betreten des Raumes fallen gelassen hat, um Roberta besser fortschleifen zu können.

Wängeler ist da und presst mit zwei weiteren Perseussöhnen die Hände gegen die Wand. Er hat Ayinde in Schwierigkeiten gebracht. Doch nun lässt Elena ihre Kräfte erneut in die Barriere fließen und spürt, wie diese sich verteilen. Ayinde lenkt sie, sein Zittern verschwindet ebenso wie das verzweifelte Stöhnen.

Hinter Wängeler kommen weitere Perseussöhne heran, und Hand um Hand legt sich an die Barriere. Ayinde gerät sogleich wieder ins Zittern, Elena hat es auch erfasst, aber noch hält die Barriere.

Neben Elena trifft ein magischer Schlag den Torbogen und sprengt ein Stück Stein heraus. Yasunari stößt mit dem Speer hindurch und trifft die Hand eines Magiers, der schreiend zurückspringt.

»Wo ist Bertram?«, brüllt Wängeler. »Wir brauchen ihn hier!« Doch von Setterfield ist nichts zu sehen. Elena bezweifelt, dass dessen Kraft nötig ist, um diese Barriere früher oder später zu brechen. Aber jede Sekunde, die sie die Feinde hier aufhalten, entscheidet über Medusas Wiedergeburt. Außerdem mag für John und Christabel jeder Augenblick der letzte sein, und was Hector angeht, hofft Elena, dass Ras ihn schützt, wenn es denn noch etwas zu schützen gibt. Auch zu ihm kommen meine Sinne nicht mehr durch.

»Wir müssen uns beeilen!«, brüllt Wängeler, dann winkt er einen seiner Leute vor sich, der einen Kasten vor der Barriere abstellt. Es ist das Gerät, das wir bei den Durands gesehen haben. Damit haben sie unsere Barriere gebrochen, und sie würden auch die Ayindes brechen. Aber Elena will alles aufbieten, um die entscheidenden Sekunden herauszuholen. Sie ist bereit, ihr Leben für uns zu opfern. Und ich frage mich in diesem Augenblick, ob das der Preis ist: dass sich alle unsere Vertrauten opfern und wir mit den Qualen des Verlusts wiedergeboren werden.

Wängelers Gesicht ist direkt vor Elenas. Während sich Überlegenheit in seiner Miene zeigt, wächst in ihr die Gorgonenwut, eine Wut, die sie aufzehren wird, wenn sie sie nicht zügelt. Und sie will sie nicht zügeln. Sie will, dass diese Wut alles zerbricht, was uns zu brechen sucht.

Es knallt vor uns, und Ayinde wird hinwegkatapultiert. Yasunari weicht sofort zum Pfeiler zurück, Elena aber bleibt und schlägt mit ihren Steinfäusten nach Wängeler. Als dieser zurückspringt, schlägt sie nach dem Magier neben ihm, trifft ihn, während er sich abwendet, an der Schulter, und mit einem hässlichen Knacken fliegt er zurück.

Elena schlägt eine Speerspitze zur Seite, nimmt einen Funkenzauber hin, der ihr Nadelstiche versetzt, doch erst die glühende Klinge Wängelers, von der ihr ein Zauber entgegenspringt, vermag sie zurückzudrängen.

Während sich hinter ihren Feinden Geschrei erhebt und sie durch die Seitentür Bewegung wahrnehmen kann, stürmen Wängeler und die anderen vor. Von Wängelers Dolchspitze löst sich ein Strahl, erfasst Elena und wirft sie durch die Tür in den Hauptraum. Sie kommt neben dem Licht auf, aus dem ein vielstimmiger Gesang ertönt – in einer Sprache, die ihr unbekannt ist, mir hingegen so vertraut wie die Lieder meiner Kindheit. Am Boden, vor Schmerzen gekrümmt, sieht Elena, wie Wängeler ins Licht starrt. Mit angsterfüllter Miene verharrt er, und die Seinen, die sich nicht an ihm vorbei nach vorne wagen, zögern ebenfalls.

»Es ist fast getan, El!«, flüstere ich ihr in Gedanken zu. *»Tu, was ich tun würde!«* Ich sage diese Worte und habe das Gefühl, dass es meine letzten als Sema sind. Habe ich die, die

mir am nächsten war, gerade mit meinen letzten Worten ans Messer geliefert?

Elena richtet sich wieder auf und eilt zwischen das Licht und Wängeler. Sie holt mit der Faust aus, doch sic senkt sie nicht zum Schlag, sondern spürt einen Schmerz in ihrer Brust. Wängelers Dolch steckt darin. Zwei Speerspitzen bohren sich in ihren Körper und halten sie fest.

Weitere Stiche treffen Elena und nagen an ihrer Kraft. Für einen Augenblick ist Yasunari bei ihr, doch er verschwindet mit einem Schrei sogleich wieder aus ihrem Blickfeld. Zwei Dolchklingen dringen in ihr rechtes Bein. Ihre Kräfte schwinden, als würde ein Wind sie fortwehen.

Sie fällt zur Seite, sieht Wängeler über sich, aber er hat keinen Blick für sie übrig. Im Schein des magischen Lichtes hebt er die Hand zu einem Zauber.

Es gibt kein Außen mehr, nicht einmal über meine Vertrauten, denn ich kann sie nicht mehr spüren. Ich weiß nicht mehr, wo ich aufhöre und meine Schwestern beginnen. Die magischen Flüsse sind ausgeufert und zu einem großen Strom geworden. Aus *ich* ist *wir* geworden. Unser Strom mündet in das Medusenhaupt, um dann zu uns zurückzukehren. Doch was gerade noch *wir* ist, wird zu *ich*. Es gibt nur noch mich. Meine Schwestern sind fort, das Medusenhaupt ist fort, und der Strom hat keine Quelle und keine Mündung mehr, sondern kreist um mich.

Alles um mich herum verblasst, und Müdigkeit steigt in mir auf. Etwas nagt an mir und versucht das, was ich bin, zum Verschwinden zu bringen. Muss ich vergehen, damit Medusa wieder entstehen kann? Ist das das Opfer? Fühlt sich das Sterben so an – ganz anders als die Tode, die Myaramae, Beldyrae, Dorae und Umae starben? Wenn es enden soll, dann in der Gewissheit, Medusa den Raum zu gewähren, der ihr immer zustand. Isoliert von meinen Schwestern soll ich also dahinschwinden.

Wo in der Gewissheit, dass mein Ende das Leben Medusas bedeutet, Ruhe einkehren sollte, tobt eine Wut, die ich kenne. Die Gorgonenwut. Ist das Medusa, die erwacht, während ich noch nicht ganz eingeschlafen bin? Ich erlebe ein Aufbäumen und hoffe als letzten Eindruck in diesem Leben einen Blick durch Medusas Augen zu werfen. Was ich sehe, entsetzt mich, denn ich blicke in Wängelers hellbraune Augen und spüre Umaes Blick, Goras Blick, die Blicke all der anderen Schwestern – und den Blick der einen, mit der wir verschmelzen sollten, deren Haupt uns alle bindet. Unsere Magie hängt in der Schwebe fest, unser mehrstimmiger Gesang bleibt deswegen wirkungslos. Falls der Zauber jetzt zerbricht, wird alles zerbrechen. Wir werden ruhelose Geister sein.

Ich spüre Wängelers Zauber wie ein Feuer, das uns zu verbrennen droht, doch so sehr ich mich bemühe, ich finde weder einen Zauber, noch finde ich eine Richtung, in die ich ihn wirken könnte. Hier ist nur der Strom, der mich umfließt. Hätte ich eine Barriere, könnte ich sie stärken, hätte ich ein Artefakt, könnte ich es aufladen, doch dem Zauber des Feindes vermag ich nicht direkt zu begegnen.

Da merke ich es. Die Gorgonenwut, die mich hergelockt hat, kann nicht Wängeler gehören. Sie kann nur mir, meinen Schwestern, Medusa selbst – und unseren Geschöpfen gehören. Ich senke den Blick und spüre, wie meine Schwestern den Blick mit mir senken und selbst das Medusenhaupt den Blick senkt. Aus *ich* ist wieder *wir* geworden. Und ich spüre, dass *sie* noch immer bei uns ist – Elena. Niedergeschlagen, von Stichen verwundet, und immer neue Stiche kommen hinzu.

Ich habe keinen Zauber, sie zu heilen, aber ich habe den Strom und kann ihn ausweiten, auf dass er sie durchdringt. Kaum habe ich es gedacht, denken es die Schwestern, und die eine, die wir werden sollen, denkt es ebenfalls.

Elena schreit vor Zorn und Schmerz auf, kämpft gegen die Klingen an und will in aller Verzweiflung ihre Angreifer mitsamt deren Waffen zurückdrängen. Die Gorgonenwut spendet ihr Kraft und entfesselt meine Macht in ihr: Elenas Zauber wird zum Zauber der Medusa. Ihre Wunden schließen sich, die Klingen, mit denen die Feinde in den Wunden bohren, gleiten aus dem Körper heraus, als spuckte er sie aus einem halben Dutzend Mündern aus, die sich schließen, um sich nicht wieder zu öffnen.

Durch Elena habe ich einen Zauber, und nun richtet sie sich auf. Sie ist bereit, alles, was sie ist, zwischen mich und Wängeler zu werfen. Mitten im Strahl seiner Magie erhebt sie sich. Sie hat das Gefühl, zu wachsen, und sie ist sich sicher, nicht mehr auf Augenhöhe mit Wängeler und seinen Kumpanen zu sein, sondern auf sie hinabzublicken. Sie verwandelt sich in eine raue, zerfurchte Gestalt, und Wängeler und die anderen schauen, als wäre sie ein Monster.

Der Zauber, der mich, meine Schwestern und die eine, die wir werden sollen, treffen sollte, erfasst sie und facht ihre Gorgonenwut nur noch weiter an.

Medusas Schicksal liegt in Elenas steinernen Händen, und das vertreibt meine alten Zweifel, ob es richtig war, sie vor dem sicheren Tod zu retten. Dieser Augenblick, diese letzte Chance war allein bereits alles wert. Und auch wenn ich nicht weiß, was aus mir, aus Elena und all den anderen werden wird, stelle ich mich bedingungslos dem, was mich erwartet, schenke Elena all die Kraft, die mir geblieben ist, und hoffe, dass all meine Fehler verziehen sind.

Der Zauber

Die Macht in meinem Rücken durchflutete mich. Sie war wie ein letztes Geschenk Semas, damit meine Wunden sich schlossen, ich mich aufrichtete und mich Wängelers Zauber in den Weg stellte. Der Schmerz brachte mich zum Zittern, aber die Macht in meinem Rücken hielt mich aufrecht – bis sie sich zurückzog. Das Geschenk war gewährt, und es war an mir, etwas daraus zu machen. Ich schlug nicht nach Wängeler, sondern zog einfach nur seinen Zauber auf mich.

»Tötet diese Bestie endlich!«, brüllte Wängeler. »Wo ist Bertram?«, fragte er erneut.

Hatte mein Körper eben, als mich das Licht erfasst hatte, die Klingen einfach abgestoßen, drangen sie nun wieder in meinen Körper ein. Ich versuchte zwar, die Speere zur Seite zu lenken oder zu brechen, doch es gelang mir nicht. Schließlich warf mich ein gewaltiger Schlag zur Seite.

Zwar hielt Wängeler einige Schritte Abstand zu mir, richtete aber beide Fäuste auf mich. Er schien in die Luft zu schlagen, doch jeder Hieb dort traf mich hier wie ein echter Faustschlag und trieb mich zur Seite.

Da geschah es. Das grelle Licht verging, nur im Gewölbe wirbelten noch die türkisfarbenen Schleier umher und warfen Licht auf eine Gestalt, die dort stand, wo Sema gestanden hatte. Sie trug sogar ihren dunkelgrauen Mantel. Sie hatte das Gesicht des Medusenhauptes, und aus glänzendem Lockenhaar wurden Dutzende von Schlangen, die in alle Richtungen schauten und sich gemächlich bewegten.

Alles schien für einen Augenblick wie in der Zeit erstarrt zu sein. Mein Staunen ebenso wie das Entsetzen Wängelers und seiner Leute ließ alles und jeden verharren. Medusa schaute sich mit leerem Blick um.

Urplötzlich zog Wängeler seinen Dolch aus dem Gürtel und holte aus. Medusa rührte sich nicht, sondern starrte zur Seite, wo John, Christabel und Roberta lagen. Es war an mir, etwas zu tun. Ich erhob mich – zu spät! Wängeler war direkt bei Medusa und senkte bereits die Klinge. Die Gorgone schaute ihm entgegen, ungerührt, als wäre ihr nicht klar, was der magische Dolch der Perseussöhne anrichten konnte.

Mit einem Mal hielt Wängeler in seiner Bewegung inne, die Klinge schwebte nur wenige Zentimeter vor Medusas Hals. Das war alles, was ich benötigte. Ich sprang Wängeler entgegen und riss ihn zu Boden. Er fluchte, versetzte mir einen Stich mit seinem Dolch, der mir die Kräfte raubte. Dann richtete er sich auf, hob mit hassverzerrter Miene erneut den Dolch, und mit den Worten »Das war das letzte Mal, dass …« erstarrte er mitten in der Bewegung zu Stein, während der Armreif an seinem Gelenk zersprang.

Meine Wut legte sich, und kaum spürte ich wieder meinen vertrauten Körper, schaute ich zu Medusa auf. Die Schlangenköpfe hatten sich nach vorne gerichtet, und mit einem Mal spuckten sie von Flammen umschlossene Steinspitzen aus. Die Perseussöhne duckten sich oder sprangen zur Seite. Die Tür zerbarst, und weitere Flammenspitzen schossen in den Hof hinaus, trafen mit einem Knall auf etwas.

Die Perseussöhne kauerten noch immer am Boden, als ich mich aufrichtete und Wängelers versteinertem Körper einen Stoß versetzte, dass er ins Wanken geriet, umkippte und in zwei Stücke zerbrach. Ich nahm Wängelers Dolch an mich und erhob mich langsam.

Unsere Feinde schienen den Tod ihres Anführers nicht einmal bemerkt zu haben. Sie hatten nur Augen für Medusa. Bei einigen zersprangen die Armreife, und sie versteinerten zwischen ihren Gefährten. Diese staunten, während Medusa graue Schwingen emporwachsen ließ, und als sie diese entfaltete, erschraken sie. Einige liefen durch die Seitentür davon – und nur drei verharrten im Entsetzen.

Medusa öffnete den Mund, und während sich die Schlangen auf ihrem Haupt wie in einem Tanz wanden, drang ihre graue Zunge hervor, wuchs ihr bis zur Brust hinab und richtete sich dann wie eine weitere Schlange auf. Die drei verbliebenen Perseussöhne suchten das Weite.

Derweil sie ihre Zunge wieder schrumpfen ließ und sich die Schlangen auf ihrem Kopf in Locken verwandelten, schaute Medusa in meine Richtung und reichte mir die Hand. In meiner Gargoylegestalt war ich mit zwei Schritten bei ihr, und als sie sich ganz verwandelt hatte, sagte sie: »Elena!«

Mein Name war nach Jahrtausenden das Erste, das Medusa sprach. Sie hatte eine eigene, besänftigende Stimme. Das Wissen um mich musste ihr von Sema und den anderen zugeflossen sein.

»Du hast recht«, sagte sie.

»Dann erinnerst du dich?«, fragte ich leise und spürte, wie Wärme durch ihre Hand in meinen Körper floss und die Schmerzen vertrieb.

»Ich erinnere mich an jeden Augenblick, den ich in all meinen Gestalten je erlebt habe«, antwortete sie und ließ meine Hand los. »Komm! Wir haben nicht viel Zeit.«

Ich schaute mich um, folgte ihr und war nach einem Augenblick der Erleichterung entsetzt, dass Yasunari versteinert am Boden lag.

Medusa trat an Yasunari heran, tippte ihm auf die Brust und ging weiter zu John, Roberta und Christabel.

Yasunari bewegte sich ruckartig, als ich bei ihm war, und schaute mich an, als hätte *ich* ihn aus der Versteinerung befreit. Ich hatte keine Zeit für seine Blicke, denn ich machte mir mehr Sorgen um John und Christabel.

Medusa ging vor Roberta in die Hocke und senkte den Blick, dann legte sie ihre Hand auf Christabels Halswunde und sagte: »Roberta ist fort. Aber Christabels Geist hängt am seidenen Faden. Vorhin hätte ich sie in keiner meiner Gestalten retten können. Aber nun wird sie vielleicht überleben.« Unter ihren Fingern schloss sich Christabels Wunde. »Es braucht Zeit, und die haben wir hier nicht.«

Sie blickte John an, der sich nicht regte.

Ich schüttelte den Kopf, denn ich ahnte schon, dass es für ihn vorbei war.

Medusa legte ihm die Hand auf die Stirn, da schreckte er auf und stöhnte vor Schmerz. Aber kaum blickte er Medusa ins Gesicht, lehnte er sich zurück gegen die Wand und schaute auf seine blutigen Hände. Medusa berührte diese und sagte: »Du wirst sterben, John. All das Blut, und wir haben nur Minuten, um zu entkommen.«

»Medusa«, sagte er mit erleichterter Stimme.

»Möchtest du mein Vertrauter bleiben? Du musst sofort entscheiden. Möchtest du ein Gargoyle sein?«

Johns Augen weiteten sich. »Nein«, sagte er. »Aber ich möchte auch nicht sterben. Also: Mach, was du tun musst, damit ich das überlebe.«

Sie löste seine Hände von der Wunde und packte sie, während Blut aus Johns Bauch quoll. Er blinzelte, erstarrte und schreckte erneut auf, diesmal mit versteinertem Körper. Mit nachtschwarzen Augen schaute er auf seine Hände, die wie sein Gesicht und sein Hals (und sicherlich alles andere) aus dunkelgrauer Marmorhaut bestand. Sein Atem stockte, bis er schließlich ganz anhielt. »Es ist so ... fremd«, sagte er. »Darauf ... bin ich nicht vorbereitet.«

»Ebenso wenig wie aufs Sterben«, erwiderte Medusa.

Ayinde erschien neben uns. Ich hatte ihn im Kampf aus den Augen verloren, nachdem ein Zauber ihn fortgeschleudert hatte. Gebückt stand er in seiner Sandsteingestalt da. »Sie fliehen«, sagte er. Offenbar war er wieder am Seiteneingang gewesen.

Durch die zerborstene Tür zum Hof kamen Orlando und Ras mit einigen Kölner Gargoyles herein. »Die Polizei ist am Eingang«, sagte Ras. »Die Perseussöhne sind ihnen in die Arme gelaufen. Da vorne herrscht das reine Chaos.«

Medusa schaute ihn an, und die Bewunderung in Ras' und Orlandos Mienen ließen mich all meine Zweifel vergessen, die ich in der Vergangenheit an ihnen gehabt hatte.

»Kümmert euch um die unseren«, sagte Medusa. »Wir lassen niemanden hier zurück. Niemanden. Eras?«

»Ja?«, erwiderte er.

»Ich meine, was ich damals in Köln sagte: Ein Bündnis zwischen uns könnte uns eine gute Zukunft bescheren. Ich möchte daran anknüpfen – ganz gleich, wo und wann.«

Ras lächelte, während Medusa zur Tür schritt und mich zu sich winkte. Ich wollte John nicht allein lassen, aber er sagte: »Geh! Ich muss mich erst daran gewöhnen.«

»Das wirst du schon«, sagte Ras und reichte ihm die Hand. »Du bist der erste Gargoyle, den Medusa nach ihrem Erwachen geschaffen hat. Der Enkel Alfred Rebergs, der Schüler Ambrosius Agelsterns – und jetzt einer von uns. Stratege, Magier und nun Gargoyle.« Er schüttelte den Kopf und tauschte verwunderte Blicke mit Orlando.

Ehe ich mit Medusa auf den Hof hinausging, hörte ich John noch sagen: »Das *Magier* müssen wir vielleicht streichen.«

Draußen fanden wir Achilles und Hector. Sie lagen mitten auf dem Weg zwischen den Bäumen. Eine Gestalt war bei ihnen und hatte beiden eine Hand aufgelegt: Bertram Setterfield.

Medusa hinderte mich daran, auf ihn loszugehen und ihn endlich dafür bezahlen zu lassen, dass er unsere Warnung in Irland nicht ernst genommen hatte. Sie hielt mich am Handgelenk fest und sagte: »Er heilt sie – beide.«

Ich verstand nicht, warum Setterfield das tun sollte, und folgte Medusa hinüber zu ihm und unseren beiden regungslosen Vertrauten.

Setterfield erschrak, aber Medusa hob die Hand. Doch was bei anderen eine beschwichtigende Geste gewesen wäre, brachte Setterfield zum Erstarren. Ich war mir unsicher, ob sie einen Zauber gewirkt hatte oder Setterfield sich von sich aus nicht rührte. Dann aber sagte er: »Ich vermute, ich würde nicht weit kommen. Also: Ich bin bereit für deine Rache, nun da du das bist, was wir zu verhindern suchten.«

Medusa fragte ihn: »Sag mir nur, warum du die beiden geheilt hast, statt deine eigene Haut zu retten?«

Während in der Ferne die Sirenen der Polizei heulten, sagte Setterfield: »Weil ich, um in Achilles' Innerem lesen zu können, mir seine Erfahrungen aneignen musste. Seine Gedanken wurden meine Gedanken, seine Gefühle meine Gefühle. Seine Verzweiflung wurde meine Verzweiflung. Deswegen.«

»In Köln habe ich dich durch Achilles gespürt – durch die Wut hindurch.«

»Da fing es an. Wängeler brachte ihn mit. Ich sollte ihm seine Befehle einspeisen. Es gelang mir besser, als ich erwartet habe. Und dadurch entdeckte ich alles und erlebte seine Qualen wie in einem ewigen Albtraum. Ich will, dass dieser Albtraum endet.«

»Wie habt ihr uns hier gefunden?«, fragte ich, und fand, dass die Verachtung, die in meiner Stimme mitschwang, schärfer hätte sein können.

»Durch Adelias versteinerten Körper. Achilles hat ihn für uns geholt, ehe wir uns aus dem Haus der Durands zurückziehen mussten. Anton hat mit seinen Artefakten Adelias Geheimnisse in ihr gefunden. Sie wusste durch Umae, dass sich das Haupt hier irgendwo befindet, aber sie verschwieg es uns, weil sie es für sich haben wollte. Als ihr in Köln wart, kam sie her und suchte danach, konnte es jedoch nicht finden. Mit diesem Wissen kamen wir also her, aber wir waren ebenso erfolglos wie Adelia. Wir wollten einige Wochen lauern und hielten uns in der Nähe auf. Ich verwies darauf, dass ihr alle Zeit der Welt habt, euch das Haupt zu holen, aber Wängeler war sich sicher, dass ihr nicht lange warten würdet.«

»Sein Gespür war richtig«, sagte Medusa und blickte auf Achilles' Körper. »Aber er hat euch belauscht. Er war unser Spion. Und wäre ich als Gora oder Sema zu ihm durchgedrungen, hätte ich eure Pläne erkannt.«

»Dann hatten wir Glück«, sagte Setterfield. »Und es mündete dennoch in unserem Scheitern.«

Medusa nickte und sagte dann: »Auch, weil du dich Wängeler verweigert hast. Du warst nicht zur Stelle, als er dich brauchte. Vielleicht würde ich hier nicht stehen, hättest du dich nicht von ihm abgewendet.«

»Aber die Schuld bleibt.«

»Dann geh mit deiner Schuld! Überwinde sie auf deine Weise und stell dich uns nie wieder in den Weg!«

»Ich danke dir, Medusa«, erwiderte Setterfield. »Leb wohl, und mögen sich unsere Pfade nie wieder kreuzen!«

Medusa schwieg, und wir beide schauten Setterfield nach, wie er durch den Torbogen auf die Allee hinausging und zwischen den Bäumen verschwand.

Obwohl mit einem Mal Schüsse in der Ferne ertönten, bückte sich Medusa langsam und tastete erst nach Hector, dann nach Achilles. »Ich musste ihn schwächen, damit er Hector nicht tötet.« Die Flammenspitzen, die das Tor durchbrochen und nach draußen gedrungen waren, hatten Achilles offenbar die Hülle genommen, die unsere Feinde ihm auferlegt hatten.

Ich schaute durch den Torbogen nach draußen. »Willst du ihn diesmal wirklich gehen lassen?«, fragte ich.

»Der Lohn wiegt die Schuld auf«, sagte sie, aber ich war mir dabei nicht so sicher. Da lächelte sie mich an und sagte: »Hätte er Wängeler geholfen, wären wir jetzt erledigt. Obwohl Achilles' Körper unseren Feinden zu Diensten war, hat er in den Tiefen seines Wesens Setterfield zum Zweifeln gebracht. Tief in sich gefangen, hat unser Vertrauter seinen Teil zu unserer Sache beigetragen.«

»Werden die beiden leben?«, fragte ich und schaute zwischen Hector und Achilles hin und her. Achilles wirkte makellos, wie er zwischen den Trümmern seiner Hülle lag, aber aus Hectors Körper waren Stücke herausgeschlagen.

Medusa schaute zurück zur Kirche. »Es steht um sie, wie es um Christabel steht. Es gibt Hoffnung, aber keine Sicherheit. Und es könnte einen Preis haben.«

Ich wagte es nicht, sie nach dem Preis zu fragen.

Fünf der Kölner Gargoyles kamen zu uns heraus, nahmen sich Hectors und Achilles' an und trugen sie ebenso wie drei ihrer Gefährten, von denen Medusa einen für tot erklärte, für die anderen aber Hoffnung bekundete.

Als wir in die Kirche kamen, war John auf den Beinen und wurde von Ras gestützt. Ich nahm Ras' Platz ein, und er gab John dessen Phone zurück und sagte: »Wirst dich schon daran gewöhnen.« Dann nahm Ras den Steinkörper seines getöteten Gefährten auf und trug ihn hinter Medusa her.

»Danke!«, sagte John zu mir, während wir den anderen durch den Seitenausgang nach draußen folgten.

»Wofür?«, fragte ich.

»Nun, ich habe gesehen, was du getan hast. Wie du nicht nachgelassen hast, bis ihr Zauber vollendet war.«

»Ich bin mir nicht sicher, ob ich das allein gemacht habe«, sagte ich. Als wir im Freien zwischen Büschen und Bäumen auf dem Weg zum Kanal waren, fragte ich: »Was meinte Ras eben damit, dass du dich daran gewöhnen wirst?«

»Na ja, ich konnte mein Phone nicht bedienen. Er hat die anderen gerufen. So viel zu meinen Fingerspitzen.« Er grinste, verzog dann aber vor Schmerz das steinerne Gesicht. Ich bewahrte John vor einem Sturz, so unsicher war er auf den Beinen. »Ich glaube, ich schaffe den Sprung nicht«, sagte er.

Wir sahen, wie Ras mit seinem toten Gefährten auf dem Rücken den Sprung wagte, und schwer aber sicher auf der anderen Seite aufsetzte.

»Lass uns gemeinsam springen«, sagte ich. »Und wenn wir reinfallen, klettern wir wieder hinaus.«

Wir meisterten den Sprung, und wenngleich John über schwere Beine klagte, war ich mir sicher, dass er sich ebenso an diese Gestalt gewöhnen würde wie ich dereinst. Ich würde ihm dabei helfen.

Die Vertrauten der Gorgone

Die Flucht aus Arles war für uns leichter als für Orlando und die Kölner Gargoyles. Sie sollten in mehreren Wagen die Polizei auf falsche Fährten führen, während wir uns auf Umwegen unbemerkt davonmachten.

Diesmal fuhr ich unseren Wagen, denn Trish hatte beim Anblick ihrer toten Schwester einen Zusammenbruch erlitten. Sie saß ganz hinten und hielt Roberta im Arm, während Medusa bei ihr saß und sie tröstete. Hinter John und mir saßen Christabel und Hector in je einem Sitz; Achilles lag am Boden. Alle drei waren ohne Bewusstsein.

Wir waren die Ersten, die den Hof in Aureille erreichten, auf dem wir uns auf diesen Abend vorbereitet hatten, und während John über Trägheit klagte und einfach im Wagen sitzen blieb, half ich Trish dabei, Robertas Leiche in deren gemeinsames Zimmer zu tragen. Wir legten sie aufs Bett. Ihre Jacke, das Hemd und die Hose – alles war blutig.

»Berildu versprach ihr einst, sie werde sie zu einer Statue machen, sollte sie je sterben«, sagte Trish. »Sie mochte den Gedanken nicht, dass ihr Körper verfiel.«

»Medusa wird dieses Versprechen einhalten«, sagte ich.

Als ich auf den Innenhof zurückkehrte, sah ich, dass John auf dem Beifahrersitz eingeschlafen war. Christabel, Hector und Achilles waren nicht mehr dort. Ich fand sie im Haupthaus, das uns mit seinen vielen Zimmern Platz für alle bot. Im Wohnzimmer setzte Medusa gerade Hector zwischen Christabel und Achilles auf die Couch. Es sah aus, als wären die drei im Sitzen eingeschlafen.

Medusa legte den dreien abwechselnd die Hände auf. Sie schien mich nicht wahrzunehmen, sondern hatte nur Augen für Christabel, Hector und Achilles. Obwohl ich Hoffnung hatte, dass die drei erwachen würden, machte mir die besorgte Miene Medusas Angst.

Plötzlich hörte ich John laut aufstöhnen; er saß immer

noch im Wagen. Schwer atmend hielt er seine Hand aufs Herz gepresst. »Dein Kopf will es nicht wahrhaben«, sagte ich. »Es dauert, bis sich alles fügt.« Die Selbstheilungskräfte von Johns Steingestalt schienen nur begrenzt zu wirken. Die Bauchwunde war immer noch ein Loch in seinem Steinkörper. Ich führte ihn über die grüne Nebentür ins Haupthaus und dort über die Wendeltreppe hinauf zu seinem Zimmer. Dort half ich ihm, die blutige Kleidung auszuziehen, und musste lächeln, als er angesichts seines marmorierten Körpers staunte. »Warum sehe ich anders aus als du, Hector und die anderen?«

»Vielleicht ist es ein Geschenk«, erwiderte ich.

»Was, wenn ich dieses Geschenk nicht will?«

»Sieh es nicht als Verpflichtung zu etwas, sondern als Zeichen der Wertschätzung.«

»Es ist, als wäre ich gestorben«, sagte er, während ich ihm ins Bett half.

»Ja, so fühlt es sich für viele an«, erwiderte ich. »Aber Sema sagte mir einst: *Du hast nicht dein Leben verloren, es hat sich nur in ein anderes verwandelt.* Wenn du willst, bringe ich dir alles bei, was du wissen musst.«

»Ich habe Angst vor diesem Körper«, sagte er.

»Wir werden sie dir nehmen.« Seine Augen schlossen sich so schnell, dass ich mir Sorgen machte, aber ich spürte seinen Lebensfluss unter meinen Händen – ein wilder Strom, der sich längst nicht beruhigt hatte. Er würde schlafen – und sicherlich körperlich erschöpft wieder erwachen.

Zum wiederholten Mal kehrte ich zum Innenhof zurück und parkte den Wagen in einer der Scheunen, um den anderen Platz zu machen.

Die Sorge hatte gerade in mir Fuß gefasst, da sah ich auf dem Phone eine Nachricht von Ayinde. Ich öffnete Oni und ihm das Tor, sodass sie ohne anzuhalten in den Hof hereinfahren konnten. Sie kamen nicht allein. Fünf Kölner Gargoyles hatten sie dabei, darunter die beiden Verletzten, derer Medusa sich annehmen wollte. Wir brachten sie ins Wohnzimmer und setzten sie in Sessel. So war Medusa von regungslosen Gargoyles umgeben, und mit angestrengter Miene legte sie ihnen im Wechsel die Hand auf.

Nachdem ich mit den anderen Gargoyles wieder nach draußen gegangen war, erklärten sie mir, dass Ras ihnen mitgeteilt habe, Medusa beizustehen. Deshalb sagte ich ihnen, sie könnten die Umgebung des Hofes im Auge behalten. Ich vertraute der Lage immer noch nicht. Es mochte sein, dass jemand uns gefolgt war und nun draußen irgendwo lauerte, um irgendwann gegen uns vorzugehen.

Während die drei Gargoyles ausschwärmten, ging ich zu Ayinde und Oni, die im Hof auf der Bank am Seitengebäude saßen und im warmen Licht der kleinen Laterne, die an der Wand befestigt war, in Erinnerungen an Lyara schwelgten. Sie habe mehr noch als Umae den Schlaf geschätzt, aber sowohl mit Ayinde als auch mit Oni per Gedanken sprechen können.

»Bist du eine Magierin?«, fragte ich Oni.

»Nein«, antwortete sie. »Ich war nur in der Lage, ihre Stimme zu hören. So fand ich zu ihr.« Sie schaute zur großen Tür des Haupthauses. »Werde ich auch *ihre* Stimme hören können? Wird sie uns überhaupt erkennen?«

»Sie hat uns erkannt«, antwortete Ayinde und schaute mich an. »Ihr erstes Wort war Elenas Name.«

Ich nickte zwar, aber die Vorstellung, dass Medusa, einst unter Perseus' Schwert gestorben, nun nach Jahrtausenden wiedergeboren war und als Erstes meinen Namen nannte, überstieg mein Fassungsvermögen.

Kurz darauf traf Zack mit Yasunari und Ras ein. Die Trauer war ihm anzusehen, als er im Seitenhaus verschwand, um bei seiner Mutter und seiner toten Tante zu sein. Offenbar hatten Ras und Yasunari ihn aufgeklärt.

Nachdem ich Yasunari, der vor Erschöpfung kaum gehen konnte, aus dem Wagen geholfen hatte und er mir versicherte, dass er den Weg in sein Zimmer alleine schaffen werde, half ich Ras dabei, die Leiche seines toten Gefährten vom Wagen in die Scheune zu tragen, wo wir sie auf einige Strohballen legten.

»Wie war sein Name?«, fragte ich und musterte das kantige Gesicht und die Klauen des Toten.

»Nestori«, antwortete Ras. »Ich sehe ihn und denke: Das könnte genauso gut ich sein. Wir alle hätten in Alyscamps umkommen können.«

»Ohne euch wären wir erledigt gewesen«, sagte ich. »Danke!«

Ras lächelte gequält. »Wir mussten was unternehmen.«

»Wie nur habt ihr davon erfahren?«

»Als wir Wängeler und die anderen aus dem Haus der Durands vertrieben hatten, konnten wir uns nicht erklären, warum sie Adelias Statue mitgenommen hatten. Myrtis vermochte den Körper ihrer Tante aufzuspüren. Keine Ahnung, wie. Jedenfalls führte die Spur nach Nordfrankreich. In Arras fanden wir die Perseussöhne, und wir beobachteten sie. Nach einer Weile fuhren sie nach Arles, und ich erinnerte mich an Arabels Worte zu *Willehalm*. Das konnte kein Zufall sein. Ich vermutete, dass Umae es umgekehrt meinte: Es ging nicht um einen Kampf in Köln. Sie verwies auf die Entscheidung in Alyscamps.«

»Wusstet ihr von dem Medusenhaupt?«, fragte ich.

»Am Anfang nicht. Aber die Perseussöhne schienen sich für jeden Stein dort zu interessieren. Da vermuteten wir, dass es um das Medusenhaupt ging. Wir versuchten, euch zu erreichen, aber weder Orlando vermochte John zu kontaktieren, noch hatte Myrtis etwas von euch gehört.«

»Hast du ihr vom Medusenhaupt erzählt?«

Ras grinste. »Natürlich nicht. Das ist das Geheimnis von Gargoyles und Gorgonen. Ich mag Myrtis und glaube, dass sie uns eine wichtige Verbündete sein kann, aber das Letzte, was ich in Alyscamps haben wollte, war ein Trupp ambitionierter Magiekundiger.«

»Ihr seid den Perseussöhnen also gefolgt«, sagte ich.

Ras nickte. »... und damit mitten ins Chaos gelaufen. Bin froh, den Schlagabtausch mit Achilles überlebt zu haben. Er hat seinem Namen alle Ehre gemacht.«

»Kannst du ihm nach allem noch unbefangen begegnen?«

Ras schaute auf den leblosen Körper Nestoris und sagte: »Ich weiß nicht, wie es wäre, wenn er ihn in seiner wahren Gestalt niedergeschlagen hätte. Wahrscheinlich hätte ich gesagt, dass ich die Hand des Mannes nicht schütteln kann, der Nestori tötete. Aber mit diesem Steinpanzer, in den er gehüllt war, war er ein anderes Wesen – eine Bestie. Und keiner von uns sah in ihm den Schuldigen, als er – von der monströsen Hülle befreit – vor uns lag. Wehrlos, arglos und verletzlich. Ich weiß nicht, wie es sein wird, wenn er erwacht, aber ich weiß, dass ich, sollte ich je in eine solche Situation kommen, glücklich über Vertraute wäre, die zu mir halten und mir die Schuldgefühle nehmen.«

Ich erzählte ihm von dem, was ich zwischen Medusa und Setterfield aufgeschnappt hatte. »Achilles hat, tief in sich gefangen, doch seinen Teil dazu beigetragen, Setterfield aus der Bahn zu werfen.«

»Dann werde ich nicht mit dem Finger auf ihn zeigen«, sagte er, und ich war erleichtert darüber.

Als wir wieder auf den Hof zurückkehrten, waren Oni und Ayinde fort. Also setzten wir uns auf die Bank.

Wir redeten darüber, was nun noch von den Söhnen des Perseus zu erwarten war. Ich sagte: »Wängelers Tod wird ihnen zu schaffen machen. Und sie werden ihre Zeit damit verschwenden, Setterfield zu jagen.«

Ras nickte. »Ob sie sich nach allem noch mal aufraffen können?«

»In all den Auseinandersetzungen mit ihnen habe ich vor allem zwei Dinge gelernt. Erstens: Selbsterkenntnis ist nicht deren Stärke. Und zweitens: Sie suchen sich, wenn sie geschlagen wurden, oft Verbündete.«

»Wir werden darauf vorbereitet sein.« Ras' Phone meldete sich und spielte meine Lieblingsstelle des Songs *She Is My Lady,* nur schneller und offenbar mit einem Effekt belegt. Es war die Passage, nach der Sema in Köln gefragt und an der John Ras erkannt hatte. Lächelnd sagte ich: »Du magst Donny Hathaway?«

»Ist das Sample von ihm?«, fragte Ras.

»Ja. Moment mal! Du willst sagen, dass jemand die Stelle gesampelt und einen ganzen Song daraus gemacht hat?« Es war genau das, was Sema und ich uns damals in den 1970ern gewünscht hatten.

»Der Wu-Tang Clan – oder eher ein Ableger davon. Der Song heißt *Biochemical Equation.*«

Ich lächelte und sagte: »Ras, wir müssen uns dringend über Musik unterhalten – und darüber, dass wir dich in Köln dank dieses Samples entlarvt haben.«

Er staunte, dann meldete sich sein Phone wieder.

»Was ist?«, fragte ich.

»Orlando schreibt, dass sie in Marseille sind und die Polizei abgehängt haben.«

»Dann ist es also vorbei?«

»Nicht ganz«, sagte er. »Bevor er Arles verließ, hat Orlando Adelias Statue geholt und dann den Perseussöhnen die Polizei auf den Hals geherzt.«

»Werdet ihr sie Myrtis zurückbringen?«

»Ich hab's ihr versprochen.«

Nachdem Ras und ich ein langes Gespräch über unsere Zeit in Köln, über ihre Zeit bei den Durands und über die Musik der verschiedenen Jahrzehnte und Genres geführt hatten, kehrten wir ins Haupthaus ein. Die beiden Gargoyles, die Achilles niedergeschlagen hatte, waren nun auf den Beinen. Veera war noch in ihrer kahlköpfigen Sandsteingestalt, Gerfried in seinem breiten Körper aus grobporigem Vulkanstein. Und es zeigte sich, was Ras angedeutet hatte: Sie hegten keinen Groll gegen Achilles, sondern bewunderten Medusa, wie sie ihm die Hände hielt, ihre Augen schloss und ihre Magie unverhohlen fließen ließ. Ihre Kraft wirbelte durch den Raum; sie war kein Geheimnis, das es zu verbergen galt.

Ras zog sich nach einer Weile mit Veera und Gerfried zu den drei Gargoyles, die draußen Wache gehalten hatten, in die Essnische neben der Küche zurück. Es gab offensichtlich Dinge zu besprechen.

Ich schaute nach Trish und Zack und war überrascht, dass Robertas Körper versteinert auf deren Bett lag. Trish erzählte, dass Medusa zu ihnen gekommen sei und Berildus Versprechen eingehalten habe. Roberta lag auf dem Rücken, in frische Kleidung gehüllt, mit ruhiger Miene, ihr Haar zu einem Zopf geflochten und dann versteinert.

Trish und Zack waren bereit, mit mir nach unten zum Frühstück zu kommen. Sie hatten geschlafen, auch wenn sie sich einig waren, dass es sich nicht so anfühlte.

In der Wohnküche fanden wir John, der in seiner grau melierten Gargoylegestalt an einem Full English Breakfast arbeitete, an dem er während seiner Zeit in London Gefallen gefunden hatte. Er wirkte zwar nicht ausgeschlafen, aber bei Weitem nicht mehr so träge wie noch vor Stunden.

Yasunari war bei ihm, und ihm war die anstrengende Nacht und der kurze Schlaf nicht einmal mehr anzusehen. Er half John bei der Zubereitung von Ei und Speck und sagte, dass er seit Jahren nicht mehr in Großbritannien gewesen sei.

»Wirst du bei uns bleiben?«, fragte ich.

»So unsere Herrin es will«, erwiderte er. »Sie war vorhin bei mir und dankte mir. Sie wusste alles – jedes noch so kleine Detail. Alles, was ich ihr über die Jahre zuflüsterte. Es ist, als hätte Kari lediglich ihre Gestalt verändert.« Ich wusste, dass Kari seit Jahrhunderten nicht aus dem Schlaf erwacht war. Geteilte Erfahrungen spielten zwischen ihnen keine Rolle, sondern das geteilte Wissen.

Als nach unserem Frühstück Medusa mit Oni und Ayinde zu uns in die Küche kam, war ich überrascht, und als sie mich und John bat, zu Christabel, Hector und Achilles zu gehen und dem Zauber, den sie über sie gelegt hatte, einfach Kraft von uns zu spenden, staunte ich sogar. »Ich muss mit den Fünfen etwas besprechen«, sagte sie.

John und ich folgten der Bitte, passierten Ras und die anderen, die am Tisch in der Essnische saßen und offenbar auf ihren Phones irgendetwas suchten.

Ohne Medusa bei unseren drei Vertrauten zu sein, war befremdlich. Ich hatte Angst, etwas falsch zu machen, und John sagte: »Sie tut so, als hätte ich noch Zauberkräfte.«

Ich berührte Christabels Hände, die auf ihrem Bauch gefaltet waren, und spürte Medusas Zauber wie ein Geflecht aus Fäden. Wie schon bei den Barrieren, so vertraute ich jetzt dem Gefüge Kraft an, und es nahm sie begierig auf, ließ mich dann aber los. Also ging ich zu Hector hinüber und machte bei ihm das Gleiche. Medusa hatte die Breschen in seinem Körper längst geschlossen. Und doch sog der Zauber die Kraft von mir auf, um sie nach und nach Hectors Körper zuzuspielen und Bande zusammenzufügen, die gerissen waren.

Bei Achilles winkte ich John zu mir. »Versuch du es!«, sagte ich.

»Ich kann das nicht«, sagte er. »Es ist eine ganz andere Baustelle.«

Ich führte seine marmorierten Hände auf die von Achilles. »Der Zauber nimmt sich, was er will. Medusa hat alles vorbereitet.«

»Meine Finger fühlen sich geschwollen an«, sagte er. »Es ist alles so grob.« Dennoch zog er seine Hände nicht zurück, sondern starrte Achilles ins Gesicht, und nach einem Aufstöhnen nickte er. »Es ist anders, so anders. Aber es geschieht.« Schließlich zog er langsam die Hände wieder zurück und sagte: »Ihr Zauber hat sich tatsächlich genommen, was er brauchte. Sie wusste, dass ich noch immer Magie spenden kann.«

Ich nickte und schaute zur geschlossenen Küchentür hinüber. »Seit sie erwacht ist, jongliert sie allerlei Dinge. Während sie da mit den anderen spricht, erteilt sie dir eine Lektion. Hast du was gespürt?«

»Schichten der Magie. Eine komplett andere Art. Jede Schicht so unfassbar einfach, aber zusammengenommen ein komplexes Gebilde.«

»Vielschichtiger Minimalismus. So nannte es Sema. Ich kann nicht behaupten, dabei je weit gekommen zu sein. Sie konnte durch mich Zauber wirken. Und so weiß ich, wie sich das anfühlt. Ich glaube, du könntest aus dem Gefühl mehr machen als ich.«

»Du überschätzt mich.«

Wir wechselten uns darin ab, die Zauber, die unseren Vertrauten Heilung spendeten, Kraft zuzuspielen.

Medusa kam nach einer Weile aus der Küche, sprach mit Ras und den Seinen, woraufhin diese ihrerseits in der Küche verschwanden und Medusa zu uns kam.

»Was ist los?«, fragte ich.

»Ras wird zu den Durands gehen und ihnen eine Botschaft von mir bringen. Die anderen werden heimkehren und ihre Verhältnisse klären. Und dann werden wir alle an den Ort zurückkehren, an dem wir wissen, wie das Spiel gespielt wird.«

Nickend sagte ich: »Ras, Orlando und die anderen werden also nach Köln zurückkehren und euren Plan von damals vollenden.«

»Das braucht aber Zeit« sagte Medusa. »Bis es so weit ist, werden wir in das Haus in der Eifel zurückkehren.«

»Aber kennen die Perseussöhne Haus Agelstern nicht?«, fragte ich.

»Nein. Ich weiß jetzt genau, wozu Adelia in mir als Gora

Zugang hatte. Adelia konnte meinen Austausch mit Umae sehr gut nachverfolgen, aber wenn ich in Gedanken zu dir, Christabel oder Hector sprach, tat sie sich schwer, es zu verfolgen. Erst in Köln gelang es ihr einigermaßen.«

»Wir kehren also dahin zurück, wo mein Großvater seine Arbeit als Umaes Stratege begann«, sagte John.

»Diesmal werden unsere Pläne aufgehen.«

»Und wenn doch wieder etwas dazwischenkommt?«

Medusa lächelte. »Dann haben wir noch ein Haus in Wales.«

Dass ihr die Zeit in Wales etwas bedeutete, sagte mir, dass sie als Sema und Gora nicht nur auf Kari, Lyara und Berildu gelauscht, sondern die Wochen auch durch uns erlebt hatte.

»Kommt«, sagte sie und schaute von Christabel über Hector zu Achilles. »Wollen wir schauen, ob mein Zauber etwas wert ist.« Diese Selbstzweifel, die ich auch in der Nacht bereits an ihrer Miene abgelesen hatte, machten mir Angst.

»Ich brauche eure Hilfe«, sagte sie und wies John und mich an, Achilles und Christabel Kraft zu spenden, während sie in der Mitte Hectors Hände hielt.

»Ich glaube, ich bin dir keine Hilfe«, sagte John.

»Du bist ein Magier«, entgegnete sie mit geschlossenen Augen. »Aber du hast noch wenig Gespür für deinen Gargoylekörper.« Sie öffnete die Augen und schaute mich an. »Und du hast viel Gespür für deinen Gargoylekörper, bist aber noch keine Magierin. Euryale, Stheno und ich lernten, unsere Fähigkeiten zu verbessern, indem wir unsere gegenseitigen Stärken in den Dienst der anderen stellten. Und so schwanden unsere Schwächen mit der Zeit. Wenn ihr Geduld habt, könnte ich euch das lehren.«

»Geduld habe ich genug«, erwiderte ich.

»Und ich lerne sie gerade«, sagte John.

»Da!«, flüsterte Medusa und schaute Hector ins Gesicht. Er blinzelte, verzog die Miene und sagte: »Umae! Wo sind die anderen?«

»An deiner Seite.«

Christabel rührte sich, zog ihre Hände vor mir zurück und öffnete langsam die Augen. »Wer bist du?«, fragte sie.

Statt zu antworten, schaute ich zu Achilles hinüber, der John anlächelte und sagte: »Alfred! Haben wir es geschafft? Ist das Haupt in Sicherheit?« Ich fragte mich, mit welchen Augen Achilles John betrachtete, wenn er ihn mit seinem Großvater verwechselte.

Hector schaute sich mit ängstlichem Blick um. »Wo sind wir? Elena!« Er wollte aufstehen, doch Medusa legte ihm eine Hand auf die Schulter, und so setzte er sich wieder und schaute mich an. »Ich dachte, die Söhne des Perseus hätten dich verschleppt.«

Christabel schaute sich um und schien weder Hector noch Achilles zu kennen. Aber sie lächelte Medusa an und sagte: »Umae! Wie lange habe ich geschlafen?«

Das war also der Preis. Medusa hatte die drei von der Schwelle des Todes geholt, und Achilles schien sich an die Erbeutung des Hauptes zu erinnern; Hector schien alles vergessen zu haben, was seit Köln geschehen war; und Christabel schien in einer Zeit zu leben, in der Umae Achilles und Hector noch nicht geschaffen hatte.

Achilles starrte Medusa an. »Du hast ihr Gesicht angenommen.«

»Mehr als das«, sagte Medusa. »Es ist geschehen, meine Lieben. Ich war Umae und bin nun mehr als sie. Die Vereinigung hat stattgefunden. Ich bin Medusa.«

Alle drei starrten sie an, während sie in groben Zügen erzählte, was geschehen war. Sie verschwieg nicht, wozu die Feinde Achilles gezwungen hatten. Ebenso wenig verheimlichte sie, was bei den Durands geschehen war. Sie war offen und schürte so die Verständnislosigkeit in den Mienen unserer drei Vertrauten.

»Dann haben wir also gewonnen«, sagte Hector, und es tat trotz allem weh, das zu hören. Ich kannte Christabel und

Hector erst seit wenigen Monaten, und Achilles hatte ich im Grunde überhaupt nicht kennengelernt. Immerhin erinnerte sich Hector an Köln und die Eifel, aber Christabel war alles fremd. Die wachsende Freude der drei angesichts des Ziels, das wir erreicht hatten, war immerhin ein Trost.

Als Medusa erklärt hatte, welche Rolle Christabel, Hector und Achilles in Alyscamps gespielt hatten, war Achilles wie gelähmt. Christabels Gesichtszüge wirkten leer, und Hector schaute mit besorgter Miene zwischen seinen beiden Geliebten hin und her.

»Es ist, als wäre das ein Traum gewesen, an den ich mich nicht erinnere«, sagte Christabel.

»Einer, an den ich mich vielleicht gar nicht erinnern will«, fügte Achilles hinzu.

Hector aber fragte: »Ist sie für immer verloren – unsere Erinnerung?«

»Ich weiß es nicht«, sagte Medusa. »Aber nach all meinen Erfahrungen glaube ich, dass die Erinnerung in euch schlummert, so wie Umaes Erinnerung in den verbliebenen Schwestern schlummerte. Ich werde euch bei der Suche nach diesen Erinnerungen helfen.«

»Wir alle werden das tun«, sagte ich.

»Und wenn sie nicht emporsteigt?« fragte Christabel.

Ich antwortete: »Dann werden wir gemeinsam neue Erinnerungen erschaffen und euch von den alten erzählen, auf dass sie heraufbeschworen werden.«

Es war bereits ohne Erinnerungslücken kompliziert zwischen uns. Aber als Christabel mich fragte, ob wir Geliebte seien, und ich zunächst nicht wusste, wie ich ihr das erklären sollte, erschien mir alles viel einfacher. Ich musste an mein Gespräch mit John denken. Vielschichtiger Minimalismus. Unsere Beziehungen waren wie Gorgonenmagie. Es ging nicht darum, alles in einer einzigen Struktur zu erfassen, sondern darum, jede Ebene für sich in ihrer Eigenheit und ihrer

Einfachheit zu erkennen. Also sagte ich: »Was würde geschehen, wenn ich ja sagte?«

»Wunderbare Dinge«, antwortete sie lächelnd.

»Wir haben alle Zeit der Welt für wunderbare Dinge.«

»Natürlich haben wir alle Zeit der Welt«, erwiderte Christabel. »Wir sind Gargoyles.« Das brachte mich zum Lächeln, denn etwas Ähnliches hatte sie in der Höhle im Odenwald gesagt. Und das machte mir Hoffnung, dass die Erinnerung tatsächlich emporsteigen würde. Aber selbst wenn es nicht geschehen sollte, war ich gerne unter meinen Vertrauten und hatte keinen Zweifel daran, dass wir in den Jahren, die nun vor uns lagen, allerlei wunderbare Dinge erleben würden. Denn Medusa war erwacht. Das alte Zeitalter war zu Ende, ein neues hatte gerade erst begonnen, und wir würden immer aufs Neue aushandeln, wie wir als Vertraute zueinander und wie wir zu Medusa standen.

Medusa

Unsere letzte Nacht auf diesem Hof in der Nähe von Aureille ist angebrochen, und ich lasse meine Sinne durch die Reihen meiner Vertrauten schweben. Ich schicke Trish und Zack tröstende Träume, mache Ras und den Kölner Gargoyles Mut für ihre Reise nach London und ihre Rückkehr ins Rheinland. Zu Oni und Ayinde spreche ich wie Lyara früher und erzähle ihnen von meinen Leben. Zu Yasunari begebe ich mich auf den Innenhof hinaus, denn er kann nicht schlafen und grübelt mir zu sehr. Er gesteht mir, sich vor der Einsamkeit zu fürchten. Und ich erzähle ihm von Haus Agelstern und was ich dort als Umae erlebt habe. Er kannte Alfred Agelstern und ist fasziniert, die Geschichte seiner Familie zu hören.

Auf dem Weg ins Wohnzimmer lausche ich den Vertrauten, die ich als Sema und Umae gewann. Hector und Achilles sind zusammen und haben sich geliebt. Hector kann nicht aufhören, vor Erleichterung zu weinen, und Achilles plagt nach allem die Angst vor der Erinnerung und dem Schmerz, der damit emporsteigen würde. Sie denken an Christabel, aber sie erinnern sich auch daran, wie lange es gedauert hat, bis Christabel sie mit anderen Augen sah.

Im Nachbarzimmer liegen Christabel und Elena zusammen neben John, der eingeschlafen ist. Das Körperliche ist leicht: Christabel und Elena, Elena und John, aber nicht Christabel und John. Nach all dem Vergnügen dieser Nacht erzählt Elena von Hector und Achilles, aber Christabel wirkt nicht besonders interessiert. »Wenn mit der Erinnerung Gefühle erwachen sollten, ändert sich das vielleicht«, sagt sie. »Denn ich folge immer meinen Gefühlen. Und ich möchte auch, dass du deinen Gefühlen folgst.« Deswegen hat sie nichts dagegen, dass John bei ihnen ist, solange die Grenzen klar gezogen sind. Nachdem Christabel eingeschlafen ist und Elena eine Weile wach liegt, kommt sie nach unten und findet mich im Wohnzimmer, wo ich auf der Couch sitze und einen Film gucke, den John auf einem Speicherstick mitgebracht hat und den ich in das TV-Gerät gesteckt habe. Für mich gibt es nicht viele Lieblingsfilme, denn außer Sema und Umae haben die Schwestern das letzte Jahrhundert fast ausschließlich im Tiefschlaf verbracht.

Elena ertappt mich, während ich *DAS BÖSE UNTER DER SONNE* schaue und dabei Maggie Smith und Diana Rigg bewundere. Das Lächeln des Erkennens in Elenas Miene berührt mich. Sie sieht Sema in mir, setzt sich zu mir und sagt: »Wie kannst du all das für uns sein?«

»Wir waren immer Wesen der vielen Gesichter und der vielen Namen. Wir sind geschaffen, durch die Jahrtausende zu gehen. Da braucht es viel Platz für Erinnerungen. Meine Jahre als die neun Schwestern sind wie Abschnitte eines langen Lebens. Aber sie folgen nicht einfach aufeinander, die meisten verlaufen parallel. Mit Gleichzeitigkeiten zu leben, das ist etwas, das ich gut kann.«

»Viele von uns hatten Angst, dass sich die Schwestern in dir verlieren«, sagt sie.

»Die Wahrheit ist, dass alle Angst hatten – sogar die Schwestern selbst und damit ich. Wir hätten die Wahrheit aber erkennen können, wenn uns die Angst nicht die Sicht genommen hatte. Denk an Umae. Ihr Wissen verteilte sich über Distanzen hinweg auf die Schwestern und auf das Haupt. Es war meiner Mutter offenbar wichtig, die Erfahrungen und das Wesen der getöteten Medusenschwestern zu bewahren. Warum sollte sie all das dann am Ende in der Vereinigung verwerfen? Aber selbst ich fürchtete es – besonders als Sema.«

»Was wird nun sein?«, fragt sie. »Was sind unsere nächsten großen Ziele?«

»Es sind Wünsche, keine Ziele. Ich möchte meine Schwestern wiedersehen – und meine Mutter. Ich möchte meine Söhne kennenlernen. Aber all das mag nicht möglich sein. Und was bleibt dann?« Sie nickt. »Es bleibt, mir der Familie gewahr zu werden, die um mich herum gewachsen ist und wachsen wird.«

Während Monsieur Poirot auf dem Schirm auf Spurensuche eine Insel erkundet, kommt mir ein Gedanke. »Was, wenn es keine großen Ziele gibt? Was, wenn es viele kleine sind? Was, wenn wir eine Weile einfach vor uns hinleben? Als Sema habe ich das gerne getan, und als Medusa möchte ich es wieder tun – mit einer Gemeinschaft, die allem gewachsen ist, was auf uns zukommt.«

Als im Film Monsieur Poirot den Fall aufklärt, fasse ich Elenas Hand und denke an den Augenblick, als alles von ihr abhing und sie uns die Zeit verschaffte, die wir benötigten.

Ich weiß nicht, was diese Welt für mich bereithält, und ich weiß nicht, wer noch da draußen ist und wie ich im Verborgenen lebt, um sich eines Tages zu offenbaren. Wie viel Verantwortung wird auf meinen Schultern lasten? Welche Erwartungen werden sie alle an mich richten? Und welche

Feinde werden sich mir entgegenstellen – denn es wird immer Feinde geben. Für unsereins reicht es, zu existieren, um zur Zielscheibe zu werden. Doch wenn diese Gemeinschaft Bestand hat, dann werden ich und die Meinen nie wieder das erleiden müssen, was ich einst erlitt. Mit Geduld und Großzügigkeit, mit Weitblick und Nachsichtigkeit werden wir unseren Platz in dieser Welt finden – ich mit meinem Haupt voller Schlangen und meine Gargoyles mit ihren Körpern aus Stein.

Anhang

Personen

Achilles. Gargoyle und ein Vertrauter der Medusenschwester Umae. Sein Geist wurde 1816 von ihr an eine Statue des Heroen Achilles geknüpft, dessen Namen er angenommen hat.

Adelia Durand. Magierin im Haus Durand. Tante von Myrtis Durand. Schwärmt für vergangene Zeiten.

Alfred Reberg. Großvater von John Reberg. War Stratege der Medusenschwester Umae, hat aber u. a. auch den Gargoyles von Köln geholfen. Nach seinem Tod setzt sein Enkel, John Reberg, sein Werk fort.

Ambrosius Agelstern. Legendärer Magier, der John Reberg in der Zauberei unterwies und den Gargoyles von Köln oft eine Hilfe war, ehe er spurlos verschwand.

Anton Wängeler. Einer der Anführer bei den Söhnen des Perseus. Er war unter Eingeweihten als Artefaktmagier bekannt und gilt als skrupellos.

Arabel. Das war Umaes Name, als sie in den 1920ern in Köln auf Erasmus und andere Gargoyles trifft. Sie gibt sich selbst als Gargoyle aus und schmiedet Zukunftspläne.

Ayinde. Gargoyle. Neben Oni der Vertraute der Medusenschwester Lyara. Sein Steinkörper ist aus rotbraunem Sandstein, und er vermag eine magische Barriere zu erschaffen.

Beldyrae Medusa. Medusenschwester, von Perseus selbst getötet. Auf ihr Schicksal bezieht sich Ovid in der Perseus-Sage.

Berildu. Medusenschwester, die in den USA untergetaucht ist. Ihre

Vertrauten – Roberta, Trish und Zack – gehören zu einer Familie. Roberta und Trish sind Schwestern; Zack ist Trishs Sohn.

Bertram Setterfield. Magier bei den Söhnen des Perseus, der Sema und Elena in Irland nachgesetzt hat und unter Druck steht, sie aufzuspüren.

Captain Lydgate. Offizierin in der Garde des Hauses Durand.

Christabel. Gargoyle und eine Vertraute der Medusenschwester Umae. Ihr Geist wurde 1757 von Umae an eine Statue gebunden und sie begleitete sie fortan.

Dorae Medusa. Medusenschwester, die im 10. Jahrhundert Leute und Wissen um sich gesammelt hat. Von den Söhnen des Perseus und deren Verbündeten bedrängt, nahm sie sich das Leben. Das von ihr gesammelte Wissen wurde später jedoch von Kyot dem Fremden im *Buch der Gorgonen* gesammelt und von Sema Medusa über die Jahrhunderte bearbeitet, erweitert, übersetzt und verbreitet.

Echidna. Tochter der Keto, die wie Medusa nicht in Soralûn geboren wurde, sondern auf dem Weltenozean. Mit jedem Tod, den sie stirbt, wird sie in einer der Welten neuen Eltern geboren. Vor diesem Schicksal wollte Keto Medusa bewahren.

Elena. Gargoyle und Vertraute der Medusenschwester Sema. Neben Sema die Hauptfigur des Romans. Sie war ein Mensch und wurde von Sema im Jahr 1882 versteinert und zur Gargoyle gemacht, als sie zu sterben drohte.

Erasmus von Köln (Ras, Eras). Einer der Oberen der Gargoyles von Köln. Seit Jahrhunderten lebt er in der Stadt und hat allen Widrigkeiten getrotzt.

Euryale. Gorgone. Die Schwester Medusas und Sthenos. Tochter der Keto.

Gora Medusa. Medusenschwester, die angeblich das Feuer beherrschte und Jagd auf die Söhne des Perseus machte, ehe sie ermüdete und in den Schlaf sank.

Hector. Gargoyle und einer der Vertrauten der Medusenschwester Umae. Sein Geist wurde 1816 von ihr an eine Statue des Helden Hector geknüpft. Wie der Gargoyle Achilles hat er den Namen der Sagengestalt angenommen.

John Reberg. Magier und der Stratege der Medusenschwester Umae. Er ist der Enkel und Nachfolger von Alfred Reberg und wurde von dem legendären Magier Ambrosius Agelstern unterwiesen.

Kari Medusa. Medusenschwester, die in Japan im Verborgenen lebt. Sie hat nur einen Vertrauten: Yasunari.

Keto. Unsterbliche/Göttin. Mutter der Gorgonen.

Kyot der Fremde. Schriftsteller, der den Nachlass der Medusenschwester Dorae fand und *Das Buch der Gorgonen* schrieb.

Lyara Medusa. Medusenschwester, die in Nigeria untergetaucht ist. Sie hat zwei Vertraute: Ayinde und Oni.

Medusa. Die ursprüngliche Medusa, die von Perseus enthauptet wurde. Aus ihrem Blut entsprangen nicht nur ihre Kinder (Chrysaor und Pegasos), sondern auch identische Schwestern, die Medusas Seele tragen – die Medusenschwestern. Diese werden manchmal ebenfalls als Medusa bezeichnet.

Meister Pellegrin. Einflussreicher Magier im Hause Durand. Er ist für viele Zauber in der Nebenwelt der Familie Durand verantwortlich und wacht dort über das magische Gefüge.

Myaramae Medusa. Medusenschwester und eine Dichterin in der Antike. Sie führte eine Gemeinschaft aus Gargoyles gegen die Söhne des Perseus an, unterlag jedoch und wurde geköpft.

Myrlos Durand. Früheres Oberhaupt des Hauses Durand. Vater von Myrtis Durand, Bruder von Adelia Durand. Elena und Sema haben ihn in den 1920ern in London getroffen.

Myrtis Durand. Oberhaupt des Hauses Durand. Sie bietet Zauberwesen in einer kleinen Welt neben der unseren Zuflucht.

Oni. Neben Ayinde eine Vertraute der Medusenschwester Lyara.

Orlando. Gargoyle aus Köln. Steht Erasmus von Köln nahe und übernimmt unterschiedliche Aufgaben für die Gargoyles von Köln.

Ras. siehe: Erasmus von Köln

Roberta. Vertraute der Medusenschwester Berildu. Sie ist Trishs Schwester und damit Zacks Tante.

Sema Medusa. Medusenschwester und neben Elena die Hauptfigur des Romans. In der Antike hat sie unerkannt unter dem Namen Telesilla Geschichte geschrieben. In der zweiten Hälfte des 12. Jahrhunderts brachte sie Wolfram von Eschenbach die Schriften Kyots des Fremden nahe.

Stheno. Gorgone. Schwester Medusas und Euryales. Tochter der Keto.

Trish. Vertraute der Medusenschwester Berildu. Sie ist Zacks Mutter und Robertas Schwester.

Umae Medusa. Medusenschwester, die sich mit ihren Vertrauten in den Pyrenäen versteckte. Ihren Gargoyles (Achilles, Christabel und Hector) gelang es in den 1990ern, den Söhnen des Perseus das Medusenhaupt zu entreißen – das tatsächliche Haupt, das Perseus Medusa einst abschlug.

Weldamûn. Wächter der Gorgonen, der in zahlreichen Körpern lebt, die ein Bewusstsein teilen. Dennoch konnte er nicht verhindern, dass Perseus Medusa enthauptete.

Wesley. Magier des Hauses Durand. Er prüft Neuankömmlinge und führt sie vom Hotel MacGill in die Nebenwelt der Durands.

Yasunari. Einziger Vertrauter der Medusenschwester Kari. Er lebt mit ihr in Japan im Verborgenen.

Zack. Vertrauter der Medusenschwester Berildu. Er ist Trishs Sohn und Robertas Neffe.

Glossar

Alyscamps. Nekropole in der Stadt Arles.

Buch der Gorgonen. Das Buch, in dem Kyot der Fremde das von Dorae Medusa und ihrer Gemeinschaft zusammengetragene Wissen über die Gorgonen und die Medusenschwestern niederschrieb. Es wurde von Sema Medusa gefunden, bearbeitet und immer wieder übersetzt.

Gargoyle (der, die). Bezeichnet ein Wesen aus Stein, das entweder durch Magie oder durch die Macht einer Medusenschwester oder der ursprünglichen Medusa erschaffen wurde. Die Gemeinschaften der Medusenschwestern haben den Begriff mit der Zeit übernommen. Früher bezeichnete man sie als *Steingeborene,* einige wenige übernahmen die Bezeichnung *Wasserspeier* im Deutschen und andere Begriffe in anderen Sprachen.

Gargoyleblick (Grauer Blick). Zauberblick der Gargoyles, mittels dessen sie bei Nacht so gut sehen können wie in der Dämmerung.

Gargoyles von Köln. Eine Gemeinschaft aus Gargoyles in der Rheinmetropole. Zu ihnen zählen u. a. Erasmus von Köln und Orlando.

Gemeinschaft der Berildu. Zu ihr gehören Roberta, Trish und Zack.

Gemeinschaft der Gora. Gora ist allein. Ihre Gemeinschaft zerbrach vor Jahrhunderten.

Gemeinschaft der Kari. Sie hat inzwischen nur noch einen Vertrauten: Yasunari.

Gemeinschaft der Lyara. Sie hat zwei Vertraute: Ayinde und Oni.

Gemeinschaft der Sema. Sie besteht zuerst nur aus Elena, dann kommen Christabel, Hector und John hinzu.

Gemeinschaft der Umae. Zu ihnen zählen am Anfang Achilles, Christabel, Hector und John Reberg.

Gorgonen. Stheno, Euryale und Medusa. Sie sind Töchter Ketos.

Gorgonenwut. Die unbändige Wut der Medusenschwestern und ihrer Vertrauten, die an die Wut Sthenos und Euryales nach der Enthauptung Medusas erinnert.

Gortyn. Stadt auf Kreta, in der Athene Perseus und dessen Söhnen erschien. Hier bewahrten sie lange das Haupt der Medusa auf.

Graien. Töchter der Keto, die durch die Sinne anderer Ketoniden schauen können – zum Beispiel durch die der Gorgonen. So erfuhr Perseus, wo Medusa sich aufhielt.

Grauer Blick. Siehe: *Gargoyleblick*

Haus Durand (Durandiden, Durandi). Sowohl die Gemeinschaft, die sich in London um die Familie Durand und ihre Magiekundigen gebildet hat, als auch das Hotel MacGill sowie die Nebenwelt, in der die Gemeinschaft lebt. Myrtis Durand ist das Oberhaupt und hat den Platz ihres Vaters, Myrlos Durand, eingenommen. Zu dem Haus zählen auch: Adelia Durand, Meister Pellegrin, Captain Lydgate und Wesley.

Iliyorn. Stadt und gleichnamige Insel auf dem Weltenozean. In unserer Welt ist die Stadt in Sagen als Ilion oder Troja bekannt.

Keromyr. Stadt in der Welt Soralûn. Es ist die Heimatstadt der Gorgonen. Hier suchte Perseus Medusa heim und enthauptete sie in ihren Gemächern.

Ketoniden. Die Kinder der Göttin Keto. Zu ihr zählen u. a. die Gorgonen, die Graien und Echidna.

Kraftstränge. Bezeichnung für magische Adern auf dem Weltenozean. Sie leiten die Zauberkraft von den Quellen der Magie zu den Zauberpforten.

Magiekundige. Menschen, die des Zauberns fähig sind. Manche von ihnen haben sich zu Gemeinschaften zusammengefunden. Einige wenige haben das Geheimnis der Ewigen Jugend gefunden und altern nicht oder langsamer als gewöhnliche Menschen.

Medusenschwester. Die neun identischen Schwestern, die aus dem Blut der ursprünglichen Medusa hervorgegangen sind: Sema, Umae, Gora, Beldyrae, Myaramae, Dorae, Kari, Berildu und Lyara.

Säulen des Herakles. Bezeichnung für die Meeresenge von Gibraltar.

Söhne des Perseus (Perseussöhne, Perseiden). Ursprünglich tatsächlich Perseus' Söhne und deren Gefährten. Dann eine Gemeinschaft, die Perseus' Werk fortsetzen sollte. Später entwickelte sich die Gemeinschaft immer mehr zu einem Bund aus Magiekundigen. Zu ihnen zählen sowohl Anton Wängeler als auch Bertram Setterfield.

Soralûn. Die Welt der Unsterblichen Keto, Heimat der Gorgonen.

Tiryns. Stadt in der Nähe von Argos, über die Perseus herrschte, als Athene ihn heimsuchte und ihn gemäß der Vereinbarung mit Stheno und Euryale tötete – ein Ereignis, das nur noch im *Buch der Gorgonen* überliefert ist.

Weltenozean. Ein unendliches Meer zwischen allen Welten. Über Zauberpforten gelangt man auf den Weltenozean und kann ihn über solche auch wieder verlassen. Auf Inseln leben Sterbliche wie Unsterbliche – zum Beispiel in der Stadt Iliyorn, die in unserer Welt unter anderem Ilion und Troja genannt wird.

Tags & Inhaltswarnungen

Um einen Überblick über die Themen des Romans zu bieten, sind auf dieser Seite Tags aufgeführt. Diese sind Stichworte, die nicht nur Handlungselemente und Motive wiedergeben, sondern auch Genrekategorisierungen und (gesondert aufgeführte) Inhaltswarnungen. Diese Praxis stammt ursprünglich aus Internet-Archiven für Fanfiction (insbesondere aus dem aktuell größten Archiv, dem »Archive of Our Own«, kurz: AO3), wo diese Tag-Listen Lesenden ermöglichen, möglichst schnell einschätzen zu können, was sie in einer bestimmten Geschichte erwartet. Eine solche Einordnungshilfe soll auch an dieser Stelle gegeben werden.

Die Tag-Listen erheben keinen Anspruch auf Vollständigkeit, sondern können nur eine grobe Orientierung bieten.

Tags zum Inhalt

Medusa, Gargoyles, Gorgonen, Gemeinschaft, Verfolgung, Flucht, Zuflucht, Marginalisierung, Progressive Phantastik, Found Family, Magie, Mythologie, Gorgonenwut, Körperlichkeit, Polyamorie, TeamMedusa, Gleichzeitigkeiten, Geheimgesellschaft

Inhaltswarnungen

Mord, Folter, Verstümmelung, Erinnerungsverlust, Verfolgung, Stalking, Überwachung, Verlustängste, Rassismus (von den Figuren gekontert), Queerfeindlichkeit (von den Figuren gekontert), Sexuelle Gewalt (erwähnt)

Sie tötet einen Feldherrn und nimmt seinen Platz ein.

Judith C. Vogt /
Christian Vogt

Ich, Hannibal

Rom wird vor ihr erzittern

Piper, 432 Seiten
ISBN 978-3-492-70658-2

218 v. Chr.: Feldherr Hannibal und die Armee Karthagos brechen auf, um Rom zu erobern. Doch statt Hannibal führt dessen Mörderin unter seinem Namen die Armee an, und sie entsendet ihre beste Monsterjägerin, die größten Bestien des antiken Mittelmeerraums zu unterwerfen. Nicht nur von Elefanten, sondern auch von Sphinxen, Harpyien und anderen mythischen Kreaturen verstärkt, greift Hannibal Rom an und setzt dabei alles auf eine Karte …

Leseproben, E-Books und mehr unter www.piper.de